초조한 마음

Ungeduld des Herzens
Stefan Zweig

대산세계문학총서 116

초조한 마음
Ungeduld des Herzens

슈테판 츠바이크 지음 — 이유정 옮김

문학과지성사
2013

대산세계문학총서 116_소설
초조한 마음

지은이 슈테판 츠바이크
옮긴이 이유정
펴낸이 이광호
펴낸곳 ㈜문학과지성사
등록번호 제1993-000098호
주소 04034 서울 마포구 잔다리로7길 18(서교동 377-20)
전화 02) 338-7224
팩스 02) 323-4180(편집) 02) 338-7221(영업)
전자우편 moonji@moonji.com
홈페이지 www.moonji.com

제1판 1쇄 2013년 4월 12일
제1판 16쇄 2025년 10월 27일

ISBN 978-89-320-2397-7
ISBN 978-89-320-1246-9(세트)

이 책의 판권은 옮긴이와 ㈜문학과지성사에 있습니다.
양측의 서면 동의 없는 무단 전재 및 복제를 금합니다.

이 책은 대산문화재단의 외국문학 번역지원사업을 통해 발간되었습니다.
대산문화재단은 大山 愼鏞虎 선생의 뜻에 따라 교보생명의 출연으로 창립되어
우리 문학의 창달과 세계화를 위해 다양한 공익문화사업을 펼치고 있습니다.

차례

초조한 마음 7

옮긴이 해설·심리소설의 대가가 들려주는 두 가지 연민 464
작가 연보 475
기획의 말 478

일러두기

1. 이 책은 Stefan Zweig의 *Ungeduld des Herzens*(Fischer Taschenbuch Verlag, 2004)를 우리말로 옮긴 것이다.
2. 본문의 주석은 모두 옮긴이가 작성한 주이다.
3. 강조하기 위해 원서에서 이탤릭체로 표기한 것을 본문에서는 고딕체로 표기했다.
4. 맞춤법과 외래어 표기는 1989년 3월 1일부터 시행된 「한글 맞춤법 규정」과 『문교부 편수자료』, 『표준국어대사전』(국립국어연구원)을 따랐다.

'무릇 있는 자는 받게 되리라.' 구약성서 『지혜서』에 등장하는 구절이다. 작가라면 망설임 없이 이 구절을 '이야기를 많이 하는 자에게 이야기가 오리라'라고 해석해도 무방할 것이다. 작가란 언제나 머릿속으로 상상의 나래를 편 채 무궁무진한 소재를 가지고 끊임없이 사건과 이야기를 만들어내는 사람이라고 생각하겠지만, 그것은 잘못된 생각이다! 사실 작가는 직접 이야기를 창조할 필요가 없다. 그저 인물과 사건이 자신을 찾아오게 만들기만 하면 된다. 눈여겨보고 귀 기울이는 능력만 갖추고 있다면 사람들은 이야기보따리를 풀어놓게 마련이다. 운명을 좇는 자에게 사람들은 자신의 운명을 이야기하려 하기 때문이다.

이 이야기 또한 뜻하지 않게 누군가가 내게 들려준 이야기를 거의 손대지 않고 있는 그대로 옮겨 적은 것이다. 내가 마지막으로 빈을 방문했을 때의 일이다. 어느 날 저녁, 나는 이런저런 걱정거리로 온몸이 녹초가 된 채 교외의 한 식당을 찾았다. 한물간 듯한 모습의 식당이기에 손님들로 북적일 일은 없을 것 같아서 선택한 집이었다. 그러나 입구에 들어서는 순간 그것이 나의 착각이었음을 뼈저리게 깨달아야 했다. 첫번째 테이블을 지나자마자 누군가가 자리에서 벌떡 일어나면서 열정적으로 나를 반기더니 내게 합석을 제안하는 것이었다. 누군가 보니 그리 친하다고는 할 수 없는 지인이었다. 그의 열정적인 환대에도 나는 시큰둥하게 반응할 뿐이었다. 물론, 이 열성적인 지인이 이상하다거나 불쾌한 사람이라고 할 수는 없었다. 그는 본래 그런 사람이었다. 어린아이가 열심히 우표를 수집하듯 열성적으로 사람들과 친분을 쌓고, 그렇게 해서 구축한 인맥을 그 무엇보다 자랑스럽게 여기는 사람, 사교에 대한 집착이 강한 사람, 약간 별나긴 하지만 온순하기 그지없는 그런 사람이었다. 직업은 기록보관 담당자로 박학다식하고 성실하다고 알려져 있었다. 그에게 인생의 유일한 낙은 이따금씩 신문에 오르내리는 이름을 보면서 "이 사람, 내가 잘 아는 사람이야." "어, 이 친구…… 어제 만났는데……" "내 친구 A가 그러는데…… 내 친구 B는……"이라고 말하며 친구 Z에 이르기까지 은근슬쩍 자랑을 늘어놓는 일이었다. 하지만 그는 지인들의 공연은 빠짐없이 찾아가 박수갈채를 보내주고, 생일 이튿날이면 어김없이 축하 전화를 걸어주고, 절대로 남의 생일을 잊는 법이 없었으며, 신문에 난 혹평은 전하지 않는 대신 호평만큼은 진심을 담아 전해주는 사람이었다. 결코 나쁜 사람이 아니었다. 그는 진정성을 가지고 사람들을 대했고, 누군가가 자신에게 작은 부탁을 하거나 자신의 인맥에 한 사람만 더 늘어나도 진심으로 행복해하는 그런 사람이었다.

　이처럼 오지랖 넓은 그 지인에 대해서 더 이상의 설명은 필요 없을 것이라 생각한다. 누구나 이런 부류의 사람을 알고 있고, 거칠게 밀어내지 않고서는 결코 이들의 정성 어린 손아귀에서 벗어나지 못한다는 사실도 잘 알고 있기 때문이다. 나는 체념하고 그의 테이블에 가서 앉았다.

그런데 그와 대화를 나눈 지 15분이 채 지나지 않았을 때였다. 한 남자가 식당에 들어서는 것이었다. 훤칠한 키에 젊고 건강해 보이는 얼굴, 관자놀이에 흘러내리는 매혹적인 잿빛 머리카락에 이르기까지 주위의 시선을 확 사로잡는 모습이었다. 꼿꼿한 자세와 걸음걸이는 그가 군인 출신임을 짐작하게 했다. 내 지인은 벌떡 일어나 늘 그렇듯이 열정적으로 인사를 건넸지만 상대는 그의 열정적인 인사를 그저 무뚝뚝하게 받아줄 뿐이었다. 그가 급히 달려온 웨이터에게 미처 주문도 하기 전에 오지랖 넓은 내 지인은 이미 내 귀에 대고 속삭이고 있었다. "저 사람, 누군지 아세요?" 그가 자신의 인맥을 자랑하고 싶어 하는 것을 알고 있었기에, 나는 곧바로 이어질 기나긴 설명을 피하기 위해 그저 무관심한 표정으로 "아니요"라고 짤막하게 답한 뒤 접시 위의 초콜릿 케이크를 잘게 부수는 일에 전념했다. 그러나 나의 이러한 무심한 태도가 그를 더욱 자극했는지 그는 한 손으로 입을 가린 채 조심스럽게 나에게 속삭이는 것이었다. "저 사람, 군사행정부장 호프밀러 씨잖아요. 아시죠? 전쟁에서 마리아 테레지아 훈장을 받은 사람이요." 나에게서 기대한 만큼의 놀라운 반응이 보이지 않자, 그는 애국독본을 읽듯이 열정적으로 호프밀러 기병중대장이 전쟁에서 세운 공적에 대해 떠들기 시작했다. 기병대에서 장교로 있다가 전쟁터에서 피아베 강 상공을 정찰하던 중 혼자서 세 대의 비행기를 격추시키는 공을 세웠고, 기관총부대에서는 사흘 동안 일부 전선을 사수해냈다는 이야기를 (여기에서는 생략하겠지만) 온갖 세세한 내용까지 덧붙여가며 설명했다. 그러면서 이야기 중간 중간에 어째서 내가 카를 대제가 손수 오스트리아 최고의 훈장을 수여한 이 대단한 인물에 대해 한 번도 들어보지 못했는지 의구심을 감추지 못했다.

나는 나도 모르게 옆 테이블로 시선을 돌렸다. 역사적인 영웅을 바로 2미터 앞에서 볼 수 있는 절호의 기회였던 것이다. 그러나 나의 시선은 화가 난 듯 굳어버린 그의 시선과 부딪혔다. 그의 눈빛은 '저 녀석이 방금 나에 대해 지껄였지? 뭘 봐!'라고 말하는 것 같았다. 남자는 보란 듯이 의자를 거칠게 밀어내더니 우리에게서 등을 돌렸다. 나는 부끄러운 마음에 시선을 거두고 다시는 그쪽 테이블로 눈길도 주지 않았다. 얼마 지나지 않아 나는 쉴 새 없이 떠들어대는 친구에게 작별을 고했다. 문을 나서면서 이 친구가 곧바로 자신의 영웅에게로 자리를 옮기는 것을 볼 수 있었다. 아마도 나에게 했던 것처럼 그 남자에게도 나에 대해 상세하게 설명해주려는 것 같았다.

그게 전부였다. 한 번의 눈빛 교환. 곧 잊혔을 일이지만, 우연찮게 나는 바로 그다음 날 작은 모임에서 그를 다시 만나게 되었다. 턱시도를 차려입은 그의 모습은 어제의 편안한 차림보다도 더 눈에 띄고 기품 있어 보였다. 우리 두 사람은 입가에 미소가 번지는 것을 애써 참았다. 여러 사람들 틈에서 비밀을 공유하고 있는 두 사람만이 교환할 수 있는 그런 미묘한 미소였다. 내가 그를 알아본 것처럼 그도 나를 알아보았고, 우리는 둘 다 어제 헛물을 켠 오지랖 넓은 친구에 대해 똑같이 불쾌해하면서도 재미있어 하는 것 같았다. 우리는 처음에는 서로에게 말을 거는 것을 피했지만, 주위에서 흥미로운 논쟁이 벌어지는 바람에 서로를 계속 피하기란 사실상 불가능했다.

무엇에 관한 논쟁이었는지는 논쟁이 벌어진 해가 1938년이었다는 사실을 밝히는 것만으로도 알 수 있을 것이다. 후에 이 시대를 다루는 연대기 작가라면, 1938년이라는 해에 혼란스러운 유럽 내에서 이루어진 거의 모든 대화가 새로운 세계대전의 발발 여부에 관한 것이었음을 확인하게 될 것이다. 그 어떤 모임에서도 단연 이 주제가 사람들을 사로잡았고, 사람들은 끊임없이 이에 관한 이야기를 나누었다. 때로는 그렇게 추측과 희망을 이야기하는 것이 두려움에서 벗어나기 위한 사람들의 몸부림이라기보다는 격앙된 분위기 그 자체, 은밀한 긴장감이 감도는 시대의 공기가 자연스럽게 말로 표출되어 나온다는 느낌이 들었다.

변호사인 집주인은 독선적으로 대화를 이끌어갔다. 새로운 세대는 전쟁에 대해 잘 알기 때문에 지난번처럼 무방비 상태로 전쟁에 빠져들지 않을 것이라며 대부분의 사람들이 이야기하는 터무니없는 주장을 역시나 터무니없는 근거를 대며 펼치기 시작했다. 군사동원령이 내려지면 사람들은 총도 제대로 다루지 못해 총알이 거꾸로 날아갈 것이 뻔하고, 자신처럼 전선에 서본 경험자라면 누구나 전쟁터가 어떤 곳인지 결코 잊을 수 없다는 것이 그가 내세우는 근거였다. 지금도 수만 군데, 수십만 군데의 공장에서 폭탄과 독가스가 생산되고 있는 이 시기에 그는 확신에 찬 거만한 어조로 이러한 주장을 펼치고 있었다. 마치 손가락으로 담뱃재를 털어내듯 너무나도 손쉽게 전쟁 가능성을 배제해버리는 그의 태도에 나는 화가 치밀었다. 모든 게 바라는 대로만 이루어지지는 않는다고 나는 단호하게 말했다. 전쟁을 지휘하는 정부와 군 기관도 그동안 잠만 자고 있었던 것은 아닐 테니 우리가 유토피아에 취해 있는 동안 평시를 이용해 병력을 조직하고 어느 정도 총격 연습까지 마쳤을 것이라고, 또한 대중을 잘 선동해놓은 덕분에 평시인 지금도 이를 맹종하는 시민의 수가 놀라울 만큼 증가했으며, 라디오에서 군사동원령이 내려지면 이에 저항할 사람은 아무도 없을 것이라고, 그리고 어차피 한낱 티끌과 같은 인간의 의지는 오늘날 아무런 의미가 없다고 나는 말했다.

모두가 나의 말에 반발하는 것은 당연했다. 인간은 내면에서 위험이 감지되면 자기최면을 걸어서라도 위험 자체를 부정하려는 경향이 있기 때문이다. 게다가 옆방에 화려하게 차려놓은 만찬까지 기다리고 있는 상황에서 값싼 낙관주의에 대한 나의 경고가 환영받을 리는 만무했다.

이때, 뜻밖에도 마리아 테레지아 훈장을 받았다는 기병중대장, 나의 본능이 적으로 오해했던 그 사람이 나서서 내 편을 들어주는 것이었다. 그렇다. 오늘날 한낱 자원에 불과한 인간이 무엇을 원하고 무엇을 원하지 않는지를 고려한다는 것은 터무니없는 짓이다. 다음 전쟁에서 핵심적인 역할을 맡는 것은 기계가 될 테고, 인간은 그저 일종의 부품으로 전락하게 될 것이다. 지난 전쟁 때에도 전쟁을 찬성한다거나 반대한다거나 하는 분명한 의사를 가진 군인은 거의 보지 못했다. 대개는 바람에 날려온 먼지처럼 전쟁 속으로 굴러 들어와 거친 소용돌이 속에 머무르면서 마치 커다란 자루에 담긴 완두콩처럼 아무런 의지 없이 흔들리는 대로 따라다닐 뿐이었다. 어쩌면 현실을 피해 전쟁 속으로 들어간 사람의 수가 전쟁 밖으로 피해 나온 사람의 수보다 더 많았을지도 모른다.

그는 말을 이어갔고, 나는 예기치 못한 그의 격렬한 어조에 흥미를 느끼며 귀를 기울였다. "우리 모두 착각하지 맙시다. 오늘날 어느 나라에서건 폴리네시아 군도나 아프리카의 한구석에서 일어나는 전쟁에 파견할 군사를 모집한다고 하면, 수천 명, 아니 수십만 명이 이유도 모른 채 지원할 것입니다. 어쩌면 단순히 자기 자신으로부터, 또는 절망적인 상황으로부터 도망치기 위해 지원하는 것일 수도 있습니다. 현재 전쟁에 대한 저항감은 거의 제로에 가깝습니다. 개개인이 조직에 맞서기 위해서는 그저 휩쓸려가는 것 이상의 것이 요구됩니다. 바로 개인의 용기이죠. 그러나 오늘날 같은 조직화, 기계화의 시대에는 이러한 개인의 용기는 찾아볼 수 없습니다. 나는 전쟁에서 주로 집단적 용기만을 목격할 수 있었습니다. 대오 속에서 나오는 용기 말입니다. 이 용기를 자세히 살펴보면 특이한 요소들에서 기인한다는 것을 발견할 수 있습니다. 허영심, 경솔함, 심지어는 무료함에서까지. 그러나 그중에서도 가장 큰 요인은 바로 두려움입니다. 그렇습니다. 낙오될 것에 대한 두려움, 조롱당할 것에 대한 두려움, 단독행동에 대한 두려움, 그리고 무엇보다도 집단적으로 고취되어 있는 이들과 반대 입장에 서는 것에 대한 두려움입니다. 전선에서 가장 용감했다는 군인들을 개인적으로, 민간인 신분으로 만나보면 영웅이라는 칭호가 어울리지 않는 이들이 대부분이었습니다." 그는 갑자기 못마땅한 표정을 짓고 있는 주인을 향해 정중하게 말했다. "괜찮습니다. 나 자신도 제외시킬 생각은 결코 없습니다."

나는 그가 말하는 방식이 마음에 들었다. 하지만 그에게 다가서려던 찰나, 여주인이 만찬이 준비되었다고 알려왔고, 만찬 중에는 자리가 멀찍이 떨어져 있어서 그와 대화를 나눌 기회조차 없었다. 모두들 돌아갈 채비를 할 때가 되어서야 비로소 나는 현관에서 그와 다시 마주치게 되었다.

"우린 이미 같은 친구로부터 간접적으로 소개를 받은 것 같은데요……"라고 말하며 그가 미소를 건넸다.

나도 미소로 답했다. "아주 자세하게 받았습니다."

"내가 아킬레우스 같은 대단한 영웅이라고 허풍 떨지 않던가요? 내 훈장을 가지고도 한참 자랑했겠죠?"

"비슷했습니다."

"그러게요, 내 훈장을 무척이나 자랑스럽게 여기더라고요. 당신의 책에 대해서도 마찬가지였습니다만."

"특이한 친구예요! 하지만 나쁜 사람은 아닙니다. 참, 괜찮으시다면, 함께 좀 걸을까요?"

우리는 함께 걸었다. 그런데 갑자기 그가 내 쪽으로 몸을 돌리며 말을 건네는 것이었다.

"지난 수년 동안 내게 가장 큰 고통을 준 것이 마리아 테레지아 훈장이라면 믿으시겠어요? 절대로 빈말이 아닙니다. 내 취향도 아니고 너무 눈에 띄어서 부담스럽기도 하답니다. 물론, 솔직히 말하면, 전쟁터에서 이 훈장을 받았을 당시에는 크게 감격했죠. 나는 군인으로 교육받고 자랐습니다. 사관학교에서 전설과도 같은 이 훈장에 대한 이야기를 들었죠. 한 전쟁에서 십여 명이나 받을까 말까 하다는 훈장, 하늘에서 떨어지는 별만큼이나 귀한 훈장이라고 말이죠. 네, 스물여덟 살의 청년에게는 상당히 의미 있는 일이었습니다. 어느 날 갑자기 전 부대원 앞에 서게 되고, 가슴팍에서는 자그마한 태양 같은 것이 빛나고 있고, 모두가 감탄의 눈길을 보내주고, 아무도 가까이 할 수 없다는 황제께서 축하의 악수를 건네주셨으니 말입니다. 하지만 생각해보세요. 이 훈장은 당시 군 세계에서나 의미가 있었던 겁니다. 전쟁이 끝난 후에는 단 20분간 용감하게 행동했다는 이유만으로 남은 평생을 공인된 영웅으로 돌아다닌다는 사실이 우스꽝스럽게 느껴지더군요. 그것도 다른 수만 명의 군인들보다 특별히 더 용감했던 것도 아니고, 단지 이를 누군가가 알아봤다는 점에서, 그리고 살아 돌아왔다는 점에서 이들보다 운이 조금 좋았을 뿐인데 말이에요. 1년도 채 지나지 않아 걸어다니는 기념비로 사는 것에 싫증이 났습니다. 사람들이 이 조그만 금속을 뚫어지게 쳐다보다가 시선을 들어 경외심 가득한 눈으로 나를 바라보는 모습이라니! 전쟁이 끝나자마자 곧바로 제대한 이유 중 하나도 이렇게 늘상 주목받는 것이 싫어서였습니다."

그의 발걸음이 빨라졌다.

"이유 중 하나라고 말씀드렸죠? 사실, 가장 큰 이유는 개인적인 이유였는데, 어쩌면 이쪽이 더 쉽게 이해될지도 모르겠네요. 제대한 가장 큰 이유는 내가 이 훈장을 받을 자격이 있는지에 대해, 나의 영웅성에 대해 스스로 회의를 느꼈기 때문입니다. 이 훈장 뒤에는 절대로 영웅이라고 할 수 없는, 그저 절망적인 상황으로부터 도망치기 위해 전쟁 속으로 뛰어들어 간 사람이 숨어 있다는 사실을 그 누구보다도 나 자신이 잘 알고 있었기 때문이죠. 자신의 임무를 충실하게 수행한 영웅이라기보다는 자신의 책임으로부터 도망친 탈영병이라고 하는 게 더 맞을 것입니다. 남들은 어떨지 모르겠지만 적어도 나는 후광을 받으며 사는 삶이 어색하고 못 견디겠더라고요. 솔직히 말하면 제복에 영웅 표지를 달지 않게 되니까 해방감을 느꼈습니다. 지금도 누군가가 나의 옛 영광을 캐내면 화가 치밀어 오릅니다. 고백하자면 어제도 자칫 당신네 테이블로 달려가서 그 떠버리한테 자랑질을 할 거면 나 말고 다른 사람에 대해 하라고 호통칠 뻔했습니다. 저녁 내내 당신의 존경스러운 시선이 신경에 거슬렸습니다. 그 떠버리의 말이 사실이 아니라는 것을 보여주기 위해서라도 당신에게 내가 얼마나 비뚤어진 방법으로 나의 영웅 신분을 얻었는지 들려주고 싶을 정도였으니까요. 사실, 참 기이한 이야기입니다. 어쨌든 때로는 용기라는 것이 나약함의 이면이라는 것을 배울 수 있었습니다. 참, 지금이라도 이 이야기를 해드릴 수 있는데…… 누군가에게 25년이나 지난 일이라면 더 이상 그 사람만의 이야기라고 할 수는 없죠. 어때요, 시간 있나요? 지루하진 않겠어요?"

물론 나는 시간이 있었다. 우리는 텅 빈 거리를 한동안 더 거닐었고, 그 후 며칠 동안 많은 시간을 함께 보냈다. 그가 해준 이야기에 나는 거의 손을 대지 않았다. 후사르 경기병을 울란 기병으로 바꾸고, 점령군 주둔지를 식별할 수 없도록 지도상에서 위치를 옮기고, 등장인물의 이름을 바꾼 것이 내가 손을 댄 전부이다. 결코 내용을 꾸며낸 곳은 없다. 그렇기 때문에 지금부터 하게 될 이야기는 나의 이야기가 아닌 그의 이야기라 할 수 있다.

연민에는 두 가지 종류가 있다. 그중 하나인 나약하고 감상적인 연민은 그저 남의 불행에서 느끼는 충격과 부끄러움으로부터 가능한 빨리 벗어나고 싶어 하는 초조한 마음에 불과하며, 함께 고통을 나누는 대신 남의 고통으로부터 본능적으로 자신의 영혼을 방어한다. 진정한 연민이란 감상적이지 않은 창조적인 연민으로, 이것은 무엇을 원하는지를 분명히 알고, 힘이 닿는 한 그리고 그 이상으로 인내심을 가지고 함께 견디며 모든 것을 극복하겠다는 의지를 가진 연민을 말한다.

모든 일은 어리석은 행동에서 비롯되었다. 아무런 악의가 없는 서투른 행동, 프랑스인들의 표현을 빌리자면 '가프 gaffe'*로부터 시작된 것이다. 물론 나는 곧바로 내 어리석은 행동을 바로잡으려고 노력했지만, 고장 난 시계 속 톱니바퀴를 급하게 고치려다 보면 대개 시계 전체를 망가뜨리는 법이다. 수십 년이 지난 지금도 나는 어디까지가 나의 단순한 실수이고 어디서부터 나의 죄가 성립되는지 그 경계를 구분 짓지 못한다. 아마 앞으로도 결코 알지 못할 것이다.

당시 나는 스물다섯 살이었고 ○○울란기병대에서 현역 장교로 근무했다. 내가 장교라는 지위에 대해 특별한 애착이나 사명감이 있었다고는 할 수 없다. 딸 둘에 아들 넷이 늘 허기진 배를 움켜쥔 채 초라한 식탁 앞에 앉아야 하는 옛 오스트리아의 공무원 가정에서는 살림의 부담을 줄이기 위해서 아이들의 관심사와는 상관없이 그들을 우선 세상 밖으로 내보

---

* 공식적인 자리나 사교 모임에서 범하는 실수.

내는 것이 당연시되었다. 초등학교 때부터 시력이 나빠질 정도로 공부를 열심히 하던 울리히 형은 신학교에 보내졌고, 나는 단단한 골격을 가졌다는 이유로 군사학교에 들어가게 되었다. 거기서부터는 더 이상의 기름칠을 해주지 않아도 삶이 자동적으로 굴러갔다. 국가가 모든 것을 돌봐주었기 때문이다. 국가는 미리 만들어놓은 패턴에 따라 왜소하고 창백한 소년을 몇 년 내에 (그것도 무료로) 수염이 숭숭 난 사관후보생으로 탈바꿈시킨 뒤 그 완제품을 군대에 납품했다. 황제의 탄생일이던 어느 날, 열여덟 살이 채 되지 않은 나는 징병검사를 받았고 곧바로 제복 옷깃에는 첫 계급장이 새겨졌다. 그것으로 첫번째 단계에 도달한 것이었다. 그때부터는 은퇴해서 관절염에 걸릴 때까지 진급체계에 기계적으로 몸을 맡기기만 하면 되는 것이었다. 부대 가운데에서도 하필 비용이 많이 드는 기병대에 들어가게 된 것은 결코 내 개인적인 바람이 아닌 데지 큰어머니의 괴벽 때문이었다. 데지 큰어머니는 재무부에서 근무하던 큰아버지가 벌이가 더 나은 은행장으로 자리를 옮기면서 그와 재혼했다. 부유하고 속물근성이 다분한 큰어머니는 '호프밀러' 집안의 일원이 보병으로 근무해서 가문에 먹칠하는 꼴을 견디지 못했다. 이 괴벽 때문에 그녀는 매달 나를 위해 1백 크로네를 지불해야 했고, 나는 기회가 닿을 때마다 큰어머니에게 순종적인 태도로 감사의 마음을 표현해야 했다. 내가 기병대, 아니, 입대 자체에 관해 어떻게 생각하는지에 대해서는 아무도 관심 갖지 않았다. 그건 나도 마찬가지였다. 나는 그저 말을 타면 즐거웠고 그 밖의 다른 어떤 것도 생각하지 않았다.

　1913년 11월, 관청 간에 지시가 오고 갔는지 우리 소대는 갑작스럽게 야로슬라우에서 헝가리 국경의 작은 주둔지로 옮겨 가게 되었다. 이 주둔지가 위치했던 소도시의 이름은 밝혀도 그만, 안 밝혀도 그만이다.

어차피 오스트리아 군의 주둔지는 한 제복에 달린 두 개의 단추처럼 모두 비슷하기 때문이다. 어딜 가도 국가가 세운 주둔지의 모습은 한결같았다. 막사, 승마장, 연병장, 장교식당 그리고 호텔 세 채, 카페 둘, 빵집 하나, 술집 하나, 보드빌 극장 하나(한물간 극장의 수브레트*들은 무대 밖에서 장교와 지원병**들과 골고루 애정행각을 즐겼다)가 전부였다. 병영 생활도 어디에서나 똑같긴 마찬가지였다. 분주하면서도 공허하고 단조로운 생활의 연속이었다. 수백 년 전부터 꿋꿋하게 지켜져온 규칙에 따라 시간대별 일과를 마치고 나면 여가 시간에도 그다지 기분 전환할 만한 일은 없었다. 장교식당에서는 늘 보는 똑같은 얼굴과 늘 나누는 똑같은 대화를 했고, 카페에서는 늘 하는 똑같은 카드 게임과 당구를 즐겼다. 하느님이 이렇듯 6백~8백 가구가 사는 소도시마다 그나마 각기 다른 하늘과 풍경이라도 선사해줄 생각을 했다는 사실이 그저 놀라울 따름이었다.

그래도 새 주둔지에는 이전의 갈리시아 지역의 주둔지보다 더 나은 점이 한 가지 있었다. 바로 급행열차가 정차하는 곳이어서 빈과도 가깝고 부다페스트와도 그리 멀지 않다는 점이었다. 돈 있는 사람은(기병대에는 귀족, 공장 주인 아들 등이 지원하기도 했고 온갖 부유한 녀석들이 많았다) 제시간에 빠져나오기만 하면 5시 열차를 타고 빈에 놀러갔다가 야간열차를 타고 새벽 2시 반에 돌아올 수도 있었다. 연극도 관람하고 중심가를 거닐면서 멋쟁이 신사인 척하며 애정행각도 벌일 수 있는 충분한 시간이었다. 그곳에 아예 집이나 숙소를 마련해놓는 녀석들도 있었다. 물론 이들은 우리들의 부러움을 한몸에 받았다. 그러나 안타깝게도 나의 한 달

---

* 희극에서 시녀, 하녀로 나오는 배역.
** 고등학교 졸업 이상의 병역 대상자 중 자원입대한 이들은 1년간의 기초훈련을 받은 후 장교로 진급하게 된다.

예산으로는 이렇듯 자유분방한 시간을 즐기는 것은 상상조차 할 수 없었기 때문에 나에게는 카페나 빵집을 찾아가는 것 외에는 별다른 오락거리가 없었다. 그곳에서도 카드 게임은 판돈이 너무 컸기 때문에 당구나 보다 저렴한 체스에 열중하는 편이었다.

  1914년 5월 중순이었던 것으로 기억된다. 어느 날 오후, 나는 평소와 다름없이 가끔씩 어울리는 친구 한 사람과 빵집에 앉아 있었다. 그는 '황금천사' 약국의 약사이자 부대가 주둔한 소도시의 부시장이었다. 우리는 늘 하던 대로 이미 체스 세 판을 마친 상태였고, 그저 무료함을 달래기 위해 이런저런 이야기를 나누고 있었다(갈 만한 곳도 없는 이 재미없는 깡촌에서 달리 뭘 하겠는가?). 그러나 대화는 이미 다 타버린 담배꽁초처럼 연기를 내뿜으며 꺼져가고 있었다. 바로 그때였다. 갑자기 문이 열리더니 상쾌한 바람과 함께 치맛자락을 펄럭이며 아리따운 아가씨가 가게 안으로 들어오는 것이었다. 아몬드형의 갈색 눈에 피부는 까무잡잡하고 세련된 의상을 입은 아가씨는 이 황량하고 단조로운 동네에서 처음 보는 새로운 얼굴이었다. 우리는 그녀에게 존경과 감탄이 섞인 시선을 보냈지만 이 아름다운 요정은 우리 쪽에는 눈길조차 건네지 않았다. 그녀는 탄력 넘치는 당찬 걸음걸이로 아홉 개의 대리석 테이블을 빠르게 가로질러 곧장 판매대로 향했다. 그러고는 수십 박스의 케이크와 빵 그리고 샴페인을 주문했다. 빵집 주인은 머리가 땅에 닿을 듯이 인사를 하며 굽실거렸다. 그의 옷자락을 잡아주는 바늘땀이 그토록 팽팽하게 당겨지는 것은 처음 보는 광경이었다. 심지어 풍만하고 천박한 모습으로 이곳의 비너스라 불리며 모든 장교들의 아첨을 한몸에 받는(월말이 되면 남아 있는 계산 때문에 우리로서도 어쩔 수 없었다) 그의 부인조차도 계산대에서 몸을 일으킨 채 나긋나긋한 태도로 아가씨의 비위를 맞추는 것이었다. 주인이 주문을 받는 동안 아가씨는 아무렇지 않게 초콜릿을 집어먹으며 그로스마이어 부인과 이야기를 나누었다. 여전히 한껏 목을 뺀 채 지켜보는 우리에게는 눈길도 주지 않았다. 물론 이 젊은 아가씨가 어여쁜 손으로 손수 짐을 든다는 것은 있을 수 없는 일이었다. 그로스마이어 부인은 공손한 태도로 짐은 안전하게 집으로 배달될 것이라고 재차 강조했다. 게다가 아가씨는 우리 같은 평범한 사람들처럼 계산대 앞에서 현금으로 계산할 생각은 추호도 없어 보였다. 우리는 그 즉시 그녀가 최상류층 고객이라는 것을 알아차렸다.

그녀가 주문을 마치고 나갈 채비를 하자 그로스마이어 씨가 급하게 달려 나와 문을 열어주었다. 나의 약사 친구도 자리에서 일어나 유유히 지나치는 그녀에게 정중하게 인사를 건넸고, 그녀는 상냥하게 감사의 표시를 했다. 오, 이런! 어떻게 저런 부드러운 사슴 같은 갈색 눈동자가 있을 수 있단 말인가! 온갖 찬사를 뒤로하고 그녀가 가게를 나서자마자 나는 약사에게 이 고리타분한 곳에 신선한 소용돌이를 일으키는 저 아가씨가 누구인지를 물어보았다.

"아니, 저 아가씨를 모르세요? ○○씨 조카잖아요." 실명을 거론하는 대신 여기에서는 그를 케케스팔바라 부르겠다. "케케스팔바 씨는 아시죠?"

케케스팔바. 약사는 마치 1천 크로네짜리 지폐라도 되는 것처럼 그 이름을 조심스럽게 입 밖에 내고는 나를 쳐다보았다. 내가 경외심에 가득 차 "아, 그럼요!"라고 외치기를 기대하는 것 같았다. 하지만 나는 새 주둔지에 온 지 몇 개월 되지 않은 갓 전근한 소위일 뿐이었다. 이런 무지한 사람이 이 신비로운 신에 대해 알 까닭이 없었다. 나는 약사에게 그에 대해 아는 바가 전혀 없으니 알려달라고 정중히 부탁했고 약사는 지역 자랑거리를 소개하듯 자부심 가득한 표정으로 설명하기 시작했다. 물론, 여기에 옮기는 것보다도 훨씬 수다스럽고 훨씬 더 상세하게 말이다.

케케스팔바 씨는 이 일대에서 가장 큰 부자라고 했다. 케케스팔바 성뿐만 아니라("케케스팔바 성은 모를 수가 없을 텐데요. 연병장에서 바로 보이거든요. 도로 왼쪽에 있는 나지막한 성탑이랑 커다란 정원이 있는 노란색 저택 말이에요") R거리에 있는 커다란 설탕 공장, 브루크에 있는 제재소, 그리고 M에 있는 말 목장이 모두 케케스팔바 씨의 소유라는 것이다. 거기에 부다페스트와 빈에도 예닐곱 채의 저택을 가지고 있다고 했다. "이곳에 이렇게 엄청난 부자가 산다는 게 안 믿어지죠? 게다가 이분은 '삶을 제대로 즐길 줄 아는 분이랍니다. 겨울에는 빈 야퀸 거리에 있는 저택에서 머무르고, 여름은 휴양지에서 보내죠. 여기에서는 봄에만 몇 달 지내는데, 세상에, 어떻게 지내는 줄 아세요? 빈에서 데려온 현악 사중주단에 샴페인 그리고 프랑스산 와인까지, 일류 중의 일류, 최고 중의 최고로만 즐긴답니다!" 그러면서 그는 내가 원한다면 기꺼이 그 집에 소개해주겠다고 말했다. 그는 자랑스러워하는 몸짓을 지어 보이며 자신은 케케스팔바 씨와 친하고 예전에 함께 일도 했기 때문에 그분이 장교들을 가까이에 두기 좋아한다는 것을 알고 있다고 했다. 자신의 말 한마디면 케케스팔바 씨의 초대를 받을 수 있다는 것이었다.

마다할 이유가 없지! 안 그래도 촌구석에서 숨이 막힐 지경인데……이미 이곳 아가씨들의 얼굴은 물론 그들의 여름 모자와 겨울 모자, 아껴 입는 드레스와 평상복까지 속속들이 알고 있었다. 언제나 똑같은 모습이었다. 아가씨들뿐만 아니라 강아지, 하녀, 아이들까지도 모두 알고 있었다. 장교식당에서 일하는 보헤미아 출신 주방 아주머니의 요리 솜씨도 전부 맛봤고, 이제는 늘 똑같은 메뉴판을 들여다보고 있자면 속이 메스꺼워질 지경이었다. 거리마다 그 이름과 간판, 벽보를 외우고 있었고, 어떤 집에서 어떤 가게를 하고 어떤 가게에서 어떤 물건들을 파는지까지 전부 알고 있었다. 심지어 지역 판사가 몇 시에 카페에 오는지와 그가 창문 쪽 테이블 왼쪽에 자리하고 정확히 4시 30분에 멜랑제 커피*를 주문한다는 사실을 웨이터 오이겐만큼이나 정확히 알고 있었고, 이에 반해 공증인은 10분 후인 4시 40분에 와서 약한 위장 때문에 (특이하게도) 레몬차를 마시고 언제나 똑같은 버지니아 담배를 피우며 똑같은 농담을 한다는 사실도 알고 있었다. 그렇다. 나는 이 일대의 모든 사람과 모든 제복, 모든 말과 모든 마부, 모든 거지까지 속속들이 알고 있었고, 나 자신에 대해서도 지나칠 정도로 잘 알고 있었다. 한 번쯤 이 쳇바퀴에서 탈출하는 것도 좋을 것 같았다. 더군다나 사슴을 닮은 갈색 눈동자의 어여쁜 아가씨가 있지 않은가! 나는 약사에게 태연한 척하며(이 거만한 약장수에게 굳이 매달린다는 인상을 줄 필요는 없다!) 케케스팔바 씨 가족과 한번 만나보고 싶다고 말했다.

정말로 이틀 후 약사는 어깨를 으쓱거리며 거만한 몸짓으로 카페에 들어서더니 내게 초청장 한 장을 내미는 것이었다(이것 봐라, 허풍 떤 것이 아니었군!). 초청장에는 고풍스러운 글씨로 내 이름이 적혀 있었고, 라요스 폰 케케스팔바가 안톤 호프밀러 소위를 다음 주 수요일 저녁 8시 만찬에 초청한다는 내용을 담고 있었다. 다행히 우리 같은 군인들도 이럴 때 어떻게 처신해야 하는지 모를 정도로 촌스럽지는 않았다. 일요일 오전, 나는 가장 좋은 제복에 흰 장갑을 끼고 윤기 나는 군화를 신고 깔끔하게 면도한 다음 콧수염에 향수까지 한 방울 뿌린 후 초청에 대한 답례 인

---

* 커피와 우유를 같은 비율로 섞어서 만든 커피.

사를 하러 집을 나섰다. 정복을 갖춰 입은 나이 든 하인은 내가 내민 초청장을 살펴보더니 미안한 기색이 역력한 표정으로 주인어르신과 가족 분들이 지금 교회에 가셨다며, 소위님을 직접 맞이하지 못하게 된 것을 매우 유감스럽게 여기실 것이라고 말했다. 차라리 잘됐다고 나는 생각했다. 근무 시간이든 근무 외 시간이든 답례 인사를 하는 것은 내가 끔찍이도 싫어하는 일이었던 것이다. 어쨌든 나는 할 일을 다했다. 이제는 수요일 저녁에 즐거운 시간을 보낼 수 있기를 바랄 일만 남았다. 임무 완료. 케케스팔바 씨네 용무는 수요일까지 보류. 그러나 이틀 뒤인 화요일, 숙소에 케케스팔바 씨의 명함이 맡겨진 것을 보고 나는 기쁨을 감추지 못했다. 정말 나무랄 데가 없는 사람들이군! 예의를 아는 사람들이라고 나는 생각했다. 답례 인사 이틀 만에 일개 소위에 불과한 나를 직접 찾아오다니! 장군이라 해도 이보다 더한 예의나 존경을 기대할 수는 없었다. 어쩐지 예감이 좋다는 생각을 하며 나는 수요일이 되기만을 손꼽아 기다렸다.

그러나 처음부터 일은 삐거덕거렸다(어쩌면 미신을 믿고, 작은 징조에 주의를 기울이는 것도 필요한 일인지도 모르겠다). 수요일 저녁 7시 30분, 나는 모든 준비를 완벽하게 마친 상태였다. 이미 가장 좋은 제복에 새 장갑, 윤기 나는 군화, 면도날만큼이나 빳빳하게 각을 세운 바지를 착용한 상태였고, 당번병이 외투의 주름을 잡아주고 마지막 마무리를 해주고 있었다(내 방은 조명이 어두운 데다가 작은 손거울 하나밖에 없었기 때문에 언제나 당번병의 도움이 필요했다). 이때, 쾅쾅 문 두드리는 소리가 났다. 전령이었다. 당직을 서고 있는 기병중대장 슈타인휘벨 백작이 나를 휴게실로 부른다는 전갈이었다. 만취 상태인 게 분명한 두 울란 기병 간에 싸움이 있었고, 결국 한 명이 카빈총으로 다른 기병의 머리를 가격했다고 한다. 그 멍청한 녀석은 의식을 잃은 채 입을 벌리고 피까지 흘리며 바닥에 뻗어 있었다. 머리통이 온전한지 아닌지조차 알 수 없는 상황이었다. 군의관은 휴가차 빈으로 떠났고 연대장도 보이지 않자 궁지에 몰린 슈타인휘벨 이 친구가, 빌어먹을, 하필이면 나에게 도움을 청한 것이었다. 그가 피 흘리는 녀석을 돌보는 동안 나는 기록을 작성하고 민간인 의사라도 찾기 위해 카페를 비롯해서 사방팔방으로 전령을 보내야 했다. 그러는 동안 시계는 7시 45분을 가리켰다. 15분, 아니 30분 내로는 그곳을 절대로 빠져나가지 못할 것 같았다. 젠장. 하필 오늘, 하필 내가 초대받은 날에 이런 난리가 나다니! 나는 초조한 마음에 시계를 봤다. 5분만 더 지체해도 제시간에 도착하는 것은 불가능했다. 하지만 공적 업무가 그 어떤 개인적인 일보다 우선시된다는 소리를 뼈에 사무치도록 듣지 않았던가! 도망칠 수는 없는 노릇이었다. 이 정신없는 상황에서 내가 할 수 있는 일은 한 가지밖에 없었다. 나는 당번병 녀석을 (4크로네나 들여) 이두마차에 태워서 케케스팔바 씨 댁으로 보내 예기치 못한 긴급한 사태로 인해 늦을 수도 있으니 양해를 구한다는 말을 전했다. 다행히도 사태는 곧 수습되었다. 연대장이 급히 찾아낸 의사를 대동한 채 직접 나타났고, 나는 은밀하게 자리를 빠져나올 수 있었다.

그러나 불운은 계속되었다. 하필 그날 시청 광장에는 단 한 대의 이두마차도 대기하고 있지 않았다. 나는 전화로 마차를 부르고 기다리는 수밖에 없었다. 결국 케케스팔바네 저택 현관에 도착했을 때에는 벽시계의 긴 바늘이 수직으로 아래쪽을 가리키고 있었다. 8시가 아니라 8시 30분이었다. 현관에는 이미 외투들이 두껍게 쌓여 있었다. 당황한 듯한 하인의 표정에서도 내가 상당히 늦었다는 것을 짐작할 수 있었다. 이런, 빌어먹을. 하필 첫번째 방문에서 지각을 하다니!

지난 방문 때와는 달리 흰 장갑에 연미복과 빳빳한 셔츠를 입은 하인은 30분 전에 당번병이 와서 양해를 구했다며 나를 안심시켰다. 그러고는 나를 응접실로 안내했다. 응접실의 모습은 믿을 수 없을 만큼 우아했다. 네 개의 창은 붉은 실크로 화려하게 장식되어 있었고 천정에는 크리스털 샹들리에가 반짝이고 있었다. 이토록 품격이 느껴지는 곳은 난생 처음인 것 같았다. 그러나 응접실은 텅 비어 있었고, 옆방에서 경쾌한 접시 소리가 들려왔다. 나는 얼굴이 화끈거렸다. 미치겠네, 미치겠어. 이럴 줄 알았어. 다들 벌써 식탁에 자리했군!

나는 정신을 가다듬고 하인이 문을 여는 순간 군화 뒤축을 절도 있게 마주치며 경례를 했다. 모든 시선이 일제히 나를 향했다. 스무 개, 아니, 마흔 개의 낯선 눈동자가 문 앞에 얼어붙어 있는 지각생을 바라보고 있었다. 곧 나이 든 한 신사가 몸을 일으켰다. 집주인이 분명했다. 그는 서둘러 냅킨을 내려놓고 나에게 다가와서 환영한다는 듯이 손을 내밀었다. 그는 내가 상상했던 것과는 전혀 다른 모습이었다. 나는 헝가리식 콧수염을 기르고 볼살이 터질 것 같은 얼굴에 좋은 와인 덕분에 혈색이 불그스름하고 체구가 당당한 지방 귀족의 모습을 상상했었다. 그러나 케케스팔바 씨는 내가 상상했던 모습과는 전혀 달랐다. 금테 안경 너머로는 지쳐 보이는 눈이 잿빛 눈물주머니 위에 떠 있었고, 어깨는 앞으로 구부정했으며, 속삭이는 듯한 목소리에는 잔기침이 섞여 있었다. 뾰족한 흰색 턱수염으로 이어지는 갸름하고 섬세한 얼굴은 그를 오히려 학자처럼 보이게 했다. 집주인을 보자 불안한 마음이 한층 진정되었다. 나는 사과를 하려고 했지만 그는 오히려 자신이 미안하다며 나의 말을 가로막았다. 근무 중에 어떤 일들이 일어날 수 있는지 잘 알고 있다며 미리 연락해준 것만도 고마운 일이라고 했다. 그러면서 내가 올 수 있는지 여부를 확실히 알 수가 없어서 어쩔 수 없이 식사를 먼저 시작했다고 양해를 구하고는 우선 자리에 앉으면 나중에 다른 손님들을 소개해주겠다고 말했다. 그러면서 그는 나를 한 테이블로 안내하더니 자신의 딸이라며 한 아가씨를 소개해주었다. 아버지만큼이나 창백하고 연약해 보이는 아가씨는 다른 손님들과 대화를 나누다가 우리 쪽으로 시선을 돌렸다. 한 쌍의 잿빛 눈동자가 수줍게 나를 훑어보았다. 그러나 나는 그녀의 긴장한 듯한 갸름한 얼굴을 자세히 살펴볼 여유도 없이 서둘러 고개 숙여 절하고는 바로 좌우 양쪽 사람들에게도 인사를 했다. 이들은 번거로운 인사치레 때문에 포크와 나이프를 내려놓을 필요가 없다는 사실에 기뻐하는 것 같았다.

처음 이삼 분 동안은 어색하기 그지없었다. 부대 사람은 아무도 없었다. 동료도 없고, 아는 얼굴도 없고, 심지어는 그 도시의 명망 있는 인사조차 단 한 사람도 찾아볼 수 없었다. 모두가 낯선 사람들뿐이었다. 대개는 주변 영주들과 그 가족, 그리고 국가기관에서 일하는 사람들인 것 같았다. 게다가 어딜 봐도 사복, 사복뿐이었다. 제복을 입은 것은 나 한 사람밖에 없었다! 이런! 나처럼 낯을 가리는 사람이 온통 낯선 사람들뿐인 이곳에서 무슨 대화를 어떻게 나눈단 말인가? 다행히도 자리 배정은 나쁘지 않았다. 내 옆에는 저번에 봤던 까무잡잡하고 발랄한 케케스팔바 씨의 아름다운 조카가 앉아 있었다. 내가 생각했던 것과는 달리 그녀는 그날 빵집에서 나의 시선을 알아차렸었는지, 마치 오랜 지인이라도 된 듯 나에게 다정한 미소를 지어 보였다. 그녀의 눈은 마치 커피콩 같았고 그녀가 웃으면 콩 볶는 소리가 들리는 듯했다. 풍성한 검은 머리카락 사이로 조그맣고 깜찍한 귀가 보일락 말락 드러났다. 습지 한가운데에 핀 분홍빛 시클라멘 같다고 나는 생각했다. 그녀는 팔이 훤히 드러나는 드레스를 입고 있었는데, 그녀의 팔은 마치 복숭아 속살처럼 부드럽고 매끄러울 것만 같았다.

이렇게 어여쁜 아가씨 옆에 앉아 있는 것만으로도 기분 좋은 일인데, 노래를 흥얼거리는 듯한 그녀의 헝가리식 억양을 듣게 되자 나는 금방이라도 사랑에 빠질 것만 같았다. 이렇듯 화사한 식당에서 고상하게 차려진 식탁에 앉아 식사를 한다는 것 또한 기분 좋은 일이었다. 뒤에는 정복을 갖춰 입은 하인들이, 앞에는 최고의 음식들이 즐비했다. 내 왼쪽에는 가벼운 폴란드 억양을 쓰는 아가씨가 자리하고 있었는데, 커다란 체구에도 불구하고 매력적이었다. 아니면 와인 때문에 그렇게 보인 것일까? 처음에는 금빛을 띤 화이트 와인, 다음은 핏빛을 띤 레드 와인 그리고 거품이 가득한 샴페인까지, 뒤쪽에서 흰 장갑을 낀 하인들이 배가 볼록한 은빛 유리병에서 넉넉하게 따라주던 와인 때문에 그렇게 보일 수도 있었다. 약사가 거짓말을 한 것이 아니었다. 케케스팔바의 성은 마치 궁정처럼 호사스러웠다. 나는 난생처음 꿈에서나 나오는 것 같은 음식들을 먹어보았고, 사람이 음식을 이렇게 고급스럽고 푸짐하게 먹을 수 있다는 사실도 처음 알았다. 더 맛있고 더 귀한 음식들이 끊임없이 날라져 왔다. 양상추 왕관을 쓴 채 잘게 썬 바닷가재에 둘러싸여 금빛 소스 속을 헤엄치는 푸른빛 생선, 말 위에 올라탄 기병처럼 쌀밥으로 만든 안장 위에 걸터앉은 거세한 수탉, 푸른빛 럼에서 활활 타오르는 푸딩, 다양한 색상이 달콤하게 솟아오르는 아이스크림 폭탄, 은쟁반에서 서로 입을 맞추고 있는, 지구 반바퀴는 돌았음 직한 과일들까지 정말 무궁무진한 음식들이 나왔다. 마지막에는 녹색, 붉은색, 백색, 황색 등 가지가지 빛깔의 화주와 아스파라거스만큼이나 굵은 시가, 그리고 맛있는 커피까지 등장했다!

정말 마법 같은 멋진 저택이었다. 선량한 약사에게 은총이 내리길! 화사한 밤, 행복한 밤, 맑게 울려 퍼지는 그런 밤이었다! 어떻게 이토록 긴장이 확 풀리면서 자유로운 느낌이 드는 것일까? 나의 왼편, 오른편,

건너편에 이르기까지 모두가 눈을 반짝이며 큰 목소리로 떠들고 있기 때문일까? 그들도 이제는 고상함을 잊은 채 활달하게 이야기를 나누기 때문일까? 아무튼, 어색함이 사라진 것은 사실이었다. 나는 거리낌 없이 떠들어댔고, 양쪽 아가씨 모두를 즐겁게 해주었으며, 신나게 마시고 웃고 한껏 들떠 있었다. 내 손이 간간이 일로나(깨물어주고 싶을 만큼 어여쁜 조카의 이름이다)의 아름다운 팔과 스친 것은 순전히 우연만은 아니었다. 하지만 아는지 모르는지 일로나도 이와 같은 가벼운 스킨십을 불쾌하게 여기는 것 같지는 않았다. 그녀도 다른 사람들과 마찬가지로 푸짐하고 화려한 만찬 덕에 긴장이 풀어진 채 즐겁고 활달해 보였다.

나는 서서히 경쾌함을 넘어 거의 통제불능에 이를 정도로 마음이 가벼워지는 것을 느꼈다(역시나 익숙하지 않은 훌륭한 와인 때문이었을까? 토카이산 와인과 샴페인이 마구 뒤섞인 결과일까?). 그러나 날아다닐 정도의, 황홀할 정도의 완벽한 행복이라고 하기에는 뭔가 한 가지가 부족한 듯했다. 그런데 다음 순간, 응접실 뒤편에 있는 방으로부터(하인이 이미 아무도 모르게 문을 다시 열어두었다) 조용하게 음악이 울려 퍼지기 시작했고, 나는 그제서야 부족한 게 뭔지 깨달았다. 음악이었다! 음악! 그중에서도 춤곡! 현악 사중주가 리드미컬하고 부드러운 왈츠를 연주했다. 두 대의 바이올린 선율과 첼로의 중후한 울림, 그 사이에서 화려하게 리듬을 타는 피아노의 날카로운 스타카토가 울려 퍼졌다. 그랬다. 음악이었다! 부족했던 것은 바로 음악이었다! 이제 음악에 맞춰 춤을 출 것이다! 왈츠에 맞춰 몸을 이리저리 흔들며 가벼움을 환희로 승화시킬 것이다! 정말로 이 케케스팔바 저택은 마법의 성임에 틀림없었다. 꿈을 꾸면 곧바로 이루어지는 곳이었다. 모두가 일어나서 의자를 뒤로 밀어내고 쌍쌍이 응접실로 나가자(나는 일로나에게 손을 내밀며 다시 한 번 그녀의 시원하고 부드러운 피부를 즐겼다) 그곳은 마치 우렁각시가 다녀간 듯 이미 말끔히 정리되어 있었다. 테이블은 치워졌고 의자는 벽쪽으로 붙여져 있었으며 갈색 마룻바닥은 매끄럽게 반짝이고 있었다. 왈츠를 추기 위한 천상의 아이스링크가 준비되어 있었던 것이다. 게다가 옆방에서 들려오는 음악 소리는 이미 온몸을 자극하고 있었다.

나는 일로나에게로 몸을 돌렸다. 그녀는 이해한다는 듯이 내게 웃어주었다. 그녀의 눈은 이미 "네"라고 대답했고, 우리는 곧 매끄러운 마룻바닥 위를 돌고 있었다. 한 쌍, 두 쌍, 네 쌍의 커플이 우리와 함께 무대를 누볐고, 몸을 사리거나 나이 든 이들은 우리가 춤추는 것을 구경하거나 수다를 떨었다. 나는 평소에도 춤추는 것을 좋아했고 잘 추기도 했다. 우리 두 사람은 한 몸이 되어 마루 위를 날아다녔다. 내 평생 이렇게 춤을 잘 춘 적은 없었던 것 같다. 다음 곡이 연주되자 나는 내 왼쪽 파트너에게 춤을 청했다. 그녀의 춤 또한 훌륭했다. 나는 그녀를 향해 몸을 숙이며 약간은 정신이 혼미한 상태로 그녀의 머리에서 풍기는 향기를 들이마셨다. 아, 그녀의 춤은 정말 훌륭했다. 모든 것이 훌륭했다. 나는 너무나도 즐거워서 어찌할 바를 몰랐다. 모두를 껴안고 싶고 모두에게 진심으로 감사하다는 말을 하고 싶었다. 그만큼 흥겨움에 고취된 채 열정과 젊음을 만끽했다. 나는 이 사람에서 저 사람으로 옮겨 다니며 웃고 떠들고 춤추고 행복감에 취해 시간 가는 줄 몰랐다.

그런데 갑자기 시계가 눈에 들어왔다. 시곗바늘은 10시 30분을 가리키고 있었다. 문득 한 가지 사실에 생각이 미쳤다. 아뿔싸! 거의 한 시간이나 춤추고 떠들고 즐기면서 무례하게도 이 집 따님에게는 단 한 번도 춤을 청하지 않은 것이었다. 내 양쪽 파트너들과 마음에 드는 두세 명의 다른 아가씨들하고만 춤을 추고 정작 이 집 따님은 완전히 잊고 있었던 것이다. 어찌 이런 무례를 범할 수 있단 말인가! 이런 모욕적인 짓을 저지르다니! 어서 빨리 이를 바로잡아야 한다!

그런데 당혹스럽게도 나는 그 아가씨가 어떻게 생겼는지 전혀 기억이 나지 않았다. 인사를 할 때 그녀는 이미 자리에 앉아 있었고, 나는 잠깐 고개 숙여 인사만 했으니 그럴 만도 했다. 그저 섬세하고 연약했던 이미지와 호기심 어린 잿빛 눈빛이 순간적으로 나를 훑어보던 모습만이 기억날 뿐이었다. 그런데 어디 있지? 주인집 따님이 벌써 떠났을 리는 없을 텐데. 나는 초조한 눈빛으로 벽 쪽에 서 있는 부인과 아가씨들을 훑어보았다. 그러나 그녀를 닮은 사람은 보이지 않았다. 마침내 나는 응접실 뒤편에 있는 방에 이르렀다. 그곳에서는 중국제 병풍으로 가려진 한쪽 구석에서 현악 사중주가 연주를 하고 있었다. 나는 안도의 한숨을 내쉬었다. 그곳에 그녀가 앉아 있었다. 분명히 그녀였다. 화병이 놓인 녹색 테이블 뒤로 담청색 치마를 입은 섬세하고 가냘픈 모습의 그녀가 두 노부인 사이에 앉아 있었다. 그녀는 음악에 집중하고 있는 듯 갸름한 얼굴을 약간 숙이고 있었다. 붉은빛이 감도는 그녀의 갈색 머리카락 아래로 보이는 투명하고 창백한 이마는 장미의 뜨거운 살갗으로 인해 한층 더 창백해 보였다. 하지만 더 이상 쓸데없는 관찰에 시간을 허비할 수 없었다. 그녀를 찾아서 다행이라고, 늦기 전에 실수를 만회할 수 있겠다고 생각하며 나는 속으로 안도의 한숨을 내쉬었다.

옆에서는 큰 소리로 음악이 연주되는 가운데 나는 테이블로 다가가 정중하게 절을 하며 춤을 청했다. 당혹스러운 눈빛이 나를 멍하니 쳐다보았다. 그녀의 입은 말을 하려다 멈춘 듯 반쯤 열린 채 굳어져 있었다. 춤을 청하는 나의 몸짓에 응하려는 기색은 전혀 보이지 않았다. 이해하지 못한 것일까? 나는 다시 한 번 절을 하며 군화 뒤축으로 조용히 내 뜻을 전했다. "아가씨, 저와 춤추시겠습니까?"

그 순간 끔찍한 일이 벌어졌다. 앞으로 숙이고 있던 그녀의 상체가 일격을 피하려는 듯 뒤로 튕겨졌고 창백했던 볼은 피가 솟구치듯 벌겋게 달아올랐으며 조금 전까지 벌어져 있던 입술은 굳게 닫혔다. 그녀의 눈동자만이 여전히 미동도 하지 않은 채 뚫어지게 나를 쳐다보고 있었다. 나는 평생 그토록 경악하는 눈빛은 본 적이 없었다. 다음 순간, 경직되었던 몸이 움찔거리더니 그녀가 양손으로 테이블을 붙잡으며 몸을 일으키는 것이었다. 테이블 위의 화병이 달가닥거리고 그녀가 앉아 있던 안락의자에서는 둔탁한 물건이 바닥으로 떨어졌다. 그녀는 여전히 양손으로 흔들리는 테이블을 꽉 붙들고 있었고, 어린아이 같은 가녀린 그녀의 몸은 경련을 일으키고 있었다. 그러나 그녀는 이에 맞서 더욱더 필사적으로 테이블을 움켜쥐었다. 경련은 멈추지 않았다. 꽉 움켜쥔 주먹에서부터 머리카락에 이르기까지 그녀의 전신은 요동치듯 떨고 있었다. 그리고 어느 순간 흐느낌이 터져 나왔다. 그것은 마치 절규하는 듯한 격렬하고 원초적인 흐느낌이었다.

곧바로 양쪽의 노부인들이 온몸을 떨고 있는 그녀를 감싸고 어루만져주며 진정시키려 애썼다. 그들은 꽉 움켜쥔 그녀의 손을 부드럽게 테이블에서 떼어내고 그녀를 안락의자에 앉혔다. 하지만 흐느낌은 그칠 줄 몰랐고 오히려 더욱 격렬해졌다. 마치 뜨거운 피를 토해내듯 격렬한 흐느낌은 계속되었다. 다행히도 병풍 뒤에서 연주되는 음악이 울음소리를 가려주고 있었지만, 이 음악이 끊기면 울음소리는 곧바로 무도회장까지 퍼져 나갈 것이 분명했다.

나는 깜짝 놀라 그저 멍하니 서 있었다. 무슨 일이, 도대체 무슨 일이 일어난 거지? 나는 영문도 모른 채 두 노부인이 그녀를 진정시키려고 애쓰는 광경을 바라보았다. 그녀는 부끄러운 마음이 들었는지 머리를 테이블에 기댄 채 흐느끼고 있었다. 흐느낌은 가냘픈 몸통을 지나 어깨까지 요동치게 했고, 몸의 흔들림에 맞춰 테이블 위의 화병도 같이 달그락거렸다. 나는 당황스러운 나머지 온몸이 얼어붙은 채 그저 멍하니 서 있었다. 셔츠 옷깃이 마치 뜨거운 밧줄처럼 목을 조여왔다.

마침내 나는 허공에 대고 "죄송합니다"를 더듬거리며 휘청거리는 발걸음으로 응접실로 돌아갔다. 두 노부인은 흐느끼는 그녀를 돌보느라 나에게는 눈길조차 주지 않았다. 응접실에서는 아직 아무도 눈치채지 못한 것 같았다. 모두들 열정적으로 춤추는 데 전념하고 있었다. 나는 현기증을 느끼며 기둥을 붙잡았다. 무슨 일이 벌어진 거지? 내가 무슨 짓을 저지른 거지? 빌어먹을, 와인을 너무 급하게 마신 건가? 술에 취해 실수를 한 건가?

그 순간 음악이 멈추고 춤추던 이들이 흩어지기 시작했다. 일로나가 파트너와 인사하는 것을 보고 나는 곧바로 그녀에게 달려가 깜짝 놀라는 그녀를 반강제적으로 한쪽 구석으로 끌고 갔다. "도와주세요! 제발, 설명 좀 해주세요!"

일로나는 내가 그녀를 창가로 끌고 가서 재미있는 이야기라도 속삭여줄 것이라 기대했었는지 갑자기 눈빛이 굳어졌다. 흥분한 나의 모습이 불쌍해 보였거나 무서워 보였던 모양이다. 심장이 방망이질하는 가운데 나는 그녀에게 무슨 일이 벌어졌는지 이야기해주었다. 그러자 일로나는 옆방에서 본 것과 똑같은 경악하는 눈빛으로 나를 쏘아보며 호통을 치는 것이었다.

"당신 미쳤어요? 정말…… 몰랐단 말이에요? 그걸 보지 못했어요?"
"아니요." 나는 여전히 일로나의 경악하는 눈빛을 이해하지 못한 채 더듬거렸다. "**뭘** 못 봐요? 난 아무것도 모르겠습니다. 오늘 처음 이곳에 온 거란 말입니다."

"에디트가 걷지 못한다는 걸 몰랐다고요? 그 아이의 불쌍한 다리를 보지 못했다고요? 그 아이는 목발 없이는 두 걸음조차 떼지 못하는데…… 당신…… 이 나쁜……"(그녀는 과격한 표현이 나오려던 것을 급하게 삼켜버렸다). "당신, 그 가엾은 아이에게 춤을 청했다고요? 어떻게 그런 끔찍한 짓을! 당장 그 아이에게 가봐야겠어요!"

"그게 아니라……"(나는 필사적으로 일로나의 팔을 붙잡았다). "잠시만요. 잠시만…… 제발 나 대신 사과 좀 해주세요. 나는 정말 몰랐습니다. 식탁에서 그녀를 잠깐 본 게 전부였단 말이에요. 제발, 그녀에게 설명 좀……"

그러나 일로나는 화가 난 표정으로 팔을 잡아 빼고는 옆방으로 달려갔다. 목구멍이 조여오면서 입에서는 메스꺼움이 느껴졌다. 응접실은 (갑자기 역겹게 느껴지는) 사람들의 수다와 웃음소리로 떠들썩했고 정신없었다. 나는 응접실 문턱에 서서 생각했다. 5분만 지나면 모두가 내 어리석은 행동에 대해 알게 되겠지. 5분만 지나면 사방에서 나를 경멸하고 비난하고 조롱하는 시선들이 날아올 거야. 그리고 내일이면 수백 개의 입들이 나의 잔인한 실수에 대해 동네방네 떠들고 다니겠지. 새벽에 우유 배달과 함께 하인들의 수군거림이 시작될 거고, 그들의 입을 거쳐 카페와 관청까지 퍼져갈 거야. 그러면 내일이면 부대에서도 전부 이 일을 알게 되겠지.

그 순간 눈앞을 가린 뿌연 안개 너머로 그녀의 아버지가 보였다. 그는 침통한 표정으로(이미 알고 있는 걸까?) 응접실을 가로질러 왔다. 나에게 오는 것일까? 안 돼. 제발! 그녀의 아버지만은 지금 절대로 만날 수 없어! 갑자기 그에 대한 두려움, 모든 사람들에 대한 두려움이 밀려왔다.

나는 나도 모르게 비틀거리며 현관문으로, 이 지옥과도 같은 집으로부터 벗어날 수 있는 문으로 발걸음을 옮겼다.

"소위님, 벌써 떠나십니까?" 하인은 의아하다는 표정으로 공손하게 물었다.

"그렇네"라는 대답이 입 밖으로 나오는 순간, 나는 나도 모르게 움찔했다. 나는 정말 이렇게 가버리려는 것일까? 하인에게서 외투를 건네받으면서 나는 이렇게 비겁하게 도망가는 것은 또 다른 어리석은 짓을 저지르는 것이며, 어쩌면 이것이야말로 더욱더 용서받을 수 없는 잘못임을 확실하게 인식하고 있었다. 그러나 이미 너무 늦어버렸다. 지금 와서 하인에게 다시 외투를 돌려줄 수는 없는 노릇이었다. 더더군다나 이미 인사를 하고 대문을 열어주고 있는 하인을 뒤로하고 다시 응접실로 돌아갈 수도 없었다. 그렇게 해서 나는 얼굴에 찬바람을 맞으며 부끄러움으로 뜨거워진 가슴을 안고 질식할 듯 거친 숨을 몰아쉬면서 돌연 낯설게 느껴지는 그 저주스러운 집 앞에 서 있게 되었다.

이것이 바로 모든 일의 발단이 된 어리석은 행동이었다. 수십 년의 세월이 지난 지금 차분한 마음으로 당시의 사건을 돌이켜보면, 나는 사실 아무런 잘못도 없이 그런 오해에 휘말리게 된 것이라고 할 수 있다. 아무리 똑똑하고 아무리 경험이 많은 사람이라 할지라도 걷지 못하는 소녀에게 춤을 청하는 실수는 할 수 있는 것이다. 그러나 당시 나는 너무나 놀란 나머지 스스로를 '한심한 멍청이'를 넘어서서 '비열한 범죄자'로 여겼다. 마치 무고한 어린아이에게 채찍을 휘두른 것 같은 느낌이 들었던 것이다. 사실 침착하게만 행동했더라면 모든 일을 바로잡을 수도 있었을 것이다. 돌이킬 수 없을 정도로 상황을 악화시킨 것은 사과하려는 시도조차 없이 범죄자처럼 도망친 행동이었다. 물론 당시 집 밖으로 나와 이마에 차가운 공기가 닿는 순간, 이미 나는 그 사실을 깨닫고 있었다.

집 앞에 서 있을 당시 나의 상태는 말로 표현하기 어려울 지경이다. 불빛이 환하게 새어 나오는 창문 너머로는 음악 소리가 끊기고 정적이 흐르고 있었다. 아마도 연주자들이 잠시 휴식을 취하고 있었던 모양이다. 그러나 죄의식에 사로잡힌 나는 곧바로 나 때문에 음악이 끊겼다고 생각했다. 나 때문에 모두가 춤을 멈추고 흐느끼는 그녀를 위로하기 위해 방으로 몰려간 것이라고, 굳게 닫힌 현관문 뒤에서는 지금 남녀노소를 불문하고 모두가 한 목소리로 걷지도 못하는 아이에게 춤을 청하는 야비한 장난을 친 후 비겁하게 도망쳐버린 무뢰한에 대해 욕하고 있을 것이라고 생각한 것이다. 그리고 내일이면 나의 치욕스러운 행위에 대한 소문이 온 도시에 퍼지게 될 것이고, 모두가 그 사실을 알고 나를 비난할 것이라 생각했다. 나는 모자 아래로 식은땀이 흐르는 것을 느낄 수 있었다. 이미 눈앞에 페렌츠, 미슬리베츠 그리고 빈정거리기 좋아하는 요치를 비롯한 동료들이 입맛을 다시며 내게 다가오는 장면이 그려졌다. "어이, 토니, 참 잘하고 다니는군! 내버려두기만 하면 곧바로 부대 망신을 시키네그려!" 아마도 수개월 동안은 장교식당에서 이런 식의 비난 섞인 빈정거림을 듣게 될 것이다. 우리 사회에서는 누군가가 어리석은 짓을 저지르면 10년이고 20년이고 이를 곱씹으며 놀려대곤 했다. 어리석은 행동은 영원히 보존되고 이를 조롱하는 말들도 결코 사라지는 법이 없었다. 16년 전, 빈에 놀러 갔다 돌아온 볼린스키 대위가 빈 중심가에서 T백작부인을 만나 백작부인 집에서 하룻밤을 보냈다고 자랑한 일이 있었다. 이틀 후 신문에는 백작부인에게 쫓겨난 하녀가 T백작부인을 사칭하며 쇼핑을 즐기고 남자들을 만나고 다녔다는 기사가 실렸고, 그 카사노바 같은 대위는 병까지

옮아와 군의관으로부터 3주 진단까지 받아야 했다. 16년이 지난 지금까지도 동료들 사이에서는 이 이야기가 회자되고 있었다. 단 한 번이라도 동료들 앞에서 웃음거리가 된 사람은 영원한 웃음거리로 남게 된다. 그들은 절대로 잊는 법도 용서하는 법도 없었다. 이런 생각을 하면 할수록 나는 점점 더 어리석은 생각에 사로잡혔다. 동료들이 이미 내 치욕스러운 행위에 대해 알고 있는 것은 아닌지, 벌써부터 내 등 뒤에서 쑥덕거리고 빈정거리는 것은 아닌지 하는 걱정과 함께 며칠 동안 지옥과도 같은 고통을 견디느니 손가락을 한 번 살짝 놀려서 권총 방아쇠를 당기는 것이 수백 배는 더 쉽겠다는 생각이 들었다. 나는 나 자신을 잘 알고 있었다. 사람들의 조롱과 쑥덕거림이 일단 시작되고 나면, 나는 절대로 그것을 견디지 못할 사람이었다.

    그 당시 내가 어떻게 숙소로 돌아왔는지에 대해서는 전혀 기억이 나지 않는다. 그저 돌아오자마자 장 속에 숨겨둔 손님용 슬리보비츠* 병을 꺼내 연거푸 두세 잔을 들이키며 목구멍에서 느껴지는 메스꺼움을 없애려 했던 것만 기억날 뿐이다. 그런 다음 옷을 입은 채 침대에 드러누워 생각을 정리하려 했다. 그러나 온실 속에서 자라는 꽃이 더 무성하게 잘 자라는 것처럼 어둠 속에서 자라는 망상도 그러했다. 망상은 불을 뿜어내는 덩굴식물이 되어 축축한 바닥에서 솟아올라 내 목을 졸랐고, 열에 들뜬 머릿속에서는 터무니없는 공포스러운 장면들이 꿈속에서나 있음 직한 엄청난 속도로 달려들었다. 평생 치욕에서 벗어나지 못할 것이다! 사회에서 쫓겨나고 동료들의 조롱거리, 온 도시의 가십거리가 될 것이다! 다시는 이 방을 나서지 못할 것이다! 내가 저지른 범죄에 대해 알고 있는 사람을

---

* 헝가리 및 발칸 제국에서 마시던 서양 자두로 만든 브랜디.

만날 것이 두려워서 다시는 한 발짝도 밖으로 나가지 못할 것이다! (당시 나는 나의 단순한 어리석은 행위를 범죄행위로, 스스로를 비웃음의 대상으로 여겼다). 이런저런 생각을 하다가 결국 잠이 들었다. 하지만 그것은 깊은 잠이 아닌 불안감이 계속 이어진 얕은 잠이었던 모양이다. 눈을 뜨는 순간, 또다시 경악하는 소녀의 얼굴이 떠올랐다. 그녀의 움찔거리는 입술과 온 힘을 다해 테이블을 꽉 붙들고 있는 손이 선명하게 보였고, 묵직한 것이 바닥에 떨어지는 소리가 들렸다. 다시 생각해보니 그것은 목발이 바닥으로 떨어지는 소리였을 것이다. 갑자기 불안감이 엄습해왔다. 문이 활짝 열리고 가느다란 염소수염을 단정하게 다듬은 그녀의 아버지가 하얀 레이스가 달린 검은 재킷을 입고 금테 안경을 낀 모습으로 내 침대로 다가올 것만 같았다. 나는 침대에서 벌떡 일어났다. 거울 속에 밤새 불안감에 떠느라 땀 범벅이 된 내 얼굴이 보였다. 나는 거울을 들여다보며 그 속에 비친 멍청이의 얼굴을 주먹으로 한 대 갈겨주고 싶은 충동을 느꼈다.

그러나 다행히도 이미 날은 밝아 있었다. 복도에서는 발소리가 쿵쾅거렸고 거리에서는 수레 굴러가는 소리가 요란하게 울렸다. 유령이 나올 듯한 사악한 어둠 속에서보다 유리창 너머로 밝은 햇살이 비칠 때 머릿속이 맑아지는 법이다. 어쩌면 모든 일이 생각했던 것만큼 끔찍하지 않을 수도 있다고 나는 스스로를 위로했다. 아무도 알아차리지 못했을 수도 있어! 물론, 그녀는…… 그 창백하고 걷지 못하는 가엾은 소녀는 그 일을 절대로 잊지 못하겠지만…… 절대 용서하지 못할 거야! 그때 갑자기 좋은 생각이 떠올랐다. 나는 서둘러 헝클어진 머리를 빗고 제복을 입은 후 방으로 들어오던 당번병을 무시한 채 밖으로 뛰쳐나갔다. 당번병 녀석은 당황해하며 엉성한 루테니아*식 독일어로 등 뒤에서 "소위님, 소위님, 커피 다 됐습니다"라고 소리쳤다.

나는 계단을 뛰어내려가 옷을 반밖에 걸치지 않은 채 앞마당에 서 있는 기병들에게 경례할 틈도 주지 않고 쏜살같이 그들을 지나 정문을 나섰다. 그러고는 소위에게 허용된 최대 속도로 시청광장에 있는 꽃가게로 뛰듯이 걸어갔다. 나는 급한 마음에 새벽 5시 반에는 가게들이 아직 문을 열지 않는다는 것을 깜박했다. 그러나 다행히도 구르트너 부인은 꽃 외에도 야채를 함께 팔았기 때문에 가게 문 앞에는 이미 감자를 반쯤 덜어놓은 수레 한 대가 세워져 있었다. 창문을 세게 두드리자 부인이 계단을 내려오는 소리가 들렸다. 나는 급히 이야기를 지어냈다. 오늘이 친한 친구의 영명축일인데 어제 그 사실을 깜박했다, 30분 후면 출동해야 하니 당장 꽃을 배달해주었으면 좋겠다, 그러니 어서 가게에 있는 가장 예쁜 꽃을 포장해 달라고 했다. 그러자 잠옷 차림의 뚱뚱한 여주인은 구멍이 숭숭 뚫린 슬리퍼를 질질 끌며 가게 문을 열어준 다음 자신이 가장 아끼는 보물이라며 장미 다발을 보여주었다. 몇 송이를 원하냐고? "전부 주세요! 전부요!" 나는 대답했다. 그냥 끈으로 묶을지 아니면 예쁜 바구니에 담을지 고르라고? 물론, 바구니에 담아야지. 나는 남은 봉급을 모두 이 화려한 꽃바구니에 쏟아부어야 했다. 월말에는 저녁식사와 카페 방문을 생략하거나 돈을 빌려야 할 판이었지만 그 순간에는 그러한 사실이 전혀 중요하게 여겨지지 않았다. 아니, 나의 어리석은 행동에 대해 비싼 대가를 치러야 한다는 사실이 오히려 기쁘게 느껴졌다. 나는 스스로의 멍청함을 벌하고 싶었고 내 어리석음에 대해 쓰디쓴 대가를 치르게 하고 싶은 마음이 간절했다.

이제 다 된 거겠지? 장미꽃을 바구니에 예쁘게 포장해서 곧바로 배달

---

* 폴란드, 오스트리아, 오스트리아-헝가리 제국의 지배를 차례로 받았던 우크라이나 민족. 소러시아라고도 불린다.

해주기만 하면 된다고! 그런데 가게를 나서자마자 구르트너 부인이 나를 쫓아 나왔다. 어디로, 누구에게 꽃다발을 보내야 하냐고? 그렇구나! 벌써 세번째 멍청한 짓을 저지르다니! 흥분한 나머지 그것을 깜박한 것이다. 케케스팔바 저택으로 보내달라고 말하는 순간, 그날 저녁 일로나의 놀란 외침 덕분에 알게 된 피해자 아가씨의 이름이 머릿속에 떠올랐다. 에디트 폰 케케스팔바 양에게 보내주세요.

"그러믄요, 그러믄요. 케케스팔바 댁 말씀이시군요"라고 구르트너 부인은 자랑스럽게 말했다. "우리 가게 최고 고객이시죠."

그리고 또다시 질문이 이어졌다(나는 이미 뛰어갈 채비를 하고 있었다). 메모를 남기지 않겠냐고? 메모? 그렇지! 발신인! 그게 없으면 누가 꽃을 보냈는지 알 수 없겠구나!

나는 다시 한 번 가게에 들어가서 명함을 꺼내 그 위에 '사과의 뜻을 전하며……'라고 적었다. 아니야, 이건 절대 안 돼! 그렇게 쓰면 네번째로 어리석은 짓을 저지르는 거야! 뭐 하러 내 멍청한 행위를 상기시킨단 말이야? 그렇다면 뭐라고 적지? '진심으로 유감을 표하며……' 아니다, 이것도 안 돼! 괜히 그랬다가 그녀가 자신이 불구라는 사실을 내가 유감스럽게 여긴다고 해석할 수도 있어. 차라리 아무것도 안 쓰는 게 낫겠어. 아무것도.

"명함만 같이 보내주세요, 구르트너 부인. 명함만이요."

마음이 한결 가벼워졌다. 나는 서둘러 부대로 돌아가서 단숨에 커피를 들이킨 후 그럭저럭 훈련시간을 마칠 수 있었다. 물론 다른 때보다 좀더 긴장하고 정신없는 모습으로 훈련에 임하긴 했지만, 부대에서는 아침에 술이 덜 깬 상태로 근무하는 소위의 모습이 결코 낯선 광경은 아니었다. 빈에서 밤새 놀다가 새벽에 돌아와 반쯤 감긴 눈으로 말 위에서 졸고 있는 군인들은 허구한 날 볼 수 있었던 것이다. 어쩌면 하루 종일 명령을 내리고 병사들을 훈련시키고 말을 타야 하는 것이 내게는 잘된 일이었는지도 모른다. 일에 집중하면서 어느 정도 불안감을 잊을 수 있었던 것이다. 물론 양쪽 관자놀이 사이에 도사리고 있는 불길한 기억과 목구멍 속에 뭔가 걸려 있는 것 같은 기분 나쁜 느낌이 완전히 사라진 것은 아니었다.

그런데 점심식사를 하기 위해 막 장교식당으로 가려는 순간, 당번병이 "소위님, 소위님!" 하고 부르며 급하게 나를 찾는 것이었다. 그의 손에는 편지가 쥐여 있었다. 편지는 엷은 향기가 풍기는 기다랗고 네모난 푸른색 영국제 봉투에 들어 있었다. 봉투 뒤쪽에 찍힌 문장과 함께 가늘고 여성스러운 글씨체가 눈에 들어왔다. 나는 서둘러 봉투를 뜯었다. "소위님, 아름다운 꽃을 보내주셔서 감사합니다. 꽃을 받고 무척이나 기뻤습니다. 지금도 그 기쁨이 가시지 않고 있습니다. 편하신 날 오후에 차 마시러 한번 방문해주세요. 사전에 연락하실 필요는 없습니다. 저는 (안타깝게도) 언제나 집에 있답니다. 에디트 폰 케케스팔바."

섬세한 글씨체였다. 나도 모르게 테이블을 움켜쥐던 그녀의 가느다란 손가락이 떠올랐다. 그리고 창백한 얼굴이 잔에 따른 보르도 와인의 색상처럼 자줏빛으로 물들던 모습이 떠올랐다. 나는 몇 줄 안 되는 편지를 한 번, 두 번, 세 번 읽으면서 안도의 한숨을 내쉬었다. 나의 무례한 행동에 대해서는 언급조차 하지 않은 채 이렇듯 재치 있게 자신의 장애를 암시해놓다니! "저는 (안타깝게도) 언제나 집에 있답니다." 어떻게 이보다 더 우아하게 용서를 할 수 있단 말인가? 상처받았다는 듯한 말투는 조금도 찾아볼 수 없었다. 나는 가슴에서 커다란 돌덩이를 내려놓는 기분이었다. 마치 무기징역을 선고받을 것으로 예상한 피고인에게 판사가 무죄 판결을 내린 것 같은 느낌이었다. 당연히 찾아가서 감사의 인사를 해야지! 오늘이 목요일이니까 일요일에 찾아가자! 아니, 토요일이 좋겠어!

그러나 나는 계획대로 하지 못했다. 그러기에는 마음이 너무나 초조했다. 내 죄가 완전히 사해졌는지 알고 싶은 마음, 하루 빨리 불안감에서 벗어나고 싶은 마음이 너무나도 간절했던 것이다. 그때까지도 나는 장교 식당이나 카페에서 누군가가 내 실수를 꼬집으며 "어이, 케케스팔바네에서 도대체 무슨 일이 있었던 건가?"라고 말을 걸 것만 같은 불안감에 사로잡혀 있었다. 그럴 때 "정말 멋진 사람들이더군! 어제 오후에도 차 마시러 그 집에 갔었다네"라고 당당하게 말하고 싶었다. 나는 사람들에게 내가 결코 그 집에서 쫓겨난 것이 아님을 알려주고 싶었던 것이다. 이 짜증나는 상황에 종지부를 찍어야 한다! 일을 끝마쳐야 한다! 이런 생각으로 마음이 조급해진 나는 결국 이튿날인 금요일, 페렌츠와 요치와 거리를 산책하던 중에 갑자기 '오늘 당장 방문하자!'라고 결심을 하게 되었고, 곧바로 어리둥절해하는 동료들을 뒤로한 채 길을 나섰다.

케케스팔바 성까지는 그다지 먼 거리가 아니었다. 빠른 걸음으로는 30분 내로 도착할 수 있는 거리였다. 먼저 5분 정도 시내 길을 걷다가 먼지가 날리는 국도로 진입해야 했다. 그 길은 연병장으로 가는 길이기도 해서 말들이 돌멩이 하나, 모퉁이 하나까지 속속들이 알고 있었다. 그래서 말을 타고 그 길을 달릴 때면 고삐를 느슨하게 잡아도 되었다. 그 길을 절반 정도 가다가 다리 근처의 작은 예배당에서 왼쪽으로 방향을 틀자 너도밤나무가 늘어서 있는 좁은 오솔길이 나타났다. 그 길은 사유지인 듯 사람이나 마차는 거의 다니지 않았고 샘물만이 유유히 흐르고 있었다.

케케스팔바 성의 하얀 원형 성벽과 격자문이 조금씩 보이기 시작했다. 그런데 이상하게도 저택에 가까워질수록 나의 용기는 급격히 사그라들었다. 마치 치과 문앞에서 되돌아갈 핑계를 찾는 사람처럼 나는 재빨리 달아나고 싶은 충동을 느꼈다. 이 방문을 꼭 해야 하는 것일까? 편지를 받은 것으로 치욕스러운 사건은 이미 일단락된 것이 아닐까? 나도 모르게 발걸음이 느려졌다. 되돌아갈 시간은 얼마든지 있다는 생각으로 나는 곧장 저택으로 가는 대신 우선 저택을 한번 빙 둘러보기로 했다. 그래서 흔들거리는 나무판자를 건너 오솔길에서 들판으로 방향을 틀었다. 일단 밖에서 성을 한번 둘러보도록 하자!

높은 성벽 뒤에 자리 잡은 저택은 후기 바로크 양식으로 지어진 넓은 단층건물이었다. 옛 오스트리아 건축양식에 따라 건물은 이른바 '쇤부른 노랑'*이라 불리는 노란색으로, 창문의 덧창은 녹색으로 칠해져 있었다. 본관과는 약간 떨어진 곳에 작은 건물이 몇 채 보였다. 아마도 하인과 관리인 들이 기거하는 숙소와 마구간으로 쓰이는 건물들인 것 같았다. 지난번 방문 때에는 알아차리지 못했지만, 이 건물들은 모두 커다란 정원 안에 자리 잡고 있었다. 성벽 곳곳에 자리 잡은 타원형 구멍으로 성안을 들여다본 후에야 나는 케케스팔바 성이 실내장식이 풍기는 분위기처럼 현대적 빌라가 아닌 옛 귀족들이 살았던 지방 지주의 저택임을 알아차렸다. 이따금씩 보헤미아 지방으로 기동훈련을 갈 때 보았던 저택들과 흡사한 모습이었다. 단지, 건물과 어울리지 않게 높이 솟아 있는 성탑만이 조금 기이해 보였다. 이탈리아 종탑을 연상시키는 네모난 탑은 어쩌면 옛 성의 잔재일 수도 있을 것 같았다. 연병장에서도 그 기이한 탑이 보였지만 나는 그저 마을 교회탑으로 여겼었다. 자세히 살펴보니 탑 위에 일반 첨탑

---

* 바로크 시대 오스트리아 대표 건축양식에서 즐겨 쓰던 색깔. 빈의 쇤부른 성의 색깔을 따서 지어진 이름이다.

대신 평평한 지붕이 달려 있다는 것을 알아차렸다. 그것은 일광욕을 위한 테라스나 전망대로 사용되는 것 같았다. 이 영지가 대대로 세습된 봉건귀족의 영지로서의 풍모를 풍기면 풍길수록 나는 점점 더 마음이 불편해졌다. 하필 예의와 격식을 갖춰야 할 이런 곳에서 그처럼 멍청한 짓을 저지르다니!

저택을 한 바퀴 둘러보고 반대 방향으로 가서 다시 격자문 앞에 이르자 나는 다시 결심을 굳혔다. 나는 촛대처럼 곧게 뻗은 나무들이 늘어서 있는 자갈길을 지나 대문으로 향했다. 그리고 대문 앞에 서서 무거운 청동걸쇠로 문을 두드렸다(이 지역에서는 옛날 방식대로 벨 대신 청동걸쇠를 사용하고 있었다). 곧바로 하인이 모습을 드러냈다. 사전 통보도 하지 않았는데도 그는 전혀 놀라는 기색을 보이지 않았다. 그는 아무것도 묻지 않고 준비해놓은 명함도 받지 않은 채 공손하게 절을 하며 아가씨들은 지금 방에 계시지만 금방 내려오실 거라고, 잠시 응접실에서 기다려달라고 말하는 것이었다. 내가 환영받는 것은 분명한 것 같았다. 마치 기다리고 있었던 것처럼 그는 자연스럽게 나를 안내했다. 그날 밤 춤을 췄던, 붉은색으로 장식된 응접실에 들어서자 또다시 마음이 불편해졌다. 목구멍에서 쓴맛이 느껴지면서 바로 옆방에 그날 밤의 사건현장이 있음을 상기시켰다.

처음에는 금장식이 섬세하게 새겨진 크림색 미닫이문이 닫혀 있는 바람에 내가 어리석은 짓을 저질렀던 현장을 들여다볼 수는 없었다. 그러나 몇 분이 채 지나지 않아 의자 젖히는 소리, 속삭이는 소리, 조용하게 왔다 갔다 하는 소리가 들려왔다. 방 안에는 여러 사람이 있는 것 같았다. 나는 기다리는 동안 응접실을 관찰하기로 했다. 루이 16세풍의 호화로운 가구들이 실내를 채우고 있었고, 양쪽 벽면에는 오래된 고블랭직 벽걸이가, 정원으로 통하는 유리문 앞에는 베네치아의 대운하와 산마르코 광장이 그려진 오래된 그림들이 걸려 있었다. 그림에 문외한인 내 눈으로도 이 그림들이 값비싼 작품임을 알 수 있었다. 그러나 나는 옆방에서 나는 소리에 촉각을 곤두세우느라 작품을 제대로 감상할 여유가 없었다. 옆방에서 접시 부딪치는 소리와 문이 삐걱거리는 소리가 들리더니 곧이어 목발이 불규칙적으로 바닥을 딛는 소리가 들려왔다.

마침내 누군가의 손에 의해 미닫이문이 활짝 열렸다. 나를 맞이해준 것은 일로나였다. "소위님, 친절하게도 이렇게 와주셨군요." 그러면서 곧바로 나를 익숙한 방으로 안내했다. 그날과 똑같은 구석에 똑같은 녹색 테이블 뒤, 똑같은 안락의자 위에 에디트가 앉아 있었다(어째서 그때의 민망한 상황을 똑같이 재현하는 것일까?). 다리가 보이지 않도록 무릎 위에는 흰색 털담요가 펼쳐져 있었다. 아마도 내가 '그 일'을 기억하지 않도록 담요를 덮어놓은 것 같았다. 에디트는 미리 준비해놓은 게 분명한 친절한 미소를 지어보였지만, 여전히 우리의 재회는 어색하기 짝이 없었다. 에디트가 부끄러워하며 힘겹게 테이블 위로 손을 내미는 모습에서 그녀 또한 '그 일'을 생각하고 있다는 것을 눈치챌 수 있었다. 우리는 아무도 먼저 말을 꺼내지 못했다.

다행히도 일로나가 숨막힐 듯한 침묵을 깨고 얼른 내게 질문을 했다.

"소위님, 뭘로 드시겠어요? 차 아니면 커피?"

"아무거나 좋습니다." 나는 대답했다.

"아니요. 소위님 드시고 싶은 것으로 드세요. 예의 차리실 것 없어요."

"그럼 커피로 하겠습니다." 나는 대답을 하면서 목소리에서 불안감이 드러나지 않는다는 사실에 마음이 조금 놓였다.

사무적인 질문으로 초반의 긴장감을 풀어주려고 노력하는 이 까무잡잡한 아가씨의 분별력을 높이 평가하려던 순간, 그녀는 하인에게 차를 준비시키겠다며 밖으로 나가는 것이었다. 결국 피해자와 가해자 두 사람만이 어색한 분위기 속에 남겨졌다. 지금이야말로 무슨 말이라도 해야 할 시점이다! 어떻게든 대화를 나눠야 한다! 그런데 목구멍에는 무언가가 걸린 것 같았고, 어디를 쳐다봐야 할지도 알 수 없었다. 나는 에디트가 앉아 있는 안락의자 쪽으로는 감히 시선도 돌리지 못했다. 그녀의 다리를 덮고 있는 담요를 바라본다고 오해할 것이 두려워서였다. 다행히도 에디트는 나보다는 침착한 태도로 먼저 말을 꺼내기 시작했다. 그때 나는 처음으로 에디트의 급하고 신경질적인 말투를 접하게 되었다.

"소위님, 자리에 앉으세요. 거기, 안락의자를 가져오시면 되겠네요. 아니, 칼은 왜 차고 계세요? 우리 사이좋게 지내기로 한 것 아니었나요? 저기 테이블 위나 창턱 위나 원하시는 곳 아무 데에나 올려놓으세요."

나는 조심스럽게 안락의자를 끌어왔다. 그녀를 아무렇지도 않게 바라보기가 여전히 힘들었다. 그러나 에디트는 나를 도와주려는 듯 열심히 말을 이어갔다.

"꽃을 보내주신 것에 대해 감사인사도 아직 못 드렸네요. 정말 아름다운 꽃이에요. 보세요! 화병에 꽂아두니 얼마나 아름다워요! 그리고…… 그리고…… 그날 바보처럼 자제력을 잃은 것에 대해서도 사과를 해야 하는데…… 제가 너무 못나게 굴었죠? 그날 밤새 잠을 한숨도 못 잤답니다. 너무나 부끄러웠어요. 당신은 좋은 뜻에서 그런 건데…… 당신이 어떻게 알 수 있었겠어요…… 게다가……"(그녀는 갑자기 날카롭고 신경질적인 웃음을 터뜨렸다). "게다가 당신에게 속마음을 들켜버리지 않았겠어요? 저는 춤추는 사람들을 구경하려고 일부러 이곳에 앉아 있었거든요. 당신이 방에 들어왔을 때, 저는 그 사람들과 함께 춤을 추고 싶다는 마음

뿐이었답니다. 저는 정말 춤을 사랑하거든요. 사람들이 춤추는 모습을 몇 시간이고 구경할 수 있어요. 그러면 그들의 동작 하나하나를 내 몸속에서 체험하게 된답니다. 정말이에요. 동작 하나하나를 느낄 수 있어요. 그러면 다른 사람이 아닌 바로 나 자신이 춤을 추는 기분이 든답니다. 내가 턴을 하고 우아하게 허리를 숙이고 파트너의 손에 몸을 맡기는 기분이죠. 사람이 이토록 어리석어질 수도 있답니다. 당신은 상상조차 하지 못하겠죠? 사실, 저는 어릴 때부터 춤을 사랑하고 아주 잘 췄어요. 지금도 춤추는 꿈을 많이 꾼답니다. 꿈속에서 춤을 춘다니, 참 바보 같은 이야기죠? 어쩌면 제가 그 일을 당한 것이 아빠에게는 다행일 수도 있어요. 안 그랬으면 저는 집을 나가서 무용수가 됐을 거예요. 춤만큼 내게 열정을 불러일으키는 것은 없거든요. 내 몸과 내 몸짓, 내 존재로 매일 저녁 수백 명의 사람들을 사로잡고 그들에게 감동을 줄 수 있다면 그만큼 멋진 일이 어디 있겠어요! 정말 멋진 일일 거예요! 참, 제가 얼마나 바보 같은지 아세요? 저는 위대한 무용수들의 사진을 수집한답니다. 사하렛, 파블로바, 카르사비나*…… 이들 모두의 사진을 가지고 있어요. 이들이 맡은 배역마다, 이들이 취한 각각의 포즈까지 전부 사진으로 가지고 있답니다. 기다려보세요, 보여드릴게요. 저기 보석함 속에 들어 있어요. 저기 벽난로 근처에 있는…… 중국제 에나멜 보석함이요"(조급한 마음에 에디트의 목소리에는 갑자기 짜증이 섞였다). "아니, 아니, 아니. 책 왼쪽에요. 당신, 정말 서투르군요. 네, 그거예요"(나는 마침내 보석함을 찾아서 에디트에게 가져다주었다). "보세요, 여기 맨 위에 있는 사진이 제가 가장 좋아하는

---

* 사하렛(1879~1942): 오스트레일리아 출신의 무용수.
  파블로바(1881~1931): 러시아 출신의 세계적인 발레리나.
  카르사비나(1885~1978): 러시아 출신의 발레리나.

사진이에요. 파블로바가 추는 죽어가는 백조랍니다. 아, 그녀를 보러 갈 수만 있다면…… 그녀를 한 번만 볼 수 있다면…… 그날은 제 생애 최고의 날이 될 거예요!"

일로나가 빠져나갔던 뒷문이 조용히 열리기 시작했다. 마치 나쁜 짓을 하다가 들킨 것처럼 에디트는 서둘러 보석함을 탁 닫아버렸다. 그러고는 마치 명령하듯이 내게 말했다.

"다른 사람들 앞에서는 아무 말 마세요! 제가 당신에게 해준 이야기는 한마디도 발설하면 안 돼요!"

조심스럽게 문을 연 것은 프란츠 요제프 황제식 구레나룻을 깔끔하게 기른 백발의 하인이었다. 그의 뒤로 일로나가 풍성하게 차려진 바퀴 달린 티테이블을 밀고 들어왔다. 일로나는 차를 나눠준 후 우리와 함께 자리했다. 나는 곧바로 자신감을 되찾기 시작했다. 다행히 대화를 이어나갈 이야깃거리도 생겼다. 그것은 커다란 앙고라 고양이였다. 고양이는 티테이블과 함께 아무도 몰래 방으로 들어와서는 친근하게 내 다리에 몸을 비비고 있었다. 나는 고양이를 보며 감탄했고, 이런저런 질문들이 오고갔다. 이 도시로 부임한 지는 얼마나 됐는지, 주둔지 생활은 어떤지, ○○소위를 아는지, 빈에는 자주 가는지 등 일상적이고 가벼운 대화가 자연스럽게 이루어지면서 긴장감은 서서히 해소되었다. 나는 점차 두 아가씨를 옆에서 바라볼 용기가 났다. 두 사람은 전혀 상반된 모습이었다. 따뜻하고 풍만하고 건강한 모습의 일로나는 이미 완숙한 여인의 모습이었다. 이에 반해 에디트는 소녀와 여인의 중간 정도로 보였다. 십칠팔 세 정도 되어 보였지만 어쩐지 아직까지 완성되지 않은 듯한 모습이었다. 이들에 대한 내 감정도 기이하게 대비를 이루었다. 한 사람과는 함께 춤추고 키스하고 싶고, 다른 한 사람은 환자를 대하듯 보듬어주고 보호해주고 달래주고 싶었다. 에디트에게서는 이상한 불안감이 느껴졌다. 에디트의 얼굴은 단 한순간도 가만히 있지 않았다. 시선이 오른쪽을 향했다 왼쪽을 향했다, 몸이 뻣뻣하게 긴장했다 지친 듯이 뒤로 기댔다를 반복했다. 이와 같은 신경질적인 몸짓은 말투에도 그대로 나타났다. 에디트는 언제나 신경이 곤두선 채 스타카토로 짧게 끊어서 이야기했다. 어쩌면 그녀가 이토록 자제력이 없고 행동과 말투에서 불안감이 느껴지는 것은 다리를 움직이지 못하는 데 대한 보상심리 때문이 아닐까 하는 생각이 들었다. 아니면 가벼운 열 때문에 그녀의 몸짓과 말투가 언제나 한 박자 빠르게 반응하는 것인지도 몰랐다. 그러나 내게는 관찰할 시간이 별로 없었다. 에디트의 빠른 질문과 경쾌하고 날아갈 듯한 말투는 사람을 끌어들이는 힘이 있었고, 놀랍게도 나는 곧 편안하면서도 흥미로운 대화에 빠져들어갔다.

대화는 한 시간 동안 이어졌다. 아니, 어쩌면 한 시간 반이 지났는지도 모른다. 갑자기 응접실로부터 그림자 하나가 어른거리더니 누군가 방해하지 않으려는 듯이 조심스럽게 방 안으로 들어왔다. 케케스팔바 씨였다.

내가 예의를 차리며 일어서려 하자 그는 "아닙니다, 아닙니다"라며 나를 의자에 눌러 앉히고는 몸을 굽혀 딸의 이마에 살짝 입을 맞추었다. 그는 이번에도 하얀 레이스가 달린 검은색 재킷에 구식 타이를 매고 있었다(나는 그가 다른 차림을 한 것을 단 한 번도 본 적이 없다). 금테 안경 너머로 주의깊게 살피는 모습이 마치 의사처럼 보였다. 실제로 그는 의사가 환자의 침대맡에 앉듯 조심스럽게 딸의 곁에 자리했다. 이상하게도 그의 등장과 함께 방 안에는 우울한 그림자가 드리워진 듯했다. 이따금씩 옆에서 딸아이를 바라보는 그의 사랑스러운 눈빛 때문에 그때까지 편안했던 대화의 리듬이 끊기고 분위기가 가라앉아버렸다. 그도 우리가 어색해하는 것을 느꼈는지 자신이 먼저 대화를 시도했다. 그는 내게 부대와 연대장님에 대해서 그리고 전에 계셨던 연대장님에 대해서도 물었다. 전 연대장님은 현재 국방부 사단장으로 계신다고도 알려주었다. 그는 놀라울 정도로 지난 수년 동안 있었던 부대의 인사이동에 대해 잘 알고 있었고, 이유는 모르겠지만 의도적으로 내게 고위급 장교들과의 친분을 강조하는 듯한 느낌이 들었다.

'10분만 더 앉아 있다가 일어나야지'라고 생각했을 때였다. 조용한 노크 소리에 이어 하인이 맨발로 걷듯 소리 없이 들어오더니 에디트의 귀에 대고 뭐라고 속삭이는 것이었다. 그러자 에디트는 버럭 화를 냈다.

"기다리라고 하세요! 아니, 오늘은 나를 그냥 내버려두라고 하세요! 필요 없으니까 그냥 보내라고요!"

에디트의 갑작스러운 분노에 모두가 당황한 기색을 감추지 못했다. 나는 너무 오래 있었다는 생각에 자리에서 일어났다. 그러자 에디트는 하인에게 했던 것과 똑같은 거친 말투로 내게 말하는 것이었다.

"아니, 그냥 앉아 있어요! 아무 일도 아니에요."

명령하는 듯한 그녀의 말투는 불손하기 그지없었다. 에디트의 아버지도 당황스러웠는지 근심 어린 표정으로 그녀를 달래보았다.

"에디트, 하지만……"

에디트도 아버지의 놀란 표정 때문인지, 어색하게 서 있는 내 모습 때문인지, 자신이 자제력을 잃은 것을 알아차리고는 갑자기 나를 향해 몸을 돌리는 것이었다.

"미안해요. 좀 기다려도 되는 일인데 요제프가 그냥 마구잡이로 들어오는 바람에…… 별일 아니에요. 매일 겪는 고통이죠. 스트레칭 해주는 안마사가 도착했다는군요. 정말 쓸데없는 일이에요. 하나, 둘, 하나, 둘,

위로, 아래로, 아래로, 위로. 그런 걸로 갑자기 모든 게 좋아진다니……의사 선생님이 최근에 개발한 치료법인데, 다른 치료들만큼이나 쓸모없고 성가시답니다."

에디트는 모든 게 아버지 탓이라는 듯이 도전적인 눈빛으로 그를 쳐다보았다. 노인은 난처한 듯(그는 내 앞에서 부끄러워하고 있었다) 그녀에게로 몸을 숙였다.

"하지만 얘야, 정말로 콘도어 박사님이……"

그는 곧바로 말을 멈추었다. 에디트의 입 주위가 움찔거리면서 가느다란 콧방울이 떨리기 시작한 것이다. 저번에도 이런 식으로 입술이 움찔거리던 기억이 떠오르면서 나는 에디트가 또다시 발작할 것이 염려되었다. 그러나 염려와는 달리 에디트는 갑자기 얼굴을 붉히며 체념한 듯한 말투로 중얼거리는 것이었다.

"알겠어요, 갈게요. 소용없는 일이지만 갈게요. 소위님, 미안해요. 다음에 다시 찾아주시면 감사하겠습니다."

나는 고개를 숙여 작별인사를 했다. 그러나 에디트는 그새 마음이 바뀌어 있었다.

"아니에요. 제가 **퇴장**하는 동안 아빠와 같이 계세요." 에디트는 마치 위협하듯이 '퇴장'이라는 단어를 딱딱 끊으며 날카롭게 말했다. 그러고는 테이블 위에 놓인 작은 청동 종을 흔들었다. 나는 나중에서야 집 안에 있는 모든 테이블에 그런 종이 있다는 것을 알게 되었다. 필요할 때마다 그녀가 즉시 누군가를 부를 수 있도록 해놓은 장치였다. 종소리가 날카롭게 울리자 곧바로 하인이 나타났다. 그는 조금 전 에디트가 화를 내기 시작하자 예의 바르게 밖으로 나가서 기다리고 있었던 것이다.

"도와줘요"라고 명령한 후 그녀는 담요를 걷었다. 일로나가 에디트에게 몸을 숙여 뭐라고 속삭이려 했지만, 눈에 띄게 흥분한 에디트는 "싫어!"라고 소리쳤다. "요제프는 나를 일으켜주기만 하면 돼! 나 혼자서 걸어갈 거야!"

그 다음에 벌어진 일은 실로 끔찍했다. 하인이 익숙한 손놀림으로 에디트의 양 겨드랑이를 받치며 그녀를 가볍게 일으켜 세웠고, 에디트는 양손으로 의자 팔걸이를 붙잡고 몸을 꼿꼿이 세운 채 한 사람 한 사람에게 도전적인 눈빛을 보냈다. 그런 다음 담요 속에 감춰두었던 목발을 꺼내더니 입술을 꽉 다물고 목발에 몸을 실었다. 저벅저벅, 또각또각. 에디트는 발을 땅에 딛고 흔들거리며 괴상한 몸짓으로 몸을 앞으로 밀고 나갔다. 에디트가 미끄러지거나 힘이 빠져 넘어질 것을 염려한 하인이 뒤에서 양 팔을 펼친 채 그녀를 따라가고 있었다. 저벅저벅, 또각또각. 한 걸음, 또 한 걸음. 사이사이에 가죽이 삐걱거리고 금속이 찰각거리는 소리가 조그맣게 울렸다. 아마도 그녀의 발목에 무언가가 채워져 있는 것 같았다(나는 감히 그녀의 불쌍한 다리를 쳐다보지도 못했다). 에디트의 잔인한 퇴장을 지켜보면서 나는 심장이 조여왔다. 그녀가 어째서 남의 도움을 받거나 휠체어를 타지 않는지 그 이유를 알아차린 것이다. 에디트는 나에게, 아니, 우리 모두에게 자신이 불구임을 보여주려는 것이었다. 절망감에서 나온 은밀한 복수심에서 우리에게 고통을 주고 싶었던 것이다. 자신의 고통으로 우리를 고통스럽게 하고 하느님을 책망하는 대신에 건강한 우리를 책망하는 것이었다. 그러나 이처럼 잔인하고도 도전적인 행동을 통해서 나는 에디트가 자신의 무력함 때문에 얼마나 고통받고 있는지 새삼 느낄 수 있었다. 내가 춤을 청했을 때의 발작보다도 그 고통이 천 배는 더 강하게 느껴졌다. 한참의 시간이 지나고 마침내 에디트는 (몇 발짝 떨어져 있지 않은) 문 앞에 다다랐다. 가녀린 몸을 흔들어대고 온 체중을 한쪽 목발에서 다른 쪽 목발로 억지로 옮겨 실으며 그렇게 힘겹게 문에 도착한 것이다. 나는 단 한 번도 에디트를 똑바로 쳐다볼 용기를 내지 못했다. 목발로 바닥을 짚을 때마다 울리는 또각거리는 소리, 발목에 채워진 기구에서 나는 삐걱거리고 찰칵거리는 소리, 그녀가 힘겨워하며 내쉬는 거친 숨소리만으로도 나는 숨이 막힐 지경이었다. 심장박동이 제복 밖으로까지 느껴지는 듯했다. 에디트가 방을 나간 후에도 나는 여전히 숨죽인 채 문밖에서 점점 작아지다가 마침내 사라져가는 끔찍한 소리에 귀를 기울였다.

완전한 침묵이 찾아온 후에야 나는 시선을 들었다. 노인은 자리에서 일어나 창밖을 내다보고 있었다. 지나칠 정도로 뚫어지게 창밖을 내다본다는 느낌이 들었다. 희미한 역광 때문에 그의 실루엣만이 보였는데, 굽어진 어깨가 가볍게 떨리고 있었다. 날마다 자식의 고통을 지켜봐야 하는 아버지조차도 조금 전의 광경에 가슴이 무너져내린 것이다.

방 안의 공기가 우리 두 사람 사이에서 얼어붙은 듯했다. 그는 몇 분이 지난 후에야 몸을 돌리더니 마치 미끄러운 얼음판 위를 걷듯 불안한 발걸음으로 조용히 내게 다가왔다.

"소위님, 아이가 좀 못되게 굴었다고 해서 너무 나쁘게 생각하지 말아주세요. 지난 몇 년간 그 아이가 얼마나 고통을 받았는지 소위님은 모르실 겁니다. 치료법은 계속 바뀌고 진전은 더디고…… 마음이 조급해지는 것이 당연한 겁니다. 하지만 어쩌겠습니까? 모든 걸 다 시도해봐야 하잖아요. 안 그런가요?"

그는 아무도 없는 티테이블 앞에서 걸음을 멈추었다. 이야기하면서도 단 한 번도 나를 쳐다보지 않았다. 축 처진 잿빛 눈꺼풀로 반쯤 뒤덮인 눈은 계속해서 테이블에 고정되어 있었다. 마치 꿈을 꾸듯이 그는 설탕통에서 각설탕 하나를 꺼내 손가락 사이에서 이리저리 굴리더니 멍한 시선으로 잠시 바라본 후 다시 내려놓았다. 그는 마치 술에 취한 사람 같았다. 마치 무언가가 그의 시선을 사로잡은 것처럼 그는 여전히 테이블에서 눈을 떼지 못하고 있었다. 그는 무심코 스푼을 집어 들었다가 다시 테이블 위에 올려놓고는 스푼을 바라보며 말을 이어갔다.

"그 아이가 예전에는 어땠는지 아세요? 하루 종일 층계를 오르락내리락 뛰어다녔죠. 층계와 방을 어찌나 빨리 뛰어다니던지 겁이 날 정도였답니다. 열한 살 때에는 말을 타고 들판을 질주하고 다녔죠. 아무도 그 아이를 따라잡을 수 없었어요. 지금은 고인이 된 아내와 저는 종종 겁이 나기도 했답니다. 아이가 너무나 대담했으니까요. 발랄하고 민첩하고 어려운 게 없는 아이였어요. 팔을 벌리기만 하면 날아갈 수도 있을 것 같았죠. 그런데 하필 그런 아이에게 그와 같은 일이 일어나다니…… 하필……"

엷은 백발 사이로 보이는 정수리가 테이블 위로 점점 깊숙이 숙이었다. 그의 손은 여전히 산만하게 흩어져 있는 물건들 사이를 뒤적거리고 있었다. 이제는 스푼 대신 설탕 집게를 집어 들고는 그것으로 테이블 위에 기이한 둥근 문양을 그리고 있었다(그는 부끄러워하고 난처해하는 것 같았다. 아마도 나를 쳐다보기가 두려웠던 모양이다).

"지금도 그 아이를 기쁘게 하기란 참 쉽습니다. 아주 사소한 일에도 마치 어린아이처럼 기뻐하죠. 바보 같은 농담에도 즐겁게 웃고, 책을 읽고 크게 감동하고…… 그 아이가 당신의 기분을 상하게 했다며 어찌나 자책하던지…… 그러다가 당신이 보내준 꽃을 보고는 또 얼마나 감격해하던지…… 그걸 당신이 봤으면 좋았을 텐데…… 그 아이가 얼마나 예민한지 당신은 모를 겁니다. 모든 것을 우리보다 훨씬 강하게 느낀답니다. 지금도 자신이 자제력을 잃은 것에 대해 우리보다 더 고통스러워하고 있을 거예요. 하지만 어떻게…… **어떻게** 자제를 하겠습니까? 그렇게 진전이 더딘데, 어떻게 아이가 계속해서 참고 견디겠어요? 아무 잘못도 없이 하느님의 형벌을 받고 있는데, 어떻게 가만히 있겠냐고요. 그 아이는 아무런 잘못도 없잖아요!"

그는 설탕 집게를 든 손이 허공에 그린 상상 속의 문양을 바라보고 있었다. 그러더니 갑자기 깜짝 놀란 듯 집게를 놓아버렸다. 비로소 잠에서 깨어나 자신이 혼자가 아니라 낯선 사람에게 이야기하고 있다는 사실을 인식한 것 같았다. 그는 조금 전과는 전혀 다른 분명하고 억누른 듯한 목소리로 어색하게 사과를 하기 시작했다.

"죄송합니다, 소위님. 당신에게 하소연을 하다니…… 어떻게 하다 보니 그렇게 되었네요. 저는 단지 설명을 하려고…… 당신이 그 아이를 나쁘게 생각하지 않도록…… 당신이……"

그는 당황해하며 말을 더듬거렸다. 나는 그의 말을 가로막으며 그에게 다가갔다. 그러고는 (어디서 그런 용기가 났는지) 양손으로 낯선 노인의 손을 덥석 잡았다. 나는 아무 말도 하지 않았다. 그저 자신도 모르게 움찔거리는 그의 차갑고 앙상한 손을 붙잡고 지그시 눌러주었다. 그는 놀란 눈으로 나를 쳐다보았다. 반짝이는 안경 너머에서는 갈피를 못 잡는 듯한 수줍고 부드러운 시선이 나의 시선을 찾았다. 나는 그가 무슨 말을 할까 봐 내심 두려웠다. 그러나 그는 아무 말도 하지 않았다. 단지 그의 검고 둥근 눈동자가 눈에서 흘러넘칠 것처럼 점점 커졌다. 나 역시 지금껏 한 번도 느껴보지 못한 감동이 솟구쳐 올랐다. 이를 회피하기 위해 나는 급히 인사를 하고 밖으로 나왔다.

현관에서 하인의 도움을 받아 외투를 입고 있을 때였다. 갑자기 등 뒤에서 서늘한 바람이 느껴졌다. 돌아보지 않고도 노인이 뒤따라 나온 것임을 직감했다. 그는 문턱에 선 채 내게 감사 인사를 하려는 것이 분명했다. 그러나 나는 차마 그의 인사를 받을 수가 없었다. 그래서 그가 뒤에 있는 것을 눈치채지 못한 척하며 두근거리는 가슴을 안고 서둘러 비극적인 저택을 나왔다.

다음 날 아침 우리 소대는 평소처럼 말을 타고 연병장으로 향했다. 지붕 위로는 아직 희미하게 안개가 끼어 있고, 주민들의 곤한 잠을 방해하지 않으려는 듯 창문의 덧창이 모두 닫혀 있는 이른 시간이었다. 연병장에 가기 위해서는 먼저 덜커덩거리는 아스팔트 길을 따라 네댓 개의 거리를 지나야 했다. 아직 잠이 덜 깬 부하들은 무뚝뚝한 표정으로 뻣뻣하게 안장에 걸터앉아 있었다. 큰길에 이르자 우리는 가벼운 속보로 달리기 시작했고 곧이어 오른쪽으로 방향을 틀었다. 눈앞에 훤하게 뚫린 들판이 펼쳐졌다. 내가 "질주!"라고 명령을 내리자 말들은 단숨에 앞으로 내달리기 시작했다. 이 영리한 동물들은 이미 부드럽고 넓은 들판의 맛을 잘 알고 있었기 때문에 더 이상의 채찍질은 필요 없었다. 고삐를 풀어준 채 다리에 살짝 힘만 줘도 말들은 전력을 다해 질주했다. 말들도 질주하면서 느끼는 흥분과 기쁨을 잘 알고 있었던 것이다.

나는 맨 앞에서 말을 달렸다. 본래부터 말타기를 즐기던 나였다. 엉덩이에서부터 몸 구석구석으로 피가 순환하면서 따뜻한 열기가 느껴지는 동시에 이마와 볼에는 차가운 바람이 거세게 부딪쳐왔다. 신선한 아침 공기였다! 밤이슬이 채 걷히지 않은 공기 속에는 부드러운 땅의 숨결과 들판의 내음이 뒤섞여 있었고, 숨을 내쉴 때마다 따뜻한 숨결이 뿜어져 나오는 것을 느낄 수 있었다. 뻣뻣하게 굳은 몸을 부드럽게 흔들어주고 멍한 정신을 단숨에 깨워주는 새벽 질주는 매번 나를 새롭게 감동시켰다. 몸이 가벼워지는 것을 느끼며 나는 가슴을 활짝 편 채 입으로 공기를 힘껏 들이마셨다. "질주! 질주!" 눈앞이 환해지고 정신이 맑아지는 것이 느껴졌다. 뒤에서는 군도가 부딪치는 소리, 말들이 헐떡거리는 소리, 안장이 부드럽게 삐걱거리는 소리, 규칙적인 말발굽 소리가 들려왔다. 우리는 켄타우로스처럼 사람과 말이 한 몸이 되어 질주했다. 앞으로, 앞으로, 앞으로! 질주, 질주, 질주! 아, 이렇게 달리는 거야! 세상 끝까지 달리는 거야! 이러한 환희를 이끌어낼 수 있다는 은근한 자부심을 느끼며 나는 이따금씩 부하들을 살피기 위해 뒤를 돌아보았다. 어느 순간부터 충직한 부하들의 표정도 달라져 있었다. 그들의 눈에서 루테니아인 특유의 우울함과 무뚝뚝함, 부족한 잠으로 인한 피로감이 씻은 듯 사라졌다. 나의 시선을 느낀 부하들은 몸을 꼿꼿이 세우며 환희에 찬 나의 눈빛에 미소로 답해주었다. 이들 둔감한 시골 청년들조차도 바람을 가르며 달리는 기쁨에 심취해 있다는 것을 느낄 수 있었다. 마치 하늘을 날고 싶은 인간의 꿈에 한 발짝 다가선 듯한 느낌이었다. 부하들도 나와 마찬가지로 자신들의 젊음과 힘을 만끽하며 즐거워했다.

그런데 갑자기 내 입에서 "그만! 속보!"라는 명령이 떨어졌다. 모두들 깜짝 놀란 채 고삐를 낚아채며 급제동을 걸듯이 속도를 늦췄다. 부하들은 영문을 모르겠다는 듯 곁눈질로 나를 살폈다. 그들은 내가 말을 타고 질주하는 것을 얼마나 즐기는지를 알고 있었고, 평소 같으면 들판을 가로질러 연병장까지 한달음에 질주하리라는 것도 알고 있었던 것이다. 나는 갑자기 어떤 낯선 손이 내 고삐를 잡아챈 것 같은 느낌을 받았다. 문득 어떤 생각이 머리를 스친 것이다. 아마도 나도 모르게 왼쪽 지평선 너머 보이는 네모반듯한 흰색 성벽과 정원을 가득 메우고 있는 나무들 그리고 탑의 지붕이 눈에 들어왔던 모양이다. 그러면서 한 가지 생각이 마치 총알처럼 머릿속에 박힌 것이다. 어쩌면 누군가가 너를 보고 있을지도 몰라! 이미 춤에 대한 너의 열정 때문에 한 번 상처를 받았고, 이제는 너의 승마에 대한 열정 때문에 다시 한 번 상처를 받고 있을 그 누군가가! 아픈 다리에 묶여 꼼짝도 하지 못한 채 새처럼 들판 위를 질주하는 너를 부러워하고 있을 그 누군가가! 나는 갑자기 이렇듯 건강한 모습으로 거침없이 질주하는 것에 대해 부끄러운 마음이 들었다. 건강한 신체를 가졌다는 행운을 만끽하는 것이 부당한 특권처럼 부끄럽게 느껴진 것이다. 뒤에서는 부하들이 실망을 감추지 못한 채 천천히 속보로 들판을 달리고 있었다. 나는 돌아보지 않고도 그들이 다시 질주하라는 명령만을 기다리고 있다는 것을 알았지만 명령을 내릴 수가 없었다.

 물론 이처럼 이상한 가책이 나를 엄습한 그 순간에도 나는 이미 그것이 어리석고 쓸데없는 고행임을 알고 있었다. 다른 사람이 어떤 즐거움을 누리지 못한다고 해서 나 역시 그 즐거움을 포기해야 하고, 다른 사람이 불행하다고 해서 나 역시 불행해야 한다는 것은 아무 의미 없는 일임을 알고 있었다. 우리가 웃으며 시답잖은 농담을 주고받는 매 순간에도 누군가는 죽어가고 있다는 것을, 수많은 사람들이 비참하게 굶주리고 있다는 것을, 병원, 채석장, 탄광 등지에서 사람들이 고통받고 있다는 것을, 공장, 관청, 교도소에서는 매시간 수많은 사람들이 사역에 동원된다는 것을 나는 알고 있었다. 또한 내가 쓸데없이 나 자신을 괴롭힌다고 해서 결코 이들의 고통을 덜어줄 수 없다는 것도 알고 있었다. 지구상의 모든 비참함을 생각하기 시작한다면 우리는 괴로움에 잠도 못 이루고 입가의 웃음도 흔적도 없이 사라질 것이 분명하다는 것도 알고 있었다. 그러나 우리를 당혹하게 하고 절망에 빠뜨리는 것은 결코 머릿속에서 그려보는 상상 속의 고통이 아니다. 실제로 눈으로 보고 마음으로 함께 나눈 고통만이 진정 사람의 마음을 흔들어놓을 수 있는 법이다. 나는 열정적으로 질주하던 중 갑자기 환각처럼 눈앞에 창백하게 일그러진 한 사람의 얼굴이 떠올랐던 것이다. 목발에 의지한 채 몸을 질질 끌며 방을 나가던 그녀의 모습이 떠오르면서 동시에 목발이 또각거리던 소리와 기구가 찰각거리고 삐거덕거리는 소리가 들리는 것 같았다. 이에 깜짝 놀란 나는 생각할 틈도 없이 고삐를 낚아챈 것이다. 신나게 질주하는 대신 천천히 달린다고 해서 누구에게 도움이 되겠어? 이런 생각을 하며 뒤늦게 마음을 다잡아보려 했지만 소용없었다. 아니, 마음속 깊은 곳 어딘가가 쓰라렸다. 양심이 위치한 부근 같았다. 나는 더 이상 힘차고 자유롭고 건강하게 육체의 열정을 만끽할 용기가 나지 않았다. 결국 우리는 밀려오는 잠을 쫓으며 연병장 초입까지 천천히 말을 몰았다. 성에서 더 이상 우리의 모습이 보이지 않는 지점에 이르러서야 비로소 나는 '어리석긴! 더 이상 바보 같은 감상에 빠져 있어서는 안 돼!'라고 마음을 가다듬으며 "앞으로! 질주!"라고 명령을 내렸다.

고삐를 잡아당긴 그 한 번의 사건과 함께 그 현상은 시작되었다. 그것은 연민에서 비롯된 기이한 중독현상의 첫 징후이기도 했다. 처음에는 그저 어렴풋이(마치 병에 걸려 멍한 상태로 잠에서 깨어났을 때처럼) 나에게 무슨 일이 일어났구나 혹은 나에게 무슨 일이 일어나고 있구나 하는 느낌을 감지하는 것이 전부였다. 사실, 나는 그때까지 별다른 신경을 쓰지 않은 채 나의 좁은 생활반경 안에서 내 멋대로 살아왔다. 동료들과 상관들이 무엇을 중시하고 무엇을 좋아하는가 외에는 개인적으로 어떤 일에 특별히 마음을 써본 적도, 거꾸로 누군가가 내게 마음을 써준 적도 없었다. 내 마음을 진심으로 흔들어놓는 일은 단 한 번도 겪어보지 못했다. 가족관계에도 별 문제가 없었고 미래가 보장된 직업을 가진 덕분에 나는 아무런 걱정 없이 살 수 있었다. 지금에서야 깨달은 거지만, 이와 같은 근심걱정 없는 생활은 나를 아무 생각 없는 사람으로 만들어버렸다. 그런데 갑자기 나에게 어떤 변화가 일어난 것이다. 물론 겉으로 드러나거나 본질적이라고 할 만한 변화는 아니었다. 상처받은 사람의 격분한 눈빛 속에서 그때까지는 짐작조차 하지 못했던 깊은 고통을 본 순간, 내 안에서 작은 폭발이 일어난 것이다. 그리고 폭발과 함께 온몸에 따뜻한 기운이 퍼졌다. 그것은 병자가 자신의 병을 이해할 수 없듯이 나로서는 이해할 수 없는 신비로운 열기였다. 처음에는 내가 그동안 아무 걱정 없이 살아왔던 안전한 생활반경을 벗어나서 새로운 영역에 들어섰다는 사실만을 알아차렸다. 그리고 새로운 것이 늘 그렇듯이 흥분과 불안감이 동시에 밀려왔다. 처음으로 감정의 심연을 보게 된 나는 기이하게도 그 깊이를 측정해보기 위해 뛰어내려보고 싶은 충동을 느꼈다. 그러나 본능은 "이것으로 충분해! 너는 이미 사과했고 어리석은 실수를 바로잡았어"라고 말하면서 무모한 호기심에 굴복하지 말 것을 경고했다. 그런데 내 안의 또 다른 목소리는 "다시 한 번 가봐! 등이 오싹해지고 불안감과 긴장감이 등줄기를 타고 흘러내리는 느낌을 다시 한 번 느껴봐!"라고 속삭였다. 그러면 본능은 또다시 "그만둬! 오지랖 떨지 마! 너처럼 단순한 녀석은 절대로 감당할 수 없는 일이야. 저번보다 더 어리석은 짓을 저지를 게 뻔해"라고 말하는 것이었다.

그런데 나는 스스로 결정을 내릴 필요가 없게 되었다. 그로부터 사흘 후 케케스팔바의 편지가 내 책상 위에 놓여 있는 것이었다. 일요일 만찬에 초청한다는 내용과 함께 이번에는 남자들만 모이는 자리이며, 전에 언급한 국방부의 F.중령도 참석할 것이라고 했다. 물론 내가 참석한다면 딸아이와 일로나도 무척 기뻐할 것이라고도 했다. 나는 지금도 당시 소심한 젊은이였던 내가 초청장을 받고 우쭐했다는 사실에 대해서 결코 부끄럽게 생각하지 않는다. 그들은 나를 잊지 않았던 것이다. F.중령이 참석한다는 언급은 케케스팔바가 직무와 관련해서 나를 은밀히 도와주겠다는 말로 느껴졌다. 나는 그가 내게 감사의 표시를 전하려는 것임을 알아차렸다.

나는 곧바로 초대에 응했고, 이를 결코 후회하지 않았다. 그날 저녁, 나는 정말로 편안한 시간을 보낼 수 있었다. 부대 내에서는 아무도 관심을 가지지 않는 하급장교인 나를 나이 지긋한 점잖은 신사분들이 따뜻하게 환대해주는 것이었다. 그들이 나에게 관심을 가져주도록 케케스팔바가 특별히 손써놓은 것 같았다. 난생처음 나보다 계급이 높은 상관이 계급을 의식하지 않은 채 나를 대해주었다. 그는 내게 부대 생활에 만족하는지, 진급 가능성은 어떤지 등을 물어보았고, 빈에 오거나 필요한 일이 생기면 언제든지 자신을 찾아오라고 말해주었다. 대머리에 보름달처럼 얼굴이 환한 활달한 성격의 공증인은 자신의 집으로 나를 초대해주었고, 설탕 공장 사장도 계속해서 내게 말을 걸어주었다. 상관의 말 한마디에 "네, 알겠습니다"라고 대답해야 하는 장교식당과는 전혀 다른 분위기에서 대화가 오갔다. 생각보다 빨리 자신감을 되찾은 나는 30분 정도가 지나자 거침없이 대화에 참여할 수 있었다.

이번에도 생전 구경도 해보지 못한, 부유한 동료들의 자랑질을 통해서만 들어본 음식들이 두 명의 하인에 의해 화려하게 차려졌다. 입에 사르르 녹는 차가운 캐비아(나로서는 처음 맛보는 것이었다)와 사슴고기파이, 꿩 요리가 나왔고, 거기에 기분이 좋아지게 하는 와인까지 계속해서 따라졌다. 물론 이런 일에 감탄하는 것이 얼마나 어리석은 일인지는 나도 잘 알고 있었다. 하지만 굳이 이를 부인할 필요는 없지 않은가? 부유한 생활과는 거리가 먼 평범한 소위였던 나는 명망 있는 인사들과 한 테이블에서 호화로운 식사를 한다는 사실에 마치 어린아이처럼 우쭐한 기분이 들었다. 세상에! 나는 마음속으로 끊임없이 감탄을 했다. 세상에! 바브루슈카 녀석이나 빈에서 얼마나 멋진 식사를 하는지 늘 자랑하는 그 뻔뻔한 지원병 녀석이 이런 모습을 봐야 하는데! 그 녀석들도 이곳에 와보면 눈이 휘둥그레지고 입이 딱 벌어질 거야! 내가 이곳에 편안히 앉아서 국방부의 중령과 건배를 하고, 설탕 공장 사장님과 즐겁게 대화를 나누고, 사장님한테 "그렇게 잘 알고 있다니 놀라운데요!"라는 말을 듣는 모습을 그 샘이 많은 녀석들이 봐야 하는데!

커피는 아늑한 내실에 준비되었다. 불룩한 차가운 잔에 담긴 코냑과 함께 갖가지 색의 술이 등장했다. 물론 화려한 상표가 붙은 두툼한 시가도 빠지지 않았다. 대화 중에 갑자기 케케스팔바가 조용히 내 쪽으로 몸을 굽히더니, 함께 카드 게임을 할 것인지 아니면 아가씨들과 이야기를 나눌 것인지 물어보았다. 나는 재빨리 후자를 택했다. 국방부 중령과 카드 게임을 하는 것은 너무 위험부담이 크다는 생각이 든 것이다. 내가 이기면 중령이 불쾌해할 수 있었고, 내가 지면 한 달치 봉급이 날아갈 것이 뻔했다. 게다가 지갑에는 기껏해야 20크로네밖에 없다는 사실이 떠올랐던 것이다.

결국 옆에서는 카드판이 벌어지는 동안 나는 두 아가씨와 함께 자리했다. 와인 때문이었는지 아니면 즐거운 분위기 때문이었는지 그날따라 두 아가씨는 특별히 더 아름다워 보였다. 에디트는 저번에 봤을 때만큼 창백하지도 아파 보이지도 않았다. 어쩌면 만찬을 위해 화장을 했을 수도 있고, 어쩌면 정말로 즐거운 분위기로 인해 뺨이 붉게 물든 것일 수도 있었다. 어찌 됐든 신경질적이고 불안정하게 실룩거리던 입가의 주름이 자취를 감추었고 늘 움찔거리던 눈썹도 그날은 편안해 보였다. 에디트는 긴

분홍빛 드레스를 입고 앉아 있었다. 담요로 다리를 가리지 않았지만, 흥겨운 기분에 취한 나는, 아니, 우리 모두는 '그것'에 대해서는 전혀 생각하지 않았다. 일로나는 가볍게 취한 것 같았다. 일로나의 눈은 환하게 반짝였고, 그녀가 풍만한 어깨를 뒤로 젖히며 큰 소리로 웃을 때면 나는 우연을 가장해서 일로나의 매끈한 팔을 쓰다듬고 싶은 유혹을 떨쳐내기 위해 그녀와 거리를 두어야 했다.

푸짐한 식사를 즐긴 후 기분 좋은 열기를 느끼게 해주는 코냑과 코끝을 간지럽히는 중후한 시가를 음미하며 아름다운 두 아가씨와 함께 자리하고 있다면, 제아무리 멍청한 사람이라도 즐겁게 대화를 나누는 데 큰 어려움이 없을 것이다. 나는 원래도 이야기를 잘하는 사람이었지만(수줍음 때문에 몸이 굳어버릴 때를 제외하면 말이다), 그날은 물 만난 물고기처럼 그 어느 때보다도 활기차게 이야기꽃을 피웠다. 물론 대부분의 이야기는 모두 부대에서 일어난 사소한 에피소드였다. 이를테면 이런 종류의 이야기였다. 지난 주 연대장이 급하게 빈행 급행열차 편으로 속달우편을 보내야 할 일이 생겼다. 편지는 우편 접수 마감 시간 전까지 당도해야 했기 때문에 연대장은 시골 출신의 루테니아인 부하를 불러서 편지를 즉시 빈에 전하라고 지시했다. 그러자 이 멍청한 녀석은 곧바로 마구간으로 가더니 말을 타고 빈으로 달려가는 것이었다. 전화로 후속 명령을 내리지 않았다면 그 멍청한 녀석은 말을 타고 빈까지 18시간을 달렸을 것이다. 이처럼 나는 깊은 철학이 담긴 무거운 이야기로 두 아가씨와 나 자신을 피곤하게 만드는 대신 그저 일상생활이나 부대 내에서 있었던 에피소드를 이야기해주었다. 그런데 놀랍게도 두 아가씨는 무척이나 즐거워하며 끊임없이 웃어주는 것이었다. 특히 에디트는 그 어느 때보다도 쾌활하게 웃었다. 그녀의 밝은 웃음소리는 이따금씩 고음에서 뒤집어지기까지 했다. 에디트는 진심으로 재미있어 하는 것 같았다. 도자기처럼 얇고 투명한 볼에 생기가 돌면서 에디트의 얼굴은 건강한 아름다움으로 환하게 피어올랐다. 평소 날카롭던 잿빛 눈도 천진난만하게 반짝거렸다. 자신의 장애에 대해 잊고 있는 동안 에디트는 자유롭고 편안해 보였다. 에디트는 편안하게 몸을 뒤로 기댄 채 웃고 마시고 일로나를 자기 쪽으로 끌어당겨 어깨동무를 하기도 했다. 정말로 이들 두 사람은 변변찮은 내 이야기에 너무나도 즐거워했다. 이야기를 했을 때의 반응이 좋으면 이야기하는 사람은 힘이 솟게 마련이다. 나는 이미 오래전에 잊고 있었던 이야기들이 계속해서 떠올랐다. 평상시의 소심함과 수줍음은 온데간데없고 새로운 용기가 샘솟았다. 나는 그들과 함께 웃었고 그들을 웃게 했고, 우리는 명랑한 아이들처럼 화기애애한 시간을 보냈다.

 그렇게 끊임없이 농담을 하며 즐거운 분위기에 흠뻑 취해 있는 동안에도 나는 어디에선가 어렴풋이 나를 지켜보는 듯한 시선이 느껴졌다. 그것은 카드 테이블 쪽에서 보내지는 시선이었다. 그 따뜻하고 행복한 시선에 내게도 덩달아 행복감이 밀려왔다. 노인은 이따금씩 남들이 알아차리지 못하도록 조심스럽게(그는 다른 사람들 앞에서 부끄러워하는 것 같았다) 카드 너머로 곁눈질로 우리 쪽을 바라보았다. 한번은 나와 시선이 마주치자 은밀히 내게 고개를 끄덕였다. 그 순간 그의 얼굴에서는 음악을 감상하는 사람에게서 볼 수 있는 광채가 반짝였다.

 우리의 수다는 거의 자정까지 이어졌고, 단 한 순간도 대화가 끊기지 않았다. 또다시 맛있는 음식이 나왔다. 이번에는 맛이 일품인 샌드위치였다. 샌드위치 쪽으로 게걸스럽게 손을 뻗는 것은 비단 나만이 아니었다. 두 아가씨 모두 샌드위치를 맛있게 먹었고, 우리는 모두 함께 중후한 맛의 오래된 영국산 흑맥주를 거나하게 들이켰다. 마침내 작별의 시간이 찾아왔다. 에디트와 일로나는 마치 오랜 친구를 대하듯이 내게 악수를 청하면서 내게 조만간, 아니, 내일이나 모레쯤 다시 방문해달라며 약속을 받아냈다. 그런 후 나는 다른 세 신사분들과 함께 현관으로 나왔다. 운전기사가 우리를 집까지 차로 모시기로 했다. 하인이 중령님을 도와드리는 동안 나는 손수 외투를 찾아서 걸치고 있었다. 그런데 갑자기 외투를 잡아주는 손길이 느껴졌다. 케케스팔바였다. 깜짝 놀라며 그의 손길을 피하자 (젊디젊은 내가 어떻게 노인의 도움을 받는단 말인가?) 그가 내게 가까이 다가와 속삭이는 것이었다.

"소위님," 노인은 수줍은 듯이 속삭였다. "아, 소위님. 당신은 모를 겁니다. 그 아이의 웃음소리를 다시 들을 수 있게 되어서 내가 얼마나 행복한지를. 그 아이에게는 아무런 즐거움도 없는데…… 오늘은 마치 예전으로 돌아간 것 같았습니다. 예전에 그 아이가……"

이때 중령이 우리에게 다가오더니 "자, 출발할까요?"라고 말하며 내게 다정한 미소를 지어보였다. 케케스팔바는 중령이 있는 앞에서 더 이상 말을 잇지 못했지만 나는 그의 손이 내 팔을 어루만지는 것을 느낄 수 있었다. 그는 마치 어린아이나 여자를 쓰다듬듯이 아주 부드럽고 수줍게 내 팔을 어루만졌다. 이 수줍은 손길에는 가늠할 수 없을 정도의 깊은 애정과 감사가 담겨 있었다. 그 안에서 느껴지는 깊은 행복감과 절망감이 또다시 나의 마음을 크게 흔들어놓았다. 중령을 따라 차량으로 이동하는 동안 나는 그 누구에게도 동요된 마음을 들키지 않기 위해 정신을 바싹 차려야만 했다.

그날 저녁 나는 흥분이 가라앉지 않아 곧바로 부대로 들어갈 수 없었다. 겉보기에는 고작 노인이 내 팔을 어루만진 사소한 일에 불과했지만,

무한한 감사의 마음이 고스란히 전해진 그의 손길이 내 가슴 깊은 곳의 무언가를 요동치게 한 것이다. 이 감동적인 손길에서 나는 그 어떤 여자에게서도 경험하지 못한 수줍으면서도 열정적인 애정을 느꼈다. 난생처음 나는 이 지구상의 누군가에게 도움을 주었다는 확신을 가지게 되었다. 나처럼 별 볼 일 없는 평범한 장교가 누군가를 그처럼 행복하게 할 수 있는 힘이 있다는 사실에 나 자신도 깜짝 놀랐다. 나는 커다란 감동이 밀려오는 것을 느꼈다. 어쩌면 내가 느꼈던 감동을 설명하기 위해서는 내 어린 시절을 돌이켜봐야 할지도 모르겠다. 나는 어린 시절부터 '나는 쓸모없는 사람이고 그 누구도 내게 관심이 없다'는 생각이 마음을 짓누르고 있었다. 사관후보학교와 사관학교에서도 나는 언제나 성적이 중간 정도 되는 눈에 띄지 않는 생도였다. 단 한 번도 동료들이나 교관들에게 인기 있고 사랑받는 부류에 속하지 못했다. 그것은 부대에 와서도 마찬가지였다. 내가 어느 날 갑자기 사라진다 해도, 이를테면 낙마해서 목이 부러져 죽는다 해도, 동료들은 "유감이군!" "불쌍한 녀석!"이라고 안타까워하겠지만, 한 달 후면 아무도 나를 기억하지 못할 것이라고 생각했다. 다른 사람이 내 자리, 내 말을 차지하고, 나의 일 또한 그 사람이 처리하면 그만이었다. 여자와의 관계에서도 별반 다르지 않았다. 나는 두 군데의 주둔지에서 여자와 사귄 적이 있었다. 야로슬라우에서는 치과 보조사와 만났고, 빈 신도시에서는 아담한 체구의 재봉사와 만났다. 우리는 함께 데이트를 즐겼고, 근무가 없는 날이면 그녀를 내 방으로 데리고 갔다. 그녀의 생일에는 산호목걸이를 선물했고 우리는 서로 사랑을 속삭였다. 아마 그 사랑의 속삭임만큼은 진심이었을 것이다. 하지만 내가 다른 주둔지로 발령을 받게 되자 우리는 금세 마음을 추스를 수 있었다. 3개월 동안은 이따금씩 의무적으로 편지를 주고받았지만, 얼마 지나지 않아 각자 다른 사람과 만나기 시작했다. 그녀에게 변화라고 한다면 기껏해야 다음 사람과 사랑을 속삭일 때 '토니' 대신 '페어들'이라는 이름을 부르는 정도였을 것이다. 물론 전부 지나간 일이고 잊힌 일이었다. 그러나 25년 동안 살면서 나는 단 한 번도 어떤 강렬하고 열정적인 감정에 사로잡혀본 적이 없었다. 그리고 나 역시 인생에 크게 기대를 걸거나 바라는 일이 없었다. 그저 성실하게 일을 하고 남의 눈에 거슬리지 않기만을 바랄 뿐이었다.

그런데 갑자기 예기치 않은 일이 벌어진 것이다. 나는 놀라운 마음을 가다듬으며 호기심 어린 눈빛으로 스스로를 바라보았다. 정말인가? 나처럼 평범한 젊은이도 다른 사람에게 영향을 끼칠 수 있단 말인가? 50크로네도 못 가진 내가 부유한 노인에게 그의 친구들도 주지 못하는 행복감을 줄 수 있단 말인가? 나, 호프밀러 소위가 누군가를 도울 수 있다고? 누군가를 위로할 수 있다고? 내가 하루나 이틀 저녁을 장애인 아가씨와 함께 수다를 떨면 그녀의 눈빛이 반짝이고 볼에 생기가 돌고 내 존재로 인해 암울했던 집 안이 환하게 밝혀진다고?

나는 흥분된 마음으로 어두운 골목을 빠른 속도로 걸었다. 몸에서 열기가 느껴졌다. 외투를 열어젖히고 싶을 만큼 심장이 터질 것 같았다. 첫번째 놀라움 속에서 나는 생각지도 못한 또 다른 놀라운 사실을 발견했던 것이다. 첫번째 놀라움보다도 나를 한층 더 당황하게 한 것은 내가 낯선 그들과 너무나도 쉽게 친해졌다는 사실이었다. 내가 도대체 무슨 대단한 일을 했다고? 그저 약간의 연민을 보여주고, 이틀 저녁을, 그것도 즐겁고 유쾌한 이틀 저녁을 그 집에서 보낸 게 전부 아닌가? 그것만으로도 충분하다는 걸까? 그렇다면 매일매일 남는 시간에 카페에서 재미없는 동료들과 지루한 카드 게임이나 하고 거리를 배회하는 것은 얼마나 어리석은 일이란 말인가! 아니, 이제부터는 더 이상 의미 없이 시간을 보내는 일은 그만둬야겠다! 나는 발걸음이 점점 빨라졌다. 이렇듯 갑작스러운 깨우침을 얻은 나는 한 가지 결심을 하게 되었다. 앞으로는 다르게 생활하리라! 앞으로는 카페에 앉아 있는 시간을 줄이고 멍청한 카드 게임이나 당구도 그만두리라! 아무에게도 도움이 되지 않고 나 자신조차도 바보로 만드는 온갖 시간 죽이는 일들은 앞으로 단호하게 끊으리라! 차라리 몸이 아픈 아가씨를 자주 방문하고, 두 아가씨에게 해줄 재미있는 이야기를 매번 준비해 가는 것이다! 그들과 함께 수다를 떨고 체스도 하면서 즐겁게 시간을 보내는 것이다! 남을 도와주고 남들에게 필요한 존재가 되겠다는 결심만으로도 나는 흥분되었다. 흥겨운 마음에 노래를 부르거나 뭔가 어리석은 짓이라도 저지르고 싶은 충동을 느꼈다. 사람은 자신이 남에게도 중요한 존재라는 사실을 인식한 후에야 비로소 자기 존재의 의미와 사명을 깨닫게 되는 것이다.

그렇게 된 것이다. 오로지 그와 같은 이유로 나는 그 후 몇 주간 늦은 오후 시간과 대개는 저녁 시간까지 케케스팔바 저택에서 보내게 된 것이다. 그곳에서 아가씨들과 즐겁게 이야기를 나누는 일은 곧 습관이 되었다. 어떻게 보면 그러한 습관은 나로서는 화려한 생활에 익숙해지는 것이었기 때문에 약간의 위험성을 내재하고 있었다. 그러나 어린 시절부터 한 군사 시설에서 다른 군사 시설로 끊임없이 옮겨 다니기만 한 젊은이에게는 예상치도 못한 보금자리를 찾은 것이, 차가운 막사와 냄새 나는 내무반 대신 마음의 고향을 찾은 것이 커다란 유혹이 아닐 수 없었다. 내가 근무를 마치고 4시 30분에서 5시 사이에 그곳에 도착하면, 마치 요술 구멍을 통해서 내가 오는 것을 지켜보고 있었던 것처럼 문고리에 손이 닿기도 전에 문이 활짝 열리며 하인이 환한 얼굴로 나를 맞이해주었다. 집안사람들 모두가 상냥한 태도로 나를 한 가족으로 생각한다는 것을 여실히 보여주었다. 내가 좋아하는 것은 뭐든지 준비되어 있었다. 내가 가장 좋아하는 시가가 언제나 갖춰져 있었고, 내가 읽어보고 싶다고 지나가듯 말한 책은 다음 날이면 어김없이 테이블에 놓여 있었다(책은 늘 새것이었고, 보기 편하도록 겉포장은 벗겨져 있었다). 또한 에디트의 기다란 안락의자를 마주하고 있는 의자는 '내 자리'로 정해져 있었다. 모두 사소한 일들이었지만 그 덕분에 낯선 방이 내 집처럼 편안하고 따뜻하게 느껴질 수 있었고, 유쾌하고 가벼운 기분이 들 수 있었다. 나는 부대에서 동료들과 함께하는 자리보다 '내 자리'에 앉아 있을 때가 마음이 더 편했다. 마음껏 수다를 떨고 농담을 하면서 나는 일종의 구속이라는 형식은 영혼이 갖는 본래의 힘을 제약시키는 것이며, 인간의 진정한 도량은 그 어떤 것에도 얽매이지 않을 때 드러난다는 사실을 처음으로 깨달았다.

　그러나 내가 두 아가씨와 매일 시간을 보내면서 활기를 느끼는 데에는 또 다른, 보다 은밀한 이유가 있었다. 나는 열 살이라는 어린 나이부터 군사시설에서 살았다. 즉, 15년 전부터 남자들만 있는 환경에서 자란 것이다. 아침부터 밤까지, 밤부터 새벽까지, 사관학교에서, 막사에서, 내무반에서, 식당에서, 오고 가는 거리에서, 승마훈련장에서, 강의실에서 나는 남자들의 냄새만을 맡고 살았다. 처음에는 소년들, 그 후에는 청년들이었지만, 내 주위를 채운 것은 언제나 남자, 남자들뿐이었다! 나는 그들의 거친 태도와 묵직한 걸음걸이, 낮게 울려 퍼지는 목소리, 찌든 담배 냄새, 거침없는 태도와 심지어 천박한 행동에까지 익숙해져 있었다. 물론 나는 대부분의 동료들을 진심으로 좋아했고 그들도 나에게 진심으로 대한다는 사실을 알고 있었다. 결코 그들에게 불만이 있었던 것은 아니었다. 그러나 거기에는 한 가지가 빠져 있었다. 바로 활력이었다. 신선함과 긴장감, 전류가 흐르는 듯한 찌릿찌릿한 전율이 빠져 있었다. 화려한 군악대가 리듬을 살리며 훌륭하게 연주를 한다 해도 부드러운 바이올린의 음색이 빠진 까닭에 그저 딱딱하게 박자만 맞추는 차가운 취주악으로 전락하듯이 동료들끼리 아무리 즐거운 시간을 보낸다 해도 거기에는 여자와 함께 있거나 여자가 가까이에 있기만 해도 느껴지는 활기가 빠져 있었던 것이다. 제복을 입고 단추를 가지런히 채운 채 두 명씩 짝을 이루며 도시를 활보하던 열네 살 사관후보생 시절부터 우리는 다른 사내아이들이 여자아이들과 시시덕거리거나 편안하게 이야기를 나누는 것을 보면 어린 시절의 무언가를 박탈당했다는 생각에 사로잡히곤 했다. 그것은 또래 사내아이들이 매일매일 거리에서, 스케이트장에서, 무도회장에서 자연스럽게 누리는 것, 바로 여자아이들과의 자연스러운 교제였다. 세상으로부터 격리되어 학교에 갇혀 있던 우리들은 짧은 치마를 입은 요정들을 마치 마법 속 존재처럼 그저 바라만 봤을 뿐, 여자아이와 말 한마디 주고받는 것조차 이루어질 수 없는 꿈이라 여겼다. 어린 시절의 이러한 박탈감은 결코 잊히지 않는 법이다. 그 후로 다양한 여자들과 짧은 관계를 갖곤 했지만, 그것이 감성이 충만했던 어린 시절의 꿈을 대신해줄 수는 없었다. 십여 명의 여자들과 잠자리를 했지만 나는 여전히 어린 여자를 만나기만 하면 언제나 어색해하고 바보처럼 더듬거리곤 했다. 나는 그 이유가 어린 시절 순수하고 자연스러운 교제를 갖지 못했기 때문이라 여기며 평생 그런 관계를 맺지 못할 것이라 생각했다.

그런데 갑자기 그동안 감추어두었던 소년의 수줍은 바람이 이루어진 것이다. 수염이 덥수룩한 거친 남자 동료들 대신에 젊은 여인들과 친해지고 싶다는 나만의 은밀한 소원이 이루어진 것이다. 매일 오후 나는 여러 마리의 암탉을 거느린 수탉처럼 두 여자 사이에 앉아 있었다. 그들의 밝고 여성스러운 목소리에 몸이 노곤노곤해지고 말로 형용할 수 없는 행복감을 느끼며 나는 난생처음 젊은 여인들과 있으면서도 전혀 움츠러들지 않는 나의 모습을 즐겼다. 우리들 사이에는 그 특수한 상황으로 인해 보통 젊은 남녀가 함께 시간을 보내면 자연스럽게 생겨나는 찌릿찌릿한 감정이 배제되어 있었기 때문에 그것이 우리의 관계를 더욱더 즐겁고 편안하게 만들어주었다. 어둠침침한 곳에 남녀가 함께 있을 때 생겨날 수 있는 자극적인 요소들이 우리들 사이에서는 전혀 생겨나지 않았다. 물론 솔직히 고백하자면, 키스를 부르는 듯한 일로나의 풍성한 입술과 풍만한 팔, 그리고 헝가리인 특유의 관능미는 젊은 청년인 나를 기분 좋은 혼란에 빠뜨리기도 했다. 나는 이따금씩 웃음을 머금은 검은 눈동자를 가진 이 따뜻하고 부드러운 아가씨를 확 끌어안고 힘껏 키스해주고 싶은 충동을 억제하기 위해 양손을 단단히 통제해야만 했다. 그러나 만난 지 얼마 지나지 않아 일로나는 내게 자신이 2년 전 벡스케렛에 사는 공증인 지망생과 약혼을 했고 에디트가 완쾌되거나 회복되기만 하면 곧바로 그와 결혼할 것이라고 털어놓았다. 나는 케케스팔바가 가난한 친척인 그녀에게 에디트가 회복될 때까지 함께 지내주면 지참금을 주기로 약속했다는 것을 짐작할 수 있었다. 물론 그 일이 아니더라도, 우리가 휠체어에 몸이 묶여 있는 힘없고 가엾은 친구의 등 뒤에서 장난스럽게 키스나 스킨십을 시도했다면, 이 얼마나 잔인하고 파렴치한 행위였겠는가! 그렇게 해서 초반에 조금씩 고개를 들려던 성적 욕구는 금세 사라졌고, 나의 관심과 애정은 세상을 등진 힘없는 에디트에게로 향했다. 그것은 환자를 향한 연민은 은연중에 애정과 결합된다는 감정의 신비로운 화학반응에 의한 것이었다. 에디트와 함께 자리하고, 그녀와 함께 이야기를 나누고, 그녀를 즐겁게 해주고, 불안하게 들썩이는 그녀의 입가에 미소가 드리워지는 것을 지켜보고, 때로는 화를 참지 못하며 몸을 떠는 그녀에게 살짝 손을 얹어주며 잿빛 눈동자에서 부끄러움과 감사의 마음을 읽어내는 이러한 사소한 일들은 내게 일로나와 열정적인 모험에 빠지는 것보다 더 큰 행복감을 맛보게 해주었다. 그리고 이러한 잔잔한 감동을 깨달은 덕분에(불과 며칠 동안 정말 많은 깨달음이 있었다!) 나는 그동안 전혀 알지 못했던 보다 여린 감정에 대해서도 알게 되었다.

내가 알지 못하는 여린 감정, 그것은 위험한 감정이기도 했다! 그러한 감정 앞에서는 제아무리 아껴주고 보호해주려는 노력도 수포로 돌아가기 때문이었다. 건강한 사람과 아픈 사람, 자유로운 사람과 감금되어 있는 사람의 관계가 아무런 문제없이 지속되기란 힘든 법이다. 불행한 사람은 쉽게 상처받고, 끊임없이 고통받는 사람은 모든 것을 부당하다고 생각하기 때문이다. 한쪽은 주기만 하고 한쪽은 받기만 하는 채권자와 채무자의 관계가 불편할 수밖에 없듯이, 늘 보호를 받기만 하는 환자는 조금이라도 자신을 걱정해주는 마음에 대해서도 언제나 속으로 신경을 곤두세우고 있다. 상처받기 쉬운 그녀에게는 때로는 관심을 표현하는 것이 그녀를 달래주기는커녕 오히려 더 큰 상처를 주는 것이었다. 그렇기 때문에 우리는 그 애매모호한 경계선을 넘지 않도록 언제나 주의해야만 했다. 한편으로는 응석받이로 자란 그녀이기에 모두가 자신을 공주처럼 떠받들어주고 자신의 응석을 받아주기를 요구하면서도 어느 순간에는 그러한 배려로 인해 자신의 무력한 처지가 보다 분명하게 인식되는 나머지 분노를 터뜨리곤 했다. 예를 들어 에디트가 테이블 위에 놓여 있는 책이나 커피 잔을 집기 편하도록 테이블을 그녀 쪽으로 밀어주면 그녀는 눈을 번쩍이며 "혼자서는 못 집을 줄 알아요?"라고 소리쳤다. 우리에 갇힌 짐승이 평상시에는 조련사에게 재롱을 떨다가도 갑자기 아무런 이유도 없이 그를 공격하는 것처럼, 에디트도 이따금씩 발톱을 세우며 화기애애한 분위기를 갈기갈기 찢어놓곤 했다. 이를테면 심술궂게 자기 자신을 "비참한 불구"라고 칭하며 분위기에 찬물을 끼얹은 식이었다. 그런 긴장된 순간에는 그녀의 공격적인 태도를 기분 나쁘게 생각하지 않기 위해 온 힘을 다해야 했다.

그런데 놀랍게도 내게는 언제나 그런 힘이 있었다. 인간에 대해 한 가지를 이해하고 나면 다른 것들도 이해하게 되는 법이다. 한 가지 고통을 진심으로 연민할 수 있는 사람이라면 그와 같은 마법의 가르침에 따라 다른 고통도, 심지어는 낯설고 모순적으로 느껴지는 고통도 이해할 수 있게 된다. 그래서 나는 이따금씩 나타나는 에디트의 심술에 현혹되지 않았다. 오히려 에디트의 분노가 부당하면 부당할수록, 고통스러우면 고통스러울수록 마음이 격동하는 것을 느꼈다. 그러면서 서서히 그녀의 아버지와 일로나가 어째서 나를 반기는지, 어째서 온 집안이 나의 존재에 대해 기뻐하는지 그 이유를 깨닫게 되었다. 병이 장기간 지속되면 환자뿐만 아니라 측은해하는 주위 사람들 또한 지치게 마련이다. 절실한 감정은 끝없이 지속될 수 없기 때문이다. 물론 에디트의 아버지와 일로나는 초조한 마음을 감추지 못하는 이 가엾은 소녀와 함께 가슴 깊이 고통을 나누고 있었지만, 그들은 이미 지치고 체념한 상태였다. 그들은 에디트를 환자로 여기고 그녀의 병을 하나의 사실로 받아들이며 그저 고개를 숙인 채 에디트의 분노가 가라앉기만을 기다렸다. 그러나 더 이상 놀랄 일조차 없는 그들과 달리 나는 에디트의 고통을 볼 때마다 매번 마음이 동요되었다. 곧 나는 에디트가 자신이 터뜨린 분노를 부끄럽게 여기는 유일한 사람이 되었다. 에디트가 감정을 주체하지 못하고 분노를 터뜨리려는 순간, 내가 살짝 "에디트, 진정해요"라고 말하기만 하면 그녀는 금세 눈을 내리깔고 얼굴을 붉혔다. 발만 묶여 있지 않았다면 그 자리에서 도망치고 싶은 심정이라는 것을 그녀의 표정을 통해서 짐작할 수 있었다. 내가 작별을 고할 때면 에디트는 간절하게 내게 말하는 것이었다(그 간절함은 내 마음을 깊이 자극했다). "내일 다시 올 거죠? 오늘 내가 바보같이 굴어서 화난 거 아니죠?" 그런 순간에는 진심에서 우러나오는 연민 외에는 아무것도 줄 수 없는 내가 다른 사람에게 이토록 영향력을 갖고 있다는 것이 그저 신기하게 느껴졌다.

　새로운 것을 깨우칠 때마다 황홀해지고, 어떤 감정에 빠지게 되면 헤어나오지 못하는 것이 바로 청춘이다. 남을 동정할 수 있는 나의 능력이나 자신을 즐겁게 할 뿐만 아니라 남에게도 도움을 준다는 사실을 발견한 순간, 내 안에서는 기이한 변화가 일어나기 시작했다. 연민이라는 새로운 능력을 받아들임과 동시에 내 피를 더 따뜻하고 더 빨갛고 더 빠르고 더 격렬하게 만들어주는 독소가 혈액 속으로 침투한 것처럼 느껴졌다. 나는 그동안 마치 잿빛 어스름 속을 거닐듯 무미건조하게 어슬렁거리며 살아왔던 생활을 이해할 수 없게 되었다. 예전에는 무심히 지나쳤던 수백 가지 일들이 나를 자극하고 나의 관심을 끌기 시작했다. 남의 고통을 인식하게 된 그 순간부터 내 안에서 보다 날카롭고 예리한 눈이 깨어난 것만 같았다. 사방에서 일어나는 수많은 일들이 나의 관심을 끌었고 나를 열광시켰고 격동시켰다. 온 세상이 거리마다, 방마다 운명으로 가득 차 있고, 밑바닥까지 어려운 일들로 넘쳐흐르는 덕분에 나의 하루하루는 끊임없는 긴장과 흥분으로 채워질 수 있었다. 예를 들면, 말을 탈 때 말이 고집을 부리더라도 나는 예전처럼 말의 엉덩이를 채찍으로 힘껏 내려치지 못했다. 내가 말에게 주는 고통에 죄책감이 들면서 마치 채찍 자국이 내 피부에 새겨지는 것 같은 고통을 맛봐야 했기 때문이다. 또 다혈질의 중대장이 안장을 제대로 얹지 않았다는 이유로 양손을 바지 솔기에 붙인 채 차렷 자세를 취하고 있는 가엾은 루테니아 기병의 얼굴에 주먹을 날리는 모습을 보고 나도 모르게 손에 힘이 들어갔다. 주위의 다른 기병들은 그저 바라보거나 웃음을 터뜨렸지만 나는 부끄러운 듯 아래로 내리깔고 있는 그 순박한 녀석의 속눈썹이 젖는 것을 보았다. 나는 동료들이 장교식당에서 어설프고 서투른 동료들을 놀리는 것도 눈에 거슬리기 시작했다. 가엾은 소녀가 겪는 무력함이라는 고통을 이해하게 된 순간부터 나는 모든 잔인함을 증오하는 마음이, 모든 무력함을 돕고 싶은 마음이 생긴 것이다. 운명이 나의 눈에 연민이라는 뜨거운 눈물을 주입한 후부터 나는 그동안 그냥 지나쳤던 수많은 일들에 관심을 기울이게 되었다. 사소하고 단순한 일들 하나하나가 나를 긴장시키고 격동시켰다. 예를 들면, 내가 항상 담배를 구입하는 담배 가게 아주머니가 돈을 받을 때마다 안경에 부딪힐 정도로 눈 가까이에 돈을 갖다 대고 살펴본다는 사실을 알아차렸다. 백내장에 걸린 것이 아닐까 걱정되기 시작한 나는 부대의 골드바움 군의관에게 그녀를 검사해달라고 부탁하기로 마음먹었다. 또 얼마 전에는 지원병들이 체구가 작고 머리칼이 붉은 K기병을 눈에 띄게 따돌린다는 사실을 발견했다. 신문에 그의 삼촌이 사기횡령으로 구속되었다는 기사가 실린 것을 본 기억이 났다(이 불쌍한 녀석이 무슨 죄란 말인가?). 나는 의도적으로 식사 시간에 그의 옆에 앉아 그와 긴 대화를 나누었다. 그가 내게 감사의 눈빛을 보내는 것을 보고 나는 그가 나의 의도를 알아차렸다는 것을 알 수 있었다. 나는 다른 기병들에게 그들이 얼마나 부당하고 유치하게 구는지 보여주기 위해 의도적으로 그와 대화를 나눈 것이었다. 그 밖에도 나는 동료들에게 부탁을 해서 연대장에게 보고되면 네 시간 동안 기합을 받게 될 부하를 풀어주기도 했다. 나는 매일매일 새로운 일들을 통해서 내 안에서 갑작스럽게 생겨난 열정을 발산했다. '이제부터는 누구든지 최선을 다해 돕자! 다시는 나태하고 무심한 생활로 돌아가서는 안 돼! 나를 희생하면 나의 가치가 높아지는 거고, 남의 운명을 이해하고 남의 고통을 함께 나누면 마음이 풍요로워지는 거야!' 나는 마음속으로 다짐했다. 이런 생각을 하는 나 자신에 대해 스스로 놀라워하며, 내가 뜻하지 않게 상처를 줬지만 자신의 고통을 통해 연민이라는 마법을 내게 가르쳐준 그녀에게 감사하는 마음이 밀려왔다.

그러나 얼마 지나지 않아 나는 이런 낭만적인 감정에서 깨어나게 되었다. 어느 날 오후, 우리는 도미노 게임을 하고 이야기꽃을 피우면서 시간 가는 줄 모르고 아늑한 분위기에 젖어 있었다. 문득 시계를 보니 11시 반을 가리키고 있었다. 깜짝 놀란 나는 서둘러 떠날 채비를 했다. 케케스팔바가 현관으로 나를 배웅하는 동안 밖에서 수십만 마리의 벌들이 윙윙거리는 소리가 들려왔다. 처마 위로 억수 같은 비가 쏟아져 내리고 있었던 것이다. 케케스팔바는 차를 타고 가시면 된다고 나를 안심시켰지만 나는 그럴 필요가 전혀 없다며 그의 제안을 거절했다. 나 한 사람 때문에 운전기사가 밤 11시 반에 다시 옷을 갈아입고 차고에서 차를 꺼내야 한다는 사실이 부담스럽게 느껴졌다(다른 사람에 대한 이와 같은 배려도 내게는 새로운 것이었다). 그러나 결국에는 얇은 에나멜 부츠를 신고 온몸이 홀딱 젖은 채로 30분 동안 질펀한 거리를 터벅터벅 걷는 것보다는 아늑하고 푹신푹신한 좌석에 앉아 편안하게 가고 싶다는 유혹을 더 이상 뿌리치지 못하고 승낙하고 말았다. 노인은 비가 오는데도 아랑곳 않고 직접 차까지 배웅하고 차 문을 닫아주었다. 운전기사가 시동을 걸었고, 우리는 거센 비를 뚫고 부대로 향했다.

자동차는 소리 없이 미끄러지듯 달렸고, 실내는 편안하고 아늑했다.

차가 부대 가까이에 이르자(우리는 놀라울 정도로 빨리 도착했다) 나는 유리창을 두드리며 운전기사에게 시청 광장에서 내려달라고 부탁했다. 케케스팔바의 고급 자동차를 타고 부대 안으로 들어가는 일만은 피하고 싶었다. 하찮은 소위 주제에 황태자라도 된 듯 멋진 자동차를 타고 운전기사가 열어주는 차량 문으로 우아하게 내리는 일은 결코 좋아 보이지 않았기 때문이다. 황금빛 옷깃을 단 고급장교들은 하급장교가 그런 식으로 우쭐대는 꼴을 좋아하지 않았다. 게다가 이미 오래전부터 나의 본능은 두 개의 세계, 즉 구속받지 않고 사치에 익숙해진 자유인으로서의 화려한 세계와 한 달이 31일이 아닌 30일인 것만으로도 큰 부담을 더는 가난하고 불쌍한 직업군인의 세계를 가능한 한 떨어뜨려놓고 섞이지 않도록 조심하라고 충고했다. 무의식 속에서도 하나의 나는 또 다른 나에 대해 별로 알고 싶어 하지 않았다. 때로는 나 자신조차도 진짜 토니 호프밀러가 누구인지, 군인으로서 복무하는 나인지 케케스팔바 저택에 있는 나인지, 부대 밖의 나인지 부대 안의 나인지 구분하지 못할 지경이었다.

운전기사는 부탁한 대로 부대에서 두 블록 정도 떨어진 시청 광장에서 차를 세워주었다. 차에서 내려 옷깃을 세우고 서둘러 넓은 광장을 건너려는 순간, 갑자기 빗줄기가 굵어지면서 젖은 바람이 거세게 얼굴을 강타했다. 부대까지 남은 두 블록을 뛰어가는 것보다는 가까운 처마 밑에서 몇 분 기다리는 것이 더 나을 것 같았다. 아니면 카페가 아직 열려 있으면 하늘이 커다란 물주전자를 전부 쏟아낼 때까지 거기서 안전하게 앉아 있는 것도 나쁘지 않을 것 같았다. 카페까지는 건물 여섯 채를 지나야 했다. 그쪽을 살펴보니 빗물이 흘러내리는 유리창 사이로 희미하게 불빛이 새어 나오는 것이 보였다. 어쩌면 아직 동료들이 단골석에 자리하고 있을지도 모른다는 생각이 들었다. 동료들에게 그동안 함께 시간을 보내지 못한 것을 만회할 절호의 기회였다. 사실 어제, 그제, 이번 주 내내, 그리고 저번 주까지 나는 단 한 번도 카페에 모습을 보이지 않았다. 동료들로서는 충분히 내게 화를 낼 만한 상황이었다. 마음은 변했다 할지라도 적어도 최소한의 예의는 지켰어야 했는데 말이다.

나는 문을 열고 안으로 들어섰다. 가게 앞쪽은 전기를 아끼기 위해 이미 불이 꺼져 있었다. 바닥에는 펼쳐진 신문이 여기저기 흩어져 있었고, 웨이터 오이겐은 매상을 정산하고 있었다. 하지만 우리가 주로 게임을 하는 뒤쪽 룸에는 불이 켜져 있었고 제복 단추가 불빛에 반짝이는 것이 보였다. 그들은 정말 그곳에 있었다. 오랜 카드 게임 멤버인 요치 중위와 페렌츠 소위 그리고 골드바움 군의관. 그들은 이미 오래전에 게임을 끝마치고 내가 예전에 그랬던 것처럼 그저 일어나기 싫어서 게으름을 피우며 자리에 앉아 있는 것 같았다. 심심했던 그들에게 나의 등장은 마치 하늘에서 내린 선물과도 같았다.

"어서 오게. 토니가 왔네!" 페렌츠가 다른 동료들에게 나의 존재를 알리자, "이 누추한 곳에 이런 영광스러운 일이 있나!"*라며 군의관이 한 마디 거들었다(우리는 언제나 그가 만성적 인용남발병에 걸렸다고 놀려댔다). 졸음이 가득한 세 쌍의 눈동자가 나를 향해 웃어주었다. "반갑네! 반가워!"

그들이 반갑게 맞이해준 덕분에 나도 기분이 좋아졌다. 참 멋진 녀석들이야! 나는 속으로 생각했다. 그동안 아무런 사과도 설명도 없이 안 나타났는데 기분 나빠하지 않는군.

---

* "Welch ein Glanz in unserer niedern Hütte" 프리드리히 실러의 희곡 「오를레앙의 처녀 Die Jungfrau von Orleans」에 나온 문구로 흔히 예기치 않은 손님을 보고 기뻐할 때 쓰는 말이다.

"블랙커피요." 졸린 눈으로 발을 질질 끌며 들어온 웨이터에게 주문을 한 후 나는 의자를 끌어오면서 늘 그랬듯이 "별일 없나?" 하고 말문을 열었다.

페렌츠의 넓적한 얼굴이 한층 더 넓어지면서 그의 반짝이는 두 눈은 불그스레한 둥근 뺨 속으로 파묻혔다. 그는 천천히 입을 열었다.

"별일이라면 그대처럼 대단한 분이 우리같이 천한 사람들 앞에 다시 납시었다는 것 아니겠나!" 그는 웃음을 머금으며 느릿하게 말했다.

그러자 군의관은 의자에 등을 기댄 채 연극배우 카인츠의 말투를 흉내 내며 읊조리는 것이었다. "지상의 신이신 마하디께서 마지막으로 지상에 내려오셨도다. 그들과 함께하기 위해, 기쁨과 고통을 함께 나누기 위해 내려오셨도다."*

세 사람 모두가 재미있다는 듯이 나를 쳐다보자 나는 서서히 화가 치밀었다. 그동안 왜 안 보였는지, 오늘은 어디서 오는 길인지 물어보기 전에 차라리 선수를 치는 것이 낫겠다고 생각했다. 그런데 내가 입을 열기도 전에 페렌츠가 이상한 윙크를 보내며 요치를 툭툭 치는 것이었다.

"저것 좀 보게나!" 그는 테이블 아래를 가리켰다. "대단하지? 이런 날씨에 에나멜 부츠라니! 게다가 우아하게 제복까지 갖춰 입었군! 토니, 이 녀석, 등 따신 곳을 제대로 잘 잡았단 말이야! 그 돈독 오른 노인네 저택에서는 엄청 화려하게 논다던데. 약사 말로는 매일 저녁 다섯 번에 걸쳐 요리가 나온다더군. 캐비아에, 거세한 수탉에, 진짜 볼스**진에 최고급 담배까지. '붉은 사자'에서 나오는 꿀꿀이죽과는 차원이 다르겠지! 토니 녀석, 우리가 과소평가했군. 이 녀석, 보기와는 달리 아주 교활한 구

---

* 괴테의 「신과 인도의 무희Der Gott und die Bajadere」에서 인용.
** 세계에서 가장 오래 된 네덜란드의 명문 증류회사.

석이 있어."

그러자 요치가 맞장구를 쳤다. "그런데 이 녀석의 우정은 그다지 신통치가 않단 말이야. 그렇잖아 토니, 그 집에 가서 노인네한테 한 번이라도 '어이, 영감탱이, 부대에 멋진 친구들이 몇 명 있는데, 절대로 음식을 칼로 집어먹지 않는 깔끔하고 얌전한 녀석들이라오. 언제 한번 데리고 오겠소' 하고 말한 적이 있나? 그렇게 말하기는커녕 '저놈들은 그저 필젠* 맥주나 마시고 소고기 굴라시**나 먹으면서 목구멍에 파프리카 칠이나 하라지' 하고 생각했겠지! 정말 멋진 우정일세! 자기 뱃속만 채우고 친구들은 전혀 아랑곳하지 않는 우정이라니! 굵직한 우프만 시가***라도 좀 가져왔나? 그렇다면 오늘까지는 한 번 봐주도록 하지."

세 사람은 깔깔거리며 입맛을 다셨다. 그러나 나는 갑자기 목에서부터 귀까지 피가 솟구치는 것이 느껴졌다. 빌어먹을 요치 녀석! 케케스팔바가 헤어지면서 최고급 시가를 챙겨준 것을 어떻게 알았지? (케케스팔바는 내가 방문할 때마다 시가를 챙겨주었다). 상의에 넣어둔 시가가 단추 사이로 삐져나오기라도 했단 말인가? 이 녀석들이 알아차리면 안 되는데! 당황한 나머지 나는 억지웃음을 지어보였다.

"물론 우프만 시가겠지! 자네는 그보다 저렴한 시가는 안 피우니까! 하지만 내 생각에는 자네라면 값싼 담배도 괜찮을 것 같은데"라고 말하면서 나는 요치에게 담배 케이스를 꺼내 보였다. 아뿔싸! 순간 손이 움찔했다. 엊그제가 나의 스물다섯번째 생일이었는데, 에디트와 일로나가 그것

---

* 필젠(지금의 체코)에서 만들어지는 황금색 맥주.
** 소고기, 야채, 그 밖의 다른 고기를 넣고 파프리카로 향을 낸 헝가리식 스튜.
*** 은행가이자 시가 애호가인 독일인 헤르만 우프만이 1844년 아바나로 이주하여 만든 브랜드.

을 어떻게 알아냈는지 내게 선물을 해준 것이다. 식사를 하려고 접시 위에 놓인 냅킨을 집어 드는 순간 냅킨 속에 무언가 묵직한 것이 들어 있는 것을 발견했는데, 그것이 바로 그들이 숨겨놓은 담배 케이스였다. 페렌츠는 이미 담배 케이스가 새것임을 알아차렸다. 우리들 사이에서는 아무리 사소한 일도 큰 사건이었으니 그가 그것을 놓칠 리가 없었다.

"어라, 이게 뭐야?" 그가 낮은 목소리로 말했다. "못 보던 물건인데." 그는 내 손에서 담배 케이스를 낚아채고는(나로서는 저항할 방도가 없었다), 이리저리 만지작거리며 자세히 살펴보더니 손으로 무게를 재보았다. 그러더니 군의관을 향해 말하는 것이었다. "이거 진짜 같은데. 한번 자세히 살펴보게. 자네 아버지가 이런 물건을 다루시니까 자네도 좀 알 것 아닌가!"

실제로 드로호비치에서 금세공업에 종사하는 아버지를 둔 골드바움 군의관은 두툼한 코 위에 안경을 걸치더니 담배 케이스를 가져다 손으로 무게를 재보고 구석구석 꼼꼼히 살펴보고 전문가처럼 두들겨보았다.

그리고 마침내 감정을 끝냈다. "이거 진짜네. 순금일세. 검인 표시도 있고 무게도 꽤나 묵직하군. 이거 하나면 전 부대원에게 금니를 씌워줄 수 있겠는걸. 가격은 7백에서 8백 크로네 정도 나갈 것으로 보이네."

감정을 한 뒤(나도 그의 말에 깜짝 놀랐다. 사실 나는 도금한 것으로 생각했었다) 그는 담배 케이스를 요치에게 건네주었다. 요치는 앞선 두 사람보다 경외심 어린 표정으로 물건을 받아들었다(우리 젊은 사람들은 값비싼 물건이라면 사족을 못 쓰지 않는가!). 그러고는 이리저리 살펴보고 빛에 비춰보고 만져보더니 마침내 뚜껑을 열어보고는 잠시 머뭇거리는 것이었다.

"이게 뭔가! 글이 새겨져 있군! 들어들 보게나! 사랑하는 친구 안톤 호프밀러의 생일을 축하하며, 일로나와 에디트."

세 명의 시선이 일제히 나에게 쏠렸다. "세상에!" 마침내 페렌츠가 입을 열었다. "자네 요즘은 친구를 잘도 가려서 사귀는군! 존경스럽네! 나라면 자네 생일 선물로 기껏해야 구리로 된 성냥통이나 줬을 텐데."

나는 목구멍이 오그라들었다. 내일이면 부대 전체가 내가 케케스팔바네에서 선물로 받은 금 담배 케이스에 대해서 알게 될 것이다. 물론, 케이스에 새겨진 글도 모두 외우고 다니겠지. 페렌츠는 장교식당에서 "그 귀한 상자 한번 보여주게나!" 하고 떠벌릴 것이 분명했고, 그러면 나는 중대장님을 비롯해서 대대장님께, 어쩌면 연대장님에게까지 공손히 담배 케이스를 보여야 할지도 몰랐다. 모두가 담배 케이스를 손으로 재보고 평가하고, 안쪽에 새겨진 글을 보며 웃고 온갖 질문과 농담을 할 것이 뻔했다. 게다가 그런 상황에서 내가 상관들에게 무례하게 굴 수도 없지 않은가.

이야기를 빨리 끝내고 싶은 마음에 나는 "카드 게임이나 한판 할까?"라고 물었다.

그 순간 세 사람의 순박한 미소가 너털웃음으로 바뀌었다. "페렌츠, 들었나?" 요치가 그를 툭툭 치며 말했다. "지금이 밤 12시 반인데, 가게 문 닫을 이 시간에 카드 게임을 하자는군!"

군의관은 편안하게 의자 뒤로 몸을 젖히더니, "행복한 사람에게는 시간을 알리는 소리가 들리지 않는 법이지"*라고 한마디 거들었다.

그들은 진부한 농담을 하며 한동안 더 깔깔거렸다. 그러나 얼마 지나지 않아 웨이터 오이겐이 다가오더니 폐점 시간임을 알려주었다. 그 사이 비는 잦아들었고, 우리는 함께 부대로 돌아와 악수를 나누며 작별인사를

---

* 독일 속담.

했다. 내 어깨를 두들기며 "다시 보게 돼서 반가웠네"라고 말하는 페렌츠의 표정에서 나는 그의 말이 진심임을 느낄 수 있었다. 어째서 나는 그들에게 그렇게 화를 낸 것일까? 질투나 악의라고는 찾아볼 수 없는 얼마나 우직하고 멋진 녀석들인가! 나를 조금 놀리긴 했지만, 결코 악의를 가지고 그랬던 것은 아니었을 것이다.

그 착한 녀석들은 실제로 악의를 가지고 그랬던 것은 아니었다. 그러나 그들의 놀라고 경탄하던 모습으로 인해 내 안의 무언가가 회복할 수 없을 지경으로 파괴되었다. 그것은 바로 자신감이었다. 그동안 케케스팔바 집안과의 특별한 관계 때문에 나는 놀라울 정도로 자신감이 높아져 있었다. 난생처음으로 나 자신이 '주는 사람, 남을 돕는 사람'으로 느껴진 것이다. 그러나 이제는 다른 사람들, 아니, 내막을 모르는 외부세계에서는 우리의 관계를 어떻게 볼 수밖에 없는지를 알게 된 것이다. 어둠의 유혹처럼(달리 표현할 방법이 없다) 나를 사로잡은 연민이라는 미묘한 열정에 대해 남들이 어떻게 이해할 수 있단 말인가? 그들은 내가 그저 부자들의 환심이나 사고 저녁식사비를 아끼고 선물이나 받을 요량으로 그 화려한 저택을 드나든다고 생각할 수밖에 없었다. 그들에게 결코 악의가 있어서가 아니었다. 그 녀석들은 오히려 내가 따뜻한 곳에서 고급 시가를 즐기는 것을 기뻐해주었다. 그들은 돈 많은 양반들이 나를 치켜세우고 내 비위를 맞춰주는 것이 결코 명예롭지 못하다거나 불순하다고 생각하지 않았다(이것이 나를 가장 화나게 했다). 오히려 우리 같은 장교들이 그들과 한 상에 자리해준다는 것은 그들에게 영광스러운 일이라 여기고 있었다. 페렌츠와 요치가 담배 케이스를 보고 감탄할 때, 이들은 조금도 나를 비난할 뜻이 없었다. 오히려 반대로 내가 그만큼 값비싼 선물을 받아냈다는 사실에 존경심마저 느꼈다. 그런데 문제는 나 자신이 스스로에 대해 헷갈리기 시작했다는 것이다. 나는 정말로 빈대처럼 굴었던 것이 아닌가? 다 큰 성인이고 장교인 내가 저녁마다 그곳에 가서 그들의 환대를 받아도 되는 건가? 담배 케이스는 절대로 받아서는 안 되는 것이었다. 폭우가 내리던 날 그들이 내 목에 둘러준 비단 목도리도 마찬가지였다. 어떻게 장교라는 놈이 남이 내 주머니에 시가를 밀어넣는데도 가만히 있었단 말인가! 게다가 말은 또 어떻고! 이런, 내일 당장 케케스팔바에게 가서 거절해야겠군! 나는 갑자기 엊그제 그가 한 말이 떠올랐다. (할부로 산) 내 갈색 말이 상태가 그다지 좋지 않다는 것이었다. 물론 그의 말이 맞았다. 하지만 자신의 목장에서 나에게 걸맞은 아주 잘 달리는 세 살짜리 말을 빌려주겠다는 제의는 받아들일 수 없었다. '빌려주겠다'고는 했지만 그에게 '빌려준다'는 것이 어떤 의미인지 짐작할 수 있었다. 일로나에게 자신의 가엾은 딸을 간호해주는 대가로 지참금을 약속한 것처럼 그는 내가 연민을 가지고 자신의 딸을 즐겁게 해주는 대가로 현물을 주려는 것이었다. 그는 나를 사려고 한 것이다! 그런데 나라는 단순한 놈은 나 자신이 빈대로 전락하고 있다는 사실도 알아차리지 못한 채 그에게 속아 넘어갈 뻔한 것이다!

그러나 곧바로 나는 '쓸데없는 소리!'라고 스스로를 꾸짖으며 감격에 겨워 내 팔을 어루만지던 노인의 모습과 내가 방에 들어설 때마다 환해지던 그의 표정을 생각했다. 또, 내가 에디트와 일로나와 마치 친남매처럼 나누었던 깊은 우정도 떠올려보았다. 그들이라면 내가 술을 조금 과하게 마셔도 전혀 상관하지 않을 사람들이었다. 심지어 알아차린다 해도 내가 편안해한다는 사실에 오히려 기뻐해줄 그런 사람들이었다. 쓸데없는 소리야! 괜한 생각이야! 나는 스스로에게 다짐을 하듯 되뇌었다. 쓸데없는 소리야! 그 노인은 내 아버지보다 나를 더 사랑한다고!

그러나 마음의 평형상태가 한번 흔들리기 시작하면 아무리 스스로를 다잡으려 해도 소용없는 법이다. 나는 요치와 페렌츠가 놀라고 감탄하던 모습으로 인해 그동안 가볍고 편안했던 마음이 파괴되었다는 것을 분명히 느낄 수 있었다. 정말로 나는 오로지 연민 때문에 그 저택을 드나든 것인가? 허영심이나 즐기고 싶은 마음은 조금도 없었단 말인가? 이것은 분명하게 짚고 넘어가야 할 문제였다. 그래서 나는 당분간 방문을 중단하기로 결심했다. 당장 내일부터 그동안 나의 일상이 되어버린 케케스팔바 저택 방문을 그만두기로 했다.

그래서 나는 다음 날 저택에 가는 대신 근무를 마치자마자 페렌츠, 요치와 함께 카페에 가서 신문을 읽고 카드 게임을 했다. 그러나 나는 게임에 집중할 수가 없었다. 하필 내가 앉은 자리의 정면에 둥근 시계가 걸려 있었던 것이다. 4시 20분, 4시 30분, 4시 40분, 4시 50분. 나는 카드를 세는 대신 시간을 세고 있었다. 평소에는 4시 반이면 그곳에 도착하는 시간이었다. 내가 도착하면 테이블은 이미 세팅되어 있었고, 15분만 늦어도 그들은 "오늘 무슨 일 있었어요?"라고 묻곤 했다. 이제는 내가 4시 반에 그곳에 가는 것이 마치 나의 의무인양 당연시되었다. 나는 2주 반 동안 단 하루도 거르지 않고 그곳을 방문했던 것이다. 아마 지금쯤이면 그들도 나만큼이나 불안해하며 시계를 바라보면서 기다리고 또 기다릴 것이 분명했다. 전화를 걸어서 못 간다고 양해를 구하는 것이 낫지 않을까? 아니면 당번병을 보낼까?

"토니, 오늘 왜 이래? 실력이 형편없잖아. 정신 좀 차리게!" 요치가 화를 내며 나를 쏘아보았다. 내가 부주의한 탓에 그가 점수를 잃은 것이다. 나는 정신을 차리려고 노력했다.

"나와 자리 좀 바꿔주겠나?"

"물론이지. 그런데 자리는 왜?"

"모르겠네. 시끄러워서 신경이 쓰이네." 나는 거짓말을 했다.

사실은 1분이 지날 때마다 가차 없이 한 칸씩 앞으로 움직이는 시곗바늘을 보기 싫었던 것이다. 몸은 근질거렸고 정신은 자꾸 다른 곳으로 향했다. 지금이라도 전화를 걸어서 양해를 구해야 하는 것이 아닌가 하는 생각이 마음을 짓눌렀다. 처음으로 나는 진정한 관심은 전기 스위치처럼 마음대로 켰다 껐다 할 수 있는 것이 아니며, 남의 운명에 관여한 사람은 자신의 자유가 제한된다는 사실을 깨닫기 시작했다.

젠장, 내가 매일 30분이나 되는 거리를 걸어서 그곳에 가야 할 의무가 있는 것은 아니잖아! 나는 스스로에게 화를 냈다. 마치 큐에 맞은 당구공이 다른 공에 가서 부딪히듯이 누군가 때문에 화가 난 사람은 전혀 상관없는 다른 사람에게 화풀이를 한다는 신비로운 감정교차 원칙에 따라 나는 요치와 페렌츠가 아닌 케케스팔바 식구들에게 화를 냈다. 그들도 한번 나를 기다려보라지! 내가 선물이나 친절함으로 살 수 있는 사람이 아니라는 것을, 내가 안마사나 재활사처럼 정해진 시간에 나타나는 사람이 아니라는 것을 알아야 해! 습관을 들이면 안 돼! 습관이 되면 거기에 매이게 되는데 나는 뭔가에 매이는 것은 원치 않는다고! 그래서 나는 그곳을 찾아가거나 안 가는 것은 나의 자유이며, 나는 케케스팔바네의 호화로운 음식과 값비싼 시가에 관심 없다는 것을 나 자신에게 증명하기 위해 고집스럽게 7시 반까지 세 시간 반 동안 카페에 앉아 있었다.

7시 반이 되자 산책이나 하자는 페렌츠의 제안에 따라 우리는 다 같이 자리에서 일어났다. 그런데 두 동료의 뒤를 따라 카페에서 나오는 순간, 누군가가 급히 지나가면서 나를 흘깃 쳐다보는 것이 느껴졌다. 익숙한 시선이었다. 방금 지나간 사람은 일로나가 아니던가? 엊그제 내가 일로나의 와인색 드레스와 밴드가 달린 넓은 파나마모자를 보고 감탄하지 않았더라도 엉덩이를 부드럽게 흔들면서 걷는 뒷모습만으로도 나는 그녀를 알아볼 수 있었다. 일로나가 어디를 저렇게 급하게 가는 거지? 저건 산책이라기보다는 질주에 가까운 속도인데. 우선 날아가버리려는 저 어여쁜 새를 쫓아가보자!

"실례하겠네." 나는 영문을 모르겠다는 표정으로 쳐다보는 동료들에게 급히 인사하고 멀리서 펄럭이는 치맛자락을 급히 쫓아갔다. 나는 나의 부대 내 세계에서 우연히 케케스팔바의 조카와 부딪치게 된 것이 하염없이 기뻤다.

"일로나, 일로나. 잠깐만요, 잠깐만!" 나는 이상할 정도로 빠른 속도로 걷는 그녀의 등 뒤에 대고 소리쳤다. 마침내 걸음을 멈춘 일로나는 전혀 놀라는 기색이 아니었다. 일로나는 이미 지나가면서 나를 알아봤던 것이다.

"이렇게 시내에서 보게 되다니 정말 멋지네요. 예전부터 당신과 함께 우리 동네에서 산책을 해보고 싶었거든요. 아니면 산책보다는 그 명성이 자자한 빵집에 갈까요?"

"아니에요, 아니에요." 일로나는 당황한 듯 중얼거렸다. "제가 좀 급해서요. 집에서 기다린답니다."

"이왕 기다리는 거 5분 정도 더 기다리게 두세요. 아니면 당신 잘못이 아니라고 제가 사과편지를 써드릴게요. 자, 가요. 너무 그렇게 무섭게 쳐다보지 마세요."

내 마음 같아서는 일로나와 팔짱이라도 끼고 싶었다. 나는 두 사람중에서도 남들에게 내보이기 훨씬 좋은 일로나를 나의 다른 세계에서 만난 것이 진심으로 기뻤다. 동료들에게 내가 그림처럼 아름다운 그녀와 함께 있는 것을 들키고 싶다는 마음도 들었다. 그러나 일로나는 계속 긴장한 듯한 모습이었다.

"아니에요. 정말로 집에 가야 해요." 일로나는 서둘러 말했다. "저쪽에 차가 기다리고 있어요." 정말로 시청 광장 쪽에서 운전기사가 공손하게 인사를 하는 것이었다.

"그럼 적어도 차까지는 모셔다드려도 되죠?"

"물론이에요." 일로나는 이상하리만치 불안해하며 중얼거렸다. "물론이죠. 참, 오늘 오후에는 왜 안 왔나요?"

"오늘 오후요?" 나는 생각을 더듬는 것처럼 일부러 천천히 말을 곱씹었다. "오늘 오후라…… 아, 오늘 오후에 일이 좀 있었어요. 연대장님이 새 말을 사겠다고 해서 모두 함께 가서 말을 살펴보고 타봐야 했답니다." (사실, 그 일은 한 달 전에 있었다. 나는 거짓말에는 영 소질이 없었다.)

일로나는 무슨 말을 하려는 듯이 머뭇거렸다. 일로나의 손은 장갑을 만지작거리고 있었고 발은 불안한 듯 계속해서 움직이고 있었다. 그러더니 재빨리 말을 꺼내는 것이었다. "그럼 지금이라도 함께 가서 같이 저녁 식사를 하지 않겠어요?"

버텨야 해! 나는 재빨리 나 자신에게 말했다. 절대로 넘어가서는 안 돼! 적어도 단 하루만이라도! 나는 유감스럽다는 듯이 한숨을 내쉬며, "나도 같이 가고 싶은데 안타깝네요. 오늘은 날이 정말 안 좋은 것 같아요. 저녁에 꼭 참석해야 하는 행사가 있어서요."

일로나는 날카로운 눈으로 나를 쏘아보기만 할 뿐(신기하게도 에디트가 불안해할 때 볼 수 있는 미간 사이의 주름이 그녀에게서도 보였다) 아무 말도 하지 않았다. 나는 일로나가 의도적으로 무례하게 구는 건지, 아니면 당황해서 할 말을 잃은 건지 알 수가 없었다. 운전기사가 문을 열어주자 일로나는 차에 올라타서 쾅 하고 문을 닫더니 창문 너머로 물어보는 것이었다. "내일은 올 거죠?"

"그럼요. 내일은 꼭 갈 겁니다." 자동차는 곧바로 출발했다.

나는 내 행동이 결코 만족스럽지 않았다. 일로나는 왜 저토록 서둘렀을까? 그녀는 왜 나와 함께 있는 모습을 남에게 들킬까봐 두려워하는 것처럼 보였을까? 저렇게 화난 듯 급하게 떠나는 것은 또 왜일까? 적어도 에디트 아버지에게 안부를 전해달라는 말을 했어야 했는데…… 에디트에게 친절한 말 한마디라도 전했어야 했는데…… 그들은 아무 잘못도 없지 않은가! 그러나 다른 한편으로는 내가 절제된 태도를 취한 것이 어느 정도 흡족하기도 했다. 나는 버텨낸 것이다! 이제 그들은 내가 자신들에게 환심을 사려고 접근한다고는 말하지 못할 것이다!

일로나에게 다음 날 오후 같은 시간에 가겠다고 말은 했지만, 나는 가기 전에 다시 한 번 신중하게 전화로 방문하겠다고 전했다. 엄격하게 형식을 지키는 것이 낫다! 형식은 안전장치가 되어줄 수 있다! 나는 이런 형식을 통해서 나를 반기지 않는 곳에는 절대로 가지 않는다는 것을 확실히 하고 싶었다. 앞으로는 매번 나를 반기는지 여부를 미리 전화로 알아보기로 했다. 하지만 적어도 그날만큼은 그런 의심은 기우라는 것을 곧 알게 되었다. 하인은 이미 문을 열어놓은 채 나를 기다리고 있었고, 내가 들어서자마자 반갑게 맞이했다. "아가씨께서 탑 위 테라스에서 소위님을 기다리고 계십니다. 도착하시면 곧바로 모셔오라고 하셨습니다." 그러고는 "소위님께서 탑 위에는 한 번도 안 가보셨죠? 그곳이 얼마나 아름다운

지 아마 깜짝 놀라실 겁니다"라고 덧붙였다.

충직한 늙은 하인의 말대로 나는 탑 위 테라스에는 한 번도 가본 적이 없었다. 물론 기이한 형태의 그 건물에 늘 흥미를 갖고는 있었다. 전에도 이야기했듯이 그 탑은 이미 오래전에 무너졌거나 허물어뜨린 것으로 보이는 성의 망루였다(에디트와 일로나조차도 그 자세한 내막은 알지 못했다). 이 거대하고 네모난 탑은 수년간 텅 빈 채 창고로 사용되었다. 어린 시절, 에디트가 종종 허름한 사다리를 타고 이곳에 올라 부모님을 기겁하게 만들었다는 이야기를 들은 적이 있었다. 그곳에서는 오래된 잡동사니들 사이로 잠에 취한 박쥐들이 날아다녔고, 낡아빠진 대들보 위를 한 걸음 내딛을 때마다 짙은 먼지와 곰팡이 구름이 일었다고 한다. 하지만 환상의 세계를 좋아하던 소녀는 더러운 창문 너머로 먼 곳을 내다볼 수 있는 이곳을 자신의 놀이터이자 은신처로 삼았다. 특히 이곳은 은밀하면서 아무런 용도가 없었기 때문에 더더욱 에디트의 마음을 사로잡았다. 그러던 중 그 불행한 일이 일어난 것이다. 그 일이 일어난 뒤 당시에는 전혀 미동조차 하지 않던 다리로 다시는 낭만적인 은신처에 오르지 못한다는 생각에 에디트는 모든 것을 박탈당한 기분을 느꼈다. 에디트의 아버지는 에디트가 종종 씁쓸한 표정으로 한순간에 빼앗겨버린 어린 시절의 낙원을 올려다보는 모습을 지켜봐야만 했다.

케케스팔바는 에디트를 놀래주기 위해 그녀가 3개월간 독일의 요양소에 있는 동안 빈에 사는 건축가를 불러 옛 성탑을 개조해서 탑 위에 아늑한 전망테라스를 설치하도록 했다. 에디트가 별다른 진척 없이 가을에 요양소에서 돌아왔을 때에는 탑에 널찍한 엘리베이터가 설치되어 아무 때나 휠체어를 타고 자신이 사랑하는 전망대까지 오를 수 있었다. 이렇게 해서 에디트는 예기치 않게 어린 시절을 다시 돌려받게 되었다.

물론 서둘러 작업을 해야만 했던 건축가는 건축양식보다는 기술적으로 편리하게 만드는 데 집중할 수밖에 없었다. 가파르게 솟아오른 네모난 탑 위에 씌워놓은 네모반듯한 지붕은 마리아 테레지아 시대의 우아한 곡선으로 장식된 바로크 양식의 성보다는 항구의 정박장이나 발전소에 더 어울려 보였다. 그러나 아버지의 소원은 이루어졌다. 에디트는 좁고 단조로운 병실에서 자신을 해방시켜줄 테라스를 보고 기쁨을 감추지 못했다. 에디트는 자신만의 전망탑에서 망원경을 통해 아래로 펼쳐지는 넓고 평평한 지형을 한눈에 살펴볼 수 있었다. 사람들이 씨를 뿌리고 풀을 베는 모습, 장사하는 모습, 어울려 노는 모습 등 주위에서 일어나는 모든 광경을 볼 수 있었다. 오랫동안 단절되어 있다가 다시 세상과 만난 에디트는 몇 시간이고 아래의 풍경에서 눈을 떼지 못했다. 연기를 내뿜으며 들판을 가로질러 달리는 열차를 구경했고, 거리를 달리는 자동차 한 대도 놓치지 않았다. 나중에 들은 이야기이지만, 에디트는 우리가 말을 타고 달리고, 훈련하고, 행진하는 모습까지도 모두 망원경으로 관찰했다고 한다. 그러나 에디트는 기이한 질투심 때문에 이곳을 자신만의 세계로 간직한 채 손님들에게는 절대로 공개하지 않았다. 충직한 요제프가 한껏 들떠서 말하는 것을 듣고서야 비로소 나는 평소 접근이 금지되어 있는 테라스로 초대한 것이 특별 대우임을 알아차렸다.

요제프는 나를 엘리베이터로 모시려 했다. 자신만이 이 값비싼 장치를 조작할 수 있다는 데서 느끼는 자부심이 그의 표정에서 드러났다. 그러나 나는 엘리베이터 외에도 계단을 이용해서 테라스에 올라갈 수 있다는 말을 듣고 엘리베이터를 타지 않기로 했다. 나선형으로 이루어진 층계의 층층마다 벽에 구멍이 뚫려 있어서 햇빛이 든다는 말에 마음이 혹한 것이다. 나는 한 층 한 층 올라갈 때마다 점점 멀어지는 풍경을 감상하는 것이 얼마나 매력적일까 상상해보았다. 실제로 유리창을 덧대지 않은 구멍 하나하나마다 매혹적인 그림을 선사했다. 바람 한 점 없는 투명하고 뜨거운 여름날이 마치 황금빛 천을 깔아놓은 것처럼 들판 위에 펼쳐졌다. 여기저기 흩어져 있는 집들과 농장의 굴뚝 위로는 미세하게 원을 그리며 연기가 피어올랐다. 모든 사물들이 파란 하늘에 날카로운 칼로 새겨놓은 것처럼 선명하게 보였다. 오두막 지붕 위에 지어진 황새 둥지가 또렷하게 보였고, 헛간 앞 오리들이 헤엄치는 연못은 마치 잘 다듬은 금속처럼 반짝거렸다. 밀랍색 들판 위에는 소인국에 등장하는 인형처럼 풀을 뜯는 얼룩소와 김매고 빨래하는 아낙네들, 무거운 수레를 끄는 황소, 빠른 속도로 달리는 자동차 등이 조그맣게 흩어져 있었다. 90여 개에 달하는 계단을 모두 오르자 눈앞에는 전형적인 헝가리식 평지가 펼쳐졌다. 멀리 희미한 지평선 가까이에는 카르파티아 산맥으로 보이는 푸르스름한 형상이 우뚝 솟아 있었고, 왼쪽으로는 양파 모양의 종탑을 중심으로 집과 건물들이 옹기종기 모여 있는 우리의 소도시가 반짝이고 있었다. 우리 부대와 시청사, 학교 건물, 연병장을 맨눈으로도 알아볼 수 있었다. 이곳 주둔지로 온 후 처음으로 나는 세상과 동떨어져 있는 듯한 이 외딴 세계의 소박하면서도 우아한 매력을 느낄 수 있었다.

그러나 아름다운 풍경을 여유롭게 감상할 시간은 없었다. 이미 테라스에 당도한 나는 에디트와의 만남을 위해 마음의 준비를 해야만 했다. 처음에는 에디트를 발견하지도 못했다. 그녀가 앉아 있는 푹신한 안락의자가 내게 등을 보이고 있는 데다가 화려한 색상의 아치형 등받이가 그녀의 몸을 완전히 가리고 있었기 때문이었다. 오직 테이블 위에 놓인 책과 축음기를 보고 에디트가 그곳에 있다는 것을 짐작할 수 있을 뿐이었다. 나는 편안하게 쉬고 있을 에디트가 깜짝 놀랄 것이 염려되어 너무 갑작스럽게 그녀 앞에 등장하는 것이 망설여졌다. 그래서 나는 테라스를 한 바퀴 빙 돌아 정면에서 에디트에게 다가갔다. 살며시 그녀의 코앞까지 다가선 후에야 비로소 에디트가 잠들었다는 것을 알아차렸다. 에디트의 가냘픈 몸은 푹신하게 감싸여 있었고 그녀의 발 위에는 부드러운 담요가 덮여 있었다. 하얀색 베개 위에는 붉은빛이 감도는 머리카락으로 뒤덮인 어린아이 같은 갸름한 얼굴이 옆으로 기울어진 채 쉬고 있었다. 에디트의 얼굴은 서서히 저물어가는 태양 아래에서 황금빛으로 물들며 건강한 혈색을 띠고 있었다.

나는 무심코 걸음을 멈춘 채 어떻게 할까 망설이면서 잠들어 있는 에디트의 얼굴을 감상했다. 지나치게 예민한 사람들이 그렇듯이 에디트도 관찰당하는 것을 무의식적으로 거부했기 때문에 나는 그동안 에디트와 같이 지내면서도 그녀를 똑바로 바라볼 기회가 거의 없었다. 이야기하는 도중에 무심코 쳐다보기만 해도 곧바로 에디트의 미간에는 짜증스러운 주름이 잡히고, 눈동자는 불안하게 움직이고, 입술은 신경질적으로 움찔거리면서 잠시도 가만히 있지 않았기 때문이다. 에디트가 아무런 저항도 미동도 없이 눈을 감은 채 누워 있는 지금에서야 나는 조금은 모난 듯, 미완성인 듯 보이지만 어린아이의 모습과 여인의 모습, 환자의 모습이 매혹적으로 섞여 있는 그녀의 모습을 관찰할 수 있었다(그러면서 나는 마치 해서는 안 되는 일을 하는 것 같은, 도둑질을 하는 것 같은 기분이 들었다). 목이 마른 듯 가볍게 벌어진 입술은 얕게 숨을 쉬고 있었지만, 이 작은 움직임만으로도 어린아이처럼 작은 가슴은 언덕을 이루며 높이 솟아올랐다. 숨을 쉬느라 지친 듯 피가 모두 빠져나간 것 같은 에디트의 창백한 얼굴은 붉은 머리카락에 파묻힌 채 베개에 기대어 있었다.

나는 조심스럽게 에디트에게 가까이 다가갔다. 눈 밑의 그림자, 관자놀이의 푸른 혈관, 장밋빛의 투명한 콧망울은 그녀의 눈처럼 희고 창백한 피부가, 그녀를 외부의 침입으로부터 보호하고 있는 껍질이 얼마나 얇고 투명한지를 여실히 보여주었다. 저런 피부 바로 밑에서 아무런 보호도 없이 신경이 쿵쾅거리는데 어떻게 예민하지 않을 수 있단 말인가? 춤추거나 공중을 떠다니기에 적합해 보이는 솜털처럼 가벼운 저 요정 같은 몸이 잔인하게도 이 무겁고 단단한 땅에 묶여 있는데 얼마나 고통스러울까? 사슬에 묶인 가엾은 소녀 같으니라고! 또다시 그녀의 불행을 생각할 때마다 밀려오는 고통스러우면서도 강렬한 연민이 내 안에서 뜨겁게 솟구치는 것이 느껴졌다. 나는 에디트의 팔을 부드럽게 쓰다듬고 싶다는 생각에, 그녀의 위로 몸을 숙이고 그녀가 깨어나서 나를 알아보면 그녀의 입술에서 미소를 훔치고 싶다는 생각에 손이 떨렸다. 그녀를 생각하거나 바라볼 때마다 연민과 함께 샘솟는 애정을 느끼며 나는 한 발짝 더 가까이 다가갔다. 그러나 그녀를 자기 자신으로부터, 자신의 육체적 현실로부터 해방시켜주는 이 잠을 방해해서는 안 된다! 환자가 잠을 자고 있는 동안 그를 가까이에서 지켜볼 수 있다는 것만으로도 하나의 축복이었다. 모든 불안감이 내면에 갇혀 있고 자신의 결함을 완전히 잊고 있는 이 시간, 바람에 흔들리는 나뭇잎 위로 나비가 사뿐히 내려앉듯 반쯤 벌어진 입술 위로 살며시 미소가 번지기도 하는 이 시간(물론 본인의 것이 아니고 깨어나면 곧바로 사라져버릴 낯선 미소라 해도 말이다)이야말로 환자에게는 진정 소중한 시간이었기 때문이다. 그것은 신이 주신 선물이라고 나는 생각했다. 기형아와 불구자, 운명으로부터 박탈당한 자들이 적어도 잠자는 동안만큼은 자신의 신체적 결함에 대해 알지 못한다는 것, 꿈이라는 자비로운 사기꾼이 꿈속에서만큼은 그들의 신체를 정상적이고 아름답게 바꾸어준다는 것, 잠이라는 어둠 속의 세계에서만큼은 고통받는 자들이 그들의 몸을 사슬로 묶고 있는 저주로부터 벗어날 수 있다는 것, 이것이야말로 하늘이 내린 축복이라 생각했다. 그러나 정작 나를 가장 감동시킨 것은 에디트의 손이었다. 희미하게 핏줄이 드러나 보이는 그녀의 가녀린 손은 담요 위에 살며시 포개져 있었다. 부러질 것처럼 가느다란 손목에 뾰족하게 다듬어진 손톱은 푸르스름한 창백하고 힘없는 손이었다. 비둘기나 토끼와 같은 작은 동물을 쓰다듬어줄 힘밖에 없어 보이는, 무언가를 붙잡기에는 너무나도 약해 보이는 그런 손이었다. 어떻게 이런 연약한 손으로 현실의 고통에 저항할 수 있단 말인가? 어떻게 이런 손으로 무언가를 쟁취하고 지킨단 말인가? 나는 고삐를 한 번 낚아채는 것만으로도 그 어떤 고집 센 말도 고분고분하게 만들 수 있는 단단한 근육질의 내 손을 생각하자 혐오스럽기까지 했다. 본의 아니게 나의 시선은 이제 앙상한 에디트의 무릎을 덮고 있는 담요로 향했다. 털이 두텁고 무거운 담요는 새털처럼 가벼운 소녀가 덮기에는 턱없이 무거워 보였다. 이 무거운 헝겊 아래에는 그녀의 죽은 다리(나는 그녀의 다리가 부숴진 건지, 마비된 건지 아니면 단순히 약해진 건지 알지 못했다. 한 번도 물어볼 용기가 나지 않았던 것이다)가 힘없이 금속 혹은 가죽으로 만들어진 기구에 묶여 있었다. 그녀가 움직일 때마다 이 잔인한 기구가 쇠구슬처럼 무겁게 그녀의 힘없는 관절을 잡아끌던 생각이 났다. 그녀는 언제나 이 혐오스럽게 삐걱거리고 찰칵거리는 기구를 끌고 다녀야만 했다. 하필 그녀가, 깨질 것만 같은 연약한 그녀가, 걷는 것보다는 공중을 떠다니거나 날아오르는 것이 더 자연스러울 것만 같은 그녀가 말이다!

이런 생각을 하자 나도 모르게 소름이 끼치며 온몸이 떨려왔다. 그 떨림이 어찌나 강하던지 발바닥까지 흘러내려 구두 뒤축이 쨍그랑거리며 흔들릴 정도였다. 거의 귀에 들리지도 않는 희미한 소리였지만 그녀의 얄은 잠을 관통하기에는 충분했다. 호흡이 불안정해진 그녀는 아직 눈을 뜨지 않았지만 손은 이미 깨어나고 있었다. 포개져 있던 손이 풀어지더니 손가락이 기지개를 켜듯 활짝 펼쳐졌다. 곧이어 눈꺼풀이 깜박이고 눈이 떠지면서 서서히 주위를 둘러보기 시작했다.

에디트의 시선이 나를 발견하자 곧바로 굳어버렸다. 아직까지는 단순한 시각적 접촉이 사고와 기억을 담당하는 뇌까지 전달되지 않고 있었다. 그러나 다음 순간 에디트는 완전히 깨어났고 나를 알아보았다. 심장이 강하게 펌프질을 했는지 그녀의 볼은 순식간에 자줏빛으로 물들었다. 마치 맑은 유리잔에 붉은빛 와인이 쏟아져 들어오는 것 같았다.

"이런!" 에디트는 눈썹을 찡그리며 마치 벌거벗은 몸을 들킨 것처럼 흘러내린 담요를 신경질적으로 바싹 끌어안았다. "이럴 수가. 깜빡 잠이 들었나 보네요." 에디트의 코는 이미 움찔거리기 시작했다(나는 이 징후를 잘 알고 있었다). 그녀는 도전적인 눈빛으로 나를 쳐다보았다.

"왜 바로 깨우지 않았어요? 잠자는 사람을 관찰하는 것은 무례한 일이에요! 예의에 어긋난다고요! 누구나 자고 있을 때에는 우스워 보이잖아요."

그녀를 배려한 행동에 화를 내자 부끄러워진 나는 농담으로 상황을 넘기려 했다. "잠잘 때 우스워 보이는 것이 깨어 있을 때 우스워 보이는 것보다는 낫죠."

그러나 에디트는 이미 양손으로 팔걸이를 붙잡으며 몸을 일으키고 있었다. 미간의 주름이 깊어졌고 입술 주위도 성난 듯 움찔거리기 시작했다. 에디트는 날카로운 눈빛으로 나를 쏘아보았다.

"어제는 왜 안 왔어요?"

너무나 갑작스러운 공격에 내가 바로 대답을 하지 못하자 에디트는 곧바로 말을 이어갔다.

"우리를 기다리게 한 데에는 뭔가 특별한 이유가 있었을 것 아니에요? 그렇지 않았다면 적어도 전화라도 해주어야 하지 않았나요?"

나란 놈은 왜 이리 멍청하단 말인가! 이 질문만큼은 미리 예상하고 답변을 준비했어야 하는 것 아닌가! 대답이 궁해진 나는 당황한 채 발을 동동 구르며 갑자기 군마 심사가 있었다는 변명을 늘어놓기 시작했다. 5시까지도 올 수 있을 거라 여겼는데 연대장님이 갑자기 새로운 말을 데리고 나와서 시간이 오래 걸렸다는 둥 주저리주저리 변명을 늘어놓았다.

에디트의 날카로운 잿빛 시선이 한시도 내게서 떨어지지 않았다. 내 변명이 구차해질수록 에디트의 의심스러운 눈빛은 점점 날카로워졌다. 팔걸이에 올려놓은 에디트의 손가락이 움찔거리는 것이 눈에 보였다.

"그렇군요." 마침내 그녀는 냉정하게 대답했다. "그래서 그 감동적인 군마 심사는 어떻게 끝났나요? 연대장님께서 결국 말을 사셨나요?"

나는 이미 에디트에게 거짓말을 들켰다는 것을 감지했다. 그녀는 손목에서 뭔가 불편한 것을 떼어내려는 듯 장갑을 손에 들고 한 번, 두 번, 세 번 테이블에 대고 휘둘렀다. 그러고는 위협적인 눈빛으로 나를 쳐다보았다.

"이제 그런 엉터리 거짓말은 그만두세요! 한마디도 사실이 아니잖아요! 어떻게 감히 내게 그런 거짓말을 늘어놓는 거죠?"

에디트는 장갑을 점점 거칠게 휘두르더니 결국 멀리 내던져버렸다.

"진실은 단 한마디도 없군요! 단 한마디도! 당신은 승마장에 있지 않았어요. 군마 심사도 없었고요. 당신은 이미 4시 반부터 카페에 있었잖아요. 제가 알기로는 카페에서 말을 타지는 않을 텐데요. 나를 속이려 하지 마세요! 우리 집 운전기사가 당신이 6시까지 카드 게임을 하고 있는 것을 우연히 봤다고 하더군요."

나는 여전히 아무 말도 못하고 있었다. 그런데 갑자기 에디트가 스스로 말을 잘라버리는 것이었다.

"아니, 내가 당신 앞에서 부끄러워할 이유가 없어요. 당신이 거짓말을 한다고 해서 나까지 당신 앞에서 숨바꼭질을 할 필요는 없는 거죠. 진실을 말하기를 두려워하는 것은 **내**가 아니니까요. 자, 잘 들으세요. 운전기사가 당신을 카페에서 본 건 결코 우연이 아니었어요. 내가 당신에게 무슨 일이 있는지 알아보라고 시켰어요. 나는 당신이 전화도 하지 않기에 당신이 혹시 아프거나 무슨 사고가 났다고 생각했어요. 그래서…… 내가 신경과민이라고 생각하겠죠? 그래요. 나는 누군가가 나를 기다리게 하는 것을 견디지 못한답니다. 못 견딘단 말이에요. 그래서 운전기사를 보낸 거예요. 그런데 그가 부대에 알아보니 소위님은 카페에서 카드 게임을 하고 있다고 하더군요. 그래서 나는 일로나에게 카페에 가보라고 부탁했어요. 당신이 우리를 그런 식으로 홀대하는 이유가 뭔지 알아보라고요. 혹시 내가 그저께 당신을 모욕한 것은 아닌가 해서…… 내가 가끔씩 바보처럼 자제력을 잃는 것은 사실이니까요. 그래서…… 어쨌든, **나**는 당신에게 이런 이야기를 하는 것이 부끄럽지 않답니다. 그런데 당신은 그런 변명이나 늘어놓다니요. 친구들 사이에 그렇게 말도 안 되는 거짓말을 늘어놓는 것이 얼마나 한심한 일인지 모르겠어요?"

나는 대답을 하려고 했다. 용기를 내서 페렌츠와 요치와 있었던 이야기를 전부 말해줄 생각이었다. 그런데 에디트는 내게 말할 틈도 주지 않고 단호하게 명령하는 것이었다.

"더 이상 거짓말은 마세요! 더 이상의 거짓말은 못 견디겠어요! 거짓말이라면 정말 지긋지긋해요! 아침부터 밤까지 나는 거짓말만 듣고 산다고요. '오늘 정말 예쁘구나. 오늘 정말 잘 걷는구나. 아주 좋아지고 있구나.' 아침부터 밤까지 언제나 똑같은 거짓말로 나를 달래주기만 하지, 아무도 내가 그것 때문에 질식해 죽을 지경이라는 건 모르죠. 어째서 당신은 어제 시간이 없어서 혹은 오고 싶지 않아서 안 왔다고 솔직하게 말하지 못하나요? 우리가 당신을 전세 낸 것도 아니잖아요. 당신이 전화를 해서 '오늘은 동료들과 시내에서 놀기로 해서 못 가겠다'고 말했으면 나도 이해했을 거예요. 당신이 매일 이곳에 와서 착한 사마리아인 노릇을 하는 것이 지긋지긋할 수 있다는 것을, 성인 남자가 남의 집에 앉아 수다나 떠는 것보다는 승마나 산책을 더 좋아한다는 것을 이해하지 못할 만큼 내가 그렇게 어리석다고 생각하세요? 내가 혐오하고 절대로 참지 못하는 것은 단 한 가지예요. 변명, 속임수 그리고 거짓말! 그런 거라면 정말 지긋지긋하다고요! 당신들이 생각하는 것만큼 난 어리석지 않아요. 어느 정도 진실은 받아들일 수 있다고요. 얼마 전에 집에 보헤미아 출신의 가정부를 새로 들였어요. 전에 계시던 아주머니께서 돌아가셨거든요. 일을 시작하신 첫날이었어요. 아직 아무한테도 내 이야기를 듣지 못한 그 아주머니는 내가 목발을 짚고 하인의 도움을 받으며 의자에 앉는 것을 보자 소스라치게 놀라더군요. 손에 쥐고 있던 솔까지 떨어뜨리며 '세상에, 어떻게 이런 일이! 어떻게 이런 일이! 저렇게 고상한 부잣집 아가씨가 불구라니!'라고 소리치지 않겠어요. 일로나는 미친 듯이 그 아주머니에게 달려들었어요. 곧바로 그 불쌍한 아주머니를 쫓아내려 했죠. 하지만 나는 정말 **기뻤답니다**. 그녀가 놀라는 것이 기분 좋았어요. 그것은 그녀가 솔직했기 때문이죠. 아무런 준비도 없이 그런 장면을 보게 되면 놀라는 것이 당연하고 인간적인 거잖아요. 내가 아주머니에게 10크로네를 선물했더니 아주머니는 그 돈을 들고 나를 위해 기도한다며 곧바로 성당으로 달려갔어요. 그날 나는 하루 종일 기분이 좋았어요. 낯선 사람이 나를 처음 보고 **실제로** 어떻게 느끼는지 처음으로 알게 되어서 정말로 기분이 좋았답니다. 하지만 당신들은 언제나 그 거짓 배려로 나를 보호해야 한다고 여기고 심지어 그 빌어먹을 배려가 나를 위하는 것이라고 생각하죠. 내가 장님이라고 생각하나요? 당신들의 잡담과 변명 뒤에도 그 용감하고 **솔직한** 아주머니가 보여준 혐오스럽고 불편해하는 마음이 숨겨져 있다는 것을 내가 느끼지 못한다고 생각하나요? 내가 목발을 만지는 순간 당신들의 숨이 멎는다는 것을, 그리고 그것을 들키지 않으려고 서둘러 대화를 시도하려 한다는 것을 내가 모를 것 같나요? 언제나 달콤한 말로 나를 진정시키려 한다는 것을 내가 모를 것 같아요? 당신들이 나를 짐승의 시체처럼 침대에 눕혀놓고 방을 나서면서 얼마나 안도의 한숨을 내쉴지 나도 잘 알고 있어요. 눈을 위로 치켜뜨고 '저 불쌍한 것!'이라고 하면서 한숨을 짓겠죠. 그러면서 당신들이 한 시간, 두 시간을 '불쌍하고 아픈 아이'를 위해 희생했다는 것에 대해 만족감을 느끼겠죠. 하지만 나는 희생을 바라지 않는다고요! 나는 당신들이 날마다 나를 동정해줘야 한다고 생각하는 것이 싫단 말이에요. 연민은 필요 없어요. 그러니 앞으로 연민은 거부하겠어요! 오고 싶으면 오고, 오고 싶지 않으면 오지 마세요! 하지만 군마 심사 같은 엉터리 이야기를 꾸며대지 말고 솔직하게 말하란 말이에요! 나는…… 나는 당신들의 거짓말, 당신들의 그 끔찍한 배려심은 더 이상 못 견디겠어요!"

마지막 말을 내뱉는 에디트는 이미 자제력을 잃은 상태였다. 눈에서는 불꽃이 뿜어져 나왔고 얼굴은 창백했다. 그러더니 어느 순간 경직되었던 몸이 풀어졌다. 지친 듯 머리가 등받이 위로 떨구어졌고 흥분으로 부들부들 떨리던 입술에도 서서히 다시 혈색이 돌기 시작했다.

"그래요." 에디트가 부끄러운 듯이 작은 소리로 말했다. "언젠가는 꼭 한 번 해야 할 말이었어요. 이제 다 끝났어요. 더 이상 이 이야기는 하지 말도록 해요. 담배…… 담배 한 대만 주시겠어요?"

그 순간 나에게 기이한 일이 벌어졌다. 나는 언제나 자제력이 강하고 단단하고 안정적인 손을 가진 사람이었다. 그런데 그런 내가 그녀의 예기치 못한 폭발에 사지가 마비된 듯한 전율을 느낀 것이다. 이처럼 마음이 뒤흔들리는 것은 난생처음 겪는 일이었다. 나는 힘겹게 담배 한 개비를 꺼내서 에디트에게 건네준 후 불을 붙여주려 했지만, 손가락이 떨리는 바람에 성냥불이 허공에서 흔들거리다가 꺼져버렸다. 두번째 성냥도 불안하게 흔들거렸지만 가까스로 불을 붙이는 데 성공했다. 에디트는 눈에 띄게 허둥거리는 나의 모습에서 내가 받은 충격을 감지했는지 아까와는 전혀 다른 불안한 목소리로 속삭이듯이 묻는 것이었다.

"괜찮으세요? 당신, 떨고 있잖아요. 무엇 때문에…… 무엇 때문에 그렇게 흥분하는 거예요? 도대체 당신과 무슨 상관이 있다고?"

성냥개비의 작은 불꽃이 꺼졌고, 나는 아무 말 없이 자리에 앉았다. 에디트는 당황한 기색으로 중얼거렸다. "내 바보 같은 이야기에 당신이 그렇게 흥분하다니…… 아빠 말이 맞았어요. 당신은…… 당신은 정말로 특이한 사람이에요."

그때 뒤에서 윙윙거리는 기계 소리가 들렸다. 테라스로 올라오는 엘리베이터 소리였다. 요제프가 문을 열자 케케스팔바가 엘리베이터에서 나왔다. 아픈 딸에게 다가갈 때마다 항상 그렇듯이 그는 죄책감과 두려움으로 어깨가 축 처져 있었다.

나는 얼른 일어나서 노인에게 인사를 했다. 그는 수줍은 듯이 나를 향해 고개를 끄덕이고는 곧바로 몸을 굽혀 에디트의 이마에 입을 맞추었다. 기이한 정적이 흘렀다. 이 집 사람들은 서로의 기분을 너무나도 잘 알아차리지 않던가! 노인은 우리 두 사람 사이에 위태로운 긴장감이 흐르고 있다는 것을 감지한 것이 분명했다. 그는 시선을 아래로 떨군 채 불안한 듯 서성거리고 있었다. 할 수만 있다면 당장이라도 다시 도망치고 싶어 한다는 것을 느낄 수 있었다. 에디트가 그를 도와주기 위해 나섰다.

"아빠, 소위님께서 오늘 처음으로 테라스에 와보셨어요."

"네, 정말 아름다운 곳입니다." 그녀의 말을 거들려던 나는 내가 내뱉은 상투적인 말에 스스로 민망해져서 다시 입을 다물어버렸다. 케케스팔바는 어색한 분위기를 풀어보려는 듯 안락의자 위로 몸을 굽히며 에디트에게 말했다.

"이제 곧 추워질 텐데, 다 같이 내려가는 것이 어떻겠니?"

"네, 알겠어요." 에디트가 대답했다. 우리는 책을 챙기고, 에디트에게 숄을 걸쳐주고, 테이블 위에 놓인 종을 울리는 등(집 안에 있는 모든 테이블과 마찬가지로 이곳에도 종이 준비되어 있었다) 분주하게 움직일 일이 생겼다는 사실에 안도감을 느꼈다. 잠시 후 기계음과 함께 엘리베이터가 올라왔고, 요제프가 휠체어에 앉은 에디트를 조심스럽게 엘리베이터 안으로 옮겼다.

"우리도 곧 내려가마." 케케스팔바가 에디트에게 다정하게 손을 흔들며 말했다.

"저녁 식사를 할 채비를 하고 있으렴. 나는 그동안 소위님과 정원에서 산책 좀 하고 있으마."

하인이 엘리베이터 문을 닫자 에디트를 태운 휠체어는 하관하듯이 아래를 향해 내려갔다. 노인과 나는 무심코 서로를 외면하고 있었다. 침묵이 흘렀다. 다음 순간 그가 조심스럽게 내게 다가오는 것이 느껴졌다.

"소위님, 괜찮으시다면 상의드릴 것이…… 아니, 부탁드릴 것이 있는데요. 관리동에 있는 제 사무실로 가는 게 어떨까요? 물론 성가시지 않으시다면 말입니다. 그렇지 않으면 정원을 산책해도 좋습니다."

"저로서는 영광이죠, 케케스팔바 씨." 나는 대답했다. 이때 우리를 데리러 엘리베이터가 다시 올라왔다. 우리는 엘리베이터를 타고 내려가 정원을 가로질러 관리동으로 향했다. 케케스팔바는 마치 누군가에게 들킬 것을 염려하는 것처럼 몸을 최대한 웅크리고 벽에 바싹 붙어서 조심스럽게 걸어갔다. 나는 나도 모르게 그를 쫓아 발소리를 죽이며 조심스럽게 그의 뒤를 따랐다.

관리동은 칠이 벗겨진 허름한 건물이었다. 건물 끝자락에 나 있는 문을 열고 들어서자 내 방만큼이나 간소하게 꾸며진 그의 사무실이 나타났다. 낡고 곰팡이가 핀 값싼 책상과 오래되어 얼룩진 밀짚을 채운 의자가 있었고, 찢어진 벽지 위에는 수년간 사용하지 않은 듯한 도표들이 걸려 있었다. 쾌쾌한 냄새마저 국가가 지급해준 우리 사무실과 비슷했다. 나는 노인이 모든 사치와 편리함을 위한 돈은 오로지 딸에게만 쏟아붓고, 자기 자신에게는 인색한 농부처럼 한 푼도 아낀다는 것을 단번에 알아차릴 수 있었다(며칠 만에 나는 참 많은 것을 알아차릴 수 있게 되었다!). 게다가 나는 그의 뒤를 따라오면서 그의 검은색 상의 팔꿈치가 닳아서 반들반들하다는 것을 볼 수 있었다. 아마도 10년, 아니, 15년은 입은 옷 같았다.

케케스팔바는 널찍한 검은색 가죽의자를 내게 내밀었다. 사무실에 있는 의자 가운데 편안하게 앉을 수 있는 유일한 의자였다. "소위님, 앉으세요." 그는 다정하게 말하고는 앉으면 무너지지나 않을까 싶은 밀짚의자를 끌어와서는 내가 손쓸 틈도 없이 얼른 앉아버렸다. 우리는 서로를 마주본 채 바싹 붙어 앉았다. 이제 이야기를 시작해도 될 텐데…… 아니,

시작해야 할 텐데…… 나는 초조하게 그의 말을 기다렸다. 내가 초조한 것은 당연했다. 백만장자인 그가 가난한 소위인 내게 도대체 무슨 부탁을 한단 말인가? 그러나 그는 고집스럽게 고개를 숙인 채 자신의 신발만을 뚫어지게 쳐다보았다. 앞으로 숙인 가슴에서는 무겁게 가라앉은 숨소리만이 들려왔다.

마침내 케케스팔바가 고개를 들었다. 이마에는 땀이 맺혀 있었다. 그가 김이 서린 안경을 벗자 얼굴이 전혀 달라졌다. 더 밋밋하고 더 불쌍해 보이고 더 슬퍼 보였다. 근시인 사람들에게서 흔히 볼 수 있는 것처럼 안경을 벗은 그의 눈은 훨씬 흐릿하고 피곤해 보였다. 충혈된 듯한 그의 눈에서 그가 잠을 충분히 자지 못한다는 것을 짐작할 수 있었다. 나는 또다시 따뜻한 무언가가 솟구치는 것이 느껴졌다. 내 안에서는 이미 연민이 끓어오르고 있었다. 그 순간 내가 마주하고 있는 사람은 부유한 케케스팔바 씨가 아닌 근심이 가득한 일개 노인이었다.

그는 목소리를 가다듬은 후 말문을 열었다. "소위님," 여전히 그의 목소리는 녹이 슨 것처럼 제대로 나오지 않았다. "큰 부탁을 드려야 할 것 같습니다. 물론 제가 당신에게 이런 부탁을 할 권리가 없다는 것을 잘 알고 있습니다. 당신은 우리를 잘 알지도 못하는데…… 얼마든지 거절하셔도 됩니다. 되고말고요. 어쩌면 제가 뻔뻔하거나 주제넘은 건지도 모르겠습니다만…… 저는 당신을 처음 본 순간 당신에게 믿음이 갔답니다. 당신은…… 당신은 다정하고 좋은 사람이라는 것을 알 수 있었죠. 아니, 아니, 정말이에요."(내가 부인하는 듯한 몸짓을 한 모양이다.) "당신은 **정말 좋은 사람이에요**. 당신에게는 사람을 안심시키는 그 무언가가 있어요. 저는 때로는 당신이…… 누군가가 당신을 제게 보내주신 게 아닌가 하는 생각도 든답니다." 나는 그가 '하느님께서 보내주신'이라고 말하고 싶었지만 감히 그렇게 하지 못했다는 것을 눈치챘다. "제가 솔직하게 마음을 털어놓을 수 있도록 누군가가 당신을 보내주신 것이 아닌가 생각하곤 한답니다. 제가 부탁드리고자 하는 것은 그리 대단한 일은 아닙니다. 이런, 이렇게 혼자서 떠들기만 하고 당신이 제 이야기를 듣고 싶어 하는지조차 묻지 않았군요."

"물론 듣고 싶습니다."

"고맙습니다. 나이가 들면 누군가를 쳐다보기만 해도 그 사람이 어떤 사람인지 알 수 있답니다. 저는 어떤 사람이 좋은 사람인지 잘 알고 있습니다. 제 아내—하느님의 은총이 있기를!—제 아내를 통해서 그것을 알게 되었죠.

저를 남겨두고 그녀가 저세상으로 가버린 것이 제게는 첫번째 불행이었습니다.

하지만 지금 생각해보면 어쩌면 그녀로서는 딸아이의 불행을 곁에서 지켜보지 않아도 되는 것이 다행일지도 모릅니다. 그녀는 견디지 못했을 겁니다. 5년 전 그 일이 터졌을 때, 저는 처음에는 그 상태가 오래 지속될 거라고는 **생각도** 하지 못했답니다. 어떻게 그런 생각을 할 수가 있었겠어요? 다른 아이들과 똑같이 팽이처럼 뱅글뱅글 돌며 뛰어놀던 아이였는데…… 어느 날 갑자기 그 모든 것이 끝나버렸다는 것을, **영원히** 끝나버렸다는 것을 어떻게 믿을 수 있었겠어요? 게다가 우리는 늘 의사들에게 경외심을 품고 있지 않습니까? 신문을 읽으면 의사들이 얼마나 많은 기적을 만들어냅니까? 심장을 꿰매고, 눈을 이식하고…… 그러니 우리 같은 사람들은 건강하게 태어났고 그때까지 항상 건강했던 아이를 회복시키는 일쯤은 당연히 할 수 있을 것이라고 생각했죠. 그래서 저는 처음에는 그렇게 크게 놀라지도 않았답니다. 저는 단 한 번도, 단 한순간도, 하느님이 그런 일을 할 거라고는…… 무고한 아이를 영원히 내칠 거라고는 믿지 않았거든요. 차라리 **저를** 내쳤다면…… 저는 이미 충분히 걸을 만큼 걸었기 때문에 더 이상 다리가 없어도 상관없습니다. 게다가 저는 좋은 사람이 아니었습니다. 나쁜 일을 많이 저질렀죠. 심지어…… 아니, 제가 방금 무슨 말을 하다 말았죠? 그렇지…… 차라리 저를 내쳤다면 저는 이해했을 것입니다. 그런데 어떻게 하느님이 그토록 **빗맞힐** 수 있습니까? 어떻게? 어떻게 무고한 아이를 내칠 수 있단 말입니까? 살아 있는 사람, 그것도 살아 있는 어린아이의 다리가 갑자기 **죽어버렸다**는 것을 우리 같은 사람들이 도대체 어떻게 이해하란 말입니까? 의사들은 박테리아 때문이라는 설명 외에는 아무 말도 하지 않더군요. 하지만 그것은 그저 하나의 단어, 하나의 핑계에 불과하잖아요. 아이가 갑자기 다리가 마비되어 걷지도 움직이지도 못한 채 누워만 있는 현실인데 나는 아무것도 할 수 없다는 겁니다. 이것을 **어떻게** 이해하란 말입니까?"

그는 헝클어진 머리에서 흘러내리는 땀을 손등으로 거칠게 닦아냈다. "저는 수많은 의사들과 상담했습니다. 유명한 의사가 있는 곳이면 어디든 찾아갔고 의사들을 이곳으로 모셔오기도 했습니다. 그러면 그들은 강연을 벌이고 라틴어로 서로 토론하고 공동진찰을 하고 각자 이런저런 치료법을 시도하더군요. 그러고는 아이가 회복되기를 바란다는 둥 그렇게 믿는다는 둥 떠들고는 돈을 받고 돌아갔습니다. 하지만 아무런 변화가 없었습니다. 물론 **약간**의 차도는 있었어요. 아니, 어떻게 보면 많이 좋아졌다고 할 수도 있을 거예요. 예전에는 전신이 마비되어서 반듯하게 누워 있을 수밖에 없었는데 지금은 팔과 상체는 그래도 정상으로 돌아왔고, 목발을 짚고 혼자서 걸을 수도 있으니 **약간**, 아니, 많이 좋아졌다고 해야겠죠. 하지만 아무도 그녀를 완벽하게 도와주지는 못했답니다. 다들 그저 어깨를 으쓱하며 인내심을 가지고 기다리라고만 말했죠. 단 한 사람, 콘도어 박사만이 끝까지 그녀를 포기하지 않았습니다. 혹시 콘도어 박사라고 들어보셨나요? 당신도 빈에서 오지 않았습니까?"

나는 모른다고 대답했다. 한 번도 그 이름을 들어본 기억이 없었다.

"그렇겠죠. 당신은 건강하니까 알지 못할 겁니다. 게다가 콘도어 박사는 자기 자신을 내세우는 그런 사람이 아니거든요. 그는 대학 교수도 아니고, 심지어 대학에서 강의조차 하지 않습니다. 그가 운영하는 병원도 시설 면에서는 별 볼 일 없을 겁니다. 그가 **추구**하는 것은 결코 규모가 크고 시설이 좋은 병원이 아니거든요. 그는 아주 기이하고 특별한 사람입니다. 제가 제대로 설명할 수 있을지 모르겠네요. 그는 누구나 치료할 수 있는 환자에게는 관심이 없고, 다른 의사들이 치료를 포기한 어려운 환자에게만 흥미를 느낀답니다. 물론 저와 같은 문외한이 콘도어 박사가 다른 의사들보다 더 좋은 의사라고 평가할 수는 없겠죠. 하지만 콘도어 박사가 그들보다 더 좋은 **사람**이라는 것, 이것 하나만은 분명히 말할 수 있습니다. 콘도어 박사를 처음 만난 것은 아내가 아팠을 때였습니다. 박사가 아내를 위해서 애쓰던 모습을 저는 옆에서 지켜봤답니다. 그는 마지막 순간까지 포기하지 않은 유일한 의사였습니다. 그때 저는 느낄 수 있었습니다. 이 사람은 자신의 환자와 함께 살고 함께 죽는구나! 그는 (제대로 된 표현인지 모르겠지만) 병을 굴복시키겠다는 열정을 가지고 있는 사람입니다. 다른 사람들처럼 그저 돈이나 벌고, 교수나 황실 주치의가 될 욕심에 사로잡혀 있지 않죠. 그는 언제나 자신의 입장이 아닌 고통받는 환자의 입장에서 생각을 한답니다. 아, 정말 멋진 사람입니다!"

노인은 크게 흥분했고, 조금 전까지 지쳐 있던 눈은 강렬한 광채를 내뿜었다.

"정말 멋진 사람이에요. 절대로 환자를 포기하는 법이 없답니다. 환자를 치료하는 일을 자신의 사명이라 여기는 사람입니다. 제가 제대로 설명할 수 있을지 모르겠지만, 그는 자신이 환자를 돕지 못하는 것에 죄책감을 느끼는 것 같습니다. **스스로**를 책망하는 거죠. 그것 때문에 그는 믿을 수 없는 일을 벌이기도 했습니다. 믿지 못하시겠지만, 맹세컨대 이건 사실입니다. 그는 자신이 한 약속을 지키지 못한 적이 딱 한 번 있었다고 합니다. 시력을 잃어가던 여자 환자에게 치료를 해주겠다고 약속을 했는데 시력을 회복하지 못하고 눈이 먼 것입니다. 그러자 그는 그 환자와 결혼을 했습니다. 생각해보세요. 젊은 남자가 예쁘지도 않고 돈도 없고 자기보다 일곱 살이나 많은 히스테릭한 여자와 결혼을 한 겁니다. 그에게 전혀 고마워하지도 않고 그저 짐이 되는 그런 여자와 지금까지 살고 있는 거죠. 이것만 봐도 그가 **어떤** 사람인지 알겠죠? 저는 저 자신만큼이나 제 자식을 생각해주는 그런 사람을 만나게 되어서 얼마나 기쁜지 모릅니다. 심지어 제 유서에도 콘도어 박사를 올려놓았답니다. 제 아이를 도울 수 있는 사람이 있다면 바로 그 사람일 것입니다. 아 하느님, 도와주소서!"

노인은 기도하듯이 양손을 맞잡았다. 그러더니 갑자기 내게 바싹 다가앉는 것이었다.

"소위님, 아까 부탁드릴 게 있다고 했죠? 방금 콘도어 박사가 얼마나 좋은 사람인지 말씀드리지 않았습니까? 그런데 **바로** 그가 그렇게 좋은 사람이라는 사실이 저를 불안하게 만들기도 한답니다. 저를 배려한다는 이유로 제게 진실을, 모든 진실을 말하지 않는 것 같거든요. 무슨 말인지 아시겠어요? 그는 언제나 제게 곧 나아질 거라고, 아이가 완전히 회복될 거라고 약속하고 위로를 해준답니다. 하지만 제가 언제쯤 회복될 수 있는지, 얼마나 더 걸릴지 등을 자세히 물어보면 언제나 답변을 회피하고 그저 인내심을 가지고 기다리라고만 말한답니다. 하지만 저는 확실한 대답을 들어야겠어요! 저는 병든 늙은이랍니다. 죽기 전에 아이가 회복되는 것을 볼 수 있는지, 아이가 정말로 **완치**될 수 있는지는 알아야 하지 않겠어요? 소위님, 전 정말 더 이상 이런 상태로는 **살 수가 없답니다**. 아이가 확실하게 회복될 수 있는지, 언제 회복될 수 있는지를 알아야겠습니다! 정말 **알아야 합니다**! 더 이상은 이런 불안한 마음을 견디지 못하겠습니다!"

그는 격앙된 모습으로 몸을 일으키더니 창가를 향해 재빨리 세 발짝을 내딛었다. 나는 이미 그의 그러한 행동에 익숙해져 있었다. 눈가에 눈물이 맺힐 때면 그는 언제나 몸을 돌려버리곤 했다. 그도 남에게 동정받기를 원치 않았던 것이다. 그런 면에서 아버지와 딸은 닮아 있었다. 그는 서투른 손길로 검은색 상의 주머니를 뒤지더니 손수건을 꺼냈다. 이마에서 땀을 닦는 시늉을 했지만 그의 눈가는 이미 벌겋게 충혈되어 있었다. 그는 방 안을 한두 차례 왔다 갔다 했다. 신음 소리가 들려왔다. 그의 체중을 견디지 못한 낡은 바닥이 내는 소리인지, 늙고 병든 노인에게서 나는 소리인지 알 수가 없었다. 잠시 후 그는 물에 뛰어들기 직전의 수영선수처럼 크게 숨을 들이마셨다.

"용서하세요. 이런 이야기를 하려던 것이 아니었는데…… 무슨 말을 하려고 했더라? 아, 콘도어 박사가 내일 빈에서 옵니다. 전화로 연락받았어요. 그는 보통 2, 3주에 한 번씩 아이를 진찰하러 온답니다. 제 마음 같아서는 다시 돌려보내고 싶지 않지만…… 이 집에서 지낸다면 돈은 달라는 대로 줄 텐데…… 하지만 그의 말로는 어느 정도 거리감을 두고 아이를 관찰해야 한다더군요. 어느 정도 거리감이 있어야…… 아, 무슨 말을 하려고 했지? 아무튼 그는 내일 이곳에 와서 오후에 에디트를 진찰할 겁니다. 보통 진찰하고 나서 저녁 식사를 하고 야간열차로 빈으로 돌아간답니다. 그래서 생각해본 건데, 만일 낯선 사람이, 우리와 하등의 관계도 없고 그가 알지 못하는 낯선 사람이 마치 아는 사람의 병환에 대해서 묻듯이 딸아이의 마비 증상과 그 아이가 회복될 수 있는지, **완치**될 수 있는지(들으셨죠? 반드시 '**완치**'여야 합니다!) 그리고 회복될 때까지 얼마나 걸릴지에 대해 물어본다면, 거짓말을 하지 않을 것이라 생각합니다. 저에게는 진실을 말하기를 주저할 수 있을 겁니다. 저는 아이의 아버지이고 병든 늙은이이니까요. 제 마음이 갈기갈기 찢어지리라는 것을 잘 알고 있거든요. 하지만 굳이 당신을 배려할 필요는 없을 테니까 진실을 말하지 않겠어요? 물론 저와 이런 대화를 나누었다는 것을 그가 눈치채게 해서는 절대로 안 됩니다! 의사에게 조언을 구하듯이 **아주** 자연스럽게 이야기를 꺼내야 합니다. 어때요? 저를 위해서 이 일을 해주시겠습니까? 해주실 수 있겠습니까?"

내가 어떻게 거절할 수 있단 말인가? 노인은 눈물이 그렁그렁한 눈으로 최후의 심판을 알리는 나팔 소리를 기다리듯이 나의 대답을 기다리고 있었다. 나는 기꺼이 그 일을 하겠다고 대답했다. 그러자 그는 갑자기 양손으로 나를 꼭 붙잡았다.

"그럴 줄 알았어요. 그 일…… 그 일이 있고 나서 당신이 다시 찾아왔을 때, 당신이 다시 찾아와서 딸아이에게 잘해줬을 때부터 이미 나는 알고 있었답니다. 저 사람은 나를 이해해주는 사람이라는 것을. 저 사람이라면…… 저 사람은 나를 위해서 그에게 물어봐주리라는 것을 알고 있었어요. 약속드릴게요. 맹세할게요. 이 일에 대해서는 에디트도, 콘도어 박사도, 일로나도, 그 누구도 알지 못할 겁니다. 당신이 저를 위해 얼마나 엄청난 일을 해줬는지는 저 혼자만 알고 있겠습니다."

"아니, 별일도 아닌 걸 가지고 뭘 그러세요, 케케스팔바 씨."

"별일이 아니라뇨. 이건 엄청난 일입니다. **정말** 엄청난 일을 해주시는 겁니다. 그리고 만일……" 그는 수줍은 듯 몸을 움츠리며 속삭였다. "만일 제 쪽에서 소위님께 해드릴 수 있는 일이 있다면, 혹시……"

내가 깜짝 놀라는 걸 알아차렸는지(나에게 즉시 대가를 지불하겠다는 건가?) 그는 급히 더듬거리며 말을 덧붙였다(그는 격앙되면 언제나 말을 더듬는 버릇이 있었다).

"아니요, 오해하지 마세요. 물질적인 것을 말하는 게 아니랍니다. 저는 그저…… 제가 인맥이 좀 넓습니다. 국방부에도 아는 사람들이 많고요. 사실, 누군가 의지할 사람이 있다는 것은 좋은 일 아닙니까? 그저 그런 의미로 드린 말씀입니다. 누구에게 무슨 일이 일어날지는 아무도 모르잖아요. 저는 단순히 그런 뜻으로 말씀드린 겁니다."

도움을 주겠다고 말하면서 민망해하는 그의 모습에 나는 부끄러운 마음이 들었다. 그는 단 한 번도 나를 쳐다보지 못하고 자신의 손을 내려다보며 말을 하고 있었다. 말을 마친 후에야 비로소 그는 불안한 시선을 들고 떨리는 손으로 벗어놓은 안경을 다시 코에 얹었다.

"이제 건너가는 것이 좋겠어요." 그가 중얼거렸다. "우리가 너무 오래 자리를 비웠다고 에디트가 이상하게 생각하겠어요. 에디트와 함께 있으면 아주 조심해야 한답니다. 그 애는 몸이 아픈 후부터 다른 사람들보다 예민한 감각을 지니게 되었거든요. 방 안에 있으면서도 집에서 일어나는 모든 일을 알고 있답니다. 말을 입 밖에 내기도 전에 모든 것을 알아차리죠. 그 애가 눈치챌 수도 있으니까 의심하기 전에 얼른 가보는 것이 좋겠어요."

우리는 에디트가 있는 본채로 건너갔다. 에디트는 휠체어에 앉아 응접실에서 우리를 기다리고 있었다. 우리가 들어서자 잿빛 눈이 우리를 날카롭게 응시했다. 마치 우리가 무슨 이야기를 나누었는지 읽어내려는 것 같았다. 우리가 아무 말도 해주지 않자 에디트는 저녁 내내 말없이 생각에 잠겨 있었다.

당시 나는 일면식도 없는 의사에게 최대한 자연스럽게 에디트의 회복 여부에 대해 물어봐달라는 케케스팔바의 부탁을 "별일 아니다"라고 표현했다. 그리고 언뜻 보면, 실제로 그것은 크게 어려운 일은 아니었다. 그러나 예기치 못한 이 임무가 내게 얼마나 큰 의미로 다가왔는지는 말로 설명하기 힘들 정도이다. 자신이 주도적으로 해결해야 하는 임무에 도전하는 것만큼 젊은이의 자긍심을 높여주고 인격 형성을 촉진시키는 일이 또 어디 있겠는가! 물론 이전에도 내가 책임을 맡고 처리한 일들은 있었다. 그렇지만 그것은 언제나 공무와 관련된 군사적인 임무였다. 소대를 지휘하고, 수송을 담당하고, 군마를 구입하고, 부대 내 분쟁을 조정하는 일 등 장교로서 상관의 지시에 따라 규정된 활동 범위 내에서 수행하는 그런 임무들이었다. 이러한 지시와 임무는 모두 국가가 정한 규범 내에서 이루어지는 일들이었다. 모든 것이 명문화되어 있었고, 의심이 가는 경우에는 선배나 경험이 많은 동료에게 조언을 구하면 임무를 무사히 마칠 수 있었다. 그러나 케케스팔바는 '장교로서의 나'가 아니라 그 능력과 한계에 대해 나 자신조차도 아직 알지 못하는 '내면의 나'에게 부탁을 한 것이다. 절박한 상황에 처한 이 낯선 노인은 친척과 친구들을 제치고 나를 선택한 것이다. 이처럼 그가 내게 보여준 신뢰는 그동안 상사나 동료들에게서 받은 그 어떠한 칭찬보다도 나를 더 기쁘게 했다.

그렇지만 기쁨과 동시에 당혹감도 밀려왔다. 그동안 내가 얼마나 무심했는지를 새삼 깨닫게 된 것이다. 몇 주 동안 이 집을 드나들면서도 나는 단 한 번도 '이 불쌍한 소녀가 평생을 불구로 지내야 하나?' '의사들이 그녀의 다리를 치료할 수는 없을까?' 같은 당연한 질문을 하지 않았던 것이다. 참을 수 없는 부끄러움이 밀려왔다. 나는 일로나에게도, 에디트의 아버지에게도, 심지어 군의관에게조차도 단 한 번도 이 병에 대해 물어보려 하지 않았고, 다리가 마비된 것을 그저 하나의 사실로만 받아들였던 것이다. 그 순간 에디트의 아버지를 수년 동안 괴롭혀온 불안감이 총알처럼 내게 와서 박혔다. 의사가 정말로 그 아이를 고통에서 벗어나게 해줄 수 있다면 얼마나 좋을까! 묶여 있던 다리로 다시 자유롭게 거닐 수 있고, 신에게 버림받은 그녀가 다시 행복한 웃음을 지으며 계단을 뛰어다닐 수 있다면 얼마나 좋을까! 갑자기 이런 가능성을 생각하자 나는 흥분되기 시작했다. 둘이서, 아니, 셋이서 말을 타고 들판을 질주하고, 그녀가 감옥 같은 방에서 나를 기다리는 대신 대문으로 마중 나오고 우리가 함께 산책하는 모습을 상상하는 것만으로도 기분이 좋아졌다. 그러면서 나는 낯선 의사를 만날 시간을 초조하게 기다리게 되었다. 그에게 이것저것 알아볼 수 있는 시간을 어쩌면 케케스팔바보다도 더 간절하게 기다렸는지도 모른다. 내 인생에서 이보다 더 중요한 일은 없는 것처럼 느껴졌다.

다음 날 나는 평소보다 일찍(일부러 근무 시간까지 조정했다) 그곳을 찾았다. 이번에는 일로나 혼자서 나를 맞이했다. 빈에서 의사가 와서 지금 에디트와 함께 있는데 오늘따라 꼼꼼하게 진찰하는 것 같다고 설명해주었다. 벌써 두 시간 째 진찰 중이라는 것이었다. 아마 진찰이 끝나도 에디트가 너무 피곤해서 오지 못할 것 같다며 오늘은 단 둘이서 보내야 한다고 했다. 물론, '소위님만 괜찮으시다면요'라는 단서를 달았다.

일로나의 말을 듣고 일로나가 케케스팔바와 내가 합의한 내용을 전혀 모른다는 것을 알고 기분이 좋아졌다(두 사람만이 비밀을 공유한다는 것은 자긍심을 높여주게 마련이다). 그러나 나는 겉으로는 아무런 내색도 하지 않았다. 우리는 체스를 두며 시간을 보냈다. 한참 지나서야 기다리던 발소리가 들려오더니 마침내 케케스팔바와 콘도어 박사가 활기차게 대화를 나누며 방으로 들어왔다. 나는 당혹감을 감추기 위해 애써 감정을 억눌러야만 했다. 콘도어 박사의 첫인상이 너무나도 실망스러웠기 때문이다. 사람은 일면식도 없는 누군가에 대해서 여러 가지 흥미로운 이야기를 듣고 나면, 머릿속에서 가장 소중하고 낭만적인 기억들을 더듬어가며 그 사람의 모습을 그려보게 마련이다. 나는 케케스팔바가 설명한 천재적인 의사의 모습을 그려보면서 영화 감독이나 분장사들이 연출하는 전형적인 '의사'의 모습을 상상했다. 이지적 용모와 모든 것을 꿰뚫어보는 날카로운 눈, 거만한 태도, 재치 있는 입담을 상상한 것이다. 우리는 언제나 자연이 특별한 사람을 한눈에 알아볼 수 있도록 그 특징을 살려서 만들어낸다는 망상에 빠지곤 한다. 그런데 예기치 않게 심한 근시에 머리는 벗겨지고, 비뚤어진 넥타이에 구겨지고 먼지투성이인 회색 양복을 입은 남자와 인사를 나누게 되자 나는 한 방 맞은 듯한 기분이 든 것이다. 싸구려 금속테 안경 너머로는 내가 상상했던 날카롭고 예리한 눈빛이 아닌 평범하고 심지어 졸린 듯한 눈빛이 나를 쳐다보고 있었다. 케케스팔바가 소개하기도 전에 콘도어는 내게 땀에 젖은 손을 내밀었다. 그러고는 곧바로 테이블로 가서 담배에 불을 붙이더니 늘어지게 기지개를 켜며 말했다.

"이제 다 끝났네요. 솔직히 지금 배가 무척 고픈데, 바로 뭘 좀 먹을 수 있었으면 좋겠어요. 식사가 아직 준비되지 않았으면 요제프더러 미리 빵이라도 좀 가져다 달라고 해주시겠습니까?" 그는 안락의자에 편안하게 몸을 기대면서 말을 이어갔다. "오후 급행열차에는 식당칸이 없다는 것을 매번 잊어버린단 말이에요. 오스트리아 정부가 얼마나 무관심한지 알겠죠?" 하인이 식당 문을 열자 그는 하던 말을 끊고 큰 소리로 외쳤다. "아, 잘됐군. 자네의 시간관념은 알아줘야 하네, 요제프. 오늘은 내가 주방장의 명예를 제대로 살려주겠네. 너무 바빠서 점심식사도 걸렀거든."

그는 말과 동시에 식당으로 건너가더니 우리가 오기를 기다리지도 않고 자리에 앉아 서둘러 냅킨을 목에 쑤셔 넣고는 소리를 내며(내 귀에는 너무 큰 소리였다) 수프를 들이켜기 시작했다. 게걸스럽게 식사를 하는 동안 그는 나와 케케스팔바에게 단 한마디도 건네지 않았다. 그의 관심은 오로지 먹는 것이었고, 먹는 동안 그의 눈은 와인병을 훑고 있었다.

"훌륭하군, 사모로드니, 그것도 97년산이라! 저번에 왔을 때 마셔본 와인이군! 저 와인을 마시기 위해서라도 이곳에 들르고 싶다니까! 아니, 요제프, 아직 따르지 말게. 먼저 맥주부터 한 잔 마시겠네. 아, 고맙네."

그는 맥주잔을 단번에 비우더니 급하게 차려진 요리들을 접시에 한껏 덜어 천천히 맛을 음미하며 먹기 시작했다. 그는 우리의 존재를 전혀 의식하지 않는 듯했고, 그 덕분에 나는 음식을 맛있게 먹고 있는 그의 모습을 옆에서 자세히 관찰할 수 있었다. 나는 케케스팔바가 그토록 칭찬했던 사람의 퉁퉁하고 서민적인 얼굴을 바라보며 실망을 금치 못했다. 보름달처럼 둥근 얼굴은 보조개와 여드름으로 움푹 패어 있었고, 코는 주먹코에, 턱은 살로 뒤덮여 있었고, 볼은 벌겋고 수염 자국이 가득했으며, 목은 짧고 굵었다. 빈 사람들이 '줌퍼'라 부르는 마음씨 좋고 게으른 향락주의자의 전형적인 모습이었다. 그리고 그 모습 그대로 그는 구겨진 조끼를 반쯤 풀어헤친 채 편안하게 앉아 먹고 있었다. 그가 끈질기게 음식을 씹는 모습이 서서히 나를 자극하기 시작했다. 같은 테이블에서 중령님과 공장 사장님으로부터 황송한 대접을 받았던 기억 때문이기도 했지만, 그보다는 와인을 맛보기 전에 매번 잔을 불빛에 비춰 보는 이 식도락가에게서 과연 그토록 민감한 질문에 정확한 답변을 이끌어낼 수 있을지 의구심이 들었기 때문이다.

"이곳은 별일 없습니까? 추수는 잘될 것 같나요? 지난 몇 주간 너무 덥고 가물었던 것 아니에요? 신문에서 그런 기사를 읽은 것 같은데…… 공장은 어때요? 카르텔에서 설탕 가격을 또 올릴 것 같나요?" 콘도어는 음식물을 꾸역꾸역 씹고 삼키는 사이사이에 이처럼 제대로 된 답변조차 바라지 않는 가벼운, 아니, 나태한 질문들을 던졌다. 그는 끝까지 나의 존재에 대해서는 완전히 무시하는 듯했다. 의사들의 무례한 태도에 대해 들은 바는 있지만, 나는 순박한 듯하면서도 무례하게 구는 이 사람에게 화가 치밀었다. 불쾌한 마음에 나는 한마디도 하지 않았다.

그러나 콘도어는 우리가 있건 말건 전혀 개의치 않는 눈치였다. 커피가 준비되어 있는 응접실로 자리를 옮기자, 그는 만족스러운 한숨을 내쉬며 회전식 책꽂이, 재떨이, 각도 조절이 가능한 등받이 등 온갖 편의 장비가 갖춰져 있는 에디트의 안락의자에 편안하게 자리 잡는 것이었다. 분노는 사람을 심술궂게 만들기도 하지만 관찰력을 증대시키기도 한다. 나는 늘어진 양말을 걸치고 있는 그의 짧은 다리와 출렁거리는 뱃살을 보며 고소한 마음을 감추지 못했다. 그와 친해질 마음이 없다는 것을 보여주기 위해 나는 의자를 돌려 그에게 거의 등을 보이며 앉았다. 그러나 그는 나의 도발적인 침묵에도, 케케스팔바의 불안해하는 표정과 분주한 움직임에도(그는 콘도어에게 시가, 라이터, 코냑을 건네주기 위해 분주하게 방 안을 오갔다) 전혀 아랑곳하지 않고, 상자에서 시가를 세 개나 꺼내 두 개는 예비용으로 커피잔 옆에 놓았다. 깊숙한 안락의자에 몸을 파묻고 있으면서도 자세가 불편한지 그는 몸을 이리저리 움직이며 편안한 자세를 찾았다. 커피 두 잔을 마시고 나서야 그는 포만감을 느낀 듯 만족스럽게 한숨을 내쉬었다. 그러한 그의 모습을 지켜보며 '역겹다!'라고 생각하고 있을 때였다. 그가 갑자기 기지개를 켜면서 케케스팔바에게 빈정거리는 듯한 눈빛을 보내는 것이었다.

"라우렌티우스* 나리께서는 내게 시가 한 대 즐길 여유조차 주고 싶지 않겠죠? 내가 얼른 보고하기만을 기다리고 있잖아요. 하지만 내가 식사하면서 일 이야기를 하기 싫어한다는 것은 잘 아실 겁니다. 게다가 난 정말 **너무나도** 배가 고프고 피곤했답니다. 아침 7시 반부터 하루 종일 움직였더니 위뿐만 아니라 머리까지 텅 빈 것처럼 느껴지더라고요. 자, 그럼," 그는 시가를 천천히 빨면서 동그랗게 연기를 내뿜었다. "자, 그럼, 시작해볼까요? 다 잘되어가고 있습니다. 걷기 연습, 스트레칭 연습, 모두 잘 하고 있어요. 미세하지만 매번 조금씩 나아지고 있죠. 만족스럽다고 할 수 있습니다. 단지……" 그는 다시 한 번 시가를 빨았다. "단지, 에디트의 태도에서, 그러니까 에디트의 심리적인 면에서…… 너무 놀라지는 마세요!…… 평소와는 뭔가 다른 것이 느껴졌습니다."

그의 경고에도 불구하고 케케스팔바는 크게 놀란 것 같았다. 스푼을 들고 있던 그의 손이 떨리고 있었다.

"다르다니…… 무슨 뜻입니까? 뭐가 달라졌다는 건가요?"

"흠…… 달라졌다는 것은 달라졌다는 뜻이죠. 내가 '악화되었다'고 말한 건 아니잖습니까! 위대한 괴테가 한 말처럼 내 말을 해석하지도 잘못 해석하지도 말아주세요.** 지금으로서는 나도 무슨 일인지는 잘 모르

---

* 로마의 순교자로 로마의 7명의 부제 중 한 사람. 불쌍한 이들이 모두 교회의 재물이요 보화라고 말했다가 총독의 노여움을 사 뜨거운 철망 위에서 사망했다.
** 괴테의 『온건한 크세니엔Zabme Xenien』에서 인용.

겠습니다. 그저 뭔가가 이상하다는 것밖에 말씀드릴 수 없습니다."

노인은 여전히 손에 스푼을 들고 있었다. 아마도 내려놓을 힘이 없었던 모양이다.

"뭐가…… 뭐가 이상하단 겁니까?"

콘도어는 머리를 긁적이며 말했다. "흠…… 그걸 알 수 있다면 얼마나 좋겠습니까! 하지만 너무 염려하지 마십시오! 나는 지금 지극히 학술적으로 이야기하는 것입니다. 다시 한 번 말씀드리건대, 증상이 달라진 것이 아니라 에디트에게서 어떤 변화가 느껴진 겁니다. 뭔지는 모르겠지만, 에디트에게 무슨 일이 있었던 것 같아요. 처음으로 그 애가 내 손을 벗어났다는 느낌이 들었단 말입니다." 그는 다시 시가를 한 모금 빨더니 케케스팔바를 날카롭게 쳐다보았다. "솔직한 게 최선인 건 알고 계시죠? 우리가 서로 부끄러워할 게 뭐가 있습니까? 그러니 툭 털어놓고 이야기합시다. 자, 솔직하게 말씀해보세요. 불안한 마음에 다른 의사를 끌어들인 거죠? 내가 없는 동안 다른 누군가가 에디트를 진찰하거나 치료한 거 맞죠?"

케케스팔바는 자신에게 엄청난 죄를 뒤집어씌우기라도 한 것처럼 벌떡 일어났다. "아니, 그게 무슨 말씀입니까? 아이의 목숨을 걸고 맹세하건대……"

"됐습니다, 됐습니다. 맹세까지 할 필요는 없습니다." 콘도어가 그의 말을 재빨리 가로막았다. "맹세하지 않아도 믿겠습니다. 그럼 이것으로 내 질문은 끝났습니다. 내가 잘못 추측했나 봅니다. 황실 주치의나 교수들도 간혹 오진할 때가 있으니까요. 하지만 이상하네요. 분명히 그 아이가…… 그렇지만 아니라면 어쩔 수 없죠. 다른 일이 있었나 보네요. 이상하긴 정말 이상하네…… 저기, 한 잔만 더 마실게요." 그는 세 잔째 커피를 따랐다.

"도대체 그 아이에게 무슨 일이 있다는 겁니까? 뭐가 달라졌단 말이에요? 무슨 뜻입니까?" 노인은 바싹 마른 입술로 더듬거리며 말했다.

"사람 정말 힘들게 하시네요. 걱정할 필요 없습니다. 내 말을 믿으세요. 심각한 일이라면 내가 어떻게 낯선 사람 앞에서…… 미안합니다, 소위님. 무례를 범하려던 것은 아닙니다…… 내가 어떻게 이렇게 편안하게 안락의자에 앉은 채 이토록 훌륭한 코냑을 마시며 이런 이야기를 하겠습니까? 참, 말이 나와서 말인데, 정말 훌륭한 코냑입니다!"

그는 몸을 뒤로 기대더니 잠시 눈을 감았다.

"에디트에게 어떤 변화가 일어났는지 설명하기란 결코 쉬운 일이 아닙니다. 말로 설명하기가 무척 힘드네요. 내가 다른 의사가 치료에 개입했다고 의심한 것은…… 더 이상 그렇게 생각하지 않으니 걱정 마세요…… 그것은 오늘 처음으로 에디트와 나 사이에 뭔가가 맞지 않는다는 느낌이 들어서였습니다. 평소와 같은 교감이 없었어요. 흠…… 좀더 자세하게 설명해 드릴게요. 치료 기간이 길어질수록 환자와 의사 사이에는 어떤 교감이 생긴답니다. 교감이라는 표현이 맞을지 모르겠네요. 신체적 접촉에 의한 교감을 말하는 것은 아닙니다. 아무튼 이런 환자와 의사의 관계에는 신뢰와 불신이 뒤섞여 있습니다. 끌어당기는 힘과 밀어내는 힘이 함께 존재하는데, 매번 그 힘의 양상이 변한답니다. 우리는 거기에 익숙해져 있죠. 때로는 의사가 느끼기에 환자가 변한 것 같고, 때로는 환자가 느끼기에 의사가 변한 것 같고, 때로는 눈빛만으로도 서로의 마음을 이해하고, 때로는 서로 완전히 비껴 가기도 한답니다. 그렇습니다. 두 사람 간의 교감은 이처럼 기이합니다. 이해하기도 힘들고, 예측하기는 더욱더 힘들다고 할 수 있죠. 정확한 비유일지는 모르겠지만, 이런 비유를 해보면 좀더 이해하기 쉬울 것 같네요. 며칠 집을 비웠다가 돌아와서 타자기를 두들기는데, 타자기는 평소와 똑같이 잘 작동하는데도 뭔가 이상한 느낌을, 이유는 설명할 수 없지만 다른 사람이 타자기를 사용했다는 느낌을 받는 것과 같다고 할 수 있죠. 아니면, 소위님이라면 다른 누군가가 소위님의 말을 이틀 동안 빌려 탔다면 그것을 분명히 느낄 수 있을 겁니다. 말의 자세나 걸음걸이에서 뭔가 익숙하지 않은 느낌을 받을 겁니다. 그런데 뭐가 달라졌는지는 설명하기 힘들다는 거죠. 그것은 그 변화가 그만큼 미세하기 때문입니다. 물론 이런 비유는 그저 단순한 비유에 불과합니다. 의사와 환자의 관계는 이보다 훨씬 더 복잡미묘하죠. 아까도 말씀드렸지만, 에디트가 지난번과 어떻게 다른지 설명해달라고 하면 나는 난처한 입장에 빠지게 됩니다. 분명히 무슨 일이 있긴 있었습니다. 에디트가 변한 것은 확실하니까요. 단지 그게 무엇인지 알아내지 못한다는 것이 안타까운 겁니다."

"도대체 어떻게 변했다는 겁니까?" 케케스팔바가 숨을 헐떡이며 물었다. 그는 콘도어의 설명에도 불구하고 불안감을 떨치지 못한 것 같았다. 그의 이마에는 땀이 맺혀 있었다.

"어떻게 변했냐고요? 아주 사소한 것들이죠. 스트레칭 연습 때부터 에디트가 내게 반발한다는 인상을 받았답니다. 제대로 진찰하기도 전에 '쓸데없는 일이에요. 다른 때와 똑같다고요'라며 대들기 시작하더군요. 평소 같았으면 초조하게 내 소견을 **기다리던** 아이였는데 말이죠. 그런 다음 내가 몇 가지 연습을 제안했을 때에도 에디트는 '아무 도움 안 될 거예요.' '그걸로 좋아지기나 하겠어요?'라며 불평을 늘어놓더군요. 사실, 환자가 불평한다는 것은 그저 기분이 좋지 않거나 신경이 예민해졌다는 뜻이지 결코 크게 의미를 둘 일은 아닙니다. 하지만 에디트는 지금까지 단 한 번도 내게 그런 말을 한 적이 없었습니다. 물론 어쩌면 정말 기분이 안 좋아서 그랬을 수도 있겠죠. 누구나 그럴 수 있으니까……"

"그렇다면…… 상태가 악화된 것은 아니죠?"

"얼마나 더 말해야 내 말을 믿겠습니까? 조금이라도 상태가 악화되었다면 아버지인 당신만큼이나 의사인 나 또한 불안해하지 않겠습니까? 하지만 보시다시피 난 전혀 불안하지 않답니다. 에디트가 내게 반발하는 것이 불쾌하지도 않고요. 물론 당신 딸이 몇 주 전보다 훨씬 더 예민해지고 격해지고 초조해하는 것은 사실입니다. 아마 당신도 많이 힘들 거예요. 하지만 그런 식의 반발은 살고자 하는 의지, 회복하고자 하는 의지가 강해졌다는 뜻이기도 하답니다. 신체기관이 강해지고 정상적으로 기능하기 시작하면 병을 이겨내고자 하는 의지도 그만큼 강해지기 때문이죠. 우리 의사들은 당신들이 생각하는 것만큼 얌전하고 순종적인 환자들을 좋아하지 않는답니다. 환자 자신이 치료에 도움이 되지 않기 때문이죠. 우리는 격렬하게 반항하는 환자들을 환영합니다. 이상하게도 무의미해 보이는 이러한 반항이 때로는 의사들의 처방보다도 더 좋은 효과를 내더군요. 다시 말하지만, 나는 전혀 걱정하지 않습니다. 지금 에디트와 새로운 치료를 시작한다면, 에디트는 아무리 힘든 치료라도 잘 극복해낼 것입니다. 어쩌면 지금이 바로 에디트의 치료에 정신력을 활용해야 할 순간인지도 모르겠네요. 특히 에디트의 경우에는 정신력이 아주 중요하게 작용한답니다." 그는 고개를 들어 우리를 쳐다보았다. "내 말뜻을 이해하시겠습니까?"

"물론입니다." 나도 모르게 대답이 튀어나왔다. 그것은 내가 그에게 건넨 첫마디였다. 나는 그의 모든 말이 당연하고 명확하다고 생각했다.

그러나 노인은 몸이 얼어붙은 채 미동도 하지 않았다. 그저 멍한 눈으로 허공을 응시할 뿐이었다. 그는 콘도어의 말을 전혀 이해하지 못한 것 같았다. 그것은 그가 이해할 생각이 없었기 때문이라는 느낌을 받았다. 그의 모든 관심과 염려는 오로지 '아이가 회복될 것인가? 곧 회복될 것인가? 언제 회복될 것인가?'에만 사로잡혀 있었던 것이다.

"무슨…… 무슨 치료를 말하는 거죠?" 그는 흥분하면 늘 그렇듯이 말을 더듬거렸다. "새로운 치료라니…… 아까 새로운 치료라고 한 것 맞죠? 어떤 새로운 치료를 시도하려는 겁니까?" (나는 그가 '새로운'이라는 단어에 집착한다는 것을 알아차렸다. '새로운'이라는 단어가 그에게는 새로운 희망을 의미하는 것 같았다.)

"그건 나에게 맡겨주세요. 언제 어떤 치료를 할지는 내가 알아서 하겠습니다. 조급해한다고 해서 일이 빨리 해결되는 것은 아니잖아요! 에디트는 지금도 그렇고 앞으로도 내가 가장 신경 쓰는 환자입니다. 반드시 좋은 성과를 낼 겁니다!"

노인은 침울한 표정으로 아무 말도 하지 않았다. 그는 더 많은 무의미한 질문을 퍼붓고 싶은 것을 애써 억누르는 것 같았다. 콘도어도 그의 침묵에서 흘러나오는 압박을 느꼈는지 갑자기 몸을 일으켰다.

"자, 오늘은 이만 끝내도록 하죠. 내 소견은 이미 말씀드렸습니다. 더 이상 말한다면 그것은 모두 허튼소리에 불과할 겁니다. 에디트가 이전보다 더 예민하게 굴어도 너무 놀라지 마세요. 무슨 일인지 내가 반드시 알아내도록 하겠습니다. 당신은 한 가지만 신경 써주세요. 제발 그렇게 불안하고 당황스러운 표정으로 환자 곁을 맴돌지 마세요. 그리고 본인의 건강도 신경 쓰세요. 잠이 많이 부족해 보입니다. 당신 몸이 상하면 어떻게 아이를 돌보겠습니까! 오늘 저녁에는 안정제를 먹고 일찍 잠자리에 들도록 하세요. 그러면 내일 아침이면 상쾌해질 겁니다. 자, 여기까지예요. 오늘의 진찰은 이것으로 끝내겠습니다! 시가만 마저 피우고 돌아가겠습니다."

"벌써…… 벌써 가시려고요?"

콘도어는 확고했다. "네. 오늘은 그만 가봐야겠습니다! 오늘의 마지막 환자는 바로 나 자신이랍니다. 피곤한 징후를 보여서 긴 산책을 처방했죠. 보시다시피 아침 7시 반부터 계속해서 움직이고 있지 않습니까. 오전 내내 병원에서 일하고…… 말도 마세요. 아주 특이한 사례였는데…… 아니, 이 이야기는 그만두죠…… 그런 다음 곧바로 기차를 타고 이곳에 온 겁니다. 이런 일을 하는 사람들은 가끔씩 신선한 공기를 쐬어줘야만 머리가 잘 돌아간답니다. 그러니 오늘은 차를 타는 대신 그냥 걸어서 가겠습니다. 보름달이 아주 환하게 떠 있더라고요! 소위님을 빼앗아 가지는 않겠습니다. 의사의 처방에도 불구하고 일찍 잠자리에 들 생각이 없다면, 소위님과 시간을 더 보내도록 하세요."

나는 즉시 내가 맡은 임무를 떠올리며 괜찮다고 말했다. 내일 아침 일찍 근무해야 해서 그렇지 않아도 벌써 일어나려 했다고 설명했다.

"그렇다면 같이 나가도록 하죠."

처음으로 케케스팔바의 잿빛 눈동자가 반짝이는 것이 보였다. 맞다! 임무가 있었지! 그에게 물어봐야지! 사실을 알아봐야지! 그도 기억을 해낸 것이다.

그는 예기치 않은 순종적인 태도로 "저는 바로 잠자리에 들 겁니다"라고 선언하더니 콘도어의 등 뒤에서 내게 은밀한 눈빛을 보냈다. 사실 그는 눈빛을 보낼 필요도 없었다. 나는 이미 소맷자락에서 맥박이 거칠게 뛰는 것을 느끼고 있었다. 이제부터 내 임무가 시작될 차례였다.

콘도어와 나는 대문을 나서자마자 무심코 계단 위에서 걸음을 멈췄다. 눈앞에 놀라운 광경이 펼쳐져 있었다. 방 안에서 대화를 나누는 동안 우리는 아무도 창 밖을 내다볼 생각을 하지 못했기 때문에 정원의 달라진 모습에 깜짝 놀랄 수밖에 없었다. 별이 촘촘하게 박힌 하늘에는 매끈하게 다듬어진 은빛 원반 같은 커다란 보름달이 떠 있었다. 한낮의 더위로 달구어진 후텁지근한 여름 공기가 우리를 감싸고 있었지만, 달빛의 광채로 인해 이 세상은 이미 겨울이 된 것만 같았다. 검은 그림자를 드리우며 길 양쪽으로 늘어선 나무들 사이로 자갈길이 눈처럼 반짝였고, 나무들은 마치 마호가니와 유리를 오가듯 빛에 반사되기도 하고 어둠 속으로 숨기도 하며 숨죽인 채 서 있었다. 투명한 광채에 휩싸인 채 모든 것이 멈춘 듯 완전한 적막감이 흐르는 이 정원에서처럼 달빛이 섬뜩하게 느껴진 적은 처음이었다. 마치 겨울인 듯한 착각을 일으키는 빛의 마법 때문에 우리는 무심코 반짝이는 계단을 내려가기를 주저했다. 미끄러운 얼음판 위로 발걸음을 옮기는 것 같았기 때문이다. 눈처럼 반짝이는 자갈길을 걷자 우리는 갑자기 두 사람이 아닌 네 사람이 되어 있었다. 환한 달빛에 생겨난 두 개의 그림자가 우리보다 앞장서 걷고 있었던 것이다. 나는 어쩔 수 없이 우리의 모든 움직임을 앞에서 보여주는 두 명의 검은 동반자를 관찰할 수밖에 없었다. 그러면서(사람은 때로는 이상할 정도로 유치한 면을 가지고 있다) 뚱뚱하고 작은 콘도어의 그림자보다 내 그림자가 더 크고 더 날씬하고 어떻게 보면 더 멋지다는 생각에 일종의 안도감을 느꼈다. 그리고 이와 같은 우월감은 나에게 자신감을 북돋아주었다(이처럼 단순하다는 사실을 받아들이는 데에도 큰 용기가 필요하다). 사실, 운명을 결정하는 것은 언제나 기이한 우연 아니던가! 사소한 외적 요소라도 우리에게 용기를 줄 수도, 빼앗을 수도 있는 법이다.

우리는 아무 말 없이 격자문까지 걸었다. 문을 닫기 위해 어쩔 수 없이 몸을 돌리자 저택이 마치 푸른 형광색으로 칠한 것처럼 하나의 커다란 얼음 덩어리가 되어 반짝이고 있었다. 달빛이 너무나도 환하게 빛나는 바람에 창문의 불빛이 실내 조명인지 달빛인지 구분할 수가 없었다. 문이 쾅 하며 닫히는 소리에 주위의 적막이 깨졌다. 유령이 나올 것만 같았던 섬뜩한 적막 속에서 익숙한 현실의 소리를 듣고 용기를 얻었는지 콘도어는 의외로 허물없이 내게 말을 건넸다.

"케케스팔바, 불쌍한 사람 같으니라구! 그에게 너무 심하게 대한 게 아닌지 계속 자책하게 되네요. 그는 분명히 나를 몇 시간 동안 붙잡아놓고 수백 가지 질문을 퍼붓고 싶었을 겁니다. 아니, 똑같은 질문을 수백 번 퍼부었겠죠. 하지만 나도 더 이상은 못하겠더라고요. 오늘은 너무나도 힘든 하루였거든요. 새벽부터 밤까지 환자들과 씨름해야 했답니다. 그것도 모두 거의 진전이 없는 환자들이었죠."

우리는 가로수 길에 들어섰다. 가로수들은 가지로 망을 이루며 그림자를 드리운 채 스며드는 달빛을 막아주고 있었다. 그로 인해 하얀 자갈은 더욱더 환하게 빛났고, 우리 두 사람은 이 환한 빛의 통로를 따라 걸었다. 나는 감히 그의 말에 아무런 대꾸도 하지 못했다. 그러나 콘도어는 나의 존재조차 인식하지 못하는 것 같았다.

"어떤 때에는 그의 집착을 견디기가 정말 힘듭니다. 그것 아세요? 의사에게 가장 큰 골칫거리는 환자가 아니랍니다. 환자와는 잘 지낼 수 있습니다. 그들을 다루는 요령을 터득하게 되거든요. 환자가 불평하고 질문하고 초조해하는 것은 몸에 열이 나고 머리가 아픈 것처럼 하나의 증상일 뿐입니다. 우리는 처음부터 환자가 초조해할 것을 예상하고 거기에 대비를 한답니다. 수면제나 진정제를 준비해놓는 것처럼 환자의 초조함을 진정시켜줄 위로의 말이나 거짓말을 준비해놓는 거죠. 환자는 의사에게 큰 문제가 되지 않습니다. 의사에게 가장 힘든 존재는 바로 환자의 가족과 친지 들입니다. 그들은 전문가도 아니면서 의사와 환자 사이에 끼어들어 언제나 '진실'을 알려달라고 요구하죠. 그들은 언제나 자신의 가족이 지구상의 유일한 환자이고 돌봐야 할 유일한 사람이라고 생각합니다. 나는 케케스팔바의 질문 공세를 기분 나쁘게 생각하지는 않습니다. 하지만 그것 아세요? 초조함이 만성이 되면 때로는 더 이상 인내심이 말을 듣지 않게 된답니다. 나는 그에게 생사가 걸린 힘든 환자를 돌보러 시내에 가야 한다고 열 번도 넘게 설명했답니다. 그는 그 사실을 알면서도 매일매일 전화를 걸어서 조르고 또 조릅니다. 강제로라도 희망을 얻어내려는 거죠. 나는 그의 담당의로서 이렇게 흥분하는 것이 그에게 얼마나 치명적인지 잘 알고 있습니다. 그가 생각하는 것보다도 훨씬 더 그를 걱정하고 있답니다. 상태가 얼마나 안 좋은지 그가 모르는 것이 그나마 다행이죠."

나는 깜짝 놀랐다. 상태가 그렇게 심각했던가! 내가 몰래 얻어내려던 정보를 콘도어는 뜻밖에도 자진해서 들려주고 있었다. 나는 흥분하며 그를 몰아세웠다.

"선생님, 죄송하지만…… 방금 하신 말씀을 듣고 마음이 너무 불안해서 그러는데…… 저는 에디트의 상태가 그렇게 심각한 줄은 몰랐습니다."

"에디트?" 콘도어는 놀란 얼굴로 나를 쳐다보았다. 그는 그제서야 자신이 다른 사람과 이야기하고 있다는 것을 알아차린 듯했다. "에디트라니? 에디트에 대해서는 아무 말도 하지 않았는데…… 아, 내 말을 오해했군요. 아니에요, 에디트의 상태는 변함없습니다. **안타깝게도** 여전히 아무런 변화가 없죠. 내가 걱정하는 것은 케케스팔바, **그 사람**입니다. 그 사람의 상태가 정말 걱정됩니다. 지난 몇 개월 간 그가 얼마나 변했는지 알아차리지 못했나요? 안색이 얼마나 안 좋아졌는지, 얼마나 초췌해졌는지 눈치채지 못했단 말이에요?"

"저로서는 알 수 없죠. 케케스팔바 씨를 안 지 몇 주 되지 않았거든요."

"아, 그렇군요! 미안합니다. 그렇다면 당연히 알아차릴 수 없었겠네요. 나는 그와 오래전부터 알고 지냈는데, 오늘 우연히 그의 손을 보고 정말 깜짝 놀랐답니다. 그의 손이 얼마나 창백하고 뼈가 앙상한지 보셨나요? 죽은 사람의 손을 많이 본 사람은 살아 있는 사람의 손이 그토록 푸르스름한 걸 보면 화들짝 놀란답니다. 게다가 그가 쉽게 감상에 젖는 것도 마음에 들지 않습니다. 사소한 일에도 바로 눈가가 촉촉해지고, 조금만 불안해도 얼굴이 창백해지더군요. 특히 케케스팔바처럼 예전에 활동적이었던 사람들에게 자포자기의 심정은 위험할 수 있습니다. 강한 사람이 갑자기 약해진다는 것은 결코 좋은 징조가 아니랍니다. 그들이 갑자기 유순해지는 것도 좋다고 볼 수 없습니다. 그것은 내면의 무언가가 더 이상 견디지 못하고 무너져 내린다는 뜻이거든요. 나는 이미 오래전부터 그를 철저하게 진찰해볼 생각이었습니다. 그런데 차마 그에게 말을 하지 못하겠더라고요. 생각해보세요. 지금 이 시점에 어떻게 그에게 그런 말을 하겠습니까? 그것은 '당신도 병들었다!' '당신은 불구인 딸을 남겨두고 먼저 죽을 수도 있다!'라고 말하는 것과 다를 바 없잖아요! 그가 그런 생각을 하게 되면 정말 끔찍한 일이 벌어질 겁니다. 상상도 못할 일이죠! 그렇지 않아도 그는 끊임없이 불안해하고 초조해하느라 자기 자신을 갉아먹고 있는데…… 아니에요, 소위님. 내 말을 오해하신 거예요. 내가 걱정하는 것은 에디트가 아니라 그 사람입니다. 내 생각에는 그 노인네, 그리 오래 버틸 것 같지 않습니다."

나는 한 대 얻어맞은 기분이 들었다. 그런 생각은 단 한 번도 해본 적이 없었던 것이다. 나는 당시 스물다섯 살이었고 가까운 사람의 죽음을 한 번도 겪어보지 않았다. 그렇기 때문에 조금 전까지도 함께 식사를 하고 대화를 나누고 함께 술을 마시던 사람이 내일이면 싸늘한 시체가 될 수 있다는 사실을 이해하기가 쉽지 않았다. 가슴 부근에서 찌르는 듯한 통증이 느껴졌다. 마치 내가 노인을 진심으로 좋아한다는 것을 내게 일깨워주는 것 같았다. 나는 당황하며 콘도어의 말에 대꾸할 말을 찾았다.

"끔찍하네요." 나는 얼이 빠진 채 더듬거렸다. "정말 끔찍한 일이에요. 그렇게 점잖고 관대하고 친절한 분이…… 제가 처음으로 만나본 진정한 헝가리 귀족인데……"

그런데 갑자기 기이한 일이 벌어졌다. 콘도어가 갑자기 걸음을 멈춘 것이다. 그를 따라 나도 엉겁결에 멈춰 섰다. 그는 고개를 돌려 나를 뚫어지게 쳐다봤다. 그의 시선 너머로 안경알이 반짝이며 빛을 반사했다. 숨을 한두 번 고른 후에야 그는 어이없다는 듯이 입을 열었다.

"귀족이라고요? 그것도 진정한 귀족이오? 케케스팔바가? 죄송하지만, 소위님…… 진정한 헝가리 귀족이라는 말…… 정말 진심으로 하시는 말씀입니까?"

나는 그의 질문을 이해할 수가 없었다. 단지 내가 어리석은 말을 했다는 생각에 당황하며 대답했다.

"제가 본 것으로만 판단할 수밖에 없으니까요. 케케스팔바 씨는 제게 언제나 점잖고 친절한 모습만을 보여주셨거든요. 부대에서 듣기로는 지체 높은 헝가리 귀족들이 거만하다고 하던데…… 제가 본 그분은 그 누구보다도 친절했습니다. 저는…… 저는……"

콘도어가 여전히 나를 뚫어지게 쳐다보고 있다는 느낌 때문에 나는 그만 말을 멈췄다. 달빛을 받아 희미하게 빛나는 그의 동그란 얼굴에서 커다란 안경알이 반짝거렸다. 안경 너머로 탐색하는 듯한 그의 눈빛이 느껴졌다. 나는 마치 현미경에 놓여 파닥거리는 벌레가 된 기분이었다. 주위에는 다행히 아무도 없었다. 만일 길 한복판에서 서로를 마주본 채 서 있는 우리의 모습을 누군가가 지켜봤다면 참으로 기이한 광경이라 여겼을 것이다. 잠시 후 콘도어는 다시 발걸음을 떼며 혼자말을 하듯이 중얼거렸다.

"당신은 정말 특이한 사람이군요. 미안해요. 나쁜 뜻으로 한 말은 아니랍니다. 하지만 특이한 건 사실입니다. 그건 당신도 인정해야 해요. 아주 특이하답니다. 내가 듣기로 당신이 그 집에 드나든 지 벌써 몇 주 됐다고 하던데. 게다가 당신은 소도시에, 그것도 이런저런 말이 많이 나도는 닭장 같은 작은 도시에 살고 있지 않습니까? 그런데도 케케스팔바를 귀족으로 여기고 있군요. 동료들이 케케스팔바에 관해 무어라 하지 않던가요? 그를 업신여기는 말은 아니더라도 그가 결코 진정한 귀족은 아니라는 식의 이야기도 들은 적이 없나요? 아니, 무슨 말이라도 들었을 것 아니에요?"

"아니요." 나는 단호하게 대답하며 슬슬 화가 치밀어 오르는 것을 느꼈다(남에게 '특이하다', '기이하다'라는 평을 듣는 일은 결코 유쾌하지 않았다). "유감스럽게도 아무한테서도 그 어떤 말도 듣지 못했습니다. 저는 동료들하고 한 번도 케케스팔바 씨에 대해서 이야기를 나눠본 적이 없습니다."

"이상한 일이군." 콘도어가 중얼거렸다. "이상한 일이네요. 나는 케케스팔바가 당신에 관해 이야기할 때마다 그가 과장한다고 생각했습니다. 솔직히 말하면…… 어차피 오늘은 내가 계속해서 오진하는 날인가 보네요…… 그가 그토록 당신에게 열광하는 것이 약간 미심쩍었습니다. 나는 당신이 단순히 무도회 때 저지른 실수 때문에 그 집을 드나든다는 것을 믿을 수 없었습니다. 단지 연민 때문에 그런다고는 생각할 수 없었죠. 사람들이 얼마나 그 노인네의 돈을 뜯어내려 하는지 당신은 모를 겁니다.

솔직히 말하면, 나는 당신이 그 집을 왜 드나드는지 그 이유를 밝혀내기로 결심했답니다. 내가 생각하기로는 당신이…… 이걸 어떻게 정중하게 표현한담…… 실속을 차리려는 사람이거나, 만일 정말로 진심이라면, 내적으로 아주 어린 사람일 거라고 생각했습니다. 비극적이고 위험한 일에 기이한 매력을 느끼는 것은 어린 사람들뿐이거든요. 그리고 이런 어린 사람들의 본능은 대체적으로 옳답니다. 당신도 정확하게 느낀 겁니다. 케케스팔바는 정말 독특한 사람입니다. 나는 사람들이 그를 왜 싫어하는지 잘 알고 있습니다. 그래서 당신이 그를 귀족이라고 했을 때 이상하게 생각한 겁니다. 하지만 나는 그 누구보다도 그를 잘 알고 있습니다. 그러니 내 말을 믿으세요. 당신이 그 사람과 그 불쌍한 아이에게 우정을 베푸는 것을 결코 부끄럽게 여길 필요는 없습니다. 누가 뭐라고 해도 절대로 동요하지 마세요! 그들이 하는 말은 지금의 여리고 절망에 빠진 케케스팔바와는 전혀 상관없습니다!"

콘도어는 나를 쳐다보지 않은 채 빠르게 걸음을 옮기며 말했다. 한참 후에야 그의 발걸음이 다시 느려졌다. 그는 무언가를 골똘히 생각하는 것 같았다. 나는 그를 방해하지 않으려고 입을 다물었고, 우리는 4, 5분 동안 아무 말 없이 나란히 걷기만 했다. 맞은편에서 마차 한 대가 다가왔고 우리는 옆으로 길을 비켜주었다. 마부석에 앉은 농부는 호기심 어린 눈빛으로 우리를 응시했다. 안경을 낀 작고 뚱뚱한 남자와 제복을 입은 소위가 한밤중에 말없이 나란히 걷고 있는 모습이 기이하게 여겨진 모양이었다. 마차가 지나가자 콘도어가 갑자기 나를 향해 몸을 돌렸다.

"잘 들으세요, 소위님. 일을 반쯤 하다 말거나 말을 반쯤 하다 마는 것은 결코 좋은 일이 아니랍니다. 이 세상의 모든 악은 반쯤 하다 마는 것에서 비롯된다고 할 수 있죠. 어쩌면 내가 이미 너무 많은 말을 했는지도 모르겠습니다. 그것 때문에 당신의 착한 마음이 흔들릴까봐 걱정이 되는 군요. 게다가 내가 이미 당신의 호기심을 자극했기 때문에 당신은 분명히 사람들에게 케케스팔바에 대해 물어볼 겁니다. 그런데 사람들이 과연 진실을 이야기할지, 그것도 걱정되는군요. 사실 어떤 집을 계속 드나들면서 그 집 사람들이 어떤 이들인지 알지 못한다는 것은 말이 안 되잖습니까? 아마 당신도 예전처럼 편안한 마음으로 드나들기는 쉽지 않을 겁니다. 자, 그러니 그 사람에 대해서 알고 싶으시다면 차라리 내가 알려드리겠습니다."

"물론 알고 싶습니다."

콘도어는 시계를 확인했다. "지금이 10시 45분이니까 두 시간 정도 여유가 있네요. 열차가 1시 20분에 출발하거든요. 그런데 이런 이야기를 길바닥에서 할 수는 없을 것 같은데 혹시 이야기를 나눌 만한 조용한 장소를 아시나요?"

나는 곰곰이 생각했다. "프리드리히 황태자 거리에 있는 '티롤러 와인슈투베'가 좋겠네요. 그곳에는 아무에게도 방해받지 않고 이야기할 수 있는 작은 룸들이 있답니다."

"좋아요! 적당한 장소일 것 같네요!" 그는 대답과 함께 다시 발걸음을 재촉했다.

우리는 또다시 아무 말 없이 길을 걸었다. 얼마 지나지 않아 환한 달빛 아래 건물들이 늘어서 있는 모습이 하나둘씩 보이기 시작했다. 거리는 텅 비어 있었고 다행히도 동료들과 맞닥뜨리는 불상사도 일어나지 않았다. 이유는 모르겠지만, 만일 다음 날 동료들이 밤에 같이 거닐던 사람에 대해 물어본다면 마음이 편치 않을 것 같다는 생각이 들었다. 케케스팔바와 기이한 인연을 맺은 후부터 나는 점점 더 새롭고 신비로운 심연으로 나를 유인하는 미로의 입구를 숨기기 위해 무던히도 애를 썼다.

'티롤러 와인슈투베'는 그리 평판이 좋은 곳은 아니었지만, 소박하고 편안한 술집이었다. 시내 외곽의 꼬불꼬불한 골목길에 위치한 이곳은 2급 내지 3급 여관을 겸하고 있는 술집으로, 우리들 사이에서는 특히 인기가 좋았다. 그것은 마음씨 착한 관리인이 건망증을 빙자해서(심지어 한낮에도) 더블룸을 찾는 손님들에게 숙박계를 들이밀며 괴롭히는 일이 없었기 때문이다. 또한 이곳은 눈에 띄는 정문을 이용할 필요 없이(소도시에서는 언제나 수천 개의 눈이 보고 있다) 술집에서 층계를 이용해 곧바로 밀회장소에 이를 수 있었기 때문에 짧든 길든 밀회를 즐기는 사람들에게는 비밀이 보장되는 곳이었다. 술집에서 취급하는 테를라너나 무스카텔러 등의 와인 또한 흠잡을 데 없었다. 저녁마다 식탁보도 깔리지 않은 투박한 원목 테이블에는 주민들이 모여 앉아 때로는 차분하게, 때로는 격렬하게 나라 안팎에서 일어나는 일들에 대해 토론을 벌이곤 했다. 그저 와인이나 마시며 친구들과 어울리기를 좋아하는 술꾼들은 주로 중앙홀에 자리했다. 네모반듯한 구조로 다소 천박한 분위기를 풍기는 중앙홀은 층계와 연결되어 있었고, 층계를 오르면 여러 개의 '룸'이 마치 회랑처럼 가운데의 중앙홀을 빙 둘러싸고 있었다. 각각의 룸은 조잡한 그림과 건배할 때 하는 말로 장식된 두터운 나무 벽으로 막혀 있어서 소리가 새어 나가지 않았다. 여덟 개의 룸은 두꺼운 커튼으로 완벽하게 가려져서 중앙홀에서는 전혀 보이지 않았다. 실제로 이곳의 룸은 주로 은밀한 용도로 사용되었다. 장교나 지원병들이 사람들의 시선을 피해 빈에서 데려온 아가씨와 편안하게 놀고 싶을 때면 룸을 예약하곤 했다. 소문에 따르면, 규율에 대해서 엄격한 우리 연대장조차도 이를 현명한 처신법으로 인정했다고 한다. 룸에서

만큼은 부하들이 쾌락을 즐기는 시간을 주민들에게 들킬 염려가 없었기 때문이다. 비밀 보장은 이 가게의 철칙이기도 했다. 가게 주인인 페어라이트너 씨의 엄중한 지시에 따라 티롤 지방 민속의상을 입은 여종업원들은 룸에 들어가기 전에 반드시 큰 소리로 한두 번 헛기침을 해야 했고, 방에서 벨이 울리기 전까지는 군인 나리들을 절대로 방해해서는 안 되었다. 그 덕분에 군인들의 쾌락과 함께 군의 위상도 완벽하게 보호받을 수 있었다.

단순히 대화를 나누기 위해 룸을 이용하는 경우는 술집이 생긴 이래 처음 있는 일이 아니었을까 싶다. 그러나 나는 콘도어의 이야기를 듣는 동안 방해받고 싶지 않았다. 동료들이 인사를 건네거나 호기심 어린 눈빛을 보내는 것도 싫었고, 갑자기 고참이 들어오는 바람에 내가 자리에서 벌떡 일어나야 하는 상황도 피하고 싶었다. 나는 콘도어와 함께 술집에 들어가는 것만으로도 거북한 느낌이 들었다. 낯선 뚱뚱한 신사와 단둘이 은밀한 룸으로 들어가는 것을 동료들에게 들키는 날에는 놀림거리가 될 것이 분명했기 때문이다. 그러나 술집에 들어서는 순간 나는 안도의 한숨을 내쉬었다. 작은 군부대가 주둔하고 있는 소도시의 술집들이 월말이면 으레 그렇듯이 가게에는 적막이 흐르고 있었다. 부대 사람은 아무도 없었고, 우리는 아무 룸이나 골라잡을 수 있었다.

종업원이 더 이상 들락날락하지 않도록 콘도어는 단번에 화이트와인 2리터를 주문하고 그 자리에서 계산까지 마쳤다. 넉넉한 팁까지 건네자 종업원은 "맛있게 드세요"라는 인사와 함께 사라지더니 다시는 나타나지 않았다. 커튼이 내려졌고, 중앙홀에서 간간이 들려오는 희미한 말소리와 웃음소리 외에는 아무런 소리도 들리지 않았다. 우리는 밀폐된 룸 안에서 외부와 완전히 차단되었다.

콘도어는 기다란 잔에 와인을 따라 나에게 건네준 후 자신의 잔을 채웠다. 생각에 잠겨 있는 듯한 모습에서 그가 나에게 들려줄 이야기(그리고 숨길 이야기)를 머릿속으로 미리 구상하고 있다는 것을 짐작할 수 있었다. 그가 다시 나에게로 몸을 돌렸을 때 조금 전까지 나를 실망시켰던 졸리고 게으른 인상은 완전히 사라져 있었다. 정신을 집중하는 듯 그의 눈빛은 날카로웠다.

"처음부터 이야기를 시작하는 것이 좋겠네요. 우선 귀족 라요스 폰 케케스팔바는 아예 제쳐두도록 합시다. 그때는 그런 사람은 존재하지 않았으니까요. 검은 재킷에 금테 안경을 낀 영주 나리는커녕 귀족도 부유한 실업가도 없었답니다. 그 당시에는 헝가리와 슬로바키아 국경에 위치한 가난한 마을에 사는 '레오폴드 카니츠'라는 이름의 왜소하고 예리한 눈을 가진 유대인 소년만이 있었습니다. 다들 그를 '착한 카니츠'라고도 불렀죠."

그 순간 나는 자리에서 벌떡 일어났거나 아니면 다른 식으로 놀라움을 표현했던 것 같다. 이런 이야기를 듣게 될 것이라고는 상상조차 하지 못했던 것이다. 그러나 콘도어는 내가 놀라는 것이 당연하다는 듯 미소를 지으며 말을 이어갔다.

"그래요. 카니츠, 레오폴드 카니츠였답니다. 한참이 지난 후에야 한 장관의 지시로 그의 이름이 그럴듯한 헝가리식 이름으로 바뀌고 귀족 칭호에 사용되는 '폰'을 붙이게 된 거죠. 이 지역에 오래 살면서 영향력도 생기고 인맥도 넓어지면 이름을 고치고 귀족이 될 수도 있다는 생각은 전혀 하지 못했죠? 하긴, 당신 같은 젊은이가 그런 걸 어떻게 알겠어요? 오래전 이야기랍니다. 아주 오래전 이야기죠. 그 당시 그 꼬마 녀석, 그 예리한 눈을 가진 영리한 유대인 꼬마 녀석은 농부들이 술을 마시는 동안 그들의 말이나 수레를 봐주고, 감자 몇 알을 얻기 위해 시장 아낙들의 바구니를 집까지 날라다 주는 일을 했답니다.

케케스팔바, 아니, 카니츠의 아버지는 부유한 실업가는커녕 마을로 접어드는 길목에 위치한 술집을 운영하는 가난뱅이 곱슬머리 유대인이었습니다. 이 술집은 벌목꾼과 마부들이 카르파티아 산맥의 추위를 이기기 위해 아침저녁으로 드나들며 70도짜리 화주 한두 잔으로 몸을 녹이던 곳이었습니다. 손님들이 독주를 과하게 마신 후 이성을 잃고 의자와 술잔을 때려 부수며 행패를 부리는 일도 비일비재했죠. 카니츠의 아버지도 이런 행패 때문에 결국 목숨을 잃었습니다. 어느 날 시장에 들른 후 만취 상태로 그곳을 찾은 농부들끼리 싸움이 벌어졌는데, 가게가 부숴질 것을 염려한 카니츠의 아버지는 싸움을 뜯어말리려 했죠. 그러자 덩치 큰 마부 한 명이 그를 거칠게 구석으로 내동댕이쳤고, 그는 바닥에 쓰러진 채 신음 소리를 냈답니다. 그날부터 그는 각혈을 하기 시작했고, 그로부터 1년 뒤 병원에서 죽었습니다. 가족에게 한 푼도 남기지 않은 채로 말이죠. 그의 아내는 남의 집 빨래를 해주고 산파 노릇을 하며 자식들을 먹여 살렸습니다. 참 대단한 여자죠! 거기에다 행상까지 했는데, 레오폴드가 등짐을 지고 물건을 날라다 주었답니다. 레오폴드는 돈이 되는 일이라면 가리지 않고 했습니다. 상인들의 잔심부름을 도맡아 했고, 다른 마을까지 심부름 가는 일도 마다하지 않았죠. 다른 아이들은 즐겁게 구슬치기를 하며 놀 나이에 그는 이미 모든 물건의 가격을 알고 있었고, 어떤 물건을 어디서 어떻게 사고팔아야 하는지, 자신이 중요한 존재가 되기 위해서는 어떻게 해야 하는지 등을 정확히 알고 있었습니다. 그러면서 틈틈이 시간을 내서 공부도 했습니다. 그는 랍비에게 글을 배웠는데, 익히는 속도가 무척 빨라서 이미 열세 살 나이에 변호사 사무실의 서기 일을 도왔고, 몇 푼 받고 상인들에게 장부와 세금 계산서를 작성해주기도 했습니다. 석유 한 방울도 아껴야 하는 가난한 살림 때문에 그는 밤마다 경비 초소의 등불 아래에 앉아서 남들이 버린 찢어진 신문을 읽었답니다. 그때부터 이미 동네 어른들은 고개를 절레절레 흔들며 대견한 눈빛으로 "저 녀석은 큰 인물이 될 거야!" 하고 감탄했다더군요.

그가 어떻게 해서 슬로바키아의 마을을 떠나 빈으로 오게 되었는지는 나도 잘 모르겠습니다. 어찌 됐든 스무 살의 나이로 이곳에 나타났을 때, 그는 이미 이름 있는 보험회사의 판매원이었습니다. 게다가 지칠 줄 모르는 성격에 걸맞게 보험 업무 외에도 수백 가지 다른 일들을 하고 있었죠. 그는 모든 사람들과 장사를 하고 모든 것을 중개하고 수요와 공급이 있는 곳이면 어디든지 다리를 놓아주는 소위 '만능중개인'이었습니다.

처음에는 사람들이 그에게 전혀 관심을 기울이지 않았습니다. 그러나 곧 그를 알아보기 시작했고 심지어는 그의 도움을 구하게 되었습니다. 그는 모든 일에 통달했고 모르는 것이 없었기 때문이죠. 딸의 혼처를 찾는 과부를 만나면 그는 그 자리에서 결혼 중매인이 되었고, 미국으로 이민 가려는 사람을 만나면 관련 서류와 정보를 제공해주었습니다. 그 밖에도 그는 헌 옷과 시계, 골동품을 사들이고, 밭이나 물품, 말 등의 가치를 책정하고 교환하기도 했습니다. 또 보증을 필요로 하는 장교가 있으면 보증인을 찾아주기도 했습니다. 해가 갈수록 그의 지식은 늘어났고 그만큼 그의 활동 범위도 점점 넓어졌습니다.

이처럼 지칠 줄 모르고 끈기 있게 일을 하는 사람은 많은 돈을 벌 수밖에 없습니다. 그러나 진정한 재산가가 되기 위해서는 소득과 지출, 벌이와 소비의 균형을 이루는 일 또한 매우 중요하다고 할 수 있습니다. 이것이야말로 카니츠가 성공할 수 있었던 또 다른 비결이었습니다. 그 오랜 세월 동안 그는 친척들을 도와주고 동생을 대학에 보낸 것 외에는 거의 한 푼도 쓰지 않았습니다. 자신을 위해 산 것이라고는 고작 검은색 재킷 한 벌과 당신도 잘 알고 있는 금테 안경뿐이었습니다. 그 안경 덕분에 농부들은 그를 '공부를 많이 한 사람'으로 인식하게 되었죠. 그는 돈을 많이 번 후에도 사람들에게는 자신을 일개 중개인으로 소개했습니다. '중개인'이라는 직함은 그 속에 온갖 것을 숨길 수 있는 멋진 말이었거든요. 케케스팔바는 그 속에 자신이 더 이상 일개 중개인이 아니라 이미 오래전부터 재산가이자 사업가라는 사실을 숨긴 것입니다. 그는 겉으로 부자로 보이는 것보다 실질적으로 부자가 되는 것을 훨씬 더 중요하게 생각했습니다. 마치 사람의 실재와 표상에 관한 쇼펜하우어의 이론을 읽어보기라도 한 것처럼 말이죠.

성실하고 영리하고 검소하기까지 한 사람이라면 머지않아 많은 돈을 벌게 되리라는 것은 특별한 철학적 고찰 없이도 알 수 있는 일입니다. 사실 별로 경탄할 만한 일은 아니라고 생각합니다. 결정적인 순간에는 돈이 별 도움이 되지 않는다는 사실을 우리 의사들은 잘 알고 있으니까요. 내가 처음부터 카니츠에게 감탄했던 것은 재산과 함께 지식을 늘리려고 하는 그의 초인적인 의지였습니다. 열차에서, 식당에서, 심지어 걸으면서까지 그는 시간이 날 때마다 책을 읽으며 공부했습니다. 스스로 자신의 변호사가 되기 위해 상법에서 영업법에 이르기까지 온갖 법전을 탐독했고, 전문적인 골동품상처럼 런던과 파리의 경매를 주의 깊게 지켜봤고, 은행가만큼이나 투자와 거래에 능통했습니다. 그러다 보니 자연스럽게 그의 사업은 점점 규모가 커졌습니다. 농부에서 소작인, 소작인에서 귀족 영주들에 이르기까지 그의 고객층은 점차 상류층으로 변해갔습니다. 그는 한 해의 수확물이나 숲을 통째로 거래하는가 하면, 공장에 납품을 하기도 하고, 공동 판매 카르텔을 결성하기도 하고, 심지어는 군수품까지 납부하게 되었답니다. 그의 검은 재킷과 금테 안경을 각 부처의 대기실에서 점점 자주 보게 되었습니다. 그는 당시 이미 25만, 아니, 약 50만 크로네의 재산을 보유하고 있었지만, 이곳 사람들은 여전히 그를 일개 중개인으로 여기며 길에서 그와 마주쳐도 인사도 제대로 하지 않았습니다. 그러던 어느 날, 그가 엄청난 일을 벌이면서 단숨에 '착한 카니츠'에서 '폰 케케스팔바'가 된 것입니다."

거기까지 이야기하고 콘도어는 말을 중단했다. "자, 지금까지 한 이야기는 나도 다른 사람들에게서 들은 것입니다. 하지만 여기서부터는 내가 그에게서 직접 들은 이야기입니다. 그의 아내가 수술 받은 직후 우리는 밤 10시부터 동틀 무렵까지 그녀가 깨어나기를 기다렸는데, 그때 그가 해준 이야기랍니다. 지금부터 하는 이야기에는 단 한마디의 거짓도 없다는 것을 보증할 수 있습니다. 그런 순간에 거짓말하는 사람은 없거든요."

콘도어는 생각에 잠긴 채 천천히 와인 한 모금을 마신 후 새 시가에 불을 붙였다. 벌써 네번째 시가였다. 그가 끊임없이 담배를 피우는 것이 새삼 눈에 들어왔다. 나는 그가 의사로서 느긋하고 호탕한 태도를 보이는 것이, 말을 천천히 하고 여유롭게 행동하는 것이, 그 사이에 차분히 생각하고 관찰하기 위한 자신만의 특별한 기술임을 서서히 깨달았다. 졸음이 가득한 그의 두툼한 입술이 서너 차례 시가를 빠는 동안, 그는 꿈꾸는 듯한 시선으로 물끄러미 연기를 바라보았다. 그러더니 다시 마음을 가다듬으며 말을 이어갔다.

"레오폴드 카니츠 혹은 착한 카니츠가 폰 케케스팔바 성의 주인이 된 이야기는 부다페스트에서 빈으로 향하던 열차 안에서 시작됩니다. 당시 그는 이미 머리가 희끗희끗한 마흔두 살의 나이였습니다. 하지만 여전히 출장을 많이 다녔기 때문에 열차에서 밤을 보낼 때가 많았습니다. 구두쇠들에게는 시간도 돈이니까요. 언제나 3등석만을 탔다는 것은 말 안 해도 아시겠죠? 야간열차를 자주 탔던 그는 이미 열차에서 밤을 보내는 자신만의 비결이 있었습니다. 먼저, 언젠가 경매에서 저렴한 값에 구매한 체크무늬 모포를 딱딱한 나무 좌석에 펼치고, 그런 다음 검은 재킷이 상하지 않도록 조심스럽게 옷걸이에 걸어놓고 금테 안경은 안경집에 집어넣은 후 여행용 천가방(그는 가죽가방은 단 한 번도 가져본 적이 없답니다)에서 낡은 상의를 꺼내 입고 불빛을 차단하기 위해 모자를 뒤집어쓰는 겁니다. 그러고서 한쪽 구석에서 자는 거죠. 그는 앉아서 자는 데 이미 익숙해져 있었습니다. 이미 어린 시절부터 침대가 없는 곳에서 불편한 자세로 자는 법을 익힌 덕분이죠.

그러나 그날은 객석에 탄 다른 세 사람이 사업 이야기를 하는 바람에 카니츠는 잠들지 못했습니다. 그는 사람들이 사업 이야기를 하면 절대로 흘려듣는 법이 없었거든요. 세월이 흘러도 재산에 대한 욕심만큼이나 그의 학습욕도 전혀 줄어들지 않았답니다. 마치 집게의 양쪽처럼 그의 물욕과 학습욕은 견고하게 연결되어 있었죠.

사실 그는 거의 잠들기 직전이었습니다. 그런데 말이 나팔 소리에 깜짝 놀라듯이 그를 번쩍 깨우는 단어가 들려온 것입니다. 그것은 하나의 숫자였습니다. "그런 멍청한 실수를 하고도 그 행운아는 단번에 6만 크로네를 벌어들였다니까요!"

6만 크로네라고? 뭐라고? 누가? 카니츠는 찬물을 뒤집어쓴 것처럼 금세 잠이 달아났습니다. 누가 어떻게 6만 크로네를 벌었다고? 그는 반드시 알아내야겠다고 생각했죠. 물론 옆에 앉은 세 사람에게는 자신이 그들의 말을 엿듣고 있다는 티를 내지 않았습니다. 오히려 눈이 보이지 않도록 모자를 더 깊이 눌러쓰고 자는 척했죠. 그러면서 시끄러운 열차 소음에 그들의 이야기를 한마디라도 놓칠세라 열차가 덜컹거리는 것을 이용해서 조금씩 그들에게 가까이 다가갔습니다.

알고 보니 큰 소리로 격렬하게 이야기하며 나팔 소리 같은 괴성으로 카니츠를 깨운 젊은이는 빈에 있는 변호사 사무실의 서기였습니다. 그는 상관인 변호사의 실수에 분개하며 열변을 토하고 있었습니다.

"그 양반이 일을 제대로 말아먹은 거죠! 고작 50크로네를 벌기 위해 법정기일을 맞추겠다고 하루 늦게 부다페스트에 도착했는데, 그새 그 멍청한 여자가 벌써 사기를 당하고 만 겁니다. 그전까지는 모든 것이 완벽했습니다. 유언장도 아무런 문제가 없었고, 스위스의 권위 있는 증인 두 사람도 확보했고, 유언장 작성 당시 오로스바 부인이 정신적으로 문제가 없었다는 의사의 감정서까지 두 통이나 가지고 있었습니다. 종손들과 그들의 아내와 남편 들로 이루어진 그 깡패 집단이 아무리 변호사를 사서 스캔들을 기사화했어도 그들에게는 결코 한 푼도 돌아갈 수 없는 상황이었다고요. 그러니 어리석은 변호사 나리께서도 여유를 부리며 법정기일을 맞춘답시고 다시 빈에 갔다 온 겁니다. 공판일인 금요일까지는 조금 여유가 있었으니까요. 그런데 그 사이에 비츠너라는 그 교활한 녀석이 그녀에게 접근을 한 거죠. 상대편 변호사인 그놈이 친구 행세를 하며 그녀를 찾아갔고, 그 멍청한 여자는 그의 꾐에 넘어간 겁니다. "저는 큰돈은 필요 없어요. 그저 빨리 조용해졌으면 좋겠어요"라고 말했다죠(서기는 북유럽식 발음을 흉내 내며 말했다더군요). 그래요. 이제 조용해지긴 했죠. 문제는 상대편이 그녀가 받을 유산의 4분의 3을 챙겼다는 거죠! 그 멍청한 여자는 변호사가 도착하기도 전에 합의서에 서명을 한 겁니다. 정말 말도 안 되는 엉터리 합의서에 말이죠! 그녀는 그 서명 하나로 거의 50만 크로네를 날린 겁니다."

"자, 이제부터 잘 들으세요, 소위님." 콘도어가 나를 바라보며 말했다. "그 젊은이가 일장 연설을 하는 동안 카니츠는 고슴도치처럼 몸을 둥글게 말고 모자를 푹 눌러쓴 채 꼼짝도 않고 구석에서 그의 말을 한마디도 놓치지 않고 듣고 있었답니다. 그는 금세 무엇에 관한 이야기인지 알아차렸죠. 당시 오로스바 재판(너무 유명한 사건이라 실명은 거론하지 않고 가명을 쓰도록 하겠습니다)은 모든 헝가리 신문의 1면을 장식한 대단한 사건이었거든요. 그 사건을 간략하게 설명하자면 이렇습니다.

우크라이나 출신으로 결혼 전부터 이미 큰 재산을 가지고 있었던 오로스바 후작부인은 35년 전 남편과 사별하고, 유일한 가족인 두 자녀마저 같은 날 디프테리아로 잃으면서 다른 오로스바 가문 사람들을 죽도록 증오하게 되었습니다. 자신의 아이들보다 더 오래 산다는 이유 때문이었죠. 그녀가 여든네 살까지 살 수 있었던 것도 초조하게 기다리는 조카들과 그들의 자녀들에게 유산을 남겨주기 싫어서가 아닐까 하는 생각이 들 정도로 후작부인은 질기고 사악하기 그지없는 여자였습니다. 그녀는 친척이 찾아와도 절대로 집에 들이는 법이 없었고, 제아무리 다정한 편지에도 답장은커녕 편지를 곧장 책상 밑으로 내팽개쳐버리기 일쑤였습니다. 남편과 자식들과 사별한 후 사람을 싫어하는 괴팍한 노인네가 되어버린 겁니다. 후작부인은 1년 중 두세 달만 케케스팔바 성에서 보냈는데, 이때는 아무도 집에 들이지 않았습니다. 케케스팔바 성에서 보내지 않는 시간에는 전 세계를 돌아다녔습니다. 니스, 몽트뢰와 같은 곳에서 화려한 의상을 입고, 머리 손질, 손톱 손질, 화장을 받고, 프랑스 소설을 읽고, 쇼핑을 하며 호화로운 생활을 즐겼죠. 그녀는 이 상점 저 상점을 돌아다니면서 러시아의 시장바닥 아낙네처럼 흥정하고 욕을 해댔습니다. 그녀는 하녀 한 사람만을 곁에 두었는데, 그 하녀의 삶이 얼마나 고단했을지는 짐작하실 수 있을 겁니다. 조용한 성격의 불쌍한 하녀는 매일 무섭게 으르렁거리는 역겨운 사냥개 세 마리를 먹이고 씻기고 산책시켜야 했고, 노인네에게 피아노를 연주해주거나 책을 읽어줘야 했고, 아무 이유도 없이 그녀가 퍼부어대는 욕설을 받아줘야 했습니다. 게다가 노인네가(우크라이나에서의 습관을 버리지 못하고) 코냑이나 보드카를 과하게 마신 날이면 심지어 얻어맞기까지 했다고 합니다. 니스, 칸, 엑스레뱅, 몽트뢰와 같은 화려한 도시마다 이 노인네를 모르는 사람이 없었습니다. 커다란 몸집에 머리를 염색하고 얼굴에는 진한 화장을 하고 다녔으니 그럴 만도 했겠죠. 게다가 그녀는 누가 듣든 말든 어디서나 큰 소리로 떠들어댔고, 종업원들에게는 욕지거리를 퍼부었고, 마음에 들지 않으면 누구에게나 무례할 정도로 인상을 찌푸렸습니다. 후작부인이 거리를 활보할 때면 하녀는 그림자처럼 부인의 뒤를 따랐습니다(그녀는 언제나 개들과 함께 노인네의 뒤를 따라야 했지, 절대로 나란히 걸어서는 안 됐습니다). 금발 머리에 삐쩍 마르고 창백한 얼굴의 하녀는 언제나 겁에 질려 있었습니다. 그녀가 주인의 무례한 언행을 부끄럽게 여기면서도 저승사자처럼 무서워한다는 것을 단번에 알아볼 수 있었습니다.

그러던 어느 날, 일흔여덟 살의 오로스바 후작부인은 엘리자베스 여왕이 늘 거주하던 테리테트의 호텔에서 심한 폐렴을 앓게 되었습니다. 어떻게 해서 이 소식이 헝가리까지 전해졌는지는 알 수 없지만, 소식을 전해 들은 친척들은 득달같이 달려와 호텔을 점령한 채 의사에게 환자의 상태에 대해 물어보며 기다리고 또 기다렸습니다. 부인이 죽기를 기다린 거죠.

그러나 악은 쉽게 제거되지 않는 법입니다. 후작부인은 회복했고, 초조하게 기다리던 친척들은 환자가 로비로 내려온다는 소식을 듣자마자 호텔을 떠났습니다. 문제는 오로스바 부인이 유산을 상속받기 위해 친척들이 다녀간 것을 눈치챘다는 것입니다. 야비한 성격답게 그녀는 호텔 직원과 청소부들을 매수해 친척들이 했던 말을 전하도록 했습니다. 그녀의 짐작은 정확히 맞아떨어졌습니다. 마음이 급했던 친척들은 승냥이 떼처럼 누가 케케스팔바 성을 차지하고, 누가 오로스바 저택을 차지할 것인지, 누가 진주를 가질 것인지, 우크라이나의 땅은 누가 갖고 오프너 거리에 위치한 저택은 누가 가질 것인지를 두고 서로 싸웠던 것입니다. 하지만 그것은 시작에 불과했습니다. 한 달 뒤 후작부인은 부다페스트에 있는 데사우어라는 이름의 증권사 직원에게서 편지 한 통을 받았는데, 편지에는 그녀의 종손자인 데스최가 공동상속자라는 사실을 확인해주지 않으면 그의 부채에 대한 지불기한을 연장해줄 수 없다고 적혀 있었습니다. 편지를 받은 후작부인은 결국 폭발했습니다. 그녀는 곧바로 전보를 쳐서 부다페스트에 있는 자신의 변호사를 불러들여 유언장을 새로 작성했습니다. 그것도(악은 지혜를 동반하나 봅니다) 부인의 정신이 온전하다는 것을 증명해줄 의사 두 명이 동석한 상태에서 유언장을 작성한 것입니다. 유언장은 변호사가 부다페스트로 가져갔고, 밀봉된 채로 6년간 변호사 사무실에 보관되었습니다. 오로스바 부인이 결코 죽음을 서두르지 않았기 때문이죠. 마침내 유언장이 개봉되던 날, 깜짝 놀랄 일이 벌어졌습니다. 유산을 상속하게 된 유일한 상속자가 다름 아닌 부인의 하녀였던 것입니다. 베스트팔렌 출신의 안네테 베아테 디첸호프라는 이름이 처음으로 친척들의 귀에 따갑게 울려 퍼진 순간이었습니다. 케케스팔바 성, 오로스바 저택, 설탕 공장, 말목장 그리고 부다페스트의 저택까지 모두 그녀에게 돌아갔습니다. 단지 우크라이나의 땅과 현금만은 러시아 교회 건립을 위해 오로스바 부인의 고향에 기부되었습니다. 친척 가운데 그 누구도 동전 한 닢 받지 못했고, 심술궂게도 부인은 유언장에 그 이유까지 분명하게 밝혔습니다. '내 죽음을 학수고대했기 때문'이라는 것이 그 이유였습니다.

이 일은 엄청난 파장을 일으켰습니다. 친척들은 펄펄 뛰며 변호사를 찾았고, 변호사들은 통상적인 이의를 제기했습니다. 고인이 심한 병환 중에 유언장을 작성했기 때문에 온전한 정신이 아니었다느니, 고인이 병에 걸려 상속자에게 예속되어 있는 상황에서 교활한 상속자가 암시를 통해 환자의 진의를 억압한 것이 틀림없다느니 하는 주장이었죠. 그러면서 사건을 국가적인 차원으로 확대하려고 했습니다. 아르파드* 이래로 오로스바 가문의 소유였던 헝가리 재산이 프로이센 여인의 손에 들어가게 해서는 안 되며, 나머지 재산을 러시아 교회에 넘겨줘서도 안 된다고 호소한 것입니다. 이 사건으로 부다페스트 전역이 들썩였고, 신문들도 이 사건에 관한 기사로 도배되었습니다. 하지만 억울해하는 친척들이 아무리 소란을 피워도 일은 그들에게 불리하게 돌아갔습니다. 그들은 이미 1심과 2심에서 패소한 상황이었습니다. 설상가상으로 감정서를 써준 의사 두 명이 여전히 테리테트에 살고 있었고, 유언장 작성 당시 후작부인의 정신이 온전했다고 증언했습니다. 다른 증인들도 늙은 후작부인이 괴팍하기는 했지만 정신은 온전했다고 인정했습니다. 변호사들의 온갖 술책도 협박도 모두 실패했습니다. 3심에서 그동안 디첸호프 양에게 유리했던 판결이 뒤집힐 확률은 백분의 일도 되지 않았습니다.

카니츠는 재판에 관한 기사들을 직접 읽었음에도 불구하고 서기의 말을 한마디도 놓치지 않기 위해 귀를 쫑긋 세우고 있었답니다. 사업 이야

---

* 헝가리 최초의 군주. 아르파드 왕조의 창시자.

기라면 뭐든 관심이 많았고, 어떤 사업에서건 새로운 것을 배울 수 있다고 생각했기 때문이죠. 더군다나 그는 중개인 시절 케케스팔바 성을 직접 찾아가본 적이 있었던 겁니다.

"우리 변호사 나리가 부다페스트에 도착해서 그 멍청한 여자가 놈들한테 속아넘어간 걸 알고 얼마나 분개했겠냐고요!" 서기가 말을 이어나갔습니다. "그녀는 이미 오로스바 저택과 오프너 거리의 저택을 포기하고 케케스팔바 성과 말 목장만 갖겠다는 합의서에 서명한 상태였습니다. 아마도 그 약삭빠른 놈이 그녀에게 다시는 재판 때문에 성가실 일이 없을 것이고, 변호사 비용까지 대주겠다고 약속한 것이 통했던 것 같습니다. 사실, 법적으로는 그 합의서에 대해 충분히 이의를 제기할 수 있었습니다. 증인은 참석했을지 몰라도 공증인 앞에서 서명한 것이 아니었으니까요. 항소할 돈조차 남아 있지 않은 그 탐욕스러운 친척 놈들을 굴복시키는 일은 식은 죽 먹기였을 것입니다. 변호사 나리께서는 당연히 그놈들이 제시한 합의서에 이의를 제기하고 상속인에게 유리한 타협안을 제시할 의무가 있었습니다. 그런데 그놈들이 변호사님을 구워삶은 거죠. 아무 말 없이 그냥 넘어가주는 대가로 6만 크로네를 제시한 겁니다. 그렇지 않아도 30분 만에 50만 크로네를 사기당한 그 멍청한 여자에게 화가 났던 변호사 양반은 합의서를 유효로 선언한 후 자신의 몫을 챙겼습니다. 6만 크로네! 빈에 다녀오느라 의뢰인의 사건을 완전히 말아먹은 대가로 6만 크로네를 챙겼다고요! 운을 타고난 사람은 따로 있다니까요! 야비한 놈일수록 돈을 쉽게 손에 넣나 봅니다! 이제 그 여자에게는 케케스팔바 성밖에 남아 있지 않습니다. 아마 그것도 곧 말아먹을 테지만요. 멍청한 여자 같으니라고!"

"그걸로 뭘 한답니까?" 다른 남자가 물었습니다.

"말아먹을 거라니까요! 분명히 또 무슨 멍청한 짓을 하겠죠! 설탕 회사 카르텔이 그녀에게서 설탕 공장을 빼앗으려 한다는 소문이 있던데⋯⋯ 아마 내일 모레면 부다페스트에서 카르텔 총장이 도착할 겁니다. 경작지는 그곳에서 관리인으로 일했던 페트로비치라는 사람이 소작한다고 들었지만, 어쩌면 설탕 회사 카르텔에서 직접 관리할 수도 있을 것 같더라고요. 자금은 충분하니까요. 신문에서 보셨죠? 프랑스 은행이랑 보헤미아 기업이랑 합병한다고 하더라고요⋯⋯"

그러면서 대화는 일상적인 주제로 넘어갔습니다. 카니츠로서는 그것만으로 충분했습니다. 카니츠만큼 케케스팔바 성에 대해 자세히 알고 있는 사람도 드물었거든요. 그는 20년 전 가재도구 보험 때문에 그곳을 찾아간 적이 있었고, 페트로비치도 잘 알고 있었습니다. 중개인 일을 시작한 지 얼마 안 됐을 때 그를 알게 되었다더군요. 페트로비치, 그 비열한 놈은 충직한 관리인처럼 굴면서 관리비의 일부를 자기 주머니에 챙겨 상당한 재산을 모았고, 그 돈을 골링거 박사에게 맡길 수 있도록 카니츠가 중개해준 것입니다. 그러나 카니츠는 그보다 더 중요한 일을 기억해냈습니다. 케케스팔바 성에는 중국 도자기와 유리공예품 그리고 자수가 놓인 비단으로 가득 채워진 장이 있었는데, 그 물건들은 오로스바 부인의 할아버지가 외교관 시절 베이징에서 구입해온 것들이었습니다. 그 물건들의 엄청난 가치를 알아본 카니츠는 이미 후작부인이 살아 있을 당시 시카고의 로젠펠트 박물관을 위해 물건들을 매입하려 했었습니다. 그 물건들은 대략 2~3천 파운드 정도 가치가 나가는 희귀품들이었던 거죠. 그런데 미국에서 동아시아 물건의 가격이 얼마나 높게 책정되고 있는지 알지 못했던 오로스바 부인은 절대로 물건들을 내놓지 않겠다며 카니츠를 집에서 쫓아낸 것입니다. 그 물건들이 아직 그 자리에만 있다면⋯⋯ 그러면 소유권 변경 때 물건들을 헐값에 가져올 수 있을 텐데…… 이런 생각을 하자 카니츠는 몸이 떨려오더랍니다. 그는 전체 재산목록에 대해 선매권을 확보하는 것이 가장 좋은 방법이라고 생각했습니다.

카니츠는 잠에서 깨는 시늉을 했답니다. 세 사람의 대화는 이미 오래 전에 다른 주제로 넘어간 상태였죠. 카니츠는 크게 하품하고 기지개를 켜면서 시계를 봤습니다. 30분 후면 열차가 지금 소위님이 있는 부대 근처 정류장에 도착할 예정이었답니다. 그는 서둘러 낡은 상의를 벗고 가방에 잘 챙겨 넣은 후 검은 재킷을 걸치고 몸가짐을 단정히 했습니다. 그리고 2시 반에 열차에서 내려 '붉은 사자'에 방을 잡았죠. 그가 불안한 전투를 앞두고 있는 총사령관처럼 제대로 잠을 이루지 못한 것은 굳이 말하지 않아도 아시겠죠? 아침 7시가 되자(절대로 시간을 지체할 수 없었겠죠) 그는 일어나서 방금 우리가 지나왔던 길을 걸어서 케케스팔바 성으로 향했습니다. 머릿속에는 다른 사람들보다 먼저 도착해야 한다는 생각뿐이었답니다. 부다페스트에서 독수리 떼가 밀려오기 전에 먼저 도착해야 해. 가재도구들을 판다는 소식이 들리면 즉시 알려달라고 페트로비치를 구슬리고, 필요하다면 그와 공동으로 구입한 후 물건을 나눌 때 값나가는 품목들을 확보하면 되는 거야. 이런 생각을 하면서 그는 걸음을 재촉했습니다.

후작부인이 죽은 후 저택에는 일하는 사람들이 별로 남아 있지 않았기 때문에 카니츠는 편안하게 모든 것을 살펴볼 수 있었습니다. 훌륭한 저택이군. 보존 상태도 아주 좋아. 덧창도 새로 칠했고, 담도 잘 칠해졌네. 울타리도 새로 지었고…… 하긴 페트로비치가 집수리에 이렇게 공을 들이는 데에는 다 이유가 있지. 수리를 할 때마다 수리 비용의 일부를 자기 주머니에 챙기잖아. 그건 그렇고, 그놈은 도대체 어디 있지? 대문은 잠겨 있었고, 아무리 문을 두들겨봐도 관리실에서는 아무런 움직임이 없었습니다. 젠장, 그놈이 멍청한 디첸호프라는 여자와 협상하기 위해 벌써 부다페스트로 떠났으면 어떡하지?

카니츠는 조급한 마음에 문이란 문은 모두 두들겨보고 소리쳐보고 손뼉도 쳐봤지만 아무도 나타나지 않았습니다. 마침내 조그마한 옆문에 도착한 그는 온실 안에 있는 한 여인을 발견했습니다. 유리창 너머로 그녀가 꽃에 물을 주고 있는 모습이 보였던 겁니다. 드디어 사람을 찾았군! 이제서야 뭘 좀 알아볼 수 있겠어! 카니츠는 거칠게 유리창을 두들겼고, "여보세요" 하고 큰 소리로 외치며 손뼉을 쳤습니다. 안에서 꽃을 손질하던 여인은 깜짝 놀라며 무슨 죄라도 지은 듯 한참을 머뭇거리더니 수줍은 얼굴로 문 쪽으로 걸어왔습니다. 그다지 젊어 보이지 않는 얼굴에 비쩍 마른 금발 머리 여인은 짙은색 블라우스 위에 앞치마를 두르고 있었고, 손에는 여전히 꽃을 손질하던 가위를 들고 있었습니다. 그녀는 걸어오더니 문기둥 앞에서 걸음을 멈추었습니다.

조급한 마음에 카니츠는 호통을 쳤습니다. "사람을 이렇게 오래 기다리게 하는 법이 어딨습니까? 페트로비치는 어디 있어요?"

"누구요?" 그녀는 당혹스러운 표정으로 말을 내뱉은 후 자신도 모르게 뒷걸음질을 치며 가위를 등 뒤로 숨겼습니다.

"누구라니요? 이곳에 페트로비치가 또 있나요? 관리인 페트로비치 말이에요!"

"아, 죄송합니다. 관리인 말씀이시군요…… 네…… 저도 아직 그분을 뵙지 못했습니다. 빈으로 갔다는 것 같은데…… 하지만 부인 말로는 저녁때까지는 돌아올 것 같다고 했습니다."

돌아올 것 같다고? 카니츠는 화가 치밀어 올랐습니다. 그러면 저녁때까지 또 기다려야 하잖아. 또 하룻밤을 호텔에서 지내야 하고. 어떻게 될지도 모르는데 이렇게 쓸데없는 비용만 계속 들다니……

"빌어먹을, 하필 오늘 집을 비울 건 뭐람!" 그는 중얼거리며 여인에게 물었습니다. "기다리는 동안 저택을 구경할 수 있을까요? 열쇠를 가진 사람은 없나요?"

"열쇠요?" 그녀가 당황하며 되물었습니다.

"네. 빌어먹을, 열쇠 말이에요!"(뭘 저렇게 멍청하게 생각하고 있는 거지? 페트로비치가 아무나 들여보내지 말라고 신신당부했나 보군. 정 안 되면 두려움에 떠는 저 여자에게 돈을 좀 쥐여주면 되겠지.) 카니츠는 곧바로 호탕한 척하며 시골 농부 같은 말투로 말했습니다.

"무서워할 것 없어요. 아무것도 훔치지 않아요. 그저 구경이나 좀 하려는 거예요. 자, 열쇠를 가지고 있어요?"

"아, 열쇠요. 물론 있죠." 그녀가 더듬거렸습니다. "하지만…… 관리인이 언제 올지……"

"이미 말했다시피 페트로비치는 필요 없어요. 그러니까 더 이상 시간 끌 것 없어요. 이 집의 구조는 잘 아시죠?"

어수룩해 보이는 여인은 더욱 당황하며 말했습니다. "네. 어느 정도 알긴 아는데……"

이런 멍청한 여자 같으니라고! 페트로비치는 어떻게 이런 형편없는 사람을 고용했지? 카니츠는 이렇게 생각하며 큰 소리로 그녀에게 지시했습니다.

"자, 빨리 갑시다. 내가 시간이 남아도는 줄 아세요?"

그가 앞장서자 그녀는 불안한 기색으로 공손하게 그의 뒤를 따랐습니다. 그런데 대문에 도착하자 그녀가 또다시 머뭇거리기 시작했습니다.

"이런, 미치겠군. 제발 문 좀 열어요!" 저 여자는 도대체 왜 저렇게 당황해하고 멍청하게 구는 걸까? 짜증이 난 카니츠는 그녀가 낡은 가죽가방에서 열쇠를 꺼내는 동안 확인하는 차원에서 물어봤습니다.

"이 집에서 무슨 일을 하죠?"

그녀는 수줍은 듯 얼굴을 붉혔습니다. "저는 지금 후작부인의 하녀로……" 그녀는 말을 끊더니 얼른 말을 정정했습니다. "저는 예전에 후작부인의 하녀로 일했습니다."

카니츠는 숨이 멎을 것 같았습니다(카니츠 같은 사람이 당황해하는 모습은 흔히 볼 수 있는 일이 아니랍니다). 그는 자신도 모르게 한 발짝 뒤로 물러서면서 물었습니다.

"설마, 디첸호프 양은 아니시죠?"

"맞는데요……" 그녀는 추궁을 당하기라도 한 것처럼 깜짝 놀라며 대답했습니다.

카니츠는 그때까지 단 한 번도 당혹감이라는 것을 느껴본 적이 없었는데, 그 순간, 케케스팔바 성을 상속받은 전설적인 디첸호프 양과 마주하고 있는 것을 알게 된 그 순간에는 엄청난 당혹감을 맛봐야 했습니다. 그는 즉시 말투를 고쳤습니다.

"죄송합니다." 그는 더듬거리고는 급히 모자를 벗었습니다.

"정말 죄송합니다, 아가씨. 아무도 아가씨께서 벌써 도착하셨다는 말을 안 해서 그만…… 저는 전혀 몰랐습니다. 정말 죄송합니다. 제가 온 것은 다름이 아니라……"

그는 말을 멈췄습니다. 납득할 만한 이야기를 지어내야 했으니까요.

"보험 때문입니다. 예전에 후작부인께서 살아 계실 때에도 여러 차례 이곳을 방문했답니다. 안타깝게도 그때는 아가씨를 뵐 기회가 없었네요. 전 단순히 보험 때문에 온 겁니다. 모든 게 잘 돌아가는지 살펴봐야 하거든요. 하지만 급한 일은 아닙니다."

"괜찮습니다. 괜찮아요." 그녀가 불안한 기색으로 말했습니다. "그런데 저는 그런 일에 관해서는 잘 모릅니다. 페테르비치* 씨랑 이야기하는 것이 좋겠어요."

"그럼요, 그럼요." 카니츠가 대답했습니다. 그는 여전히 정신이 멍했습니다. "물론 페테르비치 씨가 올 때까지 기다리도록 하겠습니다(굳이 발음을 고쳐줘서 뭐한담!). 하지만 제가 번거롭게 해드리는 것이 아니라면 저택을 한번 둘러봐도 되겠습니까? 그러면 일이 금방 끝날 수 있습니다. 가구들은 바뀐 게 없죠?"

"없어요, 없어요." 그녀가 서둘러 대답했습니다. "아무것도 바뀌지 않았어요. 확인하고 싶으시다면……"

"그렇게 해주신다면 감사하겠습니다, 아가씨." 카니츠가 절을 하고, 두 사람은 안으로 들어갔습니다.

응접실에서 가장 먼저 그의 시선을 끈 것은 소위님도 알고 계시는 과르디**의 작품 네 점과 현재 에디트가 쓰는 방에 있는 유리장이었습니다. 유리장에는 중국 도자기와 융단, 비취 조각들이 가득 채워져 있었죠. 다행이군. 전부 제자리에 있네. 페트로비치가 아무것도 훔쳐 가지 않았어. 하긴 그 바보 같은 놈은 이런 것보다는 귀리, 클로버, 감자 같은 농산물을 챙기거나 수리 비용의 일부를 떼어가겠지. 그 사이 디첸호프 양은 초조한 기색으로 집 안을 살펴보는 낯선 방문객을 방해하지 않기 위해 블라인드를 올리고 있었습니다. 블라인드가 올라가자 환한 햇살이 방 안을 가득 비췄고 높은 유리문 너머로 멀리 정원이 한눈에 들어왔습니다. 대화를

---

* '페트로비치'의 독일식 발음.
** 프란체스코 과르디(1712~1793): 이탈리아 화가. 베네치아 풍경화의 마지막 대표자.

나누자! 카니츠는 생각했답니다. 그녀와 친해져야 해!

"정원이 참 아름답네요." 숨을 크게 내쉬며 그가 말했습니다. "아주 살기 좋은 곳 같군요."

"네, 아름다운 곳이죠." 그녀는 순순히 대답했습니다. 하지만 그의 말에 진심으로 동의하는 것 같지는 않았습니다. 카니츠는 그녀가 남의 말에 반박하는 법을 잊어버렸다는 것을 알아차릴 수 있었습니다. 한참 후에야 그녀는 말을 수정했습니다.

"물론, 후작부인께서는 이곳을 그리 좋아하지 않으셨어요. 지대가 낮아서인지 기분이 우울해진다고 하셨거든요. 부인께서는 언제나 산과 바다를 좋아하셨습니다. 이곳은 너무 외롭고 사람들도……"

그녀는 또다시 말을 멈췄습니다. 대화를 계속 끌고 가야 해! 그녀와 교감을 나눠야 해! 카니츠는 생각했답니다.

"하지만 아가씨께서는 이제부터 이곳에서 사실 거죠?"

"제가요?" 그녀는 원치 않는 것을 밀어내듯이 자신도 모르게 양손을 들었습니다. "제가요? 아니요! 절대 아니에요! 제가 이 큰 집에서 혼자서 뭘 하겠어요? 아니요. 저는 정리만 되면 곧바로 떠날 겁니다."

카니츠가 곁눈질로 살펴보니 그녀는 그 커다란 집에서 몸을 작게 움츠리고 있었습니다. 불쌍한 여자 같으니라고! 창백하고 위축되지만 않으면 예쁜 얼굴인데…… 속눈썹이 길게 늘어진 갸름한 얼굴을 보니 비 내리는 풍경이 연상되었답니다. 부드러운 하늘색 눈동자는 따뜻하고 포근하긴 했지만 화사한 빛을 발하지 못하고 언제나 수줍게 눈썹 뒤에 숨어만 있었습니다. 관찰에 능한 카니츠는 그녀가 의지가 꺾인 채 자신의 생각 없이 남에게 조종당하는 사람이라는 것을 금세 알아차렸습니다. 대화를 해야 돼! 대화를 해야 돼! 카니츠는 공감하는 표정을 지으며 계속해서 물었습니다.

"그러면 이곳은 앞으로 어떻게 되나요? 이런 곳은 철저한 관리가 이루어져야 하는데."

"저도 잘 모르겠어요." 그녀는 불안한 기색을 숨기지 못한 채 대답했습니다.

그녀가 불안해하며 가냘픈 몸을 움츠리는 것을 본 순간, 카니츠는 그녀가 스스로 결정을 내리지 못할 것을 확신했습니다. 오랫동안 자기의지 없이 생활한 그녀로서는 그녀의 가녀린 어깨를 짓누르는 유산에 대해서도 기쁨보다는 걱정과 두려움이 앞섰던 거죠. 그는 재빨리 머리를 굴렸습니다. 그가 20년 동안 중개를 하면서 사람들에게 물건을 사도록 혹은 팔도록 설득한 세월이 결코 헛되지만은 않았던 겁니다. 구매자에게는 사도록 부추기고, 판매자에게는 내놓도록 충고하는 것이 중개의 제1법칙인만큼 그는 그녀에게도 물건을 내놓도록 충고하기로 했습니다. 그녀에게 부정적인 측면을 강조해야지. 그러면 페트로비치보다 한발 앞서서 이곳을 차지할 수 있을지도 몰라. 그놈이 하필 오늘 빈에 간 것이 내게는 행운일 수도 있어! 그는 즉시 유감스럽다는 표정을 지으며 그녀에게 말했습니다.

"네, 아가씨 말씀이 맞습니다! 이런 큰 소유지는 항상 말썽이죠. 쉴 틈이 없어요. 매일매일 관리인, 하인들, 이웃들과 싸워야 하고, 거기에다 세금에 변호사 문제까지 있지 않습니까! 조금이라도 돈이 있다 싶으면 사람들은 한 푼이라도 더 뜯어내려 안달을 하죠. 아무리 사람들에게 친절하게 대해도 주변에는 온통 적뿐이랍니다. 그건 어쩔 수 없습니다. 돈이 있다 싶으면 누구나 도둑이 되는 법이거든요. 안타깝지만 아가씨 말씀이 옳습니다. 지극히 냉정해지지 않으면 이런 곳을 관리하기란 여간 힘든 일이 아니랍니다. 그러한 능력은 타고나야 하는 겁니다. 게다가 아무리 철저하게 관리한다 해도 말썽은 끊이지 않는답니다."

"네, 맞아요." 그녀는 머릿속에 끔찍한 기억이 떠오르는 듯 크게 한숨을 내쉬었습니다. "사람들은 돈이라면 정말 끔찍해지더라고요! 저는 정말 몰랐습니다."

사람들? 카니츠에게 사람들이 뭐가 중요했겠습니까? 사람이 선하든 악하든 그와는 상관없는 일이었죠. 그에게는 최대한 이익이 나는 쪽으로 저택을 신속하게 처리하는 일만이 중요했습니다. 그는 그녀의 이야기를 들으며 공손하게 고개를 끄덕이는 동안에도 머릿속으로는 끊임없이 계산을 하고 있었습니다. 어떻게 하면 이 일을 가장 빨리 해결할 수 있을까? 케케스팔바 성과 농장, 설탕 공장, 말 목장까지 관리할 신디케이트를 구성하면 어떨까? 그러고 나면 페트로비치에게 관리를 맡겨도 상관없지. 나는 가재도구만 챙기면 되니까. 일단 금액을 제시하고 그녀에게 겁을 주는 것이 좋겠군. 그러면 내가 제시하는 금액을 그대로 받아들일 거야. 이 여자는 계산도 할 줄 모르고 돈을 벌어본 적도 없으니까 돈을 많이 받을 자격도 없어! 머릿속으로 끊임없이 이런 생각을 하고 있는 동안에도 그의 입은 계속해서 떠들고 있었습니다.

"가장 끔찍한 것은 바로 재판이죠. 아무리 평화롭게 해결하려 해도 소용이 없습니다. 싸움은 끝이 없거든요. 그런 일들이 싫어서 저도 그동안 이런 곳을 구입하지 않았습니다. 늘 재판에, 변호사에, 협상에, 벌금에, 스캔들에…… 차라리 아무것도 신경 쓰지 않고 검소하게 사는 것이 낫죠. 이런 곳을 가지고 있으면 대단한 것을 가지고 있는 것 같지만, 실제로는 다른 사람들의 사냥감이 되는 겁니다. 게다가 쉴 틈도 없이 된답니다. 사실 이 고풍스러운 저택 자체만으로는 아주 멋지죠. 하지만 철저하게 관리하지 않으면 그저 커다란 짐이 될 뿐이랍니다."

고개를 숙인 채 그의 말을 경청하던 그녀는 갑자기 고개를 들더니 진심에서 우러나오는 듯한 무거운 한숨을 내쉬었습니다. "네, 정말 끔찍한 짐이에요. 그냥 팔아버릴 수만 있다면 얼마나 좋겠어요!"

콘도어는 갑자기 말을 멈췄다. "그녀가 했던 그 말 한마디가 카니츠의 인생에 얼마나 큰 영향을 미쳤는지를 설명해드리기 위해 잠시 말을 끊었습니다. 말씀드렸다시피 케케스팔바는 자신이 가장 힘든 시기에 내게 이 이야기를 해주었습니다. 아내가 죽어가던 날 밤이었죠. 누구나 인생에서 한두 번 겪을까 말까 한 아주 힘든 시기였습니다. 이럴 때에는 제아무리 교활한 자라 할지라도 마치 신 앞에서 벌거벗겨진 것처럼 누군가에게 진솔한 모습을 보여주고 싶어 한답니다. 아직도 그의 모습이 눈에 선합니다. 우리는 그때 병원 아래층의 대기실에 있었습니다. 그는 내 옆에 바싹 붙어 앉아 조용하면서도 격앙된 목소리로 쉬지 않고 이야기했습니다. 그는 쉴새없이 말을 함으로써 위에서 아내가 죽어가고 있다는 사실을 잊고 싶었던 겁니다. 스스로를 마취시키고 있었던 거죠. 그런데 디첸호프 양이 "그냥 팔아버릴 수만 있다면 얼마나 좋겠어요!"라고 말한 바로 그 대목에서 그는 말을 멈췄습니다. 생각해보세요. 15년인가 16년이 지난 일인데도 그 순진한 여인이 케케스팔바 성을 최대한 빨리 팔아버리고 싶다고 고백하던 그 순간을 생각하면 얼굴이 창백해질 정도로 마음이 격앙되었던 겁니다. 그는 두세 번 그 문장을 반복해서 말했습니다. 그녀의 억양을 똑같이 흉내 내면서 말했던 것 같아요. "그냥 팔아버릴 수만 있다면 얼마나 좋겠어요!" 사업 감각이 탁월했던 레오폴드 카니츠는 그 즉시 자신에게 일생일대의 기회가 찾아왔고, 그 기회를 붙잡기만 하면 된다는 것을 알아차렸습니다. 이 멋진 소유지를 임대하는 대신 직접 구입할 수 있는 기회가 온 것을 간파한 겁니다. 그는 아무렇지 않게 수다를 떨면서 격앙된 감정을 숨겼지만, 머릿속은 바쁘게 돌아가고 있었습니다. 당연히 구입해야지. 페트로비치가 끼어들거나 부다페스트에서 총장이 오기 전에 얼른 구입하는 거야. 이 여자를 절대로 놓칠 수 없어. 미리 퇴로를 차단하는 것이 좋겠어. 나는 케케스팔바 성의 주인이 되기 전까지는 절대로 이곳을 떠나지 않을 거야. 사람은 긴장감이 최고조에 달하는 순간에는 머리를 둘로 분리해서 사용하는 능력이 생기기도 한답니다. 카니츠는 그런 능력을 발휘해서 속으로는 자신만의 생각을 이어갔고 동시에 입으로는 그녀와 전혀 상반되는 내용의 대화를 나누었습니다.

"팔고 싶으시다고요? 물론 파는 일은 어렵지 않습니다. 언제 어디서나 팔 수 있죠. 하지만 **잘** 파는 것, 그것이 바로 기술입니다. 잘 파는 것이 중요하죠! 그러기 위해서는 정직한 사람을 만나야 합니다. 이미 이곳을 잘 알고 있는 사람, 이 땅을 알고 이곳 사람들을 잘 아는 사람이 좋습니다. 쓸데없이 소송이나 거는 변호사들은 절대로 안 됩니다. 그리고 중요한 것은 **현금**을 받고 팔아야 한다는 것입니다. 어음이나 차용증을 받으면 그것 때문에 수년간 고생할 수도 있습니다. 현금을 지불할 사람을 찾는 것이 좋습니다. 적절한 가격에 안전하게 파는 것이 가장 중요하죠!" 그는 머릿속으로 이미 빠르게 계산하고 있었습니다. 40만 크로네까지는 낼 수 있어. 최대 45만 크로네까지. 그림이 5만 크로네, 아니 어쩌면 10만 크로네까지 나갈 수도 있고, 거기에 집과 목장까지 있으니까…… 저당이 잡혀 있지만 알아보면 될 것 같군. 그리고 혹시 누가 벌써 다른 금액을 제시했는지도 알아봐야겠어. 그는 거기까지 생각하고는 불쑥 말을 꺼냈습니다.

"이렇게 단도직입적으로 묻는 게 실례인 것은 알지만…… 혹시 생각하시는 가격이 있으신가요? 특정 금액을 염두에 두고 계신지요?"

"아니요." 그녀는 어찌할 바를 몰라 하며 당혹스러운 눈빛으로 그를 쳐다봤습니다.

이런, 어렵겠군! 카니츠는 생각했습니다. 어렵겠어! 가격을 제시하지 않는 사람과 협상하는 일이 가장 어려운 거라고! 그런 사람들은 이 사람 저 사람한테 가격에 대해 물어볼 것이 뻔하고, 그러면 사람들마다 각기 다른 가격을 제시하면서 자신의 말이 옳다고 주장한단 말이야. 그녀가 남들에게 물어볼 시간을 주면 기회를 놓치는 거야. 머릿속으로 이런 생각을 하는 동안에도 그의 입은 계속해서 떠들고 있었습니다.

"그래도 **대략**이라도 생각해놓으신 가격이 있을 것 아닙니까? 그리고 융자금이 걸려 있는지, 걸려 있다면 얼마나 걸려 있는지도 알아야 할 것 같고요."

"융…… 융자금이요?" 카니츠는 그녀가 융자금이라는 말을 난생처음 들어본다는 것을 알 수 있었습니다.

"제 말은…… 그래도 상속세도 있고…… 어느 정도 받아야 할지 생각하신 가격이 있으실 것 아니에요? 혹시 변호사가…… 너무 단도직입적으로 물어봐서 죄송하지만, 솔직하게 조언을 해드리고 싶어서…… 변호사가 아무런 금액도 제시하지 않았나요?"

"변호사가요?" 그녀는 희미하게 무언가를 기억해내는 것 같았습니다. "아, 맞아요. 기다려보세요. 변호사가 편지에 뭐라고 적었던 것 같은데. 평가액이라나 뭐라나…… 네, 당신 말이 맞아요. 세금 때문이라는 것 같았어요. 하지만 서류가 모두 헝가리어로 되어 있어서…… 저는 헝가리어를 전혀 못하거든요. 맞아요. 아, 기억이 나네요. 변호사가 제게 서류를 번역해서 읽어보라고 했는데 제가 완전히 잊고 있었네요. 서류들은 아직

제 가방에 있을 거예요. 저쪽 건물에요. 저는 관리동에 살고 있거든요. 제가 어떻게 감히 후작부인께서 사시던 방에서 잠을 자겠어요. 함께 가주신다면 제가 보여드릴게요. 아니……" 그녀는 잠시 말을 멈추더니 "제가 너무 번거롭게 해드리는 것이 아니라면요"라고 덧붙이는 것이었습니다.

카니츠는 흥분된 마음에 몸이 떨렸습니다. 모든 일들이 마치 꿈속에서나 있을 법한 엄청난 속도로 그를 덮쳐오는 것 같았습니다. 그녀가 직접 그에게 서류를 보여주겠다니! 평가액을 미리 보게 되면 그는 남들보다 유리한 자리를 차지할 수 있었던 겁니다. 그는 공손하게 고개를 숙여 보이며 말했습니다.

"아가씨께 조언을 해드릴 수 있다면 저로서는 영광이죠. 제가 잘난 척하려는 것은 아니지만, 이런 일에는 제가 경험이 많답니다. 후작부인께서도(이 대목에서는 과감하게 거짓말을 했답니다) 재정에 관련된 정보는 언제나 제게 물어보셨답니다. 후작부인께서는 제게 조언을 드리려는 것 외에 다른 속셈이 없다는 것을 아셨거든요."

그들은 함께 관리동으로 건너갔습니다. 정말로 변호사와 주고받은 서신, 요금 청구서, 합의서 사본 등 재판과 관련된 모든 서류들이 서류 가방 안에 있었습니다. 그녀는 불안한 기색으로 서류들을 훑어보았고, 그 모습을 숨 가쁘게 지켜보면서 카니츠는 손이 떨렸습니다. 마침내 그녀가 서류 한 장을 펼쳤습니다.

"이 편지 같아요."

카니츠는 편지를 받아 들었습니다. 그 편지에는 헝가리어로 된 서류 한 장이 첨부되어 있었는데, 발신자는 빈에 있는 변호사였고 내용은 다음과 같았습니다. '헝가리에 있는 동료 변호사에게 연락을 받았는데, 상속세를 고려해서 재산평가액을 낮게 산정하는 데 성공했다고 합니다. 제 생각에는 평가액이 실제 가치의 3분의 1, 어떤 품목은 심지어 4분의 1 정도 될 것 같습니다.' 카니츠는 떨리는 손으로 평가액 목록을 들여다보았습니다. 그의 관심은 오로지 케케스팔바 성이었는데, 저택의 평가액은 19만 크로네였습니다.

카니츠는 얼굴이 창백해졌습니다. 그가 계산한 평가액이 편지에 쓰여 있는 실제 평가액과 똑같았거든요. 즉, 억지로 깎아내린 금액의 세 배 가량 되는 60만~70만 크로네 정도로 생각하고 있었던 겁니다. 그런데 변호사는 중국제 도자기에 대해서는 알지도 못했을 텐데 같은 가격을 책정했던 것입니다. 그렇다면 그녀에게 얼마를 제시해야 하지? 그의 눈앞에서 숫자들이 어지럽게 날아다녔습니다.

그런데 갑자기 옆에서 걱정스러운 목소리가 들려오는 것이었습니다. "그 서류가 맞나요? 내용을 이해하시겠어요?"

"물론입니다." 카니츠가 깜짝 놀라며 대답했습니다. "물론이죠. 아, 변호사 말로는 케케스팔바 저택의 평가액이 19만 크로네라고 하네요. 물론 이것은 평가액에 불과하지만……"

"평가액이요? 죄송하지만…… 평가액이 뭔가요?"

지금이야말로 올가미를 조일 때다! 지금이 아니면 영원히 기회를 놓치게 된다! 카니츠는 크게 호흡을 내쉬었습니다. "평가액이라는 게 말이죠…… 그게…… 항상 애매하답니다. 공식적인 평가액이 판매 금액과 일치하는 경우는 **거의 없다**고 할 수 있습니다. 평가액만큼 받을 수 있을지는 언제나 미지수입니다. 물론 어떤 때에는 평가액만큼 받을 수도 있고 심지어 그 이상을 받을 수도 있지만, 또 어떤 때에는 그렇지 않을 수도 있습니다. 경매가 늘 그렇지만 행운이 따라줘야 합니다. 평가액이란 건 하나의 기준가라고 생각하시면 됩니다. 물론 모호한 기준이긴 하지만요. 이 저택의 공식평가액이 19만 크로네라고 하면……" 카니츠는 몸이 떨려왔습니다. 너무 적어도 안 되고 너무 많아도 안 된다! "실제로 판매할 경우 최소 15만 크로네는 받아야 합니다. 최소한 그 정도는 받아야죠."

"얼마라고요?"

카니츠는 피가 솟구치면서 귀가 멍멍해졌습니다. 그녀가 그를 향해 이상할 정도로 거칠게 몸을 돌리는 것처럼 느껴졌습니다. 가까스로 분노를 참는 사람처럼 말이죠. 속임수를 눈치챈 것일까? 얼른 5만 크로네라도 더 올릴까? 그런 생각이 들었지만 내면의 목소리는 그에게 그냥 밀고 나가라고 속삭였습니다. 결국 카니츠는 도박을 하기로 결심했습니다. 관자놀이에서 쿵쾅거리는 심장박동을 느끼면서 그는 겸손한 표정으로 말했습니다.

"저라면 그 정도는 받을 수 있을 것 같아요. 최소 15만 크로네는 받을 수 있을 겁니다!"

그런데 다음 순간 그는 심장이 멎는 줄 알았습니다. 관자놀이를 때리던 심장박동도 들리지 않았습니다. 그녀가 깜짝 놀라며 이렇게 외친 것입니다.

"그렇게나 많이요? 정말로 그렇게 많이 받을 수 있다고요?"

카니츠는 한참 동안 아무 말 없이 정신을 가다듬고 거칠어진 호흡을 가까스로 가라앉힌 후 확신에 찬 목소리로 대답했습니다. "그렇습니다, 아가씨. 그건 제가 보장할 수 있어요. 그 정도는 반드시 받게 되실 겁니다."

콘도어는 또다시 말을 중단했다. 나는 그가 시가에 불을 붙이기 위해 잠시 말을 멈춘 것이라고 생각했다. 그러나 곧 그가 불안해하고 있다는 것을 알아차렸다. 그는 안경을 벗었다 다시 쓰고 듬성듬성 난 머리카락을 성가신 듯 뒤로 쓸어 넘기고는 초조한 기색으로 나를 탐색하듯 뚫어지게 쳐다보았다. 그는 한참을 쳐다보더니 몸을 다시 등받이에 기대고 편안한 자세를 취했다.

"소위님, 내가 말을 너무 많이 한 것 같다는 생각이 드네요. 적어도 의도했던 것보다 훨씬 많은 이야기를 했답니다. 하지만 제 말을 오해하시지는 말아주세요. 내가 당신에게 당시 케케스팔바가 어떤 식으로 순진한 여인을 구워삶았는지 이야기해주었다고 해서 그를 나쁘게 생각해서는 안 됩니다. 오늘 저녁 우리와 함께 있었던 병들고 절망에 빠진 불쌍한 노인네, 내게 자신의 딸을 맡기고 그녀가 회복되기만 한다면 자기가 가진 마지막 한 푼이라도 내놓을 그 노인네는 예전에 수상쩍은 거래를 했던 카니츠와는 **전혀 다른** 사람입니다. 이미 오래전에 다른 사람이 되었죠. 나는 지금 와서 그를 비난하고 싶은 생각은 추호도 없습니다. 특히 지금은 그가 절망적인 상황에 처해 있고 도움을 필요로 하는 시점이기 때문에 당신이 남들에게서 그에 관한 악의적인 소문을 듣는 것보다는 차라리 내가 솔직하게 이야기해주는 것이 낫겠다고 판단해서 이야기해준 겁니다. 그러니 제발 한 가지만은 확실하게 기억해두세요. 케케스팔바, 아니, 당시 카니츠는 절대로 그 여자에게서 헐값에 집을 사들이겠다는 목적으로 그곳을 **찾아간 것이 아닙니다.** 그는 평소대로 작은 거래를 하려고 간 것이지 그 이상을 노렸던 것은 절대로 아닙니다. 그런데 뜻밖에도 그에게 엄청난 기회가 **찾아온 것입니다.** 그런 기회를 놓쳤다면 카니츠가 아니었겠죠! 하지만 더 들어보시면 곧 상황이 바뀐다는 것을 아시게 될 겁니다.

너무 장황하게 설명하기보다는 간략하게 이야기하는 것이 낫겠네요. 한 가지만 말씀드리자면, 이때가 그의 인생을 통틀어 가장 흥분되고 가장 격앙된 시간이었다는 겁니다. 한번 생각해보세요. 그때까지 이런저런 조그만 사업이나 하던 일개 중개인 앞에 하루아침에 엄청난 부자가 될 수 있는 기회가 혜성처럼 찾아온 겁니다. 24시간 안에 지난 24년 동안 온갖 궂은 일을 하며 번 돈보다 더 큰 액수를 벌 수 있는 기회였습니다. 굉장한 유혹이 아닐 수 없었죠. 더군다나 그는 희생양을 찾아낼 필요도, 밧줄로 꽁꽁 묶거나 마취시킬 필요도 없었습니다. 오히려 희생양이 스스로 올가미 안으로 들어와서 이미 칼을 쥐고 있는 그의 손을 핥아주고 있었으니까요. 다른 사람이 끼어드는 것만 조심하면 되는 거였습니다. 그는 상속녀를 잠시도 혼자 두거나 시간을 지체해서는 안 된다고 생각했습니다. 그래서 관리인이 오기 전에 케케스팔바 저택에서 그녀를 데리고 나가기로 결심한 겁니다. 물론 자신이 직접 저택을 구입하려 한다는 사실은 숨긴 채로 말이죠.

구원병이 당도하기 전에 케케스팔바 요새를 탈출한다는 작전은 나폴레옹의 작전만큼이나 대담하고 위험한 것이었습니다. 그러나 도박을 하면 운이 따를 때도 있는 법입니다. 사실 카니츠는 전혀 알지 못했지만, 상속녀가 처한 특수한 상황이 그의 탈출 계획을 가능하게 해주었습니다. 가엾은 상속녀는 상속받은 저택에 도착하는 순간부터 집안사람들의 심한 멸시와 적대감을 느꼈고, 그 때문에 머릿속에 오로지 이곳을 떠나야겠다는 생각밖에 없었던 겁니다. 똑같이 힘든 처지에 있던 이웃이 어느 날 갑자기 날개를 달고 하늘 위로 날아오르면 남아 있는 사람들의 시기와 질투는 극에 달하게 된답니다. 상전이 큰 재산을 얻는 것은 용서할지라도 같은 멍에를 짊어지고 있던 동료가 조금의 자유를 얻는 것은 용서하지 못하는 사람들의 심보인 거죠. 케케스팔바 성에서 일하던 하인들은 독일 북부지방 출신의 하녀가 갑자기 케케스팔바 성의 주인이자 자신들의 주인이 되었다는 사실에 분노를 참지 못했습니다. 그들은 후작부인의 머리를 손질해주다가 다혈질인 부인이 던진 빗과 솔에 머리를 얻어맞곤 하던 하녀의 모습을 기억하고 있었던 겁니다. 페트로비치는 상속녀가 온다는 소식을 듣자마자 그녀와 마주치지 않기 위해 열차에 올랐고, 전에 케케스팔바 성의 부엌에서 잡일을 하던 그의 부인은 그녀에게 "이곳은 너무 누추할 테니 우리와 같이 살지는 않겠죠?"라는 말로 환영 인사를 대신했습니다. 하인은 그녀의 가방을 문 앞에 탁 집어던졌고 상속녀는 손수 가방을 방으로 옮겨야 했습니다. 관리인의 부인은 옆에서 손가락 하나 까딱하지 않았죠. 점심식사도 준비되어 있지 않았고, 아무도 그녀에게 신경을 써주지 않았습니다. 게다가 밤에는 창문 밑에서 큰 소리로 '유산 횡령자', '사기꾼'이라는 말들이 오가는 것을 들어야 했답니다.

첫날부터 그런 대접을 받은 가엾은 상속녀는 다시는 이 저택에서 조용하게 지낼 수 없다는 것을 깨달았습니다. 카니츠는 몰랐겠지만 그녀가 그날 당장 빈으로 가서 저택을 구입할 만한 사람을 만나보자는 그의 제안을 흔쾌히 받아들인 것은 그러한 이유 때문이었던 겁니다. 그녀로서는 우울한 눈빛을 가진 진지하고 친절하고 모르는 게 없는 이 남자가 마치 하늘에서 보내준 사자처럼 느껴졌던 거죠. 아무튼 그녀는 더 이상 아무것도 묻지 않았습니다. 그에게 기꺼이 모든 서류를 넘겨주고는 푸른 눈동자로 그를 응시하면서 그가 판매 대금을 어떻게 투자할지에 대해 충고하는 말을 가만히 듣고만 있었죠. 그는 국채증권처럼 안전성이 보장되는 것만 받고, 아무리 작은 금액이라도 개인에게는 절대로 맡기지 말고 모든 것을 은행에 맡겨서 공증인이 관리하도록 하는 것이 좋다고 충고했습니다. 지금 와서 변호사를 불러봤자 아무 소용없다고도 말했습니다. 변호사란 합법적인 일을 부정한 방법으로 하는 작자들이라고 핀잔을 주면서 말이죠. 그는 3년이나 5년 후면 더 높은 금액을 받아낼 수 있을지도 모르지만, 그때까지 법원이나 관청에 들어갈 비용이나 성가신 일들을 생각하지 않을 수 없다는 말도 잊지 않았습니다. 그의 말을 듣자 그녀의 눈에 두려움이 비쳤습니다. 그것을 보고 카니츠는 이 온화한 여인이 법원이나 거래를 얼마나 끔찍하게 생각하는지 확실히 알 수 있었죠. 그는 계속해서 이런저런 논리를 펼쳤습니다. 모두 한 가지 결론에 이르는 논리들이었죠. 서둘러야 한다! 결국 그들은 페트로비치가 돌아오기도 전인 오후 4시에 빈행 급행열차에 탑승했습니다. 디첸호프 양이 자신의 전 재산을 맡아준 낯선 남자의 이름을 물어볼 틈도 없이 일은 폭풍이 휘몰아치듯 엄청난 속도로 진행되었던 겁니다.

그들은 일등석을 이용했습니다. 케케스팔바가 일등석의 붉은 우단 좌석에 앉아본 것은 이때가 처음이었죠. 빈에 도착해서도 케케스팔바는 그녀를 케스트너 거리에 있는 고급 호텔에 묵게 하고 자신도 그곳에 방을 잡았습니다. 그는 그날 저녁까지 친구이자 변호사인 골링거 박사에게 매매계약서를 준비시켜놓고 다음 날까지 법적 절차를 모두 끝낼 계획이었죠. 하지만 디첸호프 양을 단 1분도 혼자 두고 싶지 않았던 그는 가히 천재적인 아이디어를 생각해냈습니다. 디첸호프 양에게 저녁에 오페라를 보러 갈 것을 권유한 거죠. 그 사이에 자신은 저택을 구입하고 싶어 한다는 그 사람에게 연락을 취해보겠다고 하면서 말입니다. 자신에 대한 깊은 배려에 감격해하며 디첸호프 양은 기꺼이 승낙했습니다. 카니츠는 그녀를 오페라극장에 바래다준 다음(그것으로 4시간 동안 그녀를 묶어둘 수 있었죠) 이두마차를 타고(이것도 생전 처음 타본 것이었다고 했습니다) 친구이자 장물아비인 골링거 박사에게 달려갔습니다. 그는 집에 없었지만 다행히 술집에서 찾아낼 수 있었습니다. 카니츠는 골링거에게 그날 밤 안으로 매매계약서를 완성하고 다음 날 저녁 7시까지 공증인을 데려다놓으면 2천

크로네를 주겠다고 약속했습니다.

카니츠는 골링거와 이야기하는 동안 이두마차를 집 앞에 대기시켜놓았습니다(이렇게 헛되이 돈을 쓰는 것도 생전 처음 해보는 일이었다더군요). 그는 골링거에게 지시를 내리고는 곧장 오페라극장으로 돌아갔죠. 다행히도 오페라의 감동에 취해 몽롱한 상태로 걸어 나오던 디첸호프 양을 홀에서 만나 호텔까지 데려다줄 수 있었습니다. 그리고 카니츠는 두번째로 잠 못 이루는 밤을 보냈습니다. 목적지에 가까이 다가갈수록 점점 불안감이 커졌습니다. 지금까지 순순히 그의 말을 잘 따르던 여인이 갑자기 마음을 바꾸면 어떡하나 하는 생각이 그를 괴롭혔습니다. 그는 침대에 잠시도 가만히 누워 있지 못하고 다음 날 그녀를 포위망에 걸려들게 할 작전을 세세하게 짜기 시작했습니다. 가장 중요한 것은 단 한순간도 그녀를 혼자 두어서는 안 된다는 것이었습니다. 이두마차를 빌려서 어딜 가나 대기시켜놓아야겠다고, 그녀를 한 발짝도 걷게 해서는 안 된다고 생각했습니다. 그랬다가 우연히 길에서 그녀의 변호사라도 만나게 되면 낭패였기 때문이죠. 그녀가 신문을 읽지 못하게 하는 것도 중요했습니다. 오로스바 재판에 관한 기사가 실려 있을지도 모르는데, 그녀가 기사를 읽으면 자신이 또다시 속는 것이 아닐까 의심을 품을 수도 있었기 때문이었습니다. 사실 그가 이렇듯 불안해하고 조심스러워할 이유는 전혀 없었습니다. 희생양 자신이 그의 손아귀를 벗어날 생각이 **전혀 없었기** 때문이죠. 마치 분홍색 리본을 목에 건 순한 양처럼 그녀는 악질 양치기를 순순히 따르고 있었습니다. 밤새 한숨도 못 잔 카니츠가 다음 날 아침 지친 몸으로 식당에 들어서자 그녀는 전날과 똑같이 손수 지은 원피스를 입은 채 얌전하게 앉아서 그를 기다리고 있었습니다. 이때부터 불쌍한 디첸호프 양은 카니츠의 손에 이끌려 아침부터 밤까지 쓸데없이 여기저기를 돌아다녀야 했습니다.

그것은 카니츠가 밤새 고안해낸 계략이었습니다. 그녀에게 자신이 어려운 일을 하고 있다는 인상을 심어주려고 한 거죠.

세부사항은 생략하도록 하겠습니다. 그는 그녀를 변호사에게 데리고 가서 그곳에서 다른 일로 여기저기에 전화를 걸었고, 은행에 데려가서 지배인을 불러 투자 상담을 받아 그녀에게 구좌를 개설해주고, 또 저당기관 두세 군데와 의심스러워 보이는 부동산 사무소에 데려가서는 여러 가지 정보를 얻는 시늉을 했습니다. 그러는 내내 그녀는 그를 따라다니며 그가 협상을 하는 것처럼 꾸미는 동안 대기실에서 조용히 기다렸습니다. 12년 간 후작부인 밑에서 노예생활을 한 그녀에게 밖에서 기다리는 일은 너무나도 익숙한 것이었죠. 밖에서 기다린다고 해서 불편해하거나 모욕감을 느끼지도 않았습니다. 그녀는 누군가가 지나갈 때마다 푸른 눈을 아래로 떨구며 손을 얌전히 모은 채 그저 조용히 기다렸습니다. 그녀는 마치 어린아이처럼 순종적으로 카니츠가 시키는 대로 했습니다. 은행에서는 자세히 들여다보지도 않고 서류에 서명을 했고, 아직 받지도 않은 금액에 대해 아무렇지 않게 영수증도 써주었습니다. 아무 생각 없는 그녀의 태도에 카니츠는 이 멍청한 여자라면 14만이나 심지어 13만 크로네로도 만족하지 않았을까 하는 생각이 들기도 했습니다. 은행 지배인이 철도 채권을 제안할 때에도 "네", 은행 주식을 제안할 때에도 "네"라고 대답하며 매번 불안한 눈빛으로 카니츠만 쳐다봤습니다. 그녀는 서류를 살펴보고 서명을 하는 등의 거래 절차에 대해서 불안감을 느끼는 것처럼 보였습니다. 아니, 돈을 보는 것 자체가 그녀에게는 경외심과 함께 불안감을 불러일으키는 것 같았습니다. 그녀는 아마도 자신이 이해할 수 없는 일들로부터 얼른 벗어나서 방에서 책을 읽거나 뜨개질을 하거나 피아노를 치고 싶은 심정이었을 겁니다. 잘 알지도 못하는 일들에 대해 중요한 결정을 내려야 한다는 사실이 그녀에게는 고역이었겠죠.

카니츠는 쉬지 않고 그녀를 빙빙 돌렸습니다. 한편으로는 자신이 약속한 대로 판매 대금을 안전하게 투자할 수 있게 도와주기 위해서이기도 했지만, 다른 한편으로는 그녀를 정신없게 만들려는 작전이었습니다. 이곳저곳을 방문하는 일은 아침 9시부터 오후 5시 반까지 계속되었습니다. 마침내 두 사람 모두 너무나도 지친 나머지 카니츠는 어쩔 수 없이 카페에서 잠깐 쉬자는 제안을 할 수밖에 없었습니다. 중요한 일은 대부분 처리했고, 거래도 거의 완벽하게 끝냈고, 이제 저녁 7시에 공증인 앞에서 계약서에 서명을 하고 돈을 받는 일만 남았다고 설명해주자 그녀의 얼굴이 환해졌습니다.

"그럼 내일 아침이면 떠날 수 있겠네요?"

수레국화처럼 푸른 그녀의 눈동자가 그를 향해 환하게 반짝였습니다.

"물론입니다." 카니츠는 그녀를 안심시켰습니다. "한 시간 후면 세상에서 가장 자유로운 사람이 될 것입니다. 그리고 다시는 돈이나 재산 때문에 골치 앓을 일도 없을 겁니다. 연금 6천 크로네는 안전하게 투자했으니까 이제부터는 원하시는 곳 어디에서도 사실 수 있습니다."

그가 예의상 어디로 갈 생각인지 물어보자 환하게 빛나던 그녀의 얼굴이 금세 어두워졌습니다.

"우선 친척들이 있는 베스트팔렌으로 가는 게 어떨까 생각하고 있습니다. 내일 아침 쾰른을 경유해서 그쪽으로 가는 열차가 있는 것 같더라고요."

카니츠는 그 말을 듣자마자 바쁘게 움직였습니다. 웨이터에게 기차 시간표를 달라고 해서 모든 환승차량을 확인했습니다. 빈에서 프랑크푸르트를 거쳐 쾰른까지는 급행열차를 타고 오스나브뤼크에서 일반열차로 갈아타는 것이 가장 낫겠다고 판단한 그는 그녀에게 다음날 아침 9시 20분 열차를 타면 저녁에 프랑크푸르트에 도착하니까 무리하지 말고 그곳에서 하룻밤을 묵도록 권했습니다. 그러고는 열심히 책자를 뒤져서 광고란에서 기독교호텔까지 찾아주었습니다. 그는 기차표 걱정은 하지 말라며 그녀를 안심시켜주기도 했습니다. 자신이 기차표를 구해서 내일 아침 역으로 모셔다드리겠다면서. 이런 이야기를 나누는 동안 시간은 생각보다 빠르게 흘렀고, 그는 얼마 지나지 않아 "이제 공증인을 만나러 가야 합니다"라는 말과 함께 자리에서 일어날 수 있었습니다.

공증인과의 일은 한 시간도 걸리지 않았습니다. 한 시간이 채 지나기도 전에 그는 상속녀로부터 재산의 4분의 3을 빼앗은 것입니다. 공범자인 골링거 박사는 서류에 케케스팔바 성이라고 기입되어 있는 항목 옆에 적혀 있는 터무니없이 낮은 가격을 보고는 디첸호프 양이 눈치채지 못하게 한쪽 눈을 찡긋거리며 옛 동료에게 감탄의 눈빛을 보냈습니다. 그의 눈빛은 '이 자식, 대단한데! 도대체 어떻게 한 거야?'라고 말하는 것 같았습니다. 공증인도 안경 너머로 흥미로운 눈빛으로 디첸호프 양을 쳐다봤습니다. 공증인 역시 신문에서 오로스바 부인의 유산과 그에 얽힌 싸움에 관해 읽었고, 이렇게 급하게 물건을 매매하는 것에 대해 심상치 않다는 생각을 한 거겠죠. 불쌍한 여자 같으니라고! 나쁜 놈에게 걸려들었군! 공증인은 그렇게 생각했을 겁니다. 하지만 그에게 매매계약 도중에 판매자나 구매자에게 경고를 해줘야 할 의무는 없었습니다. 그저 도장을 찍고 기록을 하고 수수료만 받으면 되었으니까요. 예전에도 의심스러워 보이는 서류에 황제의 독수리가 각인된 도장을 찍은 적이 많았던 공증인은 이번 일에도 결코 관여하지 않았습니다. 그는 그저 고개를 숙인 채 계약서를 펼쳐 보이고는 먼저 디첸호프 양에게 서명하라고 말했습니다.

뒤에 숨어 있던 디첸호프 양은 소스라치게 놀라며 당혹스러운 눈빛으로 카니츠를 쳐다보더니 그가 격려하는 듯한 손짓을 해주자 비로소 테이블에 다가가서 깔끔하고 곧은 필체로 '안네테 베아테 마리아 디첸호프'라고 서명했습니다. 그녀가 서명한 다음 카니츠가 서명을 했고, 이로써 모든 일 처리를 끝낼 수 있었습니다. 서류에는 서명이 되어 있었고, 판매 대금은 공증인의 손에 맡겨졌고, 수표가 입금될 구좌도 정해졌습니다. 이 한 번의 서명으로 레오폴드 카니츠는 자신의 재산을 두세 배로 늘릴 수 있었습니다. 그 순간부터 바로 카니츠가 케케스팔바 성의 주인이 된 거죠.

세 사람은 아직 마르지 않은 서명을 조심스럽게 말리고 있는 공증인과 인사를 나눈 뒤 층계를 내려왔습니다. 디첸호프 양이 앞장섰고 그 뒤를 숨도 제대로 쉬지 못하는 카니츠와 골링거 박사가 따랐습니다. 카니츠는 뒤에서 골링거가 지팡이로 등을 쿡쿡 찌르며 낮은 목소리로 "자네는 정말 최고의 사기꾼이야! 최고의 사기꾼!"이라고 중얼거리자 화가 치밀었습니다. 그렇지만 막상 골링거가 문 앞에서 그를 조롱하듯이 고개를 깊숙이 숙여 절을 하며 작별인사를 하자 카니츠는 당혹스러웠습니다. 그는 자신의 희생양과 단 둘이 남게 되는 것이 두려웠던 겁니다.

소위님, 카니츠가 갑작스럽게 심경의 변화를 일으킨 것을 이해하셔야 합니다. 카니츠의 양심이 갑자기 깨어났다고 말하려는 것은 아닙니다. 서명을 함과 동시에 두 사람의 관계가 전과는 확연히 달라진 겁니다. 생각해보세요. 이틀 동안 카니츠는 구매자로서 판매자인 그 불쌍한 여인과 싸움을 벌였습니다. 그녀는 그가 전략을 짜서 굴복시켜야 할 적이었던 겁니다. 하지만 서명과 함께 그의 작전이 종료된 겁니다. 나폴레옹 카니츠의 승리로 말이죠. 그는 완승을 거둔 겁니다. 이로써 수수한 원피스 차림으로 그와 나란히 걷고 있는 조용하고 불쌍한 여인은 더 이상 그의 적이 아니었습니다. 이상하게 들리겠지만, 승리의 순간에 카니츠의 마음을 짓누른 것은 자신이 **너무나도** 손쉽게 승리했다는 사실이었습니다. 그녀가 너무도 쉽게 승리를 내주었던 거죠. 부당한 일을 저지르는 사람은 피해자도 잘못이 있다고 믿고 싶어 하는 법입니다. 피해자도 잘못이 있다고 믿으면 양심의 가책이 덜어지기 때문이죠. 하지만 카니츠는 이번 피해자에게서는 조금의 잘못도 찾아낼 수 없었습니다. 피해자는 손이 묶인 채로 그에게 항복했고, 그러면서도 아무것도 모른 채 푸른 눈동자로 끊임없이 그에게 감사하다는 눈빛을 보내오는 것이었습니다. 그가 그녀에게 무슨 말을 할 수 있었겠습니까? 판매를, 아니, 손해 본 것을 축하해주겠습니까? 그는 마음이 점점 무거워졌습니다. 그녀를 호텔까지만 바래다주면 모든 일이 끝난다고 그는 마음을 다잡았죠.

그런데 그의 곁에 있는 피해자도 불안해하는 건 마찬가지였습니다. 마치 생각에 잠긴 듯 그녀의 걸음걸이는 점점 느려졌습니다. 고개를 숙인 채 걸으면서도 카니츠는 이를 놓치지 않았습니다. 그녀가 주저하듯이 느릿하게 발걸음을 옮기는 것을 보고(그녀의 얼굴을 쳐다볼 용기는 나지 않았답니다) 그녀가 무언가를 골똘히 생각하고 있다는 것을 눈치챈 거죠. 그러자 두려움이 밀려왔습니다. 이제서야 저택을 구입한 게 나라는 사실을 알아차렸나 보다 하고 그는 생각했습니다. 이제 나를 비난하겠지? 어쩌면 자신이 너무 서두른 것을 후회하고 당장 변호사에게 달려가려 할지도 몰라.

두 사람은 말없이 나란히 걸었습니다. 길이 끝나갈 무렵, 마침내 그녀가 헛기침을 한 번 하더니 용기를 내서 입을 열었습니다.

"죄송하지만, 제가 내일 아침 일찍 떠나기 때문에 그 전에 모든 일을 정리하고 싶어서요…… 애써주신 것에 대해 정말 감사드립니다. 제가 수

고비로 얼마를 드려야 하는지 알려주시면 고맙겠어요. 저 때문에 시간을 너무 많이 뺏기셨잖아요. 저는 내일 아침 일찍 떠나니까…… 계산을 끝냈으면 해서요."

카니츠는 그 자리에 굳어버린 채 심장이 멎는 것 같았습니다. 그는 그녀의 말을 감당할 수 없었던 겁니다. 전혀 예기치 못한 말이 그녀의 입에서 튀어나왔던 거죠. 마치 개에게 화풀이를 하며 마구 때렸는데, 그 개가 엉금엉금 기어와서는 애걸하는 듯한 눈빛으로 그의 잔인한 손을 핥아줄 때처럼 부끄러운 마음이 밀려왔습니다.

"아닙니다. 아니에요." 그는 당황해하며 손을 내저었습니다. "아가씨는 저한테 아무것도 빚진 게 없습니다." 온몸의 땀구멍에서 땀이 솟아났습니다. 그는 언제나 모든 일을 치밀하게 계산하고 상대의 반응까지 예상하는 철저한 사람이었는데, 그런 그에게 뜻밖의 일이 벌어진 겁니다. 중개인 시절 그는 사람들이 그의 코앞에서 문을 쾅 닫아버리거나 인사조차 받아주지 않는 경험도 해봤고, 심지어 그가 담당하던 구역에는 피해 다녀야 할 골목들도 몇 곳 있었습니다. 하지만 감사인사를 받아보는 것은 그로서는 처음 겪는 일이었습니다. 그리고 이처럼 그를 철저하게 믿어주는 최초의 사람 앞에서 부끄러운 마음이 들었던 겁니다. 그는 부득이 사과를 해야겠다고 생각했습니다.

"아니에요." 그는 더듬거리며 말했습니다. "세상에, 정말 아니에요. 아가씨께서는 제게 아무것도 빚진 게 없습니다. 저는 한 푼도 받을 수 없어요. 저는 그저 제 일처리에 대해 아가씨가 만족하셨다면 그것으로 충분합니다. 어쩌면 좀더 기다리는 게 나을 수도 있었는데…… 네, 어쩌면 너무 서두르지 않았다면 좀더 많은 금액을 받을 수도 있었을 거예요. 하지만 아가씨께서는 빨리 팔아버리고 싶어 하셨으니까…… 제 생각에는 아가씨

초조한 마음 173

에게는 잘된 일 같아요. 네, 아가씨에게는 그게 더 잘된 일일 겁니다."

그는 호흡을 되찾았고, 그 순간에는 솔직해지기까지 했습니다.

"아가씨처럼 거래에 대해 잘 모르시는 분은 아예 그런 일에는 손을 대지 않는 게 좋아요. 차라리 조금 덜 받는 게 낫답니다. 이거 하나만은 분명히 아셔야 해요." 그는 침을 꼴깍 삼켰습니다. "다른 사람들이 아가씨께 물건을 잘못 팔았다거나 너무 싸게 팔았다고 해도 절대로 그 말을 믿지 마세요! 거래가 끝난 후에는 언제나 잘난 척하면서 자기라면 훨씬 비싼 값을 치렀을 거라고 말하고 다니는 사람들이 있답니다. 하지만 실제로 거래를 해보면 그들은 절대로 현금을 주는 일이 없습니다. 그런 사람들은 차용증이나 지분 같은 것을 들이밀었을 거예요. 그건 아가씨께는 절대로 좋지 않습니다. 그건 제가 맹세할 수 있어요. 아가씨 앞에서 맹세컨대, 제가 선택한 은행은 최고의 은행이고 거기에 있는 아가씨의 돈은 안전하답니다. 아가씨는 정기적으로 연금을 받게 될 거고…… 아무것도 잘못될 수 없습니다. 제 말을 믿으세요. 제가 맹세하건대, 이게 아가씨께는 훨씬 좋습니다."

그러는 동안 그들은 호텔 앞에 당도했습니다. 카니츠는 망설였습니다. 적어도 저녁식사라도 같이하자거나 연극이라도 보자고 해야 하는 게 아닐까? 그가 그런 생각을 하고 있을 때, 그녀가 손을 내밀었습니다.

"더 이상 선생님의 시간을 빼앗으면 안 될 것 같아요. 안 그래도 저에게 시간을 너무 많이 할애해주셔서 죄송한데…… 이틀 동안 제 일에만 매달리셨잖아요? 그 누구도 선생님만큼 헌신적으로 일을 해주지는 못했을 거예요. 다시 한 번 감사드립니다. 지금까지……" 그녀는 얼굴을 붉혔습니다. "지금까지 저에게 이렇게 잘해주고 큰 도움을 주신 분은 선생님이 처음입니다. 사실, 이렇게 금방 이 일에서 벗어날 수 있게 되리라고는 생각도 못했어요. 모든 일이 이렇게 쉽게 해결될 줄은 정말 몰랐어요. 정말 감사드립니다. **진심으로** 감사드립니다!"

카니츠는 악수를 청하는 그녀의 손을 잡으며 무심코 그녀의 얼굴을 들여다보았습니다. 훈훈한 감정을 느껴서인지 그녀의 얼굴에서는 평소의 두려운 표정이 사라져 있었습니다. 언제나 창백하고 두려움이 가득하던 얼굴이 그 순간에는 활기를 띤 채 환하게 빛나고 있었습니다. 반짝이는 푸른 눈동자와 감사의 미소가 번지는 표정이 마치 어린아이처럼 보였습니다. 카니츠가 대답할 말을 찾고 있는 동안, 그녀는 이미 작별인사를 건네고 돌아서서 가벼운 발걸음으로 빠르고 자신 있게 호텔 안으로 걸어갔습니다. 이전과는 달리 짐을 덜어놓은 듯 홀가분한 느낌의 걸음걸이였습니다. 카니츠는 어쩔 줄을 몰라 그녀의 뒷모습만을 바라보았습니다. 그녀에게 무슨 말을 하려고 했는데…… 머릿속에서는 계속해서 그 생각만이 맴돌았습니다. 그러나 그녀는 이미 호텔 데스크에서 열쇠를 건네받고 벨보이를 따라 엘리베이터로 가고 있었습니다. 그것으로 모든 게 끝났던 거죠.

마침내 희생양이 가해자에게 작별을 고한 것입니다. 카니츠는 마치 도끼로 자신의 머리를 내리찍은 듯한 느낌이 들면서 넋이 나간 채 몇 분간 호텔 로비만을 바라보았습니다. 그러고는 거리 인파에 휩쓸려 갔습니다. 어디로 가는지 인식도 못한 채로 말이죠. 그때까지 그에게 그토록 인간적이고 따스한 눈길을 건넨 사람은 아무도 없었습니다. 그에게 그런 식으로 말을 건넨 사람도 아무도 없었습니다. "**진심으로** 감사드립니다." 그 말이 여전히 그의 귓가에 맴돌았습니다. 그런데 하필 그런 사람을 그는 강탈하고 속인 것입니다! 그는 몽유병 환자처럼 비틀거리며 케르트너 거리를 걷는 동안 계속해서 발걸음을 멈추고 이마에서 땀을 닦아내야 했습니다. 유리를 파는 커다란 상점 앞에서 걸음을 멈췄을 때 갑자기 유리창에 비친 자신의 얼굴이 눈에 들어왔습니다. 그는 신문에 실린 범죄자의 사진을 들여다보듯 자신의 얼굴을 관찰했습니다. 도대체 자신의 얼굴 어디에 범죄자의 모습이 숨겨져 있는지, 상처난 턱인지 비열해 보이는 입술인지 아니면 차가운 눈빛인지 알아내려는 것처럼 말이죠. 안경 너머로 두려움에 찬 자신의 두 눈을 보면서 그는 갑자기 그녀의 눈이 떠올랐습니다. 그런 눈을 가져야 하는 건데…… 그는 생각했죠. 나처럼 이렇게 붉게 충혈된 탐욕스럽고 불안한 눈이 아니라 그녀처럼 맑고 파랗고 신뢰가 가득한 그런 눈을 가져야 하는 건데……(예전에 금요일 저녁이면 가끔씩 어머니에게서 그런 눈을 보았던 기억이 났답니다) 맞아. 그런 사람이 되어야 하는 건데…… 남을 속이느니 차라리 자신이 속는 사람. 올바르고 악의가 없는 사람. 그런 사람들만이 신의 은총을 받을 수 있어. 내가 가진 모든 지식은 결국 나를 행복하게 만들어주지 못했어. 나는 여전히 불안한 마음으로 살아가는 패배자에 불과해. 그런 생각을 하면서 레오폴드 카니츠는 자기 자신이 낯설게 느껴졌습니다. 최고의 승리를 거둔 그날이 곧 그에게는 인생에서 가장 비참한 날이 되었습니다.

　카니츠는 배가 고프다는 생각이 들어서 카페에 들어가 주문을 했지만 단 한 입도 넘길 수 없었습니다. 케케스팔바 성을 다시 팔아버려야겠어! 그는 생각했습니다. 바로 팔아버려야지! 내가 농장 경영자도 아닌데 그 땅을 가지고 뭘 하겠어? 나 혼자서 방 열여덟 칸을 차지한 채 그 도둑놈 같은 소작인을 관리하라고? 멍청한 짓이었어. 차라리 내 이름으로 사지 말걸 그랬어. 만일 그녀가 내가 구매자라는 것을 알게 되면…… 사실 나는 그 땅으로 대단한 돈을 벌 생각도 없단 말이야! 그녀가 원하면 20퍼센트 아니 10퍼센트의 수수료만 챙기고 돌려줄 수도 있는데…… 그녀가 후회한다면 언제든지 돌려줄 수 있단 말이야!

이런 생각을 하자 그는 마음이 가벼워졌습니다. 내일 아침 그녀에게 편지를 써야지. 아니, 내일 그녀가 떠나기 전에 이야기를 꺼내봐도 되겠어. 맞아. 그렇게 하는 거야! 그녀에게 저택을 되찾을 수 있는 기회를 주는 거야! 그런 생각을 하자 편안하게 잠을 이룰 수 있을 것 같았습니다. 그러나 이틀이나 잠을 설쳤는데도 불구하고 카니츠는 그날 밤도 편안하게 잠을 이룰 수가 없었습니다. 계속해서 "**진심으로**", "진심으로 감사합니다"라는 말이 귓가에서 맴돌았기 때문이죠. 북독일식의 낯선 억양이었지만 진심이 깃든 그녀의 말투에 그는 온 신경세포가 떨려왔습니다. 25년간 수많은 거래를 해온 그였지만 자신이 했던 가운데 가장 큰 거래이자 가장 행운이 따르고 가장 비양심적이었던 이번 거래만큼 그를 힘들게 한 거래는 없었습니다.

카니츠는 다음 날 아침 7시 반에 호텔을 나왔습니다. 파사우를 경유하는 급행열차가 9시 20분에 출발하는 것을 알고 있었기 때문에 그 전에 초콜릿이나 사탕을 사놓을 생각이었습니다. 그는 어떤 식으로든 감사의 표시를 하고 싶었던 거죠. 어쩌면 그녀가 독특한 억양으로 "**진심으로** 감사합니다"라고 말하는 것을 다시 한 번 듣고 싶었는지도 모르죠. 그는 커다란 사탕 상자를 샀습니다. 가장 아름답고 가장 비싼 것으로 샀지만, 그것도 작별 선물로는 부족해 보였습니다. 그래서 그는 다음 가게에서 커다란 붉은 꽃다발까지 구입했습니다. 양손 가득 선물을 안고 호텔로 돌아와서 그는 호텔 직원에게 당장 선물을 디첸호프 양의 방으로 올려 보내라고 지시했습니다. 그런데 직원은 빈 사람들 특유의 공손한 태도로 카니츠에게 귀족 칭호까지 붙여주면서 "폰 카니츠 선생님, 아가씨께서는 이미 식당에서 아침식사를 하고 계십니다"라고 대답하는 것이었습니다.

카니츠는 잠시 생각을 했습니다. 어제 그녀와 헤어지면서 느낀 감동이 그녀와 다시 만나면 깨져버리는 것이 아닐까 하는 두려움이 밀려왔습니다. 그러나 그는 곧 마음을 단단하게 먹고 양손에 사탕 상자와 꽃다발을 든 채 식당에 들어섰습니다.

그녀는 그에게 등을 보이고 앉아 있었습니다. 그녀의 얼굴은 보이지 않았지만 겸손한 자태로 조용히 앉아 있는 가냘픈 뒷모습에 그는 자신도 모르게 애잔한 마음이 들었습니다. 그는 수줍게 그녀에게 다가가 급히 사탕과 꽃다발을 테이블에 올려놓으면서 "여행길을 위해 작은 선물을 준비했습니다"라고 말했습니다.

그녀는 깜짝 놀라며 얼굴을 붉혔습니다. 누군가에게 꽃을 받아보는 게 처음이었던 겁니다. 아니, 한 번은 후작부인의 재산을 상속받으려던 친척들 중 한 사람이 그녀에게 잘 보이기 위해 방으로 장미 몇 송이를 보낸 적이 있었지만, 그 사실을 알게 된 후작부인이 성난 야수처럼 그녀에게 즉시 꽃을 돌려보내라고 명령했었습니다. 그런데 이번에는 누군가가 그녀에게 직접 꽃을 가져다주었을 뿐만 아니라 이를 제지할 사람도 없었던 겁니다.

"아니," 그녀가 더듬거렸습니다. "제가 어떻게 이런 걸 받겠어요? 이 꽃은 제가 받기에는 너무…… 너무 아름다워요."

그러면서도 그녀는 감사하다는 눈길을 건넸습니다. 꽃의 붉은빛이 반사되었던 건지, 아니면 피가 위로 솟구쳐 오른 건지, 수줍어하는 그녀의 얼굴이 점점 분홍빛으로 물들었습니다. 그 순간 그녀의 얼굴은 아름답다고 할 수 있을 정도로 화사하게 빛났습니다.

"좀 앉으세요." 그녀는 당황해하면서 의자를 가리켰고, 카니츠는 어색하게 그녀의 맞은편에 자리했습니다.

"정말 떠나시는 건가요?" 그는 물어보면서 자신도 모르게 목소리가 떨리는 것이 느껴졌습니다. 진심으로 아쉬움이 느껴졌던 겁니다.

"네." 고개를 숙인 채 그녀가 대답했습니다. 그녀의 대답에는 기쁨도 슬픔도, 희망도 실망도 담겨 있지 않았습니다. 그저 체념한 듯한 아무 감정도 없는 "네"였습니다.

카니츠는 민망하기도 하고 그녀를 돕고 싶은 마음에 친척들에게 도착 사실을 미리 알렸는지 물어보았습니다. "아니요. 아니요. 전보를 치면 친척들이 놀랄 거예요. 그들은 전보를 받을 일이 거의 없거든요." "하지만 가까운 친척이 아닌가요?" 하고 카니츠가 다시 물었습니다. "가깝다고요? 아니요. 전혀 그렇지 않아요. 조카딸뻘인 아이에요. 죽은 의붓언니의 딸인데, 그 애의 남편은 아직 만나본 적도 없어요. 그들은 양봉장이 있는 작은 농장을 꾸리고 있는데, 방 하나를 내줄테니 원할 때까지 머물러도 된다고 편지를 썼더라고요."

"그런 작고 외진 곳에 가서 뭐 하시게요?" 카니츠가 물었습니다.

"잘 모르겠어요." 그녀는 눈을 아래로 향한 채 대답했습니다.

카니츠는 서서히 화가 나기 시작했습니다. 그녀에게서 깊은 공허함과 쓸쓸함이 느껴졌습니다. 아무런 기대도 관심도 없이 자신의 운명에 순종하는 그녀의 모습을 보면서 예전에 정처 없이 불안정하게 떠돌던 자신의 모습이 떠올랐습니다. 갈 곳 없는 그녀의 모습에서 자신의 모습을 본 거죠.

"그건 아무 의미도 없잖아요." 그가 거칠게 말했습니다. "친척집에 사는 것은 좋지 않아요. 늘 문제가 생기게 마련이라고요. 게다가 아가씨는 이제 그렇게 외딴 곳에 파묻혀 있을 필요도 없잖아요!"

그녀는 감사와 슬픔이 깃든 눈으로 그를 쳐다보았습니다. "맞아요"라고 말하면서 그녀는 한숨을 내쉬었습니다. "저도 두렵답니다. 하지만 달리 무슨 방법이 있겠어요?"

그녀는 공허한 목소리로 중얼거리더니 마치 그에게 조언을 구하듯이 푸른 눈동자로 그를 쳐다보았습니다(저런 눈을 가져야 하는데…… 카니츠는 어제 혼잣말로 중얼거렸었죠). 어떻게 해서 그런 생각을 하게 되었는지는 모르겠지만, 그는 갑자기 어떤 생각이 들면서 그 생각을 간절하게 입 밖으로 내뱉고 싶은 충동을 느꼈습니다.

"그럼 이곳에 남으세요." 그가 말했습니다. 그러고는 자신도 모르게 조용히 덧붙였습니다. "제 곁에 남아주세요."

그녀는 깜짝 놀란 눈으로 그를 쳐다보았습니다. 그제서야 카니츠는 무심결에 자신의 생각을 입 밖으로 내뱉었다는 것을 알아차렸습니다. 미리 생각하고 계산하고 검토하기도 전에 말이 입 밖으로 먼저 튀어나왔던 겁니다. 자신도 확실하게 알아차리지 못했고 인정하지도 않았던 바람이 갑자기 목소리가 되어 밖으로 나온 것입니다. 그녀의 얼굴이 새빨개진 것을 본 후에야 그는 비로소 자신이 무슨 말을 했는지 깨달았습니다. 갑자기 그녀가 오해할지도 모른다는 생각이 들었습니다. 어쩌면 그녀가 '애인'으로 곁에 남아달라는 말로 오해했을지도 모르니까요. 그래서 그는 그녀가 모욕을 받았다고 느낄 틈도 없이 급히 말을 덧붙였습니다.

"제 아내가 되어 제 곁에 남아주세요."

그녀는 자리에서 벌떡 일어났습니다. 그녀의 입술이 움찔거렸습니다. 카니츠는 그녀가 울음을 터뜨리려는 건지 욕을 하려는 건지 종잡을 수 없었습니다. 그런데 갑자기 그녀가 식당을 뛰쳐나가는 것이었습니다.

이때가 카니츠의 인생에서 가장 끔찍했던 순간이었습니다. 그제서야 그는 자신이 얼마나 어리석은 짓을 저질렀는지 깨달았습니다. 늙고 초라하고 못생긴 유대인 주제에, 떠돌이 중개인 주제에, 장사꾼 주제에 그토록 고상하고 상냥한 여인에게 청혼을 하다니! 그는 선량한 사람을, 그것도 자신을 믿어준 유일한 사람을 모욕했고 그 사람에게 모멸감을 안겨주었던 겁니다. 그는 그녀가 혐오감을 느끼며 뛰쳐나간 것이 당연하다고 생각했습니다. "차라리 잘됐어." 그는 쓸쓸히 중얼거렸습니다. "꼴좋군. 그녀가 드디어 내 진면목을 알게 된 거야. 혐오감을 느끼는 것도 당연하지. 나는 당해도 싸. 내 사기행각에 대해 고마워하는 것보다는 차라리 이게 낫지." 카니츠는 그녀가 뛰쳐나간 것에 전혀 기분이 상하지 않았습니다. 그는 그 순간 오히려 **기뻤습니다**. 자신이 합당한 벌을 받았다고 생각한 거죠. 자신이 스스로를 경멸하는 것처럼 그녀가 자신을 경멸하는 것이 옳다고 생각한 겁니다.

그런데 그때 그녀가 다시 문 앞에 나타났습니다. 눈에는 눈물이 그렁그렁 맺혀 있었고, 몹시 흥분한 듯 어깨가 떨리고 있었습니다. 그녀는 테이블로 다가오더니 양손으로 의자를 붙잡으며 간신히 자리에 앉을 수 있었습니다. 그러고는 고개를 떨군 채 조용히 말했습니다.

"죄송해요. 무례하게 굴어서 정말 죄송했습니다. 하지만 너무 놀란 나머지…… 선생님이 어떻게……? 저를 잘 알지도 못하잖아요. 잘 알지도 못하는데 어떻게……"

카니츠는 당황한 나머지 아무 말도 하지 못했습니다. 혼란스러운 가운데에도 그녀가 화가 난 것이 아니라 단순히 두려워하고 있다는 것을 알 수 있었습니다. 그의 갑작스러운 청혼에 카니츠 자신만큼이나 그녀도 놀랐던 것입니다. 두 사람은 감히 서로에게 말을 걸지도, 서로를 바라보지도 못했습니다. 그러나 그녀는 그날 아침에 떠나지 않았고, 두 사람은 아침부터 저녁까지 함께 보냈습니다. 사흘 후 그는 재차 청혼을 했고, 두 달 뒤 두 사람은 부부가 되었습니다."

콘도어는 잠시 말을 멈췄다. "자, 마지막 한 모금만 마시고 계속할게요. 이제 곧 끝나갑니다. 이것 하나만은 분명히 아셔야 해요. 이곳에서는 카니츠가 케케스팔바 성을 얻으려는 목적으로 상속녀에게 교활하게 접근해서 청혼한 것으로 소문이 났답니다. 하지만 다시 말하지만, 그건 사실이 아니에요. 방금 말씀드린 것처럼 카니츠는 당시 이미 성을 **손에 넣은 상태**였습니다. 그는 그녀와 결혼할 **필요가 없었다**고요. 그의 청혼은 조금도 계산된 것이 아니었습니다. 일개 중개인에 불과한 카니츠가 단순히 뭔가를 얻으려는 목적으로 감히 푸른 눈동자의 고상한 아가씨에게 청혼을 하지는 못했을 겁니다. 그는 진실한 감정으로 청혼을 한 것입니다. 그리고 놀랍게도 그 진실한 감정은 끝까지 지속되었답니다.

말도 안 되는 것 같던 이들의 결합은 보기 드문 행복한 결혼생활로 이어졌습니다. 사실 상반된 성격의 두 사람이 만나 서로를 보완해준다면 그것이야말로 가장 완벽한 조화라고 할 수 있습니다. 또한 놀라워 보이는 일이 지극히 자연스러운 일이 되는 경우도 종종 있답니다. 그런데 갑작스럽게 결혼을 결정한 이 두 사람은 서로에 대해서 두려움이 있었습니다. 카니츠는 그녀가 누군가로부터 자신의 어두운 사업에 대해 듣고 마지막 순간에 경멸 어린 눈빛으로 자신을 밀어낼 것을 두려워했습니다. 그래서 그는 자신의 과거를 감추기 위해 엄청난 노력을 쏟아부었습니다. 그는 수상쩍은 사업은 모두 중단하고 손해를 감수하면서 차용증을 팔아버리고 옛 동료들도 멀리했습니다. 또한 세례도 받고 영향력 있는 대부를 두었고 거금을 들여서 카니츠라는 이름에 귀족처럼 '폰 케케스팔바'를 붙이게 했습니다(이런 경우 대개 본명은 명함에서 흔적도 없이 사라지게 마련이죠). 그러면서도 그는 결혼식 당일까지도 내일이나 모레 아니면 그 다음 날이라도 그녀가 자신에 대한 믿음을 다시 거둬가지 않을까 두려워했습니다. 그녀 또한 두려워하긴 마찬가지였습니다. 악질 여주인 밑에서 12년 동안 하루도 빠짐없이 무능하고 멍청하고 비열하다는 욕을 먹으며 자존감을 완전히 상실한 그녀는 새로운 주인도 자신을 욕하고 모욕하고 무시할 것이라 예상했던 것입니다. 이미 모든 것을 체념하고 피치 못할 운명처럼 노예생활을 기대하고 있었던 거죠. 그런데 놀랍게도 이 남자는 그녀가 하는 모든 일이 옳다고 하는 것이었습니다. 자신의 주인이자 자신이 인생을 바치기로 한 남자가 매일매일 감사를 표하고 언제나 경외심을 가지고 그녀를 대하는 것이었습니다. 그녀는 깜짝 놀랐습니다. 누군가가 자신을 그토록 다정하게 대해주는 것을 믿을 수가 없었죠. 그러면서 메말라 있던 여인은 서서히 피어나기 시작했습니다. 그녀는 점점 아름다워졌고 부드러운 곡선이 드러났습니다. 하지만 그녀가 자신처럼 남에게 무시당하고 발로 차이고 억압당하던 사람도 다른 여인들처럼 존경받고 사랑을 받을 수 있다는 사실을 믿게 되기까지는 1, 2년의 세월이 더 걸렸습니다. 이들 부부에게 진정한 행복이 찾아온 것은 아이가 태어나면서부터였습니다.

케케스팔바는 새로운 열정을 가지고 다시 사업을 벌였습니다. 그는 더 이상 일개 중개인이 아니었고 그의 사업 규모는 점점 커졌습니다. 그는 설탕 공장을 현대적으로 개조했고, 빈 신도시의 압연 공장에 투자했고, 주류 카르텔에서 화려한 거래를 성사시켜 당시 화제가 되기도 했습니다. 그는 이제 진정한 부자가 되었지만 부부의 소박하고 검소한 생활은 조금도 변하지 않았습니다. 그들은 사람들의 기억에서 잊히기를 바라는 것처럼 집에 손님들을 초대하는 일이 거의 없었습니다. 소위님이 알고 계시는 그 저택도 당시에는 지금과 비교할 수 없을 만큼 소박하고 시골스러웠답니다. 물론 지금보다 훨씬 행복했다는 것은 말할 필요도 없겠죠!

그러던 중 케케스팔바에게 첫번째 시련이 닥쳤습니다. 그의 아내는 이미 오래전부터 속이 좋지 않았습니다. 음식도 잘 먹지 못했고, 점점 말라갔고, 늘 피곤하고 지쳐 있었습니다. 그런데도 그녀는 바쁜 남편이 보잘것없는 자기 때문에 걱정할 것을 염려한 나머지 위에서 경련이 나도 입술을 꽉 깨문 채 통증을 참았습니다. 더 이상 통증을 숨길 수 없게 되었을 때는 이미 너무 늦어버렸습니다. 그녀는 구급차에 실려 빈에 있는 병원으로 옮겨져서 수술을 받았습니다(그녀에게는 위궤양이라고 했지만 실제로는 암이었습니다). 내가 케케스팔바를 알게 된 것도 그때였습니다. 누군가의 얼굴에서 그렇듯 처절한 절망감을 본 적은 그때가 처음이었습니다. 그는 의학의 힘으로 더 이상 아내를 구할 수 없다는 사실을 받아들일 수도 없었고 받아들이려고 하지도 않았습니다. 의사들이 게으르고 무관심하고 무능해서 더 이상 아무 치료도 하지 않는 것으로 여겼죠. 그는 의사들에게 아내만 치료해준다면 5만 크로네, 아니, 10만 크로네를 주겠다고 했습니다. 아내가 수술받는 날까지 그는 부다페스트, 뮌헨, 베를린에서 명의란 명의는 모두 불러모았답니다. 그중 한 사람이라도 그녀가 수술을 받지 않아도 된다고 말해주지 않을까 하는 기대감에서였죠. 결국 예상대로 아내는 수술실에서 사망했습니다. 그 순간 우리 의사들을 향해 살인자라고 소리치던 그 눈빛을 나는 평생 잊을 수 없을 겁니다.

    그 일은 그의 인생에 전환점이 되었습니다. 그날부터 그에게 변화가 일어났습니다. 그의 내면에서 그가 어릴 때부터 신봉하던 '돈'이라는 신이 죽어버린 것입니다. 그때부터 그에게는 오로지 '자식'뿐이었습니다. 그는 가정교사와 하인을 집에 들였고 집을 개조했습니다. 한때는 그토록 검소하게 생활하던 그였지만 그때부터는 어떤 호화와 사치도 부족해 보였습니다. 그는 아홉 살, 열 살밖에 되지 않은 딸을 니스, 파리, 빈으로 데리고 다니며 끔찍이 호강시켜주었습니다. 그동안 돈을 모으는 데 쏟은 열정을 그때부터는 돈을 쓰는 데 쏟았습니다. 어쩌면 소위님이 그를 점잖은 귀족이라고 말한 것이 맞을지도 모르겠네요. 그는 그때부터 놀라울 정도로 금전적 이익이나 손실에 무관심해졌거든요. 아무리 많은 돈으로도 아내를 구하지 못한다는 것을 알게 되면서부터 그는 돈을 경멸하게 되었던 것입니다.

시간이 너무 늦었으니까 그가 아이를 얼마나 숭배했는지에 대해 상세하게 설명하지는 않을게요. 어떻게 보면 그가 그토록 숭배하는 것도 이해할 만했어요. 아이는 섬세하고 가냘픈 요정 같은 모습으로 정말 예쁘게 자라났거든요. 게다가 누구에게나 밝고 친절했죠. 아이의 잿빛 눈은 언제나 화사하게 빛났답니다. 엄마로부터 수줍고 온화한 성격을, 아빠로부터 사물을 꿰뚫어보는 통찰력을 물려받은 아이는 밝고 사랑스러운 소녀로 자라났습니다. 인생에서 적대심이나 차가움을 모른 채 자란 아이들에게서만 볼 수 있는 천진난만한 모습의 소녀였죠. 자신의 어둡고 우울한 혈통에서 그토록 밝고 착한 아이가 나오리라고는 상상조차 하지 못했던 케케스팔바는 아이에게 푹 빠졌습니다. 그러니 두번째 불행이 닥쳤을 때 그가 느낀 절망감은 말로 형용할 수 없을 정도였겠죠. 그는 하필 이 아이가, **자신**의 아이가 고통을 겪으며 불구로 살아가야 한다는 것을 이해하지 못했고 이해하려 하지도 않았습니다. 그건 지금도 마찬가지입니다. 그가 절망적인 심정으로 얼마나 어처구니없는 일들을 저질렀는지는 언급조차 하기 싫네요. 그의 고집은 전 세계의 의사들을 괴롭혔고, 엄청난 금액을 주겠다며 즉시 아이를 치료해달라고 강요하기도 했습니다. 초조함을 못 이기고 이틀에 한 번씩 나에게 전화를 건 것은 말할 필요도 없겠죠. 최근 동료 의사에게 들었는데 요즘 케케스팔바가 매주 대학 도서관을 찾는다고 합니다. 그곳에서 학생들 틈에 앉아 백과사전에서 온갖 낯선 용어들을 베껴가면서 몇 시간이고 의학 서적을 읽는다더군요. 혹시나 우리 의사들이 놓치거나 잊어버린 것을 자신이 직접 발견할 수 있지 않을까 하는 기대감을 가지고 말이죠. 또 이런 이야기도 들었습니다. 어쩌면 소위님은 웃을지도 모르겠지만 광기는 열정의 극치를 보여준다고 했습니다. 그는 아이의 회복을 기원하는 마음에서 유대교회에는 물론 이곳 목사에게도 엄청난 금액을 기부했답니다. 자신이 등을 돌린 조상들의 신에게 기댈지, 아니면 새로운 신에게 기댈지 갈팡질팡하다가 어떤 신과도 사이가 틀어져서는 안 된다는 생각에 양쪽 신 모두에게 서약을 한 거죠.

내가 이렇게 우스꽝스러운 이야기들을 자세히 이야기해주는 것은 그저 수다를 떨고 싶은 마음에서가 아닙니다. 그토록 절망에 빠진 사람에게는 자신의 **이야기를 들어주는** 사람이 있다는 것이, 자신의 걱정을 이해하는, 아니, 적어도 **이해해주려 하는** 누군가가 있다는 것이 얼마나 큰 의미를 갖는지 당신이 이해해줬으면 하는 마음에서 이야기해주는 겁니다. 물론 불행한 사람들로 가득 찬 이 세상에 오직 자기 아이만이 불행하다고 여기는 그의 고집과 이기주의가 사람을 얼마나 힘들게 하는지는 나도 잘 알고 있습니다. 하지만 지금은 절대로 그를 방치해서는 안 되는 시점입니다. 무력감 때문에 자기 자신이 병들어가기 시작했거든요. 당신이 그 비극적인 집안에 젊음과 활기를 불어넣을 수 있다면 **정말로** 좋은 일을 하는 겁니다. 혹시나 다른 사람들의 이야기를 듣고 당신이 혼란스러울까봐 무책임하게도 당신에게 그의 개인적인 이야기까지 해줬네요. 오늘 내가 해준 이야기는 우리끼리만 아는 비밀로 해두는 게 좋을 것 같습니다. 그렇게 해주시리라 믿어도 되겠죠?"

"물론입니다." 나는 기계적으로 대답했다. 그의 이야기를 듣는 내내 아무 말도 않던 내가 처음으로 내뱉은 말이었다. 나는 정신이 몽롱했다. 그것은 비단 케케스팔바에 대한 나의 생각을 완전히 뒤집어놓은 놀라운 이야기 때문만은 아니었다. 내 자신이 그동안 얼마나 어리석었는지를 깨달으면서 밀려오는 당혹감이 더 크게 작용했다. 나란 놈은 스물다섯 살이 되도록 얼마나 얄팍한 눈으로 이 세상을 살아왔단 말인가! 수 주째 매일 그 집을 방문하면서도 그저 연민에 사로잡혀 예의를 지킨답시고 단 한 번도 에디트의 병에 대해서도, 그녀의 어머니에 대해서도 감히 물어보지 못했고, 이 특이한 사람이 어떻게 해서 부를 축적했는지에 대해서도 묻지 못했던 것이다. 케케스팔바의 우울한 눈빛이 헝가리 귀족의 것이 아니라 수천 년 동안 비극적인 투쟁을 치르면서 강렬해진 동시에 지쳐버린 유대 민족의 눈빛임을 어째서 알아차리지 못했단 말인가? 에디트에게 다른 혈통이 섞여 있다는 것을 어째서 눈치채지 못했단 말인가? 또, 그 집에 기이한 과거가 깃들어 있다는 것을 어째서 몰랐단 말인가? 그제서야 이런저런 일들이 머릿속에 떠올랐다. 언젠가 길에서 케케스팔바와 마주쳤을 때, 연대장이 손가락을 모자에 갖다 대는 시늉만 하면서 차가운 눈으로 그의 인사를 반쯤 거부하던 기억이 났다. 또 카페에서 동료들이 그를 '돈독 오른 늙은이'라 불렀던 일도 떠올랐다. 마치 어두운 방 안의 커튼이 활짝 열리면서 감당할 수 없을 정도의 밝은 햇살이 쏟아져 들어와 빛의 홍수 속에서 비틀거리는 듯한 느낌이 들었다.

콘도어는 내가 어떤 기분인지 짐작하는 것 같았다. 그는 내게 몸을 숙이며 그의 작고 부드러운 손으로 위로하듯이 내 손을 어루만져주었다.

"당신이 어떻게 이런 사실들을 알았겠어요? 모르는 것이 당연합니다. 당신은 폐쇄적이고 고립된 세계에서 자라난 데다가 아직 젊지 않습니까? 이상한 일은 먼저 의심부터 해야 한다는 것을 알지 못하는 행복한 나이잖아요. 인생 선배로서 말씀드리지만, 삶으로부터 기만당했다고 해서 절대 부끄러워할 필요는 없습니다. 남을 평가하는 날카롭고 매서운 눈이 아닌 믿음으로 사람과 사물을 바라볼 수 있다는 것은 오히려 축복이라 할 수 있습니다. 그렇지 않았다면 당신이 어떻게 그 노인네와 그의 불쌍한 딸아이를 그토록 훌륭하게 도울 수 있었겠습니까? 그러니까 너무 놀라지도 말고, 절대로 부끄러워하지도 마세요! 당신은 선량한 마음을 가졌기 때문에 본능적으로 올바른 일을 한 것입니다!"

그는 담배꽁초를 구석으로 던져버리더니 기지개를 켜고 의자를 뒤로 밀어냈다. "이제 슬슬 나가봐야 할 것 같네요."

나는 그와 함께 일어섰지만 여전히 마음은 혼란스러웠다. 기이한 느낌이 들었던 것이다. 나는 매우 흥분한 상태였고 방금 들은 새로운 정보들로 인해 신경이 곤두서 있으면서도 뭔지 모를 답답함이 느껴졌던 것이다. 콘도어가 이야기하는 도중에 그에게 뭔가를 물어보려 했지만, 그의 말을 끊을 수 없어서 묻지 못했던 것이 생각났다. 나는 분명 이야기의 특정 부분에서 뭔가를 물어보려 했었다! 그런데 질문할 기회가 생긴 지금은 뭘 물어보려 했는지 기억이 나지 않는 것이었다. 이야기에 집중하면서 궁금했던 사항이 기억에서 사라진 것이 분명했다. 나는 방금 들은 이야기를 다시 하나하나 되짚어보았지만 소용이 없었다. 어딘가에서 통증이 느껴지는데 정확히 어느 부분인지 지적할 수 없는 것과 같은 답답한 느낌이었다. 한산한 술집을 걸어나오는 내내 나는 질문을 기억해내기 위해 온 정신을 집중했다.

술집 밖으로 나오자 콘도어는 고개를 들어 하늘을 쳐다보더니 만족스럽다는 미소를 지었다. "아, 이럴 줄 알았지. 계속 느낌이 오더라고요. 달빛이 너무 밝다 싶었어요. 이제 곧 한차례 소나기가 퍼부을 거예요. 자, 서두릅시다!"

그의 말이 맞았다. 잠들어 있는 건물 사이로는 여전히 탁한 공기가 정체되어 있었지만, 동쪽 하늘에서는 이미 거대한 먹구름이 빠른 속도로 이동해 오고 있었다. 구름은 옅어지는 달빛을 조금씩 가리기 시작했고, 곧 하늘의 절반이 어두워졌다. 거대한 거북이 같은 속이 꽉 찬 검은 먹구름이 쉿소리를 내며 다가오고 있었다. 이따금씩 멀리서 치는 번개에 먹구름이 순간적으로 환해졌고 곧이어 화난 짐승이 으르렁거리듯 천둥소리가 들려왔다.

"30분 후면 쏟아지겠네요." 콘도어가 말했다. "나는 비가 오기 전에 역에 도착할 수 있을 것 같은데…… 소위님은 지금 빨리 돌아가지 않으면 홀딱 젖을 겁니다."

나는 여전히 그에게 어떤 질문을 해야 한다는 것 외에는 아무 생각도 할 수 없었다. 단지 어떤 질문이었는지 기억나지 않을 뿐이었다. 조금 전 달빛이 먹구름 속으로 빨려 들어간 것처럼 기억은 짙은 어둠 속으로 잠겨 버렸다. 그렇지만 그 알 수 없는 질문은 여전히 머릿속에서 고동치고 있었다. 계속해서 머리를 파고드는 통증이 느껴졌다.

"괜찮습니다. 그 정도는 감수할 수 있습니다." 나는 대답했다.

"그렇다면 서두릅시다. 빠르게 걷고 싶네요. 오랫동안 앉아 있었더니 다리가 뻣뻣해졌답니다."

다리가 뻣뻣해졌다고? 바로 **그거**였다! 그 순간 나는 의식의 밑바닥까지 환해지는 느낌이 들었다. 콘도어에게 뭘 물어보려고 했는지, 뭘 물어봐야 하는지 생각이 난 것이다! 임무였다! 케케스팔바가 내게 부여한 임무! 아마도 그때까지 나의 잠재의식은 에디트의 마비 증상이 불치인지 아닌지 알아봐달라는 케케스팔바의 부탁만을 생각하고 있었던 모양이다. 이제는 그것을 물어봐야 할 때였다. 텅 빈 거리를 걸으면서 나는 조심스럽게 말을 꺼냈다.

초조한 마음 189

"선생님, 오늘 해주신 이야기는 무척 흥미로웠습니다. 물론 제게는 매우 중요한 이야기이기도 했고요. 그래서 그러는데…… 실례가 안 된다면 한 가지 더 물어보고 싶은 게 있습니다. 오래전부터 신경 쓰였던 문제거든요. 선생님은 의사이시고, 다른 누구보다도 에디트의 병에 대해 잘 아시지 않습니까? 저는 문외한이라 아무것도 모르겠습니다. 그래서 선생님의 소견을 들어보고 싶습니다. 에디트의 마비 증상은 일시적인 건가요, 아니면 아예 치료가 불가능한 건가요?"

콘도어는 즉시 날카로운 눈으로 나를 쏘아봤다. 그의 안경알이 반짝였고, 그의 눈빛은 마치 피부를 찔러오는 바늘처럼 날카로웠다. 나는 나도 모르게 그의 눈길을 피했다. 케케스팔바가 내게 알아봐달라고 한 것을 눈치챈 걸까? 나를 의심하고 있는 걸까? 그러나 그는 다시 고개를 숙이더니 속도를 줄이지 않은 채, 아니, 오히려 더 격렬하게 발걸음을 내딛으며 중얼거리는 것이었다.

"그러면 그렇지! 미리 예상했어야 했는데…… 언제나 마지막에는 이 질문이지. 치료가 가능하냐 불가능하냐, 흑이냐 백이냐. 그렇게 쉬운 일이라면 얼마나 좋겠어요! 분별 있는 의사라면 '건강'과 '병'이라는 단어도 입 밖에 내면 안 되는 겁니다. 도대체 어디서부터 '병'이 시작되고 어디서부터 '건강'이 끝난단 말입니까? 그것도 어려운데, '치료가 가능한지', '치료가 불가능한지'를 어떻게 말할 수 있겠습니까! 물론 두 표현 모두 자주 쓰이긴 합니다. 병원에서는 이 용어들이 불가피하게 사용되니까요. 하지만 나라면 절대로 '치료가 불가능하다'라는 말은 사용하지 않겠어요. 절대로요! 지난 세기 최고의 현자였던 니체가 이런 끔찍한 말을 했다죠. '의사는 치료가 불가능한 환자의 의사일 필요가 없다.' 하지만 이 말은 그가 남긴 수많은 역설적이고 위험한 문장 가운데에서도 가장 잘못된 문장이라

할 수 있습니다. 사실은 정반대입니다. 의사는 치료가 불가능한 환자에게 만은 반드시 의사가 되어줘야 하고, 치료가 불가능한 환자를 치료하는 것만이 의사가 자신의 능력을 증명하는 길입니다. 처음부터 '치료가 불가능하다'고 인정하는 의사는 의사의 본분으로부터 도망치는 것입니다. 전투를 치르기도 전에 투항하는 거죠! 물론 때로는 그저 '치료가 불가능하다'고 말한 후 체념하는 듯한 표정으로 상담료나 챙기는 것이 보다 쉽고 편할 수도 있습니다. 이미 치료법이 입증되고 치료 과정이 세세하게 기록된 케이스만 다룬다면 얼마나 쉽고 편하겠습니까? 그런 걸 원한다면 그렇게 하라죠. 하지만 내 생각에는 그것은 시인이 말로 표현되지 않은 것, 말로 표현할 수 없는 것을 표현하려고 시도하는 대신 남이 했던 말을 되풀이하는 것과 다를 바가 없습니다. 철학자가 알려지지 않은 것, 알려질 수 없는 것을 생각하는 대신에 이미 오래전에 깨달은 것을 아흔아홉번째로 다시 탐구하는 것과 같은 거죠. '치료가 불가능하다'는 것은 절대적인 개념이 아닌 상대적인 개념입니다. 의학은 계속해서 발전하기 때문에 '치료가 불가능하다'는 것은 그저 그 순간에만 적용되는 것입니다. 즉, 우리의 시공간과 우리의 과학기술 내에서만, 다시 말하면 우리의 제한되고 편협한 좁은 식견 내에서만 '치료가 불가능하다'는 거죠! 중요한 것은 이 순간이 아니잖아요. 현재 치료가 불가능하다고 생각되는 수백 가지 질병도 내일이나 모레면 그 치료법이 발견되거나 새로 개발될 수도 있는 겁니다. 과학이 얼마나 빠른 속도로 발전하고 있습니까? 그러니까…… 잘 알아두세요." 내가 그를 모욕하기라도 한 것처럼 그는 화를 내며 말했다. "나에게는 치료가 불가능한 병이란 없습니다! 나는 원칙적으로 그 어떤 병도 그 어떤 환자도 포기하지 않아요! 그 누구에게도 '치료가 불가능하다'는 말은 사용하지 않을 겁니다. 최악의 상황에서 내가 그나마 해줄 수 있는 말은 '아직 치료가 **불가능**하다' 정도입니다. 즉, 현재의 과학으로는 아직 치료할 수 없다는 거죠."

그러면서 콘도어는 더욱더 속도를 높였고, 나는 가까스로 그를 쫓아갈 수 있었다. 그런데 갑자기 그가 발걸음을 멈추는 것이었다.

"어쩌면 내가 너무 복잡하게, 너무 추상적으로 말했는지도 모르겠네요. 술집에서 역으로 가는 길에 논의할 만한 주제는 아니니까요. 한 가지 예를 들어볼게요. 그러면 내 뜻을 좀더 쉽게 이해할 수 있을 겁니다. 이건 아주 개인적이고 내게는 매우 고통스러운 이야기랍니다. 22년 전에 있었던 일이에요. 당시 나는 의대 2학년 학생이었답니다. 지금의 당신과 비슷한 나이였을 거예요. 그런데 아버지가 병이 나신 거예요. 그때까지 내가 사랑하고 존경한 아버지는 강하고 건강하고 지칠 줄 모르는 활동적인 사람이었는데 말이죠. 의사들은 당뇨병이라는 진단을 내렸답니다. 아마 당신도 들어봤을 겁니다. 사람이 걸릴 수 있는 가장 끔찍한 잠행성 질환 중 하나랍니다. 아무런 이유도 없이 갑자기 몸이 영양소를 흡수하지 못하게 되는 겁니다. 더 이상 몸에 당과 지방이 흡수되지 않아 환자는 굶어 죽는 거죠. 자세한 설명으로 당신을 괴롭힐 생각은 없습니다. 그 일 때문에 나도 내 청춘의 3년을 허비했으니까요.

지금부터가 중요한 대목입니다. 당시의 의학은 당뇨병 치료법을 알지 못했답니다. 그저 엄격한 식이요법으로 환자들을 괴롭힐 뿐이었죠. 입에 들어가는 음식 한 숟가락, 물 한 모금도 모두 정확히 측정해서 섭취하게 했습니다. 하지만 의사들은 이런 치료가 그저 환자의 죽음을 조금 늦추는 것에 불과하다는 것을 알고 있었습니다. 의학도였던 나도 물론 그 사실을 알고 있었죠. 아버지에게 남아 있는 2~3년은 음식물이 넘쳐나는 이 세상에서 비참하게 굶어 죽어가는 시간을 의미했습니다. 당시 내가 얼마나 의사들을 찾아다니고 온갖 책과 전문서적들을 뒤적였는지 짐작하실 수 있을 겁니다. 하지만 어딜 가나 '치료가 불가능하다. 치료가 불가능하다'라는 대답만 돌아왔습니다. 그때부터 나는 그 말을 끔찍이도 싫어하게 되었답니다. 내가 세상에서 가장 사랑하는 사람이 짐승보다도 더 비참하게 죽어가는 것을 손 놓고 옆에서 지켜봐야 했으니까요. 아버지는 내가 박사학위를 받기 3개월 전에 돌아가셨습니다.

   자, 지금부터 잘 들으세요. 며칠 전 의학학회에서 한 화학자의 강연을 들었는데 미국과 다른 몇몇 국가에서는 이미 당뇨병을 치료할 추출물 개발에 상당한 진척이 있었다고 했습니다. 10년 후면 당뇨병이 완치될 수 있을 거라고 주장하더군요. 내가 얼마나 화가 났는지 아세요? 22년 전에 그 추출물 몇백 그램만 있었어도 내가 세상에서 가장 사랑하는 사람이 그렇게 고통받으며 죽어가지는 않았을 겁니다. 아니, 적어도 아버지를 치료할 수 있다는 희망이라도 있었겠죠. 당시 '치료가 불가능하다'라는 진단이 얼마나 나를 괴롭혔는지 아시겠어요? 나는 밤낮으로 '치료법이 발견될지도 모른다. 치료법이 발견될 것이다'라고 생각하며 기대를 버리지 않았습니다. 누군가는 발견할 것이라고, 어쩌면 그게 내가 될 수도 있다고 생각한 거죠. 당시 매독이라는 병도 불치병으로 여겨져서 학생들에게 '불치'라고 쓰인 경고문을 나눠줄 정도였지만 결국 치료가 됐잖아요. 매독에 걸렸던 니체, 슈만, 슈베르트는 결코 '치료가 불가능한' 병으로 죽은 것이 아니라 당시의 기술로는 '아직 치료가 불가능한' 병으로 죽은 것입니다. 어떻게 보면 너무 일찍 죽은 거죠. 우리 의사들에게는 날마다 새로운 일, 기대하지도 못한 일, 어제까지만 해도 상상조차 못했던 일들이 일어난답니다! 그렇기 때문에 나는 다른 의사들이 모두 고개를 절레절레 흔들며 포기하는 케이스를 볼 때면 분노를 느낀답니다. 내일이나 모레면 발견될지도 모를 그 치료제를 아직 알 수 없다는 것에 대한 분노입니다. 그러면서 동시에 희망을 느끼기도 합니다. 어쩌면 내가 발견할 수도 있지 않을까? 어쩌면 누군가가 제때에 치료제를 개발해서 이 사람을 살릴 수 있을지 않을까? 그런 희망을 갖는 겁니다. 모든 가능성은 열려 있습니다. 아무리 불가능해 보이는 일도 가능성이 아주 없는 것은 아니라고요. 오늘의 의학이 그 앞을 가로막는 문 때문에 안으로 진입하지 못한다 할지라도, 때로는 상상치도 못한 뒷문이 이미 열려 있을 수도 있답니다. 우리가 가진 치료 방법이 실패하면 새로운 방법을 찾아보면 되고, 과학이 소용이 없으면 기적을 기다리면 되는 겁니다! 네, 그래요. 오늘날의 의학에도 여전히 기적은 존재한답니다. 아무리 전기가 흐르는 시대에 살고 있고 논리와 경험에 반한다 해도 기적은 존재합니다! 내가 치료할 수 있다는 희망도 없이 그동안 그 아이를 괴롭히고 나 자신을 괴롭혔겠습니까? 물론 어려운 케이스이긴 해요. 그건 인정합니다. 이미 수년째 내가 원하는 만큼의 성과가 나타나지 않고 있답니다. 하지만 아무리 그렇다 할지라도 나는 그 아이를 포기하지 않을 겁니다."

나는 긴장한 채 그의 말에 귀를 기울이고 있었다. 그가 무슨 말을 하려고 하는지는 충분히 이해할 수 있었다. 그런데도 케케스팔바의 두려움과 집착이 나도 모르게 내게 옮겨왔는지 나는 보다 구체적이고 자세한 설명을 듣고 싶었다. 그래서 나는 계속해서 질문을 이어갔다.

"그렇다면 나아질 거라고 믿으시는 거네요? 이미 **어느 정도** 나아지지 않았나요?"

콘도어는 아무 말도 하지 않았다. 내 말에 불쾌해진 듯 그는 짧은 다리로 더욱더 빠르게 걸음을 내딛었다.

"무슨 근거로 어느 정도 나아졌다고 말하는 거죠? 확인해봤나요? 당신이 도대체 뭘 안단 말입니까? 그 아이를 안 지 몇 주밖에 안 됐다면서요? 나는 5년째 그 아이를 치료하고 있다고요."

그는 불쑥 걸음을 멈췄다. "잘 알아두세요! 나는 아무런 성과도 거두지 못했어요. 그럴듯한 성과가 전혀 없었어요! 그게 문제예요! 에디트에게 온갖 시도와 온갖 치료를 해봤지만 아무런 성과도 거두지 못했단 말입니다!"

그의 격한 말투에 나는 깜짝 놀랐다. 내가 의사로서의 그의 자존심을 상하게 한 것 같아 나는 그를 진정시키려 애썼다.

"하지만 케케스팔바 씨 말로는 전기욕 치료가 에디트에게 큰 효과가 있었다고 하던데요. 특히 주사를 맞으면서부터는……"

갑자기 콘도어가 걸음을 멈추더니 내 말을 가로막았다.

"헛소리! 완전한 헛소리예요! 그 노인네의 말은 듣지 마세요! 아니, 전기욕 같은 장난질로 그런 마비 증상을 치료할 수 있다고 생각하세요? 의사들의 꿍꿍이를 모르세요? 더 이상 다른 방법이 떠오르지 않으면 의사들은 시간을 벌기 위해 환자에게 이런저런 치료를 시도해보는 겁니다. 의사도 아무런 방법이 없다는 것을 들키지 않기 위한 거라고요. 다행히 환자의 몸도 우리의 거짓말에 동참해준답니다. 에디트가 좋아졌다고 느끼는 건 당연합니다! 레몬을 먹든 우유를 먹든, 냉수에 들어가든 온수에 들어가든, 모든 치료는 신체에 변화를 가져오는 법입니다. 그러면 신체에 새로운 자극이 느껴지는데, 낙천적인 환자들은 이를 회복과정이라고 여기는 겁니다. 이와 같은 환자들의 자기암시는 우리에게 가장 큰 조력자가 되어줍니다. 아무리 멍청한 의사도 이와 같은 자기암시의 효과를 볼 수 있죠. 하지만 한 가지 문제가 있습니다. 새로운 치료법에 의한 자극이 무뎌지면 그에 따른 반응이 온다는 겁니다. 그렇게 되면 재빨리 치료법을 바꿔야 합니다. 우리 의사들은 치료가 되지 않는 환자에게는 계속해서 이런 속임수를 쓴답니다. 그러면서 우연히라도 제대로 된 치료법을 발견하기를 기대하는 거죠. 그러니 칭찬은 사절합니다. 나도 에디트에게서 원하는 만큼의 성과를 거두지 못했다는 것을 잘 알고 있어요! 전기욕, 마사지 등 지금까지 내가 시도한 온갖 치료법은 에디트에게 큰 도움이 되지 않았습니다."

콘도어가 너무나도 강하게 자신을 비하하는 바람에 나는 그를 대신해서 변명이라도 해줘야 할 것 같았다. 그래서 나는 소심하게 말했다.

"하지만 그 기구 덕분에 에디트가 걷는 것을 제가 직접 봤는데요? 인대를 강화하는 전용 기구 말입니다."

콘도어는 더 이상 말을 하는 것이 아니라 소리를 지르기 시작했다. 어찌나 격분하며 큰 소리로 악을 쓰던지 텅 빈 거리를 산책하던 두 명의 행인이 호기심 어린 눈길로 우리를 쳐다볼 정도였다.

"속임수예요! 속임수라고 했잖아요! 그 보조기구는 에디트를 위한 것이 아니라 나를 위한 것이라고요! 그러한 기구는 그저 시간을 벌기 위한 도구에 불과하다니까요! 알아듣겠어요? 그 기구는 그 아이에게 필요해서가 아니라 **내**가 필요해서 사용한 겁니다. 케케스팔바가 더 이상 기다려려 하지 않으니까요. 그의 독촉을 견디지 못하고 내가 노인네를 안심시키기 위해 **어쩔 수 없이** 한 짓이에요. 반항하는 죄수의 발에 족쇄를 채우듯이 초조해하는 아이에게 그 무거운 기구를 채우는 것밖에 할 수 있는 일이 없었단 말입니다. 그래서 쓸데없이 그 기구를 채워놓은 거예요. 물론 기구가 인대를 강화시켜줄 수는 있겠지만…… 어쨌든 나로서는 달리 방법이 없었답니다. **시간이 필요**했어요. 그렇다고 해서 그런 속임수를 쓴 것에 부끄러움을 느끼지는 않습니다. 당신도 결과물을 봤잖아요? 에디트는 기구를 채운 후부터 훨씬 좋아졌다고 생각하고, 그녀의 아버지는 내가 그녀를 도와줬다며 기뻐하고, 모두가 이 위대한 천재가 기적을 행했다며 나를 우러러보고, 심지어 당신까지도 내가 만물박사인 것처럼 나에게 온갖 질문을 해대고 있지 않습니까!"

그는 말을 끊더니 모자를 벗고 이마의 땀을 닦아냈다. 그러고는 심술궂은 표정을 지으며 곁눈질로 나를 살폈다.

"별로 마음에 안 들죠? 그럴 겁니다! 의사는 환자를 도와주고 진실을 추구하는 사람이라고 생각했을 텐데 그 환상이 깨졌겠죠! 당신과 같은 젊은이들은 의학 윤리를 전혀 다르게 상상했을 겁니다. 그런데 이러한 속임수를 쓴다는 이야기를 들으니 실망, 아니, 혐오감을 느끼겠죠! 네, 내 눈에는 다 보입니다. 하지만 안타깝게도 의학과 윤리는 서로 아무런 관계가 없습니다. 모든 질병은 그 자체가 무법행위입니다. 자연에 대한 반란이라고 할 수 있죠. 그렇기 때문에 우리도 수단방법을 가릴 필요가 없는 겁니다. **어떤** 방법을 동원해도 된다고요. 환자를 동정할 필요는 없어요. 환자는 스스로 치외법권으로 나가 질서를 깨뜨린 겁니다. 그 질서를 다시 세우고, 환자를 다시 회복시키기 위해서는 반란군을 진압할 때처럼 가차없이 손을 써야 합니다. 동원할 수 있는 방법은 모조리 동원해야 하는 거죠. 자비와 진리만으로는 인류를, 아니, 단 한 사람도 구원할 수 없답니다. 속임수에 치료 효과가 있으면 그것은 더 이상 질 나쁜 속임수가 아니라 최고의 치료제가 되는 겁니다. 내가 실질적인 도움을 줄 수 없는 케이스에는 그저 이런저런 시도를 해보는 것 외에는 달리 할 수 있는 일이 없습니다. 5년간 계속해서 새로운 시도를 한다는 것도 결코 쉬운 일은 아니랍니다. 그것도 의사 자신도 별 자부심을 느끼지 못하는 경우에는 더더욱 힘들죠! 아무튼 칭찬을 해주시니까 몸 둘 바를 모르겠네요."

콘도어는 흥분한 채 내가 한마디라도 더 하면 주먹을 날릴 기세로 땅딸막한 몸을 내게 향하고 있었다. 그 순간 캄캄해진 하늘에 혈관처럼 시퍼런 번개가 내리쳤고, 이어서 우르르 쾅쾅 하는 천둥소리가 하늘을 갈랐다. 콘도어는 갑자기 웃음을 터뜨렸다.

"이것 보세요! 하늘이 대답해주네요! 당신도 참 가엾군요. 오늘 너무 많은 일을 겪으셨죠? 당신이 가진 모든 환상을 내가 메스로 하나하나 도려내버렸잖아요. 처음에는 헝가리 귀족에 대한 환상을, 다음에는 사려 깊고 빈틈없는 의사에 대한 환상까지! 하지만 그 노인네가 나를 칭송하는 말들이 얼마나 나를 힘들게 하는지 이해해주셔야 합니다. 특히 에디트의 치료에 대해 그가 감상적으로 구는 것이 더욱더 짜증이 난답니다. 나 자신도 그녀가 별다른 진척이 없는 것에, 내가 아직까지 결정적인 치료법을 찾아내지 못한 것에 화가 나기 때문일 겁니다."

그는 잠시 아무 말 없이 걷더니 아까보다는 다정한 말투로 내게 말하는 것이었다.

"참, 그렇다고 해서 내가 속으로는 이미 에디트를 포기했다고 생각하지는 말아주세요. 오히려 반대입니다. 1년이 걸리든 5년이 걸리든 나는 에디트만큼은 절대로 포기하지 않을 겁니다. 그러고 보니 참 기이한 일이네요. 아까 말씀드렸던 강연이 있던 바로 그날 저녁, 우연히 파리 의학잡지에서 마비 환자의 치료에 관한 기사를 읽었답니다. 아주 특이한 케이스였죠. 2년 동안 꼼짝도 못하고 누워만 있던 40세 환자가 비노 교수에게 4개월간 치료를 받고 5층까지 걸어 다닐 수 있게 되었다는 기사였습니다. 생각해보세요. 4개월 만에 그런 성과를 거두다니! 비슷한 케이스를 맡고 있는 나는 5년째 아무런 진척도 못 이루고 있는데…… 그 기사를 읽고 마치 머리를 한 대 얻어맞은 것 같은 기분이었답니다! 물론 그 케이스의 병인이나 치료법에 대해서는 잘 알지 못합니다. 비노 교수가 여러 가지 치료법을 결합한 것 같더라고요. 칸에서 일광욕을 하게 하고, 기구도 이용하고 체조도 시킨 것 같았습니다. 병력 기록이 얼마 없어서 비노 교수의 새로운 방법을 에디트에게 얼마나 적용할 수 있을지는 잘 모르겠지만, 나는 곧바로 교수님에게 보다 자세한 정보를 요청하는 편지를 썼습니다. 그것 때문에 오늘 검사를 해야 한다며 에디트를 괴롭힌 겁니다. 비교할 자료가 필요하기 때문이죠. 보시다시피 나는 포기한 것이 아니라 오히려 지푸라기 하나라도 붙잡기 위해 전력을 다하고 있습니다. 어쩌면 정말로 그 새로운 치료법으로 에디트를 치료할 수 있을지도 모르죠. 나는 분명히 '**어쩌면**'이라고 말했습니다. 그 이상은 말하지 않겠습니다. 안 그래도 말을 너무 많이 한 것 같네요. 이제 빌어먹을 일 이야기는 그만합시다!"

그때 우리는 역에 거의 도착해 있었다. 헤어질 시간이 얼마 남지 않자 나는 마음이 조급해졌다.

"그렇다면 선생님 말씀은······"

그 순간 콘도어는 불쑥 걸음을 멈췄다.

"그렇다면은 무슨 그렇다면입니까!" 그가 내게 쏘아붙였다. "아무 말도 않겠다니까요! 도대체 다들 나한테 뭘 원하는 겁니까? 내가 하느님의 직통번호라도 가지고 있는 줄 아세요? 난 아무 말도 안 했어요. 확실한 이야기는 전혀 안 했어요. 나는 아무런 말도, 생각도, 약속도 안 합니다! 안 그래도 너무 많이 떠들었어요. 이제 그만합시다! 바래다줘서 감사합니다. 당신은 빨리 돌아가는 게 좋겠네요. 안 그러면 아주 홀딱 젖을 겁니다."

그는 기분 나쁜 표정으로(왜 기분이 나쁜지 나로서는 이해가 가지 않았지만) 내게 악수도 청하지 않은 채 짧은 다리(발은 약간 평발인 것처럼 보였다)로 역 쪽으로 걸어갔다.

콘도어의 예상이 맞아떨어졌다. 한참 전부터 비 올 조짐이 보이더니, 소나기는 이미 아주 가까운 곳까지 접근해 있었다. 육중한 먹구름이 요란한 소리를 내며 불안에 떨고 있는 나뭇가지 위로 밀려들었다. 먹구름은 번개가 번쩍일 때마다 잠시 환해졌다가 다시 어둠 속으로 몸을 숨겼다. 돌풍이 휘몰아치는 축축한 공기에서는 탄내가 났다. 나는 서둘러 부대로 향했다. 도시와 거리의 모습은 희미한 달빛 아래에서 숨을 멈추고 있던 몇 분 전의 모습과는 완전히 달라져 있었다. 거리의 간판들은 무서운 꿈을 꾸듯 두려움에 떨며 흔들거렸고, 문들은 불안한 듯 삐걱거렸고, 굴뚝에서는 신음 소리가 새어 나왔다. 몇몇 집에서는 궁금증을 참지 못한 듯 불이 밝혀졌고, 하얀 셔츠를 입은 사람들이 소나기를 대비해 창문을 신중하게 잠그는 모습을 볼 수 있었다. 거리에 나와 있는 몇 안 되는 행인들은 쫓기듯 서둘러 걸음을 옮겼고, 평소에는 밤 시간에도 사람들로 붐비는 시청 광장도 텅 비어 있었다. 조명이 켜진 시청사의 시계탑만이 텅 빈 공간을 멍청하게 내려다보고 있었다. 콘도어의 경고 덕분에 다행히도 나는 비가 쏟아지기 전에 숙소에 도착할 수 있을 것 같았다. 두 블록만 더 가서 앞뜰만 지나면 바로 부대였다. 부대에 도착하기만 하면 얼른 방에 들어가서 지난 몇 시간 동안 알게 된 놀라운 사실을 다시 곰곰이 되새겨볼 수 있었다.

　앞뜰은 암흑천지였다. 아래의 탁한 공기로 인해 낙엽은 불안한 듯 꿈틀거렸고, 바람 소리가 뱀이 스윽 지나가는 것처럼 낙엽을 가르는가 싶더니 곧이어 더 무거운 정적이 흘렀다. 나는 발걸음이 점점 빨라졌다. 부대 입구에 거의 도착할 무렵, 갑자기 나무 그림자 뒤에서 누군가가 몸을 드러냈다. 나는 순간 주춤했지만 걸음을 멈추지는 않았다. 어둠 속에서 군인을 유혹하려는 창녀로 생각했던 것이다. 이곳에서 흔히 볼 수 있는 광경이었다. 그러나 낯선 발걸음이 내 뒤를 쫓아오는 것이 느껴지자 짜증이 밀려왔다. 나는 뻔뻔하게 쫓아오는 못된 창녀를 혼내주기 위해 몸을 획 돌렸다. 그 순간 번개가 쳤고, 놀랍게도 어둠을 뚫는 불빛 속에서 덜덜 떨고 있는 노인이 보였다. 그는 숨을 가쁘게 몰아쉬며 내 뒤를 쫓아오고 있었다. 모자를 쓰지 않은 대머리와 번쩍이는 금테 안경이 눈에 들어왔다. 그것은 케케스팔바였다!

나는 깜짝 놀라며 내 눈을 의심했다. 케케스팔바가 우리 부대 앞뜰에 있다고? 있을 수 없는 일이었다. 세 시간 전에 콘도어와 함께 그의 집을 나섰을 때만 해도 그는 몹시 피곤해하지 않았던가! 내가 환상을 보고 있는 걸까? 아니면 케케스팔바가 미쳐버린 걸까? 몽유병을 앓고 있는 걸까? 그래서 외투와 모자도 잊은 채 얇은 재킷 하나만 걸치고 거리를 배회하는 걸까? 그것은 분명히 케케스팔바였다. 수십만 명의 인파 속에서도 나는 몸을 움츠린 채 불안한 듯 조심스럽게 걷는 그의 모습만은 금방 알아볼 수 있었다.

"이런, 세상에! 케케스팔바 씨! 여긴 어쩐 일이세요? 주무시지 않으셨어요?"

"아니에요. 잠이 안 와서요. 저는……"

"빨리 집에 가셔야죠! 이제 곧 비가 쏟아질 거예요. 차는 안 가져오셨어요?"

"차는 저쪽에 있어요. 부대 왼편에서 기사가 기다리고 있어요."

"잘됐네요! 그럼 서두르세요! 빨리 가면 비가 쏟아지기 전에 댁에 도착하실 수 있을 거예요." 그가 머뭇거리자 나는 그의 팔을 잡아끌었다. 그런데 그가 내 손을 뿌리쳤다.

"잠시만요. 잠시만요. 금방 갈게요, 소위님. 하지만 우선…… 그가 뭐라고 하던가요?"

"누가요?" 나는 그가 무슨 말을 하는지 정말로 이해하지 못했다. 바람은 점점 거칠어졌고, 나무들은 신음하며 뿌리를 뽑으려는 것처럼 몸을 흔들어댔다. 금방이라도 비가 쏟아질 것 같았다. 나는 한 가지 생각밖에 할 수 없었다. 비가 쏟아질 조짐조차 알아차리지 못하는 저 정신 나간 노인네를 어떻게 집으로 보낸담? 그때 그가 격분하며 더듬거리는 것이었다.

"콘도어 박사 말이에요. 당신이 그를 바래다주지 않았습니까!"

그제서야 나는 상황을 이해할 수 있었다. 내가 어둠 속에서 그와 마주친 것은 물론 우연이 아니었다. 노인은 진실을 알고 싶은 마음에 초조하게 이곳에서 기다렸던 것이다. 부대로 돌아오기 위해서 반드시 지나칠 수밖에 없는 이곳에 숨어서 내가 돌아오기만을 기다린 것이다. 밤에 하녀들이 몰래 연애질하는 이 초라한 앞뜰의 그늘에 숨어서 초조하게 왔다 갔다 하며 두세 시간을 기다린 것이다. 아마도 내가 콘도어를 역까지만 바래다주고 곧바로 부대로 돌아올 것으로 생각했던 모양이다. 나는 아무것도 모르고 그를 이곳에서 기다리고 또 기다리게 한 것이다. 콘도어와 술집에서 보낸 두세 시간 동안 이 병약한 노인네는 옛날에 채무자를 기다렸던 것처럼 끈질기게 나를 기다렸다. 이와 같은 그의 광적인 집착에는 나를 자극시키는 동시에 감동시키는 무언가가 있었다.

"모든 것이 잘되어가고 있어요." 나는 그를 안심시켰다. "모든 것이 다 잘될 거라 확신합니다. 자세한 이야기는 내일 오후에 해드릴게요. 한마디도 빠짐없이 말씀드릴 테니 지금은 얼른 차로 가세요. 자, 보세요! 시간이 없습니다!"

"알겠어요. 갈게요." 그는 마지못해 내 손에 이끌려 발걸음을 옮겼다. 나는 열 발짝, 스무 발짝까지 그를 끌고 가는 데 성공했지만, 곧 팔이 무거워지는 것이 느껴졌다.

"잠시만요." 그가 더듬거렸다. "잠시만 저 벤치에 앉읍시다. 더 이상…… 더 이상 못 가겠어요."

실제로 노인은 술에 취한 것처럼 비틀거리고 있었다. 천둥소리가 무섭게 우르릉거리는 어둠 속에서 나는 그를 벤치까지 끌고 가기 위해 온 힘을 쏟아야 했다. 그는 거칠게 숨을 몰아쉬며 벤치에 주저앉았다. 기다리느라 완전히 녹초가 된 것이었다. 피곤한 다리로 세 시간 동안이나 서서 기다렸으니 놀랄 일도 아니었다. 나를 보자 그제서야 긴장이 풀리고 피곤함이 밀려왔던 것이다. 흠씬 두들겨 맞은 것처럼 그는 가난뱅이들이나 앉는 벤치에 지쳐 쓰러져 있었다. 이 벤치는 점심시간에는 노동자들이 도시락을 먹고, 오후에는 노인과 임산부들이 휴식을 취하고, 밤에는 창녀들이 군인을 데리고 오는 곳이었다. 그런데 이 도시에서 가장 부유한 노인이 이 벤치에 쓰러진 채 기다리고 또 기다리고 있었다. 나는 그가 무엇을 기다리는지 알았다. 이 고집 센 노인네를 벤치에서 끌어내기 위해서는 그의 마음을 일으켜 세우는 것 외에는 다른 방법이 없다는 것을 느낄 수 있었다(그와 이렇게 친밀하게 함께 있는 것을 동료들한테 들키면 안 될 텐데!). 나는 우선 그를 안심시키기로 했다. 또다시 마음속에서 연민이 솟구치는 것이 느껴졌다. 매번 나를 무력하게 만드는 그 저주스러운 뜨거운 물결이 또다시 마음속에서 일렁이는 것이었다. 나는 그에게 바싹 다가앉으며 이야기를 시작했다.

우리 주위에는 강한 바람이 요란한 소리를 내며 휘몰아치고 있었다. 그러나 노인은 아무것도 느끼지 못하는 것 같았다. 그에게는 하늘도, 구름도, 비도 존재하지 않았다. 그에게는 이 지구상에 오로지 딸아이와 딸

아이의 치료만이 존재할 뿐이었다. 그런데 그런 사람에게, 흥분과 피곤에 지쳐 몸을 사시나무 떨듯 떨고 있는 그에게 어떻게 있는 그대로의 사실만을 전한단 말인가? 콘도어도 아무런 확신이 없다는 말을 어떻게 전한단 말인가? 조금 전 그가 내 팔에 매달린 것처럼 그는 자신을 붙잡아줄, 자신이 매달릴 수 있는 무언가가 필요했다. 나는 서둘러 콘도어로부터 힘겹게 얻어낸 몇 가지 힘이 될 만한 정보를 전하기 시작했다. 콘도어가 새로운 치료법에 대해 들었는데, 프랑스의 비노 교수가 그 치료법을 시도해서 성공을 거두었다는 말을 전해주었다. 그 말을 하기가 무섭게 어둠 속에서 뭔가가 부스럭거리며 움직이는 것이 느껴졌다. 방금까지도 축 늘어져 있던 그의 몸이 나의 체온으로 몸을 덥히려는 듯이 점점 내게 밀착해 오는 것이었다. 사실 나는 여기서 더 이상 아무런 약속도 해서는 안 됐다. 그러나 연민에 사로잡힌 나는 책임질 수 없는 선을 넘어버렸다. 그 치료법이 엄청난 성과를 거두었다고 여러 번 강조하면서 그에게 용기를 주었다. 3, 4개월 안에 놀라운 치료 효과를 얻을 수 있다고 설명하면서, 아마도, 아니, 분명히 에디트에게도 효과가 있을 것이라고 말해버렸다. 나는 점점 더 과장하고 싶은 욕구가 샘솟았다. 그가 "정말 그렇게 생각하세요?" "콘도어가 정말 그렇게 말했어요? 그가 직접 그렇게 말했다고요?"라고 조급하게 물을 때마다 나는 마음이 약해지고 초조해지면서 긍정적인 답변을 해주었고, 그럴 때마다 내 몸에 밀착해 있던 그의 몸이 점점 가벼워지는 것이 느껴졌다. 내가 한마디 할 때마다 점점 더 그에게 확신이 생긴다는 것을 알 수 있었다. 나는 그 순간 인생에서 처음이자 마지막으로 모든 창조적인 행위에 수반되는 황홀감을 조금이나마 맛볼 수 있었다.

그날 밤 가난뱅이들이나 앉는 벤치에서 내가 케케스팔바에게 무엇을 예언하고 무엇을 약속했는지는 전혀 기억이 나지 않는다. 아마 앞으로도 영원히 모를 것이다. 내 한마디 한마디에 그가 황홀감을 느끼는 것과 마찬가지로 그가 행복해하며 귀 기울이는 모습에 나 역시 황홀감을 느꼈고, 그럴수록 그에게 더 많은 약속을 해주고 싶은 충동을 느꼈던 것이다. 우리 두 사람은 주위를 파랗게 물들이는 번쩍이는 번개도, 우리를 위협하듯 거칠게 으르렁거리는 천둥소리도 인식하지 못했다. 우리는 서로 몸을 밀착한 채 말하고 듣고, 듣고 말했다. 나는 그가 "아!" "다행이네요!"라고 더듬거리는 것을 보면 짜릿한 황홀감을 느꼈고, 그 황홀감을 느끼기 위해 계속해서 확신에 찬 어조로 "네, 에디트는 회복할 겁니다. 곧 회복할 겁니다. 틀림없습니다"라고 약속했다. 거센 돌풍이 불어오지 않았더라면 우리는 아마도 계속 그 상태로 앉아 있었을 것이다. 폭우가 쏟아지기 직전 그 길을 열어주기 위해 불어오는 마지막 거센 돌풍이 불자 나뭇가지들은 후드득 소리를 내며 고개를 숙였고 나무에 매달려 있던 밤들이 머리 위로 우수수 떨어지면서 커다란 먼지바람이 우리를 뒤덮었다.

"집으로 가셔야 합니다." 나는 그를 일으켜 세웠고 그는 아무런 저항도 하지 않았다. 내 이야기가 그에게 힘을 주고 원기를 회복시켜준 것이다! 그는 아까처럼 비틀거리지도 않았다. 우리는 기다리고 있는 자동차를 향해 정신없이 달려갔다. 운전기사의 도움을 받아 그가 차에 오르는 모습을 보자 그제서야 나는 마음이 놓였다. 그는 이제 안전했다. 내가 그에게 위안을 준 것이다. 이제 그는 틀림없이 잠을 잘 수 있을 것이다. 저 심약한 노인네는 이제 깊고 고요하고 행복한 잠에 빠져들 수 있을 것이다.

그런데 갑자기 깜짝 놀랄 일이 벌어졌다. 그가 감기에 걸리지 않도록 그의 발에 담요를 덮어주고 있을 때였다. 갑자기 그가 나의 양쪽 손목을 움켜잡더니 내가 뿌리칠 틈도 없이 양손을 자신의 입으로 가져가 오른손, 왼손, 그리고 다시 오른손, 왼손에 키스를 하는 것이었다.

"내일 봅시다. 내일 봐요"라고 더듬거리는 그의 목소리가 들리는가 싶더니 이미 자동차는 차가운 바람에 쓸려가듯 쌩 하고 사라졌다. 나는 온몸이 얼어붙은 채 그 자리에 서 있었다. 그런데 그 순간 빗방울이 떨어지기 시작했고, 금세 우박 같은 빗줄기가 모자 위로 떨어졌다. 나는 폭포수처럼 쏟아지는 비를 뚫고 마지막 남은 사오십 보를 힘껏 달렸다. 흠뻑 젖은 채로 부대 정문에 도착하는 순간, 번개가 내리치며 밤거리를 환하게 밝혔고, 이어서 하늘이 무너질 듯한 천둥소리가 울려 퍼졌다. 땅이 흔들리고 유리창이 깨지는 듯한 소리가 나는 것으로 보아 아주 가까운 곳에서 천둥번개가 친 모양이었다. 갑작스러운 빛으로 인해 눈앞이 보이지 않았지만, 나는 조금 전 노인이 감사하는 마음을 주체하지 못하고 내 손에 키스를 퍼부을 때만큼 놀라지는 않았다.

격렬한 감정을 겪은 후에는 잠도 깊게 들게 마련이다. 다음 날 아침이 되서야 전날 폭우가 쏟아지기 전의 무더위와 팽팽한 긴장감 속에서 나눈 한밤중의 대화 때문에 내가 거의 혼수상태에 빠지다시피 한 것을 깨달았다. 나는 깊이를 알 수 없는 무의식의 세계에서 깨어나는 것 같았다. 낯익은 방 안을 두리번거리면서 도대체 내가 언제 어떻게 그토록 깊은 잠에 빠져들었는지 기억하려 애썼지만 아무 소용이 없었다. 게다가 차근차근 기억을 더듬어볼 시간도 없었다. 개인적인 기억과는 별개로 군인으로서는 곧바로 그날이 특별훈련이 있는 날임을 기억해냈기 때문이다. 아래층에서는 이미 신호 소리와 말발굽 소리가 들려왔고, 당번병이 재촉하는 모습에서 시간이 촉박하다는 것을 알 수 있었다. 나는 서둘러 제복을 입고 담배에 불을 붙이며 한달음에 층계를 뛰어 내려갔다. 그리고 이미 대열을 갖추고 있는 소대와 함께 곧바로 행군을 시작했다.

기병대 내에서는 개인이란 존재하지 않는다. 수백 개의 말발굽이 시끄럽게 내달리는 소음 속에서 개인적인 생각을 하거나 꿈꾸는 것 자체가 사실상 불가능하기 때문이다. 말들이 속보로 내달리는 동안, 내 머릿속에는 우리 소대가 완벽한 여름날을 향해 질주하고 있다는 생각 외에는 아무 생각도 들지 않았다. 비에 씻겨 깨끗해진 하늘에는 구름 한 점 없었고, 햇살은 강렬했고 공기는 상쾌했다. 주위 풍경이 마치 칼로 새긴 듯 선명했다. 저 멀리 보이는 집과 나무, 들판이 손에 잡힐 것처럼 사실적이고 또렷하게 모습을 드러냈고, 창가에 놓인 꽃다발, 지붕 위로 휘날리는 연기까지도 강렬하고 투명한 색채를 내뿜으면서 존재감을 부각시켰다. 우리가 매주 똑같은 목적지를 향해 똑같은 속도로 달리던 그 지루한 가로수 길을 나는 하마터면 못 알아볼 뻔했다. 가로수들이 훨씬 더 푸르고 무성해진 모습으로 머리를 덮어주고 있었기 때문이다. 나는 지난 며칠, 지난 몇 주 동안 나를 짓누르던 모든 불안하고 우울하고 복잡한 생각들은 잊은 채 경쾌하고 가벼운 마음으로 말을 탔다. 이 상쾌한 여름날 아침만큼 내가 직무를 훌륭하게 완수한 날도 없었을 것이다. 모든 일이 쉽고 순조롭게 진행되었고 모든 일이 나를 행복하게 해주었다. 푸른 하늘과 광활한 들판, 다리에 살짝 힘을 주거나 고삐를 살짝 잡아당기기만 해도 금방 알아듣는 착한 말, 심지어 명령을 내리는 내 목소리까지 나를 행복하게 했다.

어떤 일에 푹 빠지면 다른 일은 모두 잊어버리듯이 강렬한 행복감 또한 마취 효과를 갖는 법이다. 미친 듯이 순간을 즐기면 과거는 잠시 잊게 된다. 오전에 상쾌하게 근무를 마치고 오후에 케케스팔바 성으로 익숙한 발걸음을 옮길 때쯤, 나는 전날 밤 케케스팔바와 만난 일을 별로 심각하게 생각하지 않게 되었다. 나는 마음이 가벼워진 것이 즐거웠고 다른 사람들이 기뻐할 것을 생각하며 행복해했다. 행복한 사람은 다른 사람들도 모두 행복하다고 생각하게 마련인 것이다.

실제로 내가 익숙한 문고리를 두드리기가 무섭게 평소 감정을 드러내는 법이 없던 하인이 밝은 목소리로 나를 반기며 재촉하듯 말하는 것이었다. "소위님을 성탑으로 모셔도 되겠습니까? 아가씨들께서 이미 위에서 기다리십니다."

그런데 그는 왜 저렇게 초조하게 손을 흔드는 걸까? 저 환한 웃음은 뭐지? 왜 저렇게 서두르지? 도대체 무슨 일이야? 이런 생각을 하며 나는 테라스로 향하는 원형 층계를 올랐다. 요제프 저 사람, 오늘 왜 저러지? 내가 빨리 탑에 오르게 하려고 안달이 나 있는걸. 저 점잖은 사람이 왜 저럴까?

어쨌든 기쁨으로 충만하다는 것은 기분 좋은 일이었다. 상쾌한 6월의 오후에 젊고 건강한 다리로 원형 층계를 오르면서 사방의 창문을 통해 동서남북으로 끝없이 펼쳐진 여름날의 풍경을 감상하는 일 또한 기분 좋은 일이었다. 그런데 테라스까지 열 계단, 열두 계단 정도밖에 남아 있지 않았을 때였다. 갑자기 예기치 못한 무언가가 나의 발걸음을 멈추게 했다. 기이한 일이었다. 어두운 층계로 불어오는 가벼운 바람을 타고 경쾌한 춤곡이 흘러 들어오는 것이었다. 바이올린의 선율과 첼로의 중후한 반주에 맞춰 소프라노로 노래하는 여인들의 목소리였다. 도대체 어디서 들려오는 소리일까? 가까운 듯하면서도 멀게 느껴지고, 허상 같기도 하면서 실제 같기도 한 이 오페레타는 진정 하늘에서 들려오는 소리란 말인가? 혹시 가까운 술집에서 악단이 연주하는 음악이 부드러운 바람을 타고 여기까지 흘러온 것은 아닐까? 그러나 다음 순간 나는 연주 소리가 테라스로부터 흘러나오고 있고, 단순히 축음기에서 나오는 것임을 알아차렸다. 오늘은 사방에서 허깨비를 보며 기적을 기대하고 있구나! 참 어리석다! 나는 스스로를 꾸짖었다. 이렇게 좁은 테라스에 오케스트라를 들인다는 게 가당키나 하단 말인가! 그러나 한두 계단을 더 오르자 또다시 의구심이 들었다. 분명히 연주 소리는 축음기에서 나오는 것이 맞았다. 그렇지만 노래를 부르는 목소리는 작은 상자에서 흘러나온다고 하기에는 너무나도 자유롭고 진짜처럼 들렸다. 그것은 어린아이처럼 즐겁고 유쾌하게 노래하는 소녀들의 들뜬 목소리였다. 나는 다시 발걸음을 멈추고 귀를 기울였다. 성량이 풍부한 소프라노는 일로나의 목소리였다. 그녀의 목소리는 그녀의 팔만큼이나 아름답고 풍성하고 부드러웠다. 그렇다면 일로나와 함께 부르는 또 다른 목소리의 주인공은 누구란 말인가? 그것은 내가 모르는 목소리였다. 에디트가 친구를 초대한 게 분명했다. 틀림없이 아주 어리고 톡톡 튀고 활기찬 아가씨일 것이다. 나는 우리의 성탑에서 제비처럼 즐겁게 노래하는 이 아가씨가 누구인지 호기심이 생겼다. 그러나 테라스에 들어서는 순간 나는 깜짝 놀라지 않을 수 없었다. 에디트와 일로나 외에는 아무도 없었던 것이다. 전혀 새롭고 자유로운 목소리로, 한껏 들뜬 목소리로 즐겁게 웃으며 노래하고 있는 사람은 바로 에디트였다. 하룻밤 사이에 이토록 큰 변화를 보이는 것은 정상이 아니라는 생각에 나는 경악을 금치 못했다. 이토록 아무런 근심 걱정 없이 노래할 수 있는 것은 건강하고 자신감에 찬 사람뿐이었다. 그렇지만 전날 저녁과 오늘 아침 사이에 기적이 일어나지 않은 이상 몸이 아프던 아이가 갑자기 회복했을 리는 없지 않은가! 도대체 무엇이 그녀의 마음을 저토록 설레게 한 것일까? 무엇이 그녀의 마음을 사로잡아 노래로 그 행복감을 표출하게 한 것일까? 그 순간 내가 받은 첫 느낌을 설명하기란 쉽지가 않다. 그것은 마치 소녀들의 벌거벗은 모습이라도 목격한 것 같은 일종의 불편함이었다. 그동안 에디트가 자신의 본모습을 내게 숨겨왔든가 아니면 하룻밤 사이에 새로운 사람으로 거듭났든가(하지만 어째서? 왜?) 둘 중 하나라는 생각이 들었기 때문이다.

그런데 두 소녀는 나를 보고도 전혀 놀라는 기색이 없었다.

"잠시만요." 에디트가 나를 향해 외치더니 일로나에게 말했다. "얼른 축음기 좀 꺼봐!" 그러고는 내게 가까이 오라는 손짓을 했다.

"드디어 오셨군요! 한참 기다렸어요! 자, 얼른 이야기해보세요! 한마디도 빠짐없이 자세하게요! 아빠가 너무 뒤죽박죽으로 이야기하는 바람에 정신이 하나도 없었거든요. 아빠는 흥분하면 제대로 말씀을 못하시잖아요. 어제 밤늦게 아빠가 내 방을 찾아오셨더라고요. 나는 끔찍한 날씨 때문에 잠을 못 이루고 있었어요. 몸은 추위에 으슬으슬 떨렸고, 창문으로 바람이 들어오는데 일어날 기운조차 없더라고요. 나는 마음속으로 누군가가 와서 창문을 닫아줬으면 좋겠다고 생각하고 있었어요. 그런데 갑자기 발소리가 들려오는 거예요. 처음에는 깜짝 놀랐죠. 시간이 새벽 두세 시쯤 됐었거든요! 처음에는 아빠를 알아보지도 못했어요. 너무나 다른 모습이었어요. 아빠는 곧장 내게로 오시더니 웃다가 울다가…… 정말 당신도 보셨어야 해요…… 어쩔 줄을 몰라 하셨어요. 아빠가 큰 소리로 유쾌하게 웃으며 소년처럼 깡충깡충 뛰는 모습을 상상하실 수 있겠어요? 아빠의 이야기를 듣고 나는 너무나 놀란 나머지 처음에는 믿으려 하지 않았어요. 아빠가 꿈을 꿨거나 내가 꿈을 꾸고 있다고 생각했죠. 그러다가 일로나까지 올라와서 그때부터 우리는 아침까지 웃고 떠들었어요. 아무튼 이제 당신이 이야기해봐요! 새로운 치료가 어떻다고요?"

나는 거대한 파도에 부딪혀 몸이 비틀거리는 것 같은 느낌을 받았다. 몸을 가누기 위해, 당황한 모습을 감추기 위해 나는 필사적으로 노력했다. '치료'라는 단어가 모든 것을 설명해주었다. 바로 나였다. 아무것도 모르는 그녀에게 새로운 경쾌한 목소리를 꽃피우게 한 것도, 그녀의 마음속에 불길한 확신을 심어준 것도 바로 나였다! 콘도어가 내게 해준 말을 케케스팔바가 에디트에게 전한 모양이었다. 그런데 콘도어는 나에게 무슨 말을 해줬던가? 또 나는 케케스팔바에게 무슨 말을 전했던가? 콘도어는 아주 조심스럽게 말을 내비쳤을 뿐인데…… 도대체 나란 멍청한 놈은 연민에 사로잡혀 거기에 얼마나 많은 살을 덧붙였단 말인가? 얼마나 과장을 했기에 집안 전체가 환해지고, 절망에 빠진 사람이 활기를 되찾고, 아픈 사람이 건강해졌다고 믿는단 말인가? 도대체 무슨 짓을……

"왜 그래요? 왜 그렇게 머뭇거리는 거예요?" 에디트가 재촉했다. "나에게 한마디 한마디가 얼마나 중요한지 아시잖아요. 자, 콘도어 박사님이 무슨 이야기를 했나요?"

"무슨 이야기를 했냐고요?" 나는 시간을 벌기 위해 그녀의 말을 따라 했다. "뭐…… 아시잖아요…… 좋은 이야기였어요. 콘도어 박사는 시간이 지나면 좋은 결과가 나오리라고 기대하고 있어요. 내가 잘못 이해한 게 아니라면…… 새로운 치료를 시도하려는 것 같았어요. 치료법에 대해 알아보고 있더라고요. 아주 효과가 좋은 치료라 하던데. 내가…… 내가 제대로 이해했다면 말이죠. 물론 내가 뭐라고 평가할 수 있는 일은 아니지만, 그냥 박사님을 믿고 따르면 될 것 같아요. 박사님이 다 알아서 잘하시겠죠. 나는 그렇게 믿어요."

내가 대답을 회피하는 것을 알아차리지 못했는지 아니면 조급한 마음 때문이었는지, 그녀는 내 말을 조금도 의심하지 않았다.

"그러면 그렇지. 나도 이런 식으로는 진전이 없을 거라고 생각했어요. 자기 몸은 자기가 제일 잘 아는 법이거든요. 내가 말했던 거 기억하시죠? 마사지고 전기 치료고 다리에 채우는 기구고 모두 쓸데없는 짓이라고 했잖아요. 효과가 그렇게 더딘데 그걸 어떻게 참고 기다리겠어요? 자,

보세요. 박사님 허락도 없이 오늘 그 빌어먹을 기구를 떼버렸답니다. 얼마나 홀가분한지 모르실 거예요. 기구를 떼자마자 훨씬 더 잘 걸을 수 있겠더라고요. 그 빌어먹을 기구가 나를 불구로 만든 게 아닌가 하는 생각까지 들었어요. 맞아요, 이런 문제는 전혀 다르게 접근해야 하는 거예요. 나는 오래전부터 그렇게 생각했다고요. 아무튼 그 프랑스 교수가 사용했다는 치료법이 어떤 거라고요? 얼른 이야기해주세요! 그 치료를 받으려면 정말로 이곳을 떠나야 하나요? 이곳에서 받을 수는 없는 건가요? 나는 요양소가 정말 싫거든요. 환자들을 보는 일은 아주 끔찍해요! 나 하나만으로도 충분하다고요. 아무튼 뭐가 어떻다던가요? 얼른 말 좀 해보세요! 치료는 얼마나 걸린다고 하던가요? 정말 그렇게 빨리 되는 건가요? 아빠 말로는 4개월 만에 환자가 층계를 오르락내리락했다고 하던데. 정말 믿을 수가 없어요! 자, 그렇게 입을 다물고만 있지 말고 말 좀 해보세요! 치료는 언제 시작한다고 하던가요? 그리고 얼마나 걸린대요?"

되돌려놓아야 한다! 나는 속으로 생각했다. 그녀가 계속해서 환상 속에서 허우적거리게 두어서는 안 된다! 모든 게 이미 확실한 것처럼 여기게 해서는 안 된다! 그래서 나는 조심스럽게 입을 열었다.

"치료 기간이요? 그 어떤 의사도 처음부터 치료 기간을 정해놓고 시작할 수는 없을 겁니다. 아마 치료 기간이 얼마나 될지 말하기는 어려울 거예요. 그리고…… 콘도어 박사님은 그 치료법에 대해 일반적인 이야기만 해줬답니다. 좋은 결과를 냈다고는 했지만…… 그렇다고 해서 그 치료법이 완벽하게 믿을 만한 것인지는 잘 모르겠어요. 내 말은, 그건 케이스마다 다를 수 있다는 겁니다. 아무튼 기다려봐야죠. 그가……"

그러나 그녀의 열정은 이미 나의 서투른 방어를 날려버렸다.

"그건 당신이 박사님을 몰라서 하는 말이에요. 박사님은 확실한 정보를 주는 일이 없어요. 굉장히 신중하게 굴거든요. 하지만 박사님이 반쯤 약속하는 일은 백 퍼센트 성공한답니다. 그는 믿을 수 있는 사람이에요. 당신은 모를 거예요. 내가 얼마나 간절하게 치료를 끝내고 싶은지, 아니, 적어도 치료를 끝낼 수 있다는 확신만이라도 얼마나 갖고 싶은지. 다들 나에게 참으라고, 조금만 참으라고 말하지만 도대체 언제까지 참아야 하는지는 알아야 하는 거잖아요! 누군가가 내게 6개월 또는 1년이 걸린다고 말해주기만 한다면 나는 그렇게 받아들이고 시키는 대로 할 거예요. 아무튼 이렇게 돼서 정말로 다행이에요! 어제부터 내 마음이 얼마나 가벼워졌는지 당신은 모를 거예요. 마치 새로운 삶을 시작하는 기분이에요. 오늘 아침에는 벌써 시내에도 나갔다 왔답니다. 어때요, 놀라셨죠? 이제 한 고비를 넘기고 나니까 사람들이 나에 대해 무슨 말을 하든, 무슨 생각을 하든, 나를 동정하든 말든 상관없어졌어요. 한없이 기다리고 인내하는 시간은 이제 끝났다는 것을 나 자신에게 증명하기 위해서라도 이제부터는 매일 나갈 거예요. 그리고 내일은 우리가 엄청난 일을 계획했답니다. 내일은 일요일이니까 당신도 근무 안 하죠? 아빠가 말 목장에 데려가주기로 약속했어요. 그곳에 간 지 한참 됐답니다. 한 4, 5년쯤 됐을 거예요. 내가 밖으로 나가기를 싫어했으니까요. 하지만 내일은 갈 거예요. 그리고 당신도 물론 같이 가야죠. 아마 깜짝 놀라실 거예요. 일로나와 내가 놀라운 걸 준비했거든요." 그녀는 일로나를 향해 웃으며 말했다. "우리 비밀을 그냥 말해버릴까?"

"그래." 일로나도 웃었다. "이제부터는 서로 아무런 비밀도 없기로 하자."

"자, 들어보세요. 아빠는 우리가 차를 타고 가기를 원했어요. 하지만 그러면 너무 금방 도착해서 재미가 없잖아요. 그래서 나는 요제프가 해준 이야기를 기억해냈어요. 이 저택의 옛 주인인 후작부인이라는 끔찍한 여자에 관한 이야긴데, 그 여자는 외출할 때마다 사두마차를 타고 다녔다고 하더라고요. 지금도 헛간에 있는 그 알록달록한 색깔의 여행용 마차 말이에요. 후작부인은 자신이 타고 있다는 것을 알리기 위해 아무리 가까운 곳이라도 꼭 사두마차를 타고 다녔대요. 후작부인 외에는 아무도 그 마차를 타지 못했다더군요. 우리도 후작부인처럼 그 마차를 타면 재미있지 않겠어요? 예전에 그 마차를 몰던 마부도 아직 있잖아요. 아, 당신은 그를 모르겠군요. 자동차를 구입한 후로 그는 은퇴하고 자신의 거처에 묵고 있답니다. 우리가 사두마차를 타고 나가겠다고 하자, 그는 후들거리는 다리로 달려 나와서는 살아서 다시 마차를 몰 수 있게 되었다며 거의 기쁨의 눈물을 흘리려고 하더라고요. 당신이 봤어야 하는데…… 이제 모든 준비가 끝났어요. 내일 8시에 마차를 타고 출발할 거예요. 아침 일찍 일어나야 하니까 당신도 이곳에서 주무세요. 절대로 거절하시면 안 돼요! 아래층 손님방을 사용하시면 돼요. 더 필요한 게 있으시면 피스타가 부대에서 가져다 드릴 거예요. 피스타는 내일 후작부인의 하인처럼 분장하고 우리와 함께 간답니다. 아니요, 아무 말씀 마세요. 우리를 기쁘게 해주셔야죠. 핑계 댈 생각 하지 마세요."

에디트의 말은 끝도 없이 이어졌다. 나는 여전히 에디트의 믿을 수 없는 변신에 넋이 나간 채 멍하니 그녀의 말을 듣고 있었다. 에디트의 목소리는 완전히 달라져 있었다. 평소의 신경질적인 말투는 온데간데없고 경쾌하고 물 흐르듯 말을 이어갔다. 병색이 완연했던 누런 얼굴도 화사하고 건강한 혈색으로 바뀌어 있었고, 불안하고 산만하던 몸짓도 사라지고 없었다. 내 앞에는 눈을 반짝이며 생기 있는 미소를 머금고 있는, 약간은 취한 듯 보이는 아가씨가 앉아 있었다. 에디트의 취기는 내게 전염되어 마음속에 남아 있던 저항을 무너뜨렸다. 어쩌면 사실일지도 몰라. 정말로 그렇게 될지도 몰라. 내가 에디트를 속인 게 아닐 수도 있어. 실제로 짧은 기간 내에 치료될 수도 있으니까, 내가 완전히 거짓말을 했다고는 할 수 없어. 아니, 적어도 큰 거짓말을 한 것은 아니야. 콘도어는 실제로 놀라운 치료법에 대해 읽었다고 했잖아. 그 치료법이 이토록 감격해하는 이 아이에게, 건강해질 수 있다는 생각만으로도 날아갈 듯이 행복해하는 이 예민한 아이에게 효과가 없으리라는 법도 없잖아. 그녀를 기쁘게 해주는 그 믿음을 굳이 깨뜨릴 필요가 뭐가 있어! 괜히 겁을 줘서 괴롭힐 필요가 뭐가 있냐고! 이 가엾은 아이는 그동안 충분히 고통받았잖아! 별 생각 없이 한 말이 관중들에게 좋은 반응을 얻으면 연사 자신도 그 말의 위력을 믿게 되는 것처럼, 단순히 연민에 사로잡혀 콘도어의 말을 과장한 것에서 비롯된 확신이 점차 내 머릿속에 견고하게 자리 잡았다. 케케스팔바가 테라스에 도착할 즈음에는 우리는 에디트가 이미 완치되고 건강해지기라도 한 것처럼 아무런 근심 걱정 없이 수다를 떨며 계획을 짜고 있었다. 에디트는 어디서 승마를 배울 수 있는지, 우리 부대에서 그녀의 승마 수업을 감독하고 도와줄 수 있는지 물었고, 또 새로운 교회 지붕을 지을 수 있도록 아버지가 교회에 기부하기로 한 돈을 이제는 줘야 하는 게 아니냐며 농담까지 했다. 이처럼 치료의 성공을 확신하는 대담한 말들을 아무렇지 않게 하며 웃고 떠드는 에디트의 모습을 보자 내 마음속에 남아 있던 마지막 저항감마저 입을 다물고 말았다. 그날 저녁, 내 방에 혼자 남게 되었을 때에야 비로소 마음 깊숙한 곳에서 작은 기억이 떠오르면서 심장이 두근거리기 시작했다. 에디트가 너무 지나치게 확신하고 있는 것은 아닐까? 그녀를 위험한 환상에서 깨어나게 해야 하는 것은 아닐까? 그러나 나는 더 이상 그런 생각들이 접근하지 못하도록 머릿속에서 차단시켜버렸다. 내가 말을 너무 많이 했는지 너무 적게 했는지 걱정할 필요가 뭐가 있단 말인가? 내가 필요 이상으로 말을 많이 했다 할지라도 연민에서 비롯된 그 거짓말 때문에 에디트가 행복해하지 않았던가! 누군가를 행복하게 하는 일은 결코 죄나 불의가 될 수 없었다!

예정된 야유회는 다음 날 아침 일찍 즐거운 팡파르 소리와 함께 시작되었다. 햇살이 환하게 비추는 깔끔한 방에서 깨어나자마자 즐거운 웃음소리가 나를 반겨주었다. 창밖을 내다보니 밤사이 헛간에서 꺼내왔는지 하인들과 일꾼들이 후작부인의 거대한 마차를 둘러싼 채 감탄하고 있었다. 박물관에나 어울릴 법한 이 멋진 골동품은 백년 내지는 150년 전, 빈의 황실마차를 전담하는 장인이 후작부인을 위해 제작한 작품이었다. 거대한 바퀴에서 오는 충격을 완화시키기 위해 정교한 스프링 장치가 부착되어 있는 차체의 외관은 전원적인 풍경이 그려진 다소 소박한 모습이었다. 어쩌면 당시에는 화려했던 색깔이 희미하게 바래면서 그렇게 보이는 것일 수도 있었다. 마차 내부는 비단으로 장식되어 있었고, 접이식 식탁, 거울, 향수병 등 여러 가지 정교한 편의기구가 장착되어 있었다(우리는 이동 중에 이 기구들을 하나하나 시험해보기도 했다). 물론 지난 세기에나 사용되던 이 거대한 장난감은 처음에는 비현실적이고 가장무도회와 같은 분위기를 풍겼지만, 그 덕분에 하인과 일꾼들은 마치 카니발에 온 것처럼 한껏 들뜬 기분으로 이 거대한 차량을 정비할 수 있었다. 설탕 공장 기계공이 정성들여 바퀴에 기름칠을 하고 쇠장식을 두드려보는 동안, 다른 하인이 화려하게 장식된 네 마리의 말을 끌고 왔다. 늙은 마부 요나크로서는 자랑스럽게 말을 마차에 매는 법을 가르칠 수 있는 절호의 기회였다. 빛바랜 제복을 입은 그는 뻣뻣한 다리로 놀라울 정도로 잽싸게 움직였다.

자전거도 타고 엔진도 만질 줄 알지만 사두마차에 대해서는 아무것도 모르는 젊은 하인에게 그는 자신이 가진 모든 기술과 노하우를 전수해주었다. 전날 저녁 주방장을 찾아가서 숲이든 초원이든 아무리 외진 곳에서라도 저택에서 먹는 것과 똑같은 풍성한 식사가 준비되어야 한다고, 그래야 가문의 이름에 먹칠하지 않는 것이라고 알려준 것도 요나크였다. 결국 그가 지켜보는 가운데 하인은 후작 가문의 문장이 새겨진 상자에 우아한 테이블보와 냅킨, 은식기 등을 담아야 했고, 그런 후에야 흰색 모자를 눌러쓴 환한 얼굴의 주방장이 음식을 가져올 수 있었다. 구운 닭고기와 햄, 파이, 갓 구운 신선한 빵과 수많은 와인 병들이 마차에 실렸다. 병들은 시골길을 달리는 동안 깨지지 않도록 하나하나 짚으로 포장되어 있었다. 주방장을 대신해서 식사 시중을 들 젊은 하인 한 명도 함께 가기로 했다. 그는 마차 뒤쪽에 자리를 잡았는데, 그 자리는 예전에 깃털 장식이 달린 알록달록한 모자를 쓴 후작의 하인과 심부름꾼이 앉던 자리였다. 이처럼 까다롭게 행색을 갖춘 덕분에 이미 준비 단계 자체가 하나의 즐거운 연극이 되었다. 게다가 우리의 기이한 나들이에 관한 소문이 이미 급속도로 퍼져나간 덕분에 즐거운 연극을 감상해줄 관객도 적지 않았다. 이웃 마을에서는 알록달록한 나들이복을 입은 농민들이 구경을 나왔고, 주위 빈민가에서는 늙고 깊은 주름이 파인 아낙네들과 파이프를 입에 문 영감들이 건너왔다. 특히 여기저기서 맨발로 뛰어온 아이들은 화려하게 장식된 말과 마부를 번갈아 바라보며 입을 다물 줄 몰랐다. 비쩍 말랐지만 여전히 강철 같은 마부의 손에는 신비하게 매듭지어진 기다란 고삐가 쥐어 있었다. 아이들은 피스타의 모습에도 감탄을 금치 못했다. 평소에는 푸른색 운전기사 제복을 입던 피스타가 옛 후작 하인의 제복을 차려입은 채 출발을 알릴 은빛 호각을 손에 들고 있었던 것이다. 그러나 호각이 울리기 위해서는 먼저 우리가 아침식사를 마쳐야만 했다. 마침내 우리는 식사를 마치고 마차 앞에 도착했다. 우리는 화려하게 꾸며놓은 마차와 하인들에 비해 우리가 다소 초라해 보인다는 사실을 확인하고는 즐거워했다. 언제나 똑같은 검은색 재킷 차림에 뻣뻣한 다리로 낯선 문장이 새겨진 마차에 오르는 케케스팔바의 모습은 마치 한 마리의 검은 학처럼 어딘가 우스꽝스러워 보였다. 에디트와 일로나는 로코코 의상에 머리를 하얗게 칠하고 볼에는 검은색 점을 붙이고 손에는 알록달록한 부채를 들었으면 더 어울릴 것 같았고, 나도 푸른색 기병 제복보다는 마리아 테레지아 시대의 흰색 승마복이 더 어울릴 것 같았다. 그러나 우리가 굳이 전통 의상을 차려입지 않아도 사람들은 우리의 모습이 충분히 화려하다고 생각하는 것 같았다. 우리가 육중한 마차에 오르자 피스타가 호각을 불며 출발을 알렸다. 열광적으로 손을 흔드는 사람들 사이로 맑은 호각 소리가 울려 퍼졌다. 마부가 기교를 부리며 채찍을 휘두르자 '탕' 하는 소리와 함께 마차가 덜컹거리며 움직이기 시작했다. 우리는 웃으며 옆으로 기울어지는 몸을 가누려고 애썼다. 마부는 솜씨 좋게 네 마리의 말을 몰았고, 넓은 마차에 비해 불안할 정도로 좁아 보이는 대문을 정교하게 통과하면서 우리는 큰길에 안착할 수 있었다.

　마차가 가는 곳마다 사람들의 이목이 집중되고 경이에 찬 시선이 우리에게 향하는 것은 사실 놀랄 만한 일은 아니었다. 수십 년 동안 후작의 사두마차를 보지 못한 지역 농민들은 예기치 않게 다시 등장한 마차를 보자 이를 초자연적인 사건이 일어날 징조로 여기는 것 같았다. 그들은 우리가 왕궁으로 간다거나 황제가 납셨다거나 아니면 그 밖에 상상할 수 없는 일이 벌어졌다고 생각하는 모양이었다. 어딜 가나 사람들은 모자를 벗으며 존경을 표했고, 맨발의 아이들은 끝도 없이 우리 뒤를 쫓아왔다. 길에서 건초 더미를 실은 마차나 덮개가 씌워진 마차와 마주치면 그쪽 마부는 서둘러 모자를 벗고 마부석에서 뛰어내려와 말을 세우며 우리에게 길을 양보했다. 우리는 도로의 주인이었다. 마치 봉건시대에 물결치는 들판과 아름답고 풍성한 땅과 사람들과 가축이 모두 영주의 것이었던 것처럼 거리는 모두 우리의 것이었다. 육중한 마차로 이동하는 것은 빠르지는 않았지만 그만큼 구경하고 웃을 일이 많았다. 특히 두 아가씨는 이를 마음껏 즐겼다. 젊은 사람들은 언제나 새로운 것에 매혹되게 마련 아닌가! 우리가 탑승한 특별한 마차와 이를 보고 경이로운 시선을 보내는 사람들, 그리고 그 밖의 수백 가지 사소한 일들이 두 아가씨의 기분을 한껏 들뜨게 했다. 특히 여러 달 동안 집 밖으로 나오지 않았던 에디트는 주체할 수 없는 기쁨을 햇살 가득한 따스한 여름날 속으로 마음껏 표출했다.

    우리는 한 작은 마을에서 첫번째 휴식을 가졌다. 마을에는 일요 미사를 알리는 종소리가 울리고 있었다. 들판 너머 경작지 사이사이로 사람들이 바쁘게 마을로 향하는 모습이 보였다. 높이 솟아 있는 볏단에 가려 남자들의 납작한 검은색 비단모자와 여자들이 머리에 뒤집어쓴 알록달록한 머릿수건 외에는 그들의 모습이 보이지 않았다. 마을로 향하는 사람들의 행렬이 새까만 애벌레처럼 사방에서 황금빛 들판을 통과하고 있었다. 우리가 큰 길을 빠져나와 팔딱거리는 오리들을 놀래며 (별로 깨끗하지 않은) 마을 입구에 들어서는 순간 종소리가 멈췄다. 일요 미사가 시작된 것이다. 그런데 갑자기 에디트가 모두 마차에서 내려서 미사에 참석하자고 조르는 것이었다.

    자신들의 초라한 마을 광장에 으리으리한 마차가 멈춰 서고, 모두들 소문으로만 듣던 케케스팔바 성의 주인이 가족과 함께(나도 가족으로 여기는 것 같았다) 자신들의 작은 성당에서 미사를 본다는 사실이 마을 주민들에게는 엄청난 사건이었다. 한때는 카니츠라는 보잘것없는 중개인에 불과했던 케케스팔바가 마치 살아생전의 오로스바 후작이라도 되는 것처럼 성당 관리인은 서둘러 달려 나와서 신부님께서 미사를 시작하지 않고 기다리고 계신다고 알려주는 것이었다. 사람들은 경외심이 가득한 눈빛으로 고개를 숙인 채 양쪽으로 갈라서며 우리에게 길을 내주었다. 요제프와 일로나의 부축을 받으며 에디트가 들어서자 모두들 깜짝 놀라는 모습이었다. 소박한 사람들일수록 때로는 '부자'들에게도 불행이 찾아온다는 사실을 확인하게 되면 크게 경악하는 법이다. 순간 수군거리는 소리가 들리더니 곧 몇몇 여자들이 쿠션을 가져와 에디트가 최대한 편안하게 앉을 수 있도록 자리를 마련해주었다. 물론 사람들이 급히 자리를 내준 맨 앞줄에 우리 자리가 마련되었다. 신부님은 우리를 위해 특별히 더 격식을 갖춰서 미사를 진행하는 것 같았다. 나는 이 작은 성당의 소박함에 감동했다. 그동안 다녀봤던 고향의 슈테판 대성당이나 아우구스틴 성당에서 들을 수 있는 화려한 찬송가보다 이곳 여자들의 맑은 노랫소리와 남자들의 거칠고 다듬어지지 않은 목소리, 아이들의 순박한 소리가 훨씬 더 순수한 신앙을 담고 있는 것처럼 느껴졌다. 그러나 나는 곧 다른 곳으로 정신이 쏠릴 수밖에 없었다. 우연히 옆에 앉은 에디트를 본 것이다. 너무나도 열정적으로 기도하는 그녀의 모습에 나는 깜짝 놀랐다. 지금까지 나는 단 한 번도 에디트가 신앙심이 깊다거나 그러한 환경에서 자랐다는 인상을 받지 못했다. 게다가 지금 내가 보고 있는 에디트의 모습은 대부분의 사람들이 습관적으로 기도하는 모습과는 전혀 달랐다. 에디트는 마치 거친 폭풍에 맞서는 사람처럼 창백한 얼굴을 푹 숙인 채 양손으로 기도대를 꽉 움켜쥐고 있었다. 의식을 내면에 집중하면서 입으로 기도문을 중얼거리는 모습에서 온 힘을 다해 무엇인가를 얻어내려는 사람의 절실함이 느껴졌다. 얼마나 무아지경에 빠져 열렬하게 기도했는지 그 떨림이 성당의 검은 나무벤치를 타고 나에게까지 전달되었다. 나는 그녀가 특별한 것을 마음에 두고 하느님에게 기도한다는 것을 알아차렸다. 에디트는 하느님에게 뭔가를 **바라고** 있었다. 그리고 병든 아이가, 이 불구 소녀가 무엇을 원하는지 알아맞추는 일은 결코 어렵지 않았다.

미사를 마치고 다시 마차에 오른 후에도 에디트는 한동안 깊은 생각에 잠겨 있었다. 그녀는 한마디도 하지 않았다. 더 이상 호기심이 가득한 눈빛으로 사방을 둘러보지도 않았다. 30분 동안 전력을 다해 기도한 것이 심신을 완전히 지치게 한 것 같았다. 우리도 에디트의 눈치를 보며 조용히 있었다. 그렇게 해서 우리는 점심식사 직전 말 목장에 도착할 때까지를 잠이 들 것 같은 조용한 분위기로 보냈다.

말 목장에서는 특별한 환영식이 우리를 기다리고 있었다. 우리의 방문 소식을 전해 들은 이 지역 청년들이 길들여지지 않은 목장의 말들을 몰고 우리를 향해 달려오는 것이었다. 마치 환상의 아라비안나이트에서나 나올 법한 장관이 연출되었다. 햇볕에 그을린 구릿빛 피부에 넓은 흰색 바지를 입고 셔츠를 풀어헤친 채 모자에 달린 알록달록한 띠를 휘날리며 환호성을 지르는 청년들의 모습은 가히 환상적이었다. 그들은 한 무리의 베두인족처럼 안장도 없이 말을 타며 우리를 쓸어버릴 듯한 기세로 질주해왔다. 마차를 끄는 말들이 불안한 듯 귀를 쫑긋 세웠고, 늙은 요나크는 다리로 힘껏 버티며 고삐를 꽉 붙들어야 했다. 이때 갑자기 휘파람이 울리자 청년들은 솜씨 좋게 대열을 갖추기 시작했다. 그러고는 우리를 호위하며 목장 관리소까지 바래다주었다.

목장은 사관학교 출신 기병장교인 나에게는 볼거리가 무척이나 많은 곳이었다. 두 아가씨는 망아지를 구경하며 즐거워했다. 호기심 어린 눈빛으로 쳐다보며 자기 몸조차 제대로 가누지 못하는 기다란 다리로 비틀비틀거리고 각설탕도 제대로 받아먹지 못하는 어리숙한 망아지의 모습에 두 아가씨는 귀여워서 어쩔 줄을 몰라 했다. 우리가 이렇게 즐기는 동안 식사를 담당하는 하인은 요나크의 감독하에 야외에 화려한 점심식사를 준비했다. 맛있는 와인을 마시면서 가라앉았던 분위기는 점차 활기를 되찾았고, 우리는 그 어느 때보다도 더 신나게, 더 친하게, 더 편안하게 이야기 꽃을 피웠다. 구름 한 점 없는 파란 하늘처럼 그 시간만큼은 내 마음속에 단 한순간도 그 어떤 어두운 생각도 스치지 않았다. 그 순간만큼은 가장 크고 가장 행복하게 웃고 있는 저 아이가 정말로 상처 입고 고통과 절망에 빠진 그 아이가 맞을까 하는 생각, 전문가처럼 말들을 살펴보며 일꾼들과 농담을 주고받고 그들에게 팁을 쥐여주는 저 노인이 과연 이틀 전 광적인 불안감에 사로잡혀 몽유병 환자처럼 밤에 나를 덮친 사람이 맞을까 하는 생각이 전혀 들지 않았다. 나는 나 자신조차도 전혀 다르게 느껴졌다. 몸에 기름칠이라도 한 것처럼 몸과 마음이 가볍고 편안했다. 식사를 마치고 에디트가 관리인 부인의 방에서 휴식을 취하는 동안 나는 몇 마리의 말을 차례로 타봤다. 그곳 청년들과 들판을 질주하면서 고삐와 함께 나 자신도 풀어놓는 듯한 기분이 들었다. 그동안 한 번도 느껴보지 못한 자유로움이 느껴졌다. 아, 이곳에서 살 수 있으면 얼마나 좋을까! 아무에게도 복종할 필요 없이 자유로운 들판을 질주하며 자유를 만끽할 수 있다면! 한참을 질주하던 나는 멀리서 귀가를 알리는 호각 소리가 들리자 마음이 조금 무거워졌다.

경험이 많은 요나크는 귀갓길로 목장에 올 때와는 다른 길을 택했다. 어쩌면 그 길이 작고 시원한 숲길을 통과하기 때문이었을 수도 있다. 그런데 집으로 향하는 길에 완벽한 하루의 대미를 장식할 최고의 선물이 우리를 기다리고 있었다. 마차가 스무 가구 정도가 사는 작은 마을로 들어설 때였다. 하나밖에 없는 길이 십여 대의 텅 빈 손수레로 꽉 막혀 있는 것이었다. 게다가 이상하게도 우리의 거대한 마차가 지나갈 수 있도록 길을 열어주는 사람도 전혀 보이지 않았다. 주변에는 개미 새끼 한 마리도 얼씬거리지 않았다. 그러나 텅 빈 마을의 비밀은 곧 풀렸다. 요나크가 숙련된 손으로 커다란 채찍을 휘두르며 총소리와 같은 굉음을 내자 사람들이 깜짝 놀라며 우르르 우리에게 몰려들었다. 이야기를 들어보니 마을에서 가장 부유한 농부의 아들이 다른 마을의 가난한 친척 아가씨와 결혼식을 올리고 있었다는 것이다. 막혀 있던 길 저 멀리에서 얼굴이 시뻘건 뚱뚱한 신랑 아버지가 허겁지겁 달려오고 있었다. 그곳에서 헛간을 비운 공간에 무도회장이 만들어졌다고 했다. 신랑 아버지는 우리를 따뜻하게 맞아주었다. 어쩌면 그는 정말로 명성이 드높은 폰 케케스팔바 씨가 이 결혼식에 참석하기 위해 일부러 사두마차를 끌고 왔다고 생각했을 수도 있고, 아니면 우연히 우리가 지나가는 것을 이용해서 다른 사람들에게 자신의 위신을 높이려 하는 것인지도 몰랐다. 어찌 됐든 그는 거듭 허리를 숙이며 금방 길을 열어줄 테니 폰 케케스팔바 선생님 일행께서는 신랑 신부의 건강을 위해 자신이 직접 담근 헝가리 와인으로 축배를 들어주십사 부탁하는 것이었다. 우리는 흔쾌히 승낙했다. 우리는 에디트를 조심스럽게 마차에서 내린 후 마치 개선장군이라도 된 것처럼 수군거리는 마을 사람들 사이를 통과해서 무도회장 안으로 들어섰다.

    무도회장은 알고 보니 헛간을 비워서 급조한 곳이었다. 헛간의 양쪽 끝에는 빈 맥주통 위에 나무판자를 얹어 만든 연단도 있었다. 오른쪽 연단에는 하얀 식탁보가 깔린 기다란 테이블 위에 음식과 음료수 병이 풍성하게 놓여 있었고, 신랑 신부를 중심으로 가족과 친척 그리고 지역 어른인 목사와 경찰서장이 자리하고 있었다. 건너편 연단에는 악단이 자리했다. 콧수염을 기른 낭만적인 모습의 집시들이 바이올린, 콘트라베이스, 침발롬을 연주하고 있었다. 헛간 바닥을 밟아 다져서 만든 플로어는 하객들로 붐볐고, 자리가 없어서 무도회장에 들어오지 못한 아이들은 문밖에서 빼꼼히 들여다보거나 대들보에 앉아 다리를 흔들거리며 아래의 광경을 구경하고 있었다.

 우리가 들어서자 덜 중요한 친척 몇 사람이 테이블에서 밀려나며 우리에게 자리를 내주어야 했다. 우리가 스스럼없이 그들과 어울리자 사람들은 귀하신 분들이 붙임성도 좋다며 깜짝 놀라는 것이었다. 신랑 아버지는 흥분된 마음에 비틀거리며 손수 커다란 와인 단지를 가져왔다. 그가 잔을 채운 후 큰 소리로 '귀하신 손님들을 위하여!'라고 외치자 사람들은 열광하며 그의 말을 따라 외쳤고, 그 소리는 메아리가 되어 멀리 골목길까지 울려 퍼졌다. 건배 후 신랑 아버지는 아들과 신부를 케케스팔바 앞으로 데려왔다. 엉덩이가 펑퍼짐한 신부는 수줍음 많은 아가씨로 알록달록한 전통의상을 걸치고 흰색 화관을 쓴 모습이 무척이나 귀여웠다. 그녀는 새빨개진 얼굴로 케케스팔바 앞에서 무릎을 살짝 구부리며 어색하게 절하고는 공손하게 에디트의 손에 입을 맞추었다. 에디트는 눈에 띄게 흥분한 것 같았다. 젊은 처녀들은 결혼식을 보면 언제나 혼란스러워하는데, 그것은 그 순간만큼은 동성 간의 신비한 연대감이 형성되기 때문이다. 에디트는 얼굴을 붉히며 부끄러워하는 아가씨를 따뜻하게 안아주더니 문득 생각난 듯이 손가락에서 (가늘고 고풍스럽지만 크게 값나가지는 않는) 반지를 빼서 신부에게 끼워주는 것이었다. 신부는 예기치 못한 선물에 넋이 나간 듯했다. 그녀는 불안한 눈빛으로 시아버지를 쳐다봤다. 이토록 큰 선물을 받아도 되는지 물어보는 것 같았다. 그가 자랑스러운 표정으로 고개를 끄덕이자 그녀는 기쁨의 눈물을 흘렸다. 또다시 사람들 사이에서 우리를 향한 감사의 물결이 밀려왔다. 소박한 마을 사람들은 사방에서 우리에게 몰려들었고, 그들의 얼굴에는 감사의 마음을 표하기 위해 무슨 일이라도 하고 싶어 하는 표정이 역력했다. 그러나 아무도 감히 '귀한 분들'께 말을 걸 용기는 내지 못했다. 아들의 결혼식에 이토록 영광스러운 일이 벌어졌다는 사실에 농부의 부인은 눈물을 글썽이며 술에 취한 사람처럼 비틀거렸고, 당황한 신랑은 신부와 우리, 그리고 자신의 신발을 번갈아가며 쳐다볼 뿐이었다.

사람들의 경외심이 민망해질 지경에 이르자 케케스팔바는 영리한 방법을 강구해냈다. 그는 먼저 신랑 아버지에게, 다음은 신랑에게 그리고 몇몇 어르신들에게 악수를 청하며 우리 때문에 연회가 방해받지 않았으면 좋겠다고 당부했다. 젊은 사람들은 마음껏 춤을 추고 계속해서 즐겁게 연회를 벌이는 것이 우리들을 기쁘게 해주는 일이라고 말하며 그는 손짓으로 바이올린 주자를 부르더니 바이올린을 오른쪽 옆구리에 낀 채 달려오는 집시에게 지폐 한 장을 건네주고는 연주를 시작할 것을 지시했다. 상당히 큰 금액이었는지 집시는 순간 전기에 감전된 듯 깜짝 놀라더니 자신의 연단으로 급히 달려가 악단에게 눈짓을 보냈다. 그러자 곧바로 네 명의 연주자들은 헝가리 집시만이 할 수 있는 신나는 연주를 시작했다. 침발롬의 매혹적인 소리가 울려 퍼짐과 동시에 모든 주저함은 사라졌다. 순식간에 쌍쌍이 짝을 이루더니 이전보다 훨씬 더 격렬하고 신나는 춤판이 벌어졌다. 젊은 남녀 커플들은 우리들에게 진정한 헝가리인의 춤을 보여주기로 마음먹은 것 같았다. 1분 전까지만 해도 경외심으로 가득했던 조용한 공간은 순식간에 몸을 이리저리 흔들며 춤을 추는 열띤 무대로 바뀌었다. 연단 위의 와인 잔이 박자에 맞춰 쩽그랑거릴 만큼 젊은이들은 신나게 춤을 췄다.

에디트는 반짝이는 눈으로 소동을 지켜봤다. 그러더니 갑자기 내 팔을 붙잡으며, "당신도 추셔야죠"라고 말하는 것이었다. 다행히도 아직 신부는 소용돌이에 휘말리지 않은 가운데 멍한 표정으로 손가락에 끼워져 있는 반지를 바라보고 있었다. 내가 신부에게 허리를 숙이며 춤을 청하자 그녀는 자신에게 주어진 과도한 영광에 처음에는 얼굴을 붉혔지만 곧 얌전하게 나의 손을 잡았다. 우리 두 사람의 모습을 지켜본 신랑도 용기를 냈다. 그는 아버지의 독촉을 받으며 일로나에게 춤을 청했다. 침발롬 연주자는 아까보다도 더 미친 듯이 악기를 두드렸고, 바이올린 주자는 콧수염이 난 검은 악마처럼 바이올린을 켜댔다. 그 마을에서 그 결혼식 날처럼 격렬하고 정신없는 춤판이 벌어진 것은 아마도 그날이 처음이자 마지막이었을 것이다.

그날 하루 동안 벌어진 놀라운 일들은 여기에서 그치지 않았다. 축제에는 절대로 빠지는 법이 없는 집시 여인들 중 한 명이 에디트가 신부에게 사치스러운 선물을 준 것을 보고는 연단 위로 올라가 에디트에게 손금을 보라고 설득하는 것이었다. 에디트는 난처해했다. 한편으로는 호기심이 일었지만, 다른 한편으로는 수많은 관객 앞에서 그러한 미신을 믿는 것처럼 보이기 싫었던 것이다. 나는 아무도 그들의 말을 엿듣지 못하도록 케케스팔바와 다른 사람들을 모두 연단에서 내려가게 했다. 사람들은 집시 여인이 에디트 앞에 무릎을 꿇은 채 주문을 외우며 그녀의 손바닥을 들여다보는 모습을 멀리서 구경하는 수밖에 없었다. 헝가리 사람이라면 누구나 집시들의 속임수에 대해 알고 있었다. 그들은 사람들이 가장 기뻐할 이야기를 해주고는 그 대가를 톡톡히 받는 수법을 쓰곤 했다. 그런데 놀랍게도 에디트는 구부정한 집시 여인이 쉰 목소리로 급하게 속삭이는 말에 크게 동요하는 것처럼 보였다. 에디트의 콧등 주위가 떨리기 시작했다. 그것은 에디트가 크게 긴장했을 때 나타나는 징후였다. 에디트는 몸을 점점 아래로 숙이면서 집시 여인의 말에 귀를 기울였다. 때로는 누군가가 엿들을까봐 불안한 듯이 주위를 둘러보기도 했다. 잠시 후 그녀는 손짓으로 아버지를 부르더니 그의 귀에 대고 뭐라고 속삭였고, 그러자 케케스팔바는 순종적으로 지갑을 꺼내 집시 여인에게 돈을 건네주었다. 이 마을에서는 엄청난 금액이었던지 늙고 탐욕스러운 집시 여인은 바닥에 납작 엎드린 채 미친 사람처럼 에디트의 치맛자락에 입을 맞추며 이해할 수 없는 주문을 외우고 에디트의 마비된 발을 쓰다듬었다. 그러더니 누군가가 돈을 다시 빼앗을 것이 염려되었는지 순식간에 도망쳐버렸다.

"그만 가죠." 나는 케케스팔바에게 속삭였다. 에디트의 얼굴이 창백해진 것이 눈에 들어온 것이다. 나는 피스타를 데려왔고, 그는 일로나와 함께 목발을 짚은 에디트를 부축하며 마차로 데려갔다. 즉시 음악이 멈췄다. 순박한 마을 사람들 모두가 우리를 배웅해주기 위해 따라나섰다. 연주자들은 마차를 에워싼 채 마지막 팡파르를 울렸고, 마을 사람들은 환호성을 지르며 만세를 외쳤다. 이런 소란에 익숙지 않은 말들을 진정시키기 위해 요나크는 진땀을 흘려야 했다.

나는 맞은편에 앉은 에디트 때문에 마음이 불안했다. 에디트는 여전히 온몸을 떨고 있었다. 어떤 격렬한 감정이 그녀를 크게 흔들어놓은 것 같았다. 갑자기 에디트의 입에서 흐느낌이 터져나왔다. 하지만 그것은 기쁨의 흐느낌이었다. 에디트는 웃으면서 눈물을 흘렸고, 눈물을 흘리면서 웃었다. 교활한 집시 여인이 에디트가 곧 완치될 것이라고 예언한 것이 분명했다. 어쩌면 그 외에도 더 많은 것을 예언했는지도 몰랐다.

에디트는 "날 그냥 내버려둬요. 그냥 내버려두라고요"라고만 말하며 우리의 손을 뿌리쳤다. 감정이 격해진 와중에 새로운 기이한 욕구를 느끼는 것 같았다. 에디트는 계속해서 "날 그냥 내버려둬요"라는 말만 반복했다. "그 늙은 집시 여인이 사기꾼이라는 건 나도 알고 있어요. 나도 안다고요. 하지만 한번쯤 바보같이 구는 게 뭐가 어때서요! 한번쯤 속아주는 것도 나쁘지 않잖아요!"

우리가 다시 케케스팔바 저택에 돌아왔을 때는 이미 늦은 저녁이었다. 모두가 저녁식사를 하고 가라며 붙들었지만 나는 그러고 싶지 않았다. 나는 이미 충분하다고, 아니, 어쩌면 과하다고 느끼고 있었다. 이 기나긴 황금빛 하루 동안 나는 완벽하게 행복했기 때문에 여기서 한 걸음만 더 나아가도 그 행복감은 줄어들 것이 분명했다. 한낮의 뜨거운 공기가 부드럽게 식어가듯 차분한 마음으로 익숙한 가로수 길을 따라 부대로 돌아가는 것이 더 나을 것 같았다. 더 이상 욕심 부리지 말고 그저 감사하는 마음으로 모든 것을 되새겨보고 싶었다. 그래서 나는 일찌감치 작별을 고했다. 하늘에 반짝이는 별들이 다정한 눈빛으로 나를 바라보는 것 같았고, 어둑어둑해지는 들판과 검은 안개 위를 부드럽게 쓰다듬어주는 바람은 나에게 노래를 들려주는 것 같았다. 나는 순수한 열정에 사로잡혔다. 이 세상과 모든 사람들이 선량하고 감동적으로 느껴졌고, 나무 한 그루 한 그루마다 껴안아주고 사랑하는 사람을 어루만지듯이 쓰다듬어주고 싶었다. 아무 집에나 들어가서 이처럼 혼자 담고 있기에는 가슴 벅찬 이야기들을 집주인에게 털어놓고 싶었다. 내 감정을 알리고, 표출하고, 아낌없이 쏟아내고 싶었다. 이 벅차오르는 감정을 빨리 나눠주고 소진해버리고 싶었다.

부대에 도착하자 방문 앞에서 당번병이 기다리고 있었다. 나는 처음으로(오늘은 모든 것이 처음처럼 느껴졌다) 이 루테니아 소년의 얼굴이 사과처럼 동그랗고 참으로 우직하게 생겼다는 것을 알아차렸다. 아, 이 녀석에게도 기쁨을 주고 싶다는 생각이 들었다. 그에게 돈을 좀 줘서 여자친구와 맥주라도 한잔 마실 수 있도록 해줘야겠다고 생각했다. 오늘, 내일, 아니, 이번 주 내내 외박을 보내주기로 결심하고 돈을 꺼내기 위해 주머니에 손을 넣을 때였다. 갑자기 당번병이 차렷 자세를 취하더니 "소위님께 전보가 왔습니다"라고 말하는 것이었다.

전보? 나는 즉시 불안감이 엄습했다. 이 세상에 나에게 볼일이 있는 사람이 도대체 누구란 말인가? 나를 이렇게 급하게 찾는다는 것은 안 좋은 일임에 틀림없었다. 나는 서둘러 책상으로 다가갔다. 책상 위에는 처음 보는 네모난 종이가 봉인된 채 놓여 있었다. 나는 내키지 않는 마음으로 손가락으로 봉투를 뜯었다. 전보는 십여 개의 단어로 이루어진 간략한 글이었지만, 그 내용만은 명쾌했다. "케케스팔바 씨의 부름을 받고 내일 갑니다. 당신과 꼭 먼저 이야기해야 합니다. 다섯 시에 티롤러 와인슈투베에서 기다리겠습니다. 콘도어."

몽롱하게 취해 있다가 단번에 정신이 번쩍 든 경험은 전에도 한번 있었다. 그것은 작년에 있었던 한 동료의 송별회에서였다. 그는 보헤미아 북부 지방에서 공장을 운영하는 굉장한 부잣집 딸과의 결혼을 앞두고 우리에게 크게 한턱냈다. 그날 밤 그는 결코 돈을 아끼지 않았다. 중후한 보르도 와인에서부터 샴페인에 이르기까지 끊임없이 술병들이 나왔다. 우리는 엄청난 양의 술을 들이키면서 성격에 따라 목소리가 커지기도 하고, 감상적이 되기도 했다. 우리는 서로를 껴안고 웃으며 떠들고 노래를 불렀다. 연신 잔을 부딪치며 코냑과 리큐어를 들이부었고 담배와 시가를 피워

댔다. 곧 열기가 가득한 술집은 자욱한 담배 연기에 휩싸여 푸르스름한 안개로 뒤덮였다. 이로 인해 뿌옇게 변한 창문 밖으로 이미 날이 밝아오고 있다는 사실을 아무도 알아차리지 못했다. 새벽 서너 시쯤 되었을 때였다. 우리들 대부분은 똑바로 앉아 있지도 못했다. 테이블에 반쯤 엎드린 채로 누군가가 건배를 외치면 흐릿한 눈으로 멍하니 쳐다볼 뿐이었다. 화장실에 가야 하는 사람들은 넘어질 듯 비틀거리며 걸어가거나 무거운 포대처럼 구르듯이 몸을 옮겼다. 우리들 중에 제대로 말할 수 있거나 생각할 수 있는 사람은 아무도 남아 있지 않았다.

그때 갑자기 문이 활짝 열리더니 연대장(이 연대장에 대해서는 나중에 더 자세히 이야기할 것이다)이 안으로 들어오는 것이었다. 그러나 소란스러운 분위기 속에서 그를 알아보는 사람은 몇 명 없었다. 연대장은 싸늘한 표정으로 테이블로 다가가더니 지저분한 테이블 위를 주먹으로 힘껏 내리쳤다. 그 충격에 테이블 위에 놓여 있던 접시와 잔 들이 쨍그랑거렸다. 그런 다음 연대장은 차갑고 엄격한 목소리로 "조용!"이라고 소리쳤다.

주위는 순식간에 조용해졌고 졸고 있던 녀석들도 눈을 번쩍 뜨며 깨어났다. 연대장은 오전에 사단장이 불시에 시찰을 할 거라고 짧게 통보했다. 아무 문제도 없어야 하며 그 누구도 부대의 얼굴에 먹칠해서는 안 된다는 것이었다. 그러자 기이한 일이 벌어졌다. 우리 모두 단번에 정신이 번쩍 나는 것이었다. 마치 몸속에 있는 창문을 활짝 열어젖힌 것처럼 술기운은 날아갔고, 흐릿했던 얼굴들에는 본분을 다해야 한다는 생각에 긴장감마저 엿보였다. 모두들 정신을 바싹 차렸고, 2분 후 술집은 텅 빈 채 어지럽혀진 테이블만이 덩그러니 남아 있었다. 모두들 자신이 해야 할 일을 분명히 알고 있었다. 부하들을 깨우고 당직병들에게 명령을 하달하고 안장의 단추 하나하나까지 윤을 내는 등 모두들 분주하게 움직였다. 그리고 몇 시간 후 모두가 염려했던 시찰 시간은 순조롭게 지나갔다.

전보를 뜯자마자 그때처럼 몽롱했던 정신이 단번에 깨어났다. 단 1초 만에 나는 지난 몇 시간 동안 내가 인식하려 하지 않은 사실을 깨달았다. 내가 하루 동안 느꼈던 모든 감동은 그저 거짓말에서 비롯된 환희에 불과했고, 나는 나의 나약함과 부질없는 연민 때문에 사람들의 오해를 불러일으키고 이를 방치했던 것이다. 나는 콘도어가 내게 책임을 추궁하기 위해 오는 것임을 즉시 알아차렸다. 이제는 내가 감정이 앞선 나머지 남들까지 들뜨게 만든 것에 대가를 치러야 할 때였다.

초조함 때문에 나는 약속시간보다 15분이나 일찍 술집 앞에 도착해서 기다렸다. 콘도어는 이두마차를 타고 정각에 도착했다. 그는 별다른 인사치레 없이 곧바로 말을 꺼냈다.

"역시 시간을 잘 지키시는군요. 처음부터 당신은 믿을 만하다고 생각했어요. 자, 남들이 들으면 곤란하니까 저번처럼 룸으로 들어가는 게 좋겠어요."

늘 느긋하기만 하던 그의 모습에 변화가 생긴 것 같았다. 그는 흥분한 것 같으면서도 절제된 모습으로 먼저 술집 안으로 들어가더니 무례하다 싶을 정도로 짤막하게 종업원에게 지시를 내렸다. "와인 1리터짜리로. 그저께 밤에 마신 것과 같은 걸로 주고 부르기 전에는 들어오지 말게."

우리는 자리에 앉았다. 종업원이 와인을 테이블에 제대로 내려놓기도 전에 그는 말을 시작했다.

"단도직입적으로 말할게요. 서둘러야 하거든요. 안 그러면 그들이 우리가 무슨 음모라도 꾸민다고 생각할 거예요. 나를 곧바로 데려가려는 운전기사를 떼어놓는 것만도 얼마나 힘들었다고요. 아무튼 바로 본론으로 들어갑시다!

그저께 새벽에 전보가 왔더군요. '존경하는 박사님, 최대한 빨리 와 주십시오. 모두들 매우 초조한 마음으로 박사님을 기다리고 있습니다. 믿음과 감사의 마음을 담아. 케케스팔바.' 나는 이미 '최대한 빨리', '매우 초조한'과 같은 표현에서 불안감이 느껴지던군요. 불과 며칠 전에 에디트를 진찰했는데 갑자기 그토록 초조해할 이유가 없잖아요? 게다가 갑자기 전보까지 쳐서 믿음을 전하고 감사의 마음을 전할 일이 뭐가 있습니까? 어찌 됐든 나는 서두르지 않고 전보를 다른 서류들과 함께 치워버렸습니다. 그 노인네가 원래 그런 식의 발작을 자주 하니까요. 그런데 어제 아침 편지를 받고는 그게 아니구나 싶었어요. 에디트가 장문의 편지를 급행으로 보냈는데 뭔가에 홀린 듯한 편지였어요. 그녀는 처음부터 자신을 구해줄 사람은 이 세상에 나밖에 없다는 것을 알고 있었다며 이제 드디어 때가 되어서 얼마나 행복한지 말로 설명할 수 없다고 하더군요. 자신이 편지를 쓴 이유는 자신을 믿어도 된다는 확신을 주고 싶어서였답니다. 아무리 힘들더라도 나의 지시를 무조건적으로 따르겠다면서요. 그러면서 너무나 초조해서 속이 타버릴 것 같으니 최대한 빨리 새로운 치료법을 시작하자고 하더군요. 그리고 다시 한 번 강조했어요. 모든 것을 감수할 테니 제발 빨리 시작하자고. 편지는 그런 식으로 계속되었어요.

그나마 '새로운 치료법'이라는 말에 누군가가 비노 교수의 치료법에 대해 노인네나 그의 딸에게 이야기를 했나 보다 눈치를 챘죠. 그렇지 않으면 어디서 그 치료법에 대해 알았겠어요? 그 누군가는 물론 소위님 당신이겠죠?"

내가 무심결에 움찔거렸는지 그는 즉시 말을 덧붙였다.

"제발, 그 사실에 대해서는 아무 변명도 말아주세요! 나는 비노 교수의 치료법에 대해서 당신 외에는 그 누구에게도 언급조차 하지 않았어요. 케케스팔바네에서 몇 달 후면 병이 씻은 듯이 나을 거라고 기대하고 있다면, 그것은 모두 당신 탓입니다. 아무튼 더 이상 서로를 비난하지는 맙시다. 우리 둘 다 말이 많았던 게 사실이니까요. 나는 당신에게 이야기를 했고, 당신은 다시금 그들에게 이야기보따리를 풀어놓은 거죠. 내가 당신과 이야기할 때 좀더 신중했어야 했는데. 환자 치료는 당신 전문이 아니니까요. 당신은 환자와 그들의 가족이 일반 사람들과는 다른 어휘를 구사한다는 사실을 알 리가 없었죠. 그들에게는 '어쩌면'이라는 단어도 '분명히'라는 뜻으로 들린답니다. 그렇기 때문에 그들에게는 희망적인 소식을 전할 때에도 조심스럽게 한 방울씩 주입해주지 않으면 낙관주의가 머리끝까지 차올라 분별력을 잃게 된답니다. 하지만 이러한 사실을 당신이 알 리가 없었죠.

어쩔 수 없죠. 이미 엎질러진 물입니다. 그러니 더 이상 책임을 논하지는 맙시다! 그런 이야기를 하려고 당신을 보자고 한 건 아니니까요. 나는 그저 당신이 내 일에 개입한 이상 지금의 상황에 대해 알려줘야 할 의무를 느껴서 만나자고 한 겁니다."

콘도어는 처음으로 얼굴을 들고 나를 똑바로 쳐다보았다. 예상과 달리 그의 눈빛은 엄격하기보다는 오히려 나를 동정하는 듯했다. 말을 이어가는 그의 목소리도 한층 부드러워져 있었다.

"소위님, 내가 지금부터 해줄 이야기가 당신을 무척 고통스럽게 하리라는 것을 잘 알고 있답니다. 하지만 말씀드렸다시피 우리는 감상에 젖을 시간이 없어요. 의학잡지에 난 기사를 보고 곧바로 비노 교수에게 편지를 썼단 이야기를 했었죠? 그 이상은 말씀드린 게 없는 것 같은데…… 아무튼 어제 아침 비노 교수에게서 답장이 왔답니다. 에디트의 행복에 젖은 편지와 동시에 도착했죠. 비노 교수의 대답은 얼핏 보기에는 긍정적인 것 같았습니다. 그의 치료법은 실제로 여러 환자들에게 놀라운 성과를 거두었다고 하더라고요. 그런데 안타깝게도, 이게 가슴 아픈 점입니다, 그의 치료법은 에디트의 케이스에는 적용할 수 없다는군요. 치료법이 성과를 보인 환자들은 결핵성 척수질환 환자인데, 이들의 경우에는, 의학적 설명은 생략할게요, 운동신경을 완전히 회복시킬 수 있었습니다. 하지만 에디트처럼 중추신경계가 말썽인 경우에는 코르셋으로 몸을 고정시킨 채 일광욕을 하고 체조를 하는 등의 비노 교수의 치료법은 전혀 소용이 없었답니다. 정말 안타까운 일이지만 에디트에게는 그의 치료법을 적용시킬 수 없다는 겁니다. 그 가엾은 아이에게 그의 치료법을 시도하는 것은 쓸데없이 괴롭히는 일밖에 되지 않아요. 당신도 이 사실을 알아야 한다고 생각했어요. 이제 어떤 상황인지 확실히 알겠죠? 몇 달 후면 춤추고 뛰어다닐 수 있다는 희망을 줘서 그 애의 정신을 어지럽혀놓은 게 얼마나 경솔한 일이었는지 이해하겠죠? 나라면 절대로 그런 어리석은 약속은 하지 않았을 겁니다! 하지만 당신은 이미 하늘에서 달과 별을 따주겠다고 약속했으니 이제 모두들 당신에게 매달릴 겁니다. 그게 당연하죠. 일을 이 지경으로 만든 것은 당신, 당신 한 사람이니까요."

손가락이 뻣뻣해지는 것이 느껴졌다. 책상 위에 놓인 전보를 보는 순간 나는 무의식적으로 이미 이 모든 상황을 예감했었다. 그럼에도 불구하고 콘도어가 냉철하게 상황을 설명해주자 나는 도끼로 이마를 한 대 얻어맞은 기분이었다. 나는 본능적으로 스스로를 방어하고 싶은 욕구를 느꼈다. 모든 책임을 나 혼자서 뒤집어쓰고 싶지는 않았다. 그러나 가까스로 입을 뗐을 때 내 입에서 흘러나온 말은 잘못을 하다가 선생님께 들킨 소년의 변명처럼 들렸다.

"그렇지만…… 어째서요? 저는 그저 좋은 의도로 말한 것뿐인데…… 케케스팔바 씨한테 이야기한 것은 그저……"

"알아요, 압니다." 콘도어가 내 말을 끊었다. "물론 그 노인네가 당신에게서 그 말을 억지로 끄집어냈을 겁니다. 그의 절망 어린 집착은 사람을 정말 무력하게 만들 수 있죠. 네, 압니다. 나는 당신이 그저 연민 때문에 마음이 약해졌다는 것을 잘 알고 있습니다. 하지만 내가 전에도 한 번 경고하지 않았습니까! 연민이라는 것은 양날을 가졌답니다. 연민을 잘 다루지 못하는 사람이라면 거기서 손을 떼고, 특히 마음을 떼야 합니다. 연민은 모르핀과 같습니다. 처음에는 환자에게 도움이 되고 치료도 되지만 그 양을 제대로 조절하지 못하거나 제때 중단하지 않으면 치명적인 독이 됩니다. 처음 몇 번 맞을 때에는 마음이 진정되고 통증도 없애주죠. 그렇지만 우리의 신체나 정신은 모두 놀라울 정도로 적응력이 뛰어나답니다. 신경이 더 많은 양의 모르핀을 찾게 되는 것처럼 감정은 더 많은 연민을 원하게 됩니다. 결국에는 옆에서 줄 수 있는 것보다 더 많은 양을 원하게 되죠. 언젠가는 '안 돼'라고 말해야 하는 순간이 반드시 오게 마련입니다. 그 거절 때문에 환자가 처음부터 도와주지 않은 사람보다도 자신을 더 증오하게 될지라도 그렇게 말해야 하는 순간이 반드시 옵니다. 그래요, 소위님. 제대로 다루지 못하는 연민은 무관심보다도 더 좋지 않은 결과를 가져옵니다. 우리 의사들은 그 사실을 잘 알고 있고, 판사나 법 집행관, 전당포 주인도 마찬가지입니다. 모두가 연민에 굴복한다면 이 세상은 제대로 돌아가지 않을 겁니다. 연민이라는 거, 아주 위험한 겁니다! 이번 경우에도 당신의 나약함 때문에 어떤 일이 발생했는지 보십시오!"

"그렇지만…… 그렇지만 어떻게 절망에 빠진 사람을 그냥 모른 척합니까? 저는 그저……"

갑자기 콘도어의 목소리가 거칠어졌다.

"그게 아니에요! 책임감을 느껴야죠! 엄청난 책임감이요! 연민에 사로잡혀 다른 사람을 바보로 만든다면, 그건 엄청난 책임이 따르는 일이라고요! 성인이라면 어떤 일에 관여하기 전에 자신이 어디까지 함께 갈 건지부터 먼저 생각해봐야 합니다. 남의 감정을 가지고 장난치면 안 돼죠! 물론 당신이 좋은 의도로 그 사람들을 기쁘게 해준 건 압니다. 하지만 이 세상에서는 강경책을 쓰건 회유책을 쓰건 그건 중요하지 않습니다. 중요한 것은 결과물입니다! 연민이라…… 좋죠! 하지만 연민에는 두 종류가 있습니다. 그중 하나인 나약하고 감상적인 연민은 그저 남의 불행에서 느끼는 충격과 부끄러움으로부터 가능한 한 빨리 벗어나고 싶어 하는 초조한 마음에 불과합니다. 함께 고통을 나누는 것이 아닌 남의 고통으로부터 본능적으로 자신의 영혼을 방어하는 것입니다. 진정한 연민이란 감상적이지 않은 창조적인 연민입니다. 이것은 무엇을 원하는지를 분명히 알고 힘이 닿는 한 그리고 그 이상으로 인내심을 가지고 함께 견디며 모든 것을 극복하겠다는 의지를 갖는 연민을 말합니다. 마지막까지 함께 갈 수 있는 사람만이, 비참한 최후까지 함께 갈 수 있는 끈기 있는 사람만이 남을 도울 수 있습니다. 그것은 자기 자신을 희생할 수 있어야만 가능한 일입니다!"

그의 목소리에는 쓸쓸함이 묻어났다. 나는 케케스팔바에게서 들은 말이 떠올랐다. 콘도어가 눈먼 여인을 치료하는 데 실패했고 그 속죄의 뜻으로 그녀와 결혼했는데, 그녀는 그에게 감사하기는커녕 여전히 그를 괴롭히고 있다는 이야기였다. 그때 갑자기 콘도어가 따뜻한 손길로 내 팔을 잡았다.

"나쁜 뜻으로 한 말은 아닙니다. 당신은 그저 당신의 감정에 굴복한 거고, 그것은 누구에게나 일어날 수 있는 일입니다. 자, 이제 본론으로 넘어갑시다. 내가 오늘 심리학에 대해 수다를 떨려고 당신을 만난 건 아니니까요. 이제 실질적인 문제들을 의논하도록 하죠. 이번 일에서 우리는 서로의 행동을 잘 맞춰가야 할 겁니다. 또다시 당신이 내 계획을 방해하는 일이 생겨서는 안 됩니다. 그러니까 잘 들으세요! 에디트의 편지를 읽어보니 그들은 이미 새로운 치료법으로 에디트의 까다로운 병을 씻은 듯이 낫게 할 수 있다는 망상에 사로잡혀 있는 것 같더군요. 우리로서는 아무 소용도 없는 치료법인데 말이죠. 아무튼 그런 망상이 위험할 정도로 깊이 자리 잡았다 할지라도 우리는 그것을 즉시 제거하는 수밖에 다른 방법이 없습니다. 빨리 제거할수록 모두에게 좋습니다. 물론 큰 충격이 있을 겁니다. 진실은 언제나 입에 쓴 법이니까요. 하지만 그렇다고 해서 그런 망상을 계속 키우도록 내버려두면 안 됩니다. 내가 최대한 조심스럽게 처리할 테니까, 그 일은 내게 맡겨주십시오.

다음은 당신 이야기입니다! 사실 내 입장에서는 당신에게 모든 책임을 전가하는 게 가장 편리한 방법일 것입니다. 당신이 내 이야기를 잘못 알아들었다고, 당신이 과장했거나 지나치게 상상력을 발휘했다고 말하면 되겠죠. 하지만 그렇게 하지는 않겠습니다. 차라리 내가 모든 것을 떠안을게요. 그렇지만, 단도직입적으로 말하지만, 당신을 완전히 빼주지는 못합니다. 당신도 그 노인네와 그의 고집스러운 성격을 잘 알고 있잖아요! 내가 그에게 수백 번을 설명해주고 비노 교수의 편지를 보여준다 할지라도 그는 계속해서 '그렇지만 선생님이 소위님한테 약속했잖아요……' '소위님이 그러셨단 말이에요……'라고 보챌 게 뻔합니다. 그 노인네는 끊임없이 당신이 해준 이야기를 핑계로 어떻게든 희망이 있다고 믿으려 할 거예요. 당신이 증인이 되어주지 않는다면 나로서도 방법이 없습니다. 망상이라는 건 체온계의 수은주처럼 금방 떨어지는 게 아니거든요. 불치

병에 걸린 환자에게 지푸라기 같은 희망을 보여주면 환자는 곧바로 그 지푸라기로 대들보를 만들고 다시 그 대들보로 집을 짓는답니다. 그렇지만 그런 공중누각은 환자의 건강에 치명적일 수 있어요. 그렇기 때문에 난 의사로서 헛된 희망이 자리 잡기 전에 공중누각을 최대한 빨리 무너뜨려야 할 책임이 있습니다. 우리는 이 일을 냉정하게 처리해야 합니다. 더 이상 시간을 지체해서는 안 됩니다."

콘도어는 말을 멈췄다. 그는 내가 수긍하기를 기다리는 것 같았지만 나는 감히 그와 시선을 마주하지 못했다. 요동치는 심장박동 속에서 전날의 영상들이 스쳐 지나갔다. 화창한 여름날 유쾌하게 마차를 타고 달리면서 햇빛에 반사된 에디트의 얼굴이 행복감으로 반짝이던 모습, 에디트가 망아지를 쓰다듬던 모습, 연회에서 여왕처럼 앉아 있던 모습, 노인이 계속해서 눈물을 흘리고 그 눈물이 미소를 머금은 입으로 흘러 들어가던 모습…… 이 모든 장면을 순식간에 날려버려야 하다니! 에디트의 변화된 모습을 다시 예전으로 돌려놓아야 하다니! 가까스로 절망에서 벗어난 에디트를 단 한마디 말로 다시 불안하고 초조한 지옥으로 돌려보내야 하다니! 그럴 수는 없었다. 나는 결단코 그런 일을 도울 수는 없었다! 나는 조심스럽게 입을 열었다.

"그렇지만 차라리……" 내 표정을 살피는 콘도어의 시선에 나는 다시 머뭇거렸다.

"차라리 뭐요?" 그가 날카롭게 물었다.

"저는 그저…… 조금만 더 기다렸다가 알리는 게 낫지 않을까 싶어서요. 며칠만이라도요. 왜냐하면…… 왜냐하면 어제 보니까 에디트는 이미 새로운 치료법에 대한 확신에 차 있는 것 같았어요. 그래서…… 에디트에게 저번에 선생님이 말씀하신 그…… 그 정신력이 생긴 것 같아요. 제 말은 에디트가 온 희망을 걸고 있는 그 치료법이 에디트를 완치시킬 수 있다고 믿게 한다면…… 한동안만이라도 그렇게 믿게 내버려둔다면…… 에디트가 훨씬 더 많은 힘을 낼 수 있을 것 같아요. 선생님은…… 선생님은 못 보셨죠. 치료법에 대한 이야기만으로도 에디트에게 어떤 효과가 있었는지. 정말 상상도 못하실 겁니다. 에디트는 그 이야기를 듣는 순간부터 훨씬 더 잘 움직이는 것 같았어요. 그런 효과를 최대한 활용하는 게 낫지 않을까 싶어서요. 물론……" 콘도어가 놀란 표정으로 나를 쳐다보자 목소리가 점점 기어들어갔다. "물론 제가 잘 알지는 못하지만……"

콘도어는 여전히 나를 뚫어져라 쳐다보고 있었다. 그러더니 으르렁거리듯 거칠게 내뱉었다.

"이런! 전문가가 다 되셨네요! 당신도 이 일에 정말 깊숙이 발을 들여놓았나 보군요. 정신력에 관한 이야기까지 기억하고 있다니! 게다가 임상적 소견까지. 나도 모르는 사이에 조수 겸 참관 의사 한 명을 두고 있었군요! 사실……" 그는 생각에 잠긴 듯 신경질적으로 머리를 긁적거렸다. "당신의 말도 아주 일리가 없는 건 아니에요. 내 말은 의학적으로 일리가 없지는 않다는 뜻이에요. 신기하군요, 신기해. 사실 나도 에디트의 편지를 읽고 순간적으로 그런 생각을 해봤답니다. 어차피 당신이 그 아이에게 곧 회복될 것이라고 약속한 바에야 에디트의 새로운 열정을 이용해보는 게 어떨까 하는 생각이요. 괜찮은 생각이에요, 동료 의사 양반! 그렇게 연출하는 것은 사실 식은 죽 먹기죠. 친한 의사가 있는 스위스 엥가딘으로 에디트를 보내고 이전의 치료를 그대로 하면서 에디트에게 새로운 치료법이라고 말하는 거죠. 처음에는 엄청난 효과가 나타날 거예요. 아마도 우리는 기쁨과 감사가 넘치는 편지를 받아볼 수 있을 겁니다. 치료된다는 믿음과 환경의 변화, 강력한 의지 등이 실제로 큰 도움이 되거든요. 당신이나 나라도 2주 동안 엥가딘에서 지내면 놀라울 정도로 몸이 좋아질걸요? 하지만 나는 의사로서 초기 단계만 생각할 수는 없답니다. 그 후의 진행 단계와 결과까지도 미리 생각을 해야 합니다. 이처럼 지나치게 희망에 부풀어 있는 환자의 경우에는 반드시 상태가 악화되는 시점이 옵니다. 네, 어쩔 수 없이 그런 시점이 오게 마련입니다. 나는 의사로서 끈기 있는 체스 선수가 되어야지 도박꾼이 되어서는 안 됩니다. 더군다나 다른 사람의 판돈으로 도박을 해서는 안 되죠."

"하지만…… 하지만 선생님께서도 더 좋은 효과를 거둘 수 있다고 하셨잖아요."

"물론 처음에는 상당한 진척을 보일 겁니다. 특히 여자들은 믿음이나 감정에 놀라운 반응을 보이거든요. 그렇지만 몇 개월 후를 생각해보세요. 정신은 지쳐가고 강력한 의지는 소진되고 열정은 식어가는데, 에디트가 그토록 확신을 가지고 기다리던 완전한 회복이 이루어지지 않는 경우를 생각해보라고요. 그런 상황이 그 예민한 아이에게, 그렇지 않아도 초조함 때문에 심신이 쇠약해진 아이에게 어떤 끔찍한 결과를 가져올지 생각해보세요! 이것은 환자의 상태를 약간 호전시키는 일이 아니지 않습니까! 지금까지의 느리지만 안전했던 '인내'의 방식에서 '초조함'을 이용하는 무모하고 위험한 방식으로 갈아타는 근본적인 변화를 시도하는 거라고요! 에디트가 속았다는 사실을 알고 나면 다시는 나를 믿지 않을 겁니다. 나를 비롯해서 의사들뿐만 아니라 그 누구도 믿지 못할 거예요. 그렇기 때문에 아무리 잔인하게 들릴지라도 사실을 말하는 것이 낫습니다. 의학에서는 메스가 오히려 부드러운 치료법이 될 수 있답니다. 미루는 것은 절대로 안 됩니다! 그런 식의 속임수는 내 양심으로는 감당할 수 없습니다. 당신도 잘 생각해보세요! **당신**이 내 입장이라면 그럴 수 있겠어요?"

"네." 아무 생각 없이 튀어나온 대답에 나 자신도 깜짝 놀랐다. "아니, 제 말은……" 나는 조심스럽게 덧붙였다. "저라면 에디트에게 **조금**이라도 진전이 있은 후에 사실을 설명하겠어요. 죄송해요, 선생님. 건방지게 들릴 수도 있겠지만…… 선생님은 최근에 저만큼 그들을 가까이에서 지켜보시지 못했잖아요? 그들은 지금 자신들이 붙잡을 수 있는 무언가가 절실히 필요합니다. 물론 그들에게 사실을 알려줘야겠죠. 하지만 그들이 감당할 수 있을 때 알려줘야 합니다. 지금은 안 됩니다. 선생님, 진심으로 부탁하건대, 지금은 안 됩니다. 지금 당장은 안 된다고요!"

나는 머뭇거렸다. 호기심 어린 그의 눈빛이 나를 당황스럽게 만들었다.

"그렇다면 언제가 좋을까요?" 그는 혼잣말을 하듯이 내게 물었다. "그리고 누가 책임을 진단 말입니까? 언젠가 한 번은 해명을 해야 할 테고, 그때의 실망감은 지금보다 백 배는 더 클 겁니다. 목숨을 잃을 정도의 치명적인 결과를 초래할 수도 있어요. 당신이라면 그런 책임을 떠안겠습니까?"

"네." 나는 확고하게 대답했다('네'라고 말하지 않으면 당장 그와 함께 가서 해명을 해야 할지도 모른다는 두려움이 나로 하여금 그토록 단호하게 대답하게 만들었던 것 같다). "제가 책임지겠습니다. 저는 에디트에게 당분간 완치될 수 있다는 희망을 갖게 하는 것이 큰 도움이 된다고 확신합니다. 그런 후 에디트에게 우리가, 아니 제가 너무 무모한 약속을 했다고 해명을 해야 한다면 제가 솔직하게 이야기하도록 하겠습니다. 에디트는 분명히 모든 것을 이해해줄 겁니다."

콘도어는 나를 뚫어지게 쳐다보고 있었다. "세상에!" 마침내 그가 중얼거렸다. "자신감이 대단하네요! 그리고 신기한 것은 당신의 그런 믿음이 다른 사람들에게까지 전염된다는 거예요. 처음에는 케케스팔바네가 전염되더니 이제는 나까지 서서히 전염된 것 같군요! 문제가 발생할 경우 당신이 책임지고 에디트를 지탱해주겠다고 약속한다면 물론 이야기가 달라질 수 있습니다. 그러면 위험을 감수하고서라도 며칠 더 기다려볼 만하죠. 하지만 책임을 지겠다고 했으면 끝까지 책임지셔야 합니다! 미리 확실하게 경고해드리는 것이 내 의무라고 생각합니다. 우리 의사들은 수술 전에 환자에게 발생할 수 있는 모든 위험에 대해 가족에게 알려줄 의무가 있습니다. 에디트처럼 오랜 기간 불구로 지낸 환자에게 빠른 시일 내에 완치된다고 약속하는 것은 메스를 사용하는 것만큼이나 큰 책임을 동반하는 일입니다. 그러니까 당신이 무슨 책임을 떠맡는 건지 잘 생각해보시기 바랍니다. 한 번 속았던 사람에게 다시 신뢰를 얻기까지는 엄청난 노력이 요구됩니다. 나는 불분명한 것을 싫어하는 사람입니다. 사실 케케스팔바에게 에디트에게는 새로운 치료법을 적용할 수 없으니 좀더 기다려달라고 솔직하게 말할 생각이었습니다. 내 결심을 바꾸기 전에 먼저 당신을 정말로 믿어도 되는지 확실히 알아야겠습니다. 당신이 중도에 포기하지 않을 것이라고 믿어도 되겠습니까?"

"물론입니다."

"좋아요." 콘도어는 힘차게 잔을 밀어냈다. 우리는 그때까지 술을 한 방울도 마시지 않았다. "잘되기를 바라야죠. 사실 이야기를 뒤로 미루는 게 마음이 편치만은 않네요. 자, 내가 케케스팔바에게 뭐라고 이야기할지 설명해드릴게요. 절대로 거짓말은 하지 않겠어요. 엥가딘으로 요양을 가라고 권하긴 하겠지만 비노 교수의 치료법이 아직 검증된 것은 아니니까 두 사람 모두 기적을 바라지는 말라고 확실하게 못박아둘 겁니다. 그럼에도 불구하고 당신에 대한 믿음으로 여전히 헛된 희망에서 벗어나지 못한다면 그때는 당신이 나서야 합니다. 아까 당신도 그러겠다고 했죠? 그렇게 되면 **당신**이 모든 것을 해명해야 합니다. 내가 의사로서의 내 양심보다 당신을 더 믿는 것이 일종의 모험이긴 하지만 그건 내가 감수하겠습니다. 어차피 우리 두 사람 모두 가엾은 에디트를 위해서 이러는 거니까요."

콘도어가 몸을 일으켰다. "말씀드렸다시피 아이가 실망해서 무슨 문제가 발생하면 당신이 나서야 합니다. 그렇게 믿고 있겠어요. 당신의 '초조함을 이용한 방식'이 나의 '인내의 방식'보다 좋은 성과를 거두었으면 좋겠네요. 자, 그럼, 가엾은 아이에게 희망의 시간을 몇 주 더 선사하도록 합시다! 만일 그 사이에 실제로 어느 정도 진척이 있다면 내가 아니라 당신이 그 아이를 도운 겁니다! 자, 이것으로 오늘 이야기는 마치도록 하죠! 시간이 없어요. 케케스팔바가 기다리고 있을 거예요."

우리는 술집을 나왔다. 술집 앞에는 마차가 대기하고 있었다. 콘도어가 이미 마차에 올라탔을 때였다. 갑자기 내 입술이 그를 다시 부르려는 듯 움찔거리는 것이 느껴졌다. 그러나 이미 마차는 움직이기 시작했고, 마차와 함께 화살도 시위를 떠나버렸다.

세 시간 후 나는 내 책상 위에 놓인 메모를 발견했다. 메모는 급하게 작성해 운전기사 편에 보낸 것이었다. "내일 아침 최대한 일찍 와주세요. 이야기할 게 아주 많답니다. 방금 콘도어 박사님이 왔다 가셨는데, 열흘 후에 떠나기로 했어요. 정말 행복하답니다. 에디트."

하필 그날 밤에 내가 그 책을 읽게 된 것은 정말 기이한 일이었다. 나는 본래부터 책과는 거리가 먼 사람이었다. 숙소에 있는 흔들거리는 책장에 꽂혀 있는 책이라고는 기껏해야 근무수칙, 군 직위표 등 군인에게 필요한 서적 예닐곱 권과 사관학교 시절부터 단 한 번도 펼쳐보지 않은 채 주둔지를 옮길 때마다 끌고 다닌 10여 권의 고전이 전부였다. 내가 머무르게 된 낯설고 텅 빈 방에 그나마 개인 소지품의 흔적이라도 남기기 위해 그 책들을 가지고 다녔던 것 같다. 그 사이사이에는 포장을 채 뜯지도 않은 책들이 몇 권 끼여 있었다. 인쇄 상태도 제본 상태도 좋지 않은 그 책들은 모두 이상한 방법으로 내 손에 들어오게 된 것들이었다. 우리가 다니는 단골 카페에 이따금씩 작은 키에 등이 굽은 잡상인 한 사람이 찾아오곤 했는데, 촉촉이 젖은 슬픈 눈동자를 가진 그 잡상인은 거절할 수 없을 만큼 집요하게 편지지와 연필, 값싼 저질 소설 등을 팔았다. 그가 판매하는 서적은 대개 군인들이 좋아할 것이라고 생각하는 작품, 즉 카사노바의 애정행각, 데카메론, 어느 여가수의 회상록과 같은 도색 소설이나 재미있는 군대 이야기 등이었다. 나는 그가 불쌍하기도 하고(항상 이놈의 연민이 문제였다!) 그의 슬프고도 집요한 눈빛에서 벗어나기 위해 결국 지저분하고 인쇄 상태도 좋지 않은 책을 서너 권 사서 책장에 꽂아두었다.

그날 밤 나는 피곤하고 신경이 곤두선 상태로 잠도 이루지 못하고 아무런 생각도 할 수 없었다. 결국 기분 전환 겸 잠을 청하기 위해 나는 책을 읽기로 했다. 어린 시절 읽었던 『천일야화』의 순수한 이야기들을 읽으면 잠이 오지 않을까 하는 생각에 나는 그 책을 집어 들었다. 그러고는 침대에 드러누워 반쯤은 졸면서 책을 읽기 시작했다. 책장을 넘기기조차 귀찮았고 책장이 붙어 있으면 떼어내는 대신 다음 장으로 넘어가며 읽어나갔다. 나는 큰 흥미를 느끼지 못한 채 첫번째 이야기인 세헤라자데와 술탄의 이야기를 시작으로 계속해서 읽어나갔다. 그러다가 갑자기 화들짝 놀라며 몸을 일으켰다. 한 젊은이가 길에서 불구 노인을 만나는 이야기였는데, '불구'라는 단어를 읽는 순간 속에서 날카로운 통증이 느껴지는 것이었다. 갑작스러운 연상작용에 의해 신경 하나가 불에 덴 것처럼 화끈거렸다. 동화 속 불구 노인은 자신이 걷지 못한다며 젊은이에게 업어달라고 청했고, 젊은이는 노인을 불쌍하게 여기며(바보 같으니라고! 어쩌려고 연민을 가져!) 결국 노인을 등에 업었다.

그러나 이 불쌍해 보이는 노인은 사실 악한 정령이었다. 이 사악한 정령은 젊은이의 어깨에 올라앉자마자 털북숭이 다리로 젊은이의 목을 감싸고는 절대로 놓아주지 않았다. 그는 젊은이의 어깨에 올라앉아 젊은이를 말처럼 부렸다. 동정심이라고는 찾아볼 수 없는 이 몰인정하고 무자비한 정령은 동정심 많은 젊은이를 채찍질하고 또 채찍질하며 쉴 새 없이 달리게 했다. 이때부터 불쌍한 젊은이는 자유의지를 잃은 채 시키는 대로 그를 태우고 다녀야 했다. 그는 노인의 말, 노인의 노예가 되어버린 것이다. 자신의 연민의 제물이 되어버린 젊은이는 다리가 후들거려도, 입술이 터져도, 사악무도하고 교활한 늙은이를 등에 업은 채 끊임없이 발걸음을 옮겨야 하는 운명에 처했다.

나는 책을 덮었다. 심장이 가슴에서 튀어나올 것처럼 두근거렸다. 이 이야기를 읽으면서 나는 눈앞에 교활한 노인의 모습이 영상처럼 떠올랐던 것이다. 처음 바닥에 주저앉아 눈물을 머금은 눈으로 도와달라고 애원하던 모습, 그리고 젊은이의 등에 업혀 있는 모습이 **눈앞에 그려졌다**. 사악한 정령은 가르마를 탄 백발에 금테 안경을 쓰고 있었다. 마치 꿈속에서 순식간에 어떤 영상이나 얼굴을 빌려오는 것처럼 나는 이야기 속 노인에게 본능적으로 케케스팔바의 얼굴을 가져다 붙인 것이다. 그리고 노인에게 채찍질을 당하며 계속해서 걸어야 하는 불쌍한 젊은이는 바로 나 자신이었다. 실제로 나는 목에 엄청난 압박을 느끼며 숨이 막힐 것 같은 느낌이 들었다. 책이 손에서 빠져나갔지만 나는 꼼짝도 못한 채 누워 있었다. 몸은 얼음처럼 차가웠고, 심장이 단단한 나무를 두드리듯 갈비뼈를 두드리는 소리가 들렸다. 무서운 노인은 잠을 자는 내내 나를 쫓아왔고, 나는 어디로 도망가야 할지 알 수 없었다. 다음 날 아침, 나는 머리가 땀에 젖고 마치 끝없는 길을 걸은 것처럼 지치고 피곤한 상태로 잠에서 깼다.

오전에 동료들과 말을 타고 나가도, 근무수칙에 따라 꼼꼼하고 정확하게 일을 처리해도 아무런 소용이 없었다. 오후가 되어서 어쩔 수 없이 케케스팔바 저택으로 향하는 내 어깨는 마치 귀신이 올라타고 있기라도 한 것처럼 묵직했다. 그것은 이제부터 내가 짊어지게 될 짐이, 그 책임감이 가늠할 수 없을 정도로 무겁다는 것을 예감했기 때문이다. 그날 밤 공원에서 노인에게 딸아이가 곧 치료될 거라고 말했을 때만 해도 나는 그저 연민에 사로잡혀 진실을 숨긴 것이었다. 그것은 의도적인 것도 아니었고 오히려 내 의지에 반하는 행동이었다. 그때까지만 해도 나는 악의적으로 그를 속인 것이 아니었다. 그러나 단기간 내에 완치가 불가능하다는 것을 알고 있는 이 시점부터는 치밀하고 계산적이고 끈질기게 거짓말을 해야 했다. 수 주 전, 수개월 전부터 범죄를 계획하고 자신의 알리바이를 조작하는 치밀한 범죄자처럼 나는 눈 한 번 깜박하지 않고 확신에 찬 목소리로 거짓말을 해야 했다. 나는 이 세상에 나쁜 일이 발생하는 까닭은 사악함이나 잔인함이 아닌 나약함 때문이라는 것을 처음으로 이해하기 시작했다.

케케스팔바 저택에서는 내가 우려했던 일이 벌어졌다. 성탑의 테라스에 발을 들이는 순간 나는 열렬한 환호를 받았다. 나는 내게서 시선을 돌리기 위해 일부러 꽃을 준비해 갔지만, 에디트는 그저 "아니, 웬 꽃이에요? 내가 프리마돈나도 아니고……"라는 말만 내뱉고는 얼른 옆에 앉으라고 손짓을 했다. 그러고는 곧바로 이야기를 시작했다. 그녀는 환각에 빠진 듯 몽롱한 목소리로 쉴 새 없이 말을 했다. 멋진 콘도어 박사님이 자신에게 다시 용기를 줬고, 열흘 후에 스위스 엥가딘에 있는 요양원에 가기로 했다. 마침내 제대로 된 치료를 받게 되었는데 하루라도 지체할 수 없다. 자신은 그동안의 치료가 잘못되었다는 것을, 마사지와 멍청한 **기구**만으로는 절대로 좋아질 수 없다는 것을 짐작하고 있었다. 이제는 정말로 치료가 시급하다. 그동안 당신에게 말은 안 했지만, 이미 두 번이나 목숨을 끊으려 했다. 두 번이나 시도했지만 두 번 모두 실패로 끝났다. 이것은 사람이 사는 게 아니다. 한시도 혼자 있을 수 없고 손이나 발을 움직이려 할 때에도 언제나 다른 사람에게 의지해야 하는 삶, 언제나 누군가의 보살핌과 감시를 받아야 하는 삶은 더 이상 참을 수 없다. 게다가 자신이 남들에게 견딜 수 없는 짐이라는 생각이 자신을 짓누른다. 정말로 치료가 시급한 시점이다. 하지만 이제는 제대로 된 치료법을 알았으니 자신이 얼마나 빨리 회복할지 지켜보라. 완치가 아닌 작은 진척들은 아무 소용 없으며 완치가 아닌 이상은 건강하다고 할 수 없다. 벌써부터 기대감에 마음이 설렌다. 얼마나 멋질까! 아, 얼마나 멋질까!

에디트는 환희의 폭포수처럼 계속해서 말을 쏟아냈다. 나는 마치 환각에 시달리는 환자가 쏟아내는 말에 귀를 기울이는 의사가 된 기분이었다. 한껏 달아오른 그녀의 모습이 정신착란의 징후가 아닌가 의심을 하며 시계를 보면서 미친 듯이 뛰는 맥박을 재는 의사가 된 것 같았다. 에디트가 말하면서 이따금씩 물거품이 이는 듯한 밝은 웃음소리를 낼 때마다 나는 소름이 돋았다. 에디트가 모르는 것을 나는 알고 있었기 때문이다. 그녀가 자신에게 속고 있다는 사실, 우리가 그녀를 속이고 있다는 사실을 나는 알고 있던 것이다. 에디트가 말을 중단하자 나는 마치 야간열차를 타고 달리다가 갑자기 바퀴가 멈추는 바람에 화들짝 놀라며 잠에서 깨는 것 같은 기분이 들었다. 에디트가 이야기하다 말고 갑자기 말을 뚝 끊은 것이었다.

"어떻게 생각해요? 왜 그렇게 멍청하게, 아니, 죄송해요, 왜 그렇게 놀란 표정으로 앉아 있어요? 왜 한마디도 하지 않는 거죠? 나와 함께 기뻐해주지 않을 건가요?"

나는 속마음을 들킨 것만 같았다. 지금이야말로 진심으로 기뻐하는 것처럼 보여야 하는 순간이었다. 그러나 나는 거짓말에는 형편없는 생초보였고 남을 의도적으로 속이는 기술도 전혀 터득하지 못한 상태였다. 나는 가까스로 몇 마디 말을 내뱉을 수 있었다.

"어떻게 그런 말을 하세요? 나는 그저 놀랐을 뿐이에요. 그 정도는 이해해주셔야죠. 빈에서는 너무 기쁘면 말문이 막힌다고도 한답니다. 당연히 나도 기쁘죠."

내 말이 얼마나 가식적이고 차갑게 들리던지 나 자신조차도 혐오감이 느껴질 정도였다. 에디트도 나의 어색한 말투를 느꼈는지 태도가 돌변했다. 황홀감에 빠져 있던 에디트의 얼굴에는 억지로 꿈에서 깨어난 사람에게서 볼 수 있는 짜증이 섞여 있었다. 조금 전까지 열정적으로 반짝이던 눈은 갑자기 굳어졌고 미간은 활시위처럼 팽팽하게 당겨졌다.

"글쎄요, 별로 기뻐하는 것 같지 않네요!"

에디트가 마음 상했다는 것을 눈치챈 나는 달래주려 애썼다.

"이런, 꼬마 아가씨……"

그러자 에디트는 즉시 내게 쏘아붙였다. "자꾸 꼬마 아가씨라고 부르지 마세요. 내가 싫어한다는 거 알잖아요. 나보다 나이가 많으면 얼마나 많다고요? 당신이 별로 놀라지도 않고 더군다나 함께 기뻐해주지도 않으니까 의아해할 수밖에 없잖아요? 하긴 당신이 기뻐하지 않을 이유도 없겠군요. 내가 집을 몇 달 비우면 당신도 휴가나 마찬가지일 텐데. 그러면 여기 와서 지루하게 봉사할 필요도 없이 예전처럼 편안하게 동료들과 카페에 앉아서 카드놀이나 하면 되잖아요? 그래요. 당신이 기쁘다는 말, 믿을게요. 이제 곧 당신은 편안한 시간을 보내게 될 테니까."

에디트의 태도에 나는 강력하게 한 방 얻어맞은 것 같았다. 양심 깊숙한 곳까지 그 충격이 느껴졌다. 내 속마음을 들킨 것이 틀림없었다. 나는 에디트가 이토록 예민할 때는 차라리 피하는 게 낫다는 것을 잘 알고 있었다. 그래서 가벼운 이야기로 말을 돌려보려 시도했다.

"편안한 시간이라니? 어떻게 그런 생각을 할 수가 있죠? 기병대에게 7, 8, 9월이 편안한 시간이라니! 이때가 가장 혹독하게 일하고 가장 많이 욕먹는 시기인 것 모르세요? 먼저 기동훈련 준비로 정신없을 테고, 그러고 나면 보스니아나 갈리치아를 오가야 하고, 그런 다음에는 실질적인 기동훈련과 열병식까지 해야 한다고요! 장교들은 신경이 곤두서고 사병들은 녹초가 된 채 아침부터 밤까지 가장 강도 높은 훈련을 해야 한답니다. 9월 말까지요!"

"9월 말까지라고요?" 에디트는 갑자기 생각에 잠기는 듯했다. 머릿속으로 뭔가를 열심히 생각하는 것 같았다. "그러면……" 마침내 그녀가 다시 입을 열었다. "그러면 언제 오실 건데요?"

나는 에디트의 말뜻을 이해하지 못했다. 정말로 나는 에디트가 무슨 뜻으로 하는 말인지 전혀 이해하지 못한 채 순진하게 되물었다.

"어디를요?"

그러자 곧바로 에디트의 눈썹이 다시 팽팽하게 당겨졌다. "뭘 그렇게 바보같이 물어요! 우리한테요! 저한테 언제 올 거냐고요!"

"엥가딘으로요?"

"그럼 어디겠어요? 설마 트립스트릴로 오라고 하겠어요?"

그제서야 나는 에디트가 무슨 말을 하는지 이해가 갔다. 나로서는 상상조차 할 수 없는 일이었다. 방금 꽃다발을 사는 데 마지막 남은 7크로네를 다 써버린 내가, 차비를 반값으로 할인받는다 해도 빈에 한 번 가는 것조차 사치가 되는 내가 어떻게 아무렇지도 않게 엥가딘으로 간단 말인가! 그것은 너무나도 터무니없는 생각이었다.

"민간인들이 군대를 어떻게 생각하는지 알 것 같군요." 나는 진심으로 웃으며 말했다. "카페에서 당구나 치고 산책이나 하고, 마음 내키면 군복을 벗어버리고 몇 주 동안 세계를 유람하면서 보내면 된다고 생각하는군요. 엥가딘처럼 가까운 곳에 한 번 다녀오는 것쯤이야 간단할 것 같죠? 그저 손가락 두 개를 모자 위에 얹으면서 '연대장님, 안녕히 계십시오. 저는 이제 군대놀이 하기가 싫습니다! 마음 내키면 그때 다시 뵙겠습니다'라고 말하면 될 것 같죠? 군대 생활이 어떤지 전혀 모르시는군요! 우리 같은 군인이 한 시간 외출하려면 어떻게 해야 하는지 아세요? 몸에 붕대라도 감고 상관 앞에서 차렷 자세를 취한 채 공손하게 부탁을 해야 한답니다. 아시겠어요? 단 한 시간을 위해 그 정도의 노력을 들여야 한다고요! 하루 외박을 위해서는 적어도 가까운 가족이 죽었다는 핑계 정도는 필요하답니다. 훈련 기간 중에 갑자기 8일간 스위스로 휴가를 가겠다고 선언하면 연대장님이 **어떤** 표정을 지으실지 궁금하네요. 아마도 사전에서는 절대 찾아볼 수 없는 거친 표현들을 듣게 될 겁니다. 이해하시겠어요, 에디트 아가씨? 일을 너무 쉽게 생각하신 것 같네요."

"무슨 소리예요! 진심으로 원하기만 하면 뭐든 간단하게 해결된다고요! 당신이 부대에서 절대로 없어서는 안 되는 대단한 존재라도 되는 것처럼 잘난 체하지 마세요! 당신이 없으면 다른 누군가가 당신의 멍청한 루테니아 부하들을 훈련시키겠죠. 당신 휴가 문제는 아빠가 30분 안에 해결해줄 거예요. 아빠는 국방부에도 아는 사람이 많아요. 상부에서 지시가 떨어지면 당신은 원하는 바를 얻을 수 있을 거예요. 당신으로서도 승마장과 훈련장 외에 다른 세상을 구경하는 것이 결코 나쁘지는 않을 거예요. 그러니까 더 이상 핑계 대지 마세요! 아빠가 다 알아서 해주실 거예요."

어리석게도 나는 에디트의 무시하는 듯한 말투가 귀에 거슬렸다. 다년간 복무를 한 군인이라면 계급의식이 몸에 배게 마련이다. 나는 아무런 경험도 없는 철없는 아가씨가 우리에게는 가히 신과도 같은 국방부의 장성들을 마치 자기 아버지의 개인 비서라도 되는 것처럼 하찮게 말하는 것이 일종의 모욕처럼 느껴졌다. 그러나 나는 화를 억누르며 가벼운 말투로 대꾸했다.

"물론 스위스고 휴가고 엥가딘이고 나쁘지 않죠! 당신 말대로 내가 비굴하게 부탁할 필요 없이 그런 휴가가 주어진다면 정말 좋겠죠! 하지만 휴가를 가려면 당신 아버님이 국방부로부터 호프밀러 소위를 위한 특별 여행지원금까지 받아내야 할 겁니다."

이번에는 에디트가 당혹스러워할 차례였다. 에디트는 내 말 속에 가시가 있다는 것을 느낄 수 있었지만 그 속뜻은 이해하지 못했다. 그녀의 초조해하는 눈 위로 눈썹이 더 팽팽하게 당겨졌다. 나는 에디트에게 보다 자세하게 설명해줘야 한다는 것을 깨달았다.

"꼬마 아가씨. 아니, 미안합니다. 에디트 아가씨, 우리 이성적으로 이야기해보도록 하죠. 당신이 생각하는 것만큼 일이 간단하지 않답니다. 그런 여행을 하려면 비용이 얼마나 드는지 혹시 생각해본 적 있나요?"

"아, **그런** 이야기였어요?" 에디트는 마음이 놓인다는 듯이 말했다. "그렇게 많이 들지는 않을 거예요. 기껏 해봐야 몇 백 크로네 정도? 그 정도는 상관없잖아요."

나는 더 이상 불쾌한 기분을 숨기지 못했다. 돈 이야기야말로 내게 가장 민감한 부분이었던 것이다. 재산이라고는 땡전 한 푼 없는 장교로서 봉급과 큰어머니에게 받는 얼마 안 되는 용돈에 의지하며 생활해야 한다는 것이 내게 얼마나 괴로운 일인지 앞에서도 언급하지 않았던가! 동료들과 함께 있을 때조차 누군가가 돈이 마치 잡초처럼 자란다는 식으로 돈에 대해 함부로 말하면 비위가 상하곤 하던 나였다. 돈이야말로 **나**의 약점이었다! 돈과 관련해서는 **내**가 불구였고 **내**가 목발을 필요로 했다! 그렇기 때문에 더더욱 자신의 불구로 인해 지옥과 같은 고통을 맛보고 있는 저 버릇없는 아가씨가 어째서 남의 약점은 그토록 이해해주지 않는 걸까 하는 생각에 참을 수 없이 화가 났던 것이다. 나는 나도 모르게 거칠게 내뱉었다.

"기껏 해봐야 몇 백 크로네라고요? 그 정도는 아무것도 아니죠? 그 정도는 장교에게 하찮은 금액 같죠? 당신의 눈에는 그 정도 하찮은 돈 가지고 이런 말을 꺼내는 내가 인색해 보이죠? 그렇죠? 인색하고 옹졸해 보이죠? 하지만 우리 같은 군인들이 어떻게 생활하는지 한 번이라도 생각해본 적 있나요? 얼마나 뼈 빠지게 일하는지 그리고 그 대가로 겨우 얼마를 받는지 아냐고요?"

에디트는 여전히 입을 일그러뜨린 채 나를 쳐다보고 있었다. 어리석게도 나는 에디트의 표정을 보고 그녀가 나를 멸시한다고 판단해버렸다. 그러자 에디트에게 나의 궁핍한 형편을 있는 그대로 보여주고 싶은 충동이 일었다. 에디트가 전에 우리 건강한 사람들을 괴롭히기 위해 우리 앞에서 힘겹게 발걸음을 옮기면서 그녀의 고통스러운 모습을 지켜봐야 하는 우리들의 온전한 건강에 복수를 한 것처럼 나는 나의 궁핍함과 의존성을 보여주면서 일종의 분노의 희열을 느꼈다.

"소위의 봉급이 도대체 얼마인지나 아세요?" 나는 에디트에게 쌀쌀

맞게 물었다. "생각해본 적이라도 있나요? 잘 알아두세요. 월초에 30일 혹은 31일을 지내라고 2백 크로네를 받습니다. 그것도 '지위에 맞게' 생활하라는 의무조항까지 있어요. 다시 말하면 그 금액으로 급식, 방값, 옷값, 구두값 외에도 '지위에 맞는' 생활을 위한 품위 유지 비용까지 충당해야 한다고요. 더군다나 말한테 무슨 일이라도 생기면…… 그건 더 이상 언급할 필요도 없겠죠. 알뜰하게 생활하면 한 달에 겨우 동전 몇 푼 남는답니다. 당신은 카페에 간다고 항상 나를 놀리지만 그렇게 아껴서 쓰고 남은 돈으로 카페에 가는 거라고요. 정말 일용직 노동자처럼 돈을 알뜰하게 모아야만 그나마 카페에서 커피 한 잔을 마시며 지상의 모든 행복을 누릴 수 있으니까요."

지금 와서 생각해보면 당시 내가 분노를 참지 못하고 폭발해버린 것은 어리석은 행동이었고 일종의 범죄였다. 집에서 곱게 자라나 세상일을 전혀 모르는 열일곱 살의 아이가, 언제나 방에 발이 묶여 있는 불구 소녀가 돈의 가치나 봉급, 궁핍에 대해서 어떻게 알 수 있단 말인가? 그러나 그동안 받았던 수많은 사소한 굴욕에 대해 한 번쯤은 누군가에게 복수하고 싶다는 욕구가 내 안에서 샘솟자 나는 격분하며 손을 휘둘렀다. 내 주먹이 얼마나 강한지 생각해보지도 않고 무작정 이리저리 펀치를 날려버린 것이다.

그러나 시선을 드는 순간 내가 얼마나 거칠고 잔인하게 펀치를 날렸는지 알 수 있었다. 환자의 예민한 감성으로 에디트는 자신도 모르게 나의 민감한 부분을 건드렸다는 사실을 이미 눈치채고 있었다. 에디트의 얼굴은 자신의 의지와는 상관없이 붉게 물들었다. 에디트는 이를 통제하려는 듯이 손으로 얼굴을 가렸지만 아무런 소용이 없었다. 무슨 생각 때문인지 피가 위로 솟구쳐 볼이 발그스레해진 것이다.

"그런데도…… 그런데도 나에게 그토록 비싼 꽃을 사다 주신 거예요?"

그 순간 분위기는 어색해졌고 시간이 멈춘 것처럼 그 어색함은 오래 지속되었다. 나는 에디트 앞에서 부끄러운 마음이 들었고 그녀 역시 부끄러워했다. 우리는 의도치 않게 서로에게 상처를 주었고, 더 이상 무슨 말을 해야 할지 몰랐던 것이다. 정적이 흐르는 가운데 나뭇잎을 스치는 따뜻한 바람 소리와 닭들의 울음소리, 그리고 멀리서 지나가는 자동차 소리가 들려왔다. 에디트가 먼저 마음을 가다듬고 말을 꺼냈다.

"내가 바보같이 당신의 말도 안 되는 이야기에 넘어가버렸네요. 이런, 흥분까지 하다니! 정말 바보 같다니까! 여행 경비는 신경 쓰지 마세요. 우리를 방문하는데 당연히 우리 손님이죠. 당신이 친절하게 우리를 방문해주시는데 돈까지 내도록 아빠가 그냥 둘 것 같아요? 바보 같은 생각이에요! 내가 그 말에 넘어가다니! 그러니까 더 이상 아무 말도 마세요! 아무 말도요!"

그러나 그것은 내가 이대로 양보할 수 있는 문제가 아니었다. 전에도 언급했듯이 나를 빈대 취급하는 것만큼 나를 괴롭히는 일은 없었던 것이다.

"아니요! 한마디는 해야겠어요! 오해가 있어서는 안 되잖아요. 그러니까 분명히 합시다. 나는 남의 도움을 받아 휴가를 가지는 않을 겁니다! 특혜받는 것은 내키지 않아요! 나는 동료들과 똑같이 대우받고 싶어요. 특별 휴가도 특별 보호도 필요 없습니다. 물론 당신과 당신 아버님이 호의로 그러는 거 압니다. 하지만 좋은 대접을 받는 것이 몸에 맞지 않는 사람들도 있답니다. 그러니까 더 이상 이 이야기는 하지 말도록 합시다."

"그럼 안 오시겠다는 건가요?"

"내가 가기 싫다는 뜻이 아니잖아요. 내가 갈 수 없는 이유를 설명해드린 거라고요."

"아빠가 부탁해도 안 올 건가요?"

"그래요."

"내가 부탁해도요? 내가 와달라고 진심으로 부탁해도요?"

"그러지 마세요. 소용없을 겁니다."

에디트는 고개를 숙였다. 에디트의 입 주위가 떨리는 것이 눈에 들어왔다. 그것은 그녀가 크게 당황했다는 뜻이었다. 자신의 손짓 하나면 뭐든지 이루어지는 세상에서만 자란 가엾은 소녀가 마침내 새로운 경험을 한 것이다. 처음으로 저항에 부딪힌 것이다. 누군가가 자신에게 '안 돼'라고 말했고, 그녀는 이에 격분했다. 에디트는 내가 가져온 꽃을 테이블에서 낚아채더니 멀리 난간 너머로 던져버렸다.

"좋아요." 에디트는 이를 악물며 말했다. "이제는 적어도 당신의 우정이 이 정도밖에 되지 않는다는 것을 알았네요. 알게 되어서 다행이에요! 동료들이 카페에서 당신을 헐뜯을 것이 무서워서 온갖 변명 뒤에 숨어버리고, 부대에서 찍힐 것이 두려워서 친구의 기쁨을 앗아가는군요! 좋아요! 됐어요! 더 이상 구걸하지 않겠어요! 당신이 원치 않는다면……좋아요! 끝났어요!"

나는 에디트의 분노가 완전히 가라앉지 않았음을 느꼈다. 그녀는 계속해서 "좋아요"라는 말을 반복하면서 마치 공격태세로 넘어가려는 듯이 양손으로 팔걸이를 붙잡고 몸을 위로 끌어올렸다. 그러더니 갑자기 나를 날카롭게 쏘아보며 말하는 것이었다.

"좋아요. 이번 일은 이것으로 해결됐어요. 우리의 간절한 부탁이 거절당했네요. 당신은 우리를 방문하지 않겠다는 거죠? 아니, 방문하기 싫다는 거죠? 내키지 않는 거죠? 좋아요! 우리도 그 정도는 극복할 수 있을 거예요. 예전에도 당신 없이 잘살았다고요. 그렇지만 한 가지 사실만은 알아야겠어요. 솔직히 대답해주시겠어요?"

"물론입니다."

"정말 솔직하게요! 당신의 명예를 걸고! 명예를 건다고 말씀하세요!"

"원하신다면…… 내 명예를 걸고 솔직히 말씀드리겠습니다."

"좋아요, 좋아요." 에디트는 계속해서 칼날처럼 날카로운 목소리로 "좋아요"를 반복했다. "좋아요. 겁낼 것 없어요! 더 이상 귀하신 분께 방문해달라고 요구하지는 않을 테니까. 한 가지만 알려주세요. 딱 한 가지면 돼요. 당신은 우리를 방문하는 걸 내키지 않아 하잖아요. 불편해서인지 수치스러워서인지 아니면 다른 이유 때문인지는 모르겠지만…… 그건 내가 상관할 바도 아니고요. 어쨌든, 좋아요. 그건 됐어요. 하지만 이것 하나만은 분명하게 말해줘야겠어요. 그렇다면 당신이 이곳에 오는 이유가 뭐예요?"

나는 온갖 질문을 예상했지만 이런 질문이 나오리라고는 상상조차 하지 못했다. 나는 당황한 채 시간을 벌기 위해 더듬거리기 시작했다.

"그건…… 그건 간단하죠. 굳이 명예를 걸 필요도 없었을 텐데……"

"그래요? 간단하다고요? 좋아요. 더 잘됐네요. 자, 말씀해보세요."

더 이상은 빠져나갈 구멍이 없었다. 진실을 말하는 것이 가장 간단한 방법이라는 생각이 들었다. 하지만 최대한 조심스럽게 말해야 했다. 나는 가능한 한 자연스럽게 보이려고 노력하며 대답했다.

"이런, 에디트 아가씨, 나에게서 무슨 수상한 이유를 찾으려 들지 마세요. 내가 나 자신에 대해 별로 깊이 생각하지 않는 사람이라는 걸 잘 알고 있잖아요? 맹세컨대 나는 단 한 번도 내가 어째서 이 사람은 방문하고 저 사람은 방문하지 않는지, 어째서 어떤 사람은 좋아하고 어떤 사람은 싫어하는지 깊이 생각해본 적이 없답니다. 내 명예를 걸고 말하건대, 내가 이곳에 오는 이유는 그저 이곳에 오는 것이 좋고 다른 곳보다 이곳이 백 배는 더 편안하기 때문이지 별다른 이유는 없어요. 당신들은 군대를 오페레타에 등장하는 기병대처럼 생각하는 경향이 있는 것 같아요. 언제나 즐겁고 유쾌한 모습일 것 같죠? 글쎄요, 안을 들여다보면 반드시 그렇게 좋은 모습만은 아니랍니다. 모두가 칭송하는 전우애라는 것도 실제로는 존재하지 않을 때가 많습니다. 십여 명이 하나의 수레를 끌 때면 남들보다 더 앞서 나가려는 사람이 꼭 있게 마련입니다. 또 승급이 있고 직급이 있는 곳에서는 앞사람을 밀어내려는 일도 허다하죠. 말 한마디도 신중하게 해야 하고 윗사람에게 잘못 보인 것은 아닌지 늘 걱정해야 한답니다. 언제나 살얼음판을 걷는 기분이랄까요? 복무는 복종에서 온 말입니다. 복종은 곧 의존한다는 뜻이고요. 게다가 막사나 식당을 집이라고 할 수는 없잖아요. 그곳에서는 아무도 나를 필요로 하지 않고 아무도 나에게 신경 써주지 않습니다. 물론 때로는 동료들과 즐겁게 지내기도 하지만, 안락함을 느끼기에는 부족하죠. 그러나 이곳에 오면 군도를 내려놓는 것과 동시에 모든 걱정거리를 내려놓게 된답니다. 게다가 당신과 마주앉아 편안하게 이야기를 나눌 때면……"

"그러면요?" 에디트가 초조하게 물어봤다.

"그럴 때면…… 글쎄요, 이렇게 말하면 뻔뻔하다고 욕하겠지만, 그럴 때면 나는 당신들도 내가 이곳에 오는 것을 좋아한다고 스스로를 안심시키곤 한답니다. 여기가 내가 있을 곳이고 여기야말로 내 집 같다는 생각을 합니다. 당신을 볼 때마다 나는……"

나는 나도 모르게 말을 멈췄다. 그러자 에디트는 또다시 말을 재촉했다. "나를 볼 때마다 뭐요?"

"내가 누군가에게는 쓸모없는 사람이 아닐 수도 있구나 하는 생각이 든답니다. 동료들과 있을 때는 쓸모없게 느껴지거든요. 물론 내가 별 볼일 없는 사람이라는 것은 나도 잘 알고 있습니다. 때로는 당신들이 이미 오래전에 나를 지겹다고 내치지 않은 것이 신기하게 느껴질 정도거든요. 당신들이 나에게 질릴까 봐 얼마나 걱정을 했는지 당신은 아마 모를 거예요. 하지만 그런 걱정을 하다가도 당신이 텅 빈 집에 혼자 앉아 있는 모습을 생각하면 당신도 누군가가 찾아와주는 것을 좋아할 수도 있겠구나 하는 생각이 든답니다. 그런 생각이 내게 매번 용기를 주죠. 나는 테라스나 방으로 당신을 찾아갈 때마다 나 자신에게 당신을 하루 종일 혼자 두는 것보다 내가 와서 이렇게 함께 있는 것이 훨씬 좋지 않냐고 말한답니다. 내 마음을 정말 이해하지 못하겠어요?"

그런데 예기치 못한 일이 벌어졌다. 내 말 속의 무언가가 에디트의 눈동자를 굳어지게 했는지, 그녀의 잿빛 눈동자는 꼼짝도 않고 앞만 응시하고 있었다. 그 대신 에디트의 손가락이 불안하게 움직이기 시작했다. 팔걸이를 오르락내리락하며 처음에는 가볍게, 그러다가 점점 격렬하게 팔걸이를 두드리는 것이었다. 에디트의 입이 가볍게 일그러지더니 불쑥 말을 꺼냈다.

"이해하겠네요. 무슨 뜻인지 완벽하게 이해했어요. 당신은…… 당신은 정말 진심을 말한 것 같군요. 아주 정중한 표현을 써서 교묘하게 돌려서 말했지만 나는 당신 말을 이해했어요. 정확히 이해했다고요. 당신은 내가 '혼자'라서 온다고 하셨죠? 정확히 말하면 내가 빌어먹을 의자에 묶여 있기 때문이겠죠. 단지 그 이유 때문에 당신은 매일 이곳에 오는 거군요. 착한 사마리아인처럼 '몸이 불편한 가엾은 아이'를 보러 오는군요. 당신들은 내가 없을 때는 다들 나를 그렇게 부르죠? 나도 다 알고 있다고요. 당신은 단지 동정심 때문에 오는 거군요. 그래요, 당신 말을 믿어요. 왜 갑자기 부인하려 들죠? 당신은 '좋은' 사람이잖아요. 아버지도 항상 그렇게 부른답니다. 그런 '좋은' 사람들은 매 맞는 개나 더러운 고양이에게도 항상 연민을 느끼잖아요. 그러니 불구에게 연민을 느끼지 말라는 법이 어디 있겠어요?"

에디트의 상체가 갑자기 위로 뻣뻣하게 일으켜지며 경련이 일었다.

"고맙네요. 하지만 나는 내가 단지 불구라는 이유로 베풀어주는 친절은 사양하겠어요. 그렇게 후회하는 듯한 눈빛으로 쳐다보지 마세요! 물론 당신은 지금 당신의 진심이 튀어나온 게 미안하겠죠. 내가 불쌍해서 찾아오는 거라고 인정한 것이 미안하겠죠. 그때 그 아주머니도 그렇게 말했어요. 단지 아주머니는 솔직하고 직설적으로 말을 내뱉은 반면, 당신은 '좋은 사람'이라 훨씬 더 상냥하고 조심스럽게 표현한 거죠. '내가 하루 종일 혼자 이곳에 앉아 있어서'라고 빙 돌려서 말한 거예요. 나는 이미 오래전부터 당신이 연민 때문에 이곳에 온다는 것을 느끼고 있었어요. 당신은 오로지 연민 때문에 오는 거라고요. 그러면서 당신의 고귀한 희생에 대해 칭찬받고 싶어 하죠. 하지만 유감스럽게도 나는 누군가가 나를 위해 희생하는 것은 원치 않는답니다. 그 누구의 희생도 원치 않아요! 특히 당신의 희생은 더더욱 원치 않아요! 내가 허락하지 않겠어요! 들었어요? 내가 허락하지 않는다고요! 정말로 내가 당신의 '동정 어린' 촉촉하고 부드러운 눈빛이나 '사려 깊은' 수다에 의지한다고 생각하세요? 천만에요! 난 당신네들 도움 필요 없어요! 내 일은 혼자서 알아서 할 수 있어요! 혼자서 견딜 수 있다고요! 그리고 더 이상 안 되겠다 싶으면…… 당신들로부터 어떻게 벗어날 수 있는지도 알고 있답니다. 자!" 그녀는 갑자기 손을 뒤집더니 내 앞으로 쑥 내미는 것이었다. "여기, 이 상처 보이죠? 벌써

한 번은 시도해봤어요. 내가 서툴러서 무딘 가위로 혈관을 제대로 못 맞힌 데다가 안타깝게도 사람들이 일찍 발견하는 바람에 나를 살려냈죠. 안 그랬으면 당신들과 당신들의 비열한 연민에서 벗어날 수 있었을 텐데! 하지만 다음 번에는 더 잘할 수 있어요! 믿어도 좋아요! 내가 완전히 무방비 상태로 당신들에게 몸을 내맡길 거라고는 생각하지 마세요! 동정을 받느니 차라리 죽는 게 낫지!" 그녀는 갑자기 큰 소리로 웃음을 터뜨렸다. 웃음소리는 마치 톱날처럼 날카로웠다. "자, 저기 보세요! 아빠가 나를 걱정하는 마음에서 성탑을 지어주었을 때 한 가지 잊은 게 있답니다. 아빠는 그저 내가 아름다운 경관을 즐길 수 있기만을 바랐죠. 의사가 햇빛을 많이 쬐고 신선한 공기를 마시는 게 좋다고 했으니까요. 하지만 언젠가 이 테라스가 나에게 얼마나 유용하게 쓰일 수 있는지는 아빠도, 의사도, 건축가도 생각 못했죠. 아래를 한번 내려다보세요." 그녀는 갑자기 몸을 일으켜 세우더니 양팔로 버티며 비틀거리는 몸을 난간으로 내던졌다. 그러고는 양손으로 난간을 꽉 붙들었다. "족히 4, 5층은 될 거예요. 아래는 단단한 돌이고요. 이 정도면 충분하죠. 다행히도 난간을 넘을 정도의 힘은 있답니다. 목발을 짚고 다니느라 근력이 생겼거든요. 한 번만 힘을 쓰면 되는 거예요! 그러면 당신들의 빌어먹을 연민에서 벗어날 수 있어요! 그렇게 되면 아빠와 일로나 그리고 당신…… 내가 악령처럼 짐이 되고 있는 당신들은 해방되는 거예요! 보세요, 아주 쉬워요! 이렇게 몸을 약간 숙이기만 하면……"

에디트는 눈을 반짝이며 난간 위로 위험할 정도로 깊숙이 몸을 숙였다. 나는 벌떡 일어나 그녀의 팔을 붙잡았다. 그러자 그녀는 마치 불에 덴 것처럼 몸이 움찔하더니 내게 소리치는 것이었다.

"저리 가요! 어떻게 감히 나를 건드릴 생각을 해요! 저리 가요! 난 내가 하고 싶은 대로 할 권리가 있어요! 당장 놓으란 말이에요!"

내가 에디트의 말을 무시한 채 강제로 난간에서 떼어내려 하자 그녀는 몸을 휙 돌리더니 내 가슴 한가운데를 강하게 밀쳤다. 이어서 끔찍한 일이 벌어졌다. 나를 밀쳐내는 것과 동시에 에디트가 균형을 잃은 것이다. 마치 낫에 베인 듯 무릎이 꺾이면서 에디트는 바닥으로 쓰러졌고, 쓰러지면서 테이블을 붙잡는 바람에 결국 테이블 전체가 같이 넘어갔다. 나는 마지막 순간까지 에디트를 잡아주려고 애썼지만 소용이 없었다. 우리 두 사람 위로 화병이 깨지고 접시와 찻잔이 박살 나고 숟가락이 쏟아져 내리고 청동 종이 큰 소리를 내며 바닥에 떨어진 후 요란하게 테라스 위를 굴러다녔다.

그러는 사이 에디트는 비참하게 무너져 내렸다. 힘없이 바닥에 쓰러진 채 분노로 몸을 움찔거리며 괴로움과 수치심에 흐느꼈다. 나는 에디트의 왜소한 몸을 일으켜주려 했지만 그녀는 내 손길을 거부한 채 흐느끼며 소리쳤다.

"저리 가요. 저리 가라고요. 이 못된 사람, 잔인한 사람……"

그러면서 에디트는 나의 도움 없이 혼자서 몸을 일으켜 세우려고 계속해서 팔을 이리저리 휘저었다. 내가 도와주기 위해 에디트에게 다가갈 때마다 그녀는 내 손을 뿌리치며 몸을 웅크린 채 미친 듯이 화를 내며 소리쳤다. "저리 가요! 만지지 마요! 가버려요!" 나로서는 난생처음 겪어보는 끔찍한 경험이었다.

그 순간 우리 뒤에서 조용하게 웅웅거리는 소리가 들려왔다. 엘리베이터가 올라오는 소리였다. 청동 종이 떨어지면서 낸 굉음에 항시 대기하고 있던 하인이 달려오는 모양이었다. 테라스에 올라온 하인은 깜짝 놀란 듯한 시선을 즉시 공손하게 아래로 내리깔고 급히 우리에게 달려왔다. 그러고는 나에게는 시선도 주지 않은 채 익숙한 손놀림으로 경련이 이는 에디트의 몸을 가볍게 들어 올려 흐느끼는 그녀를 안고 엘리베이터로 향했다. 1분도 채 지나지 않아 엘리베이터는 웅웅거리며 다시 내려갔다. 나는 쓰러진 테이블과 박살 난 찻잔 사이에 혼자 남아 있었다. 주위는 마치 마른 하늘에 날벼락이 친 것처럼 물건들이 사방으로 어지럽게 흩어져 있었다.

내가 박살 난 접시와 찻잔 사이에서 얼마나 오래 서 있었는지는 기억이 나지 않는다. 나는 에디트의 격렬한 발작을 어떻게 해석해야 할지 몰라 그저 어안이 벙벙한 상태였다. 내가 어리석은 말이라도 했단 말인가? 도대체 무슨 짓을 저질렀기에 그처럼 이해할 수 없는 분노를 야기했단 말인가? 이런 생각을 하고 있을 때 뒤에서 또다시 익숙한 소리가 들려왔다. 엘리베이터가 다시 올라왔고 또다시 요제프가 내렸다. 늘 그렇듯이 깔끔하게 면도한 그의 얼굴에는 이상한 슬픔이 깃들어 있었다. 나는 그가 단순히 테라스를 치우기 위해 올라온 것이라 생각하며 쓰레기 더미 속에서 그에게 방해가 되는 것 같아 난감해하고 있었다. 그런데 그가 시선을 아래로 향한 채 바닥에서 냅킨 하나를 주워 올리더니 조심스럽게 내게 다가오는 것이었다.

"실례합니다, 소위님." 공손한 태도로 나지막히 말하는 그의 목소리에 나는 그가 입을 열 때마다 절을 받는 듯한 느낌을 받았다(역시나 그는 옛 오스트리아 방식을 고수하는 하인이었다). "괜찮으시다면 제가 좀 닦아 드리겠습니다."

나는 눈으로 바삐 움직이는 그의 손가락을 쫓아갔다. 그제서야 내가 입고 있는 셔츠와 밝은색 바지에 커다란 얼룩이 하나씩 묻어 있는 것을 발견했다. 에디트를 일으켜 세우기 위해 몸을 숙였을 때 찻잔 속 내용물이 묻은 모양이었다. 하인은 냅킨으로 정성 들여 얼룩을 닦아냈다. 그가 무릎을 꿇고 얼룩을 빼려고 애쓰는 동안 나는 위에서 가르마를 탄 그의 회색 정수리를 내려다보았다. 나는 그가 당혹스러운 표정과 눈빛을 숨기기 위해 일부러 몸을 깊숙이 숙이고 있다는 인상을 받았다.

"이런 식으로는 안 되겠어요." 그는 고개를 들지 않은 채 상심한 듯 말했다. "소위님, 제가 기사를 보내서 부대에서 셔츠를 가져오라고 하겠습니다. 이런 모습으로 나가시면 안 됩니다. 한 시간이면 다 마르니까 제가 잘 다려놓도록 하겠습니다."

그는 전문가다운 말투로 말하려고 노력했지만, 그의 목소리에는 당혹감이 깃들어 있었다. 나는 그에게 그럴 필요 없다며 바로 부대로 돌아갈 테니 마차나 불러달라고 말했다. 그러자 그는 갑자기 헛기침을 하더니 지쳐 보이는 선한 눈동자로 애원하듯이 나를 바라보며 말하는 것이었다.

"소위님, 조금만 더 계셔주시면 안 되겠습니까? 소위님께서 지금 가신다면 정말 끔찍한 일이 벌어질 겁니다. 잠시만이라도 기다려주세요. 안 그러면 아가씨께서 크게 흥분하실 겁니다. 지금은 일로나 아가씨께서 에디트 아가씨를 침대로 모시고 함께 계십니다. 일로나 아가씨께서 곧 나오신다고, 소위님께 꼭 기다려달라고 전해달라 하셨습니다."

나는 본의 아니게 감동받았다. 모두들 이토록 에디트를 사랑하는구나! 다들 에디트를 보호하기 위해 이토록 애쓰는구나! 하인은 자신의 용기에 스스로 놀란 듯 다시 열심히 내 셔츠를 닦고 있었다. 나는 이 착한 하인에게 다정한 말이라도 한마디 해주고 싶은 충동을 느꼈다. 그래서 그의 어깨를 가볍게 두들겨주며 말했다.

"요제프, 그냥 두세요! 햇빛에 말리면 이런 얼룩은 금방 없어져요.

초조한 마음 263

게다가 이 집에서는 차를 연하게 마셔서 짙은 얼룩이 남지 않을 겁니다. 그냥 두세요, 요제프. 차라리 깨진 그릇들이나 치우세요. 나는 일로나 아가씨가 올 때까지 기다릴게요."

"소위님께서 기다려주신다니 다행입니다!" 그는 크게 안도했다. "케케스팔바 씨께서도 곧 돌아오실 겁니다. 소위님을 보시면 좋아하실 거예요. 저에게 당부하시기를……"

이때 층계를 올라오는 가벼운 발소리가 들렸다. 일로나였다. 그녀도 요제프가 그랬던 것처럼 시선을 아래로 향한 채 내게 다가왔다.

"에디트가 잠시 침실로 내려와달라고 부탁했습니다. 잠깐이면 돼요! 진심으로 부탁한다고 꼭 전해달랬어요."

우리는 함께 계단을 내려갔다. 현관과 또 하나의 방을 통과해서 침실로 이어지는 듯한 기다란 복도에 이르기까지 우리는 한마디도 나누지 않았다. 가끔씩 좁은 통로에서 서로의 어깨가 부딪히기도 했는데 그것은 내가 흥분한 나머지 걸음이 불안정했기 때문이었을 것이다. 두번째 문에 이르자 일로나는 걸음을 멈추더니 내게 다급하게 속삭였다.

"지금은 에디트에게 잘해줘야 해요. 위에서 무슨 일이 있었는지는 모르겠지만 나는 에디트의 갑작스러운 발작에 대해서는 잘 알고 있어요. 우리 모두 잘 알고 있죠. 에디트를 탓해서는 안 돼요. 안 되고말고요. 아침부터 저녁까지 저렇게 무력하게 누워만 있는 것이 어떤 기분인지 우리 같은 사람들이 어찌 상상이나 하겠어요? 당연히 불안감이 쌓이게 될 테고, 그 애가 인식하지 못하는 사이에 의도치 않게 한 번씩 폭발하는 거예요. 이것만은 알아두셔야 해요. 발작한 후에 가장 고통스러워하는 사람은 바로 그 불쌍한 아이예요. 이처럼 부끄러워하고 괴로워할 때야말로 더욱 더 잘해줘야 해요."

나는 대답하지 않았다. 그럴 필요도 없었다. 일로나는 내가 얼마나 격앙된 상태인지 이미 알아차린 듯했다. 일로나가 조심스럽게 노크를 하자 안에서 수줍게 "들어오세요"라고 말하는 목소리가 들렸다. 문을 열기 전에 일로나는 다시 한 번 내게 속삭였다.

"너무 오래 있지는 마세요. 아주 잠깐만이에요!"

나는 소리 없이 스르르 밀리는 문을 열고 들어갔다. 방 안은 은은하게 빛나는 불그스름한 불빛을 제외하고는 온통 캄캄했다. 오렌지빛 커튼이 정원 쪽 창문을 완전히 가리고 있었던 것이다. 잠시 후에야 방 뒤쪽에서 침대로 보이는 밝은색 사각형이 눈에 들어왔다. 그리고 그곳에서 익숙한 목소리가 수줍은 듯이 말을 건네왔다.

"이쪽으로 오세요. 여기 의자에 앉으세요. 잠깐이면 돼요."

나는 가까이 다가갔다. 베개 쪽에서 머리카락이 드리운 그늘 아래로 가냘픈 얼굴이 밝게 빛나고 있었다. 꽃들이 수놓인 알록달록한 이불이 에디트의 가느다란 목까지 올라와 있었다. 에디트는 불안한 표정으로 내가 자리에 앉기를 기다렸다. 그런 다음에야 부끄러운 듯한 목소리로 말을 시작했다.

"여기로 오게 해서 미안해요. 너무 어지러워서요…… 햇볕을 그렇게 오래 쐬는 게 아닌데. 그럴 때마다 항상 이렇게 어지럽더라고요. 아까는 내가…… 아까는 내가 제정신이 아니었던 것 같아요. 당신…… 당신…… 다 잊어주실 거죠? 내가 버릇없이 굴었던 거 잊어주실 거죠?"

에디트의 목소리에는 간절함과 두려움이 가득했다. 나는 서둘러 에디트의 말을 끊었다. "무슨 말이에요. 다 내 잘못이었어요. 아가씨가 그렇게 오랫동안 햇볕을 쬐게 하는 게 아닌데……"

"그럼 믿어도 되는 거죠? 나를 나쁘게 생각하지 않는 거죠? 정말이죠?"

"물론입니다."

"앞으로도 계속 와주실 거죠? 항상 그랬던 것처럼?"

"그렇습니다. 하지만 한 가지 조건이 있습니다."

에디트의 눈빛이 불안해졌다. "무슨 조건이요?"

"나를 좀더 믿어준다는 조건이요. 나에게 상처를 줬다거나 나를 모욕했다는 걱정은 더 이상 하지 말란 말입니다. 친구 사이에 왜 그런 바보 같은 생각을 합니까! 마음이 편안할 때 당신의 모습이 얼마나 달라지는지 아세요? 게다가 아버님과 일로나 아가씨, 나를 비롯한 집안 전체가 행복해지잖아요! 이틀 전 야유회에서 당신이 즐거워하던 모습, 우리 모두가 함께 즐거워하던 모습을 당신이 직접 봤어야 했는데…… 나는 그날 저녁 내내 그 생각을 했답니다."

"저녁 내내 내 생각을 했다고요?" 에디트는 불안한 눈빛으로 나를 쳐다보았다. "정말요?"

"네. 저녁 내내요. 얼마나 즐거운 날이었습니까? 나는 절대 잊을 수 없을 겁니다. 정말 즐거운 하루였어요. 정말 즐거웠답니다!"

"맞아요." 에디트는 꿈을 꾸듯 대답했다. "정말 즐거운 하루였죠. 들판 위를 달리는 것도 즐거웠고, 망아지와 마을 잔치까지…… 처음부터 끝까지 정말 즐거웠어요! 아, 자주 그렇게 밖으로 나가야겠어요! 어쩌면 바보처럼 집에만 있으면서 나 자신을 가둬놓아서 신경이 그토록 예민해졌을 수도 있어요. 당신 말이 맞는 것 같아요. 나는 의심이 너무 많아요. 사실 사고가 난 후부터 그렇게 된 것 같아요. 예전에는…… 아, 예전에는 누군가를 두려워해본 기억이 없어요. 사고가 난 후부터 이런 불안감이 생긴 거랍니다. 어딜 가나 다들 내 목발만 쳐다보고 나를 동정한다는 생각이 들거든요. 나도 그게 얼마나 바보 같은 짓인지 알아요. 어리석은 자존심이고 고집이라는 걸 잘 알죠. 그것이 내 신경을 좀먹는다는 것도요. 하지만 이토록 오래 걸리는데 어떻게 의심을 하지 않겠어요! 아, 이 끔찍한 일이 어서 끝났으면 좋겠어요! 이것 때문에 더 이상 심술부리고 화내는 나쁜 사람이 되지 않았으면 좋겠어요!"

"조금만 있으면 끝날 테니 용기를 내세요. 조금만 더 용기를 내고 참아보세요."

에디트는 살짝 몸을 일으켰다. "당신은 정말로 새 치료법으로 모든 걸 끝낼 수 있다고 생각하나요? 사실 엊그제 아빠가 방으로 올라와서 그 이야기를 해줬을 때만 해도 나는 확신에 차 있었어요. 그런데 무슨 이유에서인지 오늘 밤에는 박사님이 착각한 게 아닐까 하는 두려운 생각이 들더라고요. 어떤 기억이 떠올라서 그랬던 것 같아요. 나는 콘도어 박사님을 마치 신처럼 믿고 따랐어요. 하지만 항상 그렇잖아요. 처음에는 의사가 환자를 관찰하지만 시간이 지나면 환자도 의사를 관찰하게 되죠. 당신에게만 하는 말이지만, 어제 박사님이 나를 진찰할 때에는 마치…… 뭐라고 해야 될지 모르겠는데…… 마치 내 앞에서 연기를 하는 것 같았어요. 굉장히 불안하고 가식적으로 느껴졌어요. 다른 때처럼 진심으로 대하는 것 같지도 않고…… 왠지 모르게 내 앞에서 부끄러워하는 것 같았어요. 물론 나를 당장 스위스로 보낸다고 했을 때에는 말할 수 없이 행복했지만 그래도 내 안의 깊숙한 곳 어딘가에서는, 이건 당신한테만 말하는 거예요, 이유를 알 수 없는 두려움이 느껴졌어요. 새 치료법에 문제가 있는 것 같다는 두려움! 이건 콘도어 박사님께는 비밀이에요! 절대로 말하지 마세요! 박사님이 새 치료법으로 나를 속이려는 것은 아닐까 혹은 단순히 아빠를 안심시키려 하는 것은 아닐까 하는 생각이 들었어요. 보시다시피 나는 여전히 그런 끔찍한 의심을 거두지 못하고 있답니다. 하지만 어쩌겠어요? '이제 끝이 보인다'라는 말을 수도 없이 들었지만 언제나 회복은 끔찍할 정도로 더디기만 했는데…… 어떻게 의심하지 않을 수 있겠어요? 더 이상은 못하겠어요! 더 이상 기다리기만 하는 것은 견딜 수 없어요!"

흥분한 에디트는 몸을 일으킨 채 손을 떨고 있었다. 나는 서둘러 몸을 숙이며 그녀에게 더 가까이 다가갔다.

"안 돼요! 또 흥분하면 안 돼요! 방금 나한테 약속했잖아요."

"네, 당신 말이 옳아요. 자신을 괴롭혀봤자 아무 소용 없는 일이랍니다. 다른 사람들만 괴롭힐 뿐이죠. 사실 다른 사람들에게 무슨 잘못이 있겠어요? 안 그래도 나는 그들의 인생에 커다란 짐이 될 뿐인데…… 아니에요. 사실 이런 이야기를 하려고 한 건 아니었어요. 정말이에요. 나는 그저 내가 바보처럼 흥분했는데도 당신이 나를 탓하지 않아서 고맙다는 인사를 하려던 것뿐이었어요. 언제나 내게 친절하게 대해주는 것에 대해서도요. 정말 내가 그럴 만한 가치가 있을까 싶을 정도로 친절하게 대해주시는데…… 그런데 내가 어떻게 당신에게 그런…… 아무튼, 우리 그 일에 대해서는 더 이상 아무 말 않기로 하는 거죠?"

"절대로 안 합니다. 믿어도 돼요. 이제 편히 휴식을 취하도록 하세요."

나는 에디트에게 악수를 청하기 위해 자리에서 일어났다. 안심한 듯, 불안한 듯한 표정으로 베개 위에서 올려다보며 미소 짓는 에디트를 보자 마음이 짠해졌다. 에디트의 모습은 잠들기 전의 어린아이 같았다. 이제 모든 일이 잘 해결된 것 같았다. 분위기도 비 온 뒤의 하늘처럼 맑게 개어 있었다. 나는 즐거울 정도로 편안한 마음으로 에디트에게 다가섰다. 그런데 갑자기 에디트가 깜짝 놀라며 몸을 일으키는 것이었다.

"세상에! 그게 뭐예요? 당신 제복이……"

내 상의에 묻은 얼룩을 발견한 것이었다. 에디트는 자신이 쓰러지면서 함께 떨어진 찻잔 때문에 얼룩이 생겼다는 것을 깨닫고는 죄책감을 느끼는 듯했다. 에디트의 눈동자는 곧바로 눈꺼풀 뒤로 숨어버렸고, 내밀던 손을 두려운 듯 다시 거둬들였다. 에디트가 그처럼 사소한 일을 그토록 심각하게 여기는 것이 내게는 감동적으로 느껴졌다. 에디트를 안심시키기 위해 나는 장난스러운 말투로 말했다.

"아무것도 아닙니다. 전혀 심각한 일이 아니에요. 버릇없는 아이가 나에게 물을 뿌렸답니다."

그녀의 눈빛에는 여전히 걱정스러운 기색이 역력했지만 다행히도 그녀도 농담조로 내 말을 받아주었다.

"그래서 버릇없는 아이를 실컷 때려줬나요?"

"아니요. 그럴 필요가 없었어요. 아이는 이미 얌전해졌더라고요."

"정말로 아이에게 더 이상 화난 건 아니죠?"

"전혀 아니에요. 그 아이가 얼마나 예쁘게 '잘못했습니다'라고 말하던지, 당신이 들었어야 하는데!"

"그러면 용서해주는 건가요?"

"그럼요. 이미 용서하고 잊었어요. 물론 그 아이는 앞으로도 얌전하게 굴고 시키는 일을 잘해야 할 거예요."

"아이가 뭘 어떻게 하면 되는데요?"

"항상 잘 참아야 하고 친절해야 하고 즐거워해야죠. 너무 오래 햇볕을 쬐지 말고 외출도 많이 하고 의사의 말을 잘 따라야 하고요. 하지만 지금은 무엇보다 잠을 자야 하고, 더 이상 말하거나 생각하지 말아야 합니다. 자, 그럼 잘 자요."

나는 에디트에게 손을 내밀었다. 에디트가 침대에 누운 채 눈을 별처럼 반짝이며 내게 행복한 미소를 보이는 모습이 매혹적이고 아름다워 보였다. 다섯 개의 가느다란 손가락이 따뜻하고 다정하게 내 손을 잡았다.

나는 가벼운 마음으로 돌아섰다. 그런데 문고리에 손이 닿으려는 순간 뒤에서 웃음소리가 들렸다.

"아이가 방금 착하게 굴었나요?"

"완벽했습니다. 백 점을 줄게요. 하지만 이제는 잠을 자야 합니다. 더 이상 나쁜 생각은 하지 말고 잠을 자야죠."

문을 반쯤 열었을 때, 등 뒤에서 또다시 개구쟁이 같은 웃음소리와 함께 베개 쪽에서 에디트의 목소리가 들려왔다.

"착한 아이는 자기 전에 뭘 받는지 잊으셨나요?"

"글쎄요."

"착한 아이는 굿나잇 키스를 받잖아요."

나는 이상하게 마음이 편치 않았다. 에디트의 목소리에 깃든 들뜬 기운이 마음에 들지 않았다. 예전에도 내게 지나치게 강렬한 눈빛을 보내던 기억이 떠올랐다. 그러나 나는 예민한 그녀의 기분을 상하게 하고 싶지는 않았다.

"아, 그렇군요." 나는 아무렇지 않은 척 말했다. "깜빡할 뻔했네요."

나는 침대 쪽으로 걸음을 옮기면서 갑작스럽게 찾아온 정적 때문에 에디트가 숨을 멈추고 있다는 것을 알았다. 에디트는 머리를 베개에 붙인 채 눈동자만을 내게 고정시키고 있었다. 손도 손가락도 미동도 하지 않은 채 오직 눈동자만이 계속해서 나를 쫓아왔다.

나는 마음이 점차 불안해지면서 얼른 끝내고 싶다는 생각밖에 하지 않았다. 그래서 서둘러 허리를 굽혀 에디트의 이마에 가볍게 입술을 갖다

댔다. 나는 에디트의 머리카락에서 나는 희미한 향기를 맡으며 입술이 그녀의 피부를 살짝 스치기만 하도록 신경 썼다.

그런데 갑자기 이불 위에 얌전히 놓여 있던 에디트의 양손이 위로 번쩍 솟구치는 것이었다. 그녀는 내가 피할 새도 없이 양손으로 내 관자놀이를 꽉 움켜쥐더니 내 입술을 자신의 이마에서 떼어내 입술로 가져갔다. 그러고는 서로의 치아가 닿을 정도로 뜨겁고 탐욕스럽게 입을 맞췄다. 동시에 에디트의 가슴은 내 몸을 만지기 위해, 내 몸을 느끼기 위해 위로 젖혀지며 팽팽하게 당겨졌다. 그토록 거칠고 절망적이고 갈증에 허덕이는 키스를 경험해본 것은 그때가 처음이자 마지막이었다.

그러나 그것이 끝이 아니었다. 그것만으로는 부족했던 것일까? 에디트는 황홀경에서 나오는 초인적인 힘으로 나를 꽉 움켜쥐고 있었다. 숨이 턱까지 차오르자 비로소 관자놀이를 움켜쥐고 있던 손의 힘이 약간 풀리더니 머리 쪽으로 옮겨가 내 머리카락을 마구 헝클어놓았다. 그러나 에디트는 결코 나를 놓아주지 않았다. 뒤로 기댄 채 도취된 듯한 표정으로 내 눈을 들여다보는가 싶더니 또다시 나를 끌어안고는 거칠고 탐욕스럽게 나의 볼과 이마, 눈, 입술에 뜨거운 키스를 퍼부었다. 키스할 때마다 에디트는 "바보, 바보, 바보 같은 당신……"이라고 중얼거리며 신음했고, 점점 더 뜨겁게 "당신…… 당신……"이라고 외쳤다. 그녀는 열정을 이기지 못하고 점점 더 탐욕스럽고 욕정적이고 거칠게 키스를 퍼부었다. 그러다가 갑자기 에디트의 몸이 경련을 일으키며 팽팽하게 당겨지더니 나를 움켜쥐던 손이 풀리고 머리가 힘없이 베개 위로 떨어졌다. 그러나 에디트의 눈동자만은 승리감에 취해 반짝이고 있었다.

잠시 후 에디트는 내게 등을 돌리더니 피곤한 기색이 역력한 수줍은 목소리로 속삭였다. "이제 가보세요. 이 바보 같은 사람. 가세요."

나는 비틀거리며 밖으로 나왔다. 어두운 복도에 나오는 순간 온몸의 힘이 풀려버렸고 현기증이 나서 벽을 붙잡아야만 했다. 이거였구나! 이거였어! 뒤늦게 밝혀진 에디트의 비밀, 그녀의 불안감과 나에 대한 이해할 수 없는 공격성을 설명해주는 비밀은 바로 이거였다! 내가 받은 충격은 이루 말할 수 없었다. 아무것도 모른 채 꽃향기를 맡다가 갑자기 독사에게 물린 기분이었다. 에디트가 나를 때렸거나 욕했거나 내게 침을 뱉었더라면 차라리 놀라지 않았을 것이다. 예민하고 변덕이 심한 에디트의 성격을 잘 알고 있었기에 나는 모두 각오하고 있었다. 그러나 이것만은, 몸이 아픈 그녀가, 만신창이인 그녀가 사랑을 할 수 있고 사랑받고 싶어 한다는 것, 이것만은 전혀 예상하지 못했다. 이 어린 아이가, 아직 성숙하지 못한 힘없는 소녀가(이렇게밖에 표현하지 못하겠다) **감히** 진정한 여인의 감각적이고 의식적인 사랑을 갈망한다는 사실은 나로서는 상상조차 해보지 못한 것이었다. 다른 모든 것은 예상했어도 운명의 저주를 받아 자신의 몸조차도 가눌 힘이 없는 소녀가 다른 누군가를 사랑하고 사랑받고 싶어 한다는 사실, 단순히 연민 때문에 이곳에 오는 나를 그토록 끔찍하게 오해했다는 사실만큼은 전혀 예상하지 못했다. 그러나 다음 순간 나는 또 하나의 끔찍한 사실을 깨달았다. 세상으로부터 고립된 이 외로운 소녀가 날마다 자신의 감옥을 찾아주는 유일한 남자인 나에게, 연민에 사로잡혀 바보가 되어버린 나에게 새로운 감정, 보다 달콤한 감정을 기대했다면 그 잘못은 전적으로 나의 열정적인 연민에 있었던 것이다. 그러나 이 단순무식하고 멍청한 나라는 놈은 에디트를 그저 고통받는 환자로, 어린아이로 여겼을 뿐 결코 여자로는 생각조차 해본 적이 없었다. 단 한 순간도 나는 저 이불 속에 벌거벗은 여인의 육체가, 다른 여인들처럼 숨 쉬고 느끼고 기다리며 사랑을 갈망하는 육체가 숨겨져 있다고는 생각조차 해본 적이 없었다. 스물다섯 살의 나는 몸이 아프거나 불구인 여자, 미성년자나 나이가 많은 여자, 버려지거나 낙인찍힌 여자들도 **감히** 사랑을 할 수 있다고는 생각하지 못한 것이다. 경험이 없는 젊은이는 실제로 삶을 겪어보기 전까지는 그저 이야기로 들은 것, 책에서 읽은 것만으로 이 세상을 상상하게 마련이다. 즉, 자신이 직접 경험하기 전까지는 어쩔 수 없이 간접경험을 토대로 상상을 하게 된다. 그런데 (현실을 평면화시키고 단순화시킨) 책이나 연극, 영화에는 서로를 갈망하는 주인공들이 대개 젊고 아름답고 특별한 사람들로 묘사되어 있다. 그렇기 때문에 나는 여자의 마음을 사로잡기 위해서는 특별한 매력이나 특별한 재능이 있거나 행운을 타고나야 한다고 생각했던 것이다(이러한 생각 때문에 나는 여자들 앞에서 소심해지곤 했다). 내가 그동안 두 아가씨와 편안하게 지낼 수 있었던 것도 처음부터 우리들 사이에는 에로틱한 요소가 완전히 배제되었다고 생각했기 때문이었다. 나는 그들이 나를 착한 청년, 좋은 친구 이상으로 여길 수 있으리라고는 단 한 번도 생각해보지 못했다. 물론 간혹 일로나를 보며 아름답다고 느낀 적이 있었지만 에디트를 이성으로 느껴본 적은 단 한 번도 없었다. 그녀의 쇠약해진 몸속에도 다른 여인들과 똑같은 기관들이 자리잡고 있는 것처럼 마음속에도 그들과 똑같은 욕구가 있을 것이라는 생각이 한 번도 뇌리에 스치지 않은 것이다. 그제서야 나는 (작가들은 잘 다루지 않지만) 버려지고 낙인찍히고 추하고 쇠약한 사람들이 행복하고 건강한 사람들보다 훨씬 더 열정적이고 훨씬 더 위험한 욕구를 품고 있다는 사실을 깨닫기 시작했다. 그들의 사랑은 어둡고 광적이고 절망적이라는 것을, 그 어떤 사랑도 그들의 미래도 희망도 없는 사랑보다 더 탐욕스럽고 더 간절할 수 없다는 것을 깨달았다. 그들은 오로지 사랑을 주고받는 것을 통해서만 이 세상에서 살아갈 이유를 찾을 수 있기 때문에 그만큼 더 간절할 수밖에 없는 것이었다. 가장 깊은 절망 속에서 삶에 대한 욕구가 가장 강렬하다는 잔혹한 비밀을 아무런 경험도 없는 내가 알 리가 없었다! 지금에서야 뜨거운 칼이 내 몸을 관통하듯이 그러한 깨우침이 내 뇌리를 파고 든 것이다.

바보! 이제는 그 말뜻도 이해가 갔다. 에디트가 무르익지도 않은 자신의 가슴을 내 가슴팍에 밀어붙이면서 감정의 공황상태에 빠져 있을 때, 그녀의 입술에서 왜 하필 그 단어가 튀어나왔는지 이제는 알 수 있을 것 같았다. 바보! 그렇게 부르는 게 당연했다! 아버지, 일로나, 요제프 그리고 다른 하인들까지도 처음부터 모든 것을 눈치채고 있었던 게 분명했다. 모두가 오래전부터 에디트의 사랑, 그녀의 열정을 알아차리고 불길한 예감을 느끼며 걱정스럽게 지켜봤을 것이다. 오로지 나만 아무것도 몰랐던 것이다. 연민에 사로잡혀 바보가 되어버린 나는 그저 착하고 성실하고 우둔한 친구처럼 농담이나 하면서 자신의 마음을 몰라주는 나를 보며 그녀가 얼마나 마음이 타들어가는지 알아차리지 못한 것이다. 나는 마치 수준 낮은 희극의 주인공처럼 보였을 것이다. 주인공이 계략에 빠졌다는 것을 관객들은 모두 알고 있는데(다른 사람들은 처음부터 계략의 내용을 하나하나 세세하게 알고 있었다) 정작 바보 같은 주인공은 계략에 빠지는 것도 모르고 혼자서 진지하게 연기를 해나가는 것이다. 내가 감정의 술래잡기에서 술래가 되어 헤매는 동안 집 안의 모든 사람들은 희극의 관객이 되어 나를 지켜봤던 것이다. 그리고 마침내 에디트가 내 눈가리개를 강제로 풀어버린 것이다. 단 한 개의 불빛이 방 안에 있는 수십 가지 물건들을 비춰주듯이 나는 부끄럽게도 이제서야(너무 늦었다!) 지난 몇 주간 있었던 수많은 일들이 이해되기 시작했다. 내가 에디트를 '꼬마 아가씨'라고 부를 때마다 화를 낸 이유를 이제서야 알 것 같았다. 에디트는 내 앞에서만큼은 어린아이가 아닌 사랑하는 여인이 되고 싶었던 것이다. 자신이 불구라는 사실 때문에 내가 충격받는 모습이 보일 때마다 에디트의 입술이 불안하게 떨리던 이유, 그녀가 나의 연민에 대해 그토록 분노하던 이유도 이해가 가기 시작했다. 에디트는 아마도 여자의 육감으로 연민은 형제간에 느끼는 것이며 진정한 사랑을 대신해줄 수 없다는 것을 인식했던 모양이다. 이 가엾은 아가씨는 자신의 마음을 알아준다는 말 한마디를 기대하며 얼마나 오랜 시간을 헛되이 기다렸단 말인가? 내가 아무렇지 않게 수다를 떠는 동안에도 에디트는 타들어갈 것 같은 초조한 마음으로 내가 언제쯤 자신에게 다가와줄지 아니면 적어도 언제쯤 자신의 마음을 알아차릴지 계속해서 기다리고 있었을 것이다. 그런데 나는 에디트에게 아무 말도 해주지 않았고 아무런 행동도 보여주지 않았다. 그러면서 매일같이 찾아와서 그녀의 열정에 불을 지피는 동시에 나의 둔감한 성격 때문에 상처를 준 것이다. 그랬으니 그녀가 마침내 폭발해서 먼저 나를 취해버린 것도 충분히 이해할 수 있는 일이 아닌가!

　이 모든 생각들이 수백 개의 영상이 되어 뇌리에 박히는 동안 나는 마치 폭격이라도 맞은 것처럼 숨을 헐떡이며 에디트만큼이나 힘이 풀린 다리로 어두운 복도의 벽에 기대서 있었다. 나는 두 차례 벽을 더듬으며 걸어가려고 시도했지만 세번째에야 비로소 문고리까지 걸어가는 데 성공했다. 이쪽으로 가면 응접실이 나올 것이다. 나는 서둘러 머리를 굴렸다. 왼쪽으로 꺾으면 현관이고 그곳에 군도랑 모자가 있다. 그러니 빨리 응접실을 통과해서 하인이 오기 전에 얼른 나가자! 계단을 내려가면 곧장 나갈 수 있다! 누군가를 만나서 질문을 받기 전에 얼른 집을 벗어나야 한다! 빨리 나가야 한다! 지금은 에디트의 아버지도, 일로나도, 요제프도…… 계략을 알고도 내가 바보처럼 그 안에서 헤매는 것을 지켜보기만 한 그 누구도 만날 수 없다! 얼른 나가야 한다!

그러나 너무 늦었다. 내 발소리를 들었는지 응접실에서는 이미 일로나가 기다리고 있었다. 그녀는 나를 보자마자 표정이 싹 변했다.

"아니, 무슨 일이에요? 왜 이렇게 창백해요? 에디트랑 또 무슨 일이 있었나요?"

"아무것도 아니에요." 나는 가까스로 더듬거리며 발걸음을 계속 옮기려 했다. "이제 잠들었을 거예요. 미안하지만 나는 그만 가봐야겠어요."

내 무뚝뚝한 태도에서 뭔가 안 좋은 낌새를 눈치챘는지 일로나는 단호하게 내 팔을 붙잡으며 나를 안락의자에 앉혔다.

"자, 일단 좀 앉아서 진정부터 하세요. 그런데 당신 머리…… 머리가 왜 이래요? 왜 이렇게 헝클어졌어요? 아니, 그대로 있어요." 내가 일어서려고 하자 그녀는 얼른 나를 제지했다. "코냑 한 잔 드릴게요."

일로나는 찬장으로 가더니 잔을 가득 채워 가지고 왔다. 나는 단숨에 코냑을 들이켰고, 일로나는 내가 떨리는 손으로 잔을 내려놓는 것을 불안한 눈빛으로 지켜보았다(그토록 기력이 없고 지쳐버린 듯한 느낌은 난생처음이었다). 그러고는 내 옆에 앉아 아무말 없이 기다렸다. 마치 환자를 대하듯이 가끔씩 불안한 눈빛으로 조심스럽게 나를 쳐다보는 것이 느껴졌다. 마침내 일로나가 물었다.

"에디트가 무슨 말을 했나요? 그러니까…… 당신에 대해서요."

일로나의 동정 어린 태도에서 모든 것을 짐작하고 있다는 것을 느낄 수 있었다. 변명할 기력조차 없던 나는 그저 조용히 "네"라고만 중얼거렸다.

일로나는 꼼짝도 하지 않았다. 아무런 대꾸도 하지 않았다. 그러나 나는 일로나의 호흡이 거칠어지는 것을 느낄 수 있었다. 일로나는 조심스럽게 나를 향해 몸을 숙이며 물었다.

"그 사실을 정말로 이제서야 알아차린 건가요?"

"내가 어떻게 알았겠습니까? 말도 안 되잖아요! 말도 안 되는 일이잖아요! 아니…… 어떻게…… 어떻게 나를? 왜 하필 나를?"

일로나는 한숨을 내쉬었다. "이런, 에디트는 항상 당신이 자기 때문에 온다고 말했어요. 오로지 자기 때문에 당신이 우리를 방문하는 거라고. 나는…… 나는 믿지 않았어요. 당신이 워낙 편안하게 행동했고…… 당신이 다른 식으로 따뜻한 거라고 느꼈거든요. 나는 처음부터 당신이 그저 동정심 때문에 오는 거라고 생각했어요. 하지만 그 불쌍한 아이에게 어떻게 그런 말을 하겠어요? 그 믿음이 그 아이를 얼마나 행복하게 해주는지 아는데…… 어떻게 잔인하게 그 아이의 생각이 틀렸다고 말을 하겠어요? 그 아이는 몇 주 전부터 오로지 당신만을 생각하며 살았어요. 당신이 자신을 좋아하는 것 같냐고 내게 물어볼 때마다…… 내가 어떻게 잔인하게 굴 수 있었겠어요? 나는 그 아이를 안심시키고 그 아이에게 힘을 줘야 했어요."

나는 더 이상 참을 수 없었다. "아니요. 그 반대예요. 아니라고 말해야죠! 잘못 생각한 거라고 반드시 말해줘야 해요! 에디트는 열 때문에 잠시 머리가 이상해진 거라고요! 그건 유치한 망상에 불과해요. 소녀들이 제복에 대해 열광하는 것 그 이상도 이하도 아니에요. 만일 내일 당장 다른 사람이 온다면 분명히 그 사람에게 마음이 갈 거라고요. 에디트에게 그걸 설명해줘야 합니다. 더 늦기 전에 에디트의 마음을 돌려놓아야 합니다. 이 집을 방문한 것이 다른 동료가 아니라 하필 나였던 것은 그저 우연이에요. 그 나이에는 이런 열정은 금세 사그라드는 거라고요."

그러나 일로나는 슬픈 표정을 지으며 고개를 저었다. "아니에요. 그렇게 생각하고 싶겠지만 그렇지가 않아요. 에디트는 심각하다고요. 아주 심각해요. 그리고 날이 갈수록 점점 심각해진답니다. 아니에요, 그토록 복잡한 일을 내가 당신을 위해 하루아침에 아무것도 아닌 일로 만들어줄 수는 없어요. 아, 이 집에서 무슨 일이 벌어지고 있는지 당신이 안다면⋯⋯ 에디트는 밤마다 서너 차례 종을 울려서 우리를 깨웁니다. 에디트에게 무슨 일이 생겼나 싶어서 걱정스럽게 달려가면 에디트는 침대에 똑바로 앉은 채 침울한 표정을 지으며 우리에게 계속해서 똑같은 질문을 하죠. "그 사람이 나를 조금은, 아주아주 조금은 좋아할 수도 있지 않을까? 내가 그렇게 못생긴 것도 아니잖아." 그러고는 거울을 달라고 했다가 금세 또 거울을 집어 던져버려요. 그 순간 자신이 정신 나간 짓을 한다는 것을 깨닫지만 두 시간이 지나면 똑같은 일이 다시 처음부터 반복되죠. 그 아이는 절망에 빠져 아버지에게 묻고, 요제프에게 묻고, 하녀들에게까지 묻는답니다. 어제는 심지어 엊그제 만난 집시 여인—그 집시 기억하죠?—그 집시 여인을 몰래 불러와서는 똑같은 예언을 다시 하게 했답니다. 그 아이는 당신에게 편지도 다섯 통이나 썼어요. 아주 장문의 편지였죠. 그런데 쓰고 나서 곧바로 찢어버리더군요. 아침부터 저녁까지, 새벽부터 밤까지 그 아이는 당신 생각만 하고 당신 이야기만 한답니다. 한번은 나한테 당신이 너무 말이 없고 자신을 피하는 것 같다며 당신에게 가서 당신이 자기를 조금이라도 좋아하는지 아니면 성가시게 여기는지 알아보라고 시킨 적도 있어 당장 가서 당신을 만나보라고 하더군요. 운전기사는 즉시 차를 빼 와야 했어요. 그 아이는 내게 무슨 말을 할지, 뭘 물어봐야 할지를 단어 하나하나까지 세 번, 네 번, 다섯 번 주지시켰어요. 그런데 내가 현관문을 나서려는 순간 또다시 종이 울리더라고요. 나는 외투를 입고 모자를 쓴 채로 다시 그 아이에게 갔죠. 그 아이는 당신에게 조금의 암시도 줘서는 안 된다며 내 어머니의 이름을 걸고 맹세하게 했답니다. 아, 당신이 뭘 알겠어요! 당신이야 이 집을 나서는 순간 모든 것이 끝나잖아요! 당신이 떠나고 나면 그 아이는 곧바로 내게 와서 당신이 한 말을 전부 이야기해주고는 어떻게 생각하는지 물어본답니다. 그래서 내가 "그 사람이 너를 좋아하는 게 분명해"라고 말하면, "거짓말하지 마! 사실이 아니잖아! 그는 오늘 내게 한마디도 좋은 말을 해주지 않았단 말이야"라고 소리치죠. 그러면서도 그 말을 또다시 듣고 싶어 한답니다. 똑같은 말을 세 번이나 반복해주고 정말 그렇게 생각한다고 맹세까지 해야 하죠. 에디트 아버지의 마음은 또 어떻겠어요! 이 일 때문에 그분도 무척이나 당황스러워하고 계시답니다. 그분은 에디트만큼이나 당신을 좋아하고 숭배하거든요. 그분이 피곤한 눈으로 몇 시간이고 에디트 곁에 앉아 그 아이가 잠들 때까지 쓰다듬어주며 달래는 것을 직접 보셔야 하는데…… 그러고는 방으로 가서는 밤새 쉴 새 없이 왔다 갔다 서성거린답니다. 그런데 당신은…… 당신은 정말로 아무것도 몰랐다고요?"

"몰랐어요!" 나는 절망감을 이기지 못하고 큰 소리로 외쳤다. "정말 몰랐어요! 맹세할 수 있어요! 전혀 몰랐다고요! 무슨 일이 벌어지고 있는지 알았다면 내가 이 집에 올 수 있었겠어요? 당신들과 앉아서 체스를 두고 도미노 게임을 하고 음악을 감상할 수 있었겠냐고요? 아니, 어떻게 그런 말도 안 되는 생각을 할 수가 있죠? 내가…… 하필 내가…… 내가 어떻게 이토록 말도 안 되는 일에 응해줄 거라고 생각할 수 있냐고요? 그건 말도 안 돼요! 절대로 그럴 수 없어요!"

나는 벌떡 일어나려 했다. 원치도 않는 사랑을 받는다는 생각이 너무나도 고통스럽게 느껴졌던 것이다. 그러나 일로나가 내 손목을 단단하게 붙들고 있었다.

"진정하세요! 흥분하지 말고 제발 조용히 하세요! 에디트는 벽도 뚫을 정도로 귀가 밝단 말이에요. 그리고 제발 공정하게 생각하세요! 그 가엾은 아이는 그 소식을 당신이 전해주었다는 사실, 당신이 아버지에게 새로운 치료법에 대해서 알려줬다는 사실을 하나의 표지로 여겼어요. 그날 에디트의 아버지는 한밤중에 에디트의 방으로 뛰어들어가 에디트를 깨웠습니다. 두 사람이 부둥켜안고 이제는 끔찍한 시간은 다 지나갔다며 얼마나 흐느꼈는지, 얼마나 하느님에게 감사했는지 상상할 수 있겠어요? 두 사람은 확신하고 있었어요. 에디트가 낫기만 하면, 다른 사람들과 똑같아지기만 하면, 당신이…… 더 이상은 말하지 않겠어요. 아무튼 지금은 온 신경을 새로운 치료에 쏟아야 하는 시점이에요. 지금 이 시점에 그 가엾은 아이의 마음을 흔들어놓아서는 **안 돼요**. 우리는 신중해야 해요. 그 아이에게—하느님, 그 아이를 보호하소서!—당신이 그 일을 그토록 **끔찍하게** 생각한다는 것을 알게 해서는 안 돼요!"

그러나 나는 절망감에 빠진 나머지 그 누구도 배려해줄 생각이 없었다.

"안 됩니다! 안 돼! 안 돼!" 나는 거칠게 팔걸이를 내리쳤다. "안 돼요! 나는 **못해요**! 나는 그런 식으로 사랑받고 **싶지 않아요**. 게다가 계속해서 아무것도 모르는 척 똑같이 행동할 수는 없어요. 더 이상 아무렇지 않게 이곳에 와서 에디트의 비위를 맞출 수는 없단 말이에요! 그럴 순 없어요! 아까 그곳에서 무슨 일이 있었는지 당신은 모르잖아요. 에디트는 나를 완전히 오해하고 있어요. 나는 그저 에디트를 동정했을 뿐이에요. 동정심 외에는 아무런 감정도 없다고요!"

일로나는 입을 다문 채 멍하니 허공을 바라보았다. 그러고는 한숨을 내쉬었다.

"네, 나도 처음부터 그런 게 아닐까 걱정했답니다! 계속해서 그런 느낌을 받았어요. 그러면 이제 어떻게 되는 거죠? 그 아이에게 그것을 어떻게 설명해야 하죠?"

우리는 그저 말없이 앉아 있었다. 더 이상 아무 말도 필요 없었다. 두 사람 모두 아무런 방법이 없다는 것을 잘 알고 있었던 것이다. 갑자기 일로나가 긴장한 표정으로 귀를 기울이며 상체를 꼿꼿이 세웠다. 동시에 입구에서 자동차 소리가 들려왔다. 케케스팔바가 틀림없었다. 일로나는 급히 몸을 일으키며 말했다.

"지금은 마주치지 않는 게 나을 것 같아요. 편안하게 대화하기에는 지금 당신이 너무 흥분했어요. 기다리세요. 내가 금방 모자와 군도를 가져다드릴게요. 뒷문을 이용해서 공원 쪽으로 빠져나가시는 게 좋겠어요. 당신이 저녁식사를 못하고 먼저 간 이유는 내가 둘러대도록 할게요."

일로나는 한달음에 달려가서 내 물건들을 가져다주었다. 다행히 하인이 차량으로 케케스팔바를 마중 나가는 바람에 나는 아무도 모르게 건물을 빠져나갈 수 있었다. 행여나 누군가와 마주칠까 봐 공원에서부터는 더욱더 속도를 냈다. 이렇게 해서 나는 두번째로 도둑처럼 몸을 숨기며 숙명적이라 할 수 있는 케케스팔바 저택으로부터 도망쳐 나왔다.

젊고 경험이 많지 않은 나로서는 지금까지 그리움이나 사랑으로 인한 아픔이 가장 큰 심적 고통이라고 여겨왔다. 그러나 이 순간 나는 그리움이나 상심보다도 더 쓰디쓴 고통이 있다는 것을 깨닫게 되었다. 그것은 원치 않는 사랑을 받는 고통 그리고 그 집요한 열정으로부터 벗어나지 못하는 고통이었다. 옆에 있는 사람이 자신의 욕망이 뿜어내는 불꽃에 타버리는데도 그것을 지켜보기만 할 뿐, 그 불꽃을 꺼줄 힘도 능력도 없다는 무력감에서 나오는 고통이었다. 스스로 불행한 사랑을 하는 사람은 자신의 열정을 통제할 줄 알게 된다. 그것은 자신이 불행을 당하는 사람이기도 하지만 불행을 야기하는 장본인이기도 하기 때문이다. 사랑을 하는 사람이 스스로의 열정을 통제하지 못해 겪는 고통은 결국 자기 자신의 책임인 것이다. 가장 불행한 사람은 자신이 사랑하지 않는 사람에게서 사랑을 받는 사람이다. 자신이 상대의 열정을 통제할 수 없을뿐더러 할 수 있는 일이 아무것도 없기 때문이다. 게다가 의지가 있다 할지라도 자신을 탐하는 상대의 욕망 앞에서는 그 의지조차 무기력해지는 법이다.

어쩌면 남자들만이 이런 관계에서 생겨나는 무력감을 제대로 느낄 수 있는지도 모르겠다. 어쩔 수 없는 거절이라 해도 사랑을 거절하는 것 자체가 남자에게는 고문이자 죄가 되기 때문이다. 반면에 여자가 원치 않는 애정공세를 거절하는 것은 성의 이치를 따르는 것이라고 받아들여진다. 게다가 여자라면 누구나 본능적으로 처음에는 거절을 하게 마련이기 때문에 아무리 열정적인 애정공세를 거절했다 할지라도 그 여자를 비인간적이라 욕할 사람은 아무도 없다. 그러나 운명에 의해 상황이 뒤바뀐다면 어떨까? 만일 여자가 수줍음을 이겨내고 남자의 사랑을 확신하지 못한 상태에서 먼저 사랑을 고백했는데 그런 여자의 고백을 남자가 차갑게 거절한다면 어떻게 될까? 그렇게 되면 뒤엉켜버린 실타래처럼 도저히 풀어낼 수 없는 상황이 발생하게 된다. 여자의 고백을 거절하는 것은 곧 그녀의 자존심을 짓밟고 그녀에게 수치심을 안겨주는 일이기 때문이다. 즉, 자신에게 고백을 한 여성을 거절하는 일은 그녀의 고귀한 감정을 상하게 하는 일인 것이다. 그렇게 되면 그 상황을 벗어나기 위한 다정한 말들도 허사가 되고, 그녀를 피하기 위해 늘어놓는 정중한 말들도 무의미해지고, 친구로 지내자는 제안도 그녀를 모욕하는 일이 된다. 여자가 일단 자신의 약점을 드러낸 이상 남자의 거절은 어쩔 수 없이 잔인한 행위가 되는 것이며 사랑을 받아들이지 않는 남자는 아무 잘못도 없이 죄인이 된다. 이 얼마나 끔찍한 사슬에 묶이게 되는 것인가! 조금 전까지만 해도 너는 자유롭고 너 자신에게만 속해 있고 누구에게도 빚진 것이 없었는데 갑자기 원치도 않는 타인의 욕망의 표적이 되어 쫓기고 포위당하게 되는 것이다. 이제는 밤낮으로 누군가가, 어떤 여자가, 어떤 낯선 여자가 너를 기다리고 너를 생각하고 너를 그리워하며 신음하고 있다는 것을 너는 알고 있다. 가슴 깊숙한 곳에서 그 사실을 알고 있다. 그녀의 숨구멍 하나하나가, 그녀의 몸이, 그녀의 피가 너를 원하고 있다. 너의 손, 너의 머리카락, 너의 입술, 너의 몸을 원하고 너의 밤과 낮을, 너의 감정을, 너의 성을, 그리고 너의 모든 생각과 꿈을 원하고 있다. 너와 모든 것을 나누려 하고 너의 모든 것을 빨아들이려 한다. 이제는 밤이든 낮이든, 네가 깨어 있든 자고 있든, 이 세상 어딘가에 열정적으로 너를 기다리는 누군가가 있고 그 누군가가 너를 감시하고 너의 꿈을 꾼다. 언제나 너만을 생각하는 그녀를 떠올리지 않으려고 해도 소용없고, 도망치려 해도 소용없다. 너는 더 이상 네 안에 있지 않고 그녀 안에 있기 때문이다. 갑자기 어떤 낯선 여자가 움직이는 거울이 되어 너를 자기 안에 담고 다니는 것이다. 아니, 거울이라 할 수 없다. 거울은 네가 기꺼이 너 자신을 내줄 때에만 너의 영상을 담지만, 그 여자, 너를 사랑하는 그 낯선 여자는 이미 너를 자신의 핏속까지 빨아들였다. 네가 어디로 도망다니든 그녀는 항상 너를 자기 안에 담고 다닌다. 너는 언제나 타인 안에 갇힌 채 다시는 자유롭고 편안하게 아무런 죄책감 없이 너 자신이 될 수 없다. 언제나 쫓기고 구속되고 끊임없이 어딘가로 빨려 들어가듯이 항상 너를 생각하고 있는 그녀의 마음을 느껴야 한다. 증오와 두려움 속에서 너는 너를 그리워하는 그녀의 고통을 느끼며 괴로워해야 한다. 이제 나는 알 것 같다. 자신이 원치 않는 사랑을 받는 것이야말로 남자가 겪을 수 있는 가장 불합리하고 가장 헤어 나올 수 없는 고통이며 가장 지독한 고문이자 아무런 잘못도 없이 죄를 짓는 일이다.

짧은 백일몽에서조차 나는 한 여자가 나를 그토록 사랑할 수 있으리라고는 상상도 해본 적이 없었다. 물론 동료들이 이런저런 여자들이 자신을 쫓아다닌다며 자랑하는 이야기는 종종 들어봤고, 그들이 여자들의 집요함에 대해 비웃을 때면 나도 그들과 함께 즐거워했다. 그때만 해도 제 아무리 우습고 말도 안 되는 사랑이라 할지라도 사랑은 곧 한 인간의 운명이며 그 사랑을 무시하는 것은 곧 죄가 된다는 사실을 몰랐던 것이다. 그러나 남들에게서 들은 내용이나 책에서 읽은 내용은 힘없이 스쳐 지나갈 뿐, 마음은 직접 체험을 통해서만 감정의 본질을 습득할 수 있는 법이다. 내가 사랑을 강요하는 사람이나 이를 거부하는 사람을 동정하기 위해서는 먼저 이런 낯설고 불합리한 사랑이 상대에게 얼마나 큰 부담을 주는지 그 고통을 직접 체험해볼 수밖에 없었다. 그러나 지금 내가 짊어져야 할 책임감은 지나치게 크지 않은가! 여인의 사랑을 거절하는 것 자체가 무자비하고 잔혹한 일이라면, 이 예민한 아이에게 "안 돼. 난 널 원하지 않아!"라고 말하는 것은 얼마나 더 끔찍한 일이란 말인가! 이미 아픈 아이를 더 아프게 하고, 이미 삶으로부터 큰 상처를 입은 아이에게 더 큰 상처를 주고, 마음이 불안한 아이가 기대고 있는 마지막 희망까지 뺏는 일인 것이다. 내가 에디트의 사랑을 피해 도망친다면 내 동정심으로 인해 마음이 흔들린 이 소녀가 위험해질 수 있고 무너져 내릴 수 있다는 사실을 나는 잘 알고 있었다. 에디트의 사랑을 받아주지는 못하더라도 적어도 받아주는 척이라도 하지 않는다면 나는 엄청난 죄를 짓게 된다는 것을 나는 끔찍할 정도로 분명하게 알고 있었다.

그러나 나로서도 어쩔 수가 없었다. 내 영혼이 그런 위험을 감지하기도 전에 몸은 이미 그녀의 갑작스러운 포옹을 뿌리쳤던 것이다. 언제나 본능은 깨어 있는 이성보다 더 많은 것을 알고 있는 법이다. 에디트의 강압적인 사랑을 뿌리치던 그 충격적인 순간에 나는 이미 어렴풋이 모든 것을 예감하고 있었다. 내게는 에디트가 나를 사랑하는 것만큼 불구인 그녀를 사랑할 힘도 없고, 짜증 나는 그녀의 열정을 **참아줄** 만큼의 연민조차 충분치 않다는 사실을 인지했던 것이다. 에디트를 뿌리치는 그 순간부터 나는 빠져나갈 구멍도, 타협의 여지도 없다는 것을 짐작하고 있었다. 이 불합리한 사랑으로 인해 적어도 한 사람은 불행해져야 했다. 그리고 어쩌면 두 사람 모두 불행해질 수도 있었다.

그날 시내까지 어떻게 돌아왔는지는 전혀 생각이 나지 않는다. 그저 빠른 속도로 발걸음을 재촉했고 한 가지 생각만이 심장박동에 맞춰 계속해서 머리에 맴돌던 기억밖에 없다. 벗어나야 해! 벗어나야 해! 이 집에서 벗어나야 해! 이 얽히고설킨 관계에서 벗어나야 해! 도망치자! 사라지자! 다시는 이 집에 발을 들이지 말고, 다시는 이 집 사람들을 보지 말자! 아니, 아무도 보지 말자! 숨는 거야! 투명인간이 되는 거야! 아무에게도 책임감을 느끼지 말고, 아무것에도 얽히지 말자! 더 나아가 이런 생각까지 했었던 기억이 난다. 군대에서 나오자. 어딘가에서 돈을 얻어내서 그녀의 욕망이 닿지 않는 먼 곳으로 도망치자. 그러나 이러한 생각들은 생각이라기보다는 꿈에 가까웠다. 그런 꿈을 꾸는 동안에도 '벗어나야 해! 벗어나야 해! 멀리 벗어나야 해!'라는 말이 끊임없이 내 관자놀이를 두드리고 있었다.

신발에 쌓인 먼지와 엉겅퀴에 찢긴 바지를 보고 나서야 내가 들판과

도로를 이리저리 뛰어다녔다는 것을 짐작할 수 있었다. 시내에 들어섰을 때에는 이미 해가 지붕 너머로 저물어가고 있었다. 그런데 갑자기 뒤에서 누군가가 내 어깨를 두드리는 바람에 나는 마치 몽유병 환자처럼 소스라치게 놀랐다.

"어이, 토니, 여기 있었군. 찾아서 다행이네! 우리가 얼마나 자네를 찾아다녔는데…… 막 케케스팔바 성으로 전화를 걸어볼 참이었다네."

네 명의 동료가 나를 에워쌌다. 페렌츠와 요치 그리고 슈타인휘벨 백작도 있었다.

"서둘러야 하네! 네덜란드인가 미국인가 에서 발린카이가 와서 오늘 저녁 모든 장교들과 지원병들을 초대했네. 연대장님도 오시고 대대장님도 오신다네. 오늘 저녁 8시 반에 '붉은 사자'에서 큰 잔치가 벌어질 걸세! 자네를 찾아서 다행이야! 자네가 빠졌다면 연대장님이 뭐라고 하셨을 텐데. 그 노인네가 발린카이를 얼마나 좋아하는지 알잖나. 발린카이가 오면 한 사람도 빠짐없이 참석해야 한다네."

나는 여전히 정신을 차리지 못한 채 멍한 표정으로 물어보았다.

"누가 왔다고?"

"발린카이! 그런 멍청한 표정 좀 짓지 말게! 설마 발린카이를 모르는 건 아니겠지?"

발린카이? 발린카이? 내 머릿속은 여전히 뒤죽박죽이었다. 온갖 먼지투성이 잡동사니 사이에서 나는 힘겹게 그 이름을 끄집어내야 했다. 아, 발린카이! 한때 부대의 악동이었다던 그 사람! 내가 주둔지에 오기 훨씬 전에 그는 이곳에서 소위와 중위로 복무했다. 부대 최고의 기수이자 최고의 도박꾼 그리고 최고의 호색한으로 아주 멋진 사람이라는 이야기를 들었다. 그런데 어떤 불미스러운 일이 일어나는 바람에(무슨 일인지는 알아보지 않았다) 그는 하루 만에 군복을 벗고 전 세계 여기저기를 떠돌아다녔다. 그에 관한 온갖 괴소문들이 나돌았다. 마침내 그는 다시 정신을 차리고 카이로에 있는 셰퍼드 호텔에서 부유한 네덜란드 여인을 낚아챘다. 17척의 선박을 운영하는 선박회사를 비롯해서 자바와 보르네오에 거대한 농장을 소유하고 있는 백만장자 미망인을 낚은 것이다. 그리고 이때부터 그는 우리의 보이지 않는 후원자가 되어주었다.

당시 부벤치크 연대장이 발린카이를 아주 곤란한 상황에서 도와주었기 때문인지 연대장과 부대에 대한 발린카이의 충성심은 가히 감동적이라 할 수 있었다. 그는 오스트리아에 올 때마다 꼭 부대에 들러서 돈을 마구 뿌리고 다녔다. 그가 다녀간 후 몇 주 동안은 그 이야기로 온 도시가 떠들썩할 정도였다. 하룻밤 동안 다시 옛 군복을 입고 동료들 사이로 돌아오는 일이 그에게는 마음의 안식처가 되어주었다. 그가 익숙한 장교 테이블에 편안하게 앉아 있는 모습만 봐도 지저분하고 담배 연기로 가득한 '붉은 사자'가 암스테르담 운하에 있는 자신의 화려한 저택보다 그에게 훨씬 더 고향 같은 곳임을 짐작할 수 있었다. 우리야말로 그의 자녀요 형제요 진정한 가족이었던 것이다. 그는 매년 우리의 장애물경마대회를 후원했고 크리스마스 때마다 화주와 샴페인 두세 상자를 보냈다. 게다가 새해가 될 때마다 부대원들을 위해 쓰라며 넉넉한 금액의 수표를 연대장에게 전해주었다. 옷깃에 우리 부대의 마크를 단 제복을 입은 기병이라면 누구나 곤경에 처했을 때 발린카이에게 의지할 수 있었다. 그의 편지 한 통이면 모든 일이 해결되었다.

다른 때 같았으면 그토록 명성이 자자한 인물을 만날 수 있다는 사실에 진심으로 기뻐했을 것이다. 그러나 당시의 혼란스러운 기분으로는 화기애애한 분위기 속에서 농담을 주고받고 시끄럽게 인사하고 술잔을 부딪치며 건배하는 일이 세상에서 가장 견디기 힘든 일처럼 느껴졌다. 나는 몸이 좋지 않다며 얼른 자리를 피하려 했다. 그러나 이미 "말도 안 돼! 오늘은 절대 빠져나갈 수 없어!"라고 말하는 페렌츠에게 팔이 붙들리는 바람에 어쩔 수 없이 그들과 함께 가야 했다. 나는 정신없는 가운데 발린카이가 그동안 누구를 어떻게 도와주었는지를 장황하게 설명하는 페렌츠의 말을 듣고 있었다. 그의 처남도 발린카이를 통해 일자리를 얻었다고 했다. 페렌츠는 우리가 차라리 발린카이의 선박에서 일하거나 인도로 가는 게 더 빨리 성공하는 길이 아니겠냐고도 말했다. 비쩍 마른 몸에 성격이 약간 삐딱한 요치는 발린카이를 칭송하는 페렌츠의 말에 이따금씩 찬물을 끼얹었다. 발린카이가 부유한 네덜란드 여자를 잡지 않았더라도 연대장이 그를 그토록 따뜻하게 환대했겠냐며 비꼬았다. 여자의 나이가 발린카이보다 열두 살이나 많다는 것이었다. 그러자 슈타인휘벨은 "어차피 팔려갈 바에는 비싸게 팔려가는 게 낫지 않겠냐"라며 웃었다.

지금 와서 생각해보면 당시 그토록 멍한 상태에서 들은 대화 내용을 세세하게 기억하는 것 자체가 이상하게 느껴질 지경이다. 사고가 마비되면 감각은 오히려 더 예민해지는 모양이다. '붉은 사자'에서도 규율의 최면효과 덕분에 나는 내가 해야 할 일을 어느 정도 제대로 해낼 수 있었다. 할 일은 많았다. 부대 연회 때에나 사용하는 현수막, 깃발, 기장 등이 총동원되었다. 몇몇 당직병들은 즐겁게 떠들며 벽에다 못을 박고 있었고 옆에서는 슈타인휘벨이 호른 연주자에게 언제 어떻게 팡파르를 울려야 하는지 알려주고 있었다. 우리들 가운데 글씨를 가장 잘 쓰는 요치는 온갖 재미있는 이름의 요리로 구성된 메뉴를 적었고 나는 테이블의 자리 배치를 맡았다. 그 사이로 일꾼들이 이미 테이블과 소파를 정렬하고 있었고 종업원들은 발린카이가 빈에서부터 자신의 차량으로 직접 운반해 온 와인과 샴페인 상자들을 옮기고 있었다. 신기하게도 이처럼 소란스럽고 떠들썩한 분위기가 내게는 오히려 도움이 되었다. 소음 덕분에 관자놀이를 두드리는 심박 소리가 들리지 않았기 때문이다.

저녁 8시가 되자 모든 준비가 완료되었다. 이제는 얼른 방으로 돌아가서 씻고 옷을 갈아입을 일만 남았다. 내 당번병 녀석은 이미 통보를 받았는지 제복과 부츠를 미리 준비해놓고 있었다. 나는 우선 머리에 찬물을 끼얹고는 슬쩍 시계를 보았다. 10분이 남아 있었다. 연대장 앞에서는 시간을 칼같이 지켜야만 했다. 나는 급히 옷과 먼지투성이 신발을 벗어던졌다. 그런데 속옷 차림으로 거울 앞에서 머리를 빗고 있을 때였다. 갑자기 방문을 두드리는 소리가 나는 것이었다.

"아무도 들이지 말게!" 나는 당번병에게 지시했다. 그는 내 말에 벌떡 일어나 밖으로 나갔다. 밖에서 한동안 속삭이는 소리가 들리더니 곧 쿠스마 녀석이 손에 편지를 쥔 채 돌아왔다.

나한테 편지가? 나는 속옷 차림 그대로 조그마한 상자로 여겨질 정도로 두껍고 무거운 파란색 봉투를 손에 들었다. 그 순간 마치 불이 붙은 것처럼 손이 화끈거렸다. 글씨체를 볼 필요도 없이 나는 발신자가 누군지 알 수 있었다.

나중에, 나중에. 본능이 급히 내게 속삭였다. 읽으면 안 돼! 지금 읽으면 안 돼! 그러나 나는 본능을 따르지 않고 봉투를 뜯어 편지를 읽기 시작했다. 편지를 읽어갈수록 손에서 종이 바스락거리는 소리가 점점 요란해졌다.

그것은 열여섯 장에 달하는 장문의 편지로 흥분한 손으로 날아갈 듯 갈겨서 쓴 것이었다. 사람이 평생 딱 한 번 쓸 수 있고 딱 한 번 받아볼 수 있는 그런 편지였다. 찢어진 상처에서 피가 콸콸 흘러나오듯이 단락도 마침표도 없이 문장들이 끊임없이 쏟아져 나왔고, 단어들은 서로를 밀치고 추월하며 앞서거니 뒤서거니 하면서 튀어나왔다. 수십 년이 지난 지금도 나는 문장 하나하나, 단어 하나하나까지도 눈앞에 생생하게 그릴 수 있다. 지금도 언제든 그 편지를 처음부터 끝까지 모두 외워서 낭독할 수 있을 정도로 나는 그 편지를 읽고 또 읽었다. 나는 수개월 동안 그 푸른색 종이 다발을 주머니에 간직한 채 집에서, 막사에서, 방공호에서, 전쟁터의 모닥불 앞에서 수시로 꺼내서 읽었다. 볼리니아 퇴각 당시 내가 속해 있던 사단이 적에게 포위당하게 되자 그때서야 비로소 나는 황홀한 순간의 고백을 담은 이 편지가 남의 손에 들어갈 것이 염려된 나머지 편지를 없애버렸다.

"여섯 번이나 당신에게 편지를 썼습니다." 편지는 이렇게 시작되었다. "그리고 매번 편지를 찢어버렸습니다. 내 마음을 알리기 싫었거든요. 알리고 싶지 않았어요. 내 안에 자제할 수 있는 힘이 있는 남아 있는 동안 나는 내 마음을 숨겼습니다. 한 주 한 주 나는 당신 앞에서 태연한 척하기 위해 나 자신과 싸워야 했죠. 아무것도 모른 채 친절하기만 한 당신이 우리 집에 올 때마다 나는 내 손에게 가만히 있으라고, 내 눈에게는 무관심한 척하라고 지시했습니다. 당신을 혼란스럽게 하기 싫었으니까요. 때로는 일부러 당신에게 차갑고 모욕적으로 대했습니다. 내 마음이 얼마나 뜨겁게 당신을 원하는지 보여주지 않기 위해서였죠. 나는 사람이 할 수 있는 온 힘을 다해, 아니, 그 이상으로 노력했습니다. 그런데 오늘 일이 벌어진 겁니다. 맹세컨대 의도적으로 그런 것이 아니라 나도 모르게 감정이 나를 덮친 겁니다. 어떻게 된 일인지 나도 잘 모르겠습니다. 그 일이 있고 나서 나는 나 자신을 때려주고 싶을 정도로 부끄러웠습니다. 당신에게 그런 마음을 품는 것이 얼마나 정신 나간 짓인지는 나도 잘 알고 있거든요. 걷지도 못하는 불구 주제에 사랑할 권리가 어디 있겠어요! 나 자신도 나를 끔찍하게 생각하는데 나처럼 망가진 사람이 당신에게 어떻게 부담이 아닐 수 있겠어요? 나 같은 사람은 사랑할 권리가 없다는 것을, 더더군다나 사랑받을 권리는 더더욱이 없다는 것을 잘 알고 있습니다. 나 같은 사람은 조용히 구석에 처박혀 있다가 죽는 게 맞습니다. 자신의 존재로 인해 남의 인생까지 망쳐서는 안 되니까요. 네, 나도 잘 알고 있습니다. 그리고 그것을 알고 있기 때문에 더 비참한 겁니다. 당신이 내가 얼마 안 있으면 지금의 비참한 모습에서 벗어날 수 있다는 확신을 주지 않았더라면, 감히 내가 당신을 덮칠 수 있었겠어요? 당신은 내가 다른 사람들과 똑같이 움직이게 될 것이라고 말했죠. 자유롭게 한 걸음을 뗄 수 있는 것만도 얼마나 큰 은총인지 알지 못하는 그런 쓸모없는 사람들과 똑같이 움직일 수 있을 것이라고. 나는 내가 다른 사람들과 똑같은 진정한 사람, 진정한 여자가 될 때까지 그리고 어쩌면…… 어쩌면 사랑하는 당신에게 어울릴 수 있는 그런 여자가 될 때까지 내 마음을 숨기기로 굳게 다짐했답니다. 그런데 빨리 낫고 싶다는 조급한 마음과 욕심이 너무나 간절했는지 당신이 내 위로 몸을 숙이고 있는 그 순간에는 진심으로, 정신 나간 소리처럼 들리겠지만 정말 진심으로 내가 이미 회복해서 새로운 사람이 된 것처럼 느껴졌습니다! 너무나도 오랫동안 원하고 꿈꾸던 일이어서 그랬나 봅니다. 당신이 가까이 다가온 순간, 나는 내 쓸모없는 다리는 잊어버리고 오로지 당신만 보였습니다. 그리고 당신을 위해 내가 되고자 하는 사람이 되어버린 거죠. 수년간 밤낮으로 똑같은 꿈만 꾸다 보면 한낮에도 순간적으로 그 꿈을 꿀 수 있다는 것을 이해하겠어요? 사랑하는 당신, 내 말을 믿어주세요. 내가 이미 몸이 회복되었다는 말도 안 되는 망상으로 인해 잠시 혼란에 빠진 거랍니다. 더 이상 폐물이 아니고 싶다는, 불구가 아니고 싶다는 초조함으로 인해 정신이 나갔던 겁니다. 제발 이해해주세요. 내가 너무나도 오랫동안 당신을 간절히 그리워해서 생긴 일이랍니다.

이제는 당신이 알게 되었네요. 내가 실제로 회복되기 전에는 절대로 알아서는 안 되는 사실을 당신이 알아버렸네요. 게다가 내가 누구를 위해 회복되고 싶어 했는지도 알게 되었죠. 이 지구상에서 오로지 당신만을 위해 회복되고 싶었다는 것을! 오로지 당신만을 위해! 사랑하는 사람이여, 내 사랑을 용서해주세요! 그리고 이 한 가지 부탁만은 들어주세요. 내가 이렇게 빌게요. 제발, 나를 두려워하지 말고 나를 끔찍하게 여기지 마세요! 내가 한 번 덮쳤다고 해서 계속해서 당신을 혼란스럽게 할 거라고는 생각하지 말아주세요. 내가 나 자신도 끔찍해하는 지금의 모습으로 당신을 붙잡을 거라고는 생각하지 마세요. 절대로 그런 일은 없을 거예요! 맹세할게요! 절대로 당신에게 부담이 되지 않을게요. 당신이 느끼지도 못하게 할게요. 그저 하느님이 나를 불쌍하게 여기셔서 건강을 회복시켜주시기만을 참고 기다릴 거예요. 그러니 제발, 사랑하는 사람이여, 제발 내 사랑을 두려워하지 마세요! 이렇게 부탁할게요. 생각해보세요. 당신은 그 누구보다 나를 동정해준 사람이잖아요. 내가 얼마나 힘없는 사람인지를 생각해보세요. 의자에 묶인 채 한 발짝도 움직이지 못하고, 당신을 쫓아갈 수도, 당신을 마중 나갈 수도 없다는 것을 생각해보세요. 내가 꼼짝 못하고 감옥살이를 하는 사람임을 생각해보세요. 언제나 초조하게 당신이 오기만을, 당신이 내게 시간을 내주기만을, 당신의 얼굴을 보기만을, 당신의 목소리를 듣기만을, 당신과 한 방에서 함께 호흡하며 당신의 존재를 느끼기만을 기다려야 하는 사람임을 생각해보세요. 당신과 함께하는 것은 내가 몇 년 만에 처음 느껴보는 행복이랍니다. 한번 생각해보세요. 하루 종일 누운 채로 밤낮으로 기다리기만 하는 거예요. 매시간은 점점 길어지고 긴장감은 견딜 수 없을 지경이 됩니다. 그러다가 당신이 오는 거예요. 그런데 나는 다른 사람들처럼 일어날 수도 없고, 당신을 마중 나갈 수도 없고, 당신을 껴안을 수도 붙잡을 수도 없답니다. 그저 앉아서 마음을 억누르고 말을 삼가야 하죠. 당신이 내가 감히 당신을 사랑한다는 생각을 하지 못하도록 말 한마디, 눈빛 한 번, 목소리의 울림 하나에도 신경 써야 하죠. 하지만 내게는 그처럼 고통스러운 행복도 행복이었답니다. 나는 내가 마음을 억누르는 데 성공할 때마다, 당신이 내 사랑에 대해 아무것도 모른 채 편안한 마음으로 떠날 때마다 나 자신을 칭찬했고 사랑했어요. 당신에게 빠져 있는 내 마음 때문에 고통스러워하는 사람은 나 하나면 족하니까요.

그런데 이제 일이 벌어졌네요. 사랑하는 사람이여, 내가 당신에게 어떤 감정을 느끼는지 더 이상 부인할 수 없는 지금, 나는 당신에게 애원하겠어요. 나에게 잔인하게 굴지 말아주세요! 아무리 비참한 존재라 할지라도 자존심은 남아 있답니다. 내가 마음을 통제하지 못했다는 이유로 당신이 나를 경멸한다면 나는 견디지 못할 겁니다. 내 사랑에 화답해달라는 게 아닙니다. 아니에요, 그건 절대 아니에요! 내가 어찌 그리 뻔뻔할 수 있겠어요. 당신이 지금과 같은 나를 사랑해주리라고는 꿈에서도 생각하지 않고 있어요. 당신도 알다시피 나는 당신이 나를 위해 희생하거나 나를 동정하기를 바라지 않습니다! 나는 그저…… 때가 될 때까지 내가 아무 말 없이 기다리는 것을 당신이 **허락**해주기만을 바라고 있습니다! 이것만으로도 당신에게 무리한 부탁이라는 것을 압니다. 그렇지만 강아지에게도 말없이 주인을 바라보도록 허락해주는데, 사람에게 그 정도의 작은 행복을 선사해달라는 것이 그토록 무리한 부탁일까요? 굳이 억지로 밀어내야

초조한 마음

하나요? 멸시하고 모욕하고 채찍질을 해야 하나요? 다시 말하지만 안 그래도 비참한 내가 마음을 들켰다는 이유로 당신에게 끔찍한 존재가 되어버린다면, 그것만은 도저히 참을 수 없을 것 같아요. 부끄러움과 절망감으로 괴로워하는 내게 당신마저 벌을 주려 한다면 내게 남은 길은 한 가지밖에 없답니다. 그게 뭔지는 당신도 알고 있을 거예요. 내가 보여줬으니까요.

그렇다고 놀라지는 마세요. 당신을 위협할 생각은 없어요! 당신에게 겁주려는 것도 아니에요! 당신은 지금껏 내게 연민 이외에는 아무런 감정도 갖고 있지 않았죠. 그렇다고 해서 내가 연민 대신에 사랑을 달라고 협박하려는 것은 아니에요! 당신은 아무런 걱정 없이 편안하기만 하면 돼요! 나는 결코 당신에게 부담을 줄 생각도, 아무런 잘못도 없는 당신에게 죄책감을 느끼게 할 생각도 없습니다. 내가 바라는 건 오로지 한 가지뿐입니다. 당신이 나를 용서해주고 우리 사이에 있었던 일을 완전히 잊어주는 거예요. 내가 무슨 말을 했고 나의 어떤 마음을 들켜버렸는지 잊어주세요. 나에게 그 정도의 위안만 주면 돼요! 조금의 확신만 주세요! 한마디만 해주면 됩니다. 당신이 나를 끔찍하게 생각하지 않는다고, 아무 일도 없었던 것처럼 다시 찾아와준다는 한마디면 충분해요. 내가 당신을 잃을까봐 얼마나 걱정하는지 당신은 모를 거예요. 당신이 문밖으로 나간 순간부터 나는 왠지 모르게 이게 마지막일 것이라는 두려움이 밀려왔습니다. 당신은 그때 너무나도 창백했어요. 내가 당신을 놓아줬을 때, 당신의 눈은 너무나도 큰 충격을 담고 있어서 활활 타오르던 내 몸이 갑자기 차갑게 식어버렸답니다. 하인의 말로는 당신이 곧바로 가버렸다고 하더군요. 갑자기 당신도, 당신의 군도와 모자도 사라졌다고 했어요. 그는 내 방을 비롯해서 온 집 안을 샅샅이 뒤졌지만 찾을 수 없었다더군요. 그래서 나는 당신이 나병 환자나 흑사병으로부터 도망치듯이 나에게서 도망쳤다는 것을 알았습니다. 하지만 사랑하는 사람이여, 나는 당신을 비난할 생각이 없습니다. 당신을 이해합니다. 내 발에 달린 기구를 보면 나 스스로도 놀라곤 한답니다. 게다가 초조한 마음 때문에 내가 얼마나 버릇없어지고 감정기복이 심해지고 남들을 괴롭히게 되었는지 나만큼 잘 알고 있는 사람이 또 어디 있겠어요? 그러니 나를 보고 사람들이 놀라는 것도 충분히 이해합니다. 나 같은 괴물이 덮치려 하면 다들 움찔거리며 도망치는 것이 당연합니다. 그렇지만 이렇게 당신에게 애원할게요. 제발 용서해주세요. 당신 없이는 밤도 낮도 없고, 절망만 있답니다. 메모 한 장, 간단하게 긁적인 메모 한 장만이라도 보내주세요! 아니면 빈 종이도 좋고 꽃도 좋으니 어떤 표시라도 보내주세요! 당신이 나를 밀어내지 않는다는 것을, 나를 끔찍하게 여기지 않는다는 것을 알아볼 수 있는 표시 하나면 돼요. 생각해보세요. 며칠이면 나는 이곳을 떠난답니다. 몇 달 동안 이곳에 없어요. 8일, 9일만 지나면 당신의 고통은 끝납니다. 물론 그때부터 나에게는 수천 배로 큰 고통이 시작되겠죠. 수 주 동안, 수개월 동안 당신을 볼 수 없는 고통! 하지만 그런 생각은 하지 마세요. 당신 생각만 하세요. 내가 늘 당신 생각만 하듯이 당신도 당신 생각만 하세요. 8일 후면 당신은 해방됩니다. 그러니 한 번만 찾아와주세요. 그리고 그 사이에 메모 한 장이나 표시를 전해주세요. 당신이 나를 용서했다는 것을 알기 전까지는 나는 생각도 할 수 없고 숨도 쉴 수 없고 아무것도 느낄 수 없답니다. 당신을 사랑할 권리를 내게서 빼앗는다면 나는 더 이상 살 생각도 없고, 살 수도 없습니다."

나는 편지를 읽고 또 읽었다. 계속해서 처음부터 다시 반복해서 읽었다. 손이 떨려왔고 그토록 절절한 사랑을 받고 있다는 충격과 공포로 관자놀이를 두드리는 방망이질이 점점 더 격렬해졌다.

"아니, 아직도 속옷 바람으로 서 있나? 저쪽에서 다들 자네를 얼마나 기다리고 있는데. 다들 자리에 앉아서 파티가 시작되기만을 기다리고 있네. 발린카이도 왔고, 연대장도 금방 도착할 거네. 그 돼지 같은 양반이 우리가 늦으면 얼마나 난리를 치는지 알지 않나! 그래서 페어들이 자네한테 무슨 일이 있는지 살펴보라고 일부러 나를 보낸 거네. 그런데 이렇게 속옷 바람으로 서서 달콤한 편지나 읽고 있다니⋯⋯ 자, 서두르게! 안 그러면 우리 둘 다 살아남지 못할 걸세!"

내 방으로 뛰어들어온 것은 페렌츠였다. 그가 두툼한 손으로 친근하게 내 어깨를 두드릴 때까지 나는 그가 방에 있다는 사실조차 알아차리지 못하고 있었다. 순간적으로 나는 그의 말을 전혀 이해하지 못했다. 연대장? 내게 보냈다고? 발린카이? 아, 그렇지! 발린카이 환영 파티! 그제서야 모든 것이 기억났다. 나는 급히 바지와 상의를 가져와 사관학교에서 습득한 대로 빠른 속도로 기계적으로 몸에 걸쳤다. 페렌츠는 이상하다는 눈빛으로 나를 쳐다보고 있었다.

"자네, 무슨 일 있나? 왜 그렇게 멍청하게 서 있어? 혹시 안 좋은 소식이라도 받았나?"

나는 서둘러 부인했다. "전혀 그런 일 없네. 자, 서두르세." 우리가 세 걸음 만에 층계에 도달했을 때였다. 나는 갑자기 몸을 돌려 다시 방으로 뛰어 들어갔다.

"빌어먹을, 왜 또 그러나?" 화가 난 페렌츠가 내 뒤에 대고 고함을 쳤다. 나는 테이블 위에 놓아둔 편지를 집어서 상의 안주머니에 집어넣었다. 우리는 정말로 마지막 순간에 홀에 들어섰다. 기다란 말굽 모양의 테이블에 기병들이 모두 자리하고 있었다. 하지만 그들은 종이 울린 후 선생님이 들어오기만을 기다리는 학생들처럼 상관들이 자리에 앉기 전까지는 아무도 감히 즐길 엄두를 내지 못하고 있었다.

그때였다. 당직병들이 문을 활짝 열자 당당한 걸음걸이로 고급장교들이 들어섰다. 우리는 모두 자리에서 벌떡 일어나 차렷 자세를 취했다. 발린카이의 오른편에는 연대장이, 왼편에는 대대장이 자리하고 나자 테이블은 곧 활기를 띠기 시작했다. 접시 소리, 숟가락 소리가 요란하게 들려왔고 모두가 활기차게 이야기꽃을 피우며 식사를 했다. 나는 긴장이 풀어진 동료들 사이에 멍하니 앉아 계속해서 제2의 심장처럼 두근거리는 상의의 가슴팍만을 만지작거리고 있었다. 부드러운 천 위로 종이가 바스락거리는 것을 느낄 수 있었다. 그랬다. 편지가 거기에 있었다. 내 가슴 아주 가까운 곳에서 마치 살아 있는 생물체처럼 움직이고 있었다. 동료들이 편안하게 수다를 떨며 음식을 먹는 동안에도 내 머릿속은 온통 편지와 편지를 쓴 사람의 절망감에 대한 생각으로 가득했다.

종업원이 음식을 날라왔지만 나는 손도 대지 않았다. 내면의 소리에 귀를 기울이느라 나는 눈을 뜬 채로 잠자는 사람처럼 멍했다. 좌우 양쪽에서 흐릿하게 말소리가 들렸지만 나는 어떤 말도 이해할 수 없었다. 마치 모두가 낯선 언어로 말하는 것 같았다. 내 앞과 옆으로 얼굴과 콧수염, 눈, 코, 입술, 제복이 보였지만, 진열창을 통해서 물건을 바라보는 것처럼 희미하게 보일 뿐이었다. 나는 그곳에 있었지만 그곳에 없었고, 멍하면서도 바빴다. 그것은 내가 여전히 소리 없이 편지를 되뇌고 있었기 때문이다. 간혹 편지 문구가 기억나지 않거나 헷갈리면 마치 사관학교에서 컨닝하기 위해 몰래 책을 꺼냈던 것처럼 손이 움찔거리며 주머니 속으로 들어가려고 했다.

그때 갑자기 칼로 유리잔을 두드리는 소리가 들려왔다. 날카로운 칼이 식당의 소음을 갈라놓은 것처럼 주위는 순식간에 조용해졌다. 연대장이 자리에서 일어나 건배사를 하기 시작했다. 그는 양손으로 테이블을 꽉 붙든 채 마치 말을 타듯 비대한 몸을 앞뒤로 흔들며 날카롭고 정확한 발음으로 '제군들'을 외친 후 미리 준비해온 연설을 시작했다. 나는 애써 그의 말에 귀를 기울이려 했지만 머리가 따라주지 않았다. "군의 명예와…… 오스트리아의 기병정신…… 부대에 대한 충성…… 옛 동료……" 이런 단어들만이 띄엄띄엄 들려왔다. 그리고 그 사이로 유령처럼 다른 속삭임이 들렸다. 마치 다른 세계에서 들려오는 것처럼 조용하고 간절하고 부드러운 속삭임이 귓가에 맴돌았다. 내 안에서 편지가 말하고 있었던 것이다. "영원히 사랑하는 사람이여…… 두려워하지 마세요…… 당신을 사랑할 권리를 빼앗는다면 나는 더 이상 살 수 없어요……" 그리고 다시 연대장의 연설이 띄엄띄엄 들려왔다. "그는 멀리서도 동료들을…… 조국을…… 오스트리아를 잊지 않았습니다……" 그리고 또다시 입을 틀어막은 채 흐느끼듯 외치는 소리가 귓가에 울려퍼졌다. "내가 당신을 사랑하는 것을 허락만 해주세요…… 그저 하나의 표시만이라도 보내주세요……"

그러더니 갑자기 "위하여! 위하여! 위하여!"라고 외치는 소리가 축포처럼 터져나왔다. 연대장이 잔을 높이 들자 모두들 자리에서 벌떡 일어났고 옆방에서는 약속된 팡파르가 울려 퍼졌다. 모두가 잔을 부딪치며 발린카이를 위해 건배했다. 그는 그에게 쏟아지는 온갖 찬사가 수그러들기를 기다리더니 가볍고 유쾌한 어조로 간단하게 몇 마디만 했다. 그는 전 세계를 돌아다녀봐도 옛 동료들의 품만큼 편안한 곳은 없다며 "부대를 위하여! 우리의 대원수이신 황제 폐하를 위하여!"를 외치며 인사말을 마쳤다. 슈타인휘벨이 호른 연주자에게 다시 손짓을 하자 또다시 팡파르가 울렸다. 이어서 국가가 연주되고 오스트리아 전 부대가 자신의 부대 이름을 자랑스럽게 외치는 오스트리아 군가가 울려 퍼졌다.

그런 후 발린카이는 잔을 든 채 테이블을 돌며 한 사람 한 사람과 건배를 했다. 갑자기 옆사람이 힘껏 치는 바람에 나는 시선을 들었다. 한 쌍의 유쾌하고 밝은 눈동자가 나를 바라보고 있었다. "안녕하세요!" 나는 멍하니 고개만 끄덕였다. 발린카이가 다음 사람에게 간 후에야 비로소 나는 그와 잔도 부딪치지 않았다는 것을 깨달았다. 그러나 눈앞의 광경은 금세 다시 알록달록한 안개 속으로 사라졌고, 안개 속에서 얼굴과 제복들은 뒤죽박죽 섞여버렸다. 이런, 갑자기 눈앞에 보이는 푸른 연기는 뭐지? 다른 사람들이 벌써 담배를 피우기 시작한 건가? 왜 이렇게 덥지? 뭘 좀 마시자! 빨리 마시자! 나는 뭔지도 모를 음료를 한 잔, 두 잔, 세 잔 연거푸 마셨다. 우선 목구멍에서 느껴지는 쓰디쓴 맛부터 없애야겠어! 그리고 얼른 나도 담배를 피워야지! 담배 케이스를 찾기 위해 손이 주머니를 뒤지자 종이가 바스락거리는 것이 느껴졌다. 편지! 손이 움찔거리며 주머니에서 빠져나왔다. 주위의 소란 속에서 또다시 흐느끼는 듯한 간절한 목소리가 들려왔다. "내가 당신을 사랑하도록 허락만 해주세요······ 당신에게 이런 것을 요구하는 것이 정신 나간 짓인 줄은 압니다만······"

그때 또다시 포크로 잔을 두드리며 조용히 하라는 소리가 들렸다. 이번에는 본드라체크 대대장이었다. 그는 기회만 닿으면 시에 대한 자신의 열정을 유머러스한 표현이나 짧은 노래로 선보이고 싶어 했다. 본드라체크가 일어나서 거대한 배를 테이블에 기댄 채 장난스러운 표정을 짓는 순간부터 연회의 '유쾌한 부분'이 시작된다는 것을 모두가 알고 있었다.

그는 이미 자리를 잡고 있었다. 코안경을 눌러쓰고 거창하게 종이를 펼쳐 들었다. 그는 파티가 있을 때면 언제나 분위기를 즐겁게 하기 위해 상황에 맞는 시를 지어 왔다. 이번에는 발린카이의 인생을 재치 있게 풍자해서 각색한 시였다. 상관에 대한 예우 때문인지 취기 때문인지 그가 비유를 할 때마다 옆사람들은 유쾌하게 웃어주었다. 그러다가 재치 있는 표현 하나가 제대로 터지면서 홀 전체에서 '브라보! 브라보!' 하는 소리가 연신 울려 퍼졌다.

그런데 나는 갑자기 혐오감이 느껴졌다. 주위의 거친 웃음소리가 마치 날카로운 발톱처럼 내 심장을 움켜쥐는 듯했다. 누군가는 신음하며 끝없는 고통을 느끼고 있는데, 어떻게 저런 웃음소리를 낼 수 있단 말인가! 누군가는 절망하고 있는데, 어떻게 저런 지저분한 농담이나 하고 있단 말인가! 본드라체크의 낭독이 끝나면 본격적인 파티가 시작될 것이다. 노래를 부르고, 농담을 하고, 웃고 또 웃을 것이다. 나는 더 이상 순박하게 웃고 있는 얼굴들을 보고 있을 수 없었다. 그녀는 내게 한마디라도 전해달라고 하지 않았던가? 차라리 전화를 걸어볼까? 사람을 그토록 기다리게 하는 것은 옳지 못한 일이지 않은가! 그녀에게 무슨 말이라도 해줘야 하지 않을까?

"브라보! 브라보!" 모두들 요란하게 의자를 밀어내며 벌떡 일어나 기립박수를 쳤다. 사오십 명의 장정들이 동시에 벌떡 일어나자 바닥이 울리고 먼지가 일었다. 대대장은 자랑스럽게 안경을 벗고 종이를 접더니 친절하면서도 약간은 거만한 모습으로 그를 둘러싼 채 축하해주는 장교들에게 고개를 끄덕였다. 나는 소란스러운 순간을 이용해서 인사도 하지 않은 채 밖으로 뛰쳐나갔다. 어쩌면 아무도 눈치채지 못할 수도 있지 않을까? 눈치챈다 할지라도 상관하고 싶지 않았다. 나는 더 이상 그곳에 있는 것을 견딜 수 없었다. 부른 배를 두들기며 즐거워하는 그들의 웃음소리를 더 이상은 들어줄 수 없었다! 견딜 수가 없었다! 정말로 견딜 수가 없었다!

"소위님, 벌써 가십니까?" 복도에서 당직병이 놀란 듯이 물었다. 꺼져! 나는 속으로 으르렁거리며 아무런 대꾸도 하지 않은 채 그를 지나쳤다. 얼른 가자! 길 건너 모퉁이를 돌고 층계만 올라가면 내 방이야! 그러면 혼자야. 혼자!

복도는 텅 비어 있었다. 어딘가에서 보초병이 왔다 갔다 하는 소리, 수도꼭지에서 물이 흐르는 소리, 군화가 떨어지는 소리 외에는 들리지 않는 정적이 흘렀다. 그런데 규정에 따라 이미 소등이 된 휴게실에서 어떤 낯설고 부드러운 소리가 들려왔다. 나는 나도 모르게 귀를 기울였다. 루테니아인 병사 몇몇이 모여서 작은 목소리로 구슬픈 멜로디의 노래를 흥얼거리고 있었다. 그들은 잠자기 전 낯선 제복을 벗어버리고 고향에서 짚단 위에 누울 때와 똑같은 벌거벗은 인간의 모습으로 돌아갈 때면 언제나 고향 생각이 나는 모양이었다. 고향의 들판이나 자신이 좋아하던 소녀를 떠올리며 그들은 고향에서 멀리 떨어져 있다는 사실을 잊기 위해 구슬픈 노래를 부르곤 했다. 나는 평소에는 그들의 노래에 관심을 갖지 않았다. 가사조차 알아듣지 못하는 나로서는 그럴 수밖에 없었다. 그러나 이번에는 그들의 낯선 슬픔에 동질감이 느껴지면서 마음이 흔들렸다. 그들 중 한 명에게 다가가서 그와 이야기하고 싶다는 생각이 들었다. 내 말을 알아듣지 못하더라도 어쩌면 소처럼 착한 눈으로 나와 공감하면서 저쪽에서 시끄럽게 떠드는 사람들보다는 나를 더 이해해줄지도 모른다는 생각이 들었다. 끝없이 뒤얽혀 있는 문제로부터 나를 도와줄 수 있는 누군가가 있으면 얼마나 좋을까!

앞방에서 코를 골고 있는 쿠스마를 깨우지 않기 위해 나는 까치발로 살금살금 방 안으로 들어가 어둠 속에서 모자를 벗어던지고 군도를 내려놓고 아까부터 내 목을 죄어오던 옷깃을 떼어버렸다. 그런 후 불을 켜고 테이블로 다가갔다. 젊고 아무런 확신이 없는 내가 처음으로 여자에게서 받아본 충격적인 편지를 다시 한 번 차분하게 읽어보고 싶었다.

그런데 다음 순간 나는 깜짝 놀랐다. 테이블 위에(이게 어떻게 된 거지?) 그 편지가 놓여 있는 것이었다. 조금 전까지만 해도 내 주머니에 있던 그 편지, 푸른색의 네모난 봉투와 익숙한 글씨체가 보이는 그 편지가 테이블 위에 있었다.

나는 순간 비틀거렸다. 내가 취했나? 눈을 뜬 채 꿈을 꾸고 있나? 내가 정신이 나갔나?

조금 전 상의를 벗을 때 주머니에서 편지가 바스락거리는 것을 분명히 느끼지 않았던가! 내가 편지를 꺼내놓고도 그것을 기억하지 못할만큼 정신이 없는 건가? 나는 주머니를 뒤졌다. 그러면 그렇지. 편지는 주머니에 있었다. 그제서야 나는 무슨 일이 벌어졌는지 이해가 가기 시작했다. 그제서야 정신이 완전히 들었다. 테이블 위에 놓인 편지는 나중에 새로 도착한 편지가 틀림없었다. 쿠스마는 내가 돌아오면 바로 볼 수 있도록 편지를 보온병 옆에 두었던 것이다.

새로운 편지라! 두 시간 뒤에 두번째 편지라니! 나는 불쾌감과 분노로 목구멍이 꽉 막혀버렸다. 이제부터 매일매일이 이런 식일 것이다. 매일 밤낮으로 편지가 올 것이 분명했다. 내가 그녀에게 답장을 보내면 그녀는 또다시 편지를 할 것이고, 내가 답장을 하지 않으면 그녀는 답장을 요구할 것이다. 그녀는 날마다 내게서 무언가를 원할 것이다. 내게 사람을 보내고, 전화를 걸고, 끊임없이 내 주위를 맴돌 것이다. 내가 언제 나가고 언제 들어오는지, 내가 누구와 함께 있는지, 내가 무슨 말을 하고 무슨 행동을 하는지 전부 알려고 들 것이 분명했다. 나는 절망감을 느꼈다. 그들은 나를 절대로 놓아주지 않을 것이다. 아, 그들이 바로 사악한 정령, 그 다리를 못 쓰는 노인이었다! 나는 다시는 자유로워질 수 없을 것이다! 탐욕스러운 그들이 나를 절대로 놓아줄 리가 없었다! 이 무의미한 사랑 때문에 그녀와 나 둘 중 한 사람이 파괴되기 전까지는 나를 놓아주지 않을 것이다!

읽지 말자! 나는 스스로에게 말했다. 오늘은 절대로 읽어서는 안 돼! 그리고 더 이상 말려들어서도 안 돼! 너는 그들의 집요한 요구를 감당할 만한 힘이 없어. 그것이 결국 너를 파괴할 거야. 차라리 편지를 없애버리거나 뜯지 않은 채로 돌려보내는 게 낫겠어. 어떤 낯선 사람이 너를 사랑하고 있다는 사실이 너의 의식 속으로, 너의 머릿속으로, 너의 양심 속으로 스며들게 둬서는 안 돼! 케케스팔바네 가족 모두 꺼져버리라지! 나는 얼마 전까지만 해도 그들을 전혀 알지 못했고 앞으로도 알고 싶지 않아! 그런데 갑자기 무서운 생각이 들었다. 내가 답장을 보내지 않아서 에디트가 무슨 끔찍한 일을 저지르는 것은 아닐까? 어쩌면 자해를 할지도 몰라. 절망에 빠진 사람에게 아무런 답변을 주지 않는 것은 절대 해서는 안 될 일이야! 지금이라도 쿠스마를 깨워서 그녀를 안심시킬 만한 말을 전하는 게 나을까? 죄를 지으면 안 돼! 그것만은 안 돼! 나는 결국 봉투를 뜯었다. 다행히도 열 줄 정도로 이루어진 아주 짤막한 편지였다.

"앞서 보낸 편지를 즉시 없애주세요. 내가 제정신이 아니었어요. 완전히 미쳤었다고요. 내가 썼던 말들은 모두 진심이 아니랍니다. 그리고 내일 찾아오지 **마세요**! 제발, 절대로 오지 **마세요**! 당신 앞에서 그토록 비참하게 굴었던 나 자신을 벌해야겠어요. 그러니 내일 절대로 오지 마세요! 나는 당신이 오는 것을 원하지도 않고 허락하지도 않겠어요! 답장도 보내지 마세요! 절대로 답장을 보내지 마세요! 이전 편지는 확실히 없애고 내용도 잊어주세요! 그리고 그 편지에 대해서는 생각도 하지 마세요!"

생각을 하지 말라니, 이 얼마나 어리석은 명령인가! 언제부터 흥분한 감정을 의지로 통제할 수 있었단 말인가! 이미 생각은 고삐 풀린 망아지처럼 발을 쿵쾅거리며 관자놀이 사이를 내달리고 있는데 생각을 하지 말라니! 기억은 끊임없이 다양한 영상들을 끄집어내고, 신경은 곤두서 있고, 온 감각은 긴장한 채 방어태세를 취하고 있는데 생각을 하지 말라니! 편지의 이글거리는 글자가 아직까지도 손에서 화끈거리고 있는데…… 첫번째 편지를 읽고 내려놓고 다시 두번째 편지를 읽고 비교해보고…… 그러면서 두 편지의 글자 한 자 한 자가 낙인처럼 뇌에 새겨졌는데…… 생각을 하지 말라니! '어떻게 하면 도망칠 수 있을까? 어떻게 저항할 수 있을까? 이 탐욕스럽고 원치 않는 열정으로부터 어떻게 벗어날 수 있을까?' 이런 생각밖에 할 수 없는데, 생각하지 말라니!

생각하지 말라고! 물론 나도 생각하고 싶지 않았다. 그래서 나는 불을 꺼버렸다. 불빛은 모든 기억을 너무나도 생생하게, 너무나도 실감나게 떠올리게 만들기 때문이다. 나는 어둠 속으로 숨어버리고 싶었다. 자유롭게 숨을 쉬기 위해 옷을 벗어버렸고 아무런 감정도 느끼지 않기 위해 침대에 몸을 눕혔다. 그러나 생각은 몸과 함께 쉬려 하지 않았다. 생각은 박쥐가 되어 희미해지는 감각 사이를 어지럽게 날아다녔고 탐욕스러운 쥐가 되어 묵직한 피로 속을 헤집고 다녔다. 가만히 누워 있을수록 기억은 점점 더 불안해졌고 어둠 속 영상들은 더욱 더 격렬하게 깜빡거렸다. 결국 나는 침대에서 일어나 유령들을 쫓아내기 위해 다시 불을 켰다. 그런데 불빛이 하필 제일 먼저 비춘 것이 편지였다. 게다가 의자에 걸쳐 있는 얼룩진 셔츠도 눈에 들어왔다. 보는 것마다 새록새록 기억을 떠오르게 했다. 생각하지 말라고! 나도 그러고 싶었지만 그것은 의지로 되는 일이 아니었다. 나는 한동안 방 안을 왔다 갔다 서성이다가 찬장을 열고 서랍을 모두 뒤져서 수면제가 들어 있는 작은 유리병을 찾아냈다. 그리고 다시 침대로 돌아갔다. 그렇지만 여전히 도망치는 데에는 실패했다. 어두운 생각은 꿈에서조차 쥐가 되어 쉴 새 없이 잠의 검은 베일을 갉아먹었다. 항상 똑같은 쥐들이었다. 아침이 되자 나는 흡혈귀에게 피를 몽땅 빨린 것처럼 텅 빈 것 같은 기분이 들었다.

기상나팔을 듣는 것은 오히려 위안이 되었다. 근무를 하는 것도 오히려 위안이 되었다. 이것이 훨씬 더 편안한 감옥처럼 느껴졌다. 동료들과 함께 말을 타면서 끊임없이 주의하고 긴장해야 하는 것조차도 내게는 오히려 위안이 되었다. 복종하고 명령을 내리면서 훈련을 하는 세 시간, 아니, 네 시간 동안은 나 자신으로부터 도망칠 수 있었다.

처음에는 모든 일이 잘 풀렸다. 다행히도 힘든 일정이 기다리고 있었다. 기동훈련에 이어서 모든 기병소대가 전투대형을 이룬 채 지휘자 앞을 지나가야 하는 사열행진을 연습했다. 이때는 말 머리 하나, 군도 하나까지 모두 정확하게 맞춰야 했기 때문에 엄청난 연습량이 요구되었다. 열 번이고 스무 번이고 연습을 반복해야 했고, 기병 한 사람 한 사람을 주시해야 했다. 그만큼 우리 장교들은 극도로 긴장한 채 훈련에 임해야 했다. 나도 어쩔 수 없이 온 정신을 훈련에만 집중해야 했고 다른 모든 일은 잊어버릴 수밖에 없었다. 이 얼마나 다행스러운 일인가!

그런데 말들이 쉴 수 있도록 10분간 휴식을 취하는 동안 나의 시선이 우연히 지평선으로 향했다. 멀리 농부들과 농작물이 보이는 푸른색 들판은 매끈한 선이 하늘과 맞닿아 있었다. 그런데 들판의 끝자락쯤 되는 지점에서 특이한 실루엣이 눈에 들어왔다. 이쑤시개처럼 가느다랗게 솟아올라 있는 성탑의 모습이었다. 나는 깜짝 놀랐다. 그것은 바로 테라스가 있는 **에디트**의 성탑이었다! 또다시 그 생각이 머릿속을 채웠고, 나는 어쩔 수 없이 그곳을 바라보며 기억을 떠올려야 했다. 아침 8시. 지금쯤이면 **에디트**는 이미 잠에서 깨어나 내 생각을 하고 있을 것이다. 어쩌면 침대맡에 앉아 있는 아버지에게 내 이야기를 하고 있을지도 모른다. 아니면 일로나나 하인을 쫓아다니며 자신이 그토록 기다리는 편지가 오지 않았는지(편지를 쓸 걸 그랬다!) 물어보고 있을 수도 있다. 아니면 벌써 성탑에 올라가서 난간을 붙든 채 내가 그쪽을 바라보고 있는 것처럼 이쪽을 바라보고 있는 것은 아닐까? 누군가가 나를 그리워하고 있다는 사실에 생각이 미치자 가슴속에서 또다시 익숙한 기운이 퍼졌다. 뜨거운 무언가가 가슴을 죄어오는 것 같은 느낌이었다. 빌어먹을 연민의 발톱이 가슴을 조여오는 것이었다. 훈련이 다시 시작되어 사방에서 구령 소리가 울려 퍼졌고, 소대들은 전속력으로 달리며 대형을 갖추었다 흩어졌다를 반복했다. 소란한 가운데 나 자신도 "우로", "좌로"를 외치고 있었지만 정신은 이미 다른 곳에 가 있었다. 의식의 가장 깊숙한 곳에서는 끊임없이 한 가지 생각만을, 내가 생각하고 싶지도 않고 생각해서도 안 되는 그 생각만을 하고 있었다.

"이런 빌어먹을, 이 무슨 개판인가! 돌아와! 흩어져, 이 오합지졸들아!" 얼굴이 벌게진 부벤치크 연대장이 달려오면서 훈련장이 떠나갈 듯 소리쳤다. 연대장의 말이 틀린 것은 아니었다. 명령이 잘못 전달되었는지 나란히 달려야 할 두 개 소대가(그중 한 개 소대는 내가 지휘하고 있었다) 서로를 향해 전력질주하는 바람에 위험하게 뒤엉켜버렸다. 소란스러운 가운데 몇 마리의 말은 대형을 이탈하려 들었고 몇 마리는 뒷발로 곧추서며 성질을 부렸다. 기병 한 명은 말에서 떨어져 말굽 밑에 쓰러져 있었고,

그 사이로 하사관들이 시끄럽게 소리치고 있었다. 마치 실제로 전쟁을 치르는 것처럼 군도가 부딪히는 소리, 말 울음소리, 땅이 울리는 소리 등이 정신없이 울려 퍼졌다. 한참이 지나서야 장교들이 서로 뒤엉켜 있는 무리들을 떼어놓을 수 있었다. 날카로운 나팔소리가 울리자 대원들은 새롭게 대형을 갖춰 일렬로 섰다. 그때부터는 소름 끼칠 정도의 정적이 흘렀다. 모두들 사고에 대한 책임을 물을 시간이 왔음을 짐작하고 있었다. 조금 전의 충돌로 흥분해서인지 기수의 불안감을 느껴서인지 말들은 가만히 서 있지 못하고 움찔거리며 몸을 떨었다. 그 때문에 일렬로 늘어서 있는 군모의 행렬은 바람에 흔들리는 전깃줄처럼 조금씩 흔들거렸다. 불안한 정적을 뚫고 연대장이 말을 타고 앞으로 나왔다. 등자에 몸을 실은 채 꼿꼿한 자세로 앉아 신경질적으로 자신의 군화에 채찍을 휘두르는 모습에서 이미 거대한 폭풍우가 밀려오고 있음을 우리는 예감할 수 있었다. 연대장은 고삐를 살짝 잡아당겨 말을 세웠다. 그러고는 마치 칼로 내리치는 것처럼 날카로운 목소리로 훈련장이 떠나가라 소리쳤다. "호프밀러 소위!"

나는 그제서야 이 모든 일이 어떻게 해서 일어났는지 이해하게 되었다. 명령을 잘못 내린 것은 바로 나 자신이었다. 또다시 그 끔찍한 일에 대해 생각하느라 정신이 다른 데에 가 있었던 것이다. 모든 게 내 잘못이었다. 내게 모든 책임이 있었다. 다리에 살짝 힘을 주자 말이 앞으로 걸어나가기 시작했다. 민망한 표정으로 다른 곳을 바라보고 있는 동료들을 지나 나는 연대장이 있는 곳으로 향했다. 그는 맨 앞줄로부터 30보 정도 떨어진 곳에서 꼼짝도 않은 채 기다리고 있었다. 나는 규정대로 정해진 거리를 두고 연대장 앞에 멈춰 섰다. 그 사이 희미하게 들리던 달그락거리는 소리마저 그치고 완전한 정적이 흐르고 있었다. 사형장에서 '발사'

명령이 내려지기 직전에나 있음 직한 숨 막힐 듯한 정적이었다. 내 뒤편에 서 있는 모든 대원들, 루테니아 농부 출신의 병사들까지 내게 무슨 일이 닥칠지 알고 있었다.

그때부터 벌어진 일은 다시는 기억하고 싶지 않다. 물론 연대장은 내게 퍼붓는 욕설을 다른 병사들이 알아듣지 못하도록 일부러 목소리를 낮추기는 했지만, 간혹 "멍청한 놈!", "명령을 병신처럼 내리다니!" 같은 분노의 표현들이 날카롭게 정적을 뚫기도 했다. 게다가 그가 새빨개진 얼굴로 내게 한마디 한마디 퍼부을 때마다 채찍으로 자신의 부츠를 후려치는 것만으로도 내가 선생님한테 혼나는 학생처럼 엄청나게 혼쭐이 나고 있다는 것을 맨 뒷줄에 있는 대원들까지 짐작할 수 있었다. 다혈질의 연대장이 내게 온갖 욕설을 퍼붓는 동안 수백 개의 호기심 어린, 어쩌면 조소 섞인 눈빛이 등 뒤에서 나를 바라보는 것이 느껴졌다. 아무것도 모르는 제비들이 푸른 하늘 위를 날고 있던 6월의 화창한 그날, 나는 수개월 동안 한 번도 몰아친 적이 없었던 거센 폭풍우를 온몸으로 맞았다.

고삐를 잡고 있는 손이 모멸감과 분노로 덜덜 떨렸다. 나는 채찍으로 말의 엉덩이를 힘껏 후려쳐서 얼른 그곳을 빠져나가고 싶은 마음을 가까스로 참았다. 나는 규정대로 꼼짝도 하지 않은 채 굳은 얼굴로 부벤치크 대령이 "멍청한 놈 하나 때문에 전체 훈련을 망칠 수는 없지. 자네와는 내일 다시 이야기하겠네. 오늘은 더 이상 꼴도 보기 싫네"라고 말하는 것까지 참고 견뎌야 했다. 그런 후 연대장은 경멸 어린 말투로 날카롭게 "가보게!"라고 말하면서 다시 한 번 채찍으로 자신의 군화를 후려쳤다.

나는 얌전하게 손을 모자에 갖다 대며 경례를 한 후에야 뒤돌아서서 대열로 돌아갈 수 있었다. 동료들은 나를 똑바로 바라보지 못한 채 민망한 듯 모자 그늘 속으로 눈을 숨겼다. 모두가 나를 부끄럽게 여기고 있었다. 적어도 나는 그렇게 느꼈다. 다행히도 나팔소리가 나를 살려주었다. 훈련이 재개된 것이다. 대열이 흩어지면서 소대별로 모였다. 그 순간을 이용해서 페렌츠는(어째서 가장 멍청한 놈들이 가장 착한 걸까?) 우연인 척 말을 몰고 와서는 내게 속삭였다. "신경 쓰지 말게나! 누구에게나 일어날 수 있는 일 아닌가!"

그러나 순박하게 내게 말을 건넨 그는 결코 좋은 소리를 듣지 못했다. "자네 일이나 신경 쓰게!" 나는 거칠게 그에게 내뱉고는 말 머리를 획 돌려버렸다. 그 순간 나는 어설픈 동정심이 남에게 상처가 된다는 사실을 처음으로 직접 체험했다. 처음이자 너무 늦게 알게 된 것이다.

때려치우자! 전부 때려치우자! 부대로 돌아오면서 나는 생각했다. 떠나는 거야! 아무도 나를 알지 못하는 곳, 모든 것으로부터 벗어날 수 있는 곳으로 떠나는 거야! 그냥 떠나버리자! 도망치자! 더 이상 아무도 보지 말고 아무한테도 칭송도 모욕도 받지 말자! 떠나자! 그냥 떠나버리자! 이런 생각이 말발굽의 리듬에 맞춰 끊임없이 머릿속을 맴돌았다. 부대에 도착하자마자 나는 기병 한 사람에게 급히 말고삐를 던져주고는 곧바로 뛰쳐나갔다. 나는 장교식당에 갈 생각이 없었다. 동료들의 놀림감이 되고 싶지도 않았고 그들의 동정을 받고 싶지도 않았다.

그런데 어디로 가야 할지 생각이 나지 않았다. 나는 아무런 결단도 내리지 못했고 아무런 목적지도 없었다. 내가 살던 두 개의 세계인 부대와 케케스팔바 성 그 어디로도 갈 수 없었다. 그냥 떠나버리자! 그냥 떠나버리자!라는 생각만이 심장박동과 함께 관자놀이를 계속해서 두드렸다. 그냥 떠나버리자! 어디든 가는 거야! 일단 빌어먹을 부대부터 벗어난 후

도시를 떠나버리는 거야! 이 도로를 따라 계속해서 가면 될 거야! 그런데 갑자기 아주 가까운 곳에서 "어이, 잘 지내나?"라는 다정한 인사말이 들리는 것이었다. 나는 나도 모르게 소리가 난 쪽으로 시선이 향했다. 나에게 상냥하게 인사를 건넨 사람은 민간인 복장을 한 키가 큰 남자였다. 그는 승마 바지에 회색 상의를 걸치고 스코틀랜드식 모자를 쓰고 있었다. 한 번도 본 적이 없는 사람이었다. 적어도 기억은 나지 않았다. 낯선 남자는 푸른색 작업복을 입은 두 사람의 수리공이 열심히 고치고 있는 자동차 옆에 서 있었다. 내가 당황하는 것을 알아차리지 못했는지 그는 내게 가까이 다가왔다. 발린카이였다. 나는 늘 제복을 입은 그의 모습만 봐서 그를 알아보지 못했던 것이다.

"또 말썽을 부린다네." 그는 웃으며 차를 가리켰다. "탈 때마다 저러더라고. 안심하고 자동차를 타려면 아무래도 20년은 더 있어야 할 것 같네. 말 타던 시절이 좋았지. 그래도 우리는 말에 대해서는 잘 알지 않나!"

나는 나도 모르게 그에게 호감을 느꼈다. 그의 몸짓 하나하나에서 자신감이 느껴졌고 그의 눈빛에서는 아무런 고민 없이 세상을 쉽게 살아가는 사람들에게서 볼 수 있는 따뜻함이 묻어나왔다. 생각지도 못한 그의 인사에 순간적으로 이 사람에게는 마음을 털어놓을 수 있겠다는 생각이 내 머리를 스쳤다. 그리고 긴박한 순간에나 볼 수 있는 엄청난 속도로 생각이 꼬리에 꼬리를 물었다. 그는 민간인이고 누구에게 복종할 필요가 없다. 그 자신도 비슷한 일을 경험했다. 그는 페렌츠의 처남을 도와주었다. 그는 누구든지 돕는 것을 좋아한다. 나라고 해서 도움을 못 받는다는 법은 없을 것이다. 숨쉴 틈도 없이 빠른 속도로 꼬리에 꼬리를 물며 떠오른 생각들은 이미 한 가지 결론에 이르렀다. 나는 용기를 내서 발린카이에게 다가갔다.

"미안하네만 내게 5분 정도 시간을 내줄 수 있겠나?" 아무렇지 않게 그에게 말을 건네는 나를 보며 나 자신도 깜짝 놀랐다.

그는 잠시 어리둥절해하더니 곧 치아를 내보이며 환하게 웃었다.

"기꺼이 그러겠네, 호프…… 호프……"

"호프밀러라네."

"얼마든지 시간을 내주겠네. 동지에게 시간도 내주지 못하면 안 되지. 식당으로 가는게 낫겠나, 아니면 내 방으로 올라가는 게 낫겠나?"

"괜찮다면 방으로 올라가는 게 나을 것 같네. 그리고 정말 5분이면 되네. 절대로 그 이상 자네를 붙잡지는 않겠네."

"시간은 얼마든지 괜찮네. 차를 고치는 데 적어도 30분은 걸릴 걸세. 그런데 방이 편안하지는 않을 거네. 주인은 1층에 있는 가장 비싼 방을 주려 하지만 내가 감상적이어서 그런지 언제나 예전에 쓰던 방을 이용한다네. 예전에 그곳에서…… 아니, 그 일에 대해서는 이야기할 필요가 없지."

우리는 위층으로 올라갔다. 그의 말대로 방은 그와 같은 부자가 머물기에는 너무나도 소박했다. 옷장이나 안락의자도 없고 1인용 침대 하나와 침대와 창문 사이에 놓인 밀짚을 채운 의자 두 개가 전부였다. 발린카이는 황금빛 담배 케이스를 꺼내더니 내게 담배를 권했다. 그러고는 곧바로 본론으로 들어갔다.

"자, 호프밀러, 내가 뭘 도와주면 되겠나?"

나는 길게 말하고 싶지 않아서 단도직입적으로 말을 꺼냈다.

"발린카이, 자네의 조언을 듣고 싶네. 나는 군대를 그만두고 오스트리아를 떠나고 싶은데 혹시 나에게 도움을 줄 수 있겠나?"

발린카이의 표정이 갑자기 심각해졌다. 그의 얼굴 근육이 팽팽하게 당겨지는 것이 느껴졌다. 그는 담배를 내려놓으며 입을 열었다.

"말도 안 되네, 자네 같은 사람이 어떻게! 아니, 무슨 생각을 하는 건가!"

갑자기 내 안에서 집요한 고집이 생겨났다. 10분 전까지만 해도 생각지도 못했던 결심이 강철처럼 단단하게 굳어지는 것이 느껴졌다.

"발린카이," 나는 그 어떤 설득도 용납하지 않는 단호한 말투로 말했다. "미안하네만 자세한 설명은 하지 않겠네. 누구나 자신이 무엇을 원하고 무엇을 해야 하는지 알고 있는 법이네. 다른 사람은 이해하지 못한다네. 믿어주게. 나는 지금 당장 끝을 내야 하네."

발린카이는 뚫어져라 나를 쳐다보았다. 내가 진심이라는 것을 알아차린 듯했다.

"내가 상관할 바는 아니지만, 호프밀러, 자네는 지금 제정신이 아니네. 자네가 지금 무슨 짓을 저지르는 건지 자네는 알지 못한다네. 자네는 아마 스물다섯이나 스물여섯쯤 됐겠지? 얼마 안 있으면 중위가 될 것 아닌가? 그것만 해도 대단한 일이라네! 군에 있으면 자네는 지위가 보장되지 않는가! 하지만 인생을 새롭게 시작하려는 그 순간부터는 어떤 막되먹은 인간이나 하찮은 가게 점원도 자네보다 더 위에 있다네. 우리처럼 어리숙한 선입견을 군낭처럼 짊어지지 않으니 그럴 수밖에 없지. 내 말을 믿게. 우리 같은 사람들이 군복을 벗으면 남는 것은 아무것도 없다네. 한 가지만 부탁하겠네. 내가 흙탕물에서 빠져나오는 데 성공했다고 해서 모두가 그럴 거라고는 생각하지 말게. 내가 그럴 수 있었던 것은 천 번에 한 번 있을까 말까 한 행운 덕분이었네. 나와는 달리 하늘이 보살펴주지 않은 사람들이 지금 어떻게 살아가고 있을지는 차라리 모르는 게 낫다고 생각하네."

그의 단호한 말투는 상당히 설득력이 있었다. 그러나 나는 그의 말에 말려들어서는 안 된다고 생각했다.

"나도 그게 신분 하락을 의미한다는 것은 알고 있네. 하지만 나는 떠나야만 한다네! 다른 방법은 없네! 제발 나를 설득할 생각은 하지 말아주게. 나는 특별한 사람도 아니고 특별한 걸 배운 적도 없네. 하지만 자네가 어딘가에 나를 추천해주기만 한다면 자네를 망신시키지 않을 자신은 있네. 내가 처음은 아니잖나. 페렌츠의 처남에게도 자리를 마련해주지 않았나."

"요나스 녀석 말이군." 발린카이는 경멸하는 투로 손을 휘저었다. "그 녀석이야 아무것도 아니지 않나. 그저 별 볼 일 없는 지방 공무원에 불과했지. 그런 녀석을 도와주는 일은 식은 죽 먹기라네. 지금 있는 자리보다 조금만 더 나은 자리에 앉혀줘도 자신이 신이라도 된 것처럼 생각하지. 그런 녀석은 고생 따위는 상관하지 않네. 어차피 거기에 익숙해져 있으니까. 하지만 옷깃에 별을 달아본 사람한테 자리를 마련해주는 건 전혀 다른 문제라네. 호프밀러, 윗자리는 언제나 꽉 차 있다네. 민간인으로 인생을 다시 시작하려면 밑에서부터 줄을 서야 하네. 쾌쾌한 냄새가 나는 지하에서부터 시작해야 할 때도 있네."

"나는 상관없네."

내가 너무 격렬하게 말했는지, 발린카이는 처음에는 호기심 어린 눈빛으로 쳐다보더니 점차 먼 곳에서 나를 주시하는 듯한 멍한 눈빛으로 나를 바라봤다. 마침내 그는 의자를 가까이 끌고 오더니 내 팔을 잡았다.

"호프밀러, 나는 자네의 보호자도 아니고 자네에게 훈계할 자격도 없네. 같은 일을 겪어본 동지라 생각하고 내 말을 한번 믿어보게. 하루아침에 장교에서 진흙탕으로 신분이 곤두박질치게 되면 상관없다는 말은 하지 **못**할 걸세! 나도 한때 낮 12시부터 어두워질 때까지 이 초라한 방에 앉아서 자네와 똑같이 '나는 상관없어'라고 생각했네. 그런 내가 지금 자네에게 충고하고 있는 거네! 그날 나는 11시 30분경에 제대 신고를 했다네. 그리고 나니 더 이상 동료들과 장교식당에 앉아 있기도 싫고 그렇다고 대낮에 민간인 복장을 하고 돌아다니기도 싫더군. 그래서 이 방을 빌렸지. 내가 왜 지금도 항상 이 방을 원하는지 이해하겠나? 나는 이곳에 앉아서 어두워질 때까지 기다렸다네. 내가 초라한 회색 양복을 입고 머리에 중절모를 쓴 채 도망가는 모습을 사람들이 동정 어린 눈빛으로 바라보지 못하도록 말일세. 저기, 저 창가에 서 있었다네. 저기 창문 앞에 서서 마지막으로 아래를 내려다보았네. 동료들이 모두 제복을 입은 채 꼿꼿한 자세로 자유롭게 돌아다니는 모습이 보였네. 내게는 그들이 모두 작은 신처럼 느껴졌다네. 그들은 자신이 누구인지, 자신이 어디에 속하는지를 알고 있었네. 그 순간 나라는 존재가 이 세상에서는 그저 쓰레기에 불과하다는 것을 깨달았네. 제복과 함께 피부까지 벗겨낸 것 같은 느낌이었지. 물론 자네는 이렇게 생각하고 있겠지. 말도 안 돼! 파란색 천도 있지만 검은색이나 회색 천도 있는데…… 군도를 차고 다니나 우산을 가지고 다니나 다 똑같지, 그게 무슨 상관이람! 하지만 그날 밤 주위를 살피며 역으로 가고 있을 때 모퉁이에서 기병 둘을 만났는데 그들이 내게 경례를 하지 않았을 때 받은 충격은 지금도 생생하게 기억이 난다네. 게다가 내가 직접 가방을 끌고 삼등석에서 땀냄새 풍기는 아낙네들 사이에 앉아 있었던 것을 생각하면…… 물론 명예에 집착하는 것이 얼마나 허세이고 어리석은 생각인지는 안다네. 하지만 사관학교 4년에 8년간 장교로 복무를 하다 보면 그런 생각이 몸에 배게 된다네. 처음에는 마치 신체 일부가 없거나 얼굴에 종기가 난 사람처럼 느껴졌다네. 자네가 이런 경험을 하지 않도록 신의 가호가 있길 빌겠네! 아무리 돈을 많이 준다고 해도 나는 그날 밤 부대를 도망쳐 나와 가로등을 피해 어둠 속에서 역으로 향하던 길을 다시는 경험하고 싶지 않네. 그러나 그건 고작 시작에 불과했네."

"발린카이, 내가 떠나려는 이유도 바로 그것이네. 그 모든 것이 없는 세상으로, 나를 아는 사람이 없는 세상으로 가고 싶은 거라고."

"나도 그렇게 생각했다네, 호프밀러. 자네랑 똑같은 생각을 했네! 멀리 벗어나기만 하면 된다! 신문에서 읽을 수 있는 백만장자 스토리처럼 차라리 멀리 미국에서 구두닦이나 설거지를 하는 게 나을 거라고 생각했지. 하지만 호프밀러, 미국으로 가기 위해서는 엄청난 돈이 필요하다네. 그게 우리 같은 사람들에게 무슨 의미인지 자네는 모를 거야. 굽신거려야 한다는 뜻이네! 고급장교라도 더 이상 옷깃에 별을 달고 있지 않으면 품위 있게 서 있지도, 예전처럼 말하지도 못한다네. 친한 친구들과 있을 때에도 그저 바보처럼 어색하게 앉아 있을 뿐이고, 부탁을 하려 해도 자존심 때문에 입을 다물게 되지. 그렇다네. 나는 그 당시 지금은 떠올리고 싶지도 않은 일들을 수도 없이 겪었네. 지금까지도 아무에게도 말하지 못할 정도로 큰 모멸감과 수치심을 느꼈다네."

그는 자리에서 일어나더니 상의가 갑자기 작아지기라도 한 것처럼 팔을 격렬하게 움직였다. 그러더니 갑자기 나를 쳐다보며 말하는 것이었다.

"하긴 자네에게는 이야기해줄 수 있겠군! 지금은 그 일이 부끄럽지 않다네! 어쩌면 자네를 위해서라도 일찌감치 낭만적인 생각을 없애주는 것도 좋을 것 같군."

그는 다시 자리에 앉더니 나에게 바싹 다가왔다.

"자네도 내가 셰퍼드 호텔에서 얼마나 멋지게 아내를 낚았는지 그 영광스러운 이야기를 듣지 않았나? 부대 내에 그런 소문이 돌았다는 거 잘 알고 있네. ○○부대 장교의 영웅담으로 교본에 찍고 싶어 안달 난 것 같더군. 사실 그 일은 그다지 영광스러운 일은 아니었네. 실제로 내가 아내를 셰퍼드 호텔에서 알게 되었다는 것 외에는 모두 잘못된 소문이네. 우리가 **어떻게 해서** 알게 되었는지는 아내와 나 두 사람밖에 모른다네. 아내도 아무에게도 말하지 않았고 나 또한 지금까지 그 누구에게도 말하지 않았네. 자네에게 지금 이야기해주는 건 돈이 하늘에서 뚝 떨어지지는 않는다는 것을 알려주기 위해서네. 간단하게 이야기하겠네. 내가 그녀를 셰퍼드 호텔에서 만났을 때—놀라지 말게!—나는 그곳에서 객실 담당 종업원으로 일하고 있었네. 그렇다네. 초라하기 짝이 없는 평범한 종업원이었다네. 물론 재미로 그 일을 한 것은 아니었지. 경험이 부족해 어리석은 실수를 저질러서 그 지경에 이르렀다네. 빈에 있는 초라한 하숙집에서 살 때였네. 같은 집에 한 이집트인이 살고 있었는데 그놈이 자신의 처남이 카이로에서 로열 폴로 클럽을 운영하고 있다면서 수수료로 2백 크로네만 내면 그곳에 트레이너 자리를 알선해주겠다고 했네. 좋은 매너와 명성을 중시하는 곳이라고 했지. 폴로 경기에서는 내가 항상 1등이지 않았겠나. 게다가 그가 제시한 급료가 아주 훌륭했거든. 3년만 일하면 제대로 된 일을 시작할 자금을 마련할 수 있을 정도였네. 게다가 카이로는 멀리 떨어져 있고, 폴로 클럽이라면 상류층이 모이는 곳 아닌가. 그래서 나는 흔쾌히 승낙을 했지. 카이로 가는 여비와 장비를 구입하기까지 내가 얼마나 많은 문을 두드려야 했고, 소위 옛 친구라는 놈들로부터 얼마나 많은 당혹스런 핑계를 들어야 했는지는 말하지 않겠네. 로열 클럽 정도에서 일하려면 제대로 된 승마복과 연미복은 있어야 하지 않겠나! 삼등 선실을 이용했는데도 돈은 많이 모자랐네. 카이로에 도착했을 때에는 7피아스터 정도밖에 남아 있지 않았지. 그런데 로열 폴로 클럽의 문을 두드리니까 흑인 녀석이 나오더니 자신은 에프도풀로스나 그의 처남에 대해 들어본 적이 없다는 거네. 게다가 그들은 트레이너를 구하지도 않고 폴로 클럽 자체가 해체 수순을 밟고 있다는 것이었네. 이해하겠나? 그 이집트 놈은 사기꾼이었던 거네. 나라는 멍청한 놈에게서 2백 크로네를 뜯어간 거지. 나는 어리석게도 그가 받았다는 편지와 전보를 확인할 생각조차 하지 못했다네. 그렇다네, 호프밀러. 우리는 그런 사기꾼들을 당해내지 못한다네. 일자리를 찾으면서 사기 당한 것이 그때가 처음은 아니었지만, 그때만큼 제대로 강편치를 맞은 적은 없었다네. 나는 아는 사람 한 명 없는 카이로에 와 있었고, 주머니에는 고작 7피아스터밖에 없었으니 말이야. 카이로는 물가가 엄청나게 비싼 곳이라네. 첫 한 주 동안 내가 어디서 잠을 잤고 뭘 먹었는지는 말하지 않겠네. 그러고도 살아남을 수 있었던 게 그저 신기할 따름이네. 다른 사람 같으면 그런 상황에서 영사관을 찾아가서 돈은 나중에 지불할 테니 어떻게든 돌려보내달라고 사정했을 거네. 그게 바로 문제지. 우리 같은 사람들은 그런 일을 못한다네! 우리 같은 사람들은 선원들과 해고된 요리사들과 함께 대기실에 앉아서 영사관 직원이 여권에 적혀 있는 '발린카이 남작'을 호명하며 나를 쳐다보는 눈빛을 견딜 수 없다네. 차라리 거리로 나앉는 게 낫다고 생각하지. 어떻게 보면 셰퍼드 호텔에서 종업원을 구한다는 사실을 우연히 알게 된 것은 불행 중 다행이었네. 내가 연미복, 그것도 새 연미복을 가지고 있고(승마복은 팔아서 그 돈으로 일주일을 버텼다네) 프랑스어도 구사할 줄 알자 호텔에서 시험 삼아 나를 채용했다네. 그나마 겉으로는 그럭저럭 괜찮아 보이는 일이지. 깔끔한 흰색 셔츠를 입고 음식을 나르는 모습이 결코 나빠 보이지는 않으니까. 하지만 뜨거운 지붕 바로 아래 다락방에서 수백 마리의 벼룩과 빈대와 함께 세 사람이 한 방을 쓰며 아침에는 그들과 같은 대야로 씻었던 걸 생각하면…… 게다가 우리 같은 사람들은 팁을 받으면 손에 불이 난 것처럼 화끈거리지 않겠나…… 더 이상 말하지 않겠네! 그때 겪은 것만으로 충분하고 잘 극복해내서 다행이라고 생각하네!

그 후에 아내와 만나게 되었다네. 당시 과부가 된 지 얼마 안 된 아내는 언니네 부부와 함께 카이로로 온 것이었네. 그 형부라는 양반은 천박하기 그지없는 인물이었네. 살이 뒤룩뒤룩 찐 오만한 놈이었는데 처음부터 나를 못마땅하게 여겼네. 내가 너무 거만해 보였던 건지 아니면 자신과 같은 네덜란드 양반 앞에서 충분히 굽신거리지 않았다고 느꼈던 건지…… 하루는 내가 아침식사를 제시간에 가져오지 않았다며 '멍청한 자식'이라고 큰 소리를 욕을 하는 것이었네. 한때 장교였던 사람이 그런 소리를 듣고 가만히 있었겠나? 이성적으로 생각할 틈도 없이 화가 치밀었네. 자칫 잘못했으면 주먹으로 한 대 갈길 뻔했는데 그나마 마지막 순간에 자제를 할 수 있었지. 사실 종업원 일 자체가 나에게는 언제나 가장무도회처럼 느껴졌는데—자네가 이해할 수 있을지 모르겠지만—그 순간 천하의 발린카이가 치즈 장사나 하는 하찮은 놈한테 이런 일을 당하고도 가만히 있어야 한다는 사실에 약간은 자학적인 재미가 느껴지기도 했다네. 그래서 나는 가만히 있었네. 살짝 미소만 지었지. 자네, 그거 아나? 콧방귀를 뀌듯 코만 살짝 움직이는, 상대를 멸시하는 듯한 미소 말일세. 그놈은 화가 나서 얼굴이 푸르딩딩해졌다네. 내가 자신보다 더 위위에 있다는 걸 느꼈던 게지. 그러고 나서 나는 방을 나가면서 비꼬듯 그에게 정중하게 절을 했다네. 그놈은 폭발 직전에 이르더군. 내 아내, 그러니까 지금의 아내도 그 자리에 있었네. 우리 두 사람 사이에 무슨 일이 벌어지고 있다는 것을 그녀도 감지한 것 같았네. 아내가 나중에 말해준 거지만, 그때 아내는 내가 화를 내는 것을 보고 내가 누구한테 그런 대접을 받는 것이 난생처음임을 알아차렸다고 했네. 그녀는 나를 뒤쫓아 나와서는 형부가 너무 흥분해서 그런 거니 너무 기분 나쁘게 생각하지 말아달라고 하더군. 그리고 고백하자면 그녀는 일을 무마시키기 위해 내게 지폐를 건네주려고까지 했었네.

내가 그 돈을 거절하는 것을 보고 아내는 다시 한 번 내가 종업원 일을 하는 것을 이상하게 여겼다네. 사실 그것으로 일은 일단락되었을 수도 있네. 나는 몇 주 동안 집으로 돌아갈 수 있을 만큼 충분한 돈을 모았다네. 영사관에 가서 구걸할 필요가 없게 되었지. 나는 그저 정보를 얻기 위해 영사관에 잠시 들렀네. 그런데 그곳에서 행운이 찾아왔다네. 수십만 번의 불운 끝에 한 번 올까 말까 한 그런 행운이었지. 영사가 대기실을 지나가는데 그 사람은 바로 기수 클럽에서 나와 친하게 지내던 엘레메르 폰 유하츠가 아니겠나! 그 양반은 나를 보자마자 힘껏 껴안아주며 클럽으로 초대했다네. 그리고 또 한 번의 행운이 찾아왔네! 행운에 행운이 겹친 셈이지. 도대체 얼마나 많은 행운이 겹쳐야만 우리 같은 사람들을 진흙탕에서 건져낼 수 있는지 알겠나? 두번째 행운은 클럽에서 지금의 아내를 다시 만났다는 거네. 엘레메르가 나를 자신의 친구 발린카이 남작이라고 소개하자 아내는 얼굴이 새빨개졌네. 그녀는 나를 곧바로 알아봤고 전에 나에게 팁을 건네려고 했던 사실이 부끄러워졌던 게지. 하지만 나는 그녀가 얼마나 고상하고 행실이 바른 사람인지 느낄 수 있었다네. 그녀는 아무것도 모르는 척 시치미를 떼는 대신 곧바로 솔직하게 마음을 털어놓았네. 결국 모든 일이 순조롭게 풀렸지. 이 일에 대해서는 더 이상 이야기할 필요가 없을 것 같네. 하지만 이것만은 기억하도록 하게! 이렇듯 행운이 겹쳐서 오는 일은 흔치 않다네! 내게 지금의 부와 지금의 아내(나는 그녀를 내게 선물해준 신에게 하루에 수천 번은 감사기도를 올린다네)가 아무리 소중할지라도 그때 겪은 일을 두 번 다시 겪고 싶지는 않네."

나는 나도 모르게 발린카이에게 손을 내밀었다.

"내게 경고해줘서 진심으로 고맙네. 덕분에 앞으로 무슨 일이 기다리고 있을지 확실히 알게 되었네. 하지만 방금 말했듯이 나에게는 다른 길이 없네. 정말 나에게 맞는 일자리 좀 없겠나? 자네, 큰 사업을 한다면서?"

발린카이는 잠시 아무 말도 하지 않더니 공감하는 듯한 한숨을 내쉬었다.

"불쌍한 녀석, 자네도 아주 심하게 당했나보군. 걱정 말게, 자네를 심문하려는 것이 아니네. 심문하지 않아도 충분히 보인다네. 그 정도로 마음을 굳혔다면 아무리 옆에서 뭐라고 해도 소용이 없는 법이지. 그럴 때는 그저 동료로서 옆에서 도와주는 수밖에 없지. 당연히 도와주겠네. 하지만 호프밀러, 내가 자네를 곧바로 높은 자리에 앉혀주지 못한다는 것은 이해해주게. 정상적인 회사에서는 그런 일은 있을 수 없다네. 어느 날 갑자기 어디서 굴러왔는지도 모르는 누군가가 낙하산으로 윗자리에 앉게 되면 다른 직원들이 불만을 갖게 된다네. 자네도 맨 밑바닥부터 시작해야 할 걸세. 농장이나 다른 곳에 적합한 일자리를 마련할 때까지 몇 개월 동안 경리부에서 장부 정리나 해야 할지도 모르네. 어쨌든 방금 전에도 말했다시피 어떻게든 자네 자리를 마련해주겠네. 나는 내일 아내와 함께 떠나네. 일주일이나 열흘 정도 파리에 있다가 며칠 동안 르아브르와 안트베르펜을 다니며 각 지점을 시찰할 예정이네. 그렇지만 3주 후면 돌아오니까 로테르담에서 곧바로 자네에게 편지하겠네. 걱정 말게! 절대로 자네 일을 잊지 않겠네! 나 발린카이는 믿을 수 있는 사람이라네!"

"나도 잘 알고 있네. 정말로 고맙네."

그러나 발린카이는 내 말 뒤에 숨겨진 약간의 실망감을 느꼈던 모양이다(어쩌면 그도 비슷한 경험을 했을지도 모르는 일이다. 그런 경험을 해본 사람만이 이와 같은 말 없는 소리에 귀를 기울일 줄 아는 법이니까).

"아니면…… 그렇게 되면 너무 늦나?"

"그렇지는 않네." 나는 머뭇거리며 대답했다. "확실하기만 하다면 너무 늦는 건 아니지. 그래도…… 좀더 일찍 알 수 있으면 좋겠지……"

발린카이는 잠시 고민을 하더니 다시 말을 꺼냈다. "오늘은 시간이 어떤가? 아내가 오늘까지는 빈에 있다네. 내 회사가 아니라 아내 회사여서 결정권이 아내에게 있네."

"물론 시간은 있네." 나는 서둘러 대답했다. 연대장이 오늘은 꼴도 보기 싫다고 했던 말이 떠올랐던 것이다.

"잘됐네! 좋아! 그러면 차를 타고 같이 가세! 옛 친구인 라요스 남작 부부를 초대해서 뒷좌석은 이미 찼지만 기사 옆좌석에 아직 자리가 있네. 5시면 브리스톨 호텔에 도착할 거고, 도착해서 곧바로 아내와 이야기를 나누면 모든 일이 해결될 걸세. 내가 동료 일로 부탁을 했을 때 아내가 거절한 적은 단 한 번도 없었다네."

나는 그에게 손을 내밀며 악수를 청했다. 그런 후 우리는 함께 층계를 내려왔다. 수리공들은 푸른 작업복을 이미 벗어놓은 채 기다리고 있었고 차도 수리를 끝마친 상태였다. 2분 후 우리는 차를 타고 큰길로 나왔다.

속도는 몸과 마음을 흥분시키면서 동시에 마비시키는 효능이 있다. 차가 도로에서 벗어나 넓은 들판을 달리자 나는 이상하게도 마음이 편안해졌다. 기사는 엄청난 속도로 차를 몰았다. 나무와 전봇대 들은 비스듬히 잘린 모습으로 뒤로 쓰러져 나갔고, 마을을 지나갈 때에는 집들이 초점이 맞지 않는 영상처럼 비틀거리면서 서로 뒤엉켰다. 이정표의 하얀 글자들은 눈에 들어오기 무섭게 뒤로 사라져버렸고 얼굴을 때리는 바람의 세기만으로도 우리가 얼마나 빠른 속도로 달리는지 알 수 있었다. 그러나 차가 달리는 속도보다도 나는 내 인생이 흘러가는 속도에 놀라지 않을 수 없었다. 불과 몇 시간 만에 얼마나 많은 결정을 내린 것인가! 평소 같으면 막연한 기대감을 가지는 단계에서 어설픈 의지가 생겨나는 단계를 지나 마침내 실행에 옮기기까지 수많은 생각과 감정들의 방해를 받게 마련이다. 사실 결정을 내릴 때 불안한 마음으로 한참을 머뭇거린 후에야 비로소 실행에 옮기는 것이 은밀한 쾌감을 주기도 하고 말이다. 그런데 이번에는 모든 일들이 꿈에서나 볼 수 있음 직한 속도로 내게 닥쳐왔고, 빠르게 질주하는 차량 뒤로 마을과 도로, 나무와 들판이 완전히 사라져가듯이 지금까지 나의 일상생활이었던 부대, 진급, 동료, 케케스팔바 가족과 케케스팔바 성, 숙소와 승마 훈련장 등 안정적이라고 믿었던 나의 생활 터전이 순식간에 내 앞에서 사라져가고 있었다. 단 한 시간 만에 나의 내면세계가 완전히 변해 있었던 것이다.

우리는 5시 반에 브리스톨 호텔 앞에 도착했다. 나는 빠르게 질주하는 차량 안에서 흔들거리며 먼지투성이가 되었지만 기분만은 상쾌했다.

"자네, 그런 모습을 아내에게 보여줄 수는 없네." 발린카이가 웃으며 내게 말했다. "밀가루 세례라도 받은 것 같군. 어쩌면 내가 아내와 단둘이 이야기하는 게 나을지도 모르겠네. 그러면 좀더 허심탄회하게 이야기할 수 있고 자네도 난처해할 필요도 없고…… 자네는 일단 화장실에 가서 좀 씻고 바에 가 있게. 내가 잠시 후에 내려와서 결과를 알려주겠네. 걱정하지 말게! 자네가 원하는 대로 될 걸세."

정말로 그는 나를 오래 기다리게 하지 않았다. 5분이 지나자 그는 웃으면서 바에 들어왔다.

"내가 뭐라고 했나. 모든 게 잘됐네. 물론 자네가 원한다면 말일세.

생각할 시간을 충분히 갖고 취소하고 싶으면 언제든지 취소하게. 아내가 —정말 현명한 여자라네!—자네에게 딱 맞는 일을 생각해냈네! 우선 그곳 언어도 배우고 그곳을 둘러볼 수 있도록 자네는 곧바로 배를 타게 될 걸세. 경리과장을 보조하는 자리라네. 제복을 입고 간부 테이블에서 함께 식사하고 네덜란드와 인도를 몇 차례 오가며 장부 정리를 도와주게. 그러고 나면 자네가 원하는 곳 어디에든지 자리를 마련해주겠네. 아내가 약속해줬다네."

"고맙……"

"감사할 것 없네. 내가 자네를 돕는 건 당연한 일 아닌가. 하지만 호프밀러, 다시 한 번 말하지만 충동적으로 결정하지는 말게! 당장 내일 모레 배를 타도 상관없네. 지금 바로 부장에게 연락해서 자네 이름을 알려주겠네. 하지만 한 번 더 깊이 생각해보는 것이 나을 것 같네. 물론 나는 자네가 아예 부대에 남았으면 좋겠지만…… 모두 내 생각 같을 수는 없겠지. 아무튼 오고 싶으면 언제든지 오게. 하지만 오지 않는다고 해도 우리가 자네를 고소할 일은 없을 거네. 자." 그는 내게 손을 내밀었다. "자네가 어떤 결정을 내리든 자네를 도울 수 있어서 기쁘게 생각하네. 잘 있게."

나는 운명이 내게 보내준 이 사람을 감격스러운 표정으로 바라보았다. 그의 놀랍도록 산뜻한 일처리가 내 큰 짐을 덜어준 것이다. 구차하게 부탁하고 상대의 망설임을 기다릴 필요도, 결정을 내리기까지의 고통과 긴장의 시간을 보낼 필요도 없었다. 이제 내가 할 일은 제대신청서 작성이라는 형식적인 절차만 남아 있었다. 그러고 나면 나는 자유를 되찾고 구원을 받을 수 있었다.

정해진 서식에 따라 규격을 정확하게 맞춘 소위 '관청 용지'는 오스트리아의 민간 및 군 관청에서 절대로 없어서는 안 되는 필수용품이라 할 수 있다. 청원서, 문서, 보고서 등 모든 서류들은 이 깔끔하게 재단된 관청 용지에 작성되어야 했다. 관청 용지의 획일적인 형태는 공적인 서류와 사적인 서류를 한눈에 구분할 수 있게 해주었다. 어쩌면 관청에 쌓여 있는 수십억 장의 관청 용지를 정리함으로써 합스부르크 왕가의 삶과 그 고통스러운 역사를 되돌아볼 수 있는 날이 올지도 모른다. 이들 용지야말로 가장 신뢰할 만한 자료가 되는 셈이다. 하얗고 네모반듯한 관청 용지에 작성되지 않은 보고서는 결코 인정받지 못했다. 내가 가장 먼저 해야 할 일도 문구점에 가서 관청 용지 두 장과 용지 아래에 까는 괘지 한 장 그리고 봉투 한 장을 사는 것이었다. 그런 후 카페에 갈 생각이었다. 빈에서는 심각한 일에서부터 즐거운 일에 이르기까지 모든 일을 카페에서 처리하는 것이 당연하게 여겨졌기 때문이다. 카페에서 20여 분 동안 제대신청서를 작성하면 6시쯤에는 나는 다시 자유로운 사람으로 돌아갈 수 있었다!

나는 그 일을 실행에 옮기던 과정을 세세하게 기억하고 있다. 그것은 지금까지의 내 인생에서 가장 중요한 결정을 내리는 일이었다. 링 거리에 위치한 카페에서 창가 자리의 작고 둥근 대리석 테이블에 앉아 먼저 괘지를 깔고 그 위에 용지를 펼친 후 종이가 매끈하게 접히도록 칼로 긋던 모습까지 생생하게 기억이 난다. 눈앞에 푸른빛이 감도는 검은색 잉크가 선명하게 보이는 것 같고, 힘 있는 필체를 선보이기 위해 첫 글자를 쓰며 손에 힘을 주던 생각도 난다. 내가 군에서 하는 마지막 일이니만큼 더욱 더 정확하게 하고 싶었다. 내용은 양식에 따라 쓸 수밖에 없었기 때문에 우아하고 깔끔한 필체를 통해서라도 마지막 의식이 갖는 엄숙함을 표현하고 싶었다.

그러나 첫 문장을 쓰면서부터 나는 꿈을 꾸듯 생각에 빠져들어 펜을 내려놓았다. 나는 이 제대신청서가 내일 부대 행정실에 도착하면 과연 무슨 일이 벌어질까 생각해 보았다. 먼저 행정실 하사는 어이없는 표정을 지을 것이고 하급병들은 수군거릴 것이다. 사실 소위가 갑자기 제대신청서를 제출하는 일이 흔한 일은 아닐 테니 그들이 놀라는 것도 당연했다. 그런 후 제대신청서는 이 방에서 저 방으로 옮겨 다니며 마침내 연대장에게 전달될 것이다. 나는 그가 코안경을 눈에 바싹 당기며 첫 줄을 읽고는 다혈질답게 주먹으로 책상을 내리치는 모습이 생생하게 눈앞에 그려졌다. 이 무례한 놈은 부하들에게 욕설을 퍼붓고도 다음 날 몇 마디 말로 어제의 폭풍우가 지나갔다는 것을 알려주기만 하면 부하들이 금방 다시 즐거워하며 꼬리를 흔들어대는 것에 익숙해져 있었다. 그러나 이번에는 그도 또 다른 고집불통에게 걸렸다는 것을 깨닫게 될 것이다. 그가 하찮게 생각한 호프밀러 소위는 결코 그의 무례함을 아무렇지 않게 받아들이는 그런 사람이 아니라는 것을 알게 될 것이다. 나중에 호프밀러가 제대한다는 것을 알게 되면, 스물, 아니 마흔 명의 동료들이 깜짝 놀라며 '대단한 녀석이군! 그저 꾹 참고 있는 녀석이 아닐세!'라고 생각할 것이다. 부벤치크 연대장의 입장이 난처해질 수도 있었다. 내가 기억하는 한 이보다 더 명예롭게 부대를 떠난 사람은 아무도 없었다.

나는 이와 같은 상상을 하면서 이상한 자기만족을 느꼈다는 것에 전혀 부끄러운 생각이 들지 않는다. 사람의 행동을 이끌어내는 가장 큰 추진력은 바로 허영심이다. 특히 나약한 사람일수록 겉으로 용기 있고 결단력 있어 보이는 행동을 취해보고 싶은 유혹을 느끼게 마련이다. 나는 처음으로 동료들에게 내가 자존감이 강한 놈임을 보여줄 기회를 가지게 된 것이다! 나는 점점 속도를 내며 활기차게 제대신청서를 써내려갔다. 처음에는 귀찮기만 했던 일이 갑자기 즐거움으로 바뀌기 시작한 것이다.

이제 서명만 남았다. 이것으로 모든 일이 완료되었다. 시계를 보자 6시 30분이었다. 이제 종업원을 불러서 계산을 하자. 그런 다음 마지막으로 제복을 입은 모습으로 링 거리를 산책한 후 야간열차를 타고 돌아가는 거야. 내일 아침에 제대신청서를 제출하고 나면 모든 일이 돌이킬 수 없게 되지. 그러면 새로운 인생이 시작되는 거야!

나는 용지를 세로로 한 번, 가로로 한 번 접은 후 이 숙명적인 서류를 꼼꼼하게 가슴 안주머니에 집어넣었다. 그런데 그때 예기치 않은 일이 발생했다.

내가 자신만만하게, 심지어 즐거운 마음으로(일을 처리하고 나면 언제나 기분이 좋아지게 마련이다) 두툼한 봉투를 가슴 안주머니에 집어넣는 그 찰나의 순간, 나는 주머니 속에서 바스락거리는 저항을 느꼈다. 주머니에 뭐가 있지? 나는 주머니에 손을 넣어봤다. 그 순간 손가락이 움찔거렸다. 마치 내가 기억하기도 전에 손가락이 먼저 기억해낸 것 같았다. 그것은 에디트의 편지였다. 어제 그녀가 보낸 두 통의 편지였던 것이다.

편지에 대한 기억이 떠오르는 순간 어떤 기분이 들었는지에 대해서는 정확하게 말로 묘사하기가 힘들다. 그것은 놀라움이라기보다는 형용할 수 없는 수치심이었던 것 같다. 정신을 몽롱하게 만들었던 안개가 활짝 걷히는 느낌이었다. 그 순간 나는 지난 몇 시간 동안 내가 생각하고 행동한 일이 모두 거짓이었음을 깨달았다. 창피를 당한 것에 대한 분노도 명예롭게 제대한다는 자부심도 모두 거짓이었던 것이다. 내가 갑자기 제대를 신청한다면 그것은 결코 연대장의 질책 때문이 아니었다. (그런 일은 매주 일어나지 않는가!) 나는 케케스팔바네로부터, 나의 사기 행위로부터, 나의 책임감으로부터 도망치는 것이었다. 원치 않는 사랑을 받는 것을 견디지 못하고 도망치는 것이었다. 죽을병에 걸린 사람이 우연히 찾아온 치통 때문에 본래의 고통을 잊는 것처럼 나는 실제로 나를 고통스럽게 만들고 비겁하게 도망치게 하는 게 무엇인지를 잊었던 것(혹은 잊으려 했던 것)이다. 그 대신 훈련장에서 있었던 하찮은 실수를 떠나려는 구실로 삼은 것이다. 그러나 이제는 알아버렸다. 나는 명예를 지키기 위해 영웅처럼 떠나는 것이 아니었다. 나는 그저 비겁하고 비참하게 도망치는 것이었다.

그러나 일단 행해진 일은 언제나 힘을 갖는 법이다. 이미 제대신청서를 쓴 마당에 나는 다시 물러서고 싶지 않았다. 나는 화가 치밀어 올랐다. 빌어먹을! 에디트가 밖에서 기다리며 엉엉 울든 말든 나랑 무슨 상관이람! 그들은 나를 충분히 화나게 했고 충분히 혼란스럽게 만들었어. 낯선 사람이 나를 사랑하든 말든 나랑 무슨 상관이야! 백만장자인데 설마 다른 사람을 못 찾겠어? 못 찾는다 한들 나와 상관없는 일이고. 내가 모든 것을 때려치우고 군복까지 벗는데 이 정도면 충분하잖아! 에디트가 회복되든 말든 나와 상관없다고! 내가 의사도 아니고……

'의사'라는 단어에 생각이 미치는 순간 갑자기 모든 생각이 정지해버렸다. 마치 미친 듯이 회전하던 엔진이 어떤 신호를 받고 순식간에 멈춰서는 것 같았다. '의사'라는 단어를 생각하는 순간 콘도어가 떠올랐던 것이다. 이건 그 사람의 일이야! 나는 곧바로 생각했다. 그는 환자를 치료하고 그 대가로 돈을 받잖아! 게다가 에디트는 그의 환자이지 내 환자가 아니잖아! 그가 모든 일을 벌였으니 그가 수습하라지! 지금 바로 그에게 가서 나는 이 게임에서 빠지겠다고 이야기하는 게 좋겠어.

나는 시계를 봤다. 6시 45분이었다. 내가 탈 급행열차는 10시 이후에나 출발했다. 그 정도면 시간은 충분했다. 그에게 길게 설명할 필요도 없이 나는 이제 그만둔다는 말만 해주면 되는 것이었다. 그런데 콘도어의 집이 어디지? 그가 나에게 말해준 것 같은데…… 내가 잊어버린 건가? 개원한 의사라면 전화번호부에 등록되어 있을 테니까 얼른 공중전화부스에 가서 전화번호부를 찾아보자! 차…… 츠…… 치…… 카…… 코…… 여기 콘도어가 모두 모여 있구나.' 안톤 콘도어, 상인…… 에메리히 콘도어 박사, 의사, 플로리아니 거리 97번지…… 다른 의사는 없으니까 이 사람이 맞을 거야! 전화부스에서 뛰어나오면서 나는 두세 번 주소를 중얼거리며 외웠다. 급히 서두르느라 연필은커녕 아무것도 들고 나오지 않았던 것이다. 나는 지나가는 마차에 올라타면서 마부에게 방금 외운 주소를 급히 불러주었다. 그러고는 마차가 부드럽게 굴러가는 동안 계획을 세우기 시작했다. 간단명료하게 말하는 거야! 절대로 흔들리고 있다는 인상을 줘서는 안 돼. 처음부터 내가 케케스팔바네 때문에 도망간다고 생각하게 해서는 안 돼. 처음부터 떠나기로 되어 있었다고 말하는 거야. 모든 일이 몇 개월 전부터 진행되었는데 오늘에서야 네덜란드에 좋은 자리가 났다는 연락을 받았다고 말하면 되는 거야. 그런데도 불구하고 그가 이런저런 질문을 계속하면 더 이상 아무 말도 하지 않으면 되는 거고. 그 사람도 내게 모든 것을 털어놓지는 않았잖아. 나는 매사에 남을 배려하려는 이 버릇부터 고쳐야 해.

마차가 멈춰 섰다. 마부가 길을 잘못 들었나? 아니면 내가 급한 마음에 주소를 잘못 말해줬나? 콘도어가 이토록 초라한 곳에 산단 말이야? 케케스팔바에게서만도 엄청난 돈을 받을 텐데…… 그 정도의 직위를 가진 의사라면 절대로 이런 집에 살 리가 없잖아…… 여기 사는 게 맞군. 저기 팻말에 '에메리히 콘도어 박사, 2동 3층, 진료 시간: 오후 2시～오후 4시'라고 쓰여 있네. 2시부터 4시까지라. 지금은 거의 7시가 다 됐는데…… 나에게는 시간을 내주겠지. 나는 서둘러 마차를 보내고 포장 상태가 엉망인 마당을 건너갔다. 위층으로 연결된 계단은 초라하기 그지없었다. 계단 여기저기가 꺼져 있었고 벽은 뜯겨지고 낙서로 가득했다. 싸구려 음식 냄새와 변기 냄새가 코를 찔렀고 복도에는 지저분한 가운을 입은 여자들이 수다를 떨고 있었다. 그들은 군복을 입은 채 당황한 표정으로 지나가는 내 모습을 보고 수상하다는 듯한 눈빛을 보냈다.

마침내 3층에 도착했다. 또다시 긴 복도가 눈앞에 펼쳐졌다. 좌우로 문들이 줄지어 있었고 중앙에도 문이 하나 있었다. 주머니에서 성냥을 꺼내 집 호수를 확인하려는 순간 왼쪽 문에서 너저분한 행색의 하녀가 손에 빈 단지를 들고 나왔다. 아마도 저녁식사에 곁들일 맥주를 사러 가는 것 같았다. 나는 하녀에게 콘도어 박사를 아는지 물어보았다.

"네, 여기 사세요." 그녀가 대답했다. "그런데 아직 집에 안 오셨어요. 메이들링으로 외근 나가셨는데 곧 돌아오실 거예요. 저녁식사 전까지는 꼭 돌아오시겠다고 사모님께 약속하셨거든요. 들어와서 기다리세요!"

생각할 틈도 주지 않고 하녀는 나를 안으로 데리고 들어갔다.

"저기에 벗어놓으세요." 하녀는 싸구려 목재로 만들어진 낡은 장롱을 가리켰다. 어두컴컴한 현관에 있는 유일한 가구인 것 같았다. 그런 다음 하녀는 대기실 문을 열었다. 그곳은 그나마 좀더 안락해 보였다. 테이블 주위로 네다섯 개의 의자가 있었고 왼쪽 벽은 책으로 가득 차 있었다.

"저쪽에 앉아서 기다리시면 됩니다." 그녀는 멸시하는 듯한 태도로 의자를 가리키며 말했다. 나는 즉시 알아차렸다. 콘도어는 빈민을 위한 병원을 운영하는 것이었다. 부유한 환자들을 이런 식으로 대접할 리는 없었다. 특이한 사람이군, 특이한 사람이야. 원하기만 한다면 케케스팔바의 진료비만으로도 부유해질 수 있을 텐데!

나는 기다렸다. 평소 병원 대기실에서 기다리는 것과 다를 바가 없었다. 병원 대기실에서는 언제나 자신의 불안한 마음을 숨기기 위해 뭔가에 몰두하는 척하며 낡은 잡지를 뒤적거리고 자리에서 일어났다 앉았다를 반복하며 끊임없이 시간을 확인하고 최면에 걸린 것처럼 진찰실 문을 뚫어져라 쳐다보지 않는가! 모퉁이에 축 늘어져 있는 괘종시계는 7시 12분, 7시 14분, 15분, 16분을 가리켰다. 7시 20분이 되자 나는 더 이상 가만히 앉아 있을 수 없었다. 이미 두 개의 의자를 덥혀놓은 상태였다. 나는 일어나서 창가로 향했다. 마당에서 절뚝거리는 노인이 손수레 바퀴에 기름칠을 하고 있는 것이 보였다. 불이 켜져 있는 부엌에서는 한 여자가 다림질을 하고, 다른 여자는 아이를 씻기고 있었다. 몇 층인지는 정확히 모르겠지만, 바로 위층이거나 아래층 어딘가에서는 누군가가 음계를 연습하고 있었다. 계속해서 똑같은 음계를 연습하고 또 연습했다. 또다시 시계를 확인했다. 7시 25분. 7시 30분. 왜 안 오는 거지? 더 이상은 못 기다리겠어! 아니, 기다리고 싶지 않아! 기다리는 동안 불안감과 초조함은 점점 커져갔다.

마침내 옆방에서 문 닫히는 소리가 들렸다. 나는 안도의 한숨을 내쉬며 곧바로 자세를 바르게 했다. 그 사람 앞에서 편안한 척 행동하면 되는 거야. 나는 다시 한 번 다짐했다. 지나가다가 작별인사나 할까 해서 들렀다고 말하는 거야. 그러면서 지나가듯이 부탁하는 거지. 조만간 케케스팔바네에 들러서 인사를 전해달라고. 만일 그들이 의심하면 내가 네덜란드로 가게 되어서 제대해야 했다고 전해달라고 하면 되는 거야. 빌어먹을! 젠장! 왜 이렇게 안 오는 거야! 옆방에서 의자를 밀치는 소리가 들렸다. 그 바보 같은 하녀가 내가 왔다는 말을 전하지 않은 건가?

하녀에게 내 존재를 상기시키러 막 나가려던 순간 나는 멈칫했다. 옆방에서 나는 발소리는 콘도어의 것이 아니었다. 나는 그의 발소리를 알고 있었다. 그와 함께 거닐던 밤, 나는 그가 짧은 다리로 가쁜 숨을 몰아쉬며 무겁고 둔탁하게 걷는다는 것을 알았다. 그런데 지금 옆방에서 가까워졌다 멀어졌다 하며 들려오는 발소리는 전혀 달랐다. 주춤거리고 불안해하며 발을 끄는 듯한 발소리였다. 내가 낯선 발소리에 왜 그토록 흥분했는지, 왜 온 신경을 집중해서 귀를 기울였는지 모르겠다. 그렇지만 옆방에서도 누군가가 똑같이 불안하고 초조한 마음으로 이쪽을 향해 귀를 기울이고 있는 것이 느껴지는 것 같았다. 갑자기 문 쪽에서 작은 소리가 났다. 마치 누군가가 문고리를 살짝 누르거나 돌리는 듯한 소리였다. 정말로 문고리가 조금씩 움직이고 있었다. 어둠 속에서 가느다란 금속 막대가 움직이는 것이 보였고, 이어서 문이 조금 열리며 그 사이로 검은색 틈이 생겼다. 바람 때문일 거야. 나는 스스로에게 말했다. 도둑이 아닌 정상적인 사람이 그토록 은밀하게 문을 열지는 않았을 것이다. 그러나 검은색 틈은 점점 넓어졌다. 안에서 조심스럽게 문을 밀고 있는 듯했다. 어둠 속에서 서서히 사람의 그림자가 보였다. 나는 뚫어지게 그쪽을 쳐다보았다. 그때였다. 문틈 뒤에서 여인의 목소리가 조심스럽게 묻는 것이었다.

"거기…… 거기 누구 있나요?"

나는 목구멍이 막혀 대답을 하지 못했다. 그렇게 말하고 물어볼 수 있는 것은 오로지 맹인밖에 없다는 것을 금세 알아차린 것이다. 맹인만이 그토록 조용하게 미끄러지듯 걸을 수 있고 그토록 불안한 목소리를 낼 수 있었다. 그 순간 번쩍 한 가지 기억이 떠올랐다. 콘도어가 눈먼 여자와 결혼했다고 케케스팔바가 말하지 않았던가? 그녀가 틀림없었다. 나의 존재를 알아차리지 못한 채 문틈 뒤에 서서 허공에 대고 묻고 있는 저 사람은 콘도어의 아내가 분명했다. 나는 온 신경을 집중해서 어둠 속을 뚫어

겨라 쳐다보며 그녀의 그림자를 찾았다. 마침내 헝클어진 잿빛 머리에 커다란 가운을 입은 체격이 마른 여인이 눈에 들어왔다. 세상에, 저 매력 없고 못생긴 여자가 그의 부인이라니! 보지도 못하는 저 죽은 눈동자로 나를 바라보고 있다는 게 정말 끔찍하구나! 나는 그녀가 귀를 기울이며 머리를 앞으로 내미는 모습에서 그녀가 모든 감각을 이용해서 낯선 사람의 흔적을 찾아내기 위해 노력하고 있음을 느낄 수 있었다. 긴장감 때문에 그녀의 크고 무거운 입은 더욱더 흉측하게 일그러졌다.

나는 순간적으로 아무 말도 하지 못하다가 마침내 일어나서 절을 했다(그렇다. 나는 앞을 보지도 못하는 맹인에게 고개 숙여 절을 한 것이다!). 그런 다음 더듬거리며 말했다.

"저…… 저는 여기서 선생님을 기다리고 있습니다."

그녀는 이제 문을 활짝 열었다. 어두운 방에서 지지대가 필요한 듯 왼손으로는 여전히 문고리를 꾹 움켜잡고 있었다. 그러고는 앞으로 걸어 나왔다. 텅 빈 듯한 두 눈 위로 눈썹이 팽팽하게 당겨지면서 조금 전과는 전혀 다른 차가운 목소리로 내게 호통을 치는 것이었다.

"진찰 시간은 끝났어요. 남편이 귀가하면 식사를 하고 쉬어야 합니다. 내일 다시 오시면 안 되나요?"

말을 하는 동안 그녀의 얼굴은 점점 더 초조해졌다. 점점 자제력을 잃어가고 있다는 것이 느껴졌다. 나는 그녀가 신경이 쇠약한 여자임을 알아차리고 절대로 자극해서는 안 되겠다고 생각했다. 그래서 나는 (어리석게도 또다시 허공에 대고 절을 하며) 작은 목소리로 말했다.

"죄송합니다, 부인. 물론 이 늦은 시간에 선생님께 진료를 받으려는 것은 아닙니다. 저는 그저 소식을 전해드리려는 것뿐입니다. 그의 환자에 관한 일이랍니다."

"환자! 언제나 그놈의 환자지!" 싸늘하던 목소리는 점차 울먹임으로 바뀌었다. "그이는 오늘 새벽 1시 반에 환자에게 불려 나갔고, 아침 7시에 또 나가서 아직까지 감감무소식이에요. 계속 이렇게 하다간 그 사람이 먼저 병이 날 거예요! 하지만 더 이상은 안 돼요! 지금은 진료 시간이 아니라고 분명히 말씀드렸어요! 4시면 문을 닫는다고요! 용건이 있으시면 메모를 남기세요. 급한 일이면 다른 의사를 찾아가시든지요. 이 도시에 병원이 얼마나 많은데…… 모퉁이마다 네 개씩은 있잖아요."

그녀는 손으로 더듬거리며 가까이 다가왔다. 그녀의 분노에 찬 얼굴을 보자 나는 죄책감을 느끼며 뒤로 물러섰다. 부릅뜬 그녀의 눈은 환한 전구처럼 반짝이고 있었다.

"가세요! 가시라고요! 그이도 다른 사람들처럼 먹고 자야 해요! 다들 그 사람에게 매달리지 좀 말란 말이에요! 밤이고 새벽이고 낮이고, 환자, 환자, 환자! 그 사람이 어떻게 모두를 돌볼 수 있겠어요? 그것도 모두 무료로…… 당신네들은 그이가 마음이 약하다는 것을 알고 그이에게 매달리는 거잖아요! 언제나 그이에게만 매달리죠! 아, 모두들 너무 잔인해요! **당신들**의 병, **당신들**의 걱정만 중요하지, 다른 일은 신경도 쓰지 않잖아요! 더 이상은 내가 못 참겠어요! 내가 허락하지 않겠어요! 가세요! 당장 가시라고요! 그이를 내버려두세요! 저녁 한 시간만이라도 그가 쉴 수 있게 해달라고요!"

그녀는 어느새 테이블에 와 있었다. 내가 어디쯤 서 있는지 본능적으로 알아차린 듯 그녀의 눈은 똑바로 나를 향하고 있었다. 그녀의 분노에는 진심에서 우러나오는 고통스러운 절망감이 담겨 있어서 나는 나도 모르게 부끄러운 마음이 들었다.

"물론입니다, 부인." 나는 얼른 사과를 했다. "저도 선생님께서 쉬셔야 한다고 생각합니다. 결코 방해할 생각은 없습니다. 선생님께 말씀만 좀 전해주시겠습니까? 아니면 제가 30분 후쯤 전화를 드려도 되겠습니까?"

"안 돼요!" 그녀의 입에서 절망 어린 외침이 튀어나왔다. "안 돼요! 안 돼! 전화하지 마세요! 하루 종일 전화가 와요. 모두들 그이에게 뭔가를 요구하고 질문하고 불평하고…… 그러면 그이는 밥 한 술 뜨지도 못하고 또 일어나야 해요! 내일 진찰 시간에 다시 오세요. 그렇게 급한 일은 아닐 거 아니에요. 그이도 쉬어야 한다고요! 얼른 가세요! 가시라고요!"

눈먼 여자는 주먹을 쥔 채 더듬거리며 불안한 발걸음으로 나를 향해 걸어왔다. 정말 끔찍했다. 금방이라도 앞으로 내민 그녀의 손이 나의 멱살을 잡을 것만 같았다. 그런데 그 순간 현관문이 열렸다가 삐그덕거리며 닫히는 소리가 들려왔다. 콘도어가 틀림없었다. 그녀는 귀를 기울이더니 몸을 움찔했다. 그녀의 표정이 순식간에 변했다. 그녀는 온몸을 떨기 시작하더니 조금 전까지 주먹을 쥐고 있던 양손을 맞잡으며 애원하듯이 속삭였다.

"제발 그이를 붙잡지 마세요. 그이에게 아무 말도 마세요! 분명히 피곤할 거예요. 오늘 하루 종일 밖에 있었거든요. 제발 그이를 좀 생각해주세요! 당신은 동정심도……"

그 순간 문이 열리더니 콘도어가 방으로 들어왔다.

그는 한눈에 방 안의 상황을 파악한 듯 조금도 당황하는 기색이 없었다. "당신이 소위님 말동무를 해주고 있었구려." 그는 늘 그렇듯이 유쾌한 말투로 말했다. 그의 유쾌한 태도 뒤에는 언제나 극도의 긴장감이 숨어 있다는 것을 나는 이제 알고 있었다. "고맙구려, 클라라."

그러면서 그는 눈먼 아내에게 다가가 그녀의 헝클어진 잿빛 머리를 다정하게 쓰다듬어주었다. 그의 손길이 닿자 그녀의 표정은 금세 변했다. 조금 전까지 불안감으로 일그러져 있던 그녀의 크고 무거운 입은 그의 다정한 손길이 닿자 매끈하게 펴졌고, 그가 가까이 다가온 것을 느끼는 순간 그녀는 새색시 같은 부끄러운 미소를 지으며 그를 향해 돌아섰다. 그녀의 각진 이마가 불빛에 반사되어 화사하게 빛났다. 조금 전의 격렬한 분노가 순식간에 사라지고 그처럼 편안하고 안정된 표정을 지을 수 있다는 것이 놀라울 지경이었다. 그녀는 콘도어가 곁에 있다는 행복감 때문에 나의 존재는 완전히 잊은 듯했다. 그녀의 손은 자석에 끌린 듯 허공을 가르며 그를 향해 움직였고 그의 옷에 닿는 순간 손가락은 이미 그의 팔을 쓰다듬고 있었다. 그녀의 온몸이 그를 원한다는 것을 알았는지 콘도어는 아내 곁으로 바싹 다가섰고, 그녀는 마치 피로에 지친 사람이 휴식을 취하려는 듯 그에게 몸을 기댔다. 콘도어는 그녀의 어깨를 감싸 안고는 나는 쳐다보지도 않은 채 미소를 지으며 다시 한 번 말했다.

"고맙구려, 클라라." 그의 목소리는 그녀를 어루만져주는 것처럼 다정했다.

"미안해요." 그녀가 사과하기 시작했다. "하지만 당신이 먼저 식사를 해야 한다고 저분한테 설명해야 했어요. 당신, 배고플 거 아니에요. 하루 종일 밖에 있었는데…… 그 사이에 당신을 찾는 전화가 열두 통인가 열다섯 통이 왔었어요. 저분한테 내일 다시 오라고 말한 건 미안하지만……"

"여보, 이번에는……" 그는 웃음을 머금으며 그녀의 머리를 쓰다듬어주었다(그의 웃음 때문에 그녀가 상처받지 않도록 하는 행동임을 느낄 수 있었다). "당신이 실수했구려. 호프밀러 소위님은 다행히도 환자가 아니라 친구요. 오래전부터 빈에 오면 한번 방문하겠다고 말했었소. 낮에는 근무를 해야 하기 때문에 저녁밖에 시간이 없거든. 이제 당신에게 중요한 질문을 하나 해야겠소. 소위님께도 식사를 대접할 수 있겠소?"

그녀의 표정에 다시 불안감과 긴장감이 엿보이기 시작했다. 나는 그녀가 놀라는 모습을 보며 하루 종일 떨어져 있었던 남편과 단둘이 있고 싶어 한다는 것을 눈치챘다.

"고맙지만 사양하겠습니다." 나는 얼른 거절했다. "저는 금방 일어나야 합니다. 야간열차를 놓치면 곤란하거든요. 저는 그저 안부나 전하러 들렀습니다. 몇 분만 내주시면 충분합니다."

"밖에는 별일 없나요?" 콘도어가 날카로운 눈빛으로 내 눈을 살피며 물어보았다. 그러더니 무슨 일이 있다는 것을 눈치챈 듯 서둘러 덧붙였다. "소위님, 내 아내는 내가 어떤 상태인지 나보다도 더 잘 안답니다. 나는 지금 정말로 배가 몹시 고프거든요. 뭘 좀 먹고 시가를 한 대 피우기 전까지는 아무것도 못할 것 같습니다. 클라라, 당신만 괜찮다면 소위님은 좀 기다리시게 하고 우리는 가서 식사합시다. 소위님은 책을 좀 읽고 있거나 쉬고 계시면 될 것 같소. 소위님도 오늘 힘든 하루를 보낸 것 같으니 말이오." 그는 다시 나를 향해 말했다. "시가 피울 때 다시 올게요. 가운과 슬리퍼 차림으로 와도 괜찮겠죠? 굳이 옷을 갖춰 입을 필요는 없을 것 같은데."

"저는 정말 10분만 있을 겁니다, 부인. 저도 서둘러서 기차를 타야 한답니다."

내 말에 그녀의 얼굴이 환해지더니 다정한 말투로 내게 말하는 것이었다.

"저희와 함께 식사하지 못하신다니 아쉽네요, 소위님. 다음에 한 번 다시 들러주세요."

그녀는 나에게 손을 내밀었다. 이미 피부색이 바래고 쭈글쭈글했지만 갸름하고 부드러운 손이었다. 나는 정중하게 손에 키스를 했다. 그리고 콘도어가 앞 못 보는 그녀를 조심스럽게 데리고 나가는 것을 진심으로 존경하는 마음으로 지켜보았다. 그녀가 부딪히지 않도록 조심스러워하는 모습에서 마치 깨지기 쉬운 소중한 물건을 다루는 것 같은 느낌을 받았다.

문이 2, 3분 정도 열려 있는 동안 나는 조용하게 미끄러지는 듯한 발소리가 사라져가는 것을 들을 수 있었다. 그리고 곧바로 콘도어가 다시 돌아왔다. 그는 아까와는 다른 얼굴을 하고 있었다. 그가 긴장했을 때 나오는 신중하고 날카로운 표정이었다. 그는 내가 아무런 이유도 없이 불쑥 그를 찾아올 리가 없다는 것을 알고 있는 것 같았다.

"20분 후에 다시 올게요. 그때 이야기합시다. 그때까지 소파에 좀 누워 있거나 안락의자에서 쉬도록 하세요. 당신, 몰골이 엉망이에요. 굉장히 지쳐 보여요. 우리 두 사람은 지금 집중해야 할 때잖아요."

그러고는 얼른 말투를 바꿔서 밖에서 들을 수 있도록 큰 목소리로 말했다.

"클라라, 금방 가요. 소위님 심심하지 않게 책 한 권 갖다드렸소."

콘도어의 숙련된 눈은 내 상태를 정확히 파악했다. 그의 말을 듣고 나서야 비로소 정신없었던 지난밤과 긴장감으로 가득했던 오늘 하루를 보내며 내가 얼마나 지쳐 있는지 깨닫게 되었다. 그의 충고에 따라(나는 이미 그의 의지대로 움직이고 있다는 생각이 들기도 했다) 나는 머리를 편안하게 뒤로 젖히고 손을 팔걸이에 가볍게 기댄 채 진료실 안락의자에 몸을 깊숙이 파묻었다. 내가 초조한 마음으로 기다리는 동안 이미 어스름이 짙어졌는지 높은 유리찬장 안에서 반짝이는 기구들 외에는 아무것도 보이지가 않았다. 내가 누워 있는 안락의자가 있는 구석에는 완전한 밤이 찾아왔다. 나는 무심결에 눈을 감았다. 그러자 눈앞에 눈먼 여인의 모습이 떠올랐다. 콘도어의 손이 그녀를 스치고 그의 팔이 그녀를 감싸 안는 순간 경악하던 그녀의 표정이 갑자기 행복하게 변해가는 모습이 마치 슬라이드 영상처럼 눈앞에 펼쳐졌다. 훌륭한 의사군. 내게도 그런 도움을 줄 수 있으면 좋으련만…… 나는 내가 어렴풋이 누군가를, 눈먼 여인처럼 불안하고 혼란스럽고 두려운 표정을 짓던 누군가를 떠올리려 한다는 것을 느낄 수 있었다. 나를 여기까지 찾아오게 한 어떤 특별한 일을 생각하려 했지만 더 이상 생각이 나지 않았다.

갑자기 내 어깨를 건드리는 손길이 느껴졌다. 콘도어가 발소리를 죽인 채 캄캄한 방 안으로 들어온 건지 아니면 내가 정말로 잠이 들었던 건지 분간할 수가 없었다. 내가 일어서려 하자 그는 부드러우면서도 단호하게 내 어깨를 지그시 눌렀다.

"그냥 있어요. 내가 옆에 앉을게요. 어둠 속에서 이야기하는 것이 더 낫겠어요. 한 가지만 부탁할게요. 제발 조용히 이야기합시다! 아주 조용히! 아시다시피 맹인들의 청각은 놀라울 정도로 발달되어 있고 본능적으로 직감도 아주 예리하답니다. 자, 이제 허심탄회하게 이야기해보세요." 그러면서 그는 최면을 걸듯 내 어깨에서부터 손까지 어루만졌다. "당신을 보자마자 당신에게 무슨 일이 일어났다는 것을 알아차렸답니다."

기이하게도 그 순간 한 가지 기억이 떠올랐다. 사관학교 때의 일이었다. 동료들 중에 소녀처럼 감수성이 여린 금발 머리의 에르빈이라는 친구가 있었다. 나 스스로 인정하지는 않았지만 어쩌면 나는 그에게 사랑의 감정을 느꼈던 것 같기도 하다. 우리는 낮에는 거의 대화를 하지 않거나 일상적인 이야기만 했다. 아마도 우리 자신도 인정할 수 없는 은밀한 감정이 부끄럽게 여겨져서 그랬던 것 같다. 그러나 밤에 침실 불이 꺼지고 나면 우리는 간혹 용기를 내곤 했다. 다른 동료들이 모두 잠든 어둠 속에서 우리는 나란히 놓인 침대 위에서 팔을 괸 채 서로의 생각과 의견을 공유했다. 그러고는 다음 날 아침이 되면 어김없이 서로를 어색해하며 피해 다녔다. 그 친구와 속닥거리며 서로의 생각을 주고받던 그런 어린 시절의 은밀한 행복을 나는 수년 동안 잊고 살았던 것이다. 어둠 속에 몸을 뻗고 누워 있는 그 순간 나는 콘도어 앞에서 감정을 숨기려고 했던 계획을 까맣게 잊어버린 채 의도와는 달리 마음을 완전히 열어버렸다. 사관학교 시절 동료에게 어린 시절의 힘들었던 일들과 야심차고 원대한 꿈을 이야기했던 것처럼 나는 콘도어에게 예기치 못한 에디트의 고백과 내가 느낀 경악, 두려움, 혼란 등의 감정을 고백했다(고백을 한다는 것에 대한 은밀한 즐거움도 느꼈던 것 같다). 콘도어가 고개를 움직일 때마다 희미하게 반짝이는 안경 외에는 아무런 움직임도 없는 정적만이 흐르는 어둠 속에서 나는 모든 것을 솔직하게 털어놓았다.

침묵이 흐르고 이어서 이상한 소리가 났다. 콘도어가 손가락 관절을 꺾으며 내는 소리인 것 같았다.

"바로 그거였군." 그는 무심결에 중얼거렸다. "나는 어리석게도 그것을 간과했군요! 항상 그렇답니다. 병만 보고 환자를 보지 못하는 거죠! 온갖 증상을 찾아내기 위해 이런저런 검사를 하고 여기저기를 살펴보느라고 본질적인 것을 놓치는 겁니다. 그 사람 안에서 일어나고 있는 일을 놓치는 거죠. 사실 그 아이에게서 뭔가가 느껴지기는 했답니다. 내가 검사를 마치고 노인네한테 치료에 다른 사람이 개입했는지 물었던 거 기억나세요? 갑자기 빨리 회복해야겠다는 에디트의 열정적인 의지에 나도 의구심이 들었답니다. 결국 누군가 다른 사람이 개입했다는 내 추측이 맞았군요. 하지만 어리석게도 나는 안마사나 최면술사만을 생각했답니다. 어떤 사술 때문에 에디트가 제정신이 아니라고 여긴 거죠. 가장 단순하고 가장 논리적인 것을 생각하지 못한 겁니다. 너무나 당연한 일인데, 어떻게 그걸 간과했을까요? 그 나이의 소녀라면 사랑에 빠지는 것은 당연한 일이잖아요! 그런데 하필 이 시점에, 그것도 그토록 격렬하게 사랑에 빠지다니! 아, 가엾은 아이 같으니라고!"

그는 몸을 일으켰다. 나는 그가 짧은 다리로 왔다 갔다 하며 한숨 쉬는 것을 들을 수 있었다.

"하필 스위스 요양을 계획하고 있는 이 시점에 이런 일이 벌어지다니! 이제는 하느님이라 해도 이 일을 되돌려놓을 수는 없을 겁니다! 에디트는 자신이 아닌 당신을 위해서 회복해야 한다고 자기암시를 하고 있으니까요. 그러다가 뒤통수를 맞게 되면 정말 끔찍한 일이 벌어질 겁니다. 지금의 에디트는 완전하게 치료되기를 바라기 때문에 조금 호전되는 것으로는 결코 만족하지 못할 겁니다. 아, 우리가 너무나도 끔찍한 책임을 떠안은 것 같군요!"

갑자기 내 안에서 반발심이 솟구치는 것이 느껴졌다. 그가 자꾸 나를 끌어들이는 것에 화가 났다. 나는 이 일에서 벗어나고 싶어서 그를 찾아온 게 아니던가! 그래서 나는 단호하게 그의 말을 잘랐다.

"제 생각도 그렇습니다. 결과는 아무도 예상할 수 없습니다. 그러니까 에디트의 말도 안 되는 광기를 제때에 중단시켜야 합니다! 선생님이 강하게 밀어붙여야 합니다! 에디트에게 말해야……"

"에디트에게 뭐라고 말하라고요?"

"그러니까…… 에디트가 느끼는 사랑이 유치하고 어리석은 거라고요. 에디트를 설득해보세요."

"설득해보라고요? 뭘 설득해요? 한 여자에게 자신이 느끼고 있는 사랑을 포기하라고 설득하라고요? 자신이 느끼는 것을 느끼지 말라고 말해주라고요? 사랑을 하는 사람에게 사랑하지 말라고 하라고요? 그것이야말로 우리가 저지를 수 있는 가장 큰 실수이자 가장 어리석은 일일 겁니다. 논리로 사랑을 꺾었다는 말을 한 번이라도 들어본 적이 있습니까? 열병에게 '열아, 제발 나지 마라!'라고 말할 수 있습니까? 아니면 불에게 '불아, 제발 타지 마라!'라고 말할 수 있습니까? 다리를 쓰지 못하는 환자에게 얼굴에 대고 '감히 너 따위가 사랑을 할 수 있다고 착각을 해! 너 따위가 감정을 표출하고 남에게 감정을 기대하는 것은 뻔뻔한 일이야! 가만히 있기나 해! 불구 주제에…… 얼른 구석에나 처박혀 있어! 포기하란 말이야! 너 자신을 포기해!'라고 소리치라니, 참 멋진 생각이군요! 아주 인간적이에요! 이런 식으로 그 아이에게 말하라는 거죠? 그것이 어떤 결과를 초래할지도 좀 생각해보시죠!"

"하지만 선생님이……"

"왜 나입니까? 분명히 당신이 모든 책임을 떠안겠다고 하지 않았습니까? 그런데 왜 지금에 와서 나한테 이러는 겁니까?"

"어떻게 제가 직접 에디트에게 그런 말을 합니까?"

"그러라는 게 아니잖아요! 그래서도 안 되고요! 에디트를 정신 나가게 만들어놓고는 정신 차리라고 요구하다니! 그건 말도 안 돼죠! 당신은 절대로 그 불쌍한 아이에게 당신이 자신의 사랑을 창피하게 여긴다는 사실을 눈치채게 해서는 안 됩니다! 그것은 도끼로 그 애의 머리를 내리찍는 것과 다를 바 없어요!"

"하지만……" 나는 가까스로 목소리를 가다듬으며 말했다. "누군가는 에디트에게 알아듣도록 설명해야 하잖아요?"

"무엇을 말인가요? 좀더 구체적으로 말씀해보시죠!"

초조한 마음 341

"제 말은…… 가망이 없다고…… 말이 안 된다고요…… 제가……
제가 받아들이지 않았을 때…… 에디트가 이상한 짓을 하지 않도록……"

나는 말문이 막혔다. 콘도어 역시 아무 말도 하지 않았다. 그는 기다리고 있는 것 같았다. 그러더니 갑자기 문 쪽으로 두 발짝을 내딛더니 전등 스위치를 올렸다. 세 개의 전구가 잔인할 정도로 날카롭게 하얀 불빛을 내뿜었고(나는 환한 불빛에 나도 모르게 눈을 감아버렸다) 방 안은 한 순간에 대낮처럼 환해졌다.

"그렇군요!" 콘도어가 격렬한 어조로 운을 뗐다. "소위님, 너무 편안하게 해드리니까 안 되겠군요. 어둠 속에서는 몸을 숨기기 좋죠. 하지만 어떤 일은 서로 눈을 마주치고 이야기할 필요가 있습니다. 자, 이제 쓸데없는 이야기는 그만두도록 하죠, 소위님. 뭔가 이상합니다. 당신은 나에게 그저 편지나 보여주러 온 게 아닙니다. 뭔가를 숨기고 있어요. 당신은 분명히 뭔가를 계획하고 있습니다. 솔직하게 털어놓든지 아니면 그만 가주시죠."

그는 안경 너머로 나를 날카롭게 쏘아보았다. 나는 그의 번쩍이는 눈빛에 겁을 먹고 시선을 아래로 떨구었다.

"아무 말도 못하는 게 그다지 인상적이지는 않군요, 소위님. 뭔가 켕기는 것이 있다는 뜻이죠. 무슨 일인지 대충은 알 것 같군요. 돌려서 말하지 맙시다. 에디트가 보낸 이 편지 때문에, 아니면 두번째 편지 때문에 당신이 말하던 이른바 '우정'을 끝낼 생각인가요?"

그는 기다렸다. 나는 차마 시선을 들지 못했다. 그의 목소리는 점점 대답을 독촉하는 심문관의 목소리로 변해갔다.

"이제 와서 당신이 도망친다면 그것이 무슨 의미인지 아십니까? 당신의 그 대단한 연민으로 인해 그 아이가 정신을 못 차리고 있는 지금 당신이 도망쳐버리면 그것이 어떤 결과를 초래할지는 알고 있냐고요?"

나는 아무 말도 하지 못했다.

"그렇다면 당신의 행동방식에 대한 내 개인적인 소견을 말씀드리도록 하죠. 그렇게 도망가는 것은 비겁하고 형편없는 행동입니다! 아니, 뭘 그렇게 발끈하세요? 누가 군인 아니랄까봐! 지금은 장교나 군인의 명예에 대해서는 생각하지 말도록 합시다! 이번 일에는 그딴 것들보다 더 중요한 일들이 걸려 있으니까요! 젊고 귀중한 목숨이, 그것도 내가 책임지고 있는 한 사람의 목숨이 걸린 일입니다! 이런 상황에서는 나는 예의를 차릴 생각도 없고 그럴 기분도 아닙니다. 아무튼 당신이 도망칠 경우 당신의 양심이 어떤 짐을 짊어지게 될지 착각하는 일이 없도록 미리 분명하게 말씀드리겠습니다! 지금과 같은 중대한 순간에 당신이 도망가는 일은—잘 들으세요!—무고한 아이에게 비열한 범죄를 저지르는 것이고 더 나아가서는 살인행위입니다!"

콘도어는 그 땅딸막한 체구로 마치 권투선수라도 된 것처럼 주먹을 움켜쥔 채 나를 몰아세웠다. 다른 때 같았으면 가운과 슬리퍼 차림으로 날뛰는 모습이 우스워 보였을 수도 있었겠지만 진심으로 분노하는 그의 모습에는 나를 압도하는 무엇인가가 있었다. 그는 또다시 나에게 소리쳤다.

"살인이라고요! 살인! 살인! 그래요, 당신도 알고 있잖아요! 그 예민하고 자존심 강한 아이가 처음으로 남자에게 마음을 고백했는데 그 남자가 저승사자라도 본 것처럼 도망친다면 그 아이가 그것을 **견뎌낼** 수 있을 것 같나요? 상상력 좀 발휘해보시죠! 편지를 안 읽었어요? 아니면 당신 마음은 눈 뜬 장님이에요? 정상적인 건강한 여자라도 그와 같은 모욕은 절대로 견딜 수 없을 겁니다! 건강한 여자라도 그와 같은 충격을 받으면 몇 년 동안은 평정심을 되찾지 못할 겁니다. 하물며 당신이 약속한 말도 안 되는 치료법 하나만을 바라보며 버티고 있는 그 가엾은 아이가 그런 충격을 견뎌낼 수 있겠냐고요! 그 충격으로 인해 파멸되지 않는다면 그 아이는 스스로라도 자멸할 겁니다! 네, 분명히 그럴 겁니다. 절망에 빠진 사람은 그와 같은 모욕을 견디지 못해요! 나는 그 아이가 그와 같은 잔혹한 행위는 견디지 못한다고 확신합니다! 소위님, 당신도 나만큼이나 그 사실을 잘 알고 있지 않습니까! 모든 사실을 알면서도 도망친다면 그것은 단순히 나약하고 비겁한 행동이 아니라 비열하고 계획된 살인행위가 되는 겁니다!"

나는 나도 모르게 점점 더 뒤로 물러섰다. 그가 '살인'이라는 단어를 입 밖에 낸 순간 눈앞에 어떤 영상이 떠올랐던 것이다. 성탑 테라스의 난간과 그 난간을 양손으로 붙들고 있던 에디트의 모습! 그리고 마지막 순간에 내가 그녀를 강제로 끌어내야만 했던 일! 나는 콘도어가 결코 과장하는 게 아님을 알고 있었다. 에디트는 분명히 그 일을 실행에 옮길 것이다. 난간 너머로 몸을 던질 게 틀림없었다. 난간 아래로 네모난 돌들이 보였다. 이 모든 영상들이 지금 일어나는 것처럼, 방금 일어난 것처럼 눈앞에 펼쳐졌고 마치 내가 4, 5층 아래로 떨어지는 것처럼 귓가에서는 바람 소리가 들렸다.

콘도어는 계속해서 나를 몰아세웠다. "어때요? 어디 부인해보시죠! 군인이라면 용기가 있어야 할 것 아니에요! 그 용기 좀 보여달라고요!"

"하지만 선생님, 제가 뭘 어떻게 해야 합니까? 강제로 할 수는 없지 않습니까? 제가 원치 않는 말을 할 수는 없잖습니까! 어떻게 에디트의 말도 안 되는 광기에 동조하는 것처럼 행동하겠습니까!" 나는 결국 자제력을 잃고 소리치기 시작했다. "아니요! 저는 못 참아요! 참을 수 없다고요! 전 그럴 수 없어요! 그러고 싶지도 않고 그럴 수도 없어요!"

내가 너무 크게 소리쳤는지 갑자기 콘도어가 내 팔을 꽉 움켜쥐었다.

"이런, 제발 조용히 좀 하세요!" 그는 전등 스위치 쪽으로 잽싸게 몸을 움직이더니 불을 다시 꺼버렸다. 그러자 책상 위에 놓인 스탠드의 노란 갓 아래로 흘러나오는 엷은 불빛을 제외하고 주위는 다시 캄캄해졌다.

"이런, 빌어먹을! 당신은 정말 환자처럼 대해줘야 하는군요. 자, 우선 편안하게 앉아보세요. 이 의자는 힘든 이야기를 많이 겪었답니다."

그는 의자를 내 옆으로 더 바싹 끌어다 앉았다.

"자, 이제 흥분하지 말고 차분하게 하나씩 천천히 생각해봅시다! 먼저 당신은 '참을 수 없다'고 소리쳤는데, 그 말만으로는 충분히 이해가 가지 않는군요. 당신이 뭘 참을 수 없는지를 알아야겠습니다. 그 가엾은 아이가 당신에게 사랑의 감정을 느낀다는 사실이 어째서 그렇게 끔찍한 겁니까?"

내가 곧바로 대답을 하려 하자, 콘도어는 급히 제동을 걸었다.

"서두르지 마세요! 그리고 무엇보다도 부끄러워하지 마세요! 사실 갑자기 그런 열정적인 고백을 받게 되면 순간적으로 깜짝 놀라는 것은 당연한 일입니다. 머리가 텅 빈 놈들이나 '한 건 올렸다'고 기뻐하고 바보들이나 그런 사실을 자랑스럽게 내세우죠. 제대로 된 사람이라면 한 여인이 자신에게 마음을 빼앗겼는데 자신은 그녀를 사랑할 수 없다면 오히려 당혹감을 느낄 겁니다. 나는 모든 것을 충분히 이해합니다. 그런데 당신은 이상하다 싶을 정도로 지나치게 당혹스러워하는 것 같아서 물어보는 겁니다. 그렇게까지 당혹감을 느끼는 데에는 어떤 특별한 이유가 있나요? 사실, 특수한 상황이긴 하죠……"

"특수한 상황이라니요?"

"그러니까 에디트가…… 이런 걸 말로 표현하기란 참 힘드네요. 내 말은…… 에디트의 신체적 결함이 당신에게 일종의 거부감을 일으키나요? 심리적으로 혐오감을 느끼나요?"

"아니요, 절대로 아니에요." 나는 강력하게 부인했다. 그녀가 무력하고 저항할 힘조차 없다는 점이 바로 내가 그토록 에디트에게 끌렸던 이유가 아니던가! 내가 에디트를 대하면서 간혹 연인에게서나 느낄 수 있는 신비한 감정 비슷한 것을 느꼈다면 그것은 에디트의 고통과 외로움 그리고 그녀의 장애가 내 마음을 흔들어놓았기 때문이다. "아니에요! 절대로 아니에요!" 나는 격분하며 확신에 찬 목소리로 재차 말했다. "어떻게 그런 생각을 하실 수가 있습니까!"

"다행입니다. 그렇다면 조금 안심이 되는군요. 의사의 입장에서는 정상적인 사람들에게서 그와 같은 심리적 압박감을 많이 보게 된답니다. 물론 개인적으로는 여자가 정상 범위에서 조금만 벗어나도 병적으로 혐오감을 느끼는 남자들을 이해하지 못하지만 실제로 그런 남자들은 매우 많답니다. 인간의 신체를 구성하는 수백 개, 수십억 개의 세포 중에 손톱만 한 결함이라도 있으면 성적 매력을 전혀 느끼지 못하는 남자들을 많이 봤습니다. 그리고 모든 본능이 그렇듯이 그와 같은 혐오감은 결코 극복이 되지 않더군요. 그렇기 때문에 당신은 그런 부류의 남자가 아니라는 사실이 정말 다행이라고 여겨지네요. 에디트가 불구라는 사실 때문에 당신이 그토록 끔찍하게 여기는 게 아니라서 정말 다행입니다. 그런데 그렇다면 이유는 하나밖에 없는데…… 솔직하게 말씀드려도 될까요?"

"물론입니다."

"당신이 그토록 소스라치게 놀라는 이유는 그 사실 때문이 아니라 그 사실이 초래할 결과 때문이라는 거죠. 내 말은 그 불쌍한 아이가 당신에게 사랑을 느낀다는 사실이 끔찍한 게 아니라 다른 사람들이 그 사랑에 대해 알게 되면 당신이 놀림감이 될까 봐 두려워한다는 겁니다. 그러니까 내 생각에는 당신이 그토록 지나치게 경악하는 이유는 다른 게 아니라 남들, 즉 동료들 앞에서 웃음거리가 되는 것이 두려운 겁니다."

콘도어가 마치 날카로운 바늘로 내 심장을 찌르는 것 같은 기분이 들었다. 그가 입 밖으로 내뱉은 말은 내가 이미 오래전부터 무의식적으로 느끼고 있었지만 회피하고 있던 생각이었다. 처음부터 나는 동료들이 불구 소녀와 나와의 특별한 관계를 놀림감으로 삼을지도 모른다는 두려움을 가지고 있었다. 악의 없이도 사람을 죽일 수 있는 그들의 오스트리아식 비아냥거림이 무서웠던 것이다. 못생겼거나 촌스러운 여자와 함께 있는 것을 동료들에게 들키기만 해도 어김없이 그들의 사냥감이 된다는 것을 나는 너무나도 잘 알고 있었다. 바로 그러한 이유 때문에 나는 본능적으로 부대와 케케스팔바 성이라는 두 개의 세계를 분명하게 구분하며 생활했던 것이었다. 콘도어의 추측은 정확했다. 실제로 내가 에디트의 사랑에 대해 알게 된 그 순간부터 나는 다른 사람들, 즉 그녀의 아버지, 일로나, 요제프 그리고 동료들을 보기가 부끄러웠다. 심지어는 나를 이 꼴로 만든 내 연민 때문에 내 자신에게조차 부끄러움을 느낄 정도였다.

그때 콘도어의 손이 내 무릎을 쓰다듬는 것이 느껴졌다.

"부끄러워하지 마세요! 자신이 처한 상황이 사람들이 생각하는 일반적인 상황과 다를 경우 그들에게 두려움을 느낄 수 있다는 것은 그 누구보다도 내가 잘 압니다. 내 아내를 보시지 않았습니까! 내가 왜 아내와 결혼했는지 아무도 이해하지 못하더군요. 사람들은 자신들이 생각하는 정상적인 그림에서 벗어나는 일에 대해 처음에는 호기심을 느끼지만 곧 악의적으로 변한답니다. 동료 의사들은 내가 아내의 치료를 망치고 그 두려움 때문에 아내와 결혼한 것이라고 수군거리고 소위 친구라는 작자들은 아내가 돈이 많거나 유산을 물려받을 거라서 내가 아내와 결혼했다는 소문을 퍼뜨리더군요. 어머니는 2년 동안 아내를 며느리로 받아들이려 하지 않았습니다. 어머니는 이미 대학병원에서 명성이 자자한 교수님의 따님을 며느릿감으로 점찍어두고 계셨거든요. 내가 그분 따님과 결혼했다면 한 달도 안 되어 대학 강사가 되었을 것이고 나중에는 교수가 되어 남은 인생을 편안하게 보낼 수 있었을 겁니다. 하지만 당시 나는 지금의 아내를 버리면 그녀가 파멸할 것을 알고 있었습니다. 아내가 유일하게 믿어준 사람이 나였는데 내가 그 믿음을 저버렸다면 아내는 계속 살아갈 수 없었을 것입니다. 솔직히 말해서 나는 내 선택을 한 번도 후회한 적이 없습니다. 사실 의사들은 의사이기 때문에 양심에 한 점의 부끄러움도 없는 경우는 매우 드뭅니다. 자신이 실제로 많은 도움을 주지 못한다는 사실을 알고 있기 때문이죠. 매일매일 끊임없이 생겨나는 불행과 고통을 의사 혼자서 감당할 수가 없거든요. 한없이 넓은 고통의 바다에서 작은 골무로 고작 몇 방울의 고통만을 퍼낼 뿐이고 그나마 오늘 치료했다고 생각한 환자들도 내일이면 또 다른 병으로 고통받는답니다. 의사들은 언제나 자신이 너무 태만하고 소홀했다는 느낌을 받게 되고 때로는 어쩔 수 없는 실수까지 하게 되죠. 그렇기 때문에 적어도 **한** 사람은 구했다는 생각, **한** 사람의 믿음만은 저버리지 않았다는 생각, **한** 가지 일만은 제대로 했다는 생각은 나에게 큰 위안이 된답니다. 자신이 그저 바보처럼 아무렇게나 살아왔는지 아니면 뭔가를 위해 의미 있게 살아왔는지를 아는 것은 중요한 일이니까요." 갑자기 그에게서 따뜻함과 다정함이 느껴졌다. "내 말을 한번 믿어보세요. 다른 사람의 짐을 가볍게 해주는 일이라면 내가 힘든 짐을 짊어지는 것도 가치 있는 일이랍니다."

그의 목소리의 떨림이 나를 감동시켰다. 갑자기 가슴속이 후끈거리기 시작했다. 가슴이 팽창하는 듯한 익숙한 압박감이었다. 그 가엾은 아이가 겪은 절망감과 외로움을 생각하니 가슴속에서 또다시 연민이 이는 것이었다. 잠시 후면 연민이 솟구치기 시작할 것이고 나는 결코 이에 저항하지 못하리라는 것을 알고 있었다. 넘어가면 안 돼! 나는 스스로에게 명령했다. 다시 끌려들어가면 안 돼! 너를 다시 끌어들이게 해서는 안 돼! 나는 결의를 다지며 시선을 들었다.

"선생님, 누구나 자신의 한계를 알고 있는 법입니다. 미리 말씀드리지만 저한테 아무런 기대도 하지 마세요! 이제 에디트를 도울 사람은 제가 아니라 선생님입니다. 저는 이미 의도했던 것보다 훨씬 멀리 왔습니다. 솔직히 말씀드리자면 저는 선생님께서 생각하시는 것만큼 착하지도 자기희생적이지도 않습니다. 저는 지금 한계에 부딪혔습니다. 더 이상 에디트가 저를 숭배하고 떠받드는 것을 아무렇지 않은 척, 좋아하는 척 받아주지 못하겠습니다. 제가 더 이상 못 견디겠습니다! 차라리 나중에 실망하는 것보다는 지금 상황을 이해하는 것이 에디트에게도 더 낫지 않을까요? 다시 한 번 말씀 드리겠습니다. 군인의 명예를 걸고 진심으로 경고하는 것입니다. 제발 저한테 아무런 기대도 하지 마세요! 저를 과대평가하지 마세요!"

내가 너무 단호하게 말했는지 콘도어는 당황하는 듯한 눈빛으로 나를 쳐다봤다.

"이미 어떤 결정을 내린 것처럼 들리는군요."

그는 갑자기 자리에서 벌떡 일어났다.

"이야기를 하려면 숨김없이 전부 털어놓으세요! 이미 돌이킬 수 없는 일을 저지른 겁니까?"

나도 자리에서 일어났다.

"네." 나는 주머니에서 제대신청서를 꺼내면서 대답했다. "여기 있습니다. 직접 읽어보세요."

콘도어는 머뭇거리며 종이를 건네받더니 잠시 불안한 시선으로 나를 쳐다본 후 스탠드 불빛 아래로 걸어갔다. 그는 아무 말 없이 천천히 신청서를 읽어 내려갔다. 그러고는 종이를 다시 반듯하게 접으며 침착하고 사무적인 말투로 말했다.

"방금 전에 말씀드렸으니까 당신도 당신의 행동이 어떤 결과를 초래할지 분명히 알고 계시리라 생각합니다. 당신이 도망치는 것은 타살이든 자살이든 그 아이를 죽음으로 몰아가는 행동임을 우리는 확인했습니다. 이 종이 한 장이 당신에게는 그저 제대신청서에 불과하겠지만 그 가엾은 아이에게는 사형선고임을 분명히 알고 계시겠죠?"

나는 대답하지 않았다.

"소위님, 내가 묻고 있지 않습니까! 다시 한 번 묻겠습니다. 당신의 행동이 초래할 결과에 대해 알고 계십니까? 당신의 양심에 떳떳할 수 있겠습니까?"

나는 계속해서 침묵을 지켰다. 그는 가까이 다가와서 접은 종이를 내게 돌려주었다.

"됐습니다! 나는 이 일에 관여하지 않겠습니다. 자, 가져가세요!"

내 팔은 마비된 듯했다. 나는 팔을 들 힘조차 없었고 그의 날카로운 눈빛을 견뎌낼 만한 용기도 없었다.

"그렇다면 사형선고장을 제출하지 않겠다는 겁니까?"

나는 몸을 돌리며 손을 등 뒤로 숨겼다. 그는 내 뜻을 알아차렸다.

"찢어버려도 되겠습니까?"

"네. 그렇게 해주세요." 나는 대답했다.

그는 다시 책상으로 걸어갔다. 등 뒤에서 종이를 찢는 날카로운 소리가 들렸다. 한 번, 두 번, 세 번. 그러고는 찢어진 종잇조각들이 바스락거리며 휴지통으로 떨어지는 소리가 들려왔다. 이상하게도 나는 마음이 편해졌다. 다시 한 번(이 운명적인 날에 두번째로) 나를 대신해서 결정이 내려진 것이다. 내가 직접 결정을 내릴 필요도 없이 결정이 스스로 내려진 것이다.

콘도어가 다가오더니 나를 살며시 다시 의자에 앉혔다.

"우리가 방금 커다란 불행을 막은 것 같네요. 아주 커다란 불행을 말이에요! 자, 이제 본론으로 넘어갑시다! 그래도 이번 기회에 당신을 어느 정도 알게 되어서 다행이네요. 아니, 부인하지 마세요. 나는 결코 당신을 과대평가하지 않습니다. 당신을 케케스팔바가 칭송하는 '훌륭하고 선한 사람'으로 여기지는 않아요. 당신은 감정기복이 심하고 초조한 마음을 지닌 신뢰하기 힘든 파트너라고 생각합니다. 당신의 어리석은 도주를 막을 수 있어서 다행이라 여기지만 너무나도 급하게 결정을 내리고 이를 금방 번복하는 당신의 방식은 마음에 들지 않습니다. 그토록 기분에 좌우지 되는 사람들에게 중대한 책임을 맡겨서는 안 되는 법입니다. 끈기와 지구력을 요하는 일은 절대로 당신에게 맡길 수 없을 것 같네요.

그러니 잘 들으세요! 나는 당신에게 많은 것을 요구하지 않겠습니다. 그저 최소한의 것, 불가피한 것만 요구하겠습니다. 우리는 에디트에게 새로운 치료, 아니, 에디트가 새로운 것이라고 믿는 치료를 시작하라고 설득하지 않았습니까? 당신을 생각해서 에디트는 치료를 위해 몇 개월 동안 이곳을 떠나 있기로 결심했고요. 8일 후면 에디트는 떠납니다. 이 8일 동안 당신의 도움이 필요합니다. 당신이 부담 갖지 않도록 미리 말씀드리지만 정말 이 8일이면 됩니다! 에디트가 떠나기 전까지 일주일 동안 당신이 매정한 행동이나 갑작스러운 행동을 취하지 않겠다고 약속해주기만 하면 됩니다. 무엇보다 그 가엾은 아이의 사랑이 당신에게는 그토록 당혹스러운 일임을 그 어떤 말이나 행동으로도 보여줘서는 안 됩니다. 당신에게 바라는 것은 여기까지입니다. 이 정도면 대단한 걸 바라는 건 아니잖아요! 다른 사람의 목숨이 달린 일인데 8일 동안만 자신을 자제해달라는 것이 무리한 부탁은 아니잖습니까!"

"그럼 그 이후에는 어떻게 되는 겁니까?"

"우선 그 이후의 일은 생각하지 맙시다. 종양을 제거하는 수술을 할 때에도 '몇 개월 후에 종양이 다시 생기면 어떡하지?'라는 생각을 미리 해서는 안 된답니다. 누군가가 도와달라고 하면 나는 그저 한 가지 일을 할 뿐입니다. 망설이지 않고 손을 쓰는 거죠. 어떤 경우든 그렇게 하는 것이 정답입니다. 그것이 인간이 할 수 있는 최선이기 때문이죠. 그 이외의 것은 모두 운에 맡겨야 합니다. 종교를 가진 사람들은 신에게 맡겨야 한다고 하겠죠. 몇 개월 동안 얼마나 많은 일이 일어날 수 있는데요! 어쩌면 내가 생각했던 것보다 에디트의 상태가 훨씬 더 빨리 호전될 수도 있고 어쩌면 멀리 떨어져 있으면서 에디트의 감정이 식을 수도 있습니다. 내가 모든 가능성을 생각해낼 수 있는 것도 아니고 더더군다나 당신이 그래서도 안 됩니다! 당신은 한 가지 일에만 집중하도록 하세요! 이 중요한 기간 동안 에디트의 사랑이 당신에게…… 당신에게 그토록 끔찍하게 여겨진다는 것을 에디트에게 들키지 않는 일에만 온 신경을 집중하라고요! 자신에게 끊임없이 말하세요. 8일, 7일, 6일이면 내가 한 사람을 구한다! 누군가에게 모욕을 주고 상처를 주는 대신 한 생명을 구할 수 있다! 8일 동안만 남자답게 결단력 있게 행동하는 겁니다. 정말 그 정도도 못합니까?"

"할 수 있습니다!" 나는 즉시 대답했다. 그러고는 단호하게 덧붙였다. "틀림없습니다! 틀림없이 할 수 있습니다!" 내가 해야 할 일이 한시적임을 알게 되자 새로운 힘이 솟았다.

콘도어가 안도의 한숨을 내쉬는 것이 들렸다.

"다행이에요! 이제서야 내가 얼마나 마음을 졸였는지 고백할 수 있겠네요. 내 말을 믿으세요. 자신의 고백이 담긴 편지를 읽은 후 당신이 도망쳤다는 사실을 알게 되었다면 에디트는 절대로 견뎌내지 못했을 겁니다. 그렇기 때문에 앞으로 며칠 동안이 가장 중요한 시기입니다. 다른 모든 것은 나중에 어떻게든 해결되겠죠. 우선 그 가엾은 아이를 잠시나마 행복한 채로 둡시다. 8일간 아무것도 모른 채 행복감에 젖어 있게 해주는 겁니다. 일주일 동안은 그렇게 하실 수 있죠? 보장해주시겠습니까?"

나는 대답 대신에 그에게 손을 내밀었다.

"그렇다면 모든 일이 해결되었군요. 이제 아내에게 건너갈 수 있겠네요."

그러나 그는 일어나지 않았다. 그가 마음속으로 무언가를 망설이고 있는 것이 느껴졌다.

"한 가지 더." 그가 조용히 말했다. "우리 의사들은 예상치 못한 일도 항상 염두에 둬야 한답니다. 모든 가능성에 대비해야 하거든요. 그런 일이야 없겠지만…… 만일 무슨 일이 벌어진다면…… 이를테면 당신이 도저히 못 견디겠다거나 에디트의 의심 때문에 어떤 위기에 봉착하게 될 경우 즉시 나에게 알려줘야 합니다. 이 일주일은 짧지만 위험한 시기입니다. 절대로 돌이킬 수 없는 일이 일어나서는 안 됩니다. 당신이 책임을 다하지 못할 것 같다거나 무의식적으로 에디트에게 마음을 들켜버렸다면 제발 부끄러워하지 말고 나를 찾아오세요. 나는 허구한 날 사람들의 벌거벗은 몸과 상처받은 마음을 보는 사람이니 전혀 부끄러워할 것 없습니다!

밤이든 낮이든 상관 말고 나를 찾아오거나 전화를 하세요. 나는 언제라도 달려갈 준비가 되어 있습니다. 이게 얼마나 중요한 일인지 알고 있지 않습니까! 자, 이제……" 내 옆의 의자가 움직이며 삐걱거리는 소리가 들렸다. 콘도어가 몸을 일으키고 있다는 것을 알 수 있었다. "건너갑시다. 이야기가 좀 길어졌네요. 아내가 불안해하겠어요. 수년이 지났어도 여전히 아내를 불안하게 하지 않기 위해 늘 조심해야 한답니다. 운명에 의해 큰 상처를 입은 사람은 언제라도 쉽게 상처를 받을 수 있거든요."

그는 또다시 전등 스위치로 두 걸음을 내딛었고, 다음 순간 불이 환하게 들어왔다. 그가 나를 향해 돌아섰을 때 그의 얼굴은 아까와는 다르게 보였다. 어쩌면 불빛으로 인해 윤곽이 더 선명하게 보인 것일 수도 있었다. 나는 처음으로 그의 이마에서 깊게 파인 주름살을 발견했고 그의 자세에서 그가 얼마나 피곤하고 지쳐 있는지를 알 수 있었다. 그는 언제나 남을 위해서 자신을 희생하는 사람이구나! 이런 생각과 함께 첫번째 시련이 닥치자마자 도망칠 궁리만 한 내 자신이 한심해 보였다. 나는 감사하는 마음으로 그를 바라보았다.

그는 내 마음을 읽었는지 내게 미소를 지었다.

"다행이네요." 그가 내 어깨를 두들겨주며 말했다. "나를 찾아와준 덕분에 이렇게 허심탄회하게 이야기할 수 있어서 정말 다행이에요. 당신이 아무 생각 없이 그냥 도망쳐버렸다면 어떻게 되었을지 생각해보세요! 당신은 평생 무거운 짐을 짊어지고 살아가야 했을 거예요. 다른 모든 것으로부터는 도망칠 수 있어도 자기 자신으로부터는 도망칠 수 없는 법이거든요. 자, 이제 건너갑시다. 이쪽이에요, 친구."

그 순간 콘도어가 나를 '친구'라고 지칭한 것에 나는 감동을 받았다. 그는 내가 얼마나 나약하고 비겁한 마음을 품었는지 알고 있으면서도 나를 경멸하지 않았던 것이다. '친구'라는 단어 하나로 나이 든 그가 젊은 나에게, 경험이 많은 그가 이제 막 경험을 쌓기 시작하는 인생 초보자인 나에게 다시 확신을 심어준 것이었다. 나는 무거운 짐을 내려놓은 듯 가벼운 마음으로 그의 뒤를 쫓아갔다.

우리는 대기실을 통과했고 콘도어가 다른 방으로 연결된 문을 열었다. 아직 식기가 치워지지 않은 식탁에는 그의 아내가 앉아서 뜨개질을 하고 있었다. 그녀가 실을 뜨는 모습만으로는 눈이 보이지 않는다는 사실을 전혀 짐작할 수 없었다. 그만큼 그녀의 손은 가볍고 안정감 있게 바늘을 다루었고 뜨개실이 담겨 있는 바구니와 가위도 잘 정돈된 상태로 반듯하게 놓여 있었다. 고개를 숙이고 있던 그녀가 우리를 향해 텅 빈 눈동자를 들었을 때 눈동자에 전등 불빛이 반사되는 것이 보이면서 그제서야 그녀의 눈이 무감각하다는 것을 실감할 수 있었다.

"클라라, 우리가 약속을 잘 지키지 않았소?" 콘도어는 다정하게 그녀에게 다가서며 말했다. 그녀를 대할 때면 늘 그렇듯이 그의 목소리에는 부드러운 울림이 있었다. "오래 안 걸렸잖소! 소위님이 찾아와주셔서 내가 얼마나 기쁜 줄 아시오? 당신, 그거 아오? 잠시 자리에 앉아요, 친구. 이 친구가 있는 부대가 바로 케케스팔바네 집 근처라오. 당신도 내 꼬마 환자 기억하지?"

"아, 그 다리를 못 쓰는 그 가엾은 아이요?"

"맞소. 소위님 덕분에 내가 거기까지 가지 않고도 그곳 소식을 종종 들을 수 있다오. 소위님은 거의 매일 그 집에 가서 그 가엾은 아이와 시간을 보내거든."

눈먼 여인은 내가 있다고 짐작되는 방향으로 고개를 돌렸다. 그녀의 날카로운 표정이 갑자기 부드럽게 바뀌어 있었다.

"참 좋은 분이시네요, 소위님! 그 아이에게 얼마나 큰 힘이 될지 짐작이 가네요." 그녀는 나에게 고개를 끄덕여주었고, 테이블 위에 놓인 그녀의 손이 내 손을 향해 다가왔다.

"나에게도 잘된 일이오." 콘도어가 말을 이어갔다. "안 그랬으면 불안해하는 그 아이를 다독여주기 위해 훨씬 자주 나가봐야 했을 텐데. 특히 스위스로 요양을 떠날 때까지 남은 일주일 동안 호프밀러 소위님이 에디트를 잘 보살펴주겠다고 하니 얼마나 안심이 되는지 모르오. 함께 있는 게 항상 유쾌한 일만은 아닐 텐데도 소위님은 그 아이를 정말 훌륭하게 돌봐준다오. 그는 절대로 나를 실망시키지 않을 거요. 내 조수들이나 동료들보다도 더 믿음직스럽소."

콘도어가 또 다른 무력한 여인 앞에서 나의 의무를 강조하면서 내게 강한 책임의식을 심어주려는 의도임을 알아차렸다. 나는 기꺼이 다시 한 번 약속을 했다.

"당연히 저를 믿으셔도 됩니다, 선생님. 마지막 8일 동안 하루도 빠짐없이 찾아갈 겁니다. 아무리 사소한 일이 발생하더라도 곧바로 선생님께 전화로 알려드리겠습니다. 하지만……" 나는 그에게 의미심장한 눈빛을 보냈다. "아무 일도 없을 겁니다. 아무런 문제도 없을 거예요. 그건 어느 정도 자신 있게 말씀드릴 수 있습니다."

"나도 그렇게 생각합니다." 콘도어는 미소를 지으며 내 말에 동조했다. 우리는 서로의 마음을 잘 이해하고 있었다. 그런데 그때 그의 아내의 입가가 조금씩 움찔거리기 시작했다. 무슨 일 때문인지 그녀가 괴로워하고 있는 것 같았다.

"제가 아직 사과도 못 드렸네요, 소위님. 제가 아까 불쾌하게 해드렸죠? 멍청한 하녀가 누가 찾아왔다는 말을 해주지 않아서요. 그래서 저는 누가 방에서 기다리고 있는지 전혀 몰랐답니다. 남편도 당신에 대해서 한 번도 말해준 적이 없고요. 그래서 저는 남편에게 부탁을 하기 위해 찾아온 사람이라고 생각했습니다. 남편은 집에 오면 언제나 극도로 지쳐 있는데 말이죠."

"부인 말씀이 옳습니다. 앞으로는 더욱더 엄격해지셔도 될 것 같습니다. 제가 드릴 말씀은 아니지만 남편분께서는 자신을 너무 희생하십니다."

"전부를요." 그녀는 격하게 내 말을 자르더니 의자를 내 쪽으로 당겨 앉았다. "이 사람은 자신이 가진 전부를 내줍니다. 시간과 정성 그리고 돈까지 몽땅 내주죠. 환자들을 돌보느라 자신은 먹지도 자지도 않아요. 그런데 사람들은 이이의 이런 점을 악용한답니다. 하지만 눈이 먼 나로서는 이이의 짐을 덜어줄 수도 없잖아요. 제가 이 사람 때문에 얼마나 걱정이 많은지 아세요! 저는 하루 종일 생각한답니다. 여태 아무것도 못 먹었을 텐데…… 아마 지금쯤 또다시 열차나 전차를 타고 있겠지. 오늘 밤에도 사람들이 이이를 찾아올 텐데…… 이 사람은 모든 사람들에게 시간을 내주면서도, 정작 자기 자신에게만은 시간을 내지 않는답니다. 그렇다고 누가 고맙게 생각하기나 하는 줄 아세요? 아무도 고마워하지 않아요! 아무도!"

"정말 아무도?" 그는 미소를 지으며 흥분한 아내에게로 몸을 숙였다.

"물론 저는 고마워하죠." 그녀는 얼굴을 붉혔다. "하지만 저는 남편을 위해 아무것도 할 수 있는 게 없잖아요! 그저 불안한 마음으로 당신이 집에 돌아오기를 기다리는 것 외에는 할 수 있는 일이 아무것도 없어요. 아, 소위님이 이이에게 영향력이 있다면 얼마나 좋겠어요! 이 사람은 자신을 제어해줄 사람이 필요하답니다. 혼자서 모든 사람을 도울 수는 없잖

초조한 마음 357

아요……"

"하지만 시도는 해봐야지." 그는 말하면서 나를 쳐다보았다. "그러기 위해 살아가는 거잖소. 오로지 그것을 위해서 말이오." 나는 그의 경고가 마음 깊숙이 스며드는 것을 느꼈다. 그러나 이미 마음을 단단하게 먹었기 때문에 나는 그의 눈빛을 견딜 수 있었다.

나는 몸을 일으키면서 다시 한 번 마음을 굳게 먹으리라 다짐했다. 의자가 움직이는 것을 알아차리자 눈먼 부인은 시선을 들더니 진심으로 섭섭한 말투로 말했다.

"정말 벌써 가셔야 하나요? 아쉽네요! 조만간 다시 들러주실 거죠?" 나는 이상한 마음이 들었다. 어째서 모든 사람들이 나를 이토록 신뢰하는 걸까? 눈먼 부인은 텅 빈 눈을 환하게 반짝이며 나를 쳐다보고 있었고 거의 낯선 사람이나 진배없는 그녀의 남편은 내게 친숙하게 어깨동무를 하고 있었다! 나는 속으로 깜짝 놀랐다. 층계를 내려갈 때에는 이미 내가 한 시간 전에 무슨 마음으로 이곳에 왔는지 기억조차 나지 않을 지경이었다. 나는 왜 도망치려 했지? 심술궂은 상관에게 꾸중을 들어서? 가엾은 불구 여인이 나를 사랑해서? 누군가 나를 의지하고 싶어 해서? 누군가를 도울 수 있다는 것은 얼마나 아름다운 일이던가! 진정 가치 있는 유일한 일 아니던가! 이러한 사실을 깨닫자 나는 어제까지만 해도 견딜 수 없는 희생으로 여겨지던 일을 자발적으로 하기로 결심했다. 내게 크고 열정적인 사랑을 주는 사람에게 감사하는 마음을 가지기로 한 것이다.

8일이면 된다! 콘도어가 내가 해야 할 일에 대해 기한을 정해준 뒤로 나는 다시 자신감을 회복했다. 그러나 고백을 받은 후 처음으로 에디트와 다시 대면하게 될 그 순간을 생각하면 어쩔 수 없이 두려움이 밀려왔다.

그처럼 거침없이 고백을 한 뒤에 아무렇지 않은 척 행동한다는 것은 있을 수 없는 일이었다. 뜨거운 키스를 나눈 후 대면하는 첫 자리에서 그녀가 내게 보내는 첫번째 눈빛에는 '나를 용서했나요?'라는 질문이 담겨 있을 것이 분명했다. 어쩌면 '내 사랑을 받아주고 당신도 나를 사랑해줄 건가요?'라는 그보다 더 위험한 질문이 담겨 있을 수도 있다. 얼굴을 붉히며 첫번째 눈빛을 교환하는 그 시점, 억누르려 하지만 억누를 수 없는 초조함이 감도는 그 시점이야말로 가장 위험하면서도 가장 결정적인 순간이 될 수 있음을 나는 직감했다. 단 한 번의 말실수나 단 한 번의 서투른 몸짓만으로도 절대로 들켜서는 안 될 일이 들통 날 수 있었고, 그렇게 되면 콘도어가 그토록 경고하던 일이, 그녀를 잔인하게 모욕하는 일이 벌어지고 마는 것이었다. 반면에 그녀의 눈빛을 받아낼 수만 있다면 나는 위기를 모면하게 되고 어쩌면 그녀를 영원히 구원하게 될 수도 있었다.

그러나 다음 날 저택에 들어서는 순간, 에디트가 나와 단둘이 만나지 않기 위해 이미 조치를 취해놓았다는 것을 알 수 있었다. 에디트도 나와 똑같은 걱정을 한 것이 분명했다. 이미 현관에서부터 밝게 재잘거리는 여인들의 목소리가 들려왔다. 평소에는 우리들만의 시간을 방해받지 않기 위해 이 시간에 다른 손님을 초대하지 않았다. 그런데 에디트는 우리가 대면하는 첫 순간을 잘 넘기기 위해 이 시간에 다른 사람들을 초대한 것이다.

응접실에 들어서기도 전에 (에디트의 지시를 받았는지 아니면 스스로의 결정에 따른 건지) 일로나가 서둘러 나를 마중 나왔다. 그러고는 나를 지역 유지의 부인과 딸에게 소개해주었다. 그 딸은 빈혈이 있는 듯한 창백하고 주근깨투성이의 얼굴에 건방진 표정을 짓고 있었다. 나는 에디트가 그녀를 싫어한다는 것을 알고 있었다. 첫번째 눈빛 교환은 무사히 넘길 수 있었다. 일로나는 나를 테이블에 앉혔고, 우리는 차를 마시며 수다를 떨었다. 에디트가 부인과 대화를 나누는 동안 나는 새치름한 주근깨투성이 아가씨에게 열심히 말을 걸었다. 이처럼 우연이라 할 수 없는 파트너 배정을 통해 에디트와 나 사이에 흐르는 기류가 차단될 수 있었고, 그 덕분에 나는 그녀를 쳐다보지 않아도 되었다. 물론 에디트가 이따금씩 나를 향해 불안한 시선을 보내는 것이 느껴지기는 했다. 마침내 손님들이 떠날 채비를 하자 눈치 빠른 일로나는 재빠르게 상황을 정리했다.

"잠시 손님들을 배웅하고 올게요. 두 사람은 체스라도 한 판 두고 있어요. 나는 손님들을 배웅하고 나서 여행 준비 때문에 몇 가지 일을 처리해야 해요. 하지만 한 시간 후면 다시 올 수 있을 거예요."

"한 판 둘까요?" 나는 에디트의 눈을 바라보며 태연한 척 물었다.

"좋아요." 다른 세 사람이 문을 나서자 그녀는 시선을 아래로 떨구며 대답했다.

내가 체스판을 펼치고 시간을 벌기 위해 꾸물거리면서 말들을 정리하는 동안에도 에디트의 시선은 계속 아래로 향하고 있었다. 평소에는 흰 말과 검은 말 한 개씩을 손에 쥐고 등 뒤에 숨기는 옛날 체스 규칙으로 누가 공격하고 누가 방어할지를 정했지만 그 방식을 사용하려면 '오른쪽' 혹은 '왼쪽'이라고 상대방에게 말을 해야 했다. 우리는 약속한 듯이 그와 같은 상황을 피했고 나는 아무 말 없이 말들을 체스판에 세웠다. 제발 아무 말도 하지 말자! 온 신경을 체스판의 예순네 칸에만 쏟도록 하자! 말만 쳐다보고 말을 움직이는 상대방의 손가락도 보지 말자! 우리는 마치 주위의 모든 것을 잊은 채 게임에만 몰두하는 체스 선수들처럼 게임에 푹 빠진 듯 체스를 두었다.

그러나 곧 게임 자체에서 우리가 실제로 몰두하지 못하고 있다는 사실이 여실히 드러났다. 세번째 판에서는 에디트가 게임을 완전히 망쳤다. 여러 차례 잘못된 수를 둔 것이다. 에디트의 손가락이 움찔거리는 것을 보고 나는 그녀가 이와 같은 어색한 침묵을 더 이상 견디지 못하리라는 것을 알아차렸다. 결국 게임이 끝나기도 전에 에디트는 체스판을 밀어내 버렸다.

"그만하죠! 담배나 하나 주세요!"

나는 정교하게 세공된 은빛 케이스에서 담배를 꺼내주고는 서둘러 성냥에 불을 붙였다. 불이 피어오르자 나는 어쩔 수 없이 에디트의 눈을 보게 되었다. 에디트의 눈동자는 미동도 하지 않았다. 나를 쳐다보는 것도, 그렇다고 특정한 곳을 바라보는 것도 아니었다. 두 눈동자는 분노 때문에 꼼짝도 않은 채 얼어붙어 있었고, 눈 위의 눈썹은 팽팽하게 당겨진 채 움찔거리고 있었다. 나는 즉시 그녀가 곧 발작한다는 것을 알아차렸다.

"안 돼요!" 나는 진심으로 놀라며 외쳤다. "제발, 안 돼요!"

그러나 에디트는 이미 의자 등받이에 몸을 던졌다. 그녀의 전신에 경련이 일고 손가락이 점점 세게 팔걸이를 움켜잡는 것이 보였다.

"안 돼요! 안 돼!" 나는 애걸하듯이 다시 외쳤다. 그 단어 외에는 아무 말도 생각나지 않았다. 그러나 참았던 울음은 이미 터지고 말았다. 그것은 큰 소리로 격렬하게 흐느끼는 울음이 아니었다. 그보다 더 끔찍했다. 꽉 다문 입에서 아무 소리도 새어나오지 않는, 경련을 일으키는 듯한 울음이었다. 스스로 우는 것을 부끄럽게 여기면서도 이를 억누르지 못하는 그런 울음이었다.

"안 돼요! 제발 부탁이에요. 안 돼요!" 그러면서 나는 에디트를 진정시키기 위해 몸을 숙이며 그녀의 팔 위에 손을 얹었다. 그 순간 마치 감전이라도 된 것처럼 에디트의 어깨부터 웅크리고 있는 몸통까지 심한 경련이 일었다.

그러더니 다음 순간 경련이 뚝 멈췄다. 온몸이 다시 굳어진 채 에디트는 더 이상 미동도 하지 않았다. 마치 그녀의 몸이 이 생소한 접촉이 무엇을 의미하는지, 다정함인지 사랑인지 아니면 단순한 동정심인지를 파악하기 위해 귀를 기울이며 기다리고 있는 것만 같았다. 숨도 쉬지 않고 미동도 하지 않은 채 그저 귀를 기울이며 기다리는 모습은 끔찍했다. 나는 에디트의 울음을 뚝 그치게 만든 내 손을 그녀의 팔에서 떼어낼 엄두가 나지 않았다. 그러면서도 에디트의 몸과 활활 타오르는 살갗이 간절하게 바라는 것처럼(나는 그것을 느낄 수 있었다!) 그녀의 팔을 다정한 손길로 어루만져줄 힘은 내지 못했다. 그저 내 손이 낯선 물건인 양 그 자리에 그대로 두었다. 그러자 그녀의 뜨거운 피가 내 손을 향해 따뜻하게 흘러들어오는 것처럼 느껴졌다.

내 손은 힘없이 에디트의 팔 위에 머물러 있었다. 얼마나 그러고 있었는지는 모르겠다. 방의 공기만큼이나 시간도 멈춰버린 느낌이었다. 그러나 곧 그녀의 근육이 조금씩 꿈틀거리는 것이 느껴졌다. 에디트는 나를 쳐다보지 않은 채 오른손으로 내 손을 서서히 자신의 가슴으로 끌어당겼다. 그러고는 왼손까지 합세해 양손으로 나의 커다랗고 무거운 손을 부드럽게 움켜쥔 채 조심스럽게 애무를 하기 시작했다. 처음에는 호기심 어린 그녀의 가녀린 손가락이 꼼짝없이 붙잡힌 내 손바닥 위를 이리저리 스치듯이 움직이더니 조심스럽게 손목에서부터 손가락 끝까지 쓰다듬으며 올라갔다. 그녀의 손가락은 내 손가락을 안에서 밖으로, 다시 밖에서 안으로 쓰다듬으며 손가락 모양을 따라 움직였고, 단단한 손톱에 이르자 처음에는 깜짝 놀란 듯 멈추더니 다시 손톱을 더듬거리고는 혈관을 따라 다시 손목으로 내려갔다. 그런 식으로 그녀의 손가락은 내 손 위를 부드럽게 오르락내리락거렸다. 그녀의 손가락은 감히 손을 꽉 움켜쥘 엄두조차 내지 못한 채 조심스럽게 내 손을 탐험하고 있었다. 마치 미지근한 물이 손을 적시듯이 에디트는 가벼운 손길로 내 손을 애무했다. 나는 에디트의 손길에서 경외심과 천진난만함, 놀라움과 부끄러움을 동시에 느꼈다. 이 사랑에 빠진 여인은 내가 건네준 손을 쓰다듬으면서 온전한 나를 느끼고 있다는 것을 알 수 있었다. 나와의 접촉을 더 즐기려는 듯 에디트의 머리는 의자에 깊숙이 가라앉았다. 마치 잠을 자듯, 꿈을 꾸듯 그녀는 눈을 감고 입술을 가볍게 벌린 채 누워 있었다. 에디트의 가냘픈 손가락이 끊임없이 내 손을 손목에서부터 손끝까지 쓰다듬으며 행복에 젖어 있는 동안 완전한 휴식에 빠진 듯 그녀의 얼굴은 편안해지고 환하게 빛났다. 에디트의 손길에는 그 어떤 탐욕도 담겨 있지 않았다. 마침내 내 몸의 일부를 잠시나마 소유할 수 있고 무한한 사랑을 보여줄 수 있는 것에 대한 소리 없는 감격과 행복감만이 있었다. 그 이후로 나는 그 어떤 여인과의 포옹에서도, 아무리 열정적인 포옹에서도 이때의 장난스러운 손가락 애무보다 더한 감동을 느껴본 적이 없었다.

얼마나 오랫동안 그러고 있었는지는 잘 모르겠다. 그런 경험은 일반적인 시간 개념으로는 측정할 수 없는 것이다. 에디트의 수줍은 손길에는 나를 마비시키고 매혹시키고 최면에 걸리게 만드는 무언가가 있었다. 그것은 얼마 전의 열정적인 키스보다도 나를 더욱더 흥분시키고 흔들어놓았다. 나는 여전히 손을 빼낼 기력이 없었다. '내 사랑을 허락만 해주세요.' 에디트가 편지에 쓴 글귀가 떠올랐다. 마치 꿈을 꾸듯 나는 살갗부터 신경에까지 느껴지는 그녀의 잔잔한 손길을 즐겼다. 아무런 저항 없이 그녀에게 내 손을 맡기면서도 이처럼 무한한 사랑을 받으면서도 당황스러움과 수줍음, 난처함과 전율 외에는 아무런 감정을 느끼지 못한다는 사실에 무의식적으로 부끄러운 마음이 들었다.

그러면서 경직되어 있는 내 자신이 견딜 수 없어졌다. 그녀의 손길을 견딜 수 없는 것은 아니었다. 에디트의 부드러운 손가락이 수줍은 숨결처럼 따뜻하게 내 손 위를 움직이는 것은 전혀 고통스럽지 않았다. 단지 내 손이 내 것이 아닌 것처럼 죽은 듯이 그곳에 놓여 있다는 사실과 그 손을 쓰다듬고 있는 사람이 내 삶에 속해 있지 않다는 사실이 나를 괴롭혔다. 반쯤 졸고 있는 상태에서 성탑의 종소리가 어렴풋이 들려오는 것처럼 나는 어떤 식으로든 응답을 해야 한다는 것을 희미하게 깨닫고 있었다. 그녀의 손길을 거부하든지 아니면 받아들이고 이에 응해야 했다! 그러나 나는 이러지도 저러지도 못했다. 그럴 여력이 없었다. 나는 이 위험한 게임을 끝내야 한다는 생각으로 조심스럽게 근육을 움직이기 시작했다. 에디트가 눈치채지 못하기를 바라며 천천히, 천천히, 아주 천천히 손을 빼내기 시작했다. 그러나 예민한 그녀는 내가 손을 빼내고 있다는 사실을 나보다도 먼저 알아차리고는 깜짝 놀란 듯 내 손을 단번에 놓아주었다. 에디트의 손가락은 시들어버린 것처럼 내 손에서 떨어져나갔고, 그 순간 살갗에서 느껴지던 잔잔한 열기도 함께 사라졌다. 나는 당혹감을 숨기며 내버려진 손을 추슬렀다. 에디트의 얼굴은 다시 어두워졌고 입가도 어린아이처럼 뾰로통해지면서 다시 움찔거리기 시작했다.

"안 돼요! 안 돼요!" 나는 그녀에게 속삭였다. 다른 말은 일절 생각나지 않았다.

"일로나가 곧 올 거예요." 내가 힘없이 던진 말을 듣고 에디트가 더욱더 격렬하게 몸을 떠는 것을 보자 나는 또다시 연민이 일었다. 나는 그녀를 향해 몸을 숙이며 이마에 살며시 키스를 해주었다.

그러나 에디트의 잿빛 눈동자는 자신을 방어하듯이 차갑게 나를 쳐다보았다. 마치 내 머릿속을 들여다보며 생각을 읽고 있는 것 같았다. 나는 에디트의 예리한 감각을 속이지 못한 것이다. 자신에게서 손을 빼내는 것을 눈치챈 그녀는 나의 황급한 키스 역시 진정한 사랑이 아니라 단순히 당혹감과 동정심에서 비롯된 것임을 알아차렸다.

남은 며칠 동안 나는 계속해서 같은 실수를 저질렀다. 그것은 돌이킬 수 없는 실수, 용서받지 못할 실수였다. 아무리 노력해도 나는 내 마음을 거짓으로 꾸며낼 최소한의 인내심을 발휘하지 못한 것이다. 나는 에디트에게 그녀의 사랑이 나에게 부담이 된다는 사실을 어떤 말이나 눈빛, 몸짓으로도 들키지 않으려고 노력했지만 소용이 없었다. 나는 계속해서 콘도어의 경고를 떠올리며 상처받기 쉬운 이 아이에게 상처를 입히는 것이 얼마나 위험한 일이며 그에 대해서 내가 어떤 책임을 져야 하는지를 끊임없이 되새겼다. 에디트가 너를 사랑하도록 내버려둬! 나는 스스로에게 다짐시켰다. 에디트의 자존심을 지켜주기 위해 8일 동안만 마음을 숨기는 거야! 네가 그녀를 속이고 있다는 것을, 그것도 이중으로 속이고 있다는 것을 눈치채게 해서는 안 돼! 에디트의 앞에서는 곧 회복될 거라고 장담하면서 속으로는 두려움과 수치심에 부들부들 떨고 있다는 것은 이중으로 그녀를 속이는 거 아니겠어! 아무렇지 않은 척 행동해! 아무렇지 않은 척! 나는 계속해서 나 자신에게 되뇌었다. 목소리에는 진심이 깃들게 하고 손에는 다정함과 애정을 담는 거야!

그러나 이미 한 남자에게 마음을 고백한 여자와 그 남자 사이에는 뜨거우면서도 비밀스럽고도 위험한 공기가 흐르게 마련이다. 사랑을 하는 사람은 언제나 자신이 사랑하는 사람이 진정 행복한지를 알 수 있는 신비한 능력을 가지게 된다. 게다가 사랑이라는 것은 그 은밀한 본성에 따라 언제나 무한한 것을 원하기 때문에 적당한 것을 견디지 못하는 법이다. 상대가 망설이거나 주춤할 때마다 그의 거부감을 느끼게 되고 상대가 자신을 완전하게 내어주지 못하는 것을 보며 자신을 방어한다는 것을 알게 된다. 아마도 당시 나는 당황스럽고 혼란스러운 태도를 보이고 솔직하지 못하고 서투른 말을 내뱉었던 모양이다. 내가 아무리 노력해도 그녀의 조심스러운 기다림은 충족되지 않았던 것이다. 나는 에디트를 확신시키는 데 실패했다. 그녀의 의심은 점점 깊어졌고, 내가 자신이 원하는 단 하나의 것, 즉 내 사랑을 주지 않는다는 것을 알아차렸다. 에디트는 간혹 대화 중에(그것도 꼭 내가 그녀의 신뢰를 얻기 위해 열심히 노력하는 그 순간에) 잿빛 눈을 들어 날카롭게 나를 쳐다보곤 했다. 그럴 때마다 나는 시선을 아래로 떨굴 수밖에 없었다. 마치 에디트가 내 마음 깊숙한 곳을 탐색하기 위해 탐사기를 내려 보낸 것처럼 느껴졌기 때문이었다.

우리는 사흘을 그렇게 보냈다. 나에게나 에디트에게나 모두 고통스러운 시간이었다. 나는 그녀의 눈빛에서, 그녀의 침묵 속에서 끊임없이 갈망 어린 기다림을 느낄 수 있었다. 그러더니 어느 순간부터(나흘째부터였던 것 같다) 나로서는 이해할 수 없는 이상한 적개심이 느껴지기 시작했다. 나는 평소처럼 이른 오후에 꽃다발을 들고 에디트를 찾아갔다. 에디트는 나를 제대로 쳐다보지도 않은 채 꽃을 받더니 관심 없다는 듯 옆에 아무렇게나 내려놓았다. 그런 무관심한 태도를 통해 내게 선물 공세로 상황을 모면할 생각은 하지도 말라는 경고를 보내는 것이었다. 에디트는 멸시하는 듯한 말투로 "뭐 하러 이렇게 아름다운 꽃은 가져오셨어요?"라고 한마디 내뱉을 뿐 또다시 적개심이 가득한 침묵 뒤로 몸을 숨겼다. 나는 편안하게 대화를 하려고 노력했지만 에디트는 기껏해야 "네", "그렇군요", "이상하네요"라고 짤막하게 대답하면서 내 이야기에 전혀 관심이 없다는 것을 노골적으로 드러냈다. 책을 펼쳐 들고 몇 장 넘기다가 다시 내려놓기도 하고, 주위 물건들을 만지작거리기도 하고, 한두 번은 보란 듯이 크게 하품을 하기도 하고, 내가 말하고 있는 도중에 하인을 불러서 친칠라 모피를 챙겼느냐고 묻기도 했다. 하인이 챙겼다고 대답하자 그제서야 그녀는 다시 내게 몸을 돌리더니 차갑게 "계속 말씀하세요"라고 말했다. 그 말 속에 "당신이 무슨 말을 하던 간에 나는 관심이 없답니다"라는 뜻이 담겨 있다는 것을 여실히 보여주면서 말이다.

나는 점점 힘이 빠지는 것을 느꼈다. 혼자서 떠들어야만 하는 이 절망적인 상황으로부터 나를 구해줄 그 누군가가(일로나든 케케스팔바든 상관없었다) 나타나기만을 바라는 간절한 마음으로 나는 계속해서 문을 쳐다보았다. 그런데 에디트는 나의 이런 시선도 놓치지 않았다. 에디트는 조소를 숨기며 마치 모든 것을 이해한다는 듯이 물었다. "찾으시는 게 있으세요? 뭐 필요한 거 있으세요?" 부끄럽게도 나는 그저 멍청하게 "아니에요. 아무것도 아닙니다"라는 말밖에 하지 못했다. 어쩌면 그녀가 거는 싸움을 받아들이고 "나한테 뭘 원하세요? 나를 괴롭히는 이유가 뭡니까? 내가 가기를 원한다면 가드릴게요!"라고 소리치는 것이 더 현명한 처신이 아니었을까 하는 생각도 든다. 그러나 나는 콘도어에게 매정한 말이나 도전적인 행동을 하지 않겠다고 약속하지 않았던가! 악의적인 침묵의 짐을 단번에 내팽개치는 대신 나는 어리석게도 정적이 흐르는 뜨거운 모래밭 위를 걸어가듯 힘겹게 대화를 끌고 나갔다. 두 시간이 지나서야 케케스팔바가 나타나서는 평소보다 더 당혹스러운 표정으로 "이제 식사할까요?"라고 물었다.

우리는 식탁에 자리했고 에디트와 나는 서로 마주보고 앉았다. 에디트는 단 한 번도 시선을 들지 않았고 누구와도 말을 하지 않았다. 우리 세 사람은 그녀가 침묵으로써 우리를 공격하고 모욕하려 한다는 것을 느낄 수 있었다. 나는 억지로라도 분위기를 띄우기 위해 노력했다. 우리 연대장이 6월과 7월만 되면 마치 주기적 폭음증 환자처럼 '훈련병'에 걸려 대규모 훈련이 다가올수록 점점 더 흥분하고 졸렬해진다는 이야기를 꺼냈다. 나는 옷깃이 목을 점점 조여오는 것 같다고 느끼면서도 이야기를 살리기 위해 쓸데없는 말까지 덧붙이며 살을 붙였다. 그러나 다른 두 사람만이 웃음을 터뜨렸고 이들 또한 에디트의 어색한 침묵을 무마하기 위해 억지로 웃어주는 것 같았다. 에디트는 이미 세번째로 커다랗게 하품을 하고 있었다. 계속 이야기를 하자! 나는 스스로에게 용기를 불어넣으며 연대장 때문에 병사들이 정신없이 바쁘게 지낸다는 이야기를 이어나갔다. 어제 기병 두 사람이 열사병에 걸려 낙마를 했는데도 불구하고 연대장은 우리를 매일매일 정신없이 몰아댄다고, 연대장은 단순한 훈련도 스무 번, 서른 번 반복하게 해서 이제는 훈련이 언제 끝날지 아무도 예측할 수 없다고, 오늘은 가까스로 제시간에 나올 수 있었지만 내일도 시간에 맞춰서 올 수 있을지는 하느님과 요즘 자신이 지구에서 하느님을 대리하고 있다고 믿는 연대장만이 알고 있다고 이야기했다.

그것은 누구에게도 상처 줄 생각 없이 순수한 마음으로 한 이야기였다. 나는 편안하고 가벼운 말투로 에디트는 쳐다보지도 않은 채(뚫어져라 허공만을 바라보는 그녀의 눈빛을 더 이상 견딜 수 없었다!) 케케스팔바를 보며 이야기했다. 그런데 갑자기 쨍그랑거리는 소리가 나는 것이었다. 에디트가 식사 내내 만지작거리던 나이프를 접시에 집어던지더니 깜짝 놀라는 우리를 향해 날카롭게 쏘아붙였다.

"여기 오는 것이 그렇게 문제가 된다면 그냥 부대에 있거나 카페에 가세요! 우리가 이해해드릴게요."

누군가가 창밖에서 총이라도 쏜 것처럼 우리는 숨죽인 채 그녀를 쳐다볼 뿐이었다.

"에디트, 그러면······" 케케스팔바가 입이 마른 듯 불분명한 발음으로 말을 시작했다.

그러나 에디트는 다시 의자에 몸을 기대며 빈정거리는 것이었다. "저렇게 힘들어하는데 동정심을 베풀어야죠! 소위님도 하루 정도는 우리에게 휴가를 받을 수 있잖아요! 나는 기꺼이 하루 휴가를 내드리겠어요."

케케스팔바와 일로나는 서로 당황한 눈빛을 교환했다. 두 사람은 에디트가 오랫동안 쌓아두었던 감정을 아무 의미 없이 내게 터뜨리고 있다는 것을 알아차렸다. 나를 쳐다보는 그들의 불안한 눈빛에서 나는 그들이 내가 에디트의 무례한 태도에 거칠게 대응할까봐 걱정한다는 것을 알았다. 그래서 나는 더욱더 마음을 가다듬었다.

"사실 당신 말이 맞아요, 에디트." 나는 거칠게 뛰는 심장박동을 느끼며 최대한 다정하게 말하려 노력했다. "내가 몸이 지친 상태로 이곳에 오면 별로 좋은 말상대가 되어주지는 못할 거예요. 오늘만 해도 내가 하루 종일 당신을 지루하게 한 것 같네요. 하지만 남은 며칠만이라도 피곤에 찌든 나를 좀 받아주세요. 내가 이 집에 올 수 있는 날도 얼마 안 남았잖아요? 얼마 안 있으면 집이 텅 비고 당신들은 모두 떠나고 없을 텐데······ 이제 함께할 시간이 나흘밖에 없다는 게 상상이 안 갑니다. 나흘, 아니, 이제는 사흘 반밖에 남지 않았네요."

그때 에디트 쪽에서 천이 쫙 찢어지는 것 같은 날카로운 웃음소리가 터져나왔다.

"하하하! 사흘 반이라! 하하! 우리가 언제 사라질지 반나절까지 정확하게 계산했네요! 아마 달력까지 구입해서 출발 날짜를 빨간색으로 표시해뒀을 걸요? 하지만 주의하세요! 언제나 착오는 있을 수 있으니까. 하하! 사흘 반이라…… 사흘하고도 반나절이라, 반나절……"

에디트는 우리에게 차가운 눈빛을 보내며 점점 격렬하게 웃었다. 웃고 있는 그녀의 몸이 떨렸다. 그러나 그 떨림은 진정한 유쾌함이 아닌 지독한 열병과도 같은 격정적인 감정에서 비롯된 떨림이었다. 할 수만 있었다면 에디트가 벌떡 일어났으리라는 것을 짐작할 수 있었다. 사실 그토록 흥분한 상태에서는 벌떡 일어나는 것이 가장 자연스럽고 정상적인 행동이었을 것이다. 그러나 에디트는 움직이지 않는 다리 때문에 의자를 벗어날 수 없었다. 이처럼 강제적으로 묶여 있는 그녀가 쏟아내는 분노에는 우리에 갇힌 짐승의 포악함과 무력함이 고스란히 담겨 있었다.

"잠깐만 기다려. 요제프를 데려올게." 수년 동안 에디트의 모든 움직임을 읽는 데 익숙해진 일로나가 창백한 얼굴로 그녀에게 속삭였고, 에디트의 아버지도 불안한 표정으로 그녀에게 다가갔다. 그러나 불안해할 일은 일어나지 않았다. 하인이 들어서자마자 에디트는 작별인사나 사과의 말도 없이 하인과 아버지의 손에 이끌려 조용히 밖으로 나갔다. 우리가 당혹해하는 모습에서 에디트는 자신이 얼마나 큰 분란을 일으켰는지 인식한 듯했다.

나는 일로나와 단둘이 남았다. 마치 비행기가 추락한 후 그 충격 때문에 무슨 일이 벌어졌는지도 모른 채 비틀거리며 일어나는 사람처럼 느껴졌다.

"이해하세요." 일로나가 서둘러 내게 속삭였다. "에디트는 요새 한숨도 못 잔답니다. 여행을 간다는 생각으로 흥분한 데다가…… 당신은 모르시겠지만……"

"아니에요, 일로나. 나도 안답니다. 나도 다 알아요. 그러니까 내일 다시 올게요."

'버텨야 해! 견뎌내야 해!' 조금 전의 사건을 겪은 후 흥분한 채 부대로 돌아가면서 나는 스스로에게 다짐했다. 어떻게든 버텨야 해! 콘도어에게 약속했잖아! 네 명예가 걸린 일이야! 에디트가 신경질을 내고 기분을 상하게 해도 절대로 흔들려서는 안 돼! 그녀가 보인 적개심은 너를 사랑하면서도 너의 냉정함 때문에 상처받은 사람이 느끼는 절망감임을 잊어서는 안 돼! 마지막 순간까지 마음을 굳게 먹어야 돼! 사흘 반, 아니, 사흘만 지나면 시험을 통과하는 거야! 그러고 나면 수 주 동안, 수개월 동안 마음 편히 쉴 수 있어! 그러니 조금만 더 참자! 마지막 며칠만 견디면 돼! 이제 사흘 반, 아니, 사흘만 견디면 돼!

콘도어의 말이 맞았다. 우리는 예측할 수 없는 것, 상상할 수 없는 것에는 두려움을 느끼지만 한정된 것, 구체적인 것에는 자신의 역량을 시험해보고 싶은 마음을 갖게 된다. 나는 사흘이라면 견딜 수 있겠다는 생각이 들었고 그러한 생각은 자신감을 불러일으켰다. 다음 날 아침 나는 훈련을 훌륭하게 마쳤다. 평소보다 한 시간이나 일찍 훈련장에 모여서 땀이 줄줄 흐를 때까지 정신없이 훈련을 받은 것을 감안하면 상당히 의미 있는 일이었다. 심지어 여전히 화가 안 풀린 것 같던 연대장조차도 "그렇지! 잘했어!"라고 칭찬을 해줄 정도였다. 이번에 연대장의 호통을 듣게 된 것은 슈타인휘벨 백작이었다. 말이라면 자다가도 벌떡 일어날 정도로 좋아하는 슈타인휘벨은 엊그제 새로운 말을 구입했다. 다리가 길고 털이 붉은 어린 순종으로 아직 완전히 길들이지 않은 말이었다. 그런데 슈타인휘벨은 자신의 승마 기술만 믿고 사전에 철저하게 말을 시험해보지 않았던 것이다. 훈련에 대해 논의를 하고 있는 도중에 새의 그림자를 보고 놀란 말은 미친 듯이 위로 솟구치는가 하면 공격 훈련을 할 때는 놀라서 그대로 달아나버리기도 했다. 슈타인휘벨이 훌륭한 기수가 아니었다면 전 부대원 앞에서 물구나무 자세로 고꾸라지는 진풍경을 연출했을 것이다. 곡예와도 같은 싸움 끝에 그는 가까스로 날뛰는 말을 통제할 수 있었지만, 연대장으로부터는 결코 좋은 소리를 듣지 못했다. 연대장은 훈련장에서 서커스를 하는 꼴은 용납할 수 없다며 화를 냈고, 백작께서 말을 다룰 줄 모르면 사전에 말을 승마학교에서 길들여놓기라도 해야 부하들 앞에서 그와 같은 험한 꼴을 당하지 않을 것이라며 핀잔을 주었다.

연대장의 심술궂은 빈정거림에 슈타인휘벨은 기분이 크게 상했다. 막사로 돌아오는 내내 그리고 식당에서까지 그는 자신이 얼마나 부당한 대우를 받았는지 계속해서 떠들어댔다. 말이 에너지가 넘쳐서 그렇지 잘 길들이기만 하면 멋진 말이 될 거라며 다들 지켜보라고 큰소리쳤다. 그러나 그가 흥분하면 할수록 동료들은 그를 더욱더 놀릴 뿐이었다. 그가 속아서 말을 산 것이라고 동료들이 놀려대자 슈타인휘벨은 격분했다. 이들의 말싸움이 점점 격렬해지고 있을 때 갑자기 내 등 뒤로 당직병이 다가섰다. "전화 왔습니다, 소위님."

나는 불길한 예감을 느끼며 벌떡 일어났다. 지난 몇 주간 전화나 전보, 편지를 받을 때마다 신경이 곤두서고 당황스러운 일만 벌어졌던 것이다. 이번에는 또 무슨 일이지? 오늘 오후에 오지 말라고 한 것을 후회하나 보군. 에디트가 후회한다면 모든 일이 잘 풀릴 텐데. 나는 전화부스 안으로 들어가서 근무 영역과 다른 영역 사이를 완전히 차단하려는 듯 두툼한 문을 꽉 닫았다. 전화를 건 것은 일로나였다.

"아무래도 말씀드려야 할 것 같아서요." 일로나의 목소리는 당황한 것처럼 들렸다. "오늘 안 오시는 게 좋겠어요. 에디트가 몸이 별로 안 좋아서요……"

"심각한 건 아니죠?" 나는 다급하게 물었다.

"아니에요, 아니에요. 그저 오늘은 좀 쉬는 게 좋을 것 같아서요. 그리고……" 그녀는 이상할 정도로 오래 머뭇거리더니 어렵게 말을 이어갔다. "그리고…… 이제는 하루 정도는 별로 중요하지 않아요. 아무래도…… 아무래도 여행을 뒤로 미루어야 할 것 같거든요."

"미룬다고요?" 내 목소리에서 불안감이 느껴졌는지 일로나는 서둘러 말을 이어갔다.

"네. 하지만 며칠만 미루면 되지 않을까 싶어요. 그 일에 대해서는 내일이나 모레 이야기하죠. 그전에 다시 전화 드리든지 할게요. 먼저 이 소식을 전해드려야 할 것 같아서 연락드린 거예요. 아무튼 오늘은 안 오시는 게 좋을 것 같아요. 그러면, 안녕히 계세요."

"하지만……" 나는 수화기에 대고 더듬거렸지만 아무런 대답도 없었다. 몇 초간 더 귀를 기울여봐도 여전히 대답은 없었다. 그녀가 전화를 끊은 것이다. 이상하다. 왜 그렇게 급하게 끊어버렸지? 마치 더 자세히 물어볼까봐 두려운 것처럼 황급히 끊는 것 같았어. 무슨 의미지? 그리고 여행을 미룬다니? 여행 날짜를 정해놓았는데 어째서 여행을 미루는 거지? 콘도어는 8일만 참으라고 했잖아. 나는 8일이라고 생각하고 거기에 모든 것을 맞춰놓았는데. 이건 말도 안 돼! 말도 안 돼! 에디트의 변덕을 더 이상은 못 견디겠어! 나의 인내심에도 한계가 있단 말이야! 나도 언젠가는 마음 편히 쉬어야 하잖아!

전화부스가 원래 이렇게 더운 곳이었던가? 숨이 막혀 죽을 것 같다는 생각이 들자 나는 문을 박차고 나가 다시 내 자리에 가서 앉았다. 아무도 내가 자리를 비웠던 것을 눈치채지 못한 것 같았다. 동료들은 여전히 슈타인휘벨을 놀려대며 그와 언쟁을 벌이고 있었다. 텅 빈 내 의자 옆에는

초조한 마음 373

고기가 가득 담긴 접시를 든 당직병이 끈질기게 나를 기다리며 서 있었다. 나는 그를 빨리 보내기 위해 고기 두세 점을 접시에 덜어놓았지만 포크나 나이프를 손에 들지도 못했다. 관자놀이 사이가 쿵쿵거리며 쑤시기 시작한 것이다. 마치 망치로 '미룬다! 여행을 미룬다!'라는 말을 뼛속에 무자비하게 새기는 것처럼 격렬한 통증이 느껴졌다. 무슨 이유가 있으니까 미루는 거겠지. 분명히 무슨 일이 벌어진 거야! 정말 심각하게 병이 난 걸까? 내가 그녀를 모욕한 걸까? 갑자기 떠나지 않겠다는 이유가 뭐지? 콘도어는 8일만 견디면 된다고 내게 약속했잖아! 그리고 이미 5일을 버텨냈는데…… 하지만 더 이상은 못해! 나는 더 이상은 못한다고!

"토니, 왜 그러나? 고기구이가 입에 잘 안 맞는 모양이군. 자네가 고상한 것에만 익숙해져서 그렇다네. 여기서는 자네 입맛에 맞는 걸 찾지 못할 걸세."

언제나 순박한 웃음을 띠며 빈정거리는 페렌츠 놈은 이번에도 마치 내가 남의 환심을 사기 위해 아첨이나 하고 다닌다는 식으로 비꼬는 것이었다.

"빌어먹을, 바보 같은 농담 집어치우고 날 가만히 좀 내버려두게!" 그동안 쌓여 있던 분노가 목소리에 실렸던지 다른 쪽 테이블에 앉아 있던 사람들이 놀란 눈으로 우리쪽을 쳐다보았다. 페렌츠는 포크와 나이프를 내려놓았다.

"토니, 자네……" 그는 위협적인 목소리로 말했다. "그런 말투는 용납하지 않겠네. 밥 먹으면서 농담 정도는 해도 되는 것 아닌가? 다른 곳 음식이 자네 입맛에 더 잘 맞는다면 그건 자네 말대로 내가 상관할 바 아니네. 하지만 자네가 우리 테이블에 앉아 있는 이상 자네가 점심식사에 손도 대지 않는 것에 대해서 한마디 정도는 할 수 있는 것 아닌가?"

주위에서 흥미롭다는 듯이 우리 두 사람을 쳐다보았다. 접시 위에서 포크와 나이프가 달그락거리는 소리가 갑자기 작아졌다. 연대장까지 눈을 찌푸리며 우리를 날카롭게 쏘아보았다. 나는 자제력을 잃었던 것에 대해 사과해야 한다고 생각했다.

"그렇다면 페렌츠 자네도……" 나는 억지로 웃음을 띠며 대답했다. "내가 두통 때문에 상태가 별로 안 좋은 것을 넓은 아량으로 좀 이해해주겠나?"

그러자 페렌츠의 태도가 곧바로 달라졌다. "미안하네, 토니. 전혀 몰랐네. 듣고 보니 얼굴이 안 좋아 보이네. 며칠 전부터 자네가 상태가 안 좋다고 생각하긴 했네. 금방 좋아지겠지. 난 자네 걱정은 하지 않는다네."

다행히도 사건은 그렇게 일단락되었다. 그러나 나는 여전히 분노를 가라앉히지 못했다. 케케스팔바네는 도대체 나를 가지고 무슨 짓을 하고 있는 거지? 왔다 갔다, 올라갔다 내려갔다, 차가웠다 뜨거웠다…… 아니, 이제부터는 더 이상 그들에게 휘둘리지 않을 거야! 나는 분명히 사흘이라고 말했어. 사흘 반. 그 이상은 안 돼! 단 한 시간도 늘려줄 수 없어! 그들이 여행을 미루든지 말든지 그건 내가 상관할 바 아니야! 더 이상은 빌어먹을 연민 때문에 신경이 찢겨나가는 고통을 당하지는 않을 거야! 그러다가는 내가 미쳐버린다고!

나는 마음속 분노를 겉으로 드러내지 않기 위해 스스로를 억눌러야 했다. 마음 같아서는 손으로 유리잔을 깨뜨리거나 주먹으로 테이블을 내리치고 싶었다. 이 긴장감을 해소하려면 어떤 형태로든 폭력을 휘둘러야 했다. 그저 무기력하게 앉은 채 그들이 다시 편지를 쓸지 전화를 할지, 여행을 미룰지 안 미룰지를 기다리고 있을 수만은 없었다. 더 이상은 도저히 견딜 수 없었다. 나는 무언가를 해야만 했다.

건너편에서는 동료들이 여전히 흥분한 채 열띤 논쟁을 벌이고 있었다. "내 생각에는……" 삐쩍 마른 요치가 빈정거렸다. "그 체코놈이 자네를 완전히 속여먹었네. 나도 말에 대해 좀 아는데, 자네, 절대로 그 말을 길들이지 못할 걸세. 그 말을 길들일 수 있는 사람은 아무도 없네."

"그런가? 그거 한번 해보고 싶군." 나는 갑자기 그들의 대화에 끼어들었다. "그따위 말 한 마리를 길들일 수 있는지 없는지 한번 확인해봐야겠네. 슈타인휘벨, 한두 시간 정도 자네 말을 길들여봐도 되겠나? 고분고분해질 때까지 호되게 다루어주겠네."

어떻게 그런 생각을 하게 되었는지는 나도 모르겠다. 사람이든 짐승이든 어딘가에 분풀이를 하고 싶은 마음, 누군가와 치고받고 싶은 간절한 마음에 나는 이 우연한 기회를 붙잡아버린 것이다. 모두가 놀란 표정으로 나를 쳐다보았다.

"좋지!" 슈타인휘벨이 웃으며 말했다. "자네에게 배짱만 있다면야…… 나는 오늘 안간힘을 쓰느라 손가락에서 벌써 경련이 일고 있다네. 아직 힘이 남아 있는 사람이 그놈을 길들여주면 나야 좋지. 자네만 괜찮다면 당장 가세! 자, 어서 가보세!"

모두가 진정한 싸움을 구경할 수 있다는 기대감에 부풀어 자리를 박차고 나왔다. 우리는 '카이사르'를 데리러 마구간으로 향했다(슈타인휘벨은 섣불리 말에게 '무적'을 상징하는 이름을 지어주었던 것이다). 우리가 시끄럽게 떠들면서 마구간 칸막이를 에워싸자 카이사르는 불안해했다. 말은 좁은 칸막이 안에서 코를 킁킁거리며 정신없이 왔다 갔다 하더니 들보가 흔들릴 정도로 굴레를 잡아당겼다. 우리는 의심스러운 눈초리로 바라보는 카이사르를 가까스로 승마장으로 데려가는 데 성공했다.

나의 승마 실력은 사실 평균 정도밖에 되지 않았고 슈타인휘벨과는 비교가 되지 않았다. 그러나 오늘만큼은 내가 카이사르를 길들일 수 있는 적임자였고 카이사르에게 가장 위험한 적수였다. 분노 때문에 내 근육이 팽팽하게 긴장했기 때문이었다. 뭔가를 짓누르고 이기고 싶은 욕구가 솟아오르면서 나는 이 고집 센 동물에게라도(손에 닿지 않는 것을 때려 부술 수는 없지 않은가!) 내 인내심에도 한계가 있음을 보여줄 수 있다는 사실에 거의 가학적이라 할 수 있을 만큼의 희열을 느꼈다. 용감한 카이사르는 로켓처럼 갑작스럽게 쏜살같이 달려나가도 보고, 발굽으로 벽을 때려도 보고, 몸을 위로 솟구쳐도 보고, 갑작스럽게 옆으로 뛰어올라 보기도 하는 등 나를 등에서 떨구어내기 위해 온갖 시도를 했지만 아무 소용이 없었다. 나는 말의 이빨을 부러뜨릴 태세로 무자비하게 재갈을 잡아당겼고, 발뒤꿈치로 갈비뼈를 짓눌렀다. 나의 손길에 말은 곧 고집을 꺾었다. 나는 카이사르의 끈질긴 저항에 자극을 받는 동시에 이를 즐겼다. "우와! 말을 아주 잡는군!", "호프밀러, 대단하네!" 같은 동료들의 응원도 내게 용기와 자신감을 북돋아주었다. 자신감은 언제나 육체적 성취에서 얻어져서 마음으로 옮겨 가는 법이다. 30분간의 혈투 끝에 나는 승자가 되어 안장 위에 걸터앉아 있었고, 내 아래에서는 굴욕을 당한 말이 마치 뜨거운 물에 목욕이라도 한 것처럼 김을 뿜으며 땀을 쏟고 있었다. 말의 목과 가죽으로 된 마구는 땀으로 하얗게 얼룩져 있었고, 귀는 얌전하게 아래로 숙여 있었다. 그리고 다시 한 번 30분이 지나자 무적의 카이사르는 이미 내가 원하는 대로 부드럽고 순종적으로 걷고 있었다. 더 이상은 다리로 압박할 필요조차 없었다. 이제는 말에서 내려 동료들의 축하인사를 받는 일만 남아 있었다. 그러나 여전히 내 안에는 싸우고 싶은 욕구가 완전히 가라앉지 않고 있었다. 고된 일을 완수한 후의 희열을 느끼며 나는 말이 땀을 식힐 수 있도록 훈련장에서 한두 시간만 더 가볍게 운동시키겠다고 슈타인휘벨에게 제안했다.

"그렇게 하게." 슈타인휘벨이 웃으며 말했다. "자네가 아무 일 없이 그 녀석을 데려올 것으로 믿네. 그 녀석, 앞으로 다시는 날뛰지 못할 걸세. 잘했네, 토니! 존경스럽네!"

동료들의 열화와 같은 박수갈채를 받으며 나는 승마장에서 나와 고삐를 짧게 잡은 채 지친 말을 타고 시내를 가로질러 들판으로 나갔다. 말의 걸음걸이만큼이나 내 기분도 가볍고 편안했다. 나는 한 시간 동안 내 안의 모든 분노와 증오를 이 고집 센 말에게 쏟았던 것이다. 이제 카이사르는 얌전하고 평온하게 걸었고 나는 슈타인휘벨의 말에 공감할 수밖에 없었다. 카이사르의 걸음걸이는 훌륭했다. 이보다 더 아름답고 부드러우면서도 활기차게 걸을 수는 없었다. 불쾌했던 기분이 서서히 사라지면서 꿈속에서와 같은 편안함이 느껴졌다. 나는 한 시간 가량 말을 타고 이리저리 다니다가 4시 반쯤 돌아갈 채비를 했다. 카이사르와 나, 우리 둘 모두에게 고된 하루였다. 스르르 졸음이 오는 것을 느끼며 익숙한 길을 따라 천천히 시내로 돌아가고 있을 때였다. 갑자기 뒤에서 크고 날카롭게 자동차 경적이 울리는 것이었다. 말은 즉각 신경이 곤두선 채 귀를 쫑긋 세우고 몸을 떨기 시작했다. 다행히도 나는 말이 불안해하는 것을 적시에 알아차리고 고삐를 짧게 잡은 채 다리로 배를 압박하면서 말을 길가 나무 옆으로 몰며 자동차가 지나갈 수 있게 해주었다.

운전기사는 내가 옆으로 비켜 선 의미를 제대로 이해한 사려 깊은 사람임에 분명했다. 그는 엔진 소리가 거의 들리지 않을 정도로 아주 천천히 접근했다. 나는 몸을 떨고 있는 말이 옆으로 달아나거나 뒤로 넘어갈 것을 염려해서 다리에 힘을 꽉 준 채 날카롭게 말을 주시하고 있었다. 차가 접근해도 말이 얌전히 제자리에 서 있자 그제서야 나는 눈을 들 엄두를 냈다. 그런데 시선을 돌리는 순간 차량에서 누군가가 내게 손을 흔드는 것이 눈에 들어왔다. 나는 콘도어의 둥근 대머리와 그 옆에 앉아 있는 케케스팔바의 희끗희끗한 계란형 머리를 알아볼 수 있었다.

말이 떨고 있는지 내가 떨고 있는지 분간할 수가 없었다. 이게 무슨 의미지? 콘도어가 이곳에 왔으면서 나한테는 연락도 안 했단 말인가? 케케스팔바네에 갔다 온 게 틀림없어. 노인네와 같이 차에 타고 있었잖아! 그런데 저들은 왜 차를 멈추고 나에게 인사하지 않은 거지? 왜 낯선 사람처럼 그냥 지나쳐버린 거지? 그리고 콘도어는 왜 갑자기 이곳에 나타났지? 2시에서 4시까지는 빈에서 진료를 봐야 할 시간인데. 케케스팔바네에서 아침 일찍부터 그를 부른 게 틀림없어. 무슨 일이 벌어진 게 분명해! 일로나가 여행을 미루게 되었다면서 나더러 오늘 오지 말라고 전화한 것도 이와 관련이 있을 거야. 틀림없어! 무슨 일이 벌어진 거야! 나한테는 알리고 싶지 않은 어떤 일이 벌어진 거야! 어쩌면 에디트가 자해를 했을지도 몰라! 어제 저녁 에디트에게서 어떤 결의가 느껴졌어. 사람이 나쁜 일이나 위험한 일을 계획할 때에나 나타나는 경멸 어린 자신감이 엿보였던 것 같아. 아, 에디트가 자해를 한 게 분명해! 차를 따라가볼까? 어쩌면 역에서 콘도어를 만날 수 있을지도 몰라!

아니야. 어쩌면 콘도어가 아직 떠나지 않았을 수도 있어. 정말로 심각한 일이 벌어졌다면, 그가 내게 메모 한 장 남겨놓지 않고 떠날 리가 없어. 어쩌면 부대에 메모를 남겼을지도 몰라. 그 사람은 절대로 나에게 아무 말도 하지 않은 채 은밀하게 행동할 사람이 아니야! 그 사람은 절대로 나를 버릴 사람이 아니라고! 얼른 돌아가자! 분명히 방에 그의 편지나 메모가 와 있을 거야. 얼른 돌아가자!

부대에 도착하자마자 나는 서둘러 말을 마구간에 집어넣고 동료들의 잡담과 축하 인사를 피하기 위해 뒷계단을 이용해 방으로 올라갔다. 정말로 방문 앞에서 쿠스마가 기다리고 있었다. 그의 불안한 표정과 움츠린 어깨에서 무슨 일이 있다는 것을 짐작할 수 있었다. 쿠스마는 당혹스러워 하며 한 민간인이 방에서 기다리고 있다고 보고했다. 그가 긴급한 사안이라고 해서 감히 쫓아내지 못했다는 것이다. 쿠스마는 원래 아무도 방에 들여서는 안 된다는 엄명을 받은 바 있었다. 아마도 콘도어가 그에게 팁을 쥐여줬을 것이고, 그것 때문에 쿠스마가 불안해하고 겁에 질려 있는 것이 분명했다. 쿠스마는 내가 호통을 치는 대신에 즐거운 기색으로 "알겠네"라고 말하며 문으로 향하자 깜짝 놀라는 듯했다. 다행이다. 콘도어가 왔구나! 이제 그에게서 모든 이야기를 들을 수 있을 거야!

내가 서둘러 문을 열자, 마치 그림자에서 빠져나오는 것처럼 어두운 방 안(햇빛 때문에 쿠스마가 블라인드를 내렸다) 구석에서 어떤 형상이 미끄러지듯 움직이는 것이 보였다. 내가 반갑게 콘도어를 맞이하러 그쪽으로 다가가는 순간, 그 형상이 콘도어가 아님을 알아차렸다. 그곳에서 나를 기다리고 있는 것은 전혀 뜻밖의 인물이었다. 케케스팔바였다. 더 짙은 어둠 속에서도, 수천 명의 인파 속에서도 수줍은 듯이 일어서서 고개 숙여 인사하는 모습만으로 나는 그를 알아볼 수 있었다. 그가 헛기침과 함께 말을 시작하기도 전에 나는 이미 자신 없고 낙담한 듯한 그의 목소리가 들리는 듯했다.

"미리 연락도 없이 이렇게 불쑥 찾아와서 미안합니다, 소위님." 그는 고개를 숙여보였다. "콘도어 박사님이 안부를 전해달라고 부탁을 했답니다. 아까 차를 멈추지 않고 그냥 지나쳐서 미안하다고도 전해달랬어요. 시간이 너무 촉박해서 그랬습니다. 콘도어 박사님이 저녁에 일이 있어서 빈으로 가는 급행열차를 절대로 놓쳐서는 안 됐거든요. 그래서 미안하다고 꼭 전해달라 했습니다. 그것 때문에…… 그 말을 전하기 위해 제가 이렇게 직접 찾아온 겁니다."

그는 눈에 보이지 않는 굴레를 쓴 듯 고개를 숙인 채 내 앞에 서 있었다. 뼈만 앙상한 머리통과 가르마를 탄 얇은 백발이 어둠 속에서 환하게 빛났다. 그의 쓸데없이 구차한 태도에 짜증과 함께 불안감이 엄습해왔다. 저토록 민망해하며 이리저리 말을 돌리는 데에는 분명히 어떤 의도가 있어 보였다. 단순히 안부나 전하려고 심장도 좋지 않은 노인네가 3층까지 걸어서 올라올 리는 없었다. 안부는 전화로 전하거나 내일 전해도 되는 것이었다. 조심해! 나는 스스로에게 경고했다. 케케스팔바가 너한테 뭔가를 원하고 있어. 전에도 한 번 이렇게 어둠 속에서 나타난 적이 있었잖아. 그는 거지처럼 자신을 한없이 낮추지만 결국에는 꿈속의 사악한 정령이 청년에게 했던 것처럼 너를 자신이 원하는 대로 행동하게 만드는 사람이야. 절대로 넘어가면 안 돼! 절대로 굴복해서는 안 된다고! 아무것도 묻지 말고 가능한 한 빨리 인사만 하고 얼른 아래층으로 배웅하는 거야!

그러나 내 앞에 서 있는 사람은 노인이었고 구차하게 고개를 숙이고 있었다. 나는 듬성듬성 난 그의 백발과 가르마를 보면서 마치 꿈을 꾸듯 뜨개질을 하면서 옛날이야기를 해주시던 할머니의 모습이 떠올랐다. 늙고 병든 노인을 무례하게 내쫓을 수는 없었다! 그동안의 경험에서도 아무것도 배운 게 없는 나는 결국 그에게 의자를 가리키며 친절하게 자리에 앉기를 권했다.

"이곳까지 와주시다니 너무 친절하십니다, 케케스팔바 씨! 정말 감사드립니다! 잠시 앉아 계시다 가시죠?"

케케스팔바는 대답하지 않았다. 내 말을 제대로 듣고 있지 않은 것 같았다. 그러나 적어도 내 손짓은 알아들었는지 살며시 의자 끄트머리에 엉덩이를 갖다 댔다. 이때 문득 한 가지 생각이 떠올랐다. 어린 시절, 무료 급식소에서 밥을 얻어먹을 때 그는 저렇게 수줍은 모습으로 낯선 사람들 사이에 앉아 있었을 것이다. 그리고 지금 백만장자가 된 그가 또다시 내 방의 낡고 초라한 의자에 저렇게 수줍은 모습으로 앉아 있었다. 그는 안경을 벗더니 주머니에서 수건을 꺼내 안경알을 닦기 시작했다. 이 노인네야, 그 작전은 내가 이미 파악하고 있어! 당신이 무슨 생각을 하고 있는지 이미 훤히 알고 있다고! 당신은 시간을 벌기 위해 안경을 닦는 거잖아. 당신은 내가 대화를 시작하기를 바라겠지. 내가 질문을 하기를. 심지어 당신이 내가 무슨 질문을 하기를 원하는지까지도 나는 안다고. 에디트가 정말 아픈지, 여행은 왜 미루어졌는지 물어보기를 기다리는 것 아냐! 하지만 난 신중을 기하겠어. 하고 싶은 말이 있으면 당신이 시작하란 말이야! 나는 한 발짝도 먼저 다가가주지 않겠어! 아니, 다시는 당신에게 끌려가지 않을 거야! 이 빌어먹을 연민은 이제 이것으로 끝이야! '조금만 더, 조금만 더'도 이제 질렸어! 비겁하고 은밀한 일들은 이제 끝이야! 나에게 원하는 게 있으면 안경이나 닦는 척하며 숨어 있지 말고 솔직하게 말하란 말이야! 나는 더 이상 당신의 꾀에 넘어가지 않을 거야! 내 연민에 나도 질려버렸다고!

　노인은 내가 속으로 한 말을 듣기라도 한 것처럼 체념한 듯 깨끗하게 닦은 안경을 내려놓았다. 그는 내가 그를 도울 생각이 없다는 것을, 자신이 직접 말을 시작해야 한다는 것을 알아차린 모양이었다. 그는 끈질기게 고개를 숙인 채 말을 시작했다. 그는 나를 쳐다보지 못하고 시선을 책상에 고정하고 있었다. 마치 나보다는 낡고 단단한 나무책상에게 더 많은 동정심을 기대하는 것 같았다.

"소위님" 그가 불안한 목소리로 입을 열었다. "제게는 이렇게 당신의 시간을 빼앗을 권리가 없다는 것을 잘 알고 있습니다. 그럴 권리가 전혀 없죠. 그렇지만 제가 어떻게 해야 하나요? 우리는 어떻게 해야 하나요? 저로서는 더 이상 방법이 없습니다. 우리는 더 이상 할 수 있는 일이 없습니다. 그 아이가 어째서 그런 마음을 갖게 되었는지 누가 알겠어요? 그 아이와는 더 이상 대화가 안 된답니다. 그 누구의 말도 듣지 않아요. 그렇지만 결코 나쁜 뜻으로 그러는 게 아니라는 것은 잘 압니다. 그 아이는 그저 불행한 겁니다. 한없이 불행한 거죠. 절망감 때문에 우리에게 그런 짓을 하는 거예요. 제 말을 믿어주세요. 단순히 절망감 때문에 그러는 거라고요."

나는 그의 다음 말을 기다렸다. 그는 지금 무슨 말을 하고 있는 거지? 에디트가 그들에게 도대체 **무슨 짓**을 했다는 거야? 무슨 일이 일어난 거냐고? 빨리 말하란 말이야! 왜 그렇게 빙빙 돌려서 말하는 거야! 빨리 있는 그대로 말하라고! 도대체 무슨 일이야?

그러나 노인은 공허한 눈빛으로 책상만 바라보고 있었다. "우리는 모든 상의를 끝내고, 모든 준비도 마쳤답니다. 침대칸도 준비되어 있었고 가장 아름다운 방으로 예약도 끝마쳤죠. 어제 오후까지만 해도 그 아이는 떠날 시간만을 손꼽아 기다렸답니다. 가져갈 책도 직접 골라놓고 빈에서 주문한 새로운 옷과 모피를 입어보기도 하면서 말이죠. 그런데 어제 저녁 식사를 마치고 나서—그 애가 얼마나 흥분했는지 기억하시죠?—갑자기 그런 생각을 하게 된 겁니다. 어째서 갑자기 그런 생각을 하게 됐는지는 일로나도 알지 못하고 아무도 이해하지 못한답니다. 갑자기 자기는 절대로 떠날 수 없다고, 절대로 자기를 데려갈 수 없다며 소리를 지르고 절대로 안 갈 거라고 맹세까지 하는 겁니다. 자기는 남을 거라고, 반드시 남을 거라고, 집에 불을 질러서라도 자기는 이곳에 남을 거라고 말이에요. 자신은 이 사기극에 동참하지 않겠다고, 자신은 절대로 속아넘어가지 않을 거라고 말하더군요. 치료법을 핑계로 자신을 떠나보내려는 거라고, 그저 자신이 떠나기만을 바라는 거라고도 했어요. 그러면서 우리 모두가 잘못 생각한 거라고, 자기는 절대로 떠나지 않겠다고, 이곳에 남겠다고, 반드시 남겠다고 소리치더군요."

나는 온몸에 소름이 돋는 것이 느껴졌다. 어제 에디트의 분노에 찬 웃음 뒤에는 이런 생각이 숨겨져 있었던 것이다. 내가 더 이상 견디지 못한다는 것을 눈치채고 이런 일을 벌임으로써 내게서 스위스로 찾아오겠다는 약속을 받아내려 한 것일까?

절대로 넘어가서는 안 돼! 나는 다시 한 번 스스로에게 다짐했다. 이번 일로 마음이 흔들리는 것처럼 보여서는 안 돼! 에디트가 이곳에 남는 것이 내 신경을 갉아먹는다는 것을 노인네에게 들켜서는 안 돼! 그래서 나는 의도적으로 아무것도 모르는 척 태연하게 말했다.

"그러다 말겠죠. 에디트가 변덕이 죽 끓듯 하는 거 잘 아시잖아요. 일로나의 말로는 며칠 미뤄지는 것뿐이라던데요."

그러자 노인이 한숨을 내쉬었다. 마치 피를 토하듯 가슴 깊숙한 곳에서 우러나오는 한숨이었다. 한숨과 함께 그에게 남아 있던 마지막 힘까지 모두 빠져나가는 듯했다.

"아, 단순히 그런 거라면 얼마나 좋겠어요! 제가 염려하는 것은, 우리 모두가 염려하는 것은 그 아이가 아예 떠나지 않겠다고 하면 어떡하나 하는 겁니다. 잘 모르겠어요. 저는 이해가 가지 않아요. 갑자기 치료에도 흥미를 잃고 회복 자체에도 전혀 관심이 없어졌습니다. '더 이상 고통당하지 않을 거예요. 더 이상 나한테 온갖 치료법을 실험하도록 두지 않겠어요. 어차피 아무 소용도 없다고요!' 이런 말만 하고 있습니다. 심장이 멎을 것처럼 애처롭게 말이에요. '나는 속아넘어가지 않을 거야! 모든 것을 알아차렸단 말이야. 모든 것을 알아차렸다고!'라고 흐느끼며 소리친답니다."

나는 급히 머리를 굴렸다. 빌어먹을, 그녀가 눈치를 챈 것일까? 내 마음을 들켜버린 것일까? 콘도어가 실수라도 한 것일까? 아무렇지 않게 던진 말 때문에 에디트가 스위스에서의 치료에 대해 의심을 품게 된 것일까? 에디트의 의심 많고 예민한 감각이 우리가 아무런 이유도 없이 그녀를 떠나보내려 한다는 것을 알아차린 것일까? 나는 조심스럽게 알아보기로 했다.

"이해가 잘 안 가네요. 에디트는 콘도어 박사님을 전적으로 신뢰했잖아요. 그런 박사님께서 그 치료를 권하신 건데, 어떻게…… 이해가 안 가네요."

"바로 그거예요! 그게 미치고 팔짝 뛸 일이에요! 그 아이는 더 이상 아무런 치료도 받지 않겠대요. 더 이상 낫고 **싶지 않대요!** 에디트가 뭐라고 하는지 아세요? '난 절대로 떠나지 않을 거야. 거짓말이라면 지긋지긋해! 차라리 이곳에 남아서 지금처럼 불구로 지내는 게 낫지. 나는 더 이상 낫고 싶지 않아! 더 이상은 싫어! 더 이상 아무런 의미가 없어!' 이렇게 말한답니다."

"아무런 의미가 없다고요?" 나는 어리둥절해하며 그의 말을 따라했다.

노인은 고개를 더 깊이 숙였다. 나는 더 이상 그의 눈물 고인 눈동자도 그의 안경도 볼 수 없었다. 단지 백발이 가볍게 흔들리는 것을 보고 그가 격렬하게 몸을 떨고 있다는 것을 알 수 있었다. 그는 거의 알아듣기 힘들 정도의 작은 목소리로 중얼거렸다.

초조한 마음　385

"그 아이는 울면서 이렇게 말하더라고요. '완전히 회복된들 아무런 의미가 없어. 어차피 그 사람은……'"

노인은 힘든 일을 앞둔 사람처럼 격하게 숨을 들이마시더니 마침내 말을 내뱉었다. "'어차피 그 사람은 나에게 연민 이외의 감정은 없으니까'라고요."

케케스팔바가 '그 사람'이라는 말을 내뱉는 순간 나는 온몸이 얼어붙었다. 그가 내게 딸의 감정에 대해 어떤 암시를 하는 것은 이번이 처음이었다. 이미 오래전부터 나는 그가 나를 피한다는 것을, 나를 쳐다보기 힘들어한다는 것을 눈치채고 있었다. 그전에 그가 내 마음을 얻기 위해 그토록 애쓰던 것을 생각하면 이해하기 힘든 일이었다. 그러나 나는 그가 나를 회피한 것이 수치심 때문임을 알고 있었다. 자신에게서 도망치려는 남자에게 딸아이가 구애하는 것을 지켜보는 일이 이 노인네에게는 얼마나 끔찍한 일이었겠는가! 에디트의 은밀한 고백이 그를 얼마나 괴롭혔을까! 그녀가 노골적으로 욕구를 드러내는 것에는 또 얼마나 수치심을 느꼈을까! 내가 그랬던 것처럼 노인 역시 더 이상 나를 스스럼없이 대할 수 없게 된 것이다. 무언가를 숨기거나 숨겨야 하는 사람은 더 이상 솔직하고 자유로운 눈빛을 갖지 못하는 법이기 때문이다.

그런데 이제 그 말이 튀어나왔고 그 충격은 우리 두 사람의 가슴을 짓눌렀다. 그 의미심장한 말 한마디에 우리는 서로의 눈을 피한 채 아무 말 없이 앉아 있었다. 우리가 서로를 마주하고 있는 책상 위로 공기가 얼어붙으면서 침묵이 자리 잡았다. 그리고 침묵은 서서히 팽창하기 시작하더니 검은 연기처럼 천장으로 이동하며 방 전체를 가득 채웠다. 위에서, 아래에서, 사방에서 침묵이 우리를 압박해왔다. 나는 그의 헉헉거리는 숨소리에서 침묵이 그의 목을 조여온다는 것을 느낄 수 있었다. 조금만 더 있으면 그 압박감에 우리 둘 다 질식해 죽을 지경이었다. 둘 중 한 사람이라도 말을 해서 우리를 압박해오는 살인적인 침묵을 깨뜨려야 했다.

그 순간 갑자기 어떤 일이 벌어졌다. 나는 처음에는 그의 몸이 움직인다는 사실만 알아차렸을 뿐이다. 그런데 그는 이상할 정도로 어색하고 서투르게 움직이더니 갑자기 부드러운 반죽처럼 의자에서 바닥으로 털썩 떨어지는 것이었다. 그러면서 쾅 소리를 내며 의자가 넘어졌다.

순간 나는 그가 쓰러진 것이라고 생각했다. 심장이 안 좋다고 콘도어가 말하지 않았던가! 뇌졸중이다! 나는 깜짝 놀라서 그에게 달려가 일으킨 후 소파에 눕히려 했다. 그 순간 나는 노인이 의자에서 굴러떨어진 것이 아니라 스스로 의자에서 떨어진 것임을 알아차렸다. 처음에는 놀라서 미처 발견하지 못했지만 그가 바닥에 무릎을 꿇고 있었던 것이다. 내가 그를 일으키려 하자 그는 가까이 다가오더니 내 손을 붙잡고 애걸하기 시작했다.

"도와주셔야 해요. 당신만이 도울 수 있어요. 당신만이요…… 콘도어도 그랬어요. 아무도 도울 수 없고, 오로지 당신만이 도울 수 있다고! 제가 이렇게 빌게요. 제발 자비를 베풀어주세요. 이런 식으로 계속 가다가는 큰일 납니다. 그 아이는 자신을 해칠 거예요. 스스로를 파멸시킬 거라고요."

나는 떨리는 손으로 무릎을 꿇고 있는 그를 강제로 일으켜 세웠다. 그러나 그는 내 팔을 꽉 움켜잡았다. 그의 손가락이 날카로운 발톱처럼 내 살을 파고드는 것이 느껴졌다. 사악한 정령이었다! 꿈에서 본 사악한 정령이 동정심 많은 청년을 압박하는 바로 그 장면이었다! "그 아이를 도와주세요." 그는 거칠게 숨을 몰아쉬며 말했다. "제발, 그 아이를 도와주세요. 그 아이를 저 지경으로 내버려둘 수는 없잖아요. 맹세컨대, 이건 생사가 달린 문제예요. 그 아이가 절망감에 빠져서 얼마나 어리석은 말들을 하는지 당신은 상상도 하지 못할 거예요. 자신은 없어져야 한다고, 사라져야 한다고 흐느끼더군요. 그래야만 당신도 평안하고 우리 모두가 자신에게서 벗어날 수 있다고요. 그냥 하는 말이 아니에요. 진지하게 그렇게 생각한다고요. 예전에도 이미 두 차례나 시도했어요. 한 번은 손목을 그었고, 또 한 번은 수면제를 먹었죠. 그 아이가 무슨 일을 저지르기로 일단 마음을 먹으면 아무도 말리지 못한답니다. 지금으로서는 당신만이 그 아이를 구할 수 있어요. 당신만이. 맹세컨대 오로지 당신만이 그 아이를 구할 수 있다고요!"

"물론입니다, 케케스팔바 씨. 제발 진정하세요. 제가 할 수 있는 일이라면 당연히 뭐든지 해야죠. 원하신다면 지금이라도 당장 함께 가서 제가 에디트를 설득해보도록 할게요. 지금 당장 같이 갈게요. 제가 에디트에게 무슨 말을 할지, 제가 어떻게 해야 할지 말씀만 해주세요."

그는 갑자기 내 팔을 놓더니 나를 뚫어지게 쳐다보았다. "어떻게 해야 하냐고요? 정말 이해를 못하는 거예요, 아니면 이해하기 싫은 거예요? 그 아이는 당신에게 마음을 고백하고 자신을 내주려 했잖아요. 그리고 지금은 그렇게 했던 걸 죽을 만큼 수치스럽게 여기고 있다고요. 그 아이가 보낸 편지에 당신은 답장도 하지 않았잖아요. 그래서 그 아이는 당신이 자신을 경멸하기 때문에 떠나보내려는 거라며 밤낮으로 스스로를 학대하고 있다고요. 그 아이는 당신이 자신을 끔찍하게 여길까봐 미친 듯이 두려워하고 있어요. 그처럼 자존심 강하고 열정적인 아이를 그토록 기다리게 하는 것은 곧 그 아이를 파멸시키는 것과 같다는 것을 모르는 겁니까? 그 아이에게 조금이라도 확신을 줄 수는 없나요? 어째서 그 아이에게 한마디도 하지 않는 거죠? 어째서 그 아이에게 그토록 잔인하고 무자비하게 구는 겁니까? 어째서 그 불쌍하고 무고한 아이를 그토록 끔찍하게 괴롭히는 거냐고요."

"하지만 저는 에디트를 진정시키기 위해 최선을 다했습니다. 에디트에게 말하기를……"

"당신은 그 아이에게 아무 말도 하지 않았습니다! 당신이 집을 드나들면서도 아무 말도 하지 않는 것이 그 아이를 얼마나 미치게 하는 줄 아셔야죠! 그 아이는 그 한마디만을 기다리고 있는데…… 모든 여자들이 자신이 사랑하는 남자에게서 듣고 싶어 하는 그 한마디만을 기다리고 있다고요. 그 아이는 자신의 몸이 회복될 가능성이 없어 보였을 때에는 감히 그 어떤 희망을 가질 엄두조차 내지 못했어요. 하지만 이제는 틀림없이 회복될 텐데, 몇 주 후면 완치가 될 텐데 이제는 다른 젊은 여인들처럼 그런 희망을 가져도 되지 않겠어요? 그 아이는 이미 자신이 얼마나 초조하게 당신의 그 한마디를 기다리는지 보여줬잖아요? 그 이상 **어떻게 합니까?** 당신에게 구걸할 수는 없잖아요. 그런데 당신은…… 당신은 아무 말도 하지 않았어요! 그 아이를 행복하게 해줄 수 있는 그 한마디 말을 해주지 않았다고요! 정말 그 아이가 그토록 끔찍한가요? 당신은 이 지구상에서 사람이 가질 수 있는 모든 걸 가질 수 있어요. 저는 늙고 병들었습니다. 제가 가진 모든 걸 당신과 딸아이에게 물려줄 겁니다. 케케스팔바 성과 토지 그리고 제가 40년 동안 모은 육칠백만에 달하는 재산을 모두 물려줄 겁니다. 내일 당장이라도 줄 수 있어요. 저는 더 이상 바라는 것도 없어요. 단지 제가 이 세상에 없게 되더라도 누군가가 그 아이를 돌봐주기만 한다면 그것으로 충분하답니다. 당신은 좋은 사람이고 올바른 사람입니다. 당신이라면 그 아이를 잘 보살펴주고 그 아이에게 잘 해줄 겁니다!"

그는 숨이 막혀 더 이상 말을 잇지 못하고 다시 힘없이 의자에 주저

앉았다. 나 역시 진이 빠진 채 다른 의자에 털썩 앉았다. 그렇게 우리는 또다시 서로를 쳐다보지 않은 채 말없이 멍한 눈빛을 하고 앉아 있었다. 얼마나 그러고 있었는지 모르겠다. 이따금씩 그의 전신을 뒤흔드는 경련 때문에 그가 움켜잡고 있는 책상이 조금씩 떨리는 것이 느껴졌다. 또다시 한참의 시간이 흘렀다. 갑자기 단단한 물체끼리 부딪치는 듯한 소리가 들려왔다. 아래로 숙이고 있던 그의 이마가 책상 위로 떨어진 것이다. 이 사람이 얼마나 큰 고통을 겪고 있는지 느끼면서 그를 위로해주고 싶은 욕구가 물밀듯이 밀려왔다.

"케케스팔바 씨." 나는 그를 향해 몸을 숙이며 말했다. "저를 믿어주세요. 우리 함께 이 문제를 생각해보도록 해요. 다시 말씀드리지만, 저는 최선을 다해 당신을 돕겠어요. 제가 할 수 있는 일이라면 뭐든지 할게요. 하지만 아까 제게 암시하신 그것만은…… 그것만은 불가능해요. 그것은 정말 불가능합니다."

그는 이미 쓰러진 상태에서 마지막 일격을 당하는 짐승처럼 가볍게 몸을 떨었다. 흥분 때문에 침에 젖은 입술을 움직이려 애쓰는 것 같았지만 나는 그에게 말할 틈을 주지 않았다.

"케케스팔바 씨, 그건 불가능합니다. 그 일에 대해서는 더 이상 말하지 않는 것이 좋겠어요. 생각해보세요. 제가 무슨 대단한 사람이라도 됩니까? 그저 봉급과 얼마 되지도 않는 수당으로 연명하는 별 볼 일 없는 소위에 불과하다고요. 이 정도 돈으로 어떻게 두 사람의 생계를 꾸려가겠습니까? 그건 불가능한 일입니다."

그가 내 말을 끊으려 했다.

"당신이 무슨 말을 하려는지 잘 압니다, 케케스팔바 씨. 돈은 아무런 문제가 되지 않는다고 말하려는 거잖아요. 물론 당신이 부자라는 것은 잘 알고 있습니다. 제가 당신의 모든 것을 물려받을 수 있다는 것도 잘 알고요. 하지만 당신은 그토록 부자이고 저는 그저 별 볼 일 없는 사람이라는 것이 바로 모든 것을 불가능하게 만드는 이유입니다. 사람들은 제가 돈 때문에 에디트를 만난다고 생각할 겁니다. 에디트 역시 제가 돈 때문에 자신을 선택했다는 의심을 평생 버리지 못할 거고요. 케케스팔바 씨, 제 말을 믿으세요. 그것은 불가능한 일입니다. 따님을 진심으로 아끼고 좋아하지만 그것만은 불가능합니다. 그건 이해해주셔야 합니다."

노인은 미동도 하지 않았다. 나는 그가 내 말을 이해하지 못했다고 생각했다. 그런데 힘없이 늘어져 있던 그의 몸이 서서히 움직이기 시작했다. 그는 힘겹게 고개를 들더니 멍한 눈빛으로 허공을 응시했다. 그러고는 양손으로 책상 가장자리를 붙잡았다. 그가 책상에 의지해서 몸을 일으키려 한다는 것을 알아차렸다. 그러나 그는 일어나지 못했다. 두세 번 시도했지만 매번 힘에 부쳤다. 마침내 가까스로 일어서는 데 성공한 그는 어둠 속에서 비틀거리며 힘겹게 서 있었다. 그의 눈동자는 검은 유리처럼 경직되어 있었다. 그는 인간적인 목소리는 이미 죽은 것처럼 낯설고 잔인할 정도로 무심한 목소리로 중얼거렸다.

"그렇다면…… 그렇다면 모든 게 끝났군요."

그의 말투와 완전히 자포자기한 듯한 모습은 실로 끔찍했다. 그의 손이 책상 위를 더듬으며 안경을 찾고 있는 동안에도 그의 눈은 여전히 허공을 바라보고 있었다. 안경을 찾은 후에도 그는 돌처럼 굳어버린 눈을 안경으로 가리는 대신 서투른 손놀림으로 안경을 주머니에 쑤셔넣었다. '봐서 뭐 하나? 살아서 뭐 하나?'라고 말하는 것 같았다. (콘도어가 죽음을 예감했던) 그의 푸르스름한 손가락은 또다시 책상 위를 더듬더니 책상 끄트머리에서 잔뜩 구겨진 검은색 모자를 찾아냈다. 그런 다음에야 그는 나갈 채비를 하면서 중얼거렸다.

"실례 많았습니다."

그는 머리 위에 비스듬히 모자를 얹은 다음 발이 말을 듣지 않는지 힘없이 발을 끌고 몽유병 환자처럼 비틀거리며 문으로 향했다. 그러더니 갑자기 무슨 생각이 떠올랐는지 모자를 벗고 절을 하며 다시 한 번 말하는 것이었다.

"실례 많았습니다."

이 힘없고 지친 노인이 내게 절을 한 것이다. 절망감 속에서도 예의를 갖추는 그의 모습에 나는 결국 무너져 내렸다. 또다시 내 안에서 따스하고 뜨거운 것이 부글부글 끓어올라 용솟음치면서 눈이 따가워지고 마음이 약해지는 것이 느껴졌다. 나는 또다시 연민에 사로잡혀버린 것이다. 노인네를 그냥 이대로 보내버릴 수는 없었다! 자신의 귀하디귀한 무남독녀를 내게 주려고 온 노인네를 절망 속으로, 죽음으로 몰아넣을 수는 없었다! 그의 목숨을 앗아버릴 수는 없었다! 나는 그에게 위로가 될 수 있는 말, 그를 진정시키고 안심시킬 수 있는 말을 해줘야 했다. 나는 급히 그를 쫓아갔다.

"케케스팔바 씨, 제발 오해하지 말아주세요. 그냥 이대로 가시면 안 됩니다. 방금 들은 말을 에디트에게 그대로 전하시면 그것이야말로 에디트에게는 끔찍한 일이 될 거예요. 게다가 그것은 사실도 아니고요."

나는 점점 더 흥분했다. 노인이 내 말을 듣고 있지 않다고 느꼈던 것이다. 절망감으로 인해 기둥처럼 굳어버린 그는 어둠 속의 그림자였고 살아 있는 죽음이었다. 그를 위로해주고 싶은 욕구가 걷잡을 수 없이 커졌다.

"정말로 사실이 아닙니다, 케케스팔바 씨. 맹세할 수 있어요. 저는 절대로 따님, 아니, 에디트에게 상처를 주거나 제가 에디트를 진심으로 좋아하지 않는다는 느낌을 갖게 하고 싶지 않습니다. 사실 저만큼 에디트를 진심으로 대하는 사람은 없을 겁니다. 정말이에요. 맹세할 수 있어요. 저만큼 에디트를 좋아하는 사람은 없습니다. 제가 에디트에게 관심없다는 것은 에디트의 착각일 뿐이에요. 오히려 정반대입니다. 저는 그저…… 지금 이 시점에서는 제가 뭐라고 말해봤자 아무 의미가 없다고 생각했습니다. 어차피 지금 당장 중요한 것은 그녀의 건강이니까요. 에디트가 치료되는 것이 가장 중요한 일 아닙니까!"

"하지만 그러고 나면? 치료되고 나면?"

갑자기 그가 나를 향해 돌아섰다. 조금 전까지도 죽은 듯 멍하니 허공만 바라보던 눈동자가 어둠 속에서 빛나고 있었다.

나는 깜짝 놀랐다. 본능적으로 위험을 감지했다. 지금 어떤 약속을 해주면 나는 책임을 면할 수가 없다! 그런데 그 순간 어떤 생각이 떠올랐다. 어차피 에디트가 바라는 일은 이루어질 수 없지 않은가! 그녀가 즉각적으로 치료될 리는 없었다. 몇 년은 더 걸릴 수도 있었다. 콘도어는 너무 멀리 내다보지 말라고 하지 않았던가! 지금 당장은 에디트를 진정시키고 위로해주라고 했다. 그렇다면 잠시라도 그녀에게 희망을 주고 행복하게 해주는 것도 괜찮지 않을까? 그래서 나는 대답했다.

"물론 에디트가 치료되고 나면…… 그렇게 되면 제가 직접 선생님을 찾아갈 겁니다."

그는 나를 뚫어지게 쳐다보았다. 그가 온몸을 떨고 있는 것이 보였다. 어떤 내적인 힘이 그를 나에게 다가오게 하는 것 같았다.

"그 아이에게…… 그 아이에게 그렇게 말해줘도 되겠습니까?"

나는 또다시 위험을 감지했다. 그러나 내게는 그의 애걸하는 눈빛에 저항할 힘이 남아 있지 않았다. 결국 나는 확신에 찬 말투로 대답했다.

"네. 그렇게 말해주세요." 그러면서 그에게 손을 내밀었다.

그의 눈이 반짝거리며 나를 향해 광채를 내뿜었다. 나사로가 무덤에서 살아나 다시 하늘과 신성한 불빛을 보게 되었을 때의 표정이 이러했을까! 내 손을 붙잡고 있는 그의 손이 떨리는 것이 느껴졌다. 떨림은 점점 격렬해졌다. 그러더니 그의 이마가 아래로 떨구어지면서 점점 깊이 숙어졌다. 갑자기 그가 이전에 몸을 굽혀서 내 손에 키스하던 장면이 떠오르면서 나는 급히 손을 빼내며 다시 한 번 말했다.

"네, 그렇게 말해주세요. 꼭 그렇게 말해주세요. 아무 걱정하지 말라고요. 그리고 무엇보다 건강해져야 한다고요. 자신을 위해서 그리고 우리 모두를 위해서 빠른 시일 내에 건강해지라고요!"

"알겠어요." 그는 마치 환각상태에 빠진 듯 내 말을 따라했다. "건강해지라고요. 빠른 시일 내에 건강해지라고요. 아, 이제 그 아이는 분명히 떠날 겁니다. 틀림없어요. 그 아이는 곧바로 떠나서 건강해져서 올 겁니다. 당신 덕분에, 당신을 위해서 건강해질 겁니다. 나는 당신을 처음 본 순간부터 하느님이 내게 보내 주신 사람이라는 것을 알았답니다. 아니에요, 아니에요. 제가 어찌 당신에게 고맙다는 말을 하겠어요. 하느님께서 당신에게 보상을 해주실 겁니다. 이제 가보겠습니다. 아니, 그냥 계세요. 나오지 마세요. 이만 나가보겠습니다."

그는 처음 보는 가볍고 날아갈 듯한 발걸음으로 검은색 옷자락을 휘날리며 방에서 나갔고, 그의 뒤로 문이 밝고 경쾌한 소리를 내며 닫혔다. 나는 어두운 방에 혼자 남았다. 아무런 사전 계획 없이 중대한 일을 저지르고 난 후에 느끼게 되는 당혹스러운 기분이 들었다. 그러나 내가 연민에 사로잡혀 그에게 약속해준 일이 얼마나 큰 책임이 따르는 일인지는 한 시간 후에야 비로소 실감하게 되었다. 한 시간 후 당번병이 조심스럽게 문을 두드리더니 눈에 익은 푸른색 편지를 건네주는 것이었다.

"우리는 내일 모레 떠납니다. 아빠하고 약속했어요. 지난 며칠간의 내 행동을 용서해주세요. 당신에게 짐이 된다는 두려움으로 제정신이 아니었답니다. 이제는 내가 무엇을 위해서, 누구를 위해서 건강해져야 하는지 알게 되었습니다. 이제는 아무것도 두렵지 않습니다. 내일 가능한 한 일찍 와주세요. 그 어느 때보다 초조한 마음으로 당신을 기다릴게요. 영원히 당신을 사랑하는 에디트가."

'영원히'라는 단어를 읽으며 나는 소름이 돋았다. 그것은 되돌릴 수도 없고 죽을 때까지 한 사람을 구속하는 말이었다. 그러나 이제는 돌이킬 수 없었다. 이번에도 나의 연민이 의지를 밀어낸 것이다. 내가 나 자신을 남에게 줘버렸으니 이제 나는 더 이상 내 것이 아니었다.

정신 차려! 나는 나 자신에게 말했다. 그들이 너에게서 얻어낼 수 있는 건 여기까지야. 어차피 이루어질 수 없는 이 반쪽짜리 약속뿐이라고. 하루만, 아니, 이틀만 더 이 말도 안 되는 사랑을 견뎌내기만 하면 그들은 떠나고 너는 다시 너의 것이 되는 거야! 그러나 오후가 다가올수록 불안감은 점점 커졌다. 마음속에 거짓을 담은 채 그녀의 헌신적이고 다정한 눈빛을 감당해야 한다는 생각이 나를 괴롭혔다. 동료들과 편안하게 수다를 떨려고 해도 소용없었다. 관자놀이에서 고동치는 소리가 선명하게 들려왔고, 신경은 곤두서 있었고, 목구멍은 마치 연기로 가득찬 것처럼 바싹 말라 있었다. 나는 본능적으로 코냑을 주문해서 한 모금에 털어넣었지만 소용없었다. 목구멍은 여전히 바싹 말라 있었다. 나는 두번째 잔을 주문했다. 세번째 잔에 이르러서야 비로소 나는 내가 그렇게 술을 마셔대는 이유를 알아차렸다. 그것은 케케스팔바네에서 비겁해지거나 감상적이 되지 않기 위해 스스로에게 용기를 북돋아주기 위한 것이었다. 두려움인지 수치심인지, 좋은 감정인지 나쁜 감정인지, 나는 내 안의 무언가를 미리 마비시키려고 술을 마시는 것이었다. 그랬다. 바로 그것이었다. 그래서 전투에 나가기 전에 군인들에게 브랜디 배급을 두 배로 늘려주는 것이 아니던가! 나는 곧 직면하게 될 미심쩍고 어쩌면 위험할지도 모르는 일에 둔감해지기 위해 스스로를 마취시키고 있는 것이었다. 그러나 세 잔의 코냑은 발이 무거워지고 머리가 쑤시는 것 외에는 별다른 효과가 없었다. 마치 치과에서 쓰는 드릴이 머릿속을 파고드는 것만 같았다. 나는 전혀 즐겁지 않은 마음과 흐릿한 정신으로 고동치는 심장을 끌어안고 공포의 저택을 향해 기나긴 길을(이날만 유독 길게 느껴진 것일까?) 힘겹게 걸어갔다.

그러나 내가 생각했던 것보다 일은 쉽게 풀렸다. 보다 좋은 마취제가 나를 기다리고 있었던 것이다. 사실 허영심도 마음을 현혹시킬 수 있고, 감사하는 마음도 사람을 마취시킬 수 있고, 다정함도 행복감을 느끼게 해 줄 수 있다는 것을 생각하면 그것은 내가 마신 싸구려 브랜디보다 훨씬 섬세하고 순수한 마취제였다. 문 앞에 서 있던 충직한 요제프가 나를 보더니 크게 기뻐하며 외치는 것이었다. "아, 소위님!" 그는 침을 꼴깍 삼키며 흥분한 채 발을 동동 굴렸다. 그러면서 마치 교회에서 성상을 올려다보듯이(달리 표현할 길이 없다) 힐끔힐끔 나를 쳐다보는 것이었다. "소위님, 응접실로 가시죠! 에디트 아가씨께서 소위님만을 기다리고 계십니다." 그는 자신이 흥분한 모습이 부끄러운 듯 들뜬 목소리로 속삭였다.

나는 의아한 마음이 들었다. 이 늙은 하인이 왜 나를 저토록 황홀한 표정으로 쳐다보는 것일까? 왜 저토록 나를 사랑하는 것일까? 다른 사람의 선한 마음과 동정심을 보는 것만으로도 사람들은 진정 행복해진단 말인가? 그렇다면 콘도어의 말이 옳았다. 단 한 사람이라도 도울 수 있는 사람은 인생의 목표를 달성하는 것이었다. 정말로 그렇다면 자신이 할 수 있는 한 그리고 그 이상까지도 타인을 위해 헌신하는 것이 가치 있는 일이었다. 그렇게 되면 희생은 당연한 것이고 거짓말이라도 타인을 행복하게 하는 것이라면 오히려 그 어떤 진실보다도 더 중요한 것이었다. 나는 갑자기 자신감이 생기면서 발바닥에 힘을 주며 걸음을 내딛었다. 자신이 남에게 기쁨을 준다는 것을 아는 사람은 발걸음도 달라지는 법이다.

일로나가 나를 마중 나오고 있었다. 요제프와 마찬가지로 그녀의 표정 또한 환하게 빛나고 있었다. 마치 그녀의 가무잡잡한 부드러운 팔로 나를 껴안아주듯이 따뜻한 시선이 나를 포근하게 감싸주었다. 일로나가 이렇듯 진심을 담아 따뜻하게 내 손을 잡아준 것은 처음 있는 일이었다. "고마워요." 일로나의 목소리가 마치 촉촉한 여름비를 뚫고 나오는 것처럼 들렸다. "당신이 그 아이를 위해 얼마나 엄청난 일을 해주셨는지 모를 거예요. 당신은 그 아이를 구한 거예요. 정말로 구해준 거라고요! 얼른 오세요! 그 아이가 당신을 얼마나 애타게 기다리고 있는지 몰라요."

그 사이 다른 쪽 문이 조용히 움직이고 있었다. 누군가가 문 뒤에서 귀를 쫑긋 세운 채 엿듣고 있다는 생각이 들었다. 노인이 들어왔다. 그의 눈에서는 어제의 죽음과 전율이 사라졌고 다정하고 환한 빛이 뿜어져 나왔다. "드디어 오셨군요. 그 아이가 얼마나 변했는지 깜짝 놀라실 겁니다. 사고가 난 후로 그 아이가 이토록 밝고 행복해하는 건 처음 봅니다. 이건 기적입니다. 정말로 기적입니다! 아, 당신은 그 아이를 위해, 아니, 우리를 위해 엄청난 일을 하신 겁니다!"

그는 말하는 도중에 스스로 감격에 겨웠는지 울먹거리고 흐느끼기 시작했다. 그러면서도 그런 자신의 모습을 부끄러워했다. 그가 느끼는 감격은 서서히 나에게도 전염되었다. 이처럼 진심으로 감사해하는 사람 앞에서 감격하지 않을 사람이 어디 있겠는가? 나는 결코 자만하는 사람이 아니었다. 아니, 스스로에게 감탄하거나 스스로의 능력을 과대평가하는 그런 사람이 아니었기를 바란다. 지금도 나는 결코 내가 착하다거나 힘이 있다고 생각하지 않는다. 그러나 모든 사람들이 이렇듯 열정적으로 내게 감사를 표시하는 그 순간에는 나도 모르게 자신감이라는 뜨거운 물결이 샘솟는 것이 느껴졌다. 모든 두려움과 모든 비겁함은 황금으로 된 바람과 함께 날아간 듯 갑자기 사라져버렸다. 다른 사람들이 이렇듯 행복해하는데 내가 아무 걱정 없이 그녀의 사랑을 받지 않을 이유가 도대체 뭐가 있단 말인가? 나는 이틀 전까지만 해도 절망감을 느끼며 떠난 방으로 급히 발걸음을 옮겼다.

    나는 방 안의 안락의자에 앉아 있는 아가씨를 거의 알아보지 못할 뻔했다. 그만큼 에디트는 발랄하고 경쾌해 보였다. 하늘색 실크 원피스를 입은 그녀는 평소보다도 더 어린 소녀처럼 보였다. 붉은빛이 감도는 머리 위에는 흰색 꽃잎(은매화*이던가?)이 얹혀 있었고, 안락의자 주위에는 여러 개의 꽃바구니(누가 선물한 거지?)가 알록달록한 화원을 이루었다. 에디트는 내가 집에 도착한 것을 이미 알고 있었던 게 분명했다. 밖에서 즐겁게 인사하는 소리와 방으로 향하는 발소리를 듣지 못했을 리가 없었다. 그런데 이번에는 평소 내가 방에 들어설 때마다 의심스러운 눈초리로 불안한 듯 나를 살피고 감시하던 그 눈빛이 보이지 않았다. 에디트는 편안하게 안락의자에 앉아 있었고, 나 역시 담요 아래에 불편한 다리가 숨어

---

* 미르테, 도금양 등으로 불리는 꽃으로 '순결'을 의미하며 신부를 꾸미는 데 사용된다. 꽃말은 '사랑의 속삭임'이다.

있다는 것, 안락의자가 사실상 그녀의 감옥이라는 것을 완전히 잊어버렸다. 나는 그저 에디트의 새로운 모습에 감탄할 뿐이었다. 에디트는 앳된 소녀처럼 즐거워하면서도 여인으로서도 더욱더 아름다워진 것 같았다. 그녀는 내가 감탄하는 것을 알아차리고 이를 선물로 받아들였다. 나를 맞이하는 에디트의 목소리에서는 예전에 우정을 나눌 때의 말투가 묻어났다.

"드디어! 드디어 오셨군요! 여기 내 옆으로 와서 앉으세요. 그리고 아무 말씀 마세요. 내가 먼저 중요한 이야기를 해드릴게요."

나는 편안하게 자리에 앉았다. 상대방이 내게 이토록 밝고 친절하게 대해주는데 계속 당황하고 난처한 모습만을 보여줄 수는 없지 않은가!

"1분만 내 말을 들어주세요. 내 말을 끊지 않으실 거죠?" 그녀가 이번에는 단어 하나하나를 신중하게 생각해놓았다는 것을 알 수 있었다. "아빠한테 하신 말씀 모두 들었어요. 당신이 나를 위해서 어떤 일을 하시려는지 알고 있어요. 내가 지금부터 약속을 해드릴테니까 한마디 한마디를 모두 믿어주셔야 해요. 나는 당신에게 절대로— 들으셨죠? 절대로!— 당신이 왜 그렇게 했는지 묻지 않을 거예요. 아버지를 위해서 그런 건지, 나를 위해서 그런 건지, 아니면 단순히 동정심 때문이었는지. 아니, 내 말을 끊지 말아주세요. 나는 알고 **싶지 않아요**. 더 이상 생각하고 싶지도 않고, 나 자신과 다른 사람들을 괴롭히고 싶지도 않아요. 당신 덕분에 내가 다시 살아났고 앞으로 살아갈 거라는 것, 어제부터 내 삶이 다시 **시작**되었다는 것만으로도 충분해요. 내가 완치된다면 그것은 오직 한 사람 덕분이에요. 바로 당신이죠. 오로지 당신 덕분이라고요!"

에디트는 잠시 머뭇거리더니 말을 이어갔다. "내가 어떤 약속을 해드릴 건지 잘 들으세요. 오늘 밤 곰곰이 생각해봤어요. 예전의 초조하고 불안한 마음으로 생각한 것이 아니라 처음으로 건강한 사람처럼 생각을 해봤답니다. 불안해할 필요 없이 생각할 수 있다는 것이 얼마나 즐거운 일인지 이제서야 깨닫게 되었어요. 정상적인 사람이 느끼는 감정이 어떤 것인지를 처음으로 짐작할 수 있게 되었답니다. 모두 당신 덕분이에요! 그래서 나는 의사들의 말을 잘 듣기로 했어요. 지금과 같은 괴물에서 벗어나 진정한 사람이 되기 위해서 그들이 시키는 대로 뭐든지 할 거예요. 이제는 그게 얼마나 가치 있는 일을 위한 것인지 알았으니까 절대로 마음 약해지거나 포기하지 않을 거예요. 내 몸의 신경 하나하나, 힘줄 하나하나까지 그리고 피 한 방울 한 방울까지도 온 힘을 다할 겁니다. 이토록 간절하게 원한다면 하느님도 어쩔 수 없이 도와주실 거예요. 이 모든 것을 당신을 위해서 하겠어요. 당신의 희생을 원하지 않기 때문이죠. 하지만 **성공하지 못한다** 해도—아니, 내 말을 끊지 마세요!—**완치가 되지 않는다** 해도, 내가 다른 사람들만큼 자유롭게 움직이지 못한다고 해도, 당신은 아무 걱정하지 마세요! 그렇게 되면 내가 모든 것을 혼자서 감당할 거예요. 받아들일 수 없는 희생도 있는 법이랍니다. 특히 사랑하는 사람의 희생은 절대로 받아들여서는 안 되는 거죠. 내가 모든 것을 건—정말 모든 것을 걸었어요!—이번 치료가 실패한다면 당신은 다시는 나를 볼 일도 내 소식을 들을 일도 없을 거예요. 나는 절대로 당신에게 짐이 되지 않겠어요. 이건 맹세할 수 있어요! 나는 더 이상 그 누구에게도—특히나 당신에게는—짐이 되고 싶지 않아요. 자, 이게 전부예요. 이 일에 대해서는 이제 아무 말도 마세요. 앞으로 함께할 수 있는 시간이 이틀밖에 남아 있지 않은데 이 시간 동안만이라도 행복하게 지내고 싶어요."

에디트의 목소리는 평소와는 달리 어른스러웠다. 그녀의 눈빛도 달라져 있었다. 그것은 어린아이의 불안한 눈빛도 갈망하는 듯한 환자의 눈빛도 아니었다. 나에 대한 그녀의 사랑이 전과는 달라졌다는 것을 느낄 수 있었다. 초기의 가벼운 사랑도 아니고 갈망하며 고통스러워하는 사랑도 아니었다. 내가 에디트를 보는 시선도 달라져 있었다. 전처럼 그녀의 불행에 대한 동정심으로 마음이 무겁지도 않았고 더 이상 불안해하거나 조심스러워할 필요 없이 그녀를 진심으로 대할 수 있었다. 나는 나도 모르게 이 연약한 소녀에게, 그렇게도 꿈꾸던 행복에 대한 기대감만으로도 환하게 빛나는 이 소녀에게 처음으로 진정한 애정을 느꼈다. 나도 모르게 가까이 다가가 에디트의 손을 잡았다. 에디트는 전처럼 몸을 떨지 않았다. 에디트의 작고 차가운 손은 편안하게 내 손에 들어와 있었고 나는 그녀의 맥박이 평화롭게 뛰는 것을 느끼며 행복해했다.

그런 다음 우리는 편안하게 여행에 대해서, 일상적인 일들에 대해서 이야기를 나누었다. 시내에서 일어난 일, 부대에서 일어난 일에 대해 끊임없이 수다를 떨었다. 나는 이렇게 간단한 일을 가지고 내가 왜 그토록 고통스러워했는지 이해가 가지 않았다. 그저 한 사람 곁에 앉아서 그 사람의 손을 잡으면 되는 일이었다. 경직되지 말고 감정을 숨기지도 말고 서로의 진심을 보여주면 되는 일이었다. 애정을 거부하지 말고 부끄러워하지도 말고 순수하게 감사하는 마음으로 받아들이면 되는 일이었다.

이야기를 나눈 후 우리는 식탁에 앉았다. 은빛 촛대가 불빛에 반짝였고 화병 속 꽃들은 타오르는 불꽃처럼 고개를 내밀고 있었다. 크리스털 샹들리에의 불빛이 거울에서 거울로 옮겨 다니며 인사를 했고 저택은 환한 진주를 머금고 있는 캄캄한 조개처럼 침묵하고 있었다. 열린 창문으로 향기가 들어오면서 마치 밖에 서 있는 나무들의 조용한 숨소리와 잔디를 쓰다듬는 따뜻한 바람 소리가 들리는 것처럼 느껴졌다. 모든 것이 그 어느 때보다도 아름답고 그 어느 때보다도 화기애애했다. 노인은 신부님처럼 몸을 꼿꼿이 세운 채 위엄 있게 자리에 앉아 있었고 에디트와 일로나는 그 어느 때보다 밝고 젊어 보였다. 하인의 셔츠가 그토록 하얗게 반짝이고 과일이 그토록 매끈하고 알록달록하게 빛나는 것도 처음인 것 같았다. 우리는 앉아서 먹고 마시고 대화를 나누며 평화를 되찾은 것을 기뻐했다. 새들이 재잘거리듯이 여기저기서 웃음꽃이 피었고 유쾌한 기분이 파도처럼 일렁였다. 하인이 채워준 샴페인 잔을 들고 내가 제일 먼저 에디트를 향해 "당신의 건강을 위하여!"라고 말하자 갑자기 주위가 조용해졌다.

"네, 건강해져야죠." 에디트는 마치 나의 건배가 생사를 가를 수 있는 힘을 지닌 것처럼 신뢰가 가득한 눈빛으로 나를 쳐다보았다. "당신을 위해 건강해져야죠."

"하느님의 은총이 있기를!" 에디트의 아버지가 자리에서 일어났다. 그는 감정을 주체하지 못했다. 눈물이 흘러내리면서 안경을 적시자 그는 안경을 벗고 이리저리 닦기 시작했다. 그의 손이 나를 간절하게 붙들고 싶어 한다는 것을 느낄 수 있었고, 나는 그를 피하지 않았다. 나 역시 그에게 감사의 마음을 전하고 싶었다. 나는 그에게 다가가 그의 수염이 내 뺨에 닿을 정도로 힘껏 껴안아주었다. 노인이 내게서 떨어지자 나를 바라보고 있는 에디트의 모습이 보였다. 그녀의 입술이 가볍게 떨리고 있었다. 나는 그녀의 반쯤 열린 입술이 얼마나 키스를 갈망하고 있는지 느낄 수 있었다. 나는 얼른 몸을 숙여서 그녀의 입술에 키스를 했다.

그것이 우리의 약혼식이었다. 나는 결코 의무적으로 그녀에게 키스를 한 것이 아니었다. 그저 순수한 감정에 이끌려 그렇게 한 것이었다. 생각지도 않게, 의도하지 않게 벌어진 일이었지만 나는 그 소소하고 순수한 입맞춤을 후회하지 않았다. 행복에 젖은 그녀는 전처럼 요동치는 가슴을 거칠게 들이밀지도 않았고 나를 꽉 움켜잡지도 않았다. 그저 큰 선물을 받는 것처럼 공손하게 자신의 입술로 나의 입술을 받아줄 뿐이었다. 다른 사람들은 모두 숨죽이고 있었다. 그런데 그때 한쪽 구석에서 수줍은 듯한 소리가 들려왔다. 처음에는 누군가가 어색함을 감추기 위해 헛기침을 하는 줄 알았는데 자세히 보니 요제프가 구석에서 조용히 흐느끼고 있는 것이었다. 그는 샴페인 병을 내려놓은 채 우리에게 등을 돌리고 있었다. 주제넘게 감격해하는 자신의 모습을 우리에게 보이고 싶어 하지 않는 듯했지만 우리는 그가 흘리는 낯설고 당황스러운 눈물이 우리 자신의 눈에도 따뜻하게 고여 있는 것을 발견했다. 갑자기 에디트의 손이 내 손을 붙잡았다. "잠시만 줘보세요."

나는 그녀의 의도를 알지 못한 채 손을 내밀었다. 그런데 갑자기 차갑고 매끈한 것이 나의 네번째 손가락으로 밀려들어오는 것이었다. 그것은 반지였다. "내가 없는 동안에도 내 생각을 해주세요." 에디트가 미안해하며 말했다. 나는 반지를 쳐다보지 않은 채 그녀의 손에 입을 맞췄다.

그날 밤 나는 신이었다. 나는 이 세상을 창조했다. 그리고 이 세상은 자비와 정의로 가득했다. 나는 한 사람을 창조했다. 그리고 그의 이마는 아침처럼 순수하게 빛났고 그의 눈에는 행복의 무지개가 담겨 있었다. 나는 풍요로움으로 식탁을 차렸다. 과일을 익게 했고 와인과 음식에 맛을 부여했다. 그리고 풍요로움을 증명하는 음식들이 제물처럼 내게 바쳐졌다. 반짝이는 잔과 커다란 바구니에 담겨 나온 와인과 과일은 내 입 안에서 달콤하게 녹아내렸다. 나는 집 안에 빛을 가져왔고 사람들의 마음도 밝혀주었다. 샹들리에의 불빛 아래 와인 잔이 반짝였고, 테이블보는 눈처럼 하얗게 빛났다. 나는 자부심을 느꼈다. 사람들은 내가 발산하는 빛을 사랑했고 나는 그들의 사랑을 받으며 그 사랑에 취해버렸다. 그들은 내게 와인을 바쳤고 나는 마지막 한 방울까지 마셨다. 그들은 내게 과일과 음식을 바쳤고 나는 이를 기쁘게 받았다. 그들은 내게 존경과 감사를 바쳤고 나는 음식과 와인을 받은 것처럼 그들의 마음을 받아주었다.

그날 밤 나는 신이었다. 그러나 나는 옥좌 위에 앉아 냉철한 눈으로 내 작품과 업적을 내려다보지 않고, 그들과 함께 자리하고 즐겁게 대화하며 은빛 구름 사이로 희미하게 보이는 그들의 모습을 살펴보았다. 내 왼쪽에는 노인이 앉아 있었다. 내가 발산하는 자비로운 빛이 그의 이마의 주름을 펴주었고 그의 눈에 드리운 그림자를 없애주었다. 나는 그에게서 죽음을 걷어 갔고 그는 되살아난 목소리로 내가 그에게 행한 기적에 감사를 표했다. 내 옆에는 한 소녀가 앉아 있었다. 그녀는 자유롭지 못한 몸 때문에 몹시 혼란스러워하고 괴로워하던 환자였다. 그러나 이제는 그녀에게 회복의 빛이 비추고 있었다. 나의 입김으로 그녀는 불안의 지옥에서 벗어나 사랑의 천국으로 승천할 수 있었고 그녀의 반지는 내 손가락에서 샛별처럼 반짝이고 있었다. 그녀의 맞은편에는 다른 소녀가 앉아 있었다. 그녀 역시 나를 향해 감사의 미소를 짓고 있었다. 내가 그녀에게 아름다움을 선사했고 그녀의 반짝이는 이마 위로 내려오는 숲처럼 향긋한 머리카락을 선물해주었기 때문이다. 내가 그곳에 존재하는 것만으로도 나는 모두에게 기적을 베풀었고 은총을 내렸다. 그들은 모두 나의 빛을 눈에 담고 있었다. 그들이 서로를 바라볼 때 나는 그들의 시선 속에서 반짝였다. 그들이 서로 대화를 나눌 때 그들이 말하는 주제, 그들이 하는 말의 의미가 곧 나였고, 침묵할 때조차도 그들의 머릿속에는 내가 있었다. 오직 나만이 그들의 행복의 시작이자 한가운데이자 원천이었기 때문이다. 그들이 서로를 칭찬하는 것은 곧 나를 칭찬하는 것이었고, 서로를 사랑하는 것은 곧 모든 사랑을 창조한 나를 사랑하는 것이었다. 나는 그들의 한 가운데에 앉아 내가 만들어낸 작품을 감상하며 나의 창조물에 자비를 베푼 것이 잘한 일임을 다시 한 번 확인했다. 그러면서 관대한 마음으로 와인과 함께 그들의 사랑을 마셨고, 음식과 함께 그들의 행복을 맛봤다.

그날 밤 나는 신이었다. 나는 불안한 물결을 잠재웠고 그들의 마음에서 어둠을 없애주었다. 또한 나 자신에게도 불안감을 없애주었다. 내 마음은 그 어느 때보다도 평온했다. 밤이 깊어지고 자리에서 일어날 때가 되자 비로소 마음속에서 작은 슬픔이 일기 시작했다. 그것은 모든 일을 마친 신이 일곱번째 날에 느끼는 영원한 슬픔이었다. 나의 슬픔은 사람들의 공허한 표정에서 그대로 드러났다. 이제는 작별할 시간이었다. 마치 잊지 못할 순간, 흘러간 구름처럼 다시는 돌아오지 않을 그런 순간이 끝나간다는 것을 알고 있기라도 한 듯 우리는 모두 이상하리만치 흥분하고 있었다. 나는 처음으로 에디트와 헤어지는 일이 걱정되었다. 진짜 연인처럼 나는 나를 그토록 사랑해주는 그녀와의 작별을 미루고 있었다. 그녀의 침대맡에 앉아 계속해서 부드럽고 수줍은 손을 쓰다듬고 계속해서 행복에 겨워하는 장밋빛 미소를 볼 수 있으면 좋겠다는 생각이 들었다. 그러나 시간이 너무 늦었다. 어쩔 수 없이 나는 그녀를 안아주고 입술에 키스를 해주는 것으로 만족해야 했다. 키스를 하는 동안 에디트는 나의 온기를 영원히 간직하려는 듯 숨을 머금고 있었다. 그런 다음 나는 케케스팔바의 배웅을 받으며 문으로 향했다. 마지막으로 눈빛을 교환하고 인사까지 마친 후 나는 성공적으로 일을 완수하거나 보람찬 일을 끝낸 것처럼 자유롭고 당당하게 걸어나갔다.

나는 하인이 모자와 군도를 준비한 채 기다리고 있는 현관으로 들어섰다. 조금만 더 빨리 걸어갔어야 했다! 너무 예의를 차리지 말아야 했다! 그러나 노인은 나를 보내주려 하지 않았다. 그는 또다시 나를 붙잡고 내 팔을 쓰다듬으며 자신이 내게 얼마나 감사하는지, 내가 그를 위해 어떤 일을 했는지를 설명하고 또 설명했다. 이제는 아이가 치료될 것이니 안심하고 죽을 수 있다며 내 덕분에 모든 일이 잘 풀렸다고 말했다. 고개를 숙인 채 옆에서 기다리고 있는 하인 앞에서 그토록 나를 쓰다듬고 칭찬하는 것이 민망하게 느껴졌다. 나는 이미 여러 차례 노인에게 작별의 뜻으로 악수를 했지만 그는 계속해서 같은 말을 반복하고 또 반복했다. 연민에 사로잡혀 바보가 되어버린 나는 그저 가만히 서 있었다. 내 안에서 어두운 목소리가 이만하면 됐다고, 너무 과하다고 충고하는데도 나는 그에게서 차마 몸을 빼낼 수가 없었다.

갑자기 문 뒤에서 소란스러운 소리가 들렸다. 나는 귀를 쫑긋 세웠다. 옆방에서 다툼이 있는 것 같았다. 흥분한 듯 격한 소리가 오가는 것이 들렸다. 나는 싸우는 목소리의 주인공이 일로나와 에디트임을 알고 깜짝 놀랐다. 한 사람이 뭔가를 하려고 하는데 다른 사람이 이를 만류하는 것 같았다. "제발 그만둬." 일로나의 목소리가 또렷하게 들려왔다. 그러자 이번에는 에디트가 성난 목소리로 "싫어. 나를 내버려둬!"라고 외치는 것이었다. 노인이 말하는 동안 나는 불안감을 느끼며 옆방에서 들려오는 소리에 귀를 기울였다. 도대체 무슨 일이 일어나고 있는 거지? 어째서 평화가 깨진 거지? 나의 평화, 신이 내린 평화가 어째서 깨졌단 말인가? 에디트는 도대체 뭘 저렇게 원하는 것이고 일로나는 왜 이를 막으려는 것일까? 그때였다. 갑자기 끔찍한 소리가 들려왔다. 또각또각, 또각또각. 목발 소리였다. 설마 요제프의 도움 없이 나를 따라나오려는 것은 아니겠지? 그런데 또각거리는 소리가 급격하게 다가오고 있었다. 또각또각, 오른쪽, 왼쪽, 또각또각, 오른쪽, 왼쪽…… 나도 모르게 흔들거리는 에디트의 몸뚱이가 눈앞에 그려졌다. 이제 에디트는 문앞에 이른 듯했다. 곧이어 쾅하고 커다란 물체가 문에 부딪히는 소리가 들렸다. 그러더니 지친 기색이 역력한 거친 숨소리와 함께 문고리가 세차게 아래로 당겨졌다.

끔찍한 광경이었다! 지친 기색으로 문지방에 기댄 채 서 있는 에디트의 모습이 눈에 들어왔다. 왼손은 균형을 잃지 않기 위해 문지방을 꽉 움켜쥐고 있었고 오른손은 두 개의 목발을 들고 있었다. 에디트의 뒤에는 절망스러운 표정을 짓고 있는 일로나가 서 있었다. 일로나는 에디트를 부축해주거나 만류하려고 하는 것 같았다. 그러나 에디트의 눈은 초조함과 분노로 이글이글 타오르고 있었다. "내버려둬! 내버려두라고 했잖아!" 에디트는 성가시다는 듯이 자신을 도우려는 일로나에게 소리쳤다. "아무도 도와줄 필요 없어! 나 혼자 할 수 있어!"

케케스팔바나 하인이 제대로 정신을 차리기도 전에 믿을 수 없는 광경이 펼쳐졌다. 에디트는 엄청난 일을 앞둔 사람처럼 입술을 꽉 깨물더니 이글이글 불타오르는 부릅뜬 눈으로 나를 쳐다보았다. 그러고는 목발의 도움 없이 맨몸으로 나에게 다가오기 위해 마치 물에 뛰어드는 사람처럼 자신의 몸을 지탱해주는 문지방을 박차고 몸을 앞으로 내던졌다. 몸을 던지는 순간 에디트는 넘어질 듯 휘청거렸지만 곧 왼손과 목발을 쥐고 있는 오른손을 옆으로 펼치며 균형을 잡았다. 그런 다음 다시 한 번 입술을 꽉 깨물고는 한 발을 앞으로 내딛고 다시 다른 쪽 발을 끌어왔다. 꼭두각시처럼 그녀의 몸이 오른쪽 왼쪽으로 당겨졌다. 하지만 그녀가 걷고 있었다! 그녀가 걷는 것이었다! 부릅뜬 눈을 나에게 향한 채 에디트는 투명한 끈을 잡고 몸을 끌고 가듯이 앞으로 움직이고 있었다. 입술을 꽉 깨문 채 일그러진 표정으로 그녀가 걷고 있었다! 마치 폭풍 속에서 배가 흔들리듯이 비틀거렸지만, 어쨌든 그녀는 걷고 있었다! 목발이나 남의 도움 없이 처음으로 혼자서 걷고 있었다! 그녀의 의지가 죽은 다리를 깨우는 기적을 발휘한 게 틀림없었다. 아직까지 그 어떤 의사도 내게 불구인 그녀가 어째서 이때만은 약해지고 굳어진 다리를 움직일 수 있었는지 설명해주지 못했고, 나 또한 어떻게 해서 그런 일이 벌어질 수 있었는지 이해하지 못했다. 우리는 모두 몸이 굳어버린 채 황홀경에 빠진 듯한 에디트의 눈동자만을 들여다보고 있었다. 일로나까지도 에디트를 따라가며 보호해주는 것조차 잊고 있었다. 에디트는 내면의 폭풍에 떠밀려가듯 얼마 안 되는 거리를 비틀거리며 걷고 있었다. 그것은 걷기라기보다는 바닥 가까이에서 날아가는 것에 가까웠다. 날개를 다친 새가 조심스럽게 바다 위를 날아가는 모습이었다. 그러나 그녀의 의지, 마음속의 악마는 에디트를 계속해서 앞으로 밀어냈다. 이제 에디트는 내게 아주 가까이 다가와 있었다. 승리감에 취해 에디트는 지금까지 균형을 잡기 위해 옆으로 뻗고 있던 양팔을 나를 향해 앞으로 내밀었다. 긴장감에 굳어 있던 표정도 이미 행복한 미소로 바뀌어 있었다. 그녀는 해낸 것이다. 두 걸음, 아니, 한 걸음, 마지막 한 걸음만 더 가면 기적이 이루어진다. 미소를 짓는 그녀의 입에서 흘러나오는 숨결이 느껴질 정도로 에디트는 내게 바싹 다가와 있었다. 그런데 바로 그때, 끔찍한 일이 벌어졌다. 곧 내 품에 안길 것을 기대하며 팔을 격렬하게 앞으로 뻗은 것이 화근이었다. 에디트는 균형을 잃었다. 마치 낫으로 베인 듯 무릎이 꺾이면서 에디트는 내 발 앞에 쿵 쓰러졌고, 그녀가 들고 있던 목발은 큰 소리를 내며 바닥 위에 떨어졌다. 그 순간 충격에 휩싸인 나는 그녀에게 달려가 몸을 일으켜주는 대신 나도 모르게 뒷걸음질을 쳐버렸다.

이미 케케스팔바, 일로나, 요제프는 달려와서 신음하고 있는 에디트를 일으키고 있었다. 나는 그들이 에디트를 안고 나가는 것을 느낄 수 있었다(여전히 바라볼 용기는 내지 못하고 있었다). 절망과 분노가 가득한 에디트의 흐느낌과 그녀를 안은 채 조심스럽게 멀어져가는 발소리만이 들려왔다. 그날 밤 내 눈을 흐릿하게 만들었던 감동의 안개는 그 한순간에 걷혀버렸다. 그와 동시에 머릿속이 환해지면서 나는 모든 것을 잔인할 정도로 선명하게 볼 수 있었다. 가엾은 에디트는 결코 완치되지 않을 것이다! 모두가 나에게 기대한 기적은 이루어지지 않았다! 나는 더 이상 신이 아니었다! 그저 자신의 나약함 때문에 사람들에게 상처를 주고 연민으로 혼란을 야기하는 보잘것없고 하찮은 사람일 뿐이었다! 나는 내가 해야 할 일을 정확하게, 너무나도 정확하게 알고 있었다. 지금이야말로 그녀에게 신의를 지켜야 할 때였다! 지금에야말로 나는 그녀를 도와줘야 했다! 얼른 다른 사람들을 뒤따라가서 침대맡에 앉아 그녀를 위로하며 '훌륭하게 걸었다', '반드시 완치될 것이다'라고 거짓말을 해야 했다! 그러나 내게는 그토록 절망적인 거짓말을 할 힘이 더 이상 남아 있지 않았다. 두려움이 나를 엄습했다. 그것은 간절하게 애원하다가도 탐욕스럽게 갈망하는 눈동자에 대한 두려움, 격정적인 마음이 불러오는 초조함에 대한 두려움, 내가 극복할 수 없는 타인의 불행에 대한 두려움이었다. 나는 내가 무슨 짓을 하고 있는지 의식하지도 못한 채 군도와 모자를 집어 들었다. 그리고 세번째이자 마지막으로 범죄자처럼 그 집을 도망쳐 나왔다.

공기가 필요해! 숨을 못 쉬겠어! 질식할 것 같아! 나무들 때문에 밤 공기가 이토록 무겁게 느껴지는 것일까 아니면 내가 마신 엄청난 양의 와인 때문일까? 셔츠가 기분 나쁘게 몸에 달라붙었다. 나는 앞섶을 풀어헤치면서 무겁게 어깨를 짓누르는 외투를 던져버리고 싶은 충동을 느꼈다. 공기가 필요해! 숨 쉴 공기가 필요해! 마치 피가 살갗을 뚫고 나오려는 듯이 뜨거운 열기가 솟구쳤고 귀에서는 계속해서 또각거리는 소리가 울렸다. 이것은 그 끔찍한 목발 소리일까 아니면 관자놀이에서 뛰는 맥박 소리일까? 나는 왜 이렇게 달리고 있는 거지? 도대체 무슨 일이 있었던 거지? 생각을 해보자. 도대체 무슨 일이 있었지? 천천히 생각해보자. 저 또각거리는 소리에 신경 쓰지 말고 차분하게 생각해보자. 가만히 있어보자. 나는 약혼을 했지. 아니, 약혼을 당했어. 나는 원치 않았는데, 한 번도 그런 생각은 해본 적이 없는데…… 어쨌든 나는 이미 약혼 상태야. 이제는 매인 몸이 된 거야. 그렇지만…… 아니지, 그건 아니지. 나는 노인네에게 그녀가 완치될 경우에라고 말했어. 하지만 에디트는 결코 완치되지 않을 거잖아. 내 약속은 완치될 경우에만 적용되는 거라고! 아니, 이제는 아예 적용되지 않는 거지! 아무 일도 일어나지 않았어, 아무 일도. 그런데 그렇다면 나는 왜 그녀의 입술에 키스를 했을까? 나는 그저…… 아, 이놈의 연민, 이 빌어먹을 놈의 연민! 그들은 언제나 내 연민을 이용해서 나를 붙들었지. 이번에는 제대로 걸려든 거야. 나는 사실상 약혼을 한 거라고. 두 사람이나 그 자리에 있었잖아. 아버지와 다른 아가씨. 게다가 하인까지 있었어. 하지만 나는 원치 않아. 원치 않는다고! 어떻게 하지? 생각 좀 해보자. 또각또각 또각또각. 이놈의 끔찍한 또각거리는 소리! 이 소리는 언제까지나 내 귀에 맴돌겠지. 그녀는 언제까지나 목발을 짚고 나를 쫓아올 걸야. 이미 일은 벌어졌고 돌이킬 수 없게 됐어. 나는 그녀를 속였고 그들은 나를 속인 거야. 나는 약혼했어. 그들이 나를 약혼시켰다고.

저게 뭐지? 왜 나무들이 저렇게 정신없이 흔들거리지? 별들은 또 왜 저러지? 아, 어지럽다! 내 눈에 무슨 문제가 생긴 게 분명해! 게다가 뭐가 이렇게 머리를 짓누르는 거지! 아, 이 무더위! 이마를 좀 식혔으면 좋겠는데…… 그러면 제대로 생각을 할 수 있을 것 같은데…… 아니면 목구멍에서 이 끈적끈적하고 구역질 나는 것을 씻어내기 위해 뭐라도 좀 마실 수 있으면 좋겠는데…… 저 앞쪽에 우물이 있지 않았나? 말을 타고 이 길을 자주 다녔잖아. 아니구나, 이미 오래전에 지나쳤구나. 미친놈처럼 달렸던 모양이네. 그러니까 관자놀이가 방망이질치는 거지. 아, 이 끔찍한 또각거리는 소리! 뭘 좀 마시기만 하면 정신을 차릴 수 있을 것 같은데…… 아, 드디어 낮은 건물들이 보이기 시작하는군. 저기 반쯤 가려진 유리창 너머로 노란 불빛이 흘러나오고 있어. 맞아, 이제서야 기억이 나는군. 저곳은 아침마다 마부들이 화주로 몸을 녹이기 위해 들르는 그 술집이잖아! 들어가서 물 한 잔만 달라고 하든지 아니면 더 독한 걸로 목구멍에서 가래를 없애봐야겠어! 아무튼 아무거나 좋으니까 일단 뭘 좀 마셔야겠어! 나는 갈증에 허덕이며 아무 생각 없이 문을 활짝 열었다.

입구에 들어서는 순간 어두컴컴한 실내에서 싸구려 담배 냄새가 물씬 풍겨왔다. 가게 뒤쪽에는 질 나쁜 브랜디가 진열된 바가 있었고, 앞쪽 테이블에서는 인부들이 카드 게임을 하고 있었다. 기병 한 사람이 내게 등을 돌린 채 바에 앉아서 여주인과 시시덕거리고 있었다. 그는 문이 열리는 것을 느꼈는지 뒤를 돌아보더니 순간 놀라서 입을 벌렸다. 그는 곧바로 정신을 차리고 차렷 자세를 취했다. 왜 저렇게 놀라는 거지? 아, 아마도 나를 감찰 장교로 생각하는가 보군. 이미 취침시간이 훨씬 지났으니 놀랄 만도 하겠군. 여주인도 불안한 표정으로 쳐다보았고 인부들도 게임을 멈춘 채 나를 바라보고 있었다. 모두가 나를 이상하게 여기는 것 같았다. 그제서야(이미 너무 늦었지만) 나는 여기가 하급병사들이나 다니는 술집임을 깨달았다. 장교인 나는 이곳에 들어와서는 안 되는 것이었다. 나는 본능적으로 돌아서려 했다.

그러나 여주인은 이미 내게 다가와서 뭘 드시겠냐고 공손하게 묻는 것이었다. 나는 아무 생각 없이 이곳에 들어온 것에 대해 변명을 해야 한다는 생각이 들어서 몸이 안 좋다며 소다수와 슬리보비츠를 달라고 부탁했다. 여주인은 "네, 네"라고 말하고 급히 사라졌다. 나는 바에서 얼른 소다수와 슬리보비츠 한 잔만 들이키고 금방 나갈 생각이었다. 그런데 갑자기 등불이 비틀거리기 시작하더니 찬장 위에 놓인 병들이 소리 없이 위아래로 흔들리는 것이었다. 게다가 바닥까지 갑자기 푹신해지면서 좌우로 흔들리는 바람에 내 몸도 덩달아 비틀거렸다. 자리에 앉자! 나는 마지막 남은 힘으로 비틀거리며 빈 테이블에 가서 앉았다. 여주인이 소다수를 가져다주었고 나는 단숨에 마셔버렸다. 아, 시원하다! 좋다! 순간적으로 목구멍에서 구역질 나는 느낌이 사라지는 듯했다. 얼른 남은 브랜디 한 잔만 마시고 일어서자! 생각은 그렇게 했지만 나는 일어서지 못했다. 발은 바닥에 뿌리를 내린 것 같았고 머리는 텅 빈 듯 이상한 울림이 느껴졌다. 나는 슬리보비츠 한 잔을 더 주문했다. 한 잔만 더 마시고 담배 한 대만 피우고 얼른 나가자!

나는 담배에 불을 붙였다. 잠깐 동안만 앉아 있자. 멍한 머리를 잠시 양손으로 괴고 생각해보자. 하나씩 하나씩 차근히 생각해보자! 그러니까…… 나는 약혼을 했지. 약혼을 당했지. 하지만 그건 무효야…… 아니야, 회피하면 안 돼. 그건 유효하다고, 유효해! 나는 그녀의 입술에 키스를 했잖아. 그것도 자발적으로…… 하지만 에디트를 진정시키려고 그런 건데…… 그리고 에디트가 절대로 완치되지 않는다는 것을 알고 있었으니까…… 그녀는 조금 전에도 막대기처럼 쓰러졌잖아…… 그런 사람과 **어떻게** 결혼을 할 수 있어! 그건 진정한 여자가 아니잖아…… 그건 그저…… 하지만 그들은 나를 놓아주지 않을 거야. 절대로 나를 놓아줄 리

없어. 그 노인, 꿈에 나온 사악한 정령, 우울한 얼굴에 금테 안경을 낀 사악한 정령, 그 사람은 나에게서 떨어지지 않을 거야. 절대로 떨어지지 않아. 그는 언제나 내 팔을 붙들고, 언제나 내 연민, 내 빌어먹을 연민에 호소할 거야. 내일이면 온 동네에 소문을 낼 거고 신문에도 기사가 실릴 거야. 그러면 더 이상 돌이킬 수 없게 되는 거야. 미리 집에 알려야 하지 않을까? 어머니 아버지가 이 사실을 다른 사람들이나 신문을 통해서 알게 되기 전에 미리 알리는 게 낫지 않을까? 그들에게 내가 어떻게 해서 약혼을 하게 됐는지 설명해야 할까? 별로 서두를 생각도 없었고 별 뜻도 없었는데 단지 연민 때문에 이 일에 말려든 거라고? 아, 이 빌어먹을 연민! 이 빌어먹을 연민! 부대에서는 절대로 이해하지 못할 거야. 동료들 그 누구도 이해하지 못할 거야. 슈타인휘벨이 발린카이에 대해 뭐라고 말했더라? "어차피 자신을 팔아넘길 거면 적어도 비싼 값에 팔아야"라고 했던가? 빌어먹을, 동료들이 얼마나 떠벌리고 다닐까! 나도 내가 어떻게 해서 그런...... 그런 불구와 약혼을 할 수 있었는지 이해가 안 되는데...... 게다가 데지 큰어머니가 알게 되면...... 눈치 빠른 큰어머니는 절대로 누구에게 속을 사람이 아니지. 귀족이니 성이니 이런 걸로 큰어머니의 눈을 속일 수는 없을 거야. 큰어머니라면 곧바로 호적을 조사할 거고 이틀 후면 케케스팔바가 과거에는 카니츠였고 에디트는 반유대인이라는 것을 알게 되겠지. 큰어머니한테는 가족 중에 유대인이 있다는 것만큼 끔찍한 일도 없을 텐데...... 어머니는 괜찮을 거야. 어머니라면 돈에 넘어갈 거야. 6백, 7백만이라고 했던가? 하지만 나는 그런 돈은 원치 않아. 아무리 많은 돈을 준다고 해도 나는 그녀와 결혼할 생각이 없단 말이야. 나는 에디트가 치료될 경우에만 결혼한다고 약속한 건데...... 하지만 그걸 어떻게 설명하지? 부대에서는 그렇지 않아도 그 노인네를 안 좋게 생각하는데...... 게다가 부대의 명예니 뭐니 이런 일에는 다들 굉장히 예민한데…… 심지어 발린카이조차도 결코 용서받지 못했잖아. 자신을 팔아넘겼다고 모두들 빈정거리잖아. 늙은 네덜란드 암소한테 자신을 팔아넘겼다고. 그런 그들이 목발을 보게 되면…… 아니야, 집에는 알리지 않는 것이 좋겠어. 우선은 아무도 이 일에 대해 알아서는 안 돼. 나는 장교식당에서 놀림거리가 되지는 않을 거야! 하지만 어떻게 벗어날 수 있지? 발린카이가 있는 네덜란드로 가버릴까? 맞아. 아직 그의 제의를 거절하지 않았잖아. 아무 때고 로테르담으로 떠날 수 있어. 콘도어가 알아서 일을 해결하라지. 사실 이 모든 일을 벌인 것은 콘도어잖아. 어떻게든 알아서 해결하라지. 전부 그의 잘못인데…… 지금 당장 그에게 가서 모든 것을 분명히 하는 게 좋겠어. 나는 도저히 못하겠다고 말하는 거야. 방금 전에 그녀가 밀가루 포대처럼 바닥에 쓰러지는 모습은 정말 끔찍했다고! **어떻게** 그런 사람과 결혼할 수 있어! 그래, 지금 당장 가서 나는 손을 떼겠다고 말하는 거야! 당장 콘도어에게 가겠어! 당장! 마차를 불러줘! 마차, 마차! 어디로 가냐고? 플로리아니 거리…… 몇 번지였더라? 플로리아니 거리 97번지. 자, 빨리 가자! 팁을 많이 줄 테니 얼른 가자고! 말들을 다그치란 말이야! 아, 도착했군. 바로 알아보겠어. 콘도어가 살고 있는 초라한 집이지. 저 더럽고 끔찍한 층계도 한눈에 알아보겠어. 그나마 층계가 가팔라서 다행이야. 하하, 이런 층계라면 목발을 짚고 쫓아오지는 못하겠지? 여기는 못 올라올 거야. 여기는 그 또각거리는 소리로부터 안전할 거야. 뭐지? 그 칠칠치 못한 하녀가 또 문 앞에 서 있네? 저 계집은 항상 저렇게 문 앞에 서 있나? "의사 선생님 계신가요?" "아니요. 하지만 들어가세요. 금방 오실 겁니다." 멍청한 보헤미아 계집 같으니라고! 아무튼 들어가서 기다리자. 이 인간은 항상 나를 기다리게 하는군. 집에 있는 때가 없어. 아,

눈먼 여자가 들어오지 말아야 할 텐데. 제발, 지금은 그녀를 만날 수 없어. 계속해서 배려해야 할 것 아냐…… 지금으로서는 내 신경이 그걸 감당하지 못할 거야. 빌어먹을, 벌써 오고 있군. 그녀의 발소리가 들려. 아니다! 다행이다! 그녀의 발소리가 아니야! 그녀는 저렇게 힘차게 걷지 않았어. 그렇다면 저기서 말하면서 걸어오는 사람은 다른 사람이라는 건데…… 저 목소리는 내가 아는 목소리잖아. 어떻게 된 거지? 어째서……? 저건 데지 큰어머니의 목소리가 아닌가? 그리고…… 아니, 이게 어떻게 된 일이지? 어떻게 벨라 고모까지 와 있는 거지? 게다가 어머니와 형과 형수님까지? 말도 안 돼. 이건 있을 수 없는 일이야. 나는 지금 플로리아니 거리에 있는 콘도어네 집에서 그를 기다리고 있잖아. 가족들은 그를 알지도 못하는데, 어떻게 다들 콘도어의 집에 모여 있는 거지? 하지만 그들이 맞아…… 나는 그들의 목소리를 알고 있다고. 데지 큰어머니의 저 날카로운 목소리…… 이런, 어디에 몸을 숨기지? 소리가 점점 가까워지는군. 이제 문이 열리고 있어. 문이 양쪽으로 저절로 열렸어. 이런, 저기 다들 모여 있군. 마치 사진을 찍으려는 것처럼 반원 모양으로 둘러서서 나를 바라보고 있어. 어머니는 페르디난트 형의 결혼식 때 입었던 흰 레이스가 달린 검은색 공단 원피스를 입고 있고, 데지 큰어머니는 소매가 불룩한 블라우스를 입고 뾰족한 코 위에는 금테 코안경을 걸치고 있군. 아, 저 뾰족한 코는 내가 네 살 때부터 싫어했었지! 형은 연미복을 입고 왔네. 평일에 어째서 연미복을 차려입었지? 그리고 통통한 얼굴의 프란치 형수까지 왔군. 아, 끔찍해! 다들 나를 뚫어지게 쳐다보고 있어. 벨라 고모는 무언가를 기다리고 있는 것처럼 심술궂은 미소를 띠고 있잖아. 그런데 다들 반원 대형으로 선 채로 기다리고 또 기다리는데…… 도대체 뭘 기다리는 거지?

"축하해." 갑자기 형이 손에 실크해트를 쥔 채 점잔을 빼며 내게 다가와서 말했다. 마치 조롱하는 듯한 말투 같았다. 형에 이어서 다른 사람들도 고개를 끄덕이며 "축하해. 축하해" 하며 인사를 건넸다. 그렇지만…… 어째서…… 어떻게 벌써 다들 알고 있지? 어떻게 다들 모여 있는 거지? 데지 큰어머니는 페르디난트 형과 사이가 안 좋은데…… 게다가 나는 아무한테도 말한 적이 없는데……

"정말 축하할 일이야. 아주 멋져. 7백만이라…… 대어를 낚았네! 정말 잘했어! 7백만이면 가족들에게도 조금씩은 떨어지겠군." 모두들 히죽히죽 웃으며 정신없이 떠들어댔다. "장하다, 장해." 벨라 고모가 큰 소리로 말했다. "프란치도 대학을 갈 수 있겠네. 정말 장가 잘 가는 거야!" "게다가 귀족이라잖아요." 실크해트를 쓴 형이 한마디 하자 곧바로 데지 큰어머니가 앵무새 같은 목소리로 형의 말을 잘랐다. "귀족인지 아닌지는 철저하게 조사해봐야지." 이번에는 어머니가 가까이 오더니 수줍게 말을 꺼내는 것이었다. "신부는 언제 소개해줄 거니?" 소개라고? 모두에게 목발을 보여주라고? 내가 내 어리석은 연민 때문에 얼마나 바보 같은 짓을 저질렀는지 모두에게 보여주라고? 절대로 그럴 수는 없어! 게다가 우리는 지금 플로리아니 거리에 있는 콘도어네 집에 있는데 어떻게 에디트를 소개해준단 말이야! 이곳은 3층인데 그녀가 어떻게 저 여든 개의 계단을 올라온단 말이야! 그런데 갑자기 왜 다들 몸을 돌리는 거지? 옆방에서 무슨 일이 일어났나? 그제서야 나는 등 뒤에서 바람이 느껴졌다. 뒤쪽에서 누군가가 문을 연 것이 분명했다. 또 누군가가 오고 있나? 정말이군. 누군가 올라오는 소리가 들려. 층계에서 신음 같은 소리와 뭔가 부딪히는 소리가 들리잖아. 무엇인가가 힘겹게 위로 올라오고 있어! 또각또각, 또각또각. 세상에, 그녀가 정말로 올라오는 건 아니겠지! 목발을 짚은 채 올라와서 나에게 망신을 주려는 것은 아니겠지! 그러면 난 저 비아냥거리는 사람들 앞에서 쥐구멍으로 숨어야 할 거야. 빌어먹을, 그녀가 맞아! 틀림없이 그녀야! 또각또각, 또각또각. 이건 너무나도 익숙한 소리잖아. 또각또각, 또각또각. 점점 가까이 오고 있어. 조금 있으면 도착할 거야. 문을 잠그는 게 좋겠어. 그런데 형은 이미 실크해트를 벗고 또각거리는 소리를 향해 고개를 숙이고 있었다. 도대체 누구에게 저렇게 인사를 하는 거지? 그것도 저렇게 깍듯하게? 갑자기 사람들이 유리창이 쨍그랑거릴 정도로 크게 웃기 시작했다. "**그랬군, 그랬어**. 아, **그랬구나!** 하하…… 하하…… 7백만은 이런 모습을 하고 있었구나. 7백만이라더니…… 하하…… 게다가 지참금으로 목발까지……."

아! 나는 깜짝 놀라 몸을 일으켰다. 여긴 어디지? 나는 정신없이 주위를 둘러봤다. 이런! 내가 잠이 들었던 모양이네. 초라한 술집에서 잠이 든 게 분명했다. 나는 조심스럽게 주위를 살폈다. 사람들이 뭔가 눈치챘을까? 여주인은 무심하게 술잔을 씻고 있었고 기병은 여전히 나에게 넓은 등판을 보이고 있었다. 그들은 나에게 전혀 신경 쓰지 않는 것 같았다. 재떨이에서 담배꽁초가 아직 완전히 꺼지지 않은 걸로 봐서는 내가 깜빡 잠이 들었던 시간은 불과 1, 2분밖에 되지 않은 듯했다. 정신없이 꿈을 꾼 시간이 기껏해야 1, 2분밖에 되지 않았던 것이다. 그러나 꿈을 꾸고 나자 몸의 열기가 가시고 멍했던 머리도 명료해졌다. 갑자기 무슨 일이 벌어졌는지 분명히 알게 되었다. 나가자! 우선 이 술집에서 나가자! 나는 테이블에 돈을 놓고 문으로 향했다. 그러자 기병이 벌떡 일어나더니 차렷 자세를 취했다. 카드 게임을 하던 인부들이 이상한 눈빛으로 나를 바라보는 것이 느껴졌다. 내가 문을 닫자마자 그들은 장교 제복을 입은 이상한 사람에 대해 떠들 것이 분명했다. 오늘부터는 모든 사람들이 내 등 뒤에서 나를 비웃겠지. 모두가 나를 비웃기만 하지, 아무도 연민에 사로잡힌 바보를 동정해주지는 않을 거야.

이제 어디로 가지? 숙소는 절대 안 돼! 텅 빈 방에서 혼자서 이런 끔찍한 생각을 하고 있으면 안 돼! 뭔가 좀더 마시고 싶군. 시원한 것, 독한 것을 마셔야겠어. 목구멍에서 또다시 역겨운 맛이 느껴지잖아. 어쩌면 나는 그 끔찍한 생각들을 토해내고 싶어하는 것일지도 몰라. 물로 씻어버리든 불로 태워버리든 어떻게든 그 생각들을 없애고 싶은 거야. 끔찍해! 정말 끔찍한 느낌이야. 시내로 가자. 아, 잘됐군. 시청 광장의 카페가 아직 열려 있어. 커튼 틈새로 불빛이 보이네. 아, 이제 뭘 좀 마시자! 뭘 좀 마셔야겠어!

카페에 들어서자마자 우리의 단골 테이블에 페렌츠, 요치, 슈타인휘벨, 군의관 등이 모두 모여 있는 것이 보였다. 그런데 요치가 왜 저렇게 이상한 표정으로 나를 쳐다보면서 옆사람을 툭툭 치는 거지? 왜 모두들 나를 뚫어져라 쳐다보는 거지? 왜 대화가 갑자기 뚝 끊긴 거지? 방금 전까지만 해도 문 앞에서 들릴 정도로 큰 소리로 격렬하게 떠들던데…… 왜 나를 보자마자 모두들 입을 다문 채 난처한 표정만 짓는 거지? 무슨 일이 있는 게 틀림없어!

그들이 이미 나를 봐버렸으니 다시 나갈 수도 없는 노릇이었다. 나는 최대한 태연한 척하며 그들에게 다가갔다. 사실 별로 내키지는 않았다. 그들과 농담을 주고받거나 수다를 떨 기분이 전혀 아니었다. 게다가 동료들 사이에서 긴장감이 흐르는 것이 느껴졌다. 평소 같으면 한 명이 손을 흔들거나 가게가 쩌렁쩌렁 울릴 정도의 큰 소리로 "어이!" 하며 인사를 했을 텐데, 오늘은 다들 잘못을 저지르다가 들킨 학생들처럼 얌전히 자리에 앉아 있었다. 나는 의자 하나를 테이블로 끌어오면서 태연한 척 말했다.

"앉아도 되겠나?"

요치는 이상하다는 듯이 나를 쳐다보았다. "자네들 생각은 어떤가?" 그는 동료들에게 고개를 끄덕이며 말했다. "앉아도 되겠냐니? 우리가 언제부터 이렇게 격식을 갖췄나? 하긴 이 녀석은 오늘 이미 한 번 격식을 갖춰봤을테니까!"

심술궂은 요치 놈이 농담을 한 건지 다들 히죽거리거나 애써 짓궂은 웃음을 감추고 있었다. 무슨 일이 있는 게 분명했다. 평소 같으면 누군가가 자정이 지난 시각에 나타나면 다들 어디서 오는 거냐며 온갖 추측을 해대곤 했다. 그런데 오늘은 아무도 내게 말을 걸지 않은 채 다들 난감한 표정만 짓고 있었다. 아마도 내가 즐거운 분위기에 찬물을 끼얹은 모양이었다. 마침내 요치가 몸을 뒤로 기대더니 총으로 표적을 겨누듯 왼쪽 눈을 반쯤 감으며 내게 묻는 것이었다.

"축하해도 되겠나?"

"축하라니? 무슨 일로?" 당황한 나머지 나는 순간적으로 그가 무슨 말을 하는지 전혀 눈치채지 못했다.

"방금 전에 약사가 다녀갔는데 그의 말로는 그 집 하인이 전화했다던데…… 자네가 그 집 아가씨와 약혼했다고."

모두가 나를 쳐다봤다. 둘, 넷, 여섯, 여덟, 열, 열둘. 열두 개의 눈동자가 뚫어지게 내 입을 쳐다보고 있었다. 내가 이 자리에서 인정을 하는 순간 그 즉시 야단법석이 날 것 같았다. 농담과 조소, 조롱 섞인 축하의 말들이 쏟아져 나올 것이 분명했다. 나는 절대로 인정할 수 없었다. 농담이나 하며 비아냥거릴 것이 뻔한 이놈들 앞에서 사실을 인정할 수는 없었다.

"말도 안 돼." 나는 상황을 회피하기 위해 화가 난 듯이 말했다. 그러나 동료들은 그것으로 만족하지 않았다. 페렌츠는 정말로 궁금한지 내 어깨를 두들기며 다시 한 번 묻는 것이었다.

"어이, 토니, 말해보게. 사실이 아니지? 내 말이 맞지?"

그 우직한 녀석이 좋은 의도로 한 말 때문에 나는 "그렇다"라는 대답을 하기가 한층 쉬워졌다. 비아냥거리기 좋아하는 그가 스스럼없이 호기심을 드러내는 것에 나는 구역질이 날 것만 같았다. 내 마음 깊숙한 곳에서도 아직 확실하게 이해하지 못한 일을 동료들에게 설명하려는 것 자체가 어리석은 일임을 알아차렸다. 그래서 나는 별 생각 없이 화를 내며 대답했다.

"전혀 사실이 아니네."

한순간 침묵이 흘렀다. 동료들은 놀란 표정으로 서로 시선을 교환했고, 조금은 실망한 것 같기도 했다. 내가 그들의 흥을 깬 게 분명했다. 그러나 페렌츠는 자랑스럽다는 듯이 팔꿈치로 테이블을 쾅 내리치더니 크게 소리치는 것이었다.

"그러면 그렇지! 내가 뭐라고 했나! 나는 내 호주머니 속만큼이나 호프밀러를 잘 알고 있다고! 내가 말하지 않았나. 약사가 더러운 거짓말을 한 거라고! 내일 그놈을 좀 손봐줘야겠네! 멍청한 약사 놈 같으니라고, 어디 감히 우리한테 거짓말을 해! 내일 그놈 귀싸대기라도 좀 갈겨줘야겠어! 어디서 감히! 멀쩡한 사람을 나쁜 놈으로 만들다니. 그 가벼운 주둥이로 우리 동료에 대해 거짓말을 퍼뜨리고 다니다니! 다들 들었지? 호프밀러는 그런 짓을 할 사람이 아니라고 내가 말하지 않았나! 호프밀러는 아무리 많은 돈을 준다고 해도 자신을 팔아넘길 놈이 아니라고!"

그는 나에게 몸을 돌리더니 커다란 손으로 내 어깨를 두들겼다.

"토니. 그 말이 사실이 아니라니. 정말로 기쁘네. 그게 사실이었다면 자네나 우리, 아니, 우리 부대 전체의 치욕이었을 것이네!"

"그렇지." 슈타인휘벨도 그의 말을 거들었다. "하필 그 늙은 모리배 녀석의 딸이라니! 예전에 울리 노이엔도르프를 거의 파산시킨 사람 아닌가! 그런 놈들이 성과 귀족 칭호까지 돈으로 살 수 있다는 것만으로도 어이가 없는데 자신의 귀한 따님까지 우리들 중 한 사람과 엮어주려 하다니! 뻔뻔한 놈 같으니라고! 그놈이 거리에서 나를 보면 피하는 이유가 있지."

모두가 그의 말을 거들어주자 페렌츠는 더욱더 흥분하기 시작했다. "빌어먹을 약사 놈! 지금이라도 그놈을 불러내서 귀싸대기를 갈겨주고 싶군. 비열한 놈! 자네가 몇 번 그 집에 드나들었다고 해서 그딴 거짓말을 퍼뜨리다니!"

이번에는 귀족 가문의 방탕아인 몸이 비쩍 마른 쉰탈러 남작까지 합세했다.

"호프밀러, 나는 그동안 자네에게 뭐라고 말을 한 적은 없었네. 어차피 누구나 제멋대로 사는 법이니까! 하지만 솔직히 말하면 나는 자네가 그 집에 자주 드나든다는 말을 들었을 때부터 마음에 들지 않았네. 우리처럼 명예를 중시하는 사람들은 어떤 집을 방문할 때 언제나 심사숙고해야 한다네. 그 사람이 지금 무슨 일을 하는지, 예전에 무슨 일을 했는지 나는 잘 알지도 못하고 관심도 없네. 나는 그 누구의 잘잘못을 따질 생각은 추호도 없네. 하지만 우리 같은 사람들은 어떤 일이건 신중을 기해야 한다네. 이것 보게. 이처럼 말도 안 되는 소문이 나돌잖나! 잘 알지 못하는 사람들과는 가까이 지내지 않는 게 좋네. 우리 같은 사람들은 언제나 정결해야 하네. 조금만 스쳐도 지저분해질 수 있지 않나. 아무튼 자네가 그들과 더 깊은 관계가 아니라서 다행이네."

　　모두들 흥분한 채 정신없이 떠들어댔다. 그들은 노인네를 욕하면서 온갖 지저분한 이야기들을 끄집어냈고, 그의 '불구' 딸을 조롱했다. 그러면서 내가 그들 '떨거지들'과 더 가까이 지내지 않은 게 얼마나 잘한 일인지 계속 칭찬했다. 나는 몸이 굳어버린 채 자리에 앉아서 아무 말도 하지 않았다. 그들의 역겨운 칭찬이 나를 고문했다. 마음 같아서는 "그 비열한 주둥이 좀 닥쳐!"라고 쏘아대거나 "나야말로 나쁜 놈이야! 진실을 말한 것은 내가 아니라 약사라고! 거짓말을 한 것은 바로 나란 말이야! 나야말로 비겁하고 고약한 거짓말쟁이야!"라고 소리치고 싶었다. 그러나 나는 이미 너무 늦었다는 것을 알았다. 이제 와서 돌려 말하거나 부인할 수는 없는 노릇이었다. 그래서 나는 담배를 꽉 문 채 그저 허공을 바라보며 앉아 있었다. 나의 침묵이 가엾은 그녀를, 아무 잘못도 없는 그녀를 얼마나 비열하게 배신하는 일인지 나는 분명하게 인식하고 있었다. 아, 나는 쥐구멍에라도 들어가고 싶었다! 나 자신을 파멸시키고 싶었다! 파괴하고 싶었다! 나는 시선을 어디에 둬야 할지 몰랐다. 내 거짓을 들통 낼지도 모르는 떨리는 손을 어디에 둬야 할지 도저히 알 수 없었다. 나는 조심스럽게 손을 맞잡고 아플 정도로 꽉 눌렀다. 그렇게 경련이 날 정도로 손을 짓누르면서 긴장감을 몇 분이라도 극복해보려고 애썼다.

　　그런데 손이 맞물리는 순간 손가락 사이에서 뭔가 단단한 것, 뭔가 낯선 것이 느껴졌다. 나도 모르게 그쪽으로 손이 갔다. 그것은 한 시간 전에 에디트가 얼굴을 붉히며 끼워준 반지였다! 내가 기꺼이 받아준 우리의 약혼반지였던 것이다! 나는 내 거짓말을 증명하는 이 반짝이는 반지를 손가락에서 빼낼 힘조차 없었다. 그래서 비겁하게도 동료들과 작별의 악수를 나누기 전에 보석이 박힌 쪽을 얼른 안으로 돌려놓기만 했다.

시청 광장은 얼음처럼 투명한 달빛 아래에서 무서울 정도로 환하게 모습을 드러내고 있었다. 보도블록 가장자리는 칼로 자른 듯 선명했고, 지붕과 용마루에 이르는 모든 선들이 덧그려진 것처럼 뚜렷하게 보였다. 내 머릿속도 그만큼 그림자 하나 없이 투명했다. 그 어느 때보다도 나는 명료하게 생각할 수가 있었다. 나는 내가 무슨 짓을 저질렀는지 알고 있었고 내가 어떻게 해야 하는지도 알고 있었다. 나는 밤 10시에 약혼을 했고 3시간 만에 비겁하게 약혼 사실을 부인했다. 기병대위 한 사람과 중위 두 사람, 군의관 한 사람, 소위 두 사람, 사관후보생 한 사람, 즉, 총 일곱 명의 증인들 앞에서 나는 약혼반지를 손가락에 낀 채로 비열한 거짓말을 했고 이에 대해 사람들로부터 칭찬까지 들은 것이다. 나는 나를 열정적으로 사랑하는 아가씨, 고통받는 무력한 아가씨를 웃음거리로 만들었고 사람들이 그녀의 아버지를 욕하는 것을 방치했고, 진실을 말하는 사람을 거짓말쟁이로 만들었다. 내일이면 부대 전체가 나의 부끄러운 행동에 대해 알게 될 것이고 그러면 모든 게 끝장이었다. 오늘까지 형제처럼 등을 두들겨주던 사람들도 내일이면 내게 인사조차 건네지 않을 것이고, 거짓말이 들통 나면 나는 부대로 돌아갈 수 없을뿐더러 내가 배신한 이들에게도 돌아갈 수 없게 된다. 발린카이조차도 나를 받아주지 않을 것이다. 3분간의 비겁한 행동이 내 인생을 파멸시킨 것이다. 이제 내게는 권총 외에는 다른 방법이 없다.

    카페에 앉아 있을 때부터 나는 내 명예를 구할 수 있는 길은 권총밖에 없다는 생각을 했다. 그리고 혼자 길을 걸으면서 나는 머릿속으로 그 일을 실행에 옮기는 방법을 생각하고 있었다. 마치 투명한 달빛이 모자를 뚫고 들어온 것처럼 머릿속 생각들이 명쾌하게 정리되었다. 나는 카빈총을 분해하듯이 냉철하게 내 인생의 마지막 두세 시간에 대한 계획을 세웠다. 모든 일을 깔끔하게 처리해야 해! 아무것도 잊어서도 간과해서도 안 돼! 먼저 부모님께 편지를 써서 부모님께 이런 고통을 안겨드려서 죄송하다는 말을 남기는 거야. 페렌츠에게도 편지를 써서 내 죽음으로 모든 일을 덮어두고 약사를 괴롭히지 말아달라고 부탁해야겠어. 그리고 세번째 편지는 연대장님께 보내는 거야. 최대한 이목을 끌지 않게 처리해달라고 부탁하고 장례식은 빈에서 치르되 사절단이나 화환은 필요 없다고 해야겠어. 케케스팔바에게 짤막하게 편지를 남기는 것도 나쁘지 않을 것 같군. 에디트에게 내가 진심으로 좋아했었고 나에 대해 너무 나쁘게 생각하지 말아달라고 전해달라고 하는 게 좋겠어. 편지를 다 쓰고 나면 방을 깨끗이 정리하고 메모지에 빚을 전부 적어놓고 내 말을 팔아서 빚을 청산해달라는 글을 남기면 될 거야. 남에게 물려줄 건 없을 거야. 시계와 얼마 되지 않는 옷가지는 내 당번병이 가지면 되고, 아, 반지와 금으로 된 담배 케이스는 케케스팔바 씨에게 돌려주라고 적어둬야겠구나.

또 뭐가 있지? 맞아! 에디트가 보낸 두 통의 편지를 태워버려야 해! 아예 모든 편지와 사진을 태워버려야겠어! 그 어떤 기억도 흔적도 남기지 않는 게 좋겠어. 눈에 띄지 않게 살아온 것처럼 최대한 눈에 띄지 않게 사라져버리는 거야! 두세 시간 안에 할 일이 무척 많군. 두렵거나 혼란스러워서 자살했다는 말을 듣고 싶지 않으면 모든 편지를 깔끔하게 써야 하는데…… 그리고 나면 마지막 일이 남아 있지. 사실 가장 쉬운 일이라 할 수 있어. 침대에 누워서 총소리가 들리지 않도록 담요 두세 장과 묵직한 매트리스까지 머리 위에 얹어야 할 거야(펠버 기병장이 예전에 그렇게 했었지. 그는 자정에 총을 쏴서 자살했는데 사람들은 아침이 되어서야 머리가 깨진 시신을 발견했어). 그리고 담요 아래에서 총신을 관자놀이에 최대한 가까이 붙여야 해. 내 총은 상당히 믿을 만하지. 우연찮게 이틀 전에 방아쇠에 기름칠까지 해두었고. 게다가 내 총솜씨는 매우 정확해.

다시 한 번 이야기하지만 나는 그 순간 나의 죽음을 준비했던 것처럼 무언가를 이렇듯 정확하고 치밀하게 준비해본 적은 단 한 번도 없었다. 한 시간을 배회한 후 부대에 도착할 때 즈음에는 마치 기록보관소에 정리되어 있는 것처럼 내가 해야 할 일들이 일목요연하게 분 단위로 정리되어 있었다. 배회하는 동안에도 내 발걸음은 평온했고 맥박도 차분하게 뛰었다. 자정이 지난 후 장교들이 사용하는 옆문의 자물쇠에 열쇠를 집어넣으면서 손이 전혀 떨리지 않는다는 사실을 확인하고는 일종의 자부심까지 느꼈다. 이런 어둠 속에서도 나는 한 치의 오차도 없이 작은 열쇠구멍을 정확하게 맞춘 것이다. 이제 안뜰을 지나서 층계만 올라가면 돼! 그러면 나 혼자만의 공간에서 일을 시작하고 동시에 생을 마감할 수 있어! 그런데 달빛 아래에서 환하게 빛나는 안뜰을 건너 어두컴컴한 층계 쪽으로 다가가는 순간, 그곳에서 누군가가 움직이는 것이 보였다. 빌어먹을! 나보다 한발 먼저 돌아온 동료가 인사하려고 기다리고 있나 보군. 어쩌면 길게 수다를 떨려고 할지도 몰라! 그런데 그 순간 나는 며칠 전에 나를 호되게 꾸짖은 부벤치크 연대장의 넓은 어깨를 알아보고는 불쾌한 기분이 들었다. 장교들이 늦게 돌아오는 것을 싫어하는 연대장이 일부러 문 앞에서 기다리고 있는 것 같았다. 하지만 이제 이따위 일들이 나랑 무슨 상관이람! 내일이면 나는 전혀 다른 누군가에게 보고를 하고 있을 텐데. 나는 그를 못 본 척하며 그냥 지나치려 했다. 그런데 그 순간 연대장은 그늘 밖으로 나오더니 걸걸한 목소리로 날카롭게 나를 부르는 것이었다.

"호프밀러 소위!"

나는 가까이 다가가서 차렷 자세를 취했다. 그는 날카롭게 나를 쏘아보았다.

"요즘 젊은 사람들은 외투를 반쯤 열어젖혀 입는 게 유행인가 보군. 자정이 지나면 젖을 흘리고 다니는 암퇘지처럼 아무렇게나 하고 돌아다녀도 된다고 생각하나? 조금 있으면 바지도 반쯤 걸친 채로 돌아다니겠군. 이건 절대로 용납할 수 없네! 내 장교들은 자정이 지난 후에도 단정하게 하고 다녀야 하네! 알겠나?"

나는 얌전히 군화 뒤축을 부딪치며 대답했다. "네, 알겠습니다, 연대장님."

그는 내게 경멸하는 듯한 시선을 보내고는 아무런 인사도 없이 몸을 돌려 층계를 향해 걸어갔다. 그의 비대한 등판이 달빛을 받아 더 넓어 보였다. 그 순간 나는 이 생애에서 듣게 되는 마지막 말이 욕설이라는 사실에 갑자기 화가 치밀었다. 그러면서 나도 모르게 몸이 움직이기 시작했다. 내 몸이 서둘러 그의 뒤를 쫓아가는 것이었다. 물론 나는 그런 나의 행동이 아무 의미가 없다는 것을 잘 알고 있었다. 생을 마감하기까지 남은 한 시간을 이런 고집불통 늙은이에게 무언가를 설명하면서 보낼 이유가 뭐가 있단 말인가? 그러나 자살을 하는 모든 사람들은(자신은 더 이상 살지 않을) 삶을 깔끔하게 마감하고 싶다는 말도 안 되는 허영심을 채우는 데 삶의 마지막 10분을 투자하지 않는가! 그들은 머리에 총알을 박기 전에 면도를 하고(누구를 위해서?) 깨끗한 속옷을 입는다(누구를 위해서?). 심지어 어떤 여자는 4층에서 몸을 던지기 전에 화장을 하고 미용실에서 머리를 하고 가장 비싼 향수까지 뿌렸다고 한다. 이처럼 논리적으로는 설명할 수 없는 감정이 내 근육을 움직이게 했다. 내가 연대장을 쫓아간 것은, 다시 한 번 강조하건대, 결코 죽음에 대한 두려움이나 갑작스러운 비겁함 때문이 아니라 순전히 더러운 상태로 이 세상에서 사라지고 싶지 않다는 본능 때문이었다.

연대장은 내 발소리를 들었는지 갑자기 몸을 휙 돌렸다. 짙은 눈썹 아래로 작고 날카로운 눈이 당혹스럽다는 듯이 나를 쳐다보고 있었다. 그는 하급장교가 허락도 없이 감히 자신의 뒤를 쫓아왔다는 엄청난 사실이 믿어지지 않는 듯했다. 나는 그와 두 걸음 정도 거리를 두고 멈춰 서서 경례를 했다. 그러고는 그의 위협적인 눈빛을 침착하게 받아내며 말했다. 내 목소리는 달빛만큼이나 창백했던 것 같다.

"몇 분만 시간을 내주시겠습니까, 연대장님?"

그의 짙은 눈썹이 놀랍다는 듯이 곡선을 그렸다. "뭐라고? 지금? 새벽 1시 반에?"

그는 언짢은 듯이 나를 쳐다보았다. 잠시 후면 나에게 욕설을 퍼붓거나 보고를 올리라고 하겠지? 그러나 내 표정에 그를 불안하게 하는 무언가가 있었던 모양이다. 그는 냉철하고 날카로운 눈으로 1, 2분가량 나를 살피더니 곧 으르렁거렸다.

"좋은 이야기는 아니겠군! 자네가 원하는 대로 해주지. 같이 올라가세. 하지만 빨리 끝내게!"

석유 램프의 불빛이 어두컴컴한 복도와 층계를 희미하게 밝히고 있었다. 복도는 텅 비어 있었지만 여전히 사람들의 숨으로 가득찬 듯했다. 나는 축 처진 그림자처럼 스베토차르 부벤치크 연대장의 뒤를 따랐다. 연대장은 백전노장의 장교로서 대원들이 가장 무서워하는 상관이었다. 그는 다리도 짧고 목도 짧고 이마도 짧았으며, 숱이 많은 눈썹 아래 깊숙한 곳에는 날카롭게 반짝이는 눈동자가 숨겨져 있었다. 육중한 몸과 묵직한 걸음걸이만으로도 그가 농부 출신임을 짐작할 수 있었다(그는 바나트 지역 출신이었다). 그러나 바로 그렇게 앞만 바라보는 우직하고 강직한 성품 덕분에 그는 느리지만 끈질기게 연대장까지 진급할 수 있었다. 그렇지만 교양이 없고 말투가 거칠고 품위가 없다는 이유로 국방부에서는 수년 전부터 그를 지방 주둔지로 돌리고 있었고 그가 장군으로 진급하기 전에 퇴역하리라는 것은 기정사실화되어 있었다. 이렇듯 별 볼 일 없는 천박한 사람이었지만 부대와 훈련장에서만큼은 그를 능가할 사람이 없었다. 그는 스코틀랜드의 청교도 신자가 성경을 외우듯이 군령의 사소한 항목까지 전부 외우고 있었다. 그에게 이러한 규칙들은 상황에 따라 유연하게 적용할 수 있는 법칙이 아니라 군인은 감히 그 의미나 무의미를 따져서는 안 되는 종교적인 계명과도 같았다. 그는 신앙인이 신을 섬기듯이 군에 인생을 바쳤다. 그는 여자를 만나지도 않았고 담배나 도박도 하지 않았으며 연극이나 연주회에도 다니지 않았다. 또한 자신이 가장 존경하는 대원수 프란츠 요제프 황제와 마찬가지로 군령과 군 신문 외에는 아무것도 읽지도 않았다. 그에게는 이 세상에 황실의 군대 외에는 아무것도 존재하지 않았다. 군대 내에서도 기병대, 기병대 내에서도 울란 기병, 울란 기병 중에서도 자신의 부하들만이 존재했다. 그렇기 때문에 그는 자신의 부하들이 다른 부대원들보다 더 나아야 한다는 사실에 인생의 의미를 두고 있었다.

    편협하고 고루한 시각을 가진 사람이 권력을 쥐게 되면 아랫사람들은 견디내기 어려운 법이다. 그리고 그것이 가장 끔찍하게 나타나는 곳이 바로 군대이다. 군대에서는 수천 개의 지나치게 정확하고 대개는 이미 낙후된 규칙에 따라 근무를 하게 되는데, 이 열정적인 연대장은 모든 규칙을 외우고 있었고 부하들에게도 글자 하나하나까지 충실히 지킬 것을 요구했다. 그렇기 때문에 이와 같은 성스러운 군령을 광신하는 연대장으로부터 안전하다고 느끼는 대원은 아무도 없었다. 꼼꼼함의 화신이라 할 수 있는 연대장은 육중한 몸을 말에 실은 채 주위를 살폈고, 식탁에 앉아서도 날카로운 눈빛으로 주위를 감시했다. 매점에서도 사무실에서도 그는 두려움의 대상이었다. 그가 지나가는 곳마다 공포의 바람이 불었다. 부벤치크 연대장이 황소처럼 상대를 들이받을 듯이 머리를 숙인 채 자신의 갈색 말을 타고 다가오면 시찰을 받기 위해 기다리던 대원들은 마치 건너편에서 적군의 포탄이 그들을 겨냥하고 있기라도 한 것처럼 몸이 굳어버린 채 미동도 하지 못했다. 언제라도 첫 포탄이 터질 수 있다는 것을 모두가 알고 있었다. 그것은 저지할 수도 회피할 수도 없는 것이었고, 첫 포탄의 희생자가 자신이 되지 않으리라고는 아무도 장담하지 못했다. 심지어 말들조차도 얼어붙은 채 귀도 쫑긋하지 않았고 박차 소리도 숨소리도 내지 않았다. 연대장은 사람들의 두려움을 즐기는 듯 천천히 다가오면서 날카로운 눈빛으로 한 명 한 명 살폈다. 그의 차가운 눈빛을 피해갈 수 있는 것은 아무것도 없었다. 모자가 손톱만큼 아래로 처져 있어도, 단추에 조금만 윤이 나지 않아도, 군도에 약간만 녹이 슬어 있어도, 말에 조금만 얼룩이 묻어 있어도 그는 그것을 놓치는 법이 없었다. 아무리 사소한 일이라도 규칙에 맞지 않는 것이 발견이 되는 순간, 폭풍우가, 아니, 욕설의 진흙더미가 쏟아져 내렸다. 그럴 때면 연대장의 좁은 제복 옷깃 위로 목젖이 종양처럼 급격히 부풀어 올랐고 짧은 머리카락 아래로 이마가 벌겋게 달아올랐으며 두툼한 핏줄이 관자놀이까지 시퍼렇게 솟아올랐다. 그러고는 쉰 목소리로 자신의 희생양에게 온갖 지저분한 욕설을 퍼붓기 시작했다. 때로는 그의 지나치게 상스러운 표현에 장교들은 화가 나서 바닥만 응시하기도 했다. 병사들 앞에서 연대장이 부끄러웠던 것이다.

부하들은 그를 살아 있는 악마처럼 두려워했다. 그것은 그가 사소한 잘못에 대해서도 죄를 물었고, 때로는 분노를 참지 못하고 얼굴에 주먹을 날리기도 했기 때문이다. 나는 언젠가 '황소개구리'(화가 나면 비대한 목이 터질 것처럼 부풀어 올라 우리가 지어준 별명이다)가 마구간에서 광분하는 것을 보고 옆칸에 있던 루테니아 출신 기병 한 사람이 러시아식 성호를 그으며 떨리는 입술로 기도를 하기 시작하는 것을 직접 목격한 적도 있었다. 부벤치크는 그 불쌍한 녀석들을 지칠 때까지 몰아붙였다. 그들을 두들겨 팼고, 팔이 끊어질 때까지 제식훈련을 시켰고, 바지에서 피가 흐를 때까지 말을 타게 했다. 그런데 놀랍게도 그에게 괴롭힘을 당하는 우직한 부하들은 온순하지만 그들에게 거리를 두는 장교들보다 두려움의 대상인 연대장을 더 좋아했다. 그들은 그가 보여주는 잔혹함이 신성한 군령을 지켜야 한다는 편협한 집착 때문이라는 것을 본능적으로 느끼는 것 같았다. 게다가 우리 장교들도 그들과 마찬가지로 연대장으로부터 괴롭힘을 당한다는 사실이 그들에게는 위안이 되었다. 제아무리 힘든 일일지라도 옆사람도 똑같이 고생하는 것을 보면 견뎌내기 훨씬 쉬워지는 법이다. 공정함이 폭력을 무마시키는 셈이다. 특히, 연대장과 W왕자의 이야기는 대원들 사이에 회자되어 그들을 즐겁게 해주었다. 지체 높은 황실 집안과 친척관계였던 W왕자가 군에 들어와서 제멋대로 굴자 부벤치크 연대장은 그에게 농부 출신의 부하들과 똑같이 14일간의 구금형에 처한 것이다. 빈에서 아무리 지체 높은 사람들이 전화를 걸어도 소용이 없었다. 연대장은 고귀한 부하에게 14일 가운데 단 하루도 감해주지 않았고, 그로 인해 그는 진급을 포기해야 했다.

    그러나 더욱더 신기한 것은 우리 장교들조차도 연대장과 일종의 교감을 느끼고 있다는 사실이었다. 그의 가혹한 태도가 진실된 마음에서 비롯한다는 사실과 무엇보다 그가 보여주는 무조건적인 연대감은 우리의 감탄을 자아내게 만들었다. 기병의 몸에 붙은 티끌 하나도, 말 안장에 묻은 얼룩 하나도 용서하지 않듯이 그는 그 어떤 불의도 참지 못했다. 그는 부대에서 스캔들이 발생하면 곧 자신의 명예가 더럽혀지는 것으로 여겼다. 우리는 그의 부하들로서 잘못을 저질렀을 때에는 곧장 그에게 가는 것이 가장 현명한 일임을 잘 알고 있었다. 그는 처음에는 우리에게 욕설을 퍼부을지라도 결국에는 우리를 진흙탕에서 꺼내주기 위해 최선을 다하곤 했다. 부하의 진급을 약속받거나 곤경에 처한 부하에게 알브레히트 기금에서 돈을 가불해주기 위해 그는 국방부로 달려가서 커다란 머리통을 들이밀며 고집스럽게 자신의 뜻을 관철해내기도 했다. 그가 우리를 얼마나 괴롭히든 간에 우리의 마음 깊숙한 곳에서는 바나트 지역 농부 출신의 이 연대장이 거칠고 고루하긴 하지만 그 어떤 고상한 장교보다도 군의 전통과 의미를 충직하고 진실되게 지키고 있음을 알고 있었던 것이다. 봉급이 얼마 되지 않는 우리 하급장교들에게는 봉급보다도 그와 같은 보이지 않는 명예가 더 중요하게 여겨졌다.

내가 지금 그 뒤를 쫓아 계단을 오르고 있는 사람, 우리 부대에서 대원들을 가장 못살게 구는 스베토차르 부벤치크 연대장은 바로 그런 사람이었다. 그가 남자답고 우직하고 충직하게 우리를 대했듯이 자기 자신에게도 그렇게 대했다. 세르비아 전투에서 포티오레크 장군이 패하고 전부 대원 가운데 마흔아홉 명만이 사베 강을 건너 무사히 후퇴했을 때, 그는 겁에 질린 채 후퇴하는 것이 군의 명예를 더럽히는 것이라 여기며 마지막까지 적진에 남았다. 결국 그는 세계대전의 주역들이나 고위 장성들도 패전 후 좀처럼 하지 못하는 일을 감행했다. 부대가 후퇴하는 끔찍한 장면에서 이미 조국의 패배를 예감한 그는 오스트리아의 파멸을 지켜보지 않기 위해 총을 꺼내 자신의 머리를 쏜 것이다.

연대장이 방문을 열었고, 우리는 그의 방으로 들어갔다. 대학생 기숙사와 흡사한 방의 모습에서 그의 소박하고 무미건조한 성격이 그대로 드러났다. 철제 야전침대(그는 야전침대에서만 잠을 청하는 프란츠 요제프 황제보다 더 편안한 침대를 원하지 않았다) 하나와 좌우에 황후와 황제의 사진 한 장씩, 징병검사와 부대행사 장면을 찍은 사진 네댓 장, 서로 교차된 채 걸려 있는 군도 몇 쌍과 터키 권총 두 자루가 전부였다. 그 밖에 편안한 안락의자나 책은 찾아볼 수 없었고 텅 빈 테이블 하나와 밀짚을 채운 의자 네 개만이 방 안을 채우고 있었다.

부벤치크 연대장은 거칠게 콧수염을 한 번, 두 번, 세 번 쓰다듬었다. 우리는 이런 격한 동작이 무엇을 의미하는지 잘 알고 있었다. 그것은 그의 인내심이 한계에 이르렀다는 표시였다. 마침내 그는 내게 의자조차 권하지 않은 채 으르렁거리듯 짤막하게 말했다.

"편히 서게! 자, 허튼소리는 집어치우고 얼른 말해보게! 돈 문젠가 여자 문젠가?"

나는 선 채로 말해야 하는 것이 영 불편한 데다가 밝은 조명 때문에 그의 시선에 과도하게 노출된 기분이 들었다. 나는 서둘러 그의 말을 부인하며 절대로 돈 문제가 아니라고 설명했다.

"그렇다면 여자 문제로군! 또 여자 문제라니! 자네들은 도대체 조용할 날이 없구먼! 쉬운 여자들이 얼마나 많은데 항상 그렇게 사고를 치나! 아무튼 계속 말해보게. 문제가 뭔가?"

나는 최대한 짤막하게 오늘 케케스팔바 씨 따님과 약혼을 했으며 그로부터 세 시간 후에 그 사실을 부인했다는 사실을 전했다. 그러면서 나의 불명예스러운 행동을 미화시킬 생각은 전혀 없으며, 지금 이곳에 온 것은 상관에게 내가 장교로서 잘못된 행동을 했기 때문에 이에 대해 책임을 져야 한다는 사실을 인식하고 있다는 것을 알리기 위함임을 설명했다. 나는 내가 해야 할 일을 알고 있고 이를 반드시 완수할 것이라고도 말했다.

연대장은 이해할 수 없다는 듯이 나를 쳐다보았다.

"무슨 헛소리를 하는 건가? 불명예? 책임? 뭐가 어떻다는 건가? 아무 일도 아니지 않나! 케케스팔바의 딸하고 약혼했다고? 그 아가씨라면 나도 한번 봤다네. 별난 아가씨던데. 불구 맞지? 아무튼 자네 마음이 변했나 본데 그게 뭐가 어떻다는 건가? 그렇다고 해서 나쁜 놈이 되는 건 아니라네. 혹시 자네……" 그는 내게 가까이 다가왔다. "그 아가씨와 재미 본 건가? 그래서 무슨 일이 생긴 건가? 만일 그렇다면 그건 정말 비열한 짓이 맞네."

나는 화가 치밀어오르는 동시에 수치심을 느꼈다. 그가(어쩌면 의도적일지도 모르지만) 모든 사실을 제멋대로 가볍게 해석하는 것에 기분이 상했다. 그래서 나는 뒤축을 부딪치며 차렷 자세로 다시 말했다.

"감히 한 말씀 올리겠습니다, 연대장님. 저는 오늘 단골 카페에서 일곱 명의 장교들에게 약혼을 하지 않았다고 뻔뻔하게 거짓말을 했습니다. 저는 당황한 나머지 비겁하게 동료들에게 거짓말을 한 것입니다. 내일이면 하블리체크 소위가 제 약혼 이야기를 해준 약사에게 항의를 할 것입니다. 내일이면 제가 장교들 앞에서 거짓말을 했고 이로써 장교의 명예에 먹칠을 했다는 사실을 온 도시가 알게 것입니다."

그제서야 그는 약간 놀란 것처럼 보였다. 아마 그의 둔한 머리가 그제서야 서서히 돌아가기 시작한 모양이었다. 그의 표정도 서서히 어두워졌다.

"어디서 말했다고?"

"단골 카페입니다."

초조한 마음 433

"동료들 앞이었다고? 모두 들었나?"

"네, 그렇습니다."

"약사도 자네가 부인했다는 사실을 알고 있나?"

"내일이면 알게 될 것입니다. 약사를 비롯해서 모든 사람들이 알게 될 것입니다."

연대장은 수염을 뽑을 듯이 거칠게 잡아당기고 비틀었다. 그가 열심히 머리를 굴리고 있는 것이 눈에 보였다. 그는 화가 난 것처럼 뒷짐을 진 채 방 안을 거닐기 시작했다. 한 걸음, 두 걸음, 다섯 걸음, 열 걸음, 스무 걸음. 그의 거친 발걸음에 바닥이 조금씩 흔들렸고, 그 사이로 박차가 쨍그랑거리는 소리가 들렸다. 마침내 그는 내 앞에서 걸음을 멈췄다.

"그래서 어떻게 하겠다고?"

"방법은 하나밖에 없습니다. 연대장님께서도 알고 계시지 않습니까! 저는 연대장님께 작별을 고하고 모든 일을 조용하게 해결할 수 있도록 신경 써주십사 부탁을 하러 온 겁니다. 저 때문에 부대의 명예까지 더럽혀져서는 안 되지 않겠습니까!"

"말도 안 돼." 그가 중얼거렸다. "그건 말도 안 되는 소리네! 그깟 일 때문에! 자네처럼 착하고 건강하고 성실한 사람이 그깟 불구 때문에 그런 일을 저지르겠다니! 그 늙은 여우가 자네를 옭아맨 게 분명하네. 순진한 자네는 그의 올가미에서 빠져나오지 못한 걸 테고. 사실 그자들이 어떻게 되든 나는 상관없네! 그들 일이 우리와 무슨 상관이 있단 말인가! 하지만 동료들과 멍청한 약사 놈이 그 일을 안다는 것이 마음에 걸린다네!"

그는 또다시 방 안을 거닐기 시작했다. 그의 발걸음은 방금 전보다 더 거칠었다. 머리를 굴리는 일이 힘들었는지 한 번 왔다 갔다 할 때마다 그의 얼굴은 점점 붉어졌고 관자놀이에는 마치 뿌리가 뻗어나가듯이 두툼한 혈관이 솟아올랐다. 마침내 그는 결정을 내린 듯 걸음을 멈췄다.

"잘 듣게. 이런 일은 빨리 해결을 해야 하네. 한 번 말이 돌기 시작하면 속수무책이네. 우선 장교들 가운데 누가 그 자리에 있었나?"

나는 이름을 불러주었다. 연대장은 안주머니에서 수첩을 꺼내들었다. 그것은 그가 부하들이 잘못을 저지를 때마다 마치 무기처럼 꺼내드는 악명 높은 작은 붉은색 가죽수첩이었다. 이 수첩에 이름이 적히는 사람은 돌아오는 휴가는 포기해야 했다. 연대장은 농부들이 하는 것처럼 연필을 먼저 입술에 대고 침을 바른 후 두툼한 손가락으로 내가 불러주는 이름들을 써내려갔다.

"이게 전부인가?"

"네, 그렇습니다."

"확실한가?"

"확실합니다."

"알겠네." 그는 검집에 검을 꽂듯 수첩을 안주머니에 다시 집어넣었다. "알겠네"라는 말에서도 검과 검집이 부딪힐 때와 같은 날카로움이 느껴졌다.

"알겠네. 일단 이건 해결됐군. 내일 훈련장에 나가기 전에 이들 일곱 명을 한 명씩 차례로 불러서 일러두겠네. 그러고 나서도 감히 자네 이야기를 기억하는 자가 있을지 어디 두고보자고. 약사는 내가 따로 만나봐야겠네. 어떻게든지 그놈이 알아듣도록 만들겠네. 나를 믿어보게. 무슨 변명거리든 찾아보겠네. 자네가 약혼을 공식화하기 전에 먼저 내 허락을 맡으려 했다고 말하던가…… 아니, 잠깐만……" 그는 갑자기 숨소리가 느껴질 만큼 내게 바싹 다가서며 날카로운 눈빛으로 내 눈을 들여다보았다. "솔직히 말해보게. 정말 솔직히 말해야 하네. 자네 혹시 그런 멍청한 짓을 저지르기 전에 술을 마셨나?"

나는 부끄러워하며 말했다. "네, 그렇습니다. 나가기 전에 코냑을 몇 잔 마셨고 그곳에 가서도 식사를 하면서 상당히 많이 마셨습니다. 하지만……"

불같이 화를 낼 거라는 나의 예상과는 달리 그의 표정은 환하게 밝아졌다. 그는 손뼉을 치며 만족스럽다는 듯이 큰 소리로 웃음을 터뜨렸다.

"잘됐군, 잘됐어. 방법을 찾았네. 그렇게 하면 일을 해결할 수 있네. 확실히 해결할 수 있어! 사람들에게 자네가 곤드레만드레 취해서 무슨 말을 하는지도 몰랐다고 하는 거네. 명예를 걸고 맹세를 하지는 않았겠지?"

"하지 않았습니다, 연대장님."

"그러면 아무 문제도 없지 않나! 자네가 취해 있었다고 말하겠네. 예전에도 그런 일이 있었지. 그것도 황태자에게 말이네! 아무튼 자네는 완전히 취해 있었고 무슨 말을 하고 있는지 전혀 몰랐다고 하면 되네. 그들의 말을 제대로 듣지도 않았고 그들이 묻는 말을 전혀 다르게 이해했다고 말하는 거지. 이 정도면 충분히 말이 되지 않나! 약사한테는 자네가 그렇게 취한 상태로 카페에 간 일로 내가 단단히 혼내줬다고 말하겠네. 그러면 우선 첫번째 일은 해결될 걸세."

그가 나를 완전히 오해하고 있다는 생각에 나는 더욱더 기분이 상했다. 근본적으로 심성이 착한 이 고집불통 연대장이 어떻게든 나를 도와주려 한다는 사실 자체가 나를 화나게 했다. 어쩌면 그는 내가 비굴하게 바짓가랑이를 붙들며 살려달라고 애원하고 있다고 생각하는지도 몰랐다. 빌어먹을! 어째서 그는 나를 전혀 이해하지 못하는 것일까! 나는 마음을 가다듬고 말했다.

"연대장님, 감히 말씀드리건대 저에게는 그것으로 일이 해결된 게 아닙니다. 저는 제가 무슨 짓을 저질렀는지 알고 있고, 앞으로 그 누구의 얼굴도 마주볼 수 없다는 사실도 알고 있습니다. 저는 비열한 놈으로 살고 싶지 않습니다. 그렇기 때문에……"

"입 닥치게!" 연대장이 내 말을 끊었다. "아, 미안하네. 그만 좀 떠들고 내가 생각을 좀 정리하게 가만히 있어보게. 나도 내가 해야 할 일은 알고 있네. 자네 같은 풋내기의 조언은 필요 없네. 이게 자네 한 사람의 문제라고 생각하나? 그렇지 않네. 그것은 첫번째 문제에 불과하다네. 이제 두번째 문제로 넘어가보세. 자네는 내일 아침 일찍 사라지게. 더 이상 자네를 이곳에 둘 수는 없네. 이런 일에는 시간이 필요하다네. 단 하루도 더 이곳에 남아서는 안 되네. 그렇지 않으면 곧바로 온갖 소문과 손가락질이 시작될 거고, 나는 그런 것은 딱 질색이네. 그 누구도 내 부하를 입방아에 올리거나 손가락질해서는 안 되네. 그것은 내가 허락하지 않겠네. 자네는 내일부터 증원병으로 차슬라우로 파견될 걸세. 내가 직접 명령을 내리는 걸세. 서한을 써줄 테니 대대장에게 전하게. 편지에 뭐라고 적혀 있는지는 자네가 알 바 아니네. 자네는 그저 사라지기만 하면 되네. 내가 할 일은 내가 알아서 하겠네. 오늘 밤 안으로 자네 당번병과 준비를 마치고 아무도 보지 못하도록 내일 아침 일찍 떠나도록 하게. 다른 대원들에게는 점심 때 자네가 긴급한 임무를 받고 차출되었다는 말만 전하겠네. 그러면 아무도 의심하지 않을 걸세. 그 후에 자네가 그 노인네와 딸과의 일을 어떻게 처리할지는 내가 알 바 아니네. 자네가 저지른 일은 자네가 해결하게. 나는 그저 그 일로 우리 부대에 관한 나쁜 소문만 돌지 않으면 되네. 그럼 준비를 마치고 내일 새벽 5시 반에 이곳으로 와서 편지를 받아가게! 알겠나?"

나는 머뭇거렸다. 내가 이곳에 온 목적은 이게 아니었다. 나는 결코 도망치고 싶지 않았다. 내가 망설이는 것을 눈치챈 부벤치크는 거의 위협적으로 다시 한 번 물었다.

"알겠나?"

"네, 알겠습니다." 나는 전형적인 군인의 말투로 대답했다. 그러면서 속으로는 이렇게 생각했다. '저 늙은이, 그냥 마음대로 떠들라지. 나는 내가 해야 할 일을 하면 되는 거야.'

"자, 그럼. 이것으로 끝내세. 내일 아침 5시 반이네."

내가 차렷 자세를 취하자 그가 내게 다가왔다.

"하필 자네가 그런 어리석은 짓을 저지르다니! 자네를 차슬라우로 보내고 싶은 마음은 없네. 사실 젊은 녀석들 가운데 자네가 가장 마음에 들었다네."

그가 내게 악수를 청할지 말지 고민하는 게 느껴졌다. 그의 눈빛은 한층 부드러워져 있었다.

"뭐 더 필요한 거라도 있나? 내가 도와줄 일이 있으면 주저하지 말고 말하게. 기꺼이 도와주겠네. 나는 사람들 사이에서 자네의 평판이 나빠지는 일이 없기를 바라네. 어때, 필요한 거 없나?"

"없습니다. 감사합니다."

"잘됐군. 자, 그럼 내일 아침 5시 반이네."

"알겠습니다, 연대장님."

나는 누군가를 마지막으로 바라보는 눈빛으로 그를 쳐다보았다. 그는 내가 살아생전 마지막으로 대화를 나누는 사람이었고 내일이면 모든 진실을 아는 유일한 사람이 될 것이다. 나는 뒤축을 부딪치고 어깨를 곧게 세운 후 뒤로 돌아섰다.

그러나 이 둔하디둔한 사람도 뭔가 심상치 않다는 것을 느낀 모양이었다. 내 눈빛이나 걸음걸이에서 뭔가 수상한 점을 발견했는지 그는 내 등에 대고 날카롭게 명령하는 것이었다. "호프밀러, 이리 오게!"

나는 급히 돌아섰다. 그는 눈썹을 치켜뜨고 나를 뚫어지게 쳐다보았다. 그러고는 날카로우면서도 다정한 말투로 말하는 것이었다.

"자네, 마음에 안 드네. 자네 머릿속에서 무슨 일이 벌어지고 있어. 내 생각에는 자네가 나를 속이고 있는 것 같네. 뭔가 어리석은 짓을 꾸밀 것 같단 말이야. 하지만 나는 자네가 그깟 일로 권총을 든다거나 하는 어리석은 짓을 저지르는 것을 용납하지 않겠네. 용납하지 않는다고! 알겠나?"

"네, 알겠습니다."

"알긴, 개뿔! 나를 속이려 하지 말게. 나는 애송이가 아니네." 그의 목소리가 다시 부드러워졌다. "자, 손을 줘보게."

내가 그에게 손을 건네주자 그는 내 손을 꽉 잡았다.

"자, 이제……" 그는 날카로운 시선으로 내 눈을 응시했다. "이제 자네의 명예를 걸고 맹세하게, 호프밀러! 오늘 밤 어리석은 짓을 하지 않겠다고! 내일 아침 5시 반에 이곳에 들렀다가 차슬라우로 가겠다고 자네의 명예를 걸고 맹세하게."

나는 그의 시선을 견뎌내지 못했다.

"명예를 걸고 맹세합니다, 연대장님."

"그럼 됐네. 자네가 충동적으로 어리석은 짓을 저지를 수도 있다는 생각이 들었네. 자네들처럼 혈기왕성한 젊은이들은 도대체 무슨 짓을 저지를지 알 수가 없네. 언제나 모든 일을 급하게 처리하지 않나. 총도 마찬가지고…… 시간이 지나면 자네도 정신을 차리게 될걸세. 이런 일은 시간이 약이네. 두고 보게, 호프밀러. 아무 일도 생기지 않을 걸세. 아무 일도! 이번 일은 내가 전부 해결해주겠네. 그리고 자네는 두 번 다시 그런 멍청한 짓을 저지르지 않으면 되네. 자, 이제 가보게. 자네 같은 젊은 이가 이번 일로 무슨 일을 저지른다면 정말 안타까운 일일세!"

우리가 내리는 결정은 생각 이상으로 상황과 환경의 영향을 많이 받는다. 그것은 생각의 상당한 부분이 이미 오래전에 새겨진 인상과 오래전에 받은 영향을 그저 자동적으로 작동시켜나가는 역할만을 하기 때문이다. 특히 어린 시절부터 규율을 통해 군인으로 성장한 사람은 명령에 거역할 수 없는 압박감을 느끼게 된다. 그에게 군령은 논리적으로는 이해할 수 없는 힘, 자신의 의지를 없애버리는 힘을 의미한다. 군복만 입고 있으면 그는 명령이 무의미하다는 사실을 알고 있으면서도 마치 몽유병자처럼 아무런 저항도 없이 무의식적으로 명령을 따르게 된다.

25년의 세월 중 성장기의 15년을 사관학교와 군대에서 보낸 나 역시 연대장의 명령을 받은 그 순간부터 스스로 생각하고 행동하는 일을 멈춰버렸다. 나는 더 이상 생각하지 않았다. 그저 복종만 할 뿐이었다. 내 머리는 모든 준비를 완벽하게 끝마치고 아침 5시 반까지 연대장을 찾아가야 한다는 사실 이외에는 아무 생각도 하지 못했다. 나는 당번병을 깨우고 긴급명령으로 내일 차슬라우로 가게 되었다고 알려준 다음 그와 함께 차곡차곡 짐을 챙기기 시작했다. 가까스로 준비를 마친 후 나는 명령대로 5시 반 정각에 서류를 받기 위해 연대장의 방에 들렀다가 지시대로 아무도 모르게 부대를 떠났다.

물론 최면에 걸린 것처럼 의지가 마비된 상태는 부대 안에 있는 동안, 그리고 명령을 완수하기 전까지만 지속되었다. 열차가 움직이기 시작하자 곧 마비 상태는 풀려버렸다. 마치 폭탄이 터지면서 그 압력에 의해 나가떨어졌다가 비틀비틀 일어나면서 자신이 아무런 상처도 입지 않았다는 사실에 깜짝 놀라는 사람처럼 나는 큰 당혹감을 느꼈다. 가장 당혹스러웠던 점은 내가 살아 있다는 사실이었고, 두번째는 내가 일상에서 벗어나 달리는 열차 안에 앉아 있다는 사실이었다. 기억이 떠오르기 시작하면서 순식간에 엄청난 속도로 밀어닥쳤다. 나는 생을 마감하려 했는데 누군가가 내 손에서 권총을 빼앗아버렸지. 연대장은 자신이 모든 것을 해결해주겠다고 했지만…… 그는 부대의 명예와 장교로서의 명예에 관한 것만 말했던 것 같아. 어쩌면 지금쯤 동료들이 연대장에게 그 일에 대해서 함구하겠다고 자신들의 명예를 걸고 맹세하고 있을지도 몰라. 하지만 속으로 하는 생각은 그 어떤 명령으로도 막을 수 없겠지. 모두들 내가 비겁하게 도망쳤다는 것을 알아차렸을 거야. 어쩌면 약사는 연대장의 말에 넘어갈 수도 있겠지. 하지만 에디트는? 그녀의 아버지는? 다른 사람들은? 누가 그들에게 연락을 해주고 설명을 해주지? 아침 7시군. 에디트는 지금쯤 일어나서 제일 먼저 내 생각을 하고 있겠지. 어쩌면 이미 테라스 위에서 아래를 내려다보고 있을지도 몰라. 아, 테라스! 그 난간을 생각하면 왜 자꾸 소름이 끼치는 걸까? 망원경으로 훈련장에서 열심히 훈련하는 부대원들의 모습을 지켜보면서도 에디트는 그곳에 한 사람이 빠져 있다는 사실은 짐작하지 못할 거야. 하지만 오후부터는 기다리기 시작하겠지. 그런데 나는 오지 않고 아무런 연락도 없는 거야. 나는 에디트에게 메모 한 장 남기지 않았으니까. 그녀는 전화를 할 것이고 부대에서는 내가 다른 곳으로 파견되었다는 소식을 전해주겠지. 에디트는 이해하지도 받아들이지도 못할 거야. 아니, 더 끔찍할 수도 있어. 에디트가 이해할 수도 있어. 즉시 이해하고…… 그런 다음…… 갑자기 콘도어가 반짝이는 안경 너머로 위협적인 시선을 던지며 내게 소리치는 것이 들리는 것만 같았다. "그것은 범죄야, 살인이야!" 그러면서 다른 영상이 첫번째 영상 위로 오버랩되었다. 에디트가 의자에서 상체를 일으키며 테라스의 난간 위로 몸을 던지려는 영상, 죽음을 결심한 그녀의 시선이 이미 절벽 아래로 향해 있는 영상이었다.

무엇이든 해야 한다! 당장 무엇이든 해야 한다! 역에서 에디트에게 전보를 보내는 거야! 무슨 말을 하든 일단 전보를 보내야 해! 어떻게든 에디트가 절망감에 사로잡혀서 돌이킬 수 없는 일을 저지르는 것을 막아야 해! 아니야. 콘도어는 오히려 **나**더러 돌이킬 수 없는 일을 저지르지 말라고 당부하지 않았던가. 무슨 일이 있으면 즉시 그에게 연락하라고 했었지. 나는 그에게 내 명예를 걸고 약속했어. 다행이군. 빈에서 열차가 점심 때 출발하니까 두 시간 정도 여유가 있어. 어쩌면 콘도어를 만날 수 있을지도 몰라. 아니, **반드시** 그를 만나야 해.

나는 역에 도착하자마자 당번병에게 짐을 맡기고는 북서역으로 가서 기다리라고 지시했다. 그런 다음 차를 타고 콘도어의 집으로 향했다. 차 안에서 나는 기도하기 시작했다(나는 평소에 기도하는 사람이 아니다). '하느님, 제발 그가 집에 있게 해주세요! 제발 집에 있게 해주세요! 제가 이 일을 설명할 수 있는 사람은 그 사람밖에 없습니다. 그 사람만이 저를 이해할 수 있고 도울 수 있습니다.'

그러나 그의 집 앞에 도착하자 알록달록한 수건을 머리에 두른 하녀가 흐느적거리며 문을 열더니 선생님은 계시지 않는다고 말하는 것이었다. 기다려도 되겠냐고 묻자 "점심식사 전에는 오시지 않을 거예요." 그가 어디 있는지 아느냐고 묻자 "몰라요. 여기저기 들르시니까요." 부인을 뵐 수 있겠냐고 묻자 "여쭤볼게요"라고 말하며 안으로 들어갔다.

나는 기다렸다. 지난번과 같은 방에서 지난번처럼 기다리고 있었다. 다행히도 지난번과 똑같이 옆방에서 발을 끄는 듯한 발소리가 조용히 들려왔다.

　문이 조심스럽게 열렸다. 지난번과 마찬가지로 마치 바람에 의해 문이 열린 듯했지만, 이번에는 친절하고 따뜻한 목소리가 내게 말을 걸었다.
　"소위님이시죠?"
　"네." 나는 이번에도 바보처럼 눈먼 부인에게 고개 숙여 인사하며 대답했다.
　"남편이 굉장히 미안해하겠네요! 많이 아쉬워할 거예요! 혹시 기다리실 수 있나요? 늦어도 1시에는 돌아올 거예요."
　"아니요. 안타깝지만 기다릴 수는 없을 것 같습니다. 하지만 매우 중요한 일인데…… 혹시 선생님이 지금 계신 환자의 집으로 전화를 걸 수는 없을까요?"
　그녀가 한숨을 쉬며 말했다. "아니요. 안타깝게도 그건 불가능할 것 같네요. 저는 남편이 지금 어디에 있는지 모른답니다. 게다가 남편이 주로 치료하는 환자들 집에는 전화가 없답니다. 하지만 괜찮으시면 제가……"
　그녀는 수줍은 듯한 표정을 지으며 가까이 다가왔다. 하고 싶은 말이 있는데 부끄러워서 못하는 것 같았다. 마침내 그녀는 용기를 냈다.
　"저는…… 저는 느낄 수 있어요. 굉장히 급한 일 같네요. 만일 남편에게 연락할 수 있는 방법이 있다면 당신에게…… 당신에게 당연히 알려드려야죠. 하지만…… 하지만 방법이 없네요. 제가 말씀을 전하는 건 어떨까요? 당신이 돌봐준다는 그 아가씨 일 같은데…… 괜찮으시다면 제가 말씀을 전해드릴게요."
　바로 그때 어처구니없는 일이 일어났다. 앞을 보지 못하는 그녀의 눈을 쳐다볼 용기가 나지 않는 것이었다. 이유는 알 수 없지만 그녀가 이미 모든 것을 알고 있다는, 모든 것을 짐작하고 있다는 느낌을 받았다. 그래서 나는 부끄러운 마음에 그저 더듬거릴 뿐이었다.

"말씀은 감사하지만 번거롭게 해드리고 싶지 않습니다. 괜찮으시다면 제가 서면으로 전해드리겠습니다. 선생님이 2시 전에 집에 들어오시는 건 확실하죠? 2시 직후에 그쪽으로 가는 열차가 있거든요. 선생님은 그 열차를 타고 꼭 그 집에 가셔야 합니다. 정말입니다. 선생님은 반드시 그 집에 가셔야 합니다. 제가 결코 과장하는 것이 아닙니다."

나는 그녀가 내 말을 의심하지 않는다는 것을 느낄 수 있었다. 그녀는 다시 한 번 내게 가까이 다가섰고, 자신도 모르게 나를 진정시키려는 듯한 손짓을 했다.

"물론 소위님 말을 믿습니다. 걱정하지 마세요. 남편은 자신이 할 수 있는 일은 다 할 겁니다."

"메모를 남겨도 될까요?"

"네, 그렇게 하세요. 저쪽에서 쓰세요."

방의 구석구석을 알고 있는 듯 그녀는 자신 있는 걸음걸이로 앞장섰다. 그녀의 섬세한 손은 하루에도 십여 번은 그의 책상을 만지며 정돈하는 것이 분명했다. 그녀는 눈으로 보는 것처럼 정확하게 왼쪽 서랍에서 종이 서너 장을 꺼내 네모반듯하게 겹쳐 책상에 올려놓은 후 "저쪽에 펜과 잉크가 있습니다"라고 말하며 정확히 물건이 있는 지점을 가리키는 것이었다.

나는 단숨에 종이 다섯 장을 써내려갔다. 콘도어에게 즉시 케케스팔바네로 가야 한다고 적으면서 '**즉시**'라는 말에 밑줄을 세 번이나 그었다. 나는 그에게 모든 것을 간략하지만 솔직하게 설명했다. 내가 견디지 못하고 동료들 앞에서 약혼을 부인했다는 사실을 인정했고(그는 처음부터 내가 주위의 입방아와 소문에 대해 두려워한다는 것을, 그것이 바로 나의 약점임을 알고 있지 않았던가!) 내가 스스로를 심판하려 했지만 내 의사와 상관없이 연대장이 나를 구해줬다는 말도 숨기지 않았다. 그리고 그 순간까지도 나는 오로지 나 자신만을 생각했는데, 이제서야 비로소 내가 무고한 사람까지 끌어들이고 있다는 것을 깨달았다고도 했다. 얼마나 급박한 일인지 그도 이해할 테니 **즉시** 그 집에 가서 그들에게 모든 사실을 말해주라고 하면서, 또다시 '즉시'에 밑줄을 여러 번 그었다. 아무것도 미화시켜서는 안 된다고, 절대로 나를 괜찮은 사람으로, 무고한 사람으로 비치게 해서는 안 된다고 했다. 그럼에도 불구하고 에디트가 나의 약점을 용서해준다면 나는 그 어느 때보다도 우리의 약혼을 성스럽게 여길 것이라고 했다. **이제서야** 우리의 약혼이 진심으로 성스럽게 느껴진다고, 그녀만 허락한다면 함께 스위스로 가겠다고, 군을 제대하고 스위스로 가서 그녀 곁에 머물겠다고 했다. 그녀가 곧 치료되든 한참 후에 치료되든 결코 치료되지 않든 상관없다고, 나의 비겁한 행동과 거짓말을 만회하기 위해서라면 무엇이든 하겠다고도 했다. 내 생명보다 더 가치 있는 일은 이제 한 가지뿐, 내가 다른 사람들은 속였지만 결코 그녀만은 속이지 않았다는 것을 그녀에게 증명하는 일뿐이라며 이 모든 사실을 에디트에게 전해달라고 했다. 나는 이제서야 내가 동료들이나 군대보다도 그녀에게 더 큰 빚을 졌다는 사실을 깨달았다고, 그녀만이 나를 심판할 수 있고 그녀만이 나를 용서할 수 있다고, 내가 용서받을 것인지 아닌지는 이제 그녀의 손에 달려 있다고 하면서 생사가 걸린 일이니 제발 모든 일을 제쳐두고 2시 열차를 타고 그곳으로 가달라고 했다. 늦지 말고 평소 내가 가던 시간인 4시 반까지 그곳에 도착해야 한다고 했다. 그에게 하는 마지막 부탁이니 이번 한 번만 도와달라고, 지금 즉시('즉시'라는 말에 밑줄을 네 번 그었다) 가지 않으면 모든 것이 끝장이라고 적었다.

펜을 내려놓는 순간 내가 최후의 결단을 내렸다는 것을 알았다. 편지를 쓰면서야 비로소 나는 무엇이 옳은지를 판단할 수 있게 된 것이다. 처음으로 나를 구해준 연대장에게 감사하다는 마음이 들었다. 이제부터는 오로지 한 사람만을 위해, 나를 사랑해주는 그녀만을 위해 내 삶을 바쳐야 한다는 것을 깨달았다.

그 순간 나는 눈먼 부인이 꼼짝도 하지 않은 채 내 옆에 서 있다는 것을 알아차렸다. 나는 또다시 그녀가 편지를 읽고 모든 것을 알게 되었다는 느낌을 받았다.

"제 무례를 용서하세요." 나는 벌떡 일어나며 말했다. "완전히 잊고 있었네요. 남편분께 소식을 전하는 일이 너무나도 중요해서……"

그녀는 내게 미소를 지어보였다.

"잠깐 서 있었던 게 뭐가 어때서요. 괜찮습니다. 그 일이 중요한 게 당연하죠. 남편은 당신이 원하는 일을 분명히 할 겁니다. 저는 남편이 당신을 좋아한다는 것을, 특별히 좋아한다는 것을 알고 있어요. 그의 목소리에서 느낄 수 있답니다. 그러니 너무 스스로를 괴롭히지 마세요." 그녀의 목소리는 점점 따뜻해졌다. "제발 자신을 괴롭히지 마세요. 모든 일이 다 잘될 거예요."

"하늘이 도우시겠죠!" 나는 진심으로 희망을 담아 말했다. 눈이 먼 사람들은 앞을 내다볼 수 있다고 하지 않던가?

나는 몸을 숙이고 그녀의 손에 키스를 했다. 고개를 들자 잿빛 머리와 투박한 입, 쓰라림이 느껴지는 텅 빈 눈을 가진 그녀가 추하게 느껴졌던 것이 이해가 가지 않았다. 그 순간 그녀의 얼굴은 사랑과 인간적 연민으로 빛나고 있었다. 어둠만을 담고 있는 그녀의 눈이 밝고 화사하게 세상을 내다보는 눈보다 인생의 본질에 대해 더 잘 알고 있다는 느낌이 들었다.

　나는 치유된 기분으로 작별을 고했다. 그 순간 내가 상처 받고 삶으로부터 버림받은 또 다른 여인에게 나를 영원히 바치기로 한 약속이 결코 희생이라고 생각되지 않았다. 건강하고 자신감 있고 기뻐하고 즐거워하는 사람을 사랑하는 일은 이제 필요 없다! 그들은 사랑을 필요로 하지 않는다! 그들은 거만하고 무심한 태도로 사랑은 자기에게 경의를 표하는 것이며 당연히 바쳐져야 하는 것이라고 여긴다. 다른 사람의 희생이 그들에게는 그저 머리핀이나 팔찌와 같은 장신구에 불과할 뿐, 결코 삶의 의미나 행복이 아니다. 그러나 힘든 운명을 겪은 사람, 상처받고 버림받고 자신 없고 못생기고 멸시받는 사람들은 사랑을 통해 진정한 도움을 받을 수 있다. 그들을 위해 자신의 삶을 바치는 사람은 삶이 그들에게서 빼앗아간 것을 보상해주는 셈이다. 그들만이 진정한 방식으로, 즉 감사하고 겸허한 마음으로 사랑을 하고 사랑을 받을 줄 안다.

　당번병 녀석은 충직하게 역 대기실에서 나를 기다리고 있었다. "자, 가세." 나는 웃으며 그에게 말을 걸었다. 이상하게도 마음이 가벼워진 느낌이었다. 난생처음 느껴보는 홀가분한 기분을 통해 마침내 내가 올바른 일을 했다는 것을 알 수 있었다. 내가 나 자신을 구하고 다른 사람도 구한 것이다. 심지어는 지난밤의 비겁한 행동에 대해서도 후회하는 마음이 들지 않았다. 오히려 **잘됐다**고 생각했다. 나를 믿어준 사람들이 이제는 내가 영웅도 성인도 아니라는 것을, 구름 위에서 은총을 베풀며 가엾은 아이를 자기 곁으로 데려가는 하느님이 아니라는 것을 알게 되었으니 오히려 잘된 일이었다. 이제는 내가 그녀의 사랑을 받아들여도 그것은 더 이상 희생이 아니었다. 아니, 이제는 내가 그녀에게 용서를 구하고 그녀가 나를 용서해줄 차례였다. 이런 편이 차라리 나았다.

내가 그토록 확신을 가져본 것은 처음이었다. 그런데 딱 한 번, 아주 잠시 불안의 그림자가 스쳐 지나갔다. 그것은 룬덴부르크 역에서 뚱뚱한 남자가 우리 칸에 뛰어들더니 숨을 헐떡이며 "다행이네요. 열차를 놓치는 줄 알았어요. 6분 연착되지 않았으면 놓쳤을 거예요"라고 말한 때였다.

나도 모르게 이런저런 생각이 들기 시작했다. 만일 콘도어가 점심 때 집에 오지 않았으면 어떡하지? 아니면 너무 늦게 와서 오후 열차를 놓쳤으면? 그렇다면 모든 것이 물거품이 되는 거잖아! 에디트는 기다리고 또 기다릴 텐데…… 곧바로 테라스에서의 끔찍한 영상이 떠올랐다. 그녀가 손으로 난간을 붙든 채 아래를 내려다보며 깊숙이 몸을 숙이는 장면이었다. 이런! 에디트가 절망감에 휩싸여 끔찍한 일을 저지르기 전에 내가 그녀를 배신한 것을 얼마나 후회하는지 알려야 하는데! 콘도어가 알리지 못한 경우를 대비해서 다음 역에서 그녀에게 확신을 줄 수 있는 전보를 보내는 게 낫겠어!

다음 역인 브륀에서 나는 열차에서 뛰어내려 역내 전신소로 달려갔다. 그런데 무슨 일인지 문 앞에는 한 무리의 사람들이 새카만 포도송이처럼 서로 뒤엉킨 채 흥분하며 게시문을 읽고 있었다. 나는 무자비하게 팔꿈치로 사람들을 밀쳐내면서 우체국의 작은 유리문으로 들어갔다. 전보 양식은 어디 있지? 서두르자! 뭐라고 쓰지? 너무 많이 적으면 안 돼! "수신자: 에디트 폰 케케스팔바, 케케스팔바. 가는 길에 인사를 전함. 업무상 떠남. 곧 돌아옴. 콘도어가 자세한 이야기를 해줄 것임. 도착하면 바로 편지하겠음. 친애하는 안톤."

나는 전보양식을 제출했다. 저 여직원은 왜 저렇게 굼뜬 거야! 발신인, 주소…… 온갖 것을 다 물어보는군. 2분 후면 열차가 떠나는데……

게시문 앞에 모여든 무리는 그새 더 커져 있었다. 나는 그곳을 뚫고 나가기 위해 또다시 완력을 써야 했다. 옆사람에게 무슨 일인지 물어보려던 찰나 출발 신호가 울렸고 나는 가까스로 열차에 올라탈 수 있었다. 다행이다. 이제 됐어. 이제는 그녀가 의심하거나 불안해하지 않을 거야. 그제서야 한숨도 못 잔 채 긴장상태로 보낸 이틀간의 피로가 한꺼번에 밀려왔다. 밤에 차슬라우에 도착해서는 젖 먹던 힘까지 다해 가까스로 2층 호텔 방에 올라갔다. 그리고 곧바로 깊은 잠 속으로 빠져들었다.

아마도 침대에 눕자마자 잠이 들었던 모양이다. 마치 의식이 마비된 채 어둡고 깊은 물속으로 깊이 잠겨드는 것 같았다. 평소에는 절대로 이르지 못하는 깊은 무의식 상태에 도달한 그런 느낌이었다. 그리고 한참이 지난 후 꿈을 꾸기 시작했다. 꿈의 첫부분은 기억이 나지 않는다. 단지 기억나는 것은 내가 콘도어의 대기실처럼 보이는 방 안에 있는데, 며칠 동안 관자놀이에서 떠나지 않던 그 끔찍한 소리가, 그 리드미컬한 목발 소리가, 그 끔찍한 또각거리는 소리가 또다시 시작되었다는 것이다. 처음에는 거리에서 들려오는 것처럼 멀리서 들리던 소리가 점점 가까워졌다. 또각또각 또각또각. 이제는 아주 가까이에서 격렬하게 들려왔다. 또각또각 또각또각. 마침내 방문 바로 앞에서 끔찍할 정도로 크게 또각거리는 소리가 나는 바람에 나는 깜짝 놀라 잠에서 깼다.

나는 눈을 뜬 채 낯선 방의 어둠 속을 멍하니 응시했다. 그런데 또다시 또각거리는 소리가 들리는 것이었다. 단단한 물체로 뭔가를 두드리는 소리였다. 아니다. 그것은 꿈이 아니었다. 누군가 문을 두드리고 있었다. 나는 침대에서 뛰어나와 서둘러 문을 열었다. 밖에는 호텔 직원이 서 있었다.

"소위님께 전화가 왔습니다."

나는 그를 뚫어지게 쳐다보았다. 나한테? 전화가? 여기가 지금 어디지? 방도 낯설고 침대도 낯설고…… 아, 맞다. 차슬라우에 왔지. 그런데 이곳에는 아는 사람이 없는데, 누가 한밤중에 나한테 전화를 걸었지? 말도 안 돼! 자정도 넘은 시간인데…… 그러나 직원은 계속 독촉했다. "서두르세요, 소위님. 빈에서 온 장거리 전화입니다. 그런데 제가 이름을 정확히 듣지 못했네요."

곧바로 잠이 달아났다. 빈에서 온 전화라고! 콘도어가 틀림없다! 그녀가 나를 용서했다고, 모든 일이 잘 해결됐다고 알려주기 위해 전화한 게 분명해. 나는 직원에게 서둘러 지시했다.

"얼른 내려가서 금방 내려가겠다고 전하게."

직원은 금세 사라졌다. 나는 서둘러 셔츠 위에 외투를 걸치고는 그를 쫓아갔다. 직원은 1층 사무실 구석에 놓여 있는 전화기를 귀에 대고 있었다. 전화가 끊겼다는 그의 말을 무시한 채 나는 급한 마음에 그를 밀쳐내고 수화기를 귀에 갖다 댔다.

아무 소리도 들리지 않았다. 멀리서 모기가 날갯짓하는 듯한 지지직거리는 금속성 소리만이 들려왔다. "여보세요, 여보세요." 나는 소리치고 기다리고 또 기다렸다. 아무런 대답도 없었다. 나를 비웃듯이 아무 의미 없는 지지직거리는 소리만이 계속해서 들렸다. 외투만 걸쳐서 이렇게 추운 건가? 아니면 갑작스럽게 밀려오는 불안감 때문인가? 어쩌면 일이 제대로 안 풀렸을 수도 있어. 아니, 어쩌면…… 나는 뜨거워진 수화기를 귀에 바싹 붙인 채 기다렸다. 마침내 딸칵 하는 소리가 들리더니 교환수의 목소리가 들렸다.

"연결되셨나요?"

"안 됐습니다."

"방금 연결이 됐는데…… 빈에서 온 전화였습니다. 잠시만 기다리세요. 제가 다시 한 번 알아보겠습니다."

전화기에서는 딸깍 하는 소리에 이어 삐그덕거리고 딱딱거리고 윙윙거리는 소리가 나더니 서서히 잦아들면서 또다시 조용하게 지지직거리는 소리만이 남았다. 그러다가 갑자기 거칠고 굵은 목소리가 들려왔다.

"여긴 프라하 사령부입니다. 거기 국방부입니까?"

"아닙니다. 아니라고요." 나는 절망감을 느끼며 소리쳤다. 목소리는 불분명하게 뭐라고 말하더니 허공 속으로 사라지고 다시 지지직거리는 소리만이 남았다. 이어서 멀리서 들려오는 듯한 알아들을 수 없는 말소리들이 들리더니 마침내 다시 교환수의 목소리가 나왔다.

"죄송합니다. 제가 방금 알아봤는데 긴급전화로 인해 연결이 끊겼습니다. 발신자가 다시 연락하면 바로 연결해드리겠습니다. 그때까지는 전화를 끊고 기다려주세요."

나는 전화를 끊었다. 피곤하고 실망하고 화가 났다. 멀리서 들려오는 목소리를 잡아채놓고도 붙잡는 데 실패하는 것만큼 허무한 일도 없었다. 나는 거대한 산을 너무 빠른 속도로 오른 사람처럼 심장이 터질 것만 같았다. 무슨 전화지? 콘도어가 틀림없는데…… 그런데 어째서 콘도어가 새벽 12시 반에 전화를 하지?

직원이 공손하게 내게 다가왔다. "방에 올라가서 기다리십시오, 소위님. 연결되면 제가 바로 뛰어올라가서 알려드리겠습니다."

나는 그의 제안을 거절했다. 또다시 전화를 놓칠 수는 없었다. 단 1분도 자리를 비울 수 없었다. 도대체 무슨 일이 일어났는지 알아야 했다. 수십 킬로미터 밖에서 무슨 일이 일어난 것만은 분명했다. 전화를 건 것

초조한 마음 451

은 콘도어이거나 케케스팔바네일 가능성이 높았다. 콘도어만이 그들에게 호텔 주소를 알려줄 수 있었다. 아무튼 중요하고 급박한 일임에는 틀림없었다. 그렇지 않다면 자정이 넘은 시간에 전화를 걸 리가 없지 않은가! 신경세포 하나하나마다 이렇게 외치는 것 같았다. 나를 필요로 하고 있어! 나를 필요로 하고 있다고! 누군가가 나에게서 무언가를 원하고 있어! 누군가가 내게 생사가 걸린 중대한 이야기를 하려는 거야! 안 돼! 자리를 비워서는 안 돼! 단 1분도 비울 수 없어!

나는 직원이 이상하다는 표정을 지으며 가져다준 딱딱한 의자에 앉아 외투로 맨다리를 가린 채 전화기만을 응시하며 기다렸다. 15분, 30분이 흘렀다. 나는 불안감에 떨면서(어쩌면 추위 때문인지도 모르겠다) 소매로 이마에 솟는 땀을 훔치며 기다렸다. 마침내 따르릉 벨이 울렸다. 나는 전화기로 달려가 거칠게 수화기를 잡아챘다. 이제 모든 것을 알게 될 거야!

하지만 내가 바보처럼 착각한 것이었다. 직원이 곧바로 이를 깨우쳐주었다. 벨소리는 전화기에서 난 것이 아니라 현관문에서 난 것이었다. 직원은 서둘러 손님 한 쌍에게 문을 열어주었다. 한 기병장이 여자를 데리고 들어오더니 지나가면서 목과 맨다리를 허옇게 내놓은 채 장교 외투를 걸치고 자신을 멍하니 바라보는 이상한 사람을 신기하다는 듯이 쳐다보았다. 그는 건성으로 인사를 건네고는 여자와 함께 어두운 복도로 사라졌다.

나는 더 이상 견딜 수가 없었다. 결국 전화를 돌려서 교환수에게 물어봤다.

"전화가 아직도 안 왔나요?"

"무슨 전화 말씀이신가요?"

"빈에서 왔던 것 같은데…… 빈에서 온 전화요. 전화가 온 지 30분도 넘었습니다."

"제가 알아보겠습니다. 잠시만 기다려주세요."

잠시만 기다려달라더니 그는 나를 끝도 없이 기다리게 했다. 마침내 교환수의 목소리가 다시 들렸다. 그러나 교환수는 그저 확인차 전화를 한 것이었다.

"물어봤는데 아직 대답이 없네요. 몇 분만 더 기다려주세요. 제가 다시 연락드리겠습니다."

기다리라고! 몇 분만 더 기다리라고! 몇 분만이라니! 몇 분만이라니! 1초면 사람이 죽을 수도 있고, 운명이 결정될 수도 있고, 지구가 멸망할 수도 있는 시간이다! 왜 나를 이토록 오래 기다리게 한단 말인가! 이건 고문이다! 이건 미친 짓이다! 시계는 이미 1시 반을 가리키고 있었다. 벌써 한 시간째 그곳에 앉아서 추위에 떨며 기다리고 있었던 것이다.

마침내 다시 신호가 왔다. 나는 온 신경을 집중해서 귀를 기울였지만 교환수의 대답은 간단했다.

"방금 답이 왔습니다. 발신자가 전화 신청을 취소했습니다."

취소라고? 무슨 소리야? 취소라니? "잠시만요." 그러나 교환수는 이미 전화를 끊어버렸다.

취소라니? 어째서 취소한단 말인가? 어째서 밤 12시 반에 전화를 해 놓고는 전화를 취소한단 말인가? 무슨 일이 벌어진 게 틀림없어. 내가 알지 못하는 어떤 일이, 내가 알아야 할 어떤 일이 벌어진 거야! 시간과 공간의 제약을 받는 것이 이토록 끔찍한 일이었던가! 내가 콘도어에게 전화를 걸까? 아니, 이 한밤중에 전화해서는 안 돼! 부인이 크게 놀랄 거야. 아마도 시간이 너무 늦어서 내일 아침에 다시 하려는 거겠지.

그날 밤의 내 상태는 말로 형용할 수가 없다. 나는 혼란스러운 영상들 속을 내달리고 무의미한 생각들로부터 도망쳐 다니느라 지쳐 있으면서도 흥분한 상태로 층계와 복도에서 나는 발소리와 거리에서 들려오는 모든 소리에 귀를 기울였고, 움직임 하나하나, 소음 하나하나에도 신경을 곤두세웠다. 그러다가 피로에 지쳐 힘없이 이리저리 비틀거리다가 마침내 잠이 들었다. 그것은 너무나도 깊고 긴 잠이었다. 죽음처럼 끝없이 이어지고 무(無)와 같은 깊은 나락 속으로 빠져드는 그런 잠이었다.

　잠에서 깨어났을 때에는 방 안은 환하게 밝아 있었고, 시계는 10시 반을 가리키고 있었다. 젠장! 연대장은 내게 곧바로 신고하라고 지시하지 않았던가! 내가 개인적인 일을 생각할 틈도 없이 내 안에서는 이미 자동적으로 군대와 업무에 관한 생각들이 작동하고 있었다. 나는 서둘러 제복을 입고 층계를 뛰어내려갔다. 호텔 직원이 나를 불렀다. 아니, 지금은 안 돼! 다른 일은 모두 나중에! 지금은 연대장에게 약속한 것처럼 먼저 신고부터 해야 한다고!

　나는 규정대로 탄띠를 어깨에 두르고 사무실에 들어섰다. 그런데 그곳에는 붉은 머리의 하사관 한 사람만이 앉아 있을 뿐이었다. 그는 깜짝 놀라며 나를 멍하니 쳐다보았다.

　"얼른 내려가십시오, 소위님. 대대장님의 명령입니다. 부대 내 모든 장교와 사병들은 정각 11시까지 집합하라 하셨습니다. 그러니 얼른 내려가십시오."

　나는 계단을 뛰어 내려갔다. 정말로 연병장에는 전 부대원이 집합해 있었다. 나는 가까스로 군종신부 옆에 자리할 수 있었다. 곧이어 사단장이 나타났다. 그는 이상할 정도로 느릿하고 장엄하게 걸어나와 종이 한 장을 펼치더니 쩌렁쩌렁한 목소리로 읽기 시작했다.

　"끔찍한 범죄가 발생했다. 이에 오스트리아-헝가리 제국과 전 문명사회가 경악을 금치 못하고 있다(나는 깜짝 놀라며 무슨 범죄일까 궁금해했다. 마치 내가 그 범죄를 저지른 것처럼 나도 모르게 몸이 떨렸다). 흉악한 살인사건이 일어났다(무슨 살인이지?). 우리가 사랑하는 황위 계승자이시자 우리의 전하이신 프란츠 페르디난트 황태자와 황태자비께서 살해되셨다(뭐라고? 황태자가 살해됐다고? 도대체 언제 그랬지? 맞아, 어제 브륀에서 사람들이 게시판 앞에 모여 있었지. 그 일 때문이었구나!). 황실은 지금 깊은 슬픔과 절망감에 빠져 있다. 우리 오스트리아-헝가리 제국의 군대는……"

나는 더 이상 아무 말도 들리지 않았다. 이유는 모르겠지만 '범죄'라는 단어와 '살해'라는 단어가 내 심장을 후벼 파는 것만 같았다. 설사 내 자신이 그 살인자였어도 이보다 더 놀라지는 않았을 것이다. 범죄, 살해. 이것은 콘도어의 입에서도 나온 단어들이었다. 나는 더 이상 훈장으로 장식된 푸른 제복을 입은 사단장이 앞에서 떠드는 소리가 들리지 않았다. 갑자기 지난밤의 전화가 떠올랐다. 어째서 콘도어는 오늘 아침에 소식을 전하지 않았을까? 정말로 무슨 일이 일어난 건 아닐까? 나는 대대장에게 신고도 하지 않은 채 혼잡한 틈을 타서 호텔로 돌아갔다. 어쩌면 그 사이 전화가 왔을 수도 있지 않은가!

호텔 직원은 내게 전보 한 장을 건네주었다. 오늘 아침 일찍 도착했는데, 내가 너무 빨리 뛰어나가는 바람에 전해주지 못했다고 했다. 나는 서둘러 봉투를 뜯었다. 처음에는 아무것도 이해하지 못했다. 서명도 없고 전혀 이해할 수 없는 내용이었다. 잠시 후에야 비로소 나는 전보 내용을 이해할 수 있었다. 그것은 내가 3시 58분 브륀에서 보낸 전보가 전달되지 못했다는 내용의 안내문이었다.

전달되지 못했다고? 나는 그 문장을 뚫어지게 쳐다봤다. 에디트 폰 케케스팔바에게 보낸 전보가 전달되지 못했다고? 그 작은 도시에서 그녀를 모르는 사람이 어디 있다고! 나는 더 이상 긴장감을 견딜 수 없어서 즉시 빈의 콘도어 박사에게 장거리 전화를 신청했다. "긴급인가요?" 직원이 물었다. "네. 긴급입니다."

20분 후 전화 연결이 되었다. 게다가 나쁜 기적처럼 콘도어는 집에 있었고 직접 전화를 받았다. 3분 후 나는 모든 사실을 알았다. 장거리 통화에서는 조심스럽게 이야기할 수 있을 정도로 시간이 많지 않기 때문이다. 지독한 우연이 모든 것을 망치는 바람에 가엾은 에디트는 나의 후회와 진심 어린 솔직한 결심에 대해 듣지 못했다. 페렌츠를 비롯한 동료들이 카페에서 곧바로 귀대하는 대신에 술집으로 자리를 옮기는 바람에 문제를 덮어버리려던 연대장의 모든 노력이 수포로 돌아간 것이다. 술집에서 동료들은 친구들과 함께 있는 약사를 발견했고, 페렌츠, 그 착한 멍청이는 나를 사랑하는 마음으로 곧바로 그에게 호통을 쳤다. 그는 모든 사람들이 있는 앞에서 나에 관해 비열한 거짓말을 퍼뜨리고 다닌다며 약사를 비난했다. 엄청난 소동이 일어났고 다음 날에는 온 도시가 그 일을 알게 되었다. 자존심이 상한 약사가 아침 일찍 부대로 와서 나의 진술을 받으려 했지만 내가 부대에 없다는 말에 의심을 품고 곧바로 케케스팔바네 집으로 갔기 때문이었다. 그곳에서 그는 서재의 창문이 덜컹거릴 정도로 노인에게 큰 소리로 화를 냈다고 한다. 케케스팔바네 하인의 '빌어먹을 전화' 때문에 자신이 바보가 되었다며, 이곳 토박이인 자기가 버릇없는 장교 놈들에게 그딴 소리를 들어야겠냐며 소리쳤다는 것이다. 그러면서 내가 왜 그렇게 비겁하게 도망갔는지 자신은 알고 있다며, 그저 장난이었다는 핑계는 절대로 믿을 수 없고, 내가 파렴치한 짓을 저지른 게 틀림없다고, 자신이 국방부에 가는 한이 있더라도 진실을 밝혀낼 것이라고 말했다고 한다. 공공장소에서 젊은 놈들한테 그런 모욕을 당하고 가만히 있을 수는 없다는 것이었다.

　케케스팔바는 가까스로 펄펄 뛰는 약사를 진정시켜서 내보냈다. 그 와중에도 노인은 에디트가 약사의 말을 듣지 못했기를 바랐지만, 서재의 창문이 열려 있었던 바람에 에디트가 앉아 있던 응접실까지 말소리가 울려 퍼진 것이다. 아마도 그 순간 그녀는 이미 오래전에 계획한 일을 실행에 옮기기로 결심했을 것이다. 그러나 겉으로는 그런 티를 내지 않았다. 새 옷들을 다시 보여달라고 하고, 일로나와 함께 웃고 떠들고 아버지와도 다정하게 이야기를 나누며 여행 준비와 관련해서 이런저런 질문도 했다고 한다. 그러면서 은밀히 요제프에게 부대에 전화해서 내가 언제 돌아올 것인지, 그녀에게 남긴 메모는 없는지 물어보도록 시켰다. 전화를 받은 당직병이 친절하게도 내가 무기한으로 파견되었으며 아무에게도 메모를 남기지 않았다고 전한 것이 화근이 되었다. 마음이 초조해진 에디트는 단 하루도, 단 한 시간도 기다리지 못했다. 내가 그녀에게 너무나도 큰 실망감을, 너무나도 치명적인 상처를 안겨준 것이다. 에디트는 더 이상 나를 믿지 못했다. 나의 나약함이 그녀를 강하게 만든 것이다.

　식사 후 에디트는 테라스로 데려가달라고 했다. 예감이 좋지 않았던 일로나는 눈에 띄게 쾌활한 그녀의 모습에 불안감을 느끼며 잠시도 에디트의 곁을 떠나려 하지 않았다. 그러나 4시 반이 되자(평소 내가 도착하던 시간이자 그날 내 전보와 콘도어 박사가 거의 동시에 도착하기 15분 전이었다) 에디트는 일로나에게 책을 가져다달라고 부탁했고, 불행히도 일로나는 별 의심 없이 그녀의 부탁을 들어주러 자리를 비웠다. 초조한 마음을 통제하지 못한 에디트는 이 얼마 안 되는 시간을 이용해서 자신의 결심을 실행에 옮겼다. 그녀는 결국 내게 예고했던 대로, 내가 악몽 속에서 본 그대로 끔찍한 일을 저지르고 말았다.

콘도어가 도착했을 때 에디트는 아직 숨을 쉬고 있었다. 놀랍게도 그녀의 가벼운 몸은 심각한 외상을 입지 않았다. 의식을 잃은 그녀는 구급차에 실려 빈으로 보내졌다. 의사들은 늦은 밤까지도 그녀를 구할 수 있으리라는 희망을 버리지 않고 있었다. 그래서 콘도어는 저녁 8시에 병원에서 내게 급히 전화를 건 것이다. 그러나 6월 29일이던 그날은 황태자가 살해된 다음 날이라서 모든 관공서들이 정신없이 돌아갔고, 민간 및 군 기관들의 업무 전화로 전화선이 마비되었다. 콘도어는 4시간 동안 전화 연결을 기다리다가 자정이 지나 의사들이 희망이 없다는 판정을 내리자 전화 신청을 취소해버린 것이다. 그리고 30분 후 에디트는 사망했다.

그해 8월, 전쟁에 동원된 수십만 명의 군인 가운데 나처럼 태연하고 심지어 전선에 나가지 못해 안달 난 것처럼 보이는 군인은 아마 아무도 없었을 것이다. 그것은 내가 전쟁에 열광해서가 아니었다. 전쟁은 내게 도피처이자 구원이었다. 범죄자가 어둠 속으로 도망치듯이 나는 전쟁 속으로 도망친 것이다. 마음을 결정하기까지의 4주 동안을 나는 자괴감과 절망감에 빠진 채 혼란스러운 상태로 보냈다. 오늘날까지도 이때의 기억이 전쟁터에서의 가장 끔찍했던 순간들보다도 훨씬 더 공포스럽게 다가온다. 나의 나약함이, 사람의 마음을 유혹한 후 도망쳐버린 나의 연민이 한 사람을, 그것도 나를 열정적으로 사랑해준 유일한 사람을 살해했다고 믿었던 것이다. 나는 거리에 나갈 용기도 나지 않아서 병가를 낸 후 방에 처박혀 있었다. 나는 조의를 표하기 위해 케케스팔바에게 편지를 썼지만 아무런 답장도 없었다. 내 행동을 해명하고 정당화하기 위해 콘도어에게도 편지를 썼지만 아무런 답장도 없었다. 동료들에게서도 편지 한 장 없었고 아버지에게서도 아무런 연락이 없었다. 아마도 그것은 아버지가 일하는 부처도 이 몇 주 동안은 정신없이 바빴기 때문이었을 것이다. 그러나 나는 하나같이 연락이 없는 것을 그들이 합심해서 나를 심판한 것이라고 결론지어버렸다. 내가 나를 심판한 것처럼 다른 모든 사람들이 나를 심판했고 내가 나를 살인자로 여기듯이 다른 모든 사람들도 나를 살인자로 여긴다는 광기 어린 생각에 점점 빠져든 것이다. 제국 전체가 흥분으로 들끓는 동안, 무서운 소식들을 전하느라 유럽 전역의 전화선이 폭주하는 동안, 증시가 폭락하고 군대가 출동 준비를 하고 신중한 사람들은 이미 짐을 싸고 있는 동안, 나는 그저 나의 비겁한 배신과 나의 죄만을 생각했다. 그랬기 때문에 내게는 나 자신에 대한 생각에서 벗어날 수 있다는 것 자체만으로도 해방을 의미했다. 수백만 명의 무고한 사람들을 희생시킨 전쟁이 죄를 지은 나를 절망에서 구원해주었다(그렇다고 해서 내가 전쟁을 칭송하려는 것은 아니다).

나는 비장하게 말하는 것을 혐오한다. 그렇기 때문에 당시 내가 죽음을 찾아갔다고 말하고 싶지는 않다. 나는 그저 죽음을 두려워하지 않았던 것이다. 적어도 다른 사람들보다는 죽음을 덜 두려워한 것이다. 나의 죄에 대해 알고 있는 사람들이 있는 후방으로 돌아가는 것이 전방의 공포보다 훨씬 두렵게 느껴졌다. 게다가 나는 돌아갈 곳이 없었다. 어디로 돌아가란 말인가? 누가 나를 필요로 한단 말인가? 누가 나를 사랑해준단 말인가? 누구를 위해서, 무엇을 위해서 살아야 한단 말인가? 용감하다는 것이 단순히 두려워하지 않는다는 것을 뜻한다면 나는 전쟁터에서 정말로 용감했다고 자신 있게 말할 수 있다. 가장 용감하다는 동료들조차도 불구가 되는 것만큼은 죽음보다 더 두려워했지만, 나는 그것마저 두려워하지 않았다. 내가 힘없는 불구가 되어 남들이 베푸는 연민의 희생자가 된다 할지라도, 나는 그것을 내가 비겁하고 나약하기 그지없는 연민을 베푼 것에 대한 벌로, 정당한 복수로 받아들였을 것이다. 내가 전쟁터에서 죽음을 맞지 못한 것은 결코 내 잘못이 아니다. 나는 생사를 초월한 채 수십 번도 넘게 죽음을 향해 전진했다. 특별히 힘든 임무를 위해 자원병을 모집할 때면 언제나 지원했고 위험한 순간에는 오히려 마음이 편안해졌다. 첫번째 부상을 입은 후 나는 기관총 부대로 옮겨졌고 이어서 공군으로 가서 그곳에서 우리의 열악한 전투기로 훌륭히 활약했다. 그러나 지면에서 내 이름 옆에 적혀 있는 '용감한'이라는 단어를 발견할 때마다 나는 마치 내가 사기꾼처럼 느껴졌고 누군가가 내 훈장을 자세히 살피는 기색이 보이면 재빨리 몸을 돌렸다.

영원히 끝날 것 같지 않던 4년의 시간이 지나고 나는 다시 이전의 세상에서 살아갈 수 있다는 사실에 깜짝 놀랐다. 그럴 수 있었던 것은 죽음의 땅에서 살아 돌아온 후 모든 일을 새로운 기준으로 바라보게 되었기 때문이다. 한 사람의 죽음에 대해 책임을 느낀다고 해도 그것이 세계대전을 겪은 군인과 평화로운 세상에 사는 사람에게 똑같은 의미를 지닐 수는 없었다. 내 개인적인 죄는 이미 거대한 핏더미 속으로 섞여 들어가 일반적인 죄가 되어버린 것이다. 똑같은 '내'가, 똑같은 눈을 하고 똑같은 손으로 리마노바에서 우리가 숨어 있던 참호 앞으로 접근한 러시아 보병들을 기관총으로 쓸어버리지 않았던가! 그런 후 직접 망원경을 통해 내가 죽인 사람들, 나 때문에 부상당한 채 철조망에서 몇 시간 동안 신음하다가 처참하게 죽음을 맞이한 사람들의 소름 끼치는 눈동자를 보지 않았던가! 괴르츠에서 비행기를 격추시켰을 때도, 그 비행기가 공중에서 세 바퀴를 돌고 화염에 휩싸인 채 석회암에 부딪혀 산산조각이 났을 때도 우리는 직접 추락한 지점을 찾아가서 검게 그을린 채 지독한 탄내가 나는 시신들을 뒤지며 식별표를 찾지 않았던가! 하지만 내 곁에 있던 수천 명의 군인들도 그와 똑같은 짓을 했다. 카빈총, 총검, 화염방사기, 기관총, 그것도 아니면 맨주먹으로 사람들을 죽였고, 프랑스, 러시아, 독일에서도 수십만, 수백만 명이 똑같은 짓을 저질렀다. 그런데 이처럼 역사상 가장 끔찍한 대량학살이 자행된 상황에서 한 사람을 살해한 일이 무슨 큰 의미가 있겠는가?

게다가 또 한 가지 사실이 내 마음의 짐을 덜어주었다. 그것은 다시 돌아온 이 세계에는 더 이상 나에게 불리한 증언을 할 사람이 아무도 없다는 사실이었다. 전쟁터에서의 용감한 행동으로 훈장을 받은 나의 한때의 비겁함을 책망할 수 있는 사람도, 나의 나약함을 비난할 수 있는 사람도 더 이상 없었다. 케케스팔바는 딸이 죽은 후 며칠 만에 세상을 떠났고, 일로나는 공증인과 결혼해서 유고슬라비아의 한 마을에서 살고 있었다. 부벤치크 연대장은 사베 강에서 자신의 머리에 총알을 박아 죽었고, 동료들은 전쟁터에서 전사했거나 이미 오래전에 그 사소한 에피소드를 잊었다. 전쟁 전에 있었던 모든 일들은 4년이라는 암흑의 시간 동안 옛 화폐만큼이나 사소하고 무가치한 일이 되어버렸다. 아무도 나를 고발하거나 심판할 수 없었다. 나는 마치 시체를 숲 속에 파묻은 채 그 위로 눈이 쌓이는 것을 지켜보며 이 하얗고 두꺼운 보호막이 몇 개월 동안 자신의 범죄를 감싸줄 것이고 그 후에는 아무런 흔적도 남지 않게 되리라는 것을 알고 있는 살인자가 된 기분이었다. 그래서 나는 용기를 내서 다시 살아가기 시작했다. 나의 과거를 기억하는 사람이 아무도 없었기 때문에 나 자신도 내 죄를 잊었다. 사람의 마음에는 절실하게 잊고자 하는 일은 쉽게 잊을 수 있는 능력이 있기 때문에 나는 내 죄를 잊을 수 있었던 것이다.

그런데 딱 한 번 옛 기억을 떠올리는 일이 있었다. 순수하면서도 억제된 슬픔이 다른 어떤 음악보다도 나를 감동시키는 글루크의 오페라 「오

「르페우스와 에우리디케」를 보기 위해 빈 오페라하우스를 찾았을 때의 일이다. 나는 맨 뒷줄 가장자리에 앉아 있었다. 서곡이 끝나자 막간을 이용해서 조명이 꺼져 있는 연주회장으로 지각한 사람들을 들여보내고 있었다. 한 남자와 한 여자가 내가 앉아 있는 줄로 다가왔다.

"실례하겠습니다." 남자가 정중하게 고개를 숙이며 말했다. 나는 그에게 별로 주의를 기울이지 않은 채 자리에서 일어나 길을 비켜주었다. 그런데 남자는 비어 있던 내 옆자리에 바로 앉는 대신 조심스럽게 손으로 안내하며 여자를 먼저 들어서게 하는 것이었다. 그는 길을 터주고 그녀가 앉기 전에 좌석까지 내려주었다. 이처럼 섬세하게 여자를 돌보는 그의 행동이 나의 눈길을 끌었다. 아, 맹인이구나. 나는 나도 모르게 동정 어린 눈빛으로 그녀를 쳐다보았다. 그때 몸집이 약간 비대한 남자가 내 옆자리에 앉았고 나는 가슴이 철렁 내려앉는 듯한 충격을 받았다. 콘도어였다! 모든 일을 알고 있는 유일한 사람, 내 죄를 속속들이 알고 있는 유일한 사람이 내 옆에 앉아 있는 것이었다! 상대를 죽음으로 몰아넣은 나약한 나의 연민과는 달리 자기희생적인 연민을 베푸는 사람, 나를 심판할 수 있는 유일한 사람, 내가 부끄러움을 느껴야 할 유일한 사람이 바로 내 옆에 앉아 있었다! 중간 휴식 때 조명이 켜지면 그는 나를 알아볼 것이 틀림없었다.

몸이 떨리기 시작했다. 어둠 속에서도 들키지 않기 위해 나는 급히 손으로 얼굴을 가렸다. 심장이 쿵쾅쿵쾅 뛰는 바람에 내가 그토록 좋아하는 음악도 전혀 들리지 않았다. 나에 대해 알고 있는 유일한 사람이 옆에 앉아 있다는 사실이 나를 압박했다. 잘 차려입은 고상한 사람들 사이에 혼자 벌거벗은 채 앉아 있는 것처럼 나는 벌써부터 조명이 켜지고 내 정체가 발각되는 순간을 생각하며 두려움에 떨었다. 결국 나는 1막이 끝나고 조명이 채 켜지기도 전에 고개를 숙인 채 재빨리 통로를 지나 밖으로 나왔다. 아주 신속하게 빠져나왔기 때문에 그가 나를 알아보지 못했을 것이라 생각한다. 그러나 그날 이후로 나는 양심이 기억하는 한 그 어떤 죄도 잊히지 않는다는 사실을 깨달았다.

옮긴이 해설

심리소설의 대가가 들려주는 두 가지 연민

1. 슈테판 츠바이크의 생애와 작품

　슈테판 츠바이크(1881~1942)는 오스트리아 빈에서 유대계의 부유한 직물공장 대표인 아버지 모리츠 츠바이크Moritz Zweig와 은행가 가문 출신인 어머니 이다 브레타우어Ida Brettauer 사이에서 태어났다. 유복한 가정에서 태어난 덕분에 어린 시절부터 물질적으로 풍요롭게 자랄 수 있었다.
　츠바이크는 어릴 때부터 문학, 연극, 음악 등에 관심이 많았으며 김나지움 시절부터 시를 짓기 시작했다. 1900년 빈 대학에 입학해서 철학을 전공했지만, 강의를 듣는 것보다는 테오도어 헤르츨Theodor Herzl이 편집장으로 있던 『노이에 프라이에 프레세Neue Freie Presse』 문예란에 기고하는 것을 더 즐겼다. 1897년부터 이미 여러 잡지에 시를 발표하던 츠바이크는 1901년 마침내 첫 시집 『은빛 현Silberne Saiten』을 베를린에서 출간했고, 1904년에는 첫 단편집 『에리카 에발트의 사랑Die Liebe der Erika Ewald』이 출판되었다. 같은 해 그는 논문 「히폴리트 텐의 철학Die Philosophie des Hippolyte

Taine」으로 철학박사 학위를 취득했다. 츠바이크는 직접 작품을 쓰기도 했지만 베를렌, 보들레르, 베르하렌Émile Verhaeren 등의 작품을 번역하기도 했고 기자로 활동하기도 했다. 그의 작품들은 독일 라이프치히에 소재한 인젤 출판사 Insel-Verlag에서 출판되었다.

츠바이크는 1910년에 인도, 1912년에 미국을 방문하는 등 여행을 즐겼다. 그러면서 라이너 마리아 릴케Rainer Maria Rilke, 로맹 롤랑Romain Roland을 비롯한 수많은 작가와 예술가들과 친분을 쌓았다. 제1차 세계대전이 발발하자 징병검사에서 탈락한 츠바이크는 자원해서 국방부 기록보관소에서 근무했다. 그는 평화주의자인 친구 로맹 롤랑의 영향을 많이 받았다. 1917년 제대 후에는 스위스 취리히로 가서 『노이에 프라이에 프레세』의 통신원으로 활동했다.

전쟁이 끝나자 츠바이크는 다시 오스트리아 잘츠부르크로 돌아가서 1920년 프리데리케 폰 빈터니츠Friderike von Winternitz와 결혼을 하고 두 명의 딸을 낳았다. 열정적인 지식인답게 그는 민족주의와 보복주의에 대해 격렬하게 비판하면서 유럽의 정신적 통합을 주장했다. 이 시기에 그는 단편소설, 중편소설, 수필, 평전 등 수많은 작품을 썼다. 특히 1927년에 발표한 『광기와 우연의 역사 Sternstunden der Menschheit』는 가장 성공적인 작품에 속한다. 츠바이크는 1931년에 발표한 프로이트 평전 『정신분석의 탐험가들 Die Heilung durch den Geist』을 알베르트 아인슈타인에게 헌정하기도 했고, 1933년에는 리하르트 슈트라우스를 위해 오페라 「말없는 여자Die schweigsame Frau」의 대본을 제공하기도 했다.

1933년 독일에 나치 정권이 들어서면서 오스트리아에도 그들의 영향력이 미쳤다. 1934년 2월 츠바이크가 사회민주당의 준군사조직인 공화국 방위동맹의 무기를 숨겨주고 있다는 제보를 받았다며 경찰이 그의 집을 수색하는 일이 벌어졌다. 형식적인 가택 수색이었음에도 불구하고 츠바이크는 큰 충격을 받고 이틀 후 기차를 타고 런던으로 떠났다.

1933년 츠바이크의 단편「불타오르는 비밀Brennendes Geheimnis」을 영화화한 작품이 극장에 상영되었지만 제국의사당 화재 사건을 연상시킨다는 이유로 곧 상영이 금지되었다. 그가 대본을 쓴 리하르트 슈트라우스의 오페라「말없는 여자」또한 히틀러의 승인을 받고 드레스덴에서 공연되었지만 대본 작가가 유대인이라는 이유로 이후 공연이 금지되었다. 츠바이크의 작품들은 분서 목록에 올랐고 1935년에는 츠바이크 자신도 금서작가 목록에 이름을 올려야 했다. 오스트리아에서는 여전히 높은 평가를 받았지만 나치가 정권을 잡은 독일에서는 그를 달가워하지 않았고 그는 결국 인젤 출판사와도 인연을 끊어야 했다. 런던에 사는 동안 츠바이크는 빈에 있는 라이히너 출판사Reichner-Verlag를 통해 독일어권 독자들을 만날 수 있었다. 그리고 오스트리아가 독일에 병합된 후에는 그의 작품들은 스웨덴에서 출판되었다.

자신의 비서인 로테 알트만Lotte Altman과 사랑에 빠진 츠바이크는 오스트리아를 떠난 1934년부터 서로 떨어져 살던 아내 프리데리케 폰 빈터니츠와 1938년 이혼을 했고 1939년 알트만과 재혼을 했다. 하지만 재혼 후에도 첫번째 아내와는 죽기 전까지 계속해서 서로 연락을 했다.

제2차 세계대전이 발발하자 츠바이크는 영국인들이 독일인과 오스트리아인을 구분하지 않고 모두 '적국적(敵國籍) 거류 외국인'으로 간주하여 감금시킬 것을 염려한 나머지 아내와 함께 런던을 떠났다. 그들은 뉴욕, 아르헨티나, 파라과이를 거쳐 마침내 1940년 브라질에 정착했다. 1941년에는『미래의 땅, 브라질Brasilien. Ein Land der Zukunft』을, 1942년에는 중편 소설「체스Schachnovelle」와 자서전『어제의 세계Die Welt von Gestern』를 완성했다.

1942년 츠바이크는 자신의 '정신적 고향'인 유럽의 멸망에 절망하여 아내와 함께 브라질 페트로폴리스에서 수면제를 삼키고 스스로 목숨을 끊었다.

그가 남긴 주요 작품으로 『로맹 롤랑—그와 그의 작품 Romain Rolland: Der Mann und das Work』 『마리 앙투아네트—한 평범한 여인의 초상 Marie Antoinette: Bildnis eines mittleren Charakters』 『에라스무스의 승리와 비극 Triumph und Tragik des Erasmus von Rotterdam』 『메리 스튜어트 Maria Stuart』 『발자크 평전 Balzac: Eine Biographie』 등의 전기 작품과 『세 사람의 거장—발자크, 디킨스, 도스토옙스키 Drei Meister: Balzac-Dickens-Dostojewski』 『악신과의 싸움—휠덜린, 클라이스트, 니체 Der Kampf mit dem Dämon: Hölderlin-Kleist-Nietzsche』 『3인의 자서전 작가—카사노바, 스탕달, 톨스토이 Drei Dichter ihres Lebens: Casanova-Stendhal-Tolstoi』 등의 수필, 벤 존슨의 희곡을 번안 각색한 「볼포네 Volpone」, 자서전 『어제의 세계 Die Welt von Gestern』 등 수많은 작품을 남겼다.

2. 소설 『초조한 마음』의 개요와 작품 이해

슈테판 츠바이크의 작품은 대개 비극적인 결말을 맺는다. 주인공은 언제나 내적, 외적 상황 때문에 바로 코앞에서 행복을 놓치게 되고, 그것은 마치 다 잡은 고기를 놓치는 격이어서 더욱더 비극적으로 느껴진다. 이러한 츠바이크의 특징이 가장 잘 나타나는 작품이 바로 『초조한 마음 Ungeduld des Herzens』이다.

『초조한 마음』은 츠바이크가 완성한 유일한 장편소설이다. 이 작품은 1939년에 출판되었으며 1946년과 1979년에 영화로 제작되었다. 소설은 연민, 그중에서도 진정한 연민이라 할 수 없는, 그저 '초조한 마음'에 불과한 잘못된 연민을 이야기하고 있다. 소설의 배경은 제1차 세계대전 발발 직전 오스트리아-헝가리 접경지역이다.

헝가리의 주둔지로 발령을 받은 안톤 호프밀러 소위는 무료한 생활을 하던 중, 그곳의 부유한 실업가인 라요스 폰 케케스팔바의 집으로 초대를 받는다. 그곳에서 그는 케케스팔바의 딸 에디트를 만난다. 에디트가 불구라는 사실을 알지 못한 채 그는 그녀에게 춤을 청하게 되고, 커다란 소동이 일어난다. 에디트의 사촌인 일로나를 통해 사실을 알게 된 그는 죄책감을 느낀 나머지 도망치다시피 그 집을 빠져나간다. 이때부터 호프밀러는 자신의 잘못을 만회하기 위해 노력한다. 그 과정에서 그는 다른 사람들에게 기쁨을 주는 일에서 희열을 느끼게 되고, 이러한 감정은 점차 고조되어 그의 삶을 가득 채우게 된다.

그런데 갑자기 예기치 않은 일이 벌어진 것이다. 나는 놀라운 마음을 가다듬으며 호기심 어린 눈빛으로 스스로를 바라보았다. 정말인가? 나처럼 평범한 젊은이도 다른 사람에게 영향을 끼칠 수 있단 말인가? 50크로네도 못 가진 내가 부유한 노인에게 그의 친구들도 주지 못하는 행복감을 줄 수 있단 말인가? 나, 호프밀러 소위가 누군가를 도울 수 있다고? 누군가를 위로할 수 있다고? 내가 하루나 이틀 저녁을 장애인 아가씨와 함께 수다를 떨면 그녀의 눈빛이 반짝이고 볼에 생기가 돌고 내 존재로 인해 암울했던 집 안이 환하게 밝혀진다고? (69쪽)

호프밀러는 연민 때문에 에디트에게 새로운 치료법으로 곧 완치될 것이라는 희망을 주게 된다. 이러한 연민에 대해 에디트의 담당의사이며 자신도 눈먼 여인과 결혼한 콘도어 박사는 이렇게 말한다.

"연민이라는 것은 양날을 가졌답니다. 연민을 잘 다루지 못하는 사람이라면 거기서 손을 떼고, 특히 마음을 떼야 합니다. 연민은 모르핀과 같습니다. 처음에는 환자에게 도움이 되고 치료도 되지만 그 양을 제대로 조절하지 못하거나 제때 중단하지 않으면 치명적인 독이 됩니다. 처음 몇 번 맞을 때에는 마음이 진정되고 통증도 없애주죠. 그렇지만 우리의 신체나 정신은 모두 놀라울 정도로 적응력이 뛰어나답니다. 신경이 더 많은 양의 모르핀을 찾게 되는 것처럼 감정은 더 많은 연민을 원하게 됩니다. 결국에는 옆에서 줄 수 있는 것보다 더 많은 양을 원하게 되죠. 언젠가는 '안 돼'라고 말해야 하는 순간이 반드시 오게 마련입니다. 그 거절 때문에 환자가 처음부터 도와주지 않은 사람보다도 자신을 더 증오하게 될지라도 그렇게 말해야 하는 순간이 반드시 옵니다." (235쪽)

그러나 상황은 점점 안 좋아진다. 호프밀러에게 사랑의 감정을 느낀 에디트는 그가 그녀에게 갖는 감정이 단순한 연민이라는 것을 확인하게 된다.

"당신은 정말 진심을 말한 것 같군요. 아주 정중한 표현을 써서 교묘하게 돌려서 말했지만 나는 당신 말을 이해했어요. 정확히 이해했다고요. 당신은 내가 '혼자'라서 온다고 하셨죠? 정확히 말하면 내가 빌어먹을 의자에 묶여 있기 때문이겠죠. 단지 그 이유 때문에 당신은 매일 이곳에 오는 거군요. 착한 사마리아인처럼 '몸이 불편한 가엾은 아이'를 보러 오는 군요. 당신들은 내가 없을 때는 다들 나를 그렇게 부르죠? 나도 다 알고 있다고요. 당신은 단지 동정심 때문에 오는 거군요. 그래요, 당신 말을 믿어요. 왜 갑자기 부인하려 들죠? 당신은 '좋은' 사람이잖아요. 아버지도 항상 그렇게 부른답니다. 그런 '좋은' 사람들은 매 맞는 개나 더러운 고양이에게도 항상 연민을 느끼잖아요. 그러니 불구에게 연민을 느끼지 말라는 법이 어디 있겠어요."(258~59쪽)

에디트는 심한 발작을 한다. 두 사람은 다시 화해를 하지만, 그 과정에서 호프밀러는 크게 당황하게 된다. 친구로서 에디트의 이마에 살며시 입을 맞추던 것이 갑자기 격정적인 키스로 돌변하게 된 것이다.

그런데 갑자기 이불 위에 얌전히 놓여 있던 그녀의 양손이 위로 번쩍 솟구치는 것이었다. 그녀는 내가 피할 새도 없이 양손으로 내 관자놀이를 꽉 움켜쥐더니 내 입술을 자신의 이마에서 떼어내 입술로 가져갔다. 그러고는 서로의 치아가 닿을 정도로 뜨겁고 탐욕스럽게 입을 맞췄다. 동시에 그녀의 가슴은 내 몸을 만지기 위해, 내 몸을 느끼기 위해 위로 젖혀지며 팽팽하게 당겨졌다. 그토록 거칠고 절망적이고 갈증에 허덕이는 키스를 경험해본 것은 그때가 처음이자 마지막이었다. (271쪽)

이 키스를 토대로 두 사람은 약혼을 한다. 그러나 호프밀러는 동료들 앞에서 약혼 사실을 부인한다. 그는 뒤늦게 그녀에 대한 진정한 사랑을 느끼지만 이미 에디트는 그의 배신을 알게 되고 스스로 목숨을 끊는다. 호프밀러는 마치 범죄자가 어둠 속으로 도망치듯 전쟁터로 몸을 피신하게 되고, 후에 전쟁영웅이 되어 돌아온다. 과거의 죄를 거의 잊었던 그는 어느 날 우연히 콘도어를 보게 되면서 옛 기억을 다시 떠올리게 된다.

그러나 그날 이후로 나는 양심이 기억하는 한 그 어떤 죄도 잊히지 않는다는 사실을 깨달았다. (463쪽)

『초조한 마음』은 장편소설이지만 주인공의 전반적인 생을 묘사하기보다는 1914년 전쟁이 발발하기 직전의 몇 달 동안이라는 짧은 기간을 다루고 있다. 작품은 액자식 구성으로 이루어진다. 작품 속에서 작가는 1938년에 소설 속 주인공을 두 차례 만나게 되고, 두번째 만남에서 주인공은 그에게 자신의 이야기를 들려준다. 작가는 자신은 주인공에게 들은 이야기를 단순히 옮겨 적은 것뿐이며, 이야기는 자신의 이야기가 아닌 주인공의 이야기임을 강조한다. 이와 같은 액자식 구성을 통해 츠바이크는 작가의 모습으로 스스로 작품 속에 등장한다.

소설은 진정한 연민과 잘못된 연민('초조한 마음')을 주인공 호프밀러와 에디트의 관계 그리고 콘도어 박사와 눈먼 그의 부인의 관계를 통해서 보여준다. 감상적으로 행동하고 후에 이에 대해 후회하는 호프밀러의 모습과 일관성 있게 행동하고 자신의 행동에 대해 확신을 가지고 있는 콘도어 박사의 모습은 크게 대비된다. 어떻게 보면 콘도어 박사는 호프밀러에게 책임감을 호소하는 양심의 목소리로 묘사된다고 할 수 있다. 이 작품은 몇 개월 되지 않는 짧은 기간을 배경으로 하는 만큼 스토리보다는 주인공의 심리에 초점을 맞추고 있다.

작품에서는 주인공이 느끼는 연민의 감정을 '초조한 마음'이라 표현했다. 불구인 사람 앞에서 온전한 사람이 느끼는 불편함, 미안함 그리고 그러한 감정으로부터 빨리 벗어나고 싶어 하는 초조한 마음을 가리키는 것이다. 작가는 이러한 감정을 탁월한 심리 묘사를 통해 잘 드러낸다. 연회에서의 실수 후 주인공이 느끼는 과도한 죄책감, 에디트가 기뻐할 때 주인공이 느끼는 자부심, 에디트의 사랑 고백에 대한 경악과 그 후의 불안감과 초조한 감정을 세밀하게 묘사함으로써 심리 변화에 따른 주인공의 행동을 독자들에게 이해시킨다.

이러한 주인공의 행동이 우연성과 맞물리면서 작품은 마치 옛 그리스 비극과 같은 성격을 띠게 된다. 주인공의 행동이 운명의 수레바퀴를 돌아가게 만들고 주인공은 더 이상 그 수레바퀴를 빠져나오지 못한 채 비극적 결말을 맺는 것이다.

3. 『초조한 마음』의 문학적 의의

슈테판 츠바이크는 결코 정치적 작가라고 할 수는 없다. 하지만 그는 확고한 정치적 의견을 가지고 있었으며 이미 1934년에 오스트리아를 떠날 만큼 정치적 판단력도 있었다.

시대적 상황으로 인해 어쩔 수 없이 망명할 수밖에 없었지만, 츠바이크는 멀리 타향에서나마 20세기 최대 재앙이라 할 수 있는 양차 세계대전이 그의 고향 오스트리아에 가져온 정치적, 사회적 문제에 대해 고민했다. 그런 그를 결코 "어제의 세계"—『어제의 세계 *Die Welt von Gestern*』는 전쟁으로 파괴되기 이전의 세계와 역사, 문명을 치밀하게 묘사한 츠바이크의 회고록이다—만을 바라보는 노스탤지어에 빠진 사람이라고 단언해서는 안 될 것이다.

그러나 문학계에서는 오랫동안 그 시대에 드리웠던 불길한 조짐에 대해 연구하고 그 이유를 찾으려 했던 츠바이크의 노력에 대해 모르는 척했다. 『초조한 마음』은 1949년과 1979년에 영화로 제작되었지만 이들 영화에서도 츠바이크가 보여주려 한 1914년의 모습, 이를테면 가난한 자와 부유한 자, 민간인과 군인, 유대인과 비유대인, 여성과 남성 사이의 갈등을 보여주는 대신 멋있는 제복을 입은 소위가 등장하는 멜로에만 초점을 맞췄다.

『초조한 마음』은 인간의 보편적인 감정이라 할 수 있는 사랑, 연민의 감정 외에도 많은 것을 담고 있다. 예를 들면 자신이 거느리던 하녀에게 옛 오스트리아 가문의 유산을 상속해버리는 늙고 못된 오로스바 후작부인을 통해 옛 오스트리아 세습귀족의 무능함을 보여준다.

하녀에게서 그 재산을 빼앗는 것은 보잘 것 없는 유대인 중개인 카니츠이다. 그는 19세기 말의 무자비한 경제적 자유주의를 대변한다. 하지만 커다란 부를 갖게 된 카니츠는 자신이 재산을 빼앗은 하녀에게 사랑을 느끼면서 그녀와 결혼을 하고 라요스 폰 케케스팔바로 이름을 바꾸어 귀족이 된다.

이제 옛 오스트리아 명문가의 유산은 대자본주의로 대변되는 케케스팔바의 손에 들어간다. 하지만 그의 딸 에디트가 다리를 쓰지 못하게 되면서 그의 다음 세대에서부터 유산을 지켜나가지 못할 처지에 놓인다. 케케스팔바가 죽은 후 그의 딸 에디트의 건강과 행복, 그녀의 재산을 관리해줄 사람이 필요하게 된 것이다.

제1차 세계대전이 발발하기 전 유대인 대자본가들은 오스트리아군이 오스트리아 제국과 제국의 경제, 정치를 보호할 수 있으리라 기대했다. 하지만 그 기대는 물거품으로 돌아갔고 전쟁은 오스트리아 제국과 사회를 붕괴시켰다.

    이와 마찬가지로 안톤 호프밀러 소위 또한 반쪽 유대인인 에디트와 그녀의 아버지가 그에게 건 기대를 충족해주지 못한다. 그는 '초조한 마음'으로 인해 두 사람 모두에게 희망을 주기는 하지만 에디트의 치료에 전혀 도움이 되지 못한다. 심지어 그는 에디트와의 약혼 사실을 동료들에게 부인할 만큼 비겁한 모습을 보여준다. 그리고 제1차 세계대전의 발발과 함께 케케스팔바 성의 화려한 생활은 끝이 난다. 에디트는 자살을 하고 그녀의 아버지는 심장마비로 사망한다.

    소설 『초조한 마음』은 츠바이크가 뒤늦게 타지에서 분석한 옛 오스트리아 제국의 문제점들을 고스란히 담고 있다.

작가 연보

1881	11월 28일 오스트리아 빈에서 출생.
1901	첫 시집 『은빛 현 Silberne Saiten』 출간.
1904	논문 「히폴리트 텐의 철학 Philosophie des Hippolyte Taine」으로 빈 대학 철학 박사 학위 취득.
	첫 단편집 『에리카 에발트의 사랑 Die Liebe der Erika Ewald』 출간.
1906	두번째 시집 『어린 화관들 Die frühe Kränze』 출간.
1910	첫번째 전기 『에밀 베르하렌 Emile Verhaeren』 출간.
1914	제1차 세계대전 발발 후 자원입대.
1917	군 제대.
1918	스위스 취리히에서 희곡 「예레미아스 Jeremias」 초연.
	『노이에 프라이에 프레세 Neue Freie Presse』 통신원으로 활동.
1919	전쟁 후 오스트리아로 돌아와 잘츠부르크에 정착.
1920	프리데리카 폰 빈터니츠와 결혼.
	수필 『세 사람의 거장 ─ 발자크, 디킨스, 도스토옙스키 Drei Meister:

Balzac-Dickens-Dostojewski』 발표.

1921 평전 『로맹 롤랑—그와 그의 작품 Romain Rolland: Der Mann und das Work』 출간.

1922 단편집 『아모크·열정 Amok: Novellen einer Leidenschaft』 출간.

1925 수필 『악신과의 싸움—횔덜린, 클라이스트, 니체 Der Kampf mit dem Dämon: Hölderlin-Kleist-Nietzsche』 출간.

1926 희곡 「볼포네 Volpone」 번안, 각색하여 무대에 올림.

1927 『광기와 우연의 역사 Sternstunden der Menschheit』 출간.

1928 『3인의 자서전 작가—카사노바, 스탕달, 톨스토이 Drei Dichter ihres Lebens: Casanova-Stendhal-Tolstoi』 출간.

1932 『마리 앙투아네트—한 평범한 여인의 초상 Marie Antoinette: Bildnis eines mittleren Charakters』 출간.

1933 나치에 의해 작품들이 분서 목록에 올라 독일에서 작품을 출간하지 못함.

1934 런던으로 피신, 『에라스무스의 승리와 비극 Triumph und Tragik des Erasmus von Rotterdam』 출간.

1935 그가 각색한 리하르트 슈트라우스의 오페라 「말없는 여자 Die schweigsame Frau」 초연.

1936 『카스텔리오 대 칼뱅 혹은 폭력에 대항하는 양심 Castellio gegen Calvin oder Ein Gewissen gegen Gewalt』 출간.

1938 첫 아내와 이혼.

1939 로테 알트만과 재혼. 『초조한 마음 Ungeduld des Herzens』 출간.

1940 제2차 세계대전 발발과 함께 유럽을 떠나 뉴욕을 거쳐 브라질로 망명.

1941 『미래의 땅, 브라질 Brasilien. Ein Land der Zukunft』 출간.

1942 중편 「체스 Schachnovelle」, 자서전 『어제의 세계 Die Welt von Gestern』 완성. 2월 22일 브라질 페트로폴리스에서 부인과 함께 약물 과다 복용으로 스스로 생을 마감.

기획의 말

'대산세계문학총서'를 펴내며

2010년 12월 대산세계문학총서는 100권의 발간 권수를 기록하게 되었습니다. 대산세계문학총서의 발간은 앞으로도 계속될 것이고, 따라서 100이라는 숫자는 완결이 아니라 연결의 의미를 지니는 것이지만, 그 상징성을 깊이 음미하면서 발전적 전환을 모색해야 하는 계기가 된 것은 분명합니다.

대산세계문학총서를 처음 시작할 때의 기본적인 정신과 목표는 종래의 세계문학전집의 낡은 틀을 깨고 우리의 주체적인 관점과 능력을 바탕으로 세계문학의 외연을 넓힌다는 것, 이를 통해 세계문학을 바라보는 우리의 시각을 전환하고 이해를 깊이 해나갈 수 있도록 한다는 것이었다고 간추려 말할 수 있습니다. 그리고 궁극적으로는 우리의 인문학을 지속적으로 발전시켜나갈 수 있는 동력이 될 수 있기를 희망하는 것이었습니다. 이러한 기본 정신은 앞으로도 조금도 흩트리지 않고 지켜나갈 것입니다.

이 같은 정신을 토대로 대산세계문학총서는 새로운 변화의 물결 또한 외면하지 않고 적극 대응하고자 합니다. 세계화라는 바깥으로부터의 충격과 대한민국의 성장에 힘입은 주체적 위상 강화는 문화나 문학의 분야에서도 많은 성찰과 이를 바탕으로 한 발상의 전환을 요구하고 있습니다. 이제 세계문학이란 더 이상 일방적인 학습과 수용의 대상이 아니라 동등한 대화와 교류의 상대입니다. 이런 점에서 대산세계문학총서가 새롭게 표방하고자 하는 개방성과 대화성은 수동적 수용이 아니라 보다 높은 수준의 문화적 주체성 수립을 지향하는 것이며, 이것이 궁극적으로 한국문학과 문화의 세계화에 이바지하게 되리라고 믿습니다.

또한 안팎에서 밀려오는 변화의 물결에 감춰진 위험에 대해서도 우리는 주의를 게을리하지 말아야 할 것입니다. 표면적인 풍요와 번영의 이면에는 여전히, 아니 이제까지보다 더 위협적인 인간 정신의 황폐화라는 그늘이 짙게 드리워져 있는 것이 사실입니다. 대산세계문학총서는 이에 대항하는 정신의 마르지 않는 샘이 되고자 합니다.

'대산세계문학총서' 기획위원회

대 산 세 계 문 학 총 서

001-002 소설 **트리스트럼 샌디** (전 2권)　로렌스 스턴 지음 | 홍경숙 옮김
003 시 **노래의 책**　하인리히 하이네 지음 | 김재혁 옮김
004-005 소설 **페리키요 사르니엔토** (전 2권)
　　　　　　　호세 호아킨 페르난데스 데 리사르디 지음 | 김현철 옮김
006 시 **알코올**　기욤 아폴리네르 지음 | 이규현 옮김
007 소설 **그들의 눈은 신을 보고 있었다**　조라 닐 허스턴 지음 | 이시영 옮김
008 소설 **행인**　나쓰메 소세키 지음 | 유숙자 옮김
009 희곡 **타오르는 어둠 속에서 / 어느 계단의 이야기**
　　　　　　　안토니오 부에로 바예호 지음 | 김보영 옮김
010-011 소설 **오블로모프** (전 2권)　I. A. 곤차로프 지음 | 최윤락 옮김
012-013 소설 **코린나: 이탈리아 이야기** (전 2권)　마담 드 스탈 지음 | 권유현 옮김
014 희곡 **탬벌레인 대왕 / 몰타의 유대인 / 파우스투스 박사**
　　　　　　　크리스토퍼 말로 지음 | 강석주 옮김
015 소설 **러시아 인형**　아돌포 비오이 까사레스 지음 | 안영옥 옮김
016 소설 **문장**　요코미쓰 리이치 지음 | 이양 옮김
017 소설 **안톤 라이저**　칼 필립 모리츠 지음 | 장희권 옮김
018 시 **악의 꽃**　샤를 보들레르 지음 | 윤영애 옮김
019 시 **로만체로**　하인리히 하이네 지음 | 김재혁 옮김
020 소설 **사랑과 교육**　미겔 데 우나무노 지음 | 남진희 옮김
021-030 소설 **서유기** (전 10권)　오승은 지음 | 임홍빈 옮김
031 소설 **변경**　미셸 뷔토르 지음 | 권은미 옮김
032-033 소설 **약혼자들** (전 2권)　알레산드로 만초니 지음 | 김효정 옮김
034 소설 **보헤미아의 숲 / 숲 속의 오솔길**　아달베르트 슈티프터 지음 | 권영경 옮김
035 소설 **가르강튀아 / 팡타그뤼엘**　프랑수아 라블레 지음 | 유석호 옮김

| 036 소설 | **사탄의 태양 아래** 조르주 베르나노스 지음 | 윤진 옮김
| 037 시 | **시집** 스테판 말라르메 지음 | 황현산 옮김
| 038 시 | **도연명 전집** 도연명 지음 | 이치수 역주
| 039 소설 | **드리나 강의 다리** 이보 안드리치 지음 | 김지향 옮김
| 040 시 | **한밤의 가수** 베이다오 지음 | 배도임 옮김
| 041 소설 | **독사를 죽였어야 했는데** 야샤르 케말 지음 | 오은경 옮김
| 042 희곡 | **볼포네, 또는 여우** 벤 존슨 지음 | 임이연 옮김
| 043 소설 | **백마의 기사** 테오도어 슈토름 지음 | 박경희 옮김
| 044 소설 | **경성지련** 장아이링 지음 | 김순진 옮김
| 045 소설 | **첫번째 향로** 장아이링 지음 | 김순진 옮김
| 046 소설 | **끄르일로프 우화집** 이반 끄르일로프 지음 | 정막래 옮김
| 047 시 | **이백 오칠언절구** 이백 지음 | 황선재 역주
| 048 소설 | **페테르부르크** 안드레이 벨르이 지음 | 이현숙 옮김
| 049 소설 | **발칸의 전설** 요르단 욥코프 지음 | 신윤곤 옮김
| 050 소설 | **블라이드데일 로맨스** 나사니엘 호손 지음 | 김지원·한혜경 옮김
| 051 희곡 | **보헤미아의 빛** 라몬 델 바예-인클란 지음 | 김선욱 옮김
| 052 시 | **서동 시집** 요한 볼프강 폰 괴테 지음 | 안문영 외 옮김
| 053 소설 | **비밀요원** 조지프 콘래드 지음 | 왕은철 옮김
| 054-055 소설 | **헤이케 이야기** (전 2권) 지은이 미상 | 오찬욱 옮김
| 056 소설 | **몽골의 설화** 데. 체렌소드놈 편저 | 이안나 옮김
| 057 소설 | **암초** 이디스 워튼 지음 | 손영미 옮김
| 058 소설 | **수전노** 알 자히드 지음 | 김정아 옮김
| 059 소설 | **거꾸로** 조리스-카를 위스망스 지음 | 유진현 옮김
| 060 소설 | **페피타 히메네스** 후안 발레라 지음 | 박종욱 옮김
| 061 시 | **납** 제오르제 바코비아 지음 | 김정환 옮김
| 062 시 | **끝과 시작** 비스와바 쉼보르스카 지음 | 최성은 옮김
| 063 소설 | **과학의 나무** 피오 바로하 지음 | 조구호 옮김
| 064 소설 | **밀회의 집** 알랭 로브-그리예 지음 | 임혜숙 옮김
| 065 소설 | **홍까오량 가족** 모옌 지음 | 박명애 옮김
| 066 소설 | **아서의 섬** 엘사 모란테 지음 | 천지은 옮김
| 067 시 | **소동파사선** 소동파 지음 | 조규백 역주
| 068 소설 | **위험한 관계** 쇼데를로 드 라클로 지음 | 윤진 옮김

069 소설	거장과 마르가리타	미하일 불가코프 지음	김혜란 옮김
070 소설	우게쓰 이야기	우에다 아키나리 지음	이한창 옮김
071 소설	별과 사랑	엘레나 포니아토프스카 지음	추인숙 옮김
072-073 소설	불의 산(전 2권)	쓰시마 유코 지음	이송희 옮김
074 소설	인생의 첫출발	오노레 드 발자크 지음	선영아 옮김
075 소설	몰로이	사뮈엘 베케트 지음	김경의 옮김
076 시	미오 시드의 노래	지은이 미상	정동섭 옮김
077 희곡	셰익스피어 로맨스 희곡 전집	윌리엄 셰익스피어 지음	이상섭 옮김
078 희곡	돈 카를로스	프리드리히 폰 실러 지음	장상용 옮김
079-080 소설	파멜라(전 2권)	새뮤얼 리처드슨 지음	장은명 옮김
081 시	이십억 광년의 고독	다니카와 슌타로 지음	김응교 옮김
082 소설	잔지바르 또는 마지막 이유	알프레트 안더쉬 지음	강여규 옮김
083 소설	에피 브리스트	테오도르 폰타네 지음	김영주 옮김
084 소설	악에 관한 세 편의 대화	블라디미르 솔로비요프 지음	박종소 옮김
085-086 소설	새로운 인생(전 2권)	잉고 슐체 지음	노선정 옮김
087 소설	그것이 어떻게 빛나는지	토마스 브루시히 지음	문항심 옮김
088-089 산문	한유문집-창려문초(전 2권)	한유 지음	이주해 옮김
090 시	서곡	윌리엄 워즈워스 지음	김숭희 옮김
091 소설	어떤 여자	아리시마 다케오 지음	김옥희 옮김
092 시	가윈 경과 녹색기사	지은이 미상	이동일 옮김
093 산문	어린 시절	나탈리 사로트 지음	권수경 옮김
094 소설	골로블료프가의 사람들	미하일 살티코프 셰드린 지음	김원한 옮김
095 소설	결투	알렉산드르 쿠프린 지음	이기주 옮김
096 소설	결혼식 전날 생긴 일	네우송 호드리게스 지음	오진영 옮김
097 소설	장벽을 뛰어넘는 사람	페터 슈나이더 지음	김연신 옮김
098 소설	에두아르트의 귀향	페터 슈나이더 지음	김연신 옮김
099 소설	옛날 옛적에 한 나라가 있었지	두샨 코바체비치 지음	김상헌 옮김
100 소설	나는 고故 마티아 파스칼이오	루이지 피란델로 지음	이윤희 옮김
101 소설	따니아오 호수 이야기	왕정치 지음	박정원 옮김
102 시	송사삼백수	주조모 엮음	이동향 역주
103 시	문턱 너머 저편	에이드리언 리치 지음	한지희 옮김

104 소설	**충효공원**	천잉전 지음	주재희 옮김
105 희곡	**유디트/헤롯과 마리암네**	프리드리히 헤벨 지음	김영목 옮김
106 시	**이스탄불을 듣는다**	오르한 웰리 카늑 지음	술탄 훼라 아크프나르 여·이현석 옮김
107 소설	**화산 아래서**	맬컴 라우리 지음	권수미 옮김
108-109 소설	**경화연(전 2권)**	이여진 지음	문현선 옮김
110 소설	**예피판의 갑문**	안드레이 플라토노프 지음	김철균 옮김
111 희곡	**가장 중요한 것**	니콜라이 예브레이노프 지음	안지영 옮김
112 소설	**파울리나 1880**	피에르 장 주브 지음	윤 진 옮김
113 소설	**위폐범들**	앙드레 지드 지음	권은미 옮김
114-115 소설	**업둥이 톰 존스 이야기(전 2권)**	헨리 필딩 지음	김일영 옮김
116 소설	**초조한 마음**	슈테판 츠바이크 지음	이유정 옮김
117 소설	**악마 같은 여인들**	쥘 바르베 도르비이 지음	고봉만 옮김
118 소설	**경본통속소설**	지은이 미상	문성재 옮김
119 소설	**번역사**	레일라 아부렐라 지음	이윤재 옮김
120 소설	**남과 북**	엘리자베스 개스켈 지음	이미경 옮김
121 소설	**대리석 절벽 위에서**	에른스트 윙거 지음	노선정 옮김
122 소설	**죽은 자들의 백과전서**	다닐로 키슈 지음	조준래 옮김
123 시	**나의 방랑—랭보 시집**	아르튀르 랭보 지음	한대균 옮김
124 소설	**슈톨츠**	파울 니종 지음	황승환 옮김